ଅହଲ୍ୟା

ଅହଲ୍ୟା

ସ୍ୱର୍ଣ୍ଣଲତା ମହାପାତ୍ର

BLACK EAGLE BOOKS

2021

BLACK EAGLE BOOKS

USA address:
7464 Wisdom Lane
Dublin, OH 43016

India address:
E/312, Trident Galaxy, Kalinga Nagar,
Bhubaneswar-751003, Odisha, India

E-mail: info@blackeaglebooks.org
Website: www.blackeaglebooks.org

First International Edition Published by
BLACK EAGLE BOOKS, 2021

AHALYA
by **Swarnalata Mohapatra**

Copyright © **Swarnalata Mohapatra**

Cover & Interior Design: Ezy's Publication

ISBN- 978-1-64560-163-0 (Paperback)

Printed in United States of America

ଅଦୃଶ୍ୟରେଥାଇ, ଅନ୍ତରାତ୍ମାକୁ ଅହରହ ଆନ୍ଦୋଳିତ କରୁଥିବା ମର୍ଯ୍ୟାଦା ପୁରୁଷୋତ୍ତମଙ୍କ ନିକଟରେ ସର୍ମପିତ।

ମୁଖବନ୍ଧ

ଅହଲ୍ୟା... ! !..ନାଁଟା ହିଁ ମନରେ କିଛି ଅନ୍ୟ ଭାବାନ୍ତର ଜାଗ୍ରତ କରାଏ । ଅପୂର୍ବ ରୂପବତୀ ଓ ସୁଗୁଣବତୀ ସେ, କିନ୍ତୁ ନସ୍ପେସିତା ଓ ନିର୍ଯାତିତା ବି । ସର୍ବସଂହାପରି ନିଜେ ଧୈର୍ଯ୍ୟ ଓ ସହନଶୀଳତାର ଚରମ ସୋପାନକୁ ଛୁଏଁ ଏବଂ ଯୁଗଯୁଗ ପାଇଁ ପଥର ପାଲଟିଯାଏ ପଛେ, ନିଜପ୍ରତି ଘଟୁଥିବା ଅନ୍ୟାୟ ବିରୁଦ୍ଧରେ ପ୍ରତିବାଦ କରିପାରେନି । କାଳକାଳରୁ ପୁରୁଷକୈନ୍ଦ୍ରିକ ସମାଜ ଓ ବ୍ୟବସ୍ଥାର ନିରପେକ୍ଷତାକୁ ସେ ଆଙ୍ଗୁଳି ନିର୍ଦ୍ଦେଶ କରେ ଏବଂ ଯାହାର ଯନ୍ତ୍ରଣା ହରିବା ପାଇଁ ପୁରୁଷ ନୁହେଁ ପୁରୁଷୋତ୍ତମଙ୍କ ଆବିର୍ଭାବର ଆବଶ୍ୟକତା ପଡ଼େ ।

ଛାତିଟା ଧଡ଼ଧଡ଼ ହେଉଥାଏ । ହେ ଭଗବାନ... ! ! ଏଠି ସେମିତିକିଛି ନ'ଘଟୁ । ପୃଷ୍ଠା ପରେ ପୃଷ୍ଠା ଓଲଟାଇ ଯାଉଥାଏ । ହୃଦ୍‌ସ୍ପନ୍ଦନ ଅଟକି ଯାଉଥାଏ । ଯେତେବେଳେ ଆଗକୁ ବଢୁଥାଏ ଆଖି ଦିଓଟି ବିସ୍ଫାରିତ ହୋଇଯାଉଥାଏ । ମନରେ ସବୁବେଳେ ଗୋଟିଏ ପ୍ରଶ୍ନବାଚୀ... ଏହା ପରେ କ'ଣ... ? ପ୍ରକୃତରେ ଜୀବନର ମାନେ କ'ଣ ଏଇଆ ? ଅନ୍ୟ କଥାକୁ ସମ୍ମାନ ଦେବାର ପରିଣତି କ'ଣ ଏହିପରି ଥାଏ ! ସହାନୁଭୂତି ଦେଖାଇ ସରଳତାର ସୁଯୋଗ କ'ଣ ଏମିତି ନିଆଯାଏ ? ପ୍ରକୃତରେ ଏ ମଣିଷ ସମାଜ କ'ଣ ଆଉ ବିଶ୍ୱାସ ଯୋଗ୍ୟ ହୋଇ ରହିନାହିଁ ? କ'ଣ ହେବ ଏଥର ? ସବୁ ଉଆଁସୀ

ରାତିର ଶେଷ ସକାଳଟି ପରି, ଏ ରାତିର ସକାଳଟିଏ କ'ଣ କେବେ ଆସିବନି ? ଏମିତି ଅନେକ କଥା।

ପଢୁଥିଲି "ଅହଲ୍ୟା", ତା' ଜୀବନର ଫର୍ଦ୍ଦଫର୍ଦ୍ଦ ସହ ଭେଟୁଥିଲି। ଯାହା ଏକ ଉପନ୍ୟାସ ନ'ଥିଲା, ଥିଲା ଏକ ଦୀର୍ଘଶ୍ୱାସ, ନାରୀ ଜୀବନର ଏକ ଅବ୍ୟକ୍ତ ଆର୍ତ୍ତନାଦ, ଯାହାକୁ ଭୋଗି ତ ହୁଏ, କିନ୍ତୁ ଦେଖି ହୁଏନି। ଖୁବ୍ ମୁକ୍ତି ପାଇଁ ଛଟପଟ ହେଉଥିଲା ସେ, ଆଉ ମୁକ୍ତି ଥିଲା ତା' ପାଇଁ ଅନ୍ଧାରି ସୁଡଙ୍ଗ ଗଳିର ଶେଷମୁଣ୍ଡେ ପାଣ୍ଡୁର କ୍ଷୀଣ ଦେଖାଯାଉଥିବା ଦିକଦିକ ଆଲୋକ ଶିଖାଟିଏ। ଘଟଣାକ୍ରମର ପରିବେଶ ତଥା ଚରିତ୍ରମାନେ ଖୁବ୍ ଜୀବନ୍ତ ଓ ପ୍ରାଣସ୍ପର୍ଶୀ ଲାଗୁଥିଲେ। ଲାଗିଥିଲା ସତେ ଯେମିତି ଆଖପାଖରେ ଘଟୁଥିଲା।

ଏତିକି ତ' ଜ୍ଞାତ ସଭିଙ୍କୁ ଯେ ଜୀବନଟା ଗୋଟେ "ଚୋରାବାଲି", ଯଦି କୌଣସି କାରଣରୁ ପାଦ ଖସିଯାଏ ତା'ହେଲେ ତ' ଗତି ତଳକୁ ତଳକୁ। କିନ୍ତୁ ପୁଣିଥରେ ଉପରକୁ ଉଠିବାକୁ ଜୀବନ ସୁଯୋଗ ଦିଏ ନା' ନାହିଁ! ପୁଣି ଆଖିରେ ଦେଖିଥିବା ଆଖିଏ ସ୍ୱପ୍ନ ସତ ହୁଏ ନା' ନାହିଁ! ଯଦି ଏ ରାତି କେବେ ପାହେ, ତା'ହେଲେ ସକାଳଟା ତା'ପାଇଁ କେମିତି ହେବ! ସତରେ କଣ ତା' ଜୀବନରେ ବି କେବେ କେଉଁ ପୁରୁଷୋତ୍ତମଙ୍କୁ ଭେଟିବ। ତା' ଜୀବନରେ ପୁଣି ପ୍ରେମର ଫଲ୍‌ଗୁ ବହିବ ନା' ଚିର ଅନ୍ତଃସ୍ରୋତା ହୋଇ ସେମିତି ରହିଯିବ। ଏମିତି ଅନେକ ଅସମାହିତ ତଥା ଉତ୍କଣ୍ଠିତ ଭାବନାକୁ ଧରି, ଜଣେ ଉପନ୍ୟାସଟିର ଆଗକୁ ବଢିବ।

ଖୁବ୍ ଉତ୍କଣ୍ଠାର ସହ ବହିଟିକୁ ଶେଷ କଲି। ପ୍ରତ୍ୟେକ ଚତିତ୍ର ସହ ସହଭାଗିତାରେ ଥିଲି ବୋଧେ। କେତେବେଳେ ବ୍ୟସ୍ତ ବିଚଳିତ ହେଉଥିଲି ତ' ପୁଣି କେତେବେଳେ ଆଶାର କିରଣଟିଏ ତା' ଜୀବନରେ ଦେଖୁଥିଲି। ଔପ୍ୟାନସିକାଙ୍କୁ ଅନେକ ଶୁଭେଛା ଓ ସୁମନାସ, ସବୁ ଚରିତ୍ରମାନଙ୍କୁ ଏପରି ଜୀବନ୍ତ ଭାବେ କଲମ ମୁନରେ ଫୁଟାଇ ପାରିଥିବାରୁ। ପରିବେଶ ଓ ପରିସ୍ଥିତି ସାମ୍ପ୍ରତିକ ସମୟାନୁଯାୟୀ ଖୁବ ନିଖୁଣ ଭାବେ ବର୍ଣ୍ଣିତ ଥିଲା। ଉପସ୍ଥାପନା ଶୈଳୀ ବେସ୍ ରୋଚକ ଓ ପାଠକଙ୍କୁ ବାନ୍ଧି ରଖିବା ପରି। କିଛି କିଛି ଘଟଣା ତ' ଖୁବ୍ ମର୍ମସ୍ପର୍ଶୀ ଅନୁଭବ ହେବ। ଲୋମକୂପ ଶିହରି ଉଠିବ ଓ ନିଶ୍ଚୟ ପାଠକ ହୃଦୟରେ ଅଦେଖା ଦରଦଟିଏ ଛାଡିଯିବ। ଭାବିବାକୁ ବିବଶ କରିବଯେ ଏମିତି ସତରେ କାହିଁକି ହୁଏ !

"ଅହଲ୍ୟା" ଏଠି କେବଳ ଅବଳା ଦୁର୍ବଳା ନୁହଁ, ଏକ ସଂଘର୍ଷର କାହିଣୀ, ଯିଏ ପ୍ରତି ମୁହୂର୍ତ୍ତରେ ନିଜର ଅସ୍ତିତ୍ୱ ପାଇଁ ସମାଜ ସହିତ ନିଜ ସଙ୍ଗେ ବି ମୂହୁର୍ମୁହୁ ସଂର୍ଘଷ କରେ। ପ୍ରକୃତରେ ଜାତି, ଧର୍ମ ଓ ନିର୍ବିଶେଷରେ ଅଧୁନା ସମାଜରେ ନାରୀର

ସ୍ଥିତି କଣ, ସେ ପ୍ରତି ଦିଶା ନିର୍ଦ୍ଦେଶ କରେ। ଏକ ଅନାବୃତ ଅନ୍ଧକାରର କଥା, ଯାହାକୁ ଭେଦ କରିପାରିଲେ ହୁଏତ ଗୋଟେ ସମ୍ଭାବନାର ସକାଳଟେ ଆସିପାରେ। ଏହିପରି ଅନେକ ଅମୀମାଂସିତ ସଂଶୟକୁ ମନରେ ଧରି ପଢିଲା ବେଳେ, ବହି ନୁହଁ ଏକ ଚଳଚିତ୍ରକୁ ମାନସପଟରେ ଦେଖିବାର ଅନୁଭୂତି ଜଣେ ପାଠକ/ପାଠିକା ନିଶ୍ଚୟ ହୃଦବୋଧ କରି ପାରିବେ। ଔପନ୍ୟାସିକାଙ୍କୁ ଅସୁମାରୀ ଶୁଭେଚ୍ଛା, ଏପରି ନିଦାରୁଣ ସତ୍ୟକୁ ନିଜ କଲମ ମୁନରେ ଫୁଟାଇବାର ଏକ ସଫଳ ପ୍ରୟାସ କରିଥିବାରୁ। ସୃଜନମନସ୍କା ସାହିତ୍ୟିକାଙ୍କ ସାରସ୍ୱତ ପ୍ରତିଭାର ଉତ୍ତୋରତ୍ତର ଉନ୍ନତି କାମନା କରୁଛି। ନିଃସନ୍ଦେହରେ କୁହାଯାଇ ପାରେ ସମକାଳୀନ ସାହିତ୍ୟ ଜଗତରେ ନିଶ୍ଚୟ ସେ ଏକ ଭାବ ସମ୍ଭାବନାର ଉଜ୍ଜ୍ୱଳ ତାରକା।

- ବିନ୍ଦୁ ନିବେଦିତା

।। ଏକ ।।

ହେଃ ବିଧାତା, ଏ ଉପେକ୍ଷିତ ଅନନ୍ତ ଅପେକ୍ଷାର ଅନ୍ତ କାହିଁକି କଲ, ତା' କେବଳ ତୁମକୁ ଜଣା ! ଚିରକାଳ ପ୍ରତୀକ୍ଷା କରିବାରେ ଥାଏ ଯେଉଁ ବିଚିତ୍ର ବ୍ୟାକୁଳତା, ସେଇ ବ୍ୟାକୁଳପଣର ଶୂନ୍ୟତା ଭିତରେ ପୂର୍ଣ୍ଣତା ସାଉଁଟିବାର ନିଶା ଓ ଆଶାନେଇ ତ' ସେ ଅବିରତ ଧାଉଁଥାଏ । ତାହା ହିଁ ଏକା ତା' ଜୀବନର ଲକ୍ଷ୍ୟ । ଅନ୍ତତଃ ସେଇ ଲକ୍ଷ୍ୟନେଇ ଜଣେ କାଟିପାରେ ସାରାଜୀବନ । ସେଇ ବାହାନାକୁ ପାଥେୟ କରି ନିରବଧି କାଳର କରାଳ ଉପହାସକୁ ବି ସହ୍ୟ କରିପାରେ । କିନ୍ତୁ ସେଇ ସୀମାହୀନ ଅପେକ୍ଷାର ଯଦି କେବେ ଅନ୍ତ ଘଟେ ? ହଠାତ୍ ଆଶ୍ଚର୍ଯ୍ୟଜନକ ଭାବେ ଚିରଈପ୍‌ସିତ ବସ୍ତୁ ଆସି, ଯଦି ହାତ ପାହାନ୍ତାରେ ଧରାଦିଏ ? ଅଭିଳାଷ ପୂରଣ ହୁଏ । ସ୍ୱପ୍ନ ସାକାର ହୁଏ ! ତେବେ ? ତେବେ ଅପାର ଆନନ୍ଦରେ ଗଦ୍‌ଗଦ୍ ହୋଇ ପଡ଼ିବା କ'ଣ ସ୍ୱାଭାବିକ ନୁହେଁ ? ଆତ୍ମବିଭୋର ହେବା କ'ଣ ସ୍ୱାଭାବିକ ନୁହେଁ !

ନା... ପ୍ରତ୍ୟାଶାର ଫଳ ଯଦି ଏୟା, ତେବେ ଅନ୍ତହୀନ ଅପେକ୍ଷା ବରଂ ଭଲଥିଲା । ଲକ୍ଷ୍ୟହୀନ ଭାବେ ଧାଉଁଥିବା ଜୀବନରେ ଭଙ୍ଗା ପକାଇ, ଏପରି ଅନପେକ୍ଷିତ ଭାବେ ସାମ୍ନାକୁ ଆସି ଉଭା ହେଉଥିବା ଦାରୁଣସତ୍ୟ, କେତେ ଯେ ପିଡ଼ା ଦେଲା, ତା' କେବଳ ଜଣେ ଅନୁଭବି ହିଁ କହିପାରିବ ।

ବିଦ୍ୟୁତ୍ ବେଗରେ ଏକାସହିତ ଅନେକ ଗୁଡ଼ିଏ କଥା ମସ୍ତିଷ୍କ ଭିତରେ ସଂଚରି ଯାଉଛି । ଈଶ୍ୱରଙ୍କର ଏ କି ବିଡ଼ମ୍ବନା ସତେ ! ଯେଉଁ ଆଶା ନେଇ ଏତେକାଳ ବିତିଗଲା, ତା'କୁ ଆଜି ଆଖି ସାମ୍ନାରେ ପାଇ ଖୁସି ହୋଇ ପାରୁନାହିଁ କଲ୍ଲୋଳ । ହଁ..କଲ୍ଲୋଳ କେଶବ, ଯଦିଓ ଦୁଃଖ ନାହିଁ, ତେବେ ଖୁସି ବି ତ' ନାହିଁ ।

ରାତି ଅନେକ ହୋଇସାରିଛି । ଲମ୍ବି ଯାଇଛି ରାସ୍ତା, କାହିଁ କେତେଦୂର । ଅସରନ୍ତି ଲାଗୁଛି । ନିତିଦିନିଆ ଯିବାଆସିବା ବାଟ ବି ଭାରି ଅପରିଚିତ ମନେହେଉଛି ଆଜି ।

ମାଡ଼ି ପଡୁଛି ଯେମିତି। ଏକଦମ ଶୂନଶାନ୍। କିଏ କୁଆଡେ ନାହାନ୍ତି। ଏମିତି ବି ଏ ପାଗରେ କିଏ ବା ବାହାରନ୍ତା ପଦାକୁ ?

ବର୍ଷାର ଟିପ୍‌ଟିପ୍ ପ୍ରାକୃତିକ ସ୍ୱରକୁ ନିସ୍ତବ୍ଧ କରି ବାଇକ୍‌ର ଯାନ୍ତ୍ରିକ ଶବ୍ଦ ଭାଙ୍ଗିଦେଉଛି ରାତ୍ରିର ନିର୍ଜନତା। ତୀକ୍ଷ୍ଣ ବରକୋଳିଆ ଟୋପା ଛାତିରେ, ମୁହଁରେ ହାତରେ, ପିଠିରେ ଗଳିଯାଉଛି ମୁନୀଆଁ କଣ୍ଟା ପରି। ଯନ୍ତ୍ରଣା ତ' ହେଉଛି, କିନ୍ତୁ ଜଣାପଡୁନାହିଁ।

ହେଲ୍‌ମେଟ୍ ସାମ୍ନା କାଚରେ ଜଳବିନ୍ଦୁ ଲାଗି ରାସ୍ତାଘାଟ ଦିଶୁଛି ଧୂଆଁଳିଆ ଓ ଝାପ୍ସା। ଏମିତି ତ' ସାରାରାସ୍ତା କେବଳ ବାଇକ୍‌ର ହେଡ୍‌ଲାଇଟ୍ ଓ ମଝିରେ ମଝିରେ ଟ୍ରାଫିକ୍ ପୋଷ୍ଟର ଆଲୁଅକୁ ଛାଡ଼ି, ସମ୍ପୂର୍ଣ୍ଣ ଅନ୍ଧକାର।

କଲ୍ଲୋଳର ସେ ସବୁକୁ ଖାତିର୍ ନାହିଁ। ବେଖାତିର୍ ଭାବେ ଗାଡିର ବେଗବଢୁଛି। ଅନ୍ଧକାରର ଛାତିଚିରି ଗାଡ଼ି ଧାଉଁଛି ଆଗକୁ। ଦୁଇ କଡ଼ର ସରକାରୀ ପ୍ରକଳ୍ପର ଲମ୍ବାଲମ୍ବା ଗହଳ ଦେବଦାରୁ, କୃଷ୍ଣଚୁଡା ଓ କଦମ୍ବ ଗଛସବୁ, ଝଡ ପବନରେ ଦୋହଲି ଦୋହଲି ସମବେଗରେ ଅଦୃଶ୍ୟ ହୋଇଯାଉଛନ୍ତି। ଯେତେଯେତେ ଟ୍ରାଫିକ୍ ପୋଷ୍ଟ ବାଟରେ ପଡୁଛି, କେହି ଜଗି ନାହାଁନ୍ତି କେଉଁଠି। ସେ ଦେଖୁନାହିଁ ନାଲି, ନେଳୀ, ହଳଦିଆ ଧପ୍‌ଧପ୍ ଆଲୁଅକୁ। ମାନୁନାହିଁ କୌଣସି ନିୟମକୁ।

ଯେତେ ଅନୁଶାସନରେ ବନ୍ଧା ହେଲେ ବି, ଅନ୍ଧାର ହେଲେ ମଣିଷଟା ଏକ୍‌ଦମ୍ ବଦଳି ଯାଏ। ସୃଷ୍ଟି କରେ ଗୋଟେ ନୂଆନିୟମ, ଯାହାର ଆସାମୀ ଓ ବିଚାରପତି କେବଳ ସେ ନିଜେ। ଭାଙ୍ଗିବା ଗଢିବା ସବୁ ତା' ହାତରେ।

ଯାହାବି ହେଉ, ଆଜିରାତିଟା ଲାଗୁଛି ଭାରି ରହସ୍ୟମୟ ।

ମନେମନେ ଭାବିଲା କଲ୍ଲୋଳ, ଏତେ ଶୂନଶାନ୍ ନିଛାଟିଆ ରାସ୍ତାରେ କିଏ କେଉଁଠି ନ' ଥିବା ବେଳେ ବି ଛାତି କାହିଁକି ଚହଲି ଯାଉଛି ! କେହି ତ' ନାହାନ୍ତି, କିନ୍ତୁ କେହି ଜଣେଅଛି ! ଅଦୃଶ୍ୟରେ ଅନୁସରଣ କରୁଛି କି ମତେ ! ଏକ୍‌ଦମ୍ ଲାଗିକି ଚୁପ୍‌ଚାପ୍ ଆସି ବସି ପଡିଚି କି ମୋ' ବାଇକ୍ ପଛରେ ? ଚଟ୍‌କରି ବୁଲିପଡି ଚାହିଁଦେଲା। ଧେତ୍..ବେକାର କଥା। କ'ଣ ସେ ଭାବୁଚି !

କିନ୍ତୁ ନିତିଦିନିଆ ରାସ୍ତାରେ କେବେ ତ' ଆଗରୁ ଏମିତି ଅନୁଭବ ହୋଇ ନ' ଥିଲା ! ଆଜି କାହିଁକି... ? ଯେତେ ଦମ୍ଭଧରିଲେ ବି ଥରି ଉଠୁଛି ଛାତି ! ଛାଡ଼ ! ବୋଧହୁଏ ମନର..ଭ୍ରମ !

ହୁଁଃ..ଭ୍ରମରେ ତ' ସାରା ସଂସାର। ବୋଧହୁଏ ଜୀବନଟା ହିଁ ଗୋଟିଏ ଭ୍ରମ ! କିଏ ବା ବର୍ତ୍ତିପାରେ ତା' କବଳରୁ !

ଆଜି ଜୀବନକୁ ନେଇ ଘୋର ନୈରାଶ୍ୟବୋଧ। ଏତେ ବିଚଳିତ ଯେ; ବାଇକ୍‌ର ସ୍ପିଡ଼ ଉପରେ କଣ୍ଟ୍ରୋଲ ନାହିଁ ! ସେ ଦିଗକୁ ନଜର ନାହିଁ। ମନ ମସ୍ତିଷ୍କରେ ସେଇ ଗୋଟିଏ ଘଟଣା ଛାଇହୋଇ ରହିଛି। ତା' ଛଡ଼ା ଆଉ କୌଣସି କଥା ଭାବିବା ପାଇଁ ତାକୁ ଯେମିତି ଅନୁମତି ନାହିଁ।

ଯନ୍ତ୍ର ଚାଳିତ ଭାବେ କେତେବେଳେ ସିଧା ଆସି ଘର ସାମ୍ନାରେ ପହଞ୍ଚି ଗଲା। ସଡ଼ନ୍ ବ୍ରେକ କଷିଲା। ପ୍ରକୃତିସ୍ଥ ହେଲା। ଓଃ କି ବର୍ଷା ! ରାସ୍ତାସାରା ତୁହାକୁ ତୁହା କାଟୁଛି। ଛାଡ଼ିବାର ନାଁ ଗନ୍ଧ ନାହିଁ।

ପକେଟ୍‌ରୁ ଚାବି ବାହାର କରି କବାଟ ଖୋଲି ଭିତରକୁ ପଶିଲା। ହେଲ୍‌ମେଟ୍, ଓଦା ସରସର ରେନ୍‌କୋଟ୍ ଓ ବତୁରି ଯାଇଥିବା ହାପ୍ ସୁ' ବାହାରକଲା। ଦୁଆର ବନ୍ଧରେ ଟାଙ୍ଗିଦେଲା ରେନ୍‌କୋଟ୍।

ଧେତ୍.. ରେନ୍‌କୋଟ୍ ଥାଇ ବି ପ୍ୟାଣ୍ଟ ସାର୍ଟ ବେସ୍ କିଛି ତିନ୍ତି ଯାଇଛି ! ଝାଡ଼ି ପକାଇଲା ଦେହମୁଣ୍ଡ।

ଆଚ୍ଛା ପୋଷାକ ପରି ମନର ଆଦ୍ରତା ମାପି ହୁଅନ୍ତା ନାହିଁ ? ସାରା ଜୀବନରେ କେତେ ଭିଜିଛି ମନ, କେତେ ଲହୁଲୁହାଣ ହୋଇଛି ଛାତି, କେତେଥର ଭାଙ୍ଗିଛି ସ୍ୱପ୍ନର ସୌଧ। ଓଃ କି ଅସ୍ଥିର ଲାଗୁଛ ମଃ ଆଜି !

କାନ୍ଥ କଡ଼କୁ ହାତ ବଢ଼ାଇ ଅଣ୍ଡାଳି ଅଣ୍ଡାଳି ସୁଇଚ୍ ମାରିଲା। ଦପ୍ କରି ଜଳିଉଠି ଆଖି ଉପରକୁ ଛିଟକି ପଡ଼ିଲା ମୋଞ୍ଚାଏ ଆଲୁଅ। ଗୋଟେ ପାପୁଲି ଆଖି ସାମ୍ନାରେ ରଖି ଚିହିଁକି ପଡ଼ିଲା।

... ଓଃ କେତେ ଉଜ୍ଜ୍ୱଳ। ଆଖି କ'ଣ ହୋଇ ଯାଉଛି। କେତେ ଅସହ୍ୟ ହେଉଛି ଏ ଆଲୋକ।

ଦୀର୍ଘ ସମୟ ଧରି ଅନ୍ଧକାରରେ ଥିବା ମଣିଷ ସେଇଥିରେ ଅଭ୍ୟସ୍ତ ହୋଇ ସାରିଥାଏ। ଅଚାନକ୍ ତୀବ୍ର ଆଲୋକକୁ ସହ୍ୟ କରିବା ପାଇଁ ପ୍ରସ୍ତୁତ ନ' ଥାଏ ତା' ରେଟିନା।

ପ୍ରକୃତରେ ମଣିଷର ସାରା ଜୀବନ ତ' ଅନ୍ଧକାରରେ ବଞ୍ଚେ। ଭ୍ରମରେ ବଞ୍ଚେ। ତେବେ ବଞ୍ଚି ରହିବାଟା ହିଁ ଗୁରୁତ୍ୱପୂର୍ଣ୍ଣ। ଭ୍ରମହେଉ ବା ବାସ୍ତବ। ଫରକ୍ ପଡେନା। ଲକ୍ଷ୍ୟ ସ୍ଥଳରେ ପହଞ୍ଚିବା ପର୍ଯ୍ୟନ୍ତ ଏମିତି ଧାଉଁଥାଏ। ଥରେ ପ୍ରାପ୍ତ ହୋଇଗଲା ପରେ ବୋଧେ ଅସଲ କ୍ଳାନ୍ତିର ଅନୁଭବ ହୁଏ।

ଆଜି ବୋଧହୁଏ ସେ ଦାର୍ଶନିକ ପାଲଟି ଯାଇଛି। କଥା କଥାରେ ଜୀବନକୁ ନେଇ ତା'ର ଏ କି ଅଦ୍ଭୁତ ଭାବନା ! ଦୀର୍ଘ ନିଃଶ୍ୱାସ ସହ ଥମ୍‌କରି ଚୌକିଟା ଟାଣି ଆଣି ବସିପଡ଼ିଲା।

ଏ ଘରଟା କେମିତି ଗୋଟେ ଉସ୍‌ମାଳିଆ ଗନ୍ଧ ହେଉଛି। ସ୍ୱାଭାବିକ। ଦିନଦିନ ବନ୍ଦ ରହିଲେ ଏୟା ହୁଏ। କେଉଁଠି ମେଞ୍ଚେ ଲୁଗା ପଟା ତ' କୋଉଠି ମଇଳା ବେଡ଼ସିଟ୍, ଚାଦର ଗୋଟଲା ହୋଇ କୋଉ କୋଣରେ। ଖଟଉପରେ ବହିପତ୍ର, ଖାତା ଡାଏରୀ ସବୁ ଅନାଥଙ୍କ ପରି ଇତସ୍ତତଃ। ଏତେବର୍ଷ ହେଲାଣି ରହିବାର, ଗୋଟିଏ ଗୋଟିଏ ଜିନିଷ ପତ୍ର ବଢ଼ି ଏତେ ହେଲାଣି। ଏଇ ଗୋଟିଏ ବଖରା ଘରଭିତରେ ଏତେ ସବୁ ଖୁନ୍ଦାଖୁନ୍ଦି ହୋଇ ରହିଲେ କ'ଣ ହୁଅନ୍ତା ଆଉ?

ବୋଧହୁଏ ଏକଲା ରହୁଥିବା ସବୁ ଅବିବାହିତ ଲୋକଙ୍କର ଘର ଏମିତି। ତା' ସହ ତାଙ୍କ ଜୀବନ ବି ଏମିତି ବିକ୍ଷିପ୍ତ। ଏମିତିରେ ଆଠଦିନ ହେବ ଏ ଧାଁ ଦୌଡରେ ନିଜ କଥା ଭାବିବାକୁ ବି ସମୟ ନାହିଁ ଆଉ ଘରର ଯତ୍ନ କଥା ପଚାରେ କିଏ!

ଅବଶ୍ୟ ଏଇଟିକୁ କ'ଣ ଘର କୁହାଯାଏ? ରୁମ୍। ବ୍ୟାଚଲର ରୁମ୍। ସଜାଇବାରେ ନା' ସମୟ ଥାଏ ନା' ଆଗ୍ରହ। ବର୍ତ୍ତମାନ ନା' ଅର୍ଥର ଅଭାବ ନା' କ୍ଷମତାର, ହେଲେବି ଏଇ ରୁମ୍ ଛାଡ଼ି ଅନ୍ୟ ଗୋଟେ ବଡ଼ଘର କେବେ ଖୋଜିନାହିଁ। ଗୋଟେ ଆଇ ଟି କମ୍ପାନୀରେ ମାର୍କେଟିଂହେଡ୍। କ'ଣ ଅଭାବ ଅଛି ତା'ର? ନାଁ ଆଗକୁ କିଏ ନାଁ ପଛକୁ କିଏ। ଗାଁ ରେ ମାଆ ଟିଏ ଥିଲା। ସେ କେଉଁ କାଳୁ ସଂସାର ଛାଡିଲାଣି। ଘର କରୁନୁ, ସଂସାର କରୁନୁ, ନାତି ନାତୁଣୀଙ୍କ ମୁହଁ ଦେଖିବି ଦେଖିବି କହି ମାଆ ଚାଲିଗଲା ସିନା, ନାଁ ଘର କରିପାରିଲା ନାଁ ସଂସାର ଗଢ଼ି ପାରିଲା।

ମାଆ ତ' ଗଲା। ଏବେ ଆଉ ବଡ଼ଘର କ'ଣ ବି ଦର୍କାର। ଜଣେ ତ' ମଣିଷ। କାମ କରିବାକୁ ବି କାହାକୁ ରଖିନାହିଁ କେବେ। କେବଳ ତା' ପ୍ରାଇଭେସିରେ ବାଧା ନ' ଆସୁ ବୋଲି ନିଜ ହାତରେ ରାନ୍ଧି ଖାଏ ସିନା କାହାକୁ ଘରେ ପୁରାଏନା। ନିରବତାକୁ ସାଥି କରିଛି ଦୀର୍ଘବର୍ଷ ହେଲା।

ଏମିତିବି ଏ ଘର ସେ କେବେ ଛାଡ଼ିବନି ବି। କେହି ପାଖରେ ନ' ଥିଲେ ବି ଏଘରେ ତା' ର ଅଭୁଲା ସ୍ମୃତି କିଛି ସାଇତା ହୋଇ ରହିଛି। ଧନ, ଐଶ୍ୱର୍ଯ୍ୟ, କ୍ଷମତା ସବୁ କିଛି ସେଇ ସ୍ମୃତି ପାଖରେ ହାର୍‌ମାନେ।

ଛାତ୍ର ଜୀବନରେ ଭଡ଼ାରେ ରହୁଥିଲା। ଏଠି ଯେଉଁ ଶାନ୍ତି, କେଉଁଠି ଆଉ ମିଳିବ! ଖାସ୍ ସେଇ ଶାନ୍ତି ଓ ସ୍ମୃତି ପାଇଁ ତ' ଅନେକ ବର୍ଷ ତଳୁ ଏଇ ଏକ ବଖରା ଘରଟିକୁ କିଣି ନେଇଥିଲା କଲ୍ଲୋଳ। ବଜାର ଦରଠାରୁ ବେଶ୍ କିଛି ଅଧିକ ଦାମ୍ ଦେଇଥିଲା ମଧ୍ୟ।

ପଢିଲାବେଳେ ସାଙ୍ଗ ଶଶାଙ୍କ ଓ ସେ ଏକାଠି ଭଡ଼ା ନେଇଥିଲେ ଏ ଘର। ନିବିଡ ବନ୍ଧୁତା ଥିଲା ପରସ୍ପର ଭିତରେ। ସେ ବିବାହ କରି ସ୍ତ୍ରୀ ଛୁଆପିଲା ସହିତ

ଆଲିଶାନ୍ ଘରକରି ରହୁଛି ଏବେ। କର୍ମମୟ ଜୀବନରୁ ସମୟ କାଢ଼ି ସେ ପ୍ରାୟ ସମୟ ଆସେ, ଦୁଇ ବନ୍ଧୁ ସମୟ ବିତାନ୍ତି। ଶଶାଙ୍କ ଯେବେ ଆସେ ବୋତଲ ଧରି ଆସିଥାଏ। ସେ ଅଳ୍ପ ପିଏ ଆଉ ବହୁତ ଇମୋସ୍‌ନାଲ୍ ହୁଏ। ଚପଳ ବୟସ ସ୍ମୃତିର ପସରା ଖୋଲନ୍ତି ଦୁଇ ବନ୍ଧୁ। ତା'କୁ ବି' ଏଇଠି ଯେଉଁ ଶାନ୍ତି ମିଳେ, କେଉଁଠି ଆଉ ମିଳେନା ବୋଲି ସେ ବି କହେ।

ସେ ଥରେ ଦୁଇଥର କହିଛି, "ନେଉନୁ ଆଉ ଗୋଟିଏ ବଙ୍ଗଳା। କ'ଣ ଅଭାବ କହିଲୁ? ପ୍ରତି ମାସ ଦରମାର ଗୋଟେ ବଡ ଭାଗ ତ' ଅନାଥ ଆଶ୍ରମକୁ ଦାନ କରି ଦେଉଛୁ।" "ଦାନ କରିବିନି ତ' କ'ଣ କରିବି? ଅଛି କିଏ ଯେ ମୋର ଖାଇବ। ବଙ୍ଗଳା କ'ଣ ହେବ? କିଏ ରହିବ?" "ମୋ ଭାଇଟା ପରା, କାହିଁକି ଏମିତି ହୋଉଛୁ କହିଲୁ? କେଉଁ ଅଭିମାନ ନେଇ ନିଜକୁ ତିଳତିଳ କରି ମାରୁଛୁ? ଏ କି ପ୍ରକାର ଜିଦ୍! ଆଉ କେତେବର୍ଷ ଚାଲିଥିବ ଏ ପାଲା!...ହଉ ଛାଡ, ଏଇ ଘରଟା ବରଂ ଥାଉ। ମଝିରେ ମଝିରେ ଆସି ବୁଲିଯାଉଥିବୁ। ତୋ ସ୍ମୃତି ତାଜା ହେଉଥିବ, ଆଉ ନୂଆ ଘରେ ଫ୍ରି ରେ ଲାଇଫ୍ ଏନଜୟ କରିବୁ।" ସେ ତ' ଜଣେ, ଯେ ମୂଳରୁ ଜାଣେ ସବୁ ଘଟଣା। କଲ୍ଲୋଳର ନିରବତା ଦେଖି ପୁଣି ନିଜ ପ୍ରସ୍ତାବରୁ ଓହରି ଯାଏ।

ହଁ ଯଦି କେବେ ତା' ସ୍ୱପ୍ନ ପୁରଣ ହୋଇଥାଆନ୍ତା, ତେବେ ସେ ନେଇ ଥାଆନ୍ତା ବଡ଼ଘର। ଶଶାଙ୍କ ପରି। ଯେଉଁଟା ହୋଇଥାଆନ୍ତା ହୋମ୍, ସୁଇଟ୍ ହୋମ୍। ସୁନ୍ଦର ବିରାଟ ବଗିଚା। ରଙ୍ଗ ବେରଙ୍ଗ ଫୁଲଗଛ। ଲନ୍‌ରେ ବିତାଇ ଥାଆନ୍ତା ଘଣ୍ଟା ଘଣ୍ଟା ସମୟ। ଲେଖି ଥାଆନ୍ତା କବିତା। ସାଜସଜ୍ଜା ହୋଇ ଥାଆନ୍ତା ଘରଦ୍ୱାର। ସଜବାଜ ହୋଇ ତା' ଫେରିବା ବାଟାକୁ ଚାହିଁ ରହିଥାଆନ୍ତା ସିଏ। ଏମିତି ଓଦା ହୋଇ ଘରକୁ ଫେରିଲା ବେଳକୁ ହାତରୁ ହ୍ୟାଣ୍ଡ ବ୍ୟାଗଟା ନେଇ ଗାମୁଛାରେ ମୁଣ୍ଡ ପୋଛି ଦେଉଥାଆନ୍ତା। ହାତକୁ ଲୁଙ୍ଗୀ ବଢାଇଦେଇ ମିଛ ରାଗରେ ଗରଗର ହେଇ ଗରମ ଗରମ ଖାଦ୍ୟ ପରଶିବାକୁ ଚାଲି ଯାଆନ୍ତା ରୋଷେଇ ଘର ଭିତରକୁ। ହୁଏତ ଅଭିମାନ କରିଥାଆନ୍ତା, ହଜାରେ ଅଭିଯୋଗ ବାଢ଼ିଥାଆନ୍ତା।

ରେନ୍‌କୋଟ୍ ଥାଇ ଓଦା କେମିତି ହୁଅ ତୁମେ? ଆଉ କେତେ ବଡ଼ଲୋକ ହେଲେ ଯାଇ କାର୍ କିଣିବ! ଆଚ୍ଛା ଏତେ ବିଳମ୍ବ କାହିଁକି କର ଆଗ କୁହ? ସମୟ ଜ୍ଞାନ ବୋଲି କିଛି ଅଛି ନା' ନାହିଁ ତୁମର? ନିଜ ପ୍ରତି ଯତ୍ନଶୀଳ ହେବା କେବେ ଶିଖିବ ତୁମେ?

ଆହାଃ କେତେ ଉପଭୋଗ୍ୟ ହୋଇ ନ' ଥାଆନ୍ତା ତା' ମୁହଁଫୁଲା ଓ ମିଠା

ତାଗିଦ୍। ତା' ଛଳଛଳ ପ୍ରେମ ପାଖରେ ମିଛ କ୍ରୋଧଟା କେଡ଼େ ଫିକା ଲାଗିଥାଆନ୍ତା ସତେ !

ମନେମନେ କେତେ କ'ଣ ଭାବିଯାଉଛି କଲ୍ଲୋଳ।

କେତେ ଭଲ ପାଇଥିଲି ତାକୁ। ପ୍ରାଣ ଭରି, ଆତ୍ମାରୁ। କେହି ହୁଏତ ବିଶ୍ୱାସ କରିବେ ନାହିଁ। ଏପରିକି ଯାହା ପାଇଁ ଏତେ ଆତୁରତା ସିଏ ବି କ'ଣ ବିଶ୍ୱାସ କରି ଥାଆନ୍ତା କି ନାଁ ! କେଜାଣି ! କିଏ କରନ୍ତୁ ବା ନ' କରନ୍ତୁ, କାହାକୁ କେବେ କହିନାହିଁ, କହିବି ନାହିଁ ମଧ୍ୟ। ଶଶାଙ୍କ କିନ୍ତୁ ସବୁ ଜାଣେ। ସେଇ ତ' ଥିଲା ମୋ ପ୍ରେମର ମୂକସାକ୍ଷୀ।

ହେଃ..ଏ ସବୁ ତ' ପୁରୁଣା ସ୍ମୃତି। ଦୀର୍ଘବର୍ଷ ଧରି ସୁପ୍ତ ଥିବା ସ୍ମୃତିକୁ କେଉଁ ଅଦୃଶ୍ୟ ଶକ୍ତି ଜାଗ୍ରତ କରିବାକୁ ବ୍ୟଗ୍ର ହୋଇ ଉଠୁଛି ଯେମିତି !

ନିଜକୁ ଆୟତ୍ତ କରିବାର ଯଥେଷ୍ଟ ସାମର୍ଥ୍ୟ ଥିବା ବୟସରେ ବି; ମଣିଷ କ'ଣ ଏତେ ପରିମାଣରେ ବିଚଳିତ ଓ ଅଣାୟତ୍ତ ହୋଇପାରେ !

କାହିଁକି ନୁହେଁ? ବିଚଳିତ ବା ଅନ୍ୟମନସ୍କ ହେବା ସହ ବୟସର କି ସମ୍ପର୍କ ? ସବୁ କିଛି ସମୟ ଓ ପରିସ୍ଥିତି ଉପରେ ନିର୍ଭର କରେ।

ଏତେ ଭାବନା ଭିତରେ ହଜି ଯାଇଛି ଯେ, ଫେରିବାର କେତେ ସମୟ ବିତିସାରିଲାଣି ମାଲୁମ୍ ନାହିଁ।

ଆଖି ଉଠାଇ ଚାହିଁଲା କାନ୍ଥ ଘଣ୍ଟାକୁ। ବାରଟା ପଚିଶ। ସେ ତ'ଠିକ୍ ଏଇ ସମୟରେ ମେଡ଼ିକାଲରୁ ବାହାରି ଆସିଥିଲା ! ସେତେବେଳରୁ କ'ଣ ସମୟ ବିତି ନାହିଁ ଆଉ। ହାତ ଘଣ୍ଟାକୁ ଚାହିଁଲା। ତିନିଟା ବାଜି ସାରିଲାଣି। ଧେତ୍ ଏଇଟା ତେବେ ବାରଟା ପଚିଶରେ ଅଟକି ଯାଇଛି ! ହଉ ରାତି ପାହିଲେ ବ୍ୟାଟେରୀ ବଦଳାଇ ଦେବା।

ଗତ ତିନିରାତି ପରି ଆଜି ବି ଆଖିରୁ ନିଦ ଉଭାନ୍। ପ୍ୟାଣ୍ଟ ସାର୍ଟ ଦେହରେ ଥାଇ ଆପେଆପେ ଶୁଖିଗଲାଣି। ପକେଟ୍‌ରେ ହାତ ପୁରାଇ ଦେଖିଲା ଫୋନ୍‌ର ଚାର୍ଜ ବିଲକୁଲ୍ ଜିରୋ। ଧଡ଼ପଡ଼ ହେଇ ଉଠିଗଲା ଚାର୍ଜର ଖୋଜିବାକୁ। ଅଣ୍ଡାଳି ଅଣ୍ଡିଳି ମିଳିଲା ବିଛଣା ଉପରେ ମେଲା ପଡିଥିବା ଖବରକାଗଜ ତଳୁ।

ଓଃ ଗଡ୍, କେମିତି ଭୁଲି ଯାଇଛି, ହସ୍ପିଟାଲରୁ ଯଦି ଫୋନ୍ ଆସିବ ! କିଛି ଆବଶ୍ୟକ ପଡ଼ିବ ଯଦି ! ଆଉ ଶଶାଙ୍କ ମଧ୍ୟ ତିନିଦିନ ହେଲା ଫୋନ୍ କରୁଛି। ବ୍ୟସ୍ତତା ଭିତରେ ରିସିଭ୍ କରି ପାରିନାହିଁ। ଆଜି ବି ଫୋନ୍ କରିଥିଲା। ୱାର୍ଡ଼ ଭିତରେ ସାଇଲେନ୍ସ ମୋଡ଼ରେ ଥିଲା। ଘରକୁ ଫେରି ଫୋନ୍ କରିବି ବୋଲି ଭାବି ଆଉ ମନେନାହିଁ।

ବ୍ୟସ୍ତ ହୋଇ କାଲି ସକାଳୁ ନିଶ୍ଚୟ ଆସି ପହଞ୍ଚି ଯିବ ସେ। ଆସୁ, ଭଲ ହେବ। ଫୋନ୍‌ରେ ଏତେ ସବୁ କହି ପାରି ନ' ଥାନ୍ତି କଦାପି।

ଏଇଟା କେତେ ନମ୍ବର ସିଗାରେଟ୍? ଘରସାରା ଧୂଆଁ ଭର୍ତ୍ତି। ସକାଳର ଅଇଁଠା ଚା' କପ୍ ଟା ସିଗାରେଟ୍ ଟୁକୁରା ଓ ପାଉଁଶରେ ଭର୍ତ୍ତି ହେଲାଣି। ଆଉ ଜାଗା ନାହିଁ। ଝରକା ଖୋଲିଲା ବାହାରକୁ ଫିଙ୍ଗିଦିଏ ଶେଷ ଦରଜଳା ଖଣ୍ଡକ।

ବାହାରେ ଲେସିହେଇ ରହିଛି ବହେ ବହଳ ଅନ୍ଧାର। ସୁ ସୁ ଗର୍ଜନ କରି ବର୍ଷାଟା ଝଡ଼ ତୋଫାନ୍‌କୁ ରୂପାନ୍ତରିତ ହେଉଛି। ମଡ଼ମଡ଼ କରି ଭାଙ୍ଗୁଛି ପଡିଶା ଘର ସଜନାଡାଳ। ବର୍ଷାର ପ୍ରକୋପ ବଢି ଉଗ୍ର ରୂପ ନେଉଛି। ଘୁ ଘୁ ଶବ୍ଦ କରି ପଶିଆସୁଛି ଦଲକାଏ ଦଲକାଏ କୋହଲା ପବନ। ଫଡ଼୍‌ଫଡ଼୍ ଉଡ଼ି ଯାଉଛି ଝର୍କାର ପରଦା। ରହିରହି ଏଇଠି କେଉଁଠି ନିକଟରୁ ଭାସି ଆସୁଛି କେଉଁ ଅସହାୟ କୁକୁରର ବିକଳ କାନ୍ଦଣାର ସ୍ୱର। କିଏ ଜଣେ କହୁଥିଲା କୁକୁର କାନ୍ଦଣାଟା କୁଆଡେ ଅଶୁଭ ସଂକେତ! ଧେତ୍ ଏତେ ପାଠଶାଠ ପଢି ଏମିତି କଥାକୁ ବିଶ୍ୱାସ କରିବା ମୂର୍ଖାମୀର ସୂଚକ। ବୋଧହୁଏ ଉଚିତ୍ ଆଶ୍ରୟସ୍ଥଳଟିଏ ପାଇ ପାରି ନାହିଁ ଏ ଯାଏ। ସେଥିପାଇଁ କୁଁ କୁଁ ହେଉଛି।

ଉଫ୍ ଏ ବର୍ଷା! କେତେ ବିରକ୍ତି କର ନୁହେଁ? ଅସହ୍ୟ ଲାଗେ। ଦିନଥିଲା ଆଷାଢ଼ର ପହିଲି ବର୍ଷାରେ ଭିଜିବା ପାଇଁ ପାଗଳ ପରି ବାହାରକୁ ବାହାରି ଯାଉଥିଲି। ଖାତିର କରୁନ' ଥିଲି ଥଣ୍ଡା ସର୍ଦ୍ଦି କିଛି ବି। ଖୁବ୍ ଭଲ ଲାଗୁଥିଲା ଏଇ ବର୍ଷା। କିନ୍ତୁ ସେଇ ନିର୍ଦ୍ଦିଷ୍ଟ କାଳରୁ ଯା ପ୍ରତି ବି ମରିଯାଇଛି ମନ। ଏଇ ବର୍ଷା ବି ଆସେ ବିନା ନୋଟିସ୍‌ରେ, ଉଜାଡି ନିଏ ଜୀବନରୁ ସବୁ ସୁଖଶାନ୍ତି। ଆଉଥରେ ଭଲ ପାଇବା କ'ଣ ସମ୍ଭବ ହେଇପାରେ ଏଇ ଉଜାଡି ଦେଉଥିବ ଚିଜ ମାନଙ୍କୁ! ହୁଏ ସତରେ!

ନିଜକୁ ନିଜେ ଉତ୍ତର ବିହୀନ ପ୍ରଶ୍ନ ପଚାରିବା ଛଡ଼ା ଉପାୟ କ'ଣ ଅଛି! କିଏ ବା ଶୁଣିବ ଏବେ!

ଏପରି ଏକ ଘନଘୋର ଅନ୍ଧାର ରାତି ଧୂଆଁଧାର ବର୍ଷା ମୋ' ଜୀବନରୁ ଧୋଇ ନେଇଥିଲା ସପ୍ତରଙ୍ଗ। ଏମିତି ପାଗରେ ହିଁ ଚାଲିଯାଇଥିଲା, ବା ହୋଇଯାଇଥିଲା ନିରୁଦ୍ଦିଷ୍ଟ!

ଏଇତ ମାତ୍ର ଆଠଦିନ ତଳେ ବାହୁଡିଛି। ଜୁକୁଜୁକୁ ହେଉଥିବା ଜୀବନ ଓ ଅବଶ ଶରୀର ନେଇ। ଦେହମୁଣ୍ଡ ଭିଜାଇ ଏଇ କୋହଲା ଥଣ୍ଡା ପାଗରେ! ଏ ଝଡିବର୍ଷା ରାତିରେ! ଏଇ ଘନଘୋର ଅନ୍ଧକାରରେ! ସର୍ବପରି ପୁଣି ସେଇ ବିନା ନୋଟିସ୍‌ରେ! କେବଳ ମଝିରେ ଯାହା କଟିଯାଇଛି ସତେଇଶଟି ଶ୍ରାବଣ।

କାଲି ସକାଳେ ତ' ଶଶାଙ୍କ ସହ ନିଶ୍ଚେ ଭେଟ ହେବ। ମୁଁ ଫୋନ୍ ଉଠାଇ

ନାହିଁ ମାନେ ସେ ପଳାଇ ଆସିବ। କହିବି ତା'କୁ। "ଦେଖେ ଭାଇ କହୁନଥିଲି ସେ ଫେରିବ ଦିନେ। ମୋ ପ୍ରତୀକ୍ଷା ବୃଥା ଯିବନାହିଁ। ଦେଖେ ଆଜି ଫେରିଛି। ମୋ ବିଶ୍ୱାସ ଜିତିଗଲା ସାଙ୍ଗ।"ଶଶାଙ୍କ ନିଶ୍ଚୟ ଆଶ୍ଚର୍ଯ୍ୟ ହେଇଯିବ, ଖୁସିହେବ?

ଉଁ ଖୁସି!!! ଏମିତି ଅବସ୍ଥାରେ ତା' କୁ ଦେଖି କେହି କେବେ ଖୁସି ହୋଇପାରେ! ମୁଁ କ'ଣ ଖୁସି ହୋଇପାରିଲି!

ଆଚ୍ଛା ସେ କ'ଣ ଶୋଇ ଯିବଣି। ତିନି ନମ୍ବର ମେଡ଼ିସିନ୍‌ଟା ବାକିଥିଲା। ଦେଇଥିବ ନର୍ସ? ଖାଇଥିବ ନା' ଗତ ରାତି ପରି ଅଝଟ କରି ଦିଦିଙ୍କୁ ହଇରାଣ କରିଥିବ? ଫେରିବା ପୂର୍ବରୁ କପାଳରେ ହାତ ମାରି ଦେଖିଥିଲି ତ' ଜର ନ' ଥିଲା। ଶୀତଳ ଲାଗୁଥିଲା ଦେହ ମୁଣ୍ଡ। ଓଃ ..ଅଚେତନ ଅବସ୍ଥାରେ କେତେ ଜୋର୍‌ରେ ଜାବୁଡ଼ି ଛାତିରେ ଜାକି ଧରିଥିଲା ଡାହଣ ହାତର ପାପୁଲିଟିକୁ। ଛାଡ଼ୁ ନ' ଥିଲା ଜମା। ବଡ଼ କଷ୍ଟରେ ଆସିଛି। ହୁଁ ଏଇ ପାପୁଲି କୁ ଧରିଥିଲା ନା'! ଡାହାଣ ହାତର ପାପୁଲି। ଏତେ ବର୍ଷାରେ ଭିଜିଲା ପରେ ବି ତା' ହାତର ବାସ୍ନା ଏଯାଏ ଯାଇନାହିଁ ମୋ ପାପୁଲିରୁ। ହୁଁଃ..ତା' ମହକ ଦୀର୍ଘବର୍ଷ ହେଲା କବଳିତ କରି ରଖିନାହିଁ କି ଜୀବନକୁ? ସେଥିପାଇଁ କିଛି ଉତ୍ତର ଅଛି? ହା ହା ହା ନିଜ ପ୍ରଶ୍ନର ଉତ୍ତର ବି ନିଜ ପାଖରେ ନାହିଁ!

...ନାହିଁ କାହିଁକି? ଅଛି। ଘୋର ଅଭିମାନ। ମନର ଭାବନା କଠୋର ଅଭିମାନ ତଳେ ଦବି ଯାଇଛି। ଜିଭ ପାଖରେ ସେ ଅଧିକାର କାହିଁ ଯେ, ସେ ବ୍ୟକ୍ତ କରି ପାରିବ!

ଯାହା ବି ହେଉ, ଆଜି ରାତିରେ କାହିଁକି ତା' କୁ ଛାଡ଼ି ଆସିବାକୁ ବିଲ୍‌କୁଲ୍ ମନ ହେଉ ନ' ଥିଲା। ଲାଗୁଥିଲା ସେଏ ବି ସେୟା ଚାହୁଁଛି। ଅର୍ଦ୍ଧମୁଦ୍ରିତ ଆଖିରେ ଯେମିତି କହୁଛି "ଆଜି ମତେ ଏକୁଟିଆ ଛାଡ଼ିକି ଯାଅନା ପ୍ଲିଜ୍। ଆଛା ଯିବ ତ' ମତେ ବି ନେଇଯାଅ ତୁମ ସାଥିରେ!"

ଓଃ କି କରୁଣ ତା' ଚାହାଣୀ!

ମୁଁ କ'ଣ କେବେ ବି ତୋ ହାତକୁ ଛାଡ଼ିବାକୁ ଚାହୁଁଥିଲି! ସାରା ଜୀବନ ସେଇ ହାତରେ ହାତ ଛନ୍ଦି ଜୀବନ କାଟିବାର ସ୍ୱପ୍ନକୁ ତୁ' ନିଜେ ହିଁ ଭାଙ୍ଗି ଦେଇ ଚାଲି ଯାଇଥିଲୁ ସଖୀ। ତୁ' ନିଜେ...

ରାତିରେ ପୁରୁଷ ଲୋକ ସେ ୱାର୍ଡ଼ରେ ରହି ପାରିବେନାହିଁ। ପେସେଣ୍ଟ ଦାୟିତ୍ୱ ତାଙ୍କର। ନହେଲେ ମୁଁ....

କିନ୍ତୁ ପୁଣି କାହିଁକି ସେ ମାୟାରେ ପଡୁଛି ମୁଁ! ଏତେ କାହିଁକି ଭାବୁଛି ତା'

କଥା ? ଧେତ୍ ତା' ଶୋଇବା ନ' ଶୋଇବା କଥା ସେମାନେ ବୁଝିବେନି ? ମାନବିକତା ଦୃଷ୍ଟିରୁ ମୁଁ ତ' କର୍ତ୍ତବ୍ୟ କରି ଆସିଛି। ସେ ସେଠି ଥିବା ଯାଏ ହସ୍ପିଟାଲ ୱାଲା ତା' ଦାୟିତ୍ୱ ନେବେ। ଯାହା ଟଙ୍କା ଲାଗୁ ସବୁଦେବି। ଆରେ ତା' ଜାଗାରେ ଯିଏ ବି ହେଇଥିଲେ, ତା' ପାଇଁ ବି କରିଥାଆନ୍ତି। ମୁଁ ଯେ; ଅନ୍ୟ ପରି, ସିଧା କଥାରେ ତା' ପରି ହୃଦୟହୀନ ପାଷାଣ ନୁହେଁ ! ପୁଣିଥରେ ତା' ମାୟାରେ ପଡିଲେ ଖାଲି ଦୁଃଖ ହିଁ ମିଳିବା ସାରହେବ ସିନା, ଲାଭ କିଛି ନାହିଁ। ଛାଡ଼ ! ଆଜି ଯାଏ କ'ଣ କମ୍ ଦୁଃଖ ପାଇଛି ତା'ପାଇଁ !

କିନ୍ତୁ ଭୁଲିଯିବା ଏତେ ସହଜ ତ' ନୁହେଁ ! ହେଇଥିଲେ ସତେଇଶ ବର୍ଷ ତଳୁ ଭୁଲି ସାରି ଥାଆନ୍ତି। ଆଜି ତ' ପୁରୁଣା ସ୍ମୃତି ତାଜା ହେଉଛି।

କେବେ ଦିନେ ସେ ଥିଲା ଲାସ୍ୟମୟୀ, ହାସ୍ୟମୟୀ, ରୂପମୟୀ। ମୋ ପ୍ରାଣପ୍ରିୟା। ମନର ମାନସୀ। ମୋ' ଅହଲ୍ୟା।

ତେବେ ସେ ଦିନ ଓ ଆଜି ଭିତରେ ତା' ରୂପଭେକ, ପରିବର୍ତ୍ତିତ ପରିଚୟ ସବୁ କିଛି ଦେଖି ଲାଗୁଛି ସେ ମୋ' ଅହଲ୍ୟା ନୁହେଁ। ଅନ୍ୟ କେହି ଜଣେ। କେତେ ଫରକ୍ ଏତିକ ବର୍ଷର ବ୍ୟବଧାନରେ। ହୃଦତନ୍ତ୍ରୀକୁ ଥରାଇ ଦେଉଛି।

ଆଜି ବି ମନେଅଛି। ନୂଆ କରି ନାମ ଲେଖାଇ ଥିବା ଝିଅଟି ଏତେ ବଡ଼ କଲେଜରେ ବା ଜାଣେ କ'ଣ ! ନାମ ଲେଖା ପରେ ତା' ର କେହି ଅଭିଭାବକ ତାକୁ ବାହରୁ ଛାଡ଼ି ଦେଇ ଯାଇଥିଲେ ବୋଧେ।

ଢିଲା ସାଲୱାର ପଞ୍ଜାବି ସହିତ ଆକାଶୀ ରଙ୍ଗର ଚୁନରୀକୁ ଚାରି ଭାଙ୍ଗ କରି ଦୁଇକାନ୍ଧରେ ଇଞ୍ଚେ ବି ଏପଟ ସେପଟ୍ ନ' ହେବା ପରି ସେଫ୍ଟିପିନ୍‌ରେ ଗୁନ୍ଥି ଥିବା ଝିଅଟିକୁ ଦେଖିଲେ ଯେ କେହି ଭାବିବ ଇଏ କଲେଜ ନୁହେଁ, କଡ଼ାକଡ଼ି ଅନୁଶାସନରେ ବନ୍ଧା କୌଣସି ସ୍କୁଲର ଛାତ୍ରୀଟିଏ। କାନ୍ଧରେ ଖଦି କପଡାର ଝୁଲା ବ୍ୟାଗ, ପାଦରେ ହାୱାଇ ଚଟି, କପାଳରେ କଳା ବିନ୍ଦିଟିଏ ଛଡା ଓଠରେ ଲିପ୍‌ଷ୍ଟିକ ନାହିଁ, ଆଖିରେ କଜ୍ଜଳ ନାହିଁ, ସ୍ନୋ ପାଉଡ଼ର ନାଁ ଗନ୍ଧ ନାହିଁ।

ଆଉ ହେୟାର ଷ୍ଟାଇଲ୍ ନାଆରେ ଯାହା ତା' ହେଲା ମଝି ସୁନ୍ଥାଣୀ କାଟି ଅଣ୍ଟା ତଳକୁ ଲମ୍ବିଥିବା କଳା ନାଗୁଣୀ ପରି ଲମ୍ବା ବେଣୀ ଅଗରେ ନାଲି ରବରବ୍ୟାଣ୍ଡ। ବିନା ପ୍ରସାଧନ ଓ ଏପରି ବେଶପୋଷାକ ଯୋଗୁ କଲେଜର ସବୁ ଝିଅ ଠାରୁ ଅଲଗା ବାରିହୋଇ ପଡିବାରେ ତିଳେମାତ୍ର ଅସୁବିଧା ହେବାର ନାହିଁ।

ପ୍ରବେଶ କରିବା ମାତ୍ରେ ଆବାକାବା ହୋଇ ଚାରିଦିଗକୁ ବୁଲିବୁଲି ଦି' ଘଡି ଚାହୁଁଥିଲା। ଆମେ ବ୍ରେକ୍ ଟାଇମ୍‌ରେ ସବୁଦିନ କୋରିଡ଼ରରେ ବସୁ ଚାରି

ପାଞ୍ଚ ଜଣ ସାଙ୍ଗ। ଏକପ୍ରକାର ଖଟି ସ୍ଥଳ କୁହାଯାଇ ପାରେ। ତା' ଆଶ୍ଚର୍ଯ୍ୟ ଚକିତ ଚେହେରା ଦେଖି ଯେ' କେହି କହିପାରିବ ଝିଅଟି ଆଗରୁ କେବେ ଏତେ ବଡ଼ ବିଲ୍ଡିଂ ଦେଖିନାହିଁ। ରୂପଭେକରୁ ଓ ହାବଭାବରୁ ସ୍ପଷ୍ଟ ଜଣାପଡୁଥିଲା ସେ ନୂଆ କରି ଜଏନ୍ କରିଛି ଓ ସହରକୁ ନୂଆ କରିଆସିଥିବା ଗୋଟିଏ ଅତି ସାଧାରଣ ଝିଅ।

ତା' ଉପରେ ନଜର ଥାଇ ମଧ୍ୟ ବେଖିଆଲ୍ ଭାବରେ ନିଜନିଜ ଗପରେ ମାତିଥାଉ ଆମେ। ସେତେବେଳକୁ କିଛି ଗୋଟେ ଖୋଜିଲା ଆଖିରେ ବ୍ୟସ୍ତ ହୋଇ ପାଞ୍ଚ ଛ' ଥର ଆମ ସାମ୍ନାବାଟ ଦେଇ ଯିବା ଆସିବା କଲାପରେ, ଶେଷରେ ହାଲିଆ ଓ ନିରାଶ ହୋଇ ଆମକୁ ନିଜ କ୍ଲାସ ରୁମ୍‌ର ଠିକଣା ପଚାରିଥିଲା। ଭାରି ବିନମ୍ରତାର ସହ ତଳକୁ ମୁହଁ ପୋତି ଓ ଅତି ଅନୁଚ୍ଚ ସ୍ୱରରେ।

ପ୍ଲସଟୁ ପ୍ରଥମ ବର୍ଷର ଇତିହାସ ଡିପାର୍ଟମେଣ୍ଟ ଟା କେଉଁଠି କହି ପାରିବେ କି?

ଗୋଡ଼ ଠାରୁ ମୁଣ୍ଡ ପର୍ଯ୍ୟନ୍ତ ପରସ୍ତେ ନିରୀକ୍ଷଣ କଲା ପରେ ତୀକ୍ଷ୍ଣ ନଜର ଓ ଭାରି ଗୁରୁ ଗମ୍ଭୀରୀ ଆୱାଜ୍‌ରେ ବିକାଶ ଓଲଟା ପ୍ରଶ୍ନ କଲା "ତୁମ ନାଁ କଣ? ଏକରେ ଏତେ ବିଳମ୍ବରେ ପହଞ୍ଚିଛ, ଦୁଇରେ ନିଜ ଶିକ୍ଷକଙ୍କ ଠାରୁ ଆଡ୍ରେସ୍ ପଚାରି କ୍ଲାସ କରିବ? କେଉଁ ସ୍କୁଲରୁ ପାସ୍ ଆଉଟ୍? କିଏ ଥିଲେ ତୁମ ପ୍ରଧାନ ଶିକ୍ଷକ?"

ଭୟ ଓ ଲଜ୍ୟାରେ ସାଙ୍କୁଡି ପଡ଼ି, ହାତଯୋଡ଼ି ସଷ୍ଟାଙ୍ଗ ପ୍ରଣିପାତ ମୁଦ୍ରା ଓ ଥରଥର କଣ୍ଠରେ ଝିଅଟି ଉତ୍ତର ଦେଲା,

....ସାର୍ ଅହଲ୍ୟା ସାର୍।

..ଉଁ..ସାର୍ କେତେବେଳେ ଅହଲ୍ୟା ହେଲେ?

..ନା ସାର୍, ମୋ ନାଁ ଅହଲ୍ୟା ସାର୍।

..ଓଃ..ତୁମେ ତେବେ ସେଇ ରାମାୟଣର ଅହଲ୍ୟା? ଅବଶ୍ୟ ଦିଶୁଛ ତ' ପ୍ରସ୍ଥର ଯୁଗର ପ୍ରାଚୀନ ମୂର୍ତ୍ତି ପରି। ତେବେ ତୁମେ ଶ୍ରୀ ରାମଚନ୍ଦ୍ରଙ୍କ ଖୋଜ୍‌ରେ ଆସିଛ? କିନ୍ତୁ ପ୍ରଭୁ ରାମଚନ୍ଦ୍ର ତ' ତୁମ ପାଖକୁ ଯାଇଥାଆନ୍ତେ, ତୁମେ କାହିଁକି କଷ୍ଟକଲ କନ୍ୟା?

.. ସାର୍ ମୁଁ ସେଇ ଅହଲ୍ୟା ନୁହଁ। ମୁଁ ପାଠ ପଢିବାକୁ ଆସିଛି। ଝିଅଟି ଏଥର ନିହାତି ଭୀତତ୍ରସ୍ତ ଭାବେ ଉତ୍ତର ଦେଲା।

..କ'ଣ? ଏତେ ଧିରେ କ'ଣ କହୁଛ, ବଡ଼ ପାଟିରେ କୁହ। ଖାଲି ନାଁ ଅଛି, ନା' ସାଙ୍ଗିଆ ଅଛି? ଯାହା ପଚାରିଲି ସବୁକୁହ।

...ସାର୍ ଅହଲ୍ୟା ଭୋଇ, କୋରାପୁଟରେ ଆମ ଘର। କମାପଲ୍ଲୀ ସ୍କୁଲରେ ପଢୁଥିଲି। କ୍ଷମା କରିବେ ସାର୍, ଆପଣ ସାର୍ ବୋଲି ମୁଁ ଜାଣି ନ'ଥିଲି।

..ଓକେ କହୁଛ ଯଦି କ୍ଷମା କରାଗଲା। ଯାଅ ସେପଟେ ତୁମ କ୍ଲାସରୁମ୍। ତିନୋଟି ବାଙ୍କ ବୁଲି ଚାରି ନମ୍ବର ରୁମ୍, କବାଟ ଉପରାକୁ ଚାହିଁବ, ଲେଖା ହୋଇଛି ଡିପାଟ୍‌ମେଣ୍ଟ। ଯାଅ ଜଲ୍‌ଦି, ତୁମ ଦ୍ୱିତୀୟ ପିରିୟଡ୍ ଆରମ୍ଭ ହୋଇସାରିଲାଣି।

ଭାରି କଷ୍ଟରେ ନିଜ ହସକୁ ଚାପିଧରି ବାଁ ପଟେ ଲମ୍ବିଥିବା ରାସ୍ତାର ପଞ୍ଚମ ଗଳିକୁ ଆଙ୍ଗୁଠିରେ ଇଙ୍ଗିତ କରୁକରୁ ଝିଅଟି ପୁନର୍ବାର ଆମ ସମସ୍ତଙ୍କୁ ମଥା ନୁଆଁଇ ନମସ୍କାର କରି ଏକ ପ୍ରକାର ଦୌଡ଼ି ଦୌଡ଼ି ନିମିଷକେ ସେଠାରୁ ଉଭାନ୍ ହୋଇଗଲା।

ହସିସହି ଗଡ଼ିଗଲା ବିକାଶ ଓ ଅନ୍ୟମାନେ। ଅନ୍ୟ ସମୟରେ ସାଙ୍ଗମାନଙ୍କ ସହ ଖୁସି ହେଉଥିଲେ ବି ସେଦିନ କାହିଁକି ମୁଁ ଖୋଲାଖୋଲି ହସି ପାରି ନ' ଥିଲି। ପଛ ପଟରୁ ସେମିତି ଚାହିଁ ରହିଥିଲି, ସେ ସମ୍ପୂର୍ଣ୍ଣ ଆଖିରୁ ଅନ୍ତର୍ଦ୍ଧାନ ହେବାଯାଏ। ତା' ନିର୍ମଳଭାବ, ସ୍ୱଚ୍ଛତା ଓ ଶାଳୀନତା ପାଖରେ କ୍ଷଣଟିଏ ଅଟକିଗଲା ମନ।

ପରେ ଯେବେ ବି ସାମ୍ନାରେ ପଡେ, ସେ ହାତ ଉଠାଇ, ମୁଣ୍ଡ ନୁଆଇଁ ନମସ୍କାର କରିବା ଆଗରୁ ମୁଁ କେଉଁ ବାଗରେ ସେଠୁ ଚମ୍ପଟ ମାରେ ମାଲୁମ୍ ପଡେନା। ପ୍ରକୃତରେ ସେଦିନ ବିକାଶକୁ ଉତ୍ତର ଦେଉଥିବା ସମୟରେ ତା' ଛଳଛଳ ନିରୀହ ଆଖି ଲାଜରେ ଜଡସଡ଼ ମୁହଁ କଥା ମନେପଡିଲେ ନିଜେ ଲଜ୍ଜିତ ହୁଏ।

ଚାରିବର୍ଷ ସିନିୟର ପିଲାଙ୍କ ଥଟ୍ଟା ତାମସାକୁ ସବୁ ଜୁନିୟର ପିଲା ଯେ ସହଜରେ ଗ୍ରହଣ କରିନେବେ ସେମିତି କ'ଣ ମାନେ ଅଛି ? କିଛିଦିନ ପରେ ସେ ଦିନର ଘଟଣାକୁ ଅତି ହାଲକା ଭାବରେ ନେବାକୁ କହି, ହସରେ ଉଡାଇଦେଇ ଅହଲ୍ୟାକୁ କ୍ଷମା ମାଗିନେଇଥିଲା ବିକାଶ। ଅହଲ୍ୟା ବି ନମ୍ରତାର ସହ ଅଳ୍ପ ହସିଦେଇ ଚାଲିଯାଇଥିଲା।

ସେବେଠାରୁ ଗୋଟିଏ ଅଜବ୍ ମୋହରେ ବାନ୍ଧି ହୋଇପଡିଥିଲି ମୁଁ। ପ୍ରଥମ ଭେଟର ଅଶିଷ୍ଟାଚାରତା ପାଇଁ ଦୋଷୀ ମନେକରି ତା' ର ପ୍ରାୟଶ୍ଚିତ ପାଇଁ ହେଉ, ବା ମନରେ ଜନ୍ମ ନେଇଥିଲା ଅଦୃଶ୍ୟ ଦୁର୍ବଳତା ପାଇଁ ହେଉ, ତା'ନିକଟତର ହୋଇ ତା' ର ପ୍ରତ୍ୟେକ ସୁବିଧା ଅସୁବିଧାରେ ଭାଗନେବା ପାଇଁ ଖୁବ ଇଚ୍ଛା ହୁଏ।

ବିନା ପ୍ରସାଧନରେ ତା' ନିର୍ଭେଜାଲ ମୁହଁ ଓ ସରଳପଣର ସଫା ହୃଦୟର ଝିଅଟି ଦିନକୁ ଦିନ ଆକୃଷ୍ଟ କରୁଥିଲା ମତେ। ଅଜାଣତରେ ପ୍ରେମ ଜନ୍ମ ନେଇଥିଲା ମୋ ହୃଦୟରେ। ଦିନକୁଦିନ ଗାଢ ହେଉଥିଲା।

କଲେଜରେ ତା' ର ବଡ଼ ମାନଙ୍କୁ ସମ୍ମାନ ଦେବା ଢ଼ଙ୍ଗ ସମ୍ମୁଖରେ ନିଜକୁ ତା' ସିନିୟର ଏବଂ ତା' ଭୁଲ୍ ଠିକ୍ ବାଟ ବତାଇବା ପରି ଅଭିଭାବକଟି ଭାବିନିଏ। କିନ୍ତୁ ପ୍ରଥମ ଦେଖାରୁ ମୋ' ମନ ଭିତରେ ସ୍ୱତନ୍ତ୍ର ଜାଗାଟିଏ ନେଇସାରିଥାଏ। ନିରୋଳା ବେଳାରେ ତା'କୁ ନିଜର ସାଥିଟିଏ ପରି ସ୍ୱପ୍ନଦେଖେ। ତା' ବୟସ ତା' ମାର୍ଜିତ ଓ

ଶାଳୀନତା ପାଖରେ ନିଜ ଭାବ ପ୍ରକାଶ କରିବାକୁ ସାହସ ହୁଏନା କେବେ ବି। କାଳେ ସେ କ'ଣ ଭାବିବ!

ଯଦି ମୋ ଭାବନାକୁ ଅନ୍ୟ ଦୃଷ୍ଟିରେ ଦେଖି ପ୍ରତ୍ୟାଖ୍ୟାନ କରେ ତେବେ, କି ଇଜ୍ଜତ୍ ରହିବ! ବରଂ ତା' ର ଉଚିତ ବୟସ ହେବା ଓ ପାଠ ଶେଷ ପର୍ଯ୍ୟନ୍ତ ଅପେକ୍ଷା କରିବାକୁ ଶ୍ରେୟସ୍କର ମନେକରି ଚୁପ୍ ରହିଯାଏ ।

ନିରୋଳାରେ ତାକୁ ନେଇ କବିତା ଲେଖେ। ମନେମନେ ଖୁବ୍ ଭଲପାଏ।

ମୁଁ ଭଲ ନୋଟ୍ କରେ। ବର୍ଷ ସରିଗଲେ ମଧ୍ୟ ସାଇତି ରଖିଥାଏ। ଜୁନିୟର ମାନେ ମାଗିନିଅନ୍ତି।

ସିନିୟରଗିରୀ ଦେଖାଇ ଥରେ ପଚାରିଦେଲି, ତୁମେ ଇଂରାଜୀ ନୋଟ ଆରମ୍ଭ କଲଣି ଅହଲ୍ୟା? ମୁଣ୍ଡ ହଲାଇ ନାଁ କରିବାରୁ ପରଦିନ ମୋ ଠାରୁ ମାଗିନେବାକୁ ପରାମର୍ଶ ଦେଇ ଫେରି ଆସିଲି।

କାହିଁକି କେଜାଣି ଇଚ୍ଛା ହେଲା ଲେଖିଥିବା କବିତାଟିକୁ ଦେଇଦେବି। ଅନେକ ଭାବିଚିନ୍ତି ଗୋଟିଏ ଶୀର୍ଷକ ବିହୀନ ମୋର ସବୁଠାରୁ ସୁନ୍ଦର ପ୍ରେମ କବିତାଟିଏ ରଫ୍ ଖାତାରୁ ଚିରି ଚଉତି ଚାଉଚି ତା' ଭିତରେ ରଖି ଦେଇଥିଲି ତା' ପ୍ରତିକ୍ରିୟା ଜାଣିବା ପାଇଁ। ଯଦି ଖରାପ ଭାବିବ ଓ ପାଖକୁ ଆସି ପଚାରିବ; ତ' ସିଧାସିଧା କହିଦେବି ଏ କବିତା ତୁମ ପାଇଁ ନୁହେଁ। ଲେଖାହେଇଛି କି ତୁମ ନାଁ? କୋଉଠି ଲେଖା ହେଇଛି ଦେଖେଇଲ? ଭୁଲ୍‌ରେ ସେ ଖାତାରେ ରହି ଯାଇଛି। ଦିଅ, ଫେରେଇ ଦିଅ ମତେ।

"ଆପଣ କ'ଣ କବିତା ଲେଖନ୍ତି? ମତେ ନା' କବିତା ପଢ଼ିବାକୁ ବହୁତ ଭଲ ଲାଗେ। ବିଶେଷ କରି ଏ ପ୍ରକାର ପ୍ରେମ କବିତା। ସତରେ ଏଇ ପ୍ରେମ କବିତାଟି ଖୁବ୍ ସୁନ୍ଦର। ତେବେ କଲେଜ ମେଗାଜିନ୍ ପାଇଁ ଯେବେ କବିତା ଚୟନ କରା ଯାଉଥିଲା, ଏଇଟିକୁ ଦେଇଥିଲେ ନିଶ୍ଚୟ ସିଲେକସନ୍ ହେଇଥାଆନ୍ତା। ଦେଲେନି?"

ଖୁସି ହୋଇଗଲି। ଆହାଃ..ଏତେ ଶାନ୍ତ, କବିତା ପରି କଥା ଯାହାର ଏତେ ଛଳଛଳ, ତାକୁ ନେଇ କବିତା ଲେଖିବା କୋଉ ବଡ଼କଥା। କବିତାଟି ତେବେ ପସନ୍ଦ ହେଇଛି। ଯା' ହେଉ ରାଗିଲାନି। କବିତା ବାହାନାରେ ଦୁଇପଦ କଥା ତ' କହିଲା।

କିନ୍ତୁ କେମିତି କହିଥାଆନ୍ତି ମେଗାଜିନ୍ ପାଇଁ ନୁହେଁ, ତୁମପାଇଁ, ଖାସ୍ ତୁମପାଇଁ ରାତି ଅନିଦ୍ରା ହେଇ, ଭାବିଭାବି ନିଜେ ଲେଖିଛି ବୋଲି।

ବୋକି, ପ୍ରେମ କବିତା ଟା ଚଟ୍‌କରି ବୁଝି ନେଲା, କିନ୍ତୁ ପ୍ରେମିକଟିକୁ ଧରି

ପାରିଲା ନାହିଁ। ଅବଶ୍ୟ ପ୍ରେମିକା ଟିକେ ବୋକି ଓ ଫୁଲେଇ ହେଲେ ପ୍ରେମରେ ଆନନ୍ଦ ଥାଏ ପରା ! ହେଉ ବୋକି। ଭଲ। ମୁଁ ନାହିଁ କି, ବୁଝାଇବା ପାଇଁ।

ଆଗରୁ ଯେତେଥର ଭେଟ ହୋଇଥିଲେ ବି ପାଠ ଛଡ଼ା ଅନ୍ୟ କଥା କେବେ ଉଠେନା। ସେ କିଛି କୁହେନା। ତା'ର ଗାମ୍ଭୀର୍ଯ୍ୟ ସ୍ୱଭାବ ଦେଖି ମୋର ସାହସ ହୁଏନା। ସେ ଯେ ସେଇ ପ୍ରଥମ ଭେଟରୁ ସିନିୟର ଛଡା ଅନ୍ୟ ଦୃଷ୍ଟିରେ ଦେଖୁନାହିଁ, କାହାର ସାହାସ ହେବ ? ସେଦିନ କିନ୍ତୁ ସେ କେମିତି ଟିକେ ଅଲଗା ଲାଗୁଥିଲା। ବୋଧହୁଏ ନିଜକୁ ଟିକେ ସହଜ କରିବାର ପ୍ରଚେଷ୍ଟା ଇଏ।

ଏତେ ଗୁଡେ ପ୍ରଶ୍ନ କଲାପରେ, ଉତ୍ତରକୁ ଅପେକ୍ଷା ନ'କରି ଚାଲିଯିବାର ମାନେ କଣ ? ବୁଝିପାରିଲି ନାହିଁ ମୁଁ ନିର୍ବୋଧ।

ବୁଝି ପାରିଲି ନାହିଁ ଏତେ ତ'ପ୍ରଶଂସା କଲା ଅଥଚ ନୋଟ୍ ଖାତାଟା ନ' ଫେରାଇ ସ୍ମିତ ହସଟିଏ ଆଙ୍କିଦେଇ ଚାଲିଗଲା କାହିଁକି ! ଥରେମାତ୍ର ପଛକୁ ନ' ଚାହିଁ, କ୍ଷଣକରେ ମୁହଁ ତଳକୁ ପୋତି ନିମିଷକେ ସେଠୁ ଅନ୍ତର୍ଦ୍ଧାନ ହେଇଯିବା ମାନେ ? କିଛି ବୁଝି ପାରି ନ'ଥିଲି। ଭାବିଲା କି ଆଉ କାହାଠାରୁ ଲେଖାଇ ଆଣି ପ୍ରଶଂସା ସାଉଁଟୁଚି ! ମୁଁ ଆଦୌ ସେମିତି ନୁହେଁ।

ସେଇ ମୁହୂର୍ତ୍ତରେ ତା' ପାଇଁ ଲେଖିଥିବା ସମସ୍ତ କବିତା ଓ ଚିଠି ଟିକୁ ତାକୁ ସମର୍ପି ଦେଇ ନିଜେ ହିଁ ଲେଖିଥିବା ସତ୍ୟତାର ପ୍ରମାଣ ଦେବାକୁ ଖୁବ୍ ଇଚ୍ଛା ହେଲା। କିନ୍ତୁ ପାରିଲି ନାହିଁ।

କିଛି କହିବା ଠାରୁ ଚୁପ୍ ରହିବା ବୋଧହୁଏ ଶ୍ରେୟସ୍କର ଥିଲା ସେତେବେଳେ। ତା' ଚାହାଣୀରେ ଯେଉଁ ମିଠାପଣ ଦେଖିଥିଲି ମୁହଁ ଖୋଲି କିଛି କହିବାର ଆବଶ୍ୟକତା କେବେ ଅନୁଭବ କଲିନାହିଁ। କିନ୍ତୁ କହିବା ପାଇଁ ପୁନର୍ବାର ଆଉ ସୁଯୋଗ ହିଁ ଆସିବାର ନଥିଲା। ଏହା କ'ଣ ସ୍ୱପ୍ନରେ ବି ଭାବିଥିଲି କେବେ! ଅପେକ୍ଷାରେ କଟିଯିବ ସାରା ଜୀବନ; ତା' ପାଇଁ। ଅହଲ୍ୟା ପାଇଁ ପ୍ରତୀକ୍ଷା ଟା କ'ଣ ଏତେ ଲମ୍ବା !

ଓଃ...ପ୍ରକାଶ କରି ନ'ପାରିବାର ଅବସୋସକୁ ହୃଦୟରେ ବାନ୍ଧି ରଖିଛି !

କେବଳ ଅହଲ୍ୟାମୟ ହେଇ ଜୀବନ ଏକ ଲମ୍ବା ସମୟ କଟିଯାଇଛି । ଅନେକ ଝିଅ ଆସିଥିଲେ ବି ତା' ସ୍ୱତନ୍ତ୍ର ସ୍ଥାନଟି ଆଖପାଖରେ ପହଞ୍ଚି ବାର ଯୋଗ୍ୟତା କାହା ପାଖରେ ଥିବାର କେବେ ଅନୁଭବ କରି ନାହିଁ। କେତେ ଝୁରିଛି ତା' କୁ। ତା' ନିଖୋଜ ହେବାର କାରଣ ଖୋଜିଛି। ପାରୁପର୍ଯ୍ୟନ୍ତ ଖୋଜିଛି।

ସମୟ ସହ ମଣିଷ ସ୍ମୃତି ପଟର ଛବି ଫିକା ପଡ଼ିଯିବା ସ୍ୱାଭାବିକ। ଶେଷରେ

ନିଜ ସହ ସାଲିସ୍ କରି ହୃଦୟର କେଉଁ ନିଭୃତ କୋଠରୀରେ କୋଲୋପ ମାରି ସାଇତି ଦେଇଥିଲି ତା' ସ୍ମୃତି। କିନ୍ତୁ ଏବେ..

ଶଶାଙ୍କ ଫୋନ୍ କଲା, ତା'ର ଜଣେ ସମ୍ପର୍କୀୟ ଆସିବେ। ଚଣ୍ଡିଗଡରୁ। ଟ୍ରେନ ଟାଇମ୍ ଦୁଇଟା ପନ୍ଦର କୋଡିଏ ଭିତରେ। ମୋର ନିହାତି ଜରୁରୀ ମିଟିଂ ଯୋଗୁଁ ବାହାରି ପାରି ନ' ପାରେ। ତୋ' ଅଫିସଟା ତ'ପାଖରେ। ତାଙ୍କୁ ଟିକେ ନେଇ ଆସିପାରିବୁ କି ?

ମୁଁ ବସିଥିଲି ପ୍ଲାଟଫର୍ମର କାଠ ବେଞ୍ଚ ଉପରେ। ଚାରିକପ୍ ଚା' ସରିବା ପରେ ବି ସମୟ ସରୁନଥିଲା। ଟ୍ରେନ ଟାଇମ୍ ବିଳମ୍ବ ଥିଲା। ସିଗାରେଟ୍ ଟାଣିବା ପାଇଁ ମୁଁ ପ୍ଲାଟଫର୍ମରୁ ବାହାରି ଆସିଲି। ଅଳ୍ପ ଦୂର ଚାଲିଚାଲି ଆସିବା ପରେ ଗୋଟିଏ ସିଗାରେଟ୍ ଲଗାଇଲି। ଦୁଇ ସୋଡ଼କା ମାରିଛି ଅଳ୍ପ ଆଗରେ କିଛି ଲୋକଙ୍କ କୋହାଳହ ଶୁଣାଗଲା। ଆଠ ଦଶ ଜଣ ଘେରିଥିବାର ଦେଖାଗଲା। କିଛି ଦୁର୍ଘଟଣା ଘଟିଛି ବୋଧହୁଏ। ଏ ସବୁ ତ ପ୍ରାୟଦିନ ଘଟେ। ଖବର କାଗଜ ଖୋଲିଲେ ନିହାତି ଦୁଇ ତିନିଟା ରେପ୍ ମର୍ଡ଼ର କେସ ଥିବ। କିଏ ଦେଖୁଛି ଭାବି ଫେରି ଆସୁଆସୁ ପାଦ ପଛକୁ ନ' ଯାଇ ଆଗକୁ ମାଡ଼ି ପଡିଲା। କେଉଁ ଅଦୃଶ୍ୟ ଶକ୍ତିର ଆକର୍ଷଣ ଯେମିତି ବାଧ କରୁଥିଲା ଥରୁଟିଏ ଦେଖି ଆସିବା ପାଇଁ।

ଅନିଚ୍ଛା ସତ୍ତ୍ୱେ ବି ପାଦ ବଢ଼ି ଚାଲିଲା। ଲୋକଙ୍କୁ ଆଡ଼ କରି ଦେଖିଲି। ଓଃ ସ୍ତ୍ରୀ ଲୋକଟିଏ। ମଳିମୁଣ୍ଡିଆ, ଅତି ହୀନିମାନ ଭାବରେ ମୁଣ୍ଡତଳେ ମଳିଛିଆ ବ୍ୟାଗଟିକୁ ପାରି ଚାଦର ଘୋଡ଼ାଇ ହୋଇ କୁଙ୍କୁଟି କାଙ୍କୁଡି ହୋଇ ପଡ଼ିରହିଛି।

ନୂଆ କଥା କ'ଣ ? ରାସ୍ତା କଡରେ, ପୋଲ ତଳେ, ବସ୍‌ଷ୍ଟାଣ୍ଡରେ ଏମିତି ପ୍ରତିଦିନ ଦେଖୁଛି। ଟୁପୁରୁ ଟାପର ହେଉଥାଆନ୍ତି ସବୁ। ପାଗଳୀ ଟା ବୋଧେ। ଧେତ୍.. ଜି ଆର ପି କୁ ଖବର ନ' ଦେଇ ଅଯଥାରେ ଗହଳି କରୁଛନ୍ତି ଲୋକେ। ଯେମିତି ନିଜେ ସବୁ ତଦାରଖ କରିନେବେ। ନିଜ ଉପରେ ବିରକ୍ତ ହୋଇ ପାଦ ଫେରାଇ ଆଣିବା ବେଳକୁ କଡ଼ ଲେଉଟାଇଲା ମହିଳା ଜଣକ। କାହିଁକି କେଜାଣି ଇଚ୍ଛାହେଲା ଥରୁଟିଏ ପଛକୁ ଫେରି ଚାହିଁବା ପାଇଁ।

ଚାହିଁଲି, ନୁଖୁରା ଓ ଇତସ୍ତତଃ କେଶ। ଦୁର୍ବଳ ଶରୀର। କିନ୍ତୁ ପରିପାଟିରୁ ନିହାତି ଦରିଦ୍ର କି ପାଗଳୀ ତ' ଲାଗୁନାହିଁ। ଚିହ୍ନାଚିହ୍ନା କିଛି ଗୋଟେ। ନଇଁ ପଡି ନିରେଖିବାକୁ ଭାରି ଇଚ୍ଛାହେଲା। ଓଃ ସେଇ ଆଖି, ସେଇ ଓଠ, ସେଇ ମୁହଁ ତ ! ପାଦ ତଳୁ ମାଟି ଖସିଗଲା। ଅହଲ୍ୟା। ଅବିକଳ ଅହଲ୍ୟା। ହଁ ଅହଲ୍ୟା ଛଡା ଏ ଆଉ କେହି ନୁହେଁ। କେବଳ ଯାହା ସମୟ ଆଗରୁ ଅଧିକ ବୟସ୍କା ଲାଗୁଛି। ସ୍ଥାଣୁ ପାଲଟିଗଲି

ମୁହୂର୍ତ୍ତକ ପାଇଁ। କ'ଣ କ'ଣ ଘଟିଗଲା ମୋ ଭିତରେ ଜାଣେନା। ପୁଲିସ୍ ସାଇରନ୍‌ରେ ଚେତା ଫେରିଲା।

ପୁଲିସର ଯାହାସବୁ ଆବଶ୍ୟକ ଫର୍ମାଲିଟି ପୁରଣ କରି ନେଇ ଆସିଲି ତାକୁ।

ଏବେ ସେ ସାଇନିଂ ନର୍ସିଂହୋମରେ ଚିକିତ୍ସାଧୀନା।

ସେତେବେଳେ ତା' ର ହୋସ୍ ପ୍ରାୟ ନ' ଥିଲା କହିଲେ ଚଳେ। ସାଲାଇନ୍ ଇଞ୍ଜେକସନ୍ ଲାଗିଲା ପରେ ଅବସ୍ଥାର ଅଳ୍ପ ସୁଧାର ଆସିଛି। ପ୍ରାୟ ପାଞ୍ଚ ଦିନ ଟ୍ରିଟମେଣ୍ଟ ପରେ ମତେ ଚିହ୍ନିଲା। ଆଖିଖୋଲି ଚାହିଁଲା। ମୋ ହାତକୁ ଜାବୁଡ଼ି ଶୁଷ୍କ ଆଖି ଓ ଯନ୍ତ୍ରଣାଶିକ୍ତ ଅଧର ଥରା କଣ୍ଠରେ କିଛି କହିବାକୁ ପ୍ରୟାସ କରି ବିଫଳ ହେଲା।

କଥା ହେବାକୁ ଡାକ୍ତର ମନାକଲେ। ମୁଁ ବି ଚାହେଁ ସେ ବିଶ୍ରାମ କରୁ, ସୁସ୍ଥ ହେଉ ଆଗ। କିନ୍ତୁ ଉଚ୍ଚାଟ ମନ କ'ଣ ମାନୁଛି ! କେଉଁ ପରିସ୍ଥିତିରେ ଅହଲ୍ୟା ଆଜି ଏଇଠି ! ଏ ଅବସ୍ଥାରେ ! କ'ଣ ଘଟିଚି ତା' ସହ ! ତା'ର ନିଜର ବୋଲି କେହି ଅଛନ୍ତି ? ଦୀର୍ଘବର୍ଷ ଧରି ସେ କେଉଁଠି ଥିଲା !

କଥା କହିବାରେ ବିଫଳ ହେଲାପରେ ଆସ୍ତେ ହାତ ଉଠାଇ ନିଜ ବ୍ୟାଗ୍ ଦିଗକୁ ଇଙ୍ଗିତକଲା। ଆଖିରେ ଆଖିରେ କିଛି କହିବାର ପ୍ରୟାସରେ ବୋହିଯାଇଥିଲା ଦୁଇ ଧାର ତତଲା ଲୁହ।

ତା' ମଳିଛିଆ ବ୍ୟାଗରୁ ବାହାର କରି ନର୍ସ ରଖିଦେଇଥିଲେ ଅଲଗାରେ। କିଛି ଔଷଧ, ନିତ୍ୟ ବ୍ୟବହାର୍ଯ୍ୟ ଅଳ୍ପ କିଛି ଜିନିଷ ଦୁଇ ଖଣ୍ଡ କଟନ୍ ଶାଢ଼ି ଓ ଗୋଟିଏ ଡାଏରୀ।

ଡାଏରୀଟିକୁ ଯେବେ ହାତରେ ଧରିଲି ଆତ୍ମତୃପ୍ତିର ଧାରେ ସହ ଖେଳିଗଲା ତା' ଅଧରରେ। ବୋଧହୁଏ ତା' ଇସାର ଏୟା ଥିଲା।

ଆଣିଚି। କିନ୍ତୁ ପଢ଼ିନାହିଁ ଏ ଯାଏ।

ତିନିଦିନ ହେଲାଣି ଖୋଲି ପଢ଼ିବାକୁ ଫୁରସତ୍ ପାଇନି। ସେଇଦିନ ହସ୍ପିଟାଲରେ ରିପୋର୍ଟ ପାଇଁ ଅପେକ୍ଷା କଲା ଭିତରେ ପଛ ଆଡୁ ଫଡ଼୍‌ଫଡ଼୍ କରି ଲେଉଟାଇଥିଲି କେତୋଟି ପୃଷ୍ଠା। କିଛି ଲେଖିଛି ଅହଲ୍ୟା !! ତା'ପରେ ବ୍ଲଡ଼ରିପୋର୍ଟ ଆସିଲା ବୋଲି ନର୍ସ ଡାକିଲା କ୍ଷଣି ଧାଇଁ ଯାଇଥିଲି ଡକ୍ଟରଙ୍କ ପାଖକୁ। ଧାଁ ଦୌଡ ଭିତରେ ସମ୍ପୂର୍ଣ୍ଣ ଭୁଲି ଯାଇଛି ଡାଏରୀ କଥା।

ଡାକ୍ତର ଅନେକ କଥା ପଚାରିଲେ। ତା' ବିଷୟରେ କ'ଣଟା ଜାଣେ ଯେ କହିଥାଆନ୍ତି। ସେ ଏବେ ରୁଗ୍ଣ, ଜରାଜୀର୍ଣ୍ଣ, ମାନସିକ ଭାବେ ଭୀଷଣ ଅସୁସ୍ଥ। ଆଜି କିଛି ମନେ ପଡୁଛି କେବେ ବି ସବୁକିଛି ଭୁଲିଯାଇ ପାରେ ! କୌଣସି ଗ୍ୟାରେଣ୍ଟି

ନାହିଁ। ଦେହରେ ଅସାଧ ରୋଗ ଓ ମନରେ ବୋଧହୁଏ ଅଜସ୍ର ଯନ୍ତ୍ରଣା ଧରି ରଖିଚି ସେ। ଏବଂ ଜୀବନର ଶେଷ ଓ ଚିରନ୍ତନ ସତ୍ୟ ଆଡ଼କୁ ତୀବ୍ର ବେଗରେ ଅଗ୍ରସର ହେଉଛି। ଡାକ୍ତରଙ୍କ କଥା ଶୁଣି ସବୁ ରାଗ ଅଭିମାନ ନିମିଷକେ ପାଣିରେ ମିଳାଇଗଲା। ପ୍ରକମ୍ପିତ ହେଲା ଛାତି। କି ବେମାର ହୋଇଚି ତାକୁ! କ'ଣ କେବେ ଭଲ ହେବ ନାହିଁ? ଚାଲିଯିବ ସେ! ଏମିତି ଦେଖା ହେଉହେଉ କିଏ କ'ଣ ଚାଲିଯାଏ? ଯିବାର ଥିଲା ଯଦି ଈଶ୍ୱର କଣ ପାଇଁ ଭେଟ କରାଇଲେ। ଅନ୍ତରାତ୍ମା ଜଳୁଥିଲା। ହୃଦୟ କାନ୍ଦି ଉଠିଲା।

ମୁଁ କୁମାରୀ ଅହଲ୍ୟା ଭୋଇ। ନା' "ଭୋଇ" ନୁହେଁ। ଜାତି, ଧର୍ମ, ସମ୍ପ୍ରଦାୟ ସହିତ ମୋର କିଛି ଯାଏଆସେ ନାହିଁ। ମୁଁ କେବଳ ଅହଲ୍ୟା। ଅହଲ୍ୟା ନାମରେ ଜଣେ ନାରୀ।

ମୁଁ ଜାଣେ, ମୋ ନିକଟରେ ଆଉ ବେଶୀସମୟ ନାହିଁ। ତେଣୁ ବଞ୍ଚିଥିବା ଯାଏ ବା; ଚେତନାରେ ଥିବାଯାଏ ଏ ଡାଏରୀ ମୋ ପାଖରେ ରହିଥିବ। ଯଦି ମୋର କିଛି ହୋଇଯାଏ, ତେବେ ଏଇଟିକୁ ପାଇଥିବା ବ୍ୟକ୍ତି, ଉପଯୁକ୍ତ ଠିକଣାରେ ପହଞ୍ଚାଇ ଦେବେ। ମୋର ଏହା ବିନିତ ଅନୁରୋଧ।

ମୁଁ କୌଣସି ମହିୟସୀ ମହିଳା ନୁହେଁ। ସଂଗ୍ରାମୀ ନୁହଁ। କ୍ରାନ୍ତିକାରୀ ନୁହେଁ। ସମାଜସେବୀ ନୁହେଁ। ସମାଜରେ ମୋର ଭୂମିକା ନିହାତି ନଗଣ୍ୟ।

କାହାପାଇଁ ଏ ଲେଖା ସାଧାରଣ ହୋଇପାରେ! କିନ୍ତୁ ମୋ ପାଇଁ... କିଛି ଶୋଷ, କିଛି ଅବସୋସ। କିଛି ଆଶା, କିଛି ନିରାଶା, କିଛି କଥା, କିଛି ଅକୁହା ବ୍ୟଥା, ଏକ ଜୀବନ ଗାଥା।

ଅବ୍ୟକ୍ତ ଅଭିବ୍ୟକ୍ତି। ନ'କହି ଚାଲିଗଲେ ହୁଏତ ଆତ୍ମାକୁ ବି ଶାନ୍ତି ମିଳିବ ନାହିଁ।

ପାରୁପର୍ଯ୍ୟନ୍ତ ଚେଷ୍ଟା କରିବି ଉପଯୁକ୍ତ ଠିକଣାରେ ପହଞ୍ଚିବା ପାଇଁ। ଯଦି ନ' ପହଞ୍ଚେ ମୋର ଅଭିଯୋଗ କରିବାର ନାହିଁ, ଅଭିମାନ କରିବାର ନାହିଁ। ହୁଏତ' ସେ ଅଧିକାର ବି' ନାହିଁ। ହୁଏତ' ଏ ସବୁ ପାଇଁ ମୁଁ ହିଁ ନ'ଥିବି।

ଆଜି ଯାହା ଲେଖୁଛି, ତା'ସମ୍ପୂର୍ଣ୍ଣ ଚେତାନାର ସହିତ ଲେଖୁଛି।

ମୋ ଜୀବନର ମୋଡ଼ ବଦଳିବା ସମୟ ପାଖରୁ ଲେଖିବା ବୋଧହୁଏ ଠିକ୍ ହେବ।

ଆଜିକୁ ସତେଇଶ ବର୍ଷ ତଳର କଥା। ଗାଁ ସ୍କୁଲରେ ଦଶମ ଶ୍ରେଣୀ ଯାଏ ପାଠ ପଢିଲି। ଆମ ଜାତିରେ ଏ ପର୍ଯ୍ୟନ୍ତ ପଢିବା ଖୁବ ବଡ଼ କଥା। ମୁଁ ଆଗକୁ

ପଢିବା ପାଇଁ ହଟ କଲି। ଗାଁ ରେ ସେ ସୁବିଧା ଅଭାବରୁ ସହରକୁ ଆସିବାକୁ ପଡ଼ିବ। ପିଲାଦିନୁ ମା' ଛେଉଣ୍ଡ ଝିଅର ମନକୁ ଭାଙ୍ଗିଦେବାକୁ ଇଚ୍ଛା ନ' ଥିଲେ ମଧ୍ୟ, କାହିଁ କୋରାପୁଟ କାହିଁ କଟକ ଭାବି ବାପା ମତେ ଏକୁଟିଆ ଏତେ ଦୂରକୁ ଛାଡ଼ିବା ପାଇଁ ଆଦୌ ରାଜି ନ' ଥିଲେ। ଗାଁ କଥା, ପୁଣି ଝିଅପିଲା। କିଏ କ'ଣ କହିବ! ଏତେଦୂର!

..ପିଲାଟା ଭଲ ପଢୁଚି। ଏମିତି ଘରେ ବସାଇ ରଖିଲେ ବିଦ୍ୟାର ଅପମାନ ହେବ। ଯୁଗ କୋଉଠୁ ଯାଇ କୋଉଠି ପହଞ୍ଚିଲାଣି, କାହା କଥାରେ କ'ଣ ଅଛି! ତୁମେ ଡ଼ରୁଛ କ'ଣ? ପଇସା ବରଂ ଖର୍ଚ୍ଚ ହେଉ, ଯାଉ ସିଏ। ଦୁନିଆର ପ୍ରଥମ ଝିଅ ନୁହେଁ ଯେ ଗାଁ ରୁ ଯାଇ ସହରରେ ପାଠ ପଢିବ। କୋଉଠୁ କୋଉଠୁ ପିଲା ଆସି ପଢୁଛନ୍ତି। ଛାଡ଼ ତା'କୁ। ମାମୁଁ କହିଥିଲେ ବାପାଙ୍କୁ।

ସରକାରୀ ସ୍କୁଲରେ ସବୁ କିଛି ମାଗଣାରେ ହେଲା ବୋଲି ଯାହା ପଢି ପାରିଥିଲି। କିନ୍ତୁ ଏବେ ବାହାରକୁ ଗଲେ ଟଙ୍କା ଦର୍କାର ପଡ଼ିବ। କେଉଁଠୁ ସମ୍ଭବ! ଏତେ ଅଭାବ ଅନଟନ ସତ୍ତ୍ୱେ ଛାଡିବି କି ନାହିଁ ହେଉହେଉ ମୋ ଜିଦ୍ ଓ ମାମୁଁଙ୍କ ପରାମର୍ଶ ଜିତିଲା। ମୁଁ ଆସିଗଲି ସହରକୁ।

ନିପଟ ମଫସଲରୁ ଆସିଥିବା ଝିଅ ପାଇଁ ଏଠି ସବୁ ନୂଆ। ସହରୀ ଜୀବନଶୈଳୀ ଗାଁ ଠାରୁ ଢେର୍ ତଫାତ୍ । ପ୍ରଥମେ ପ୍ରଥମେ ମୋ ପୋଷାକପତ୍ର, ରହଣୀସହଣୀ ଦେଖି ପିଲାମାନେ ଖୁବ୍ ହସନ୍ତି। ମଜା କରନ୍ତି। ମୁଁ ଜାଣେ ଆଗକୁ ବଢିବାକୁ ହେଲେ ଏ ସବୁ କଥାକୁ ଆଡେଇ ଯିବାକୁ ହେବ। କେବଳ ଲକ୍ଷ୍ୟ ରଖିବା ଉଚିତ ଖୁବ୍ ପଢ଼ିବା ଓ ଆତ୍ମନିର୍ଭରଶୀଳ ହେବା। ଯେଉଁ ଦୁଃଖକଷ୍ଟ କରି ବାପା ଏଠାକୁ ଛାଡ଼ିଛନ୍ତି; ତା' ର ମର୍ଯ୍ୟାଦା ରକ୍ଷା କରିବା।

ମୋର ହଷ୍ଟେଲରେ ରହିରିବା ବ୍ୟବସ୍ଥା ହୋଇଗଲା।

ମୋ ରୁମ୍‌ମେଟ୍ ଥିଲେ କଲିକତାର ସେଇ ଦୁଇ ଛାତ୍ରୀ। ଯେଉଁମାନେ ମତେ ସାହାଯ୍ୟ କରିଥିଲେ। ଅବଶ୍ୟ କଲେଜ କର୍ତ୍ତୃପକ୍ଷଙ୍କ ନିର୍ଦ୍ଦେଶ କ୍ରମେ, ଓ ବାଧ୍ୟ ହୋଇ। ତାଙ୍କ ସହ ରହିପାରିବାର ସ୍ୱୀକୃତି ଜଣାଇଥିଲେ। ନ' ହଲେ କୌଣସି ରୁମ୍‌ରେ ବେଡ୍ ନ'ଥିଲା ସେତେବେଳେ। ଆଉ ପିଲା ରାଜି ନ'ଥିଲେ ନିଜ ରୁମ୍ ସେୟାର କରିବାକୁ। ସେମାନଙ୍କ ସାହାଯ୍ୟ ବଳରେ ହିଁ ମୁଁ ଏଠି ରହିପାରିବାର ସୁଯୋଗ ପାଇଛି, ତେଣୁ ରୁମ୍‌ରେ ତାଙ୍କର ଆଧିପତ୍ୟ ଅଧିକ। ସେମାନେ ଯାହା କହିବେ ବା କରିବେ ସବୁକିଛି ମତେ ଚୁପ୍‌ଚାପ୍ ମାନିନେବାକୁ ହେବ। ଏଇ କଥାଟିକୁ ଅନେକବାର ଦର୍ଶାଇଦେବାକୁ

ତିଳେମାତ୍ର କୁଣ୍ଠାବୋଧ କରନ୍ତିନାହିଁ। ବିକଳ୍ପ ବିନା ମତେ ମଧ୍ୟ ମାନିନେବାକୁ ପଡେ ତାଙ୍କ ଯାବତୀୟ ବଚଲାମିକୁ।

ନୂଆନୂଆ କଲେଜ ପରିସରରେ ସବୁ ସମୟ କ୍ଲାସ କରିବାରେ କଟିଯାଏ, କିଛି ଜଣାପଡେନା। କିନ୍ତୁ ରୁମ୍‌କୁ ଫେରିଲେ ମୋ ରୁମ୍‌ମେଟ୍‌ଙ୍କ ବ୍ୟବହାର ବେଳେବେଳେ ମତେ ଅତିଷ୍ଠ କରେ। ତାଙ୍କ ଗପସପରେ ମୋ ପାଠପଢା ବ୍ୟାଘାତ ହୁଏ। ମାନସିକ ଭାବେ ଯେତେ ଦୃଢ ଥିଲେ ବି ଥରେଥରେ ଅସହାୟ ଲାଗେ। ନିଃସଙ୍ଗ ଲାଗେ। ଘର କଥା ମନେପଡେ। ବାପା କଥା ମନେପଡେ।

ପଢାରେ କମ୍ ଅନ୍ୟ ଆଡେ ବେଶୀ ମନଥାଏ ସେ ଦୁହିଁଙ୍କର। ନିଜ ସହର ନ' ହେଲେ ବି ଏ ସହରର ରାସ୍ତାଘାଟ ତାଙ୍କୁ ବେଶ୍ ଜଣାଥିଲା। ସେମାନେ ସନ୍ଧ୍ୟା ଗଡିଲେ ଲୁଚି କରି ସିନେମା ପଳାନ୍ତି । ହୋଟେଲ୍‌ରେ ଖାଇ ଲେଟ୍‌ରେ ପାଚେରୀ ଡେଇଁ ଭିତରେ ପଶନ୍ତି। ମୁଁ ଚେଇଁ ଥାଏ। "ଅହଲ୍ୟା ଖୋଲ ଖୋଲ।" ତାଙ୍କ ଅନୁଚ୍ଚ ସ୍ୱରକୁ କାନ ପାରିଥାଏ। ଧଡ଼କିନା ଉଠିଯାଇ ଚୁପ୍ କରି କବାଟ ଖୋଲେ। ବେଳେବେଳେ ନିଜକୁ ଦୋଷୀ ଦୋଷୀ ଲାଗେ। ତାଙ୍କ ଭୂଲ୍ କୁ ଅନିଚ୍ଛା ସତ୍ତ୍ୱେ ବି ସମର୍ଥନ କରୁଥିବା ଗ୍ଲାନିକୁ ବି ସହିଯିବା ଛଡ଼ା କିଛି ବି ଉପାୟ ନ'ଥାଏ। ଏମିତି ପାଠ ଛାଡ଼ି ଲୁଚିଛପି ବାହାରକୁ ଯିବା ଉଚିତ ନୁହେଁ ଭାବେ କିନ୍ତୁ କହି ପାରେନା ତାଙ୍କ ମୁହଁରେ। ଦବି ଯାଏ ତାଙ୍କ ମୁହଁର ଟାଣପଣ ଦେଖି। ତାଙ୍କୁ ବୁଝାଇଲେ ସେମାନେ କେବେ ବି ବୁଝିବେ ନାହିଁ। ବରଂ ଗୋଟିଏ ରୁମ୍‌ରେ ରହି ମତେ ହଇରାଣ କରିବେ। ଏମିତି ଚାଲିଥାଏ ଦିନପରେ ଦିନ।

ମୁଁ ଷ୍ଟାଇପେଣ୍ଡକୁ ଅନାଇ ବସିଥାଏ। ସେମାନଙ୍କ ପାଖରେ ଅଭାବ ନ' ଥାଏ। ମନଇଚ୍ଛା ଟଙ୍କା ଉଡାନ୍ତି। କେଉଁଠୁ ପାଆନ୍ତି ଏତେ ଟଙ୍କା। ଘରୁ ଆସୁଥିବ ତାଙ୍କର। ଖୁସି ମନାନ୍ତି। ନୂଆନୂଆ ଡ୍ରେସ୍।

ହଷ୍ଟେଲ୍ ଖାଦ୍ୟ ରୁଚେନା ତାଙ୍କୁ। ବାହାରୁ କିଣି ଆଣିଥିବା ବିଭିନ୍ନ ସୁସ୍ୱାଦୁ ଖାଦ୍ୟ କବାଟ କିଳି ଭିତରେ ଖାଆନ୍ତି। ମତେ ମଧ୍ୟ ଯାଚନ୍ତି।

ବାହାରୁ ଫେରିବା ପରେ ବହୁତ ଗପନ୍ତି। ୟାଡୁ ସ୍ୟାଡୁ। କି ଫିଲ୍ମ ଦେଖିଲେ କେଉଁକେଉଁ ଜାଗା ବୁଲିଲେ। ଅନେକ ରାତି ଯାଏ ତାଙ୍କ ଗପ ସରେନା। ମୁଁ ଶୋଇ ପାରେନା। ହେଲେବି ଚୁପ୍ ରୁହେ। ବିକଳ୍ପ ବା କ'ଣ।

ମତେ କୁହନ୍ତି ସବୁବେଳେ, କ'ଣ ମୁହଁଟା ମାଡ଼ି ପୋକପରି ବହି ଭିତରେ ପଶିଛୁ ମଃ। ଖାଲି ପାଠପଢି ଦେଲେ କ'ଣ ହେବ? ବାହାର ଦୁନିଆ ବିଷୟରେ ବି କିଛିଟା ଜ୍ଞାନ ରହିବା ଜରୁରୀ। ନ' ହେଲେ ଯୋଉ ଗାଉଁଲି କି ସେଇ ଗାଉଁଲି ହେଇ

ରହିଯିବୁ। କି ମୂଲ୍ୟ ସେ ପାଠ ପଢ଼ି। ଲୋକଙ୍କ ସାମ୍ନାରେ ପଦେ କଥା ହେବାର ସାହସ ନ' ଥିବ। ଆଗକୁ ଯାଇ କି ଇଣ୍ଟରଭ୍ୟୁ ଦେବୁ, କି ଚାକିରି କରିବୁ ଅହଲ୍ୟା! ଟିକେ ସ୍ମାର୍ଟ ହ।

ସ୍ମାର୍ଟ କଥା ଶୁଣି ମୋ ଛାତି ଚହଲିଯାଏ। ଖାଲି ଏଇ ଦୁଇଜଣ ଝିଅ ନୁହଁ, ଏମିତି ଆଉଜଣେ ବି ଅଛନ୍ତି ଯିଏ ପ୍ରକୃତରେ ଅନ୍ତରରୁ ଚାହାଁନ୍ତି ମୁଁ ସ୍ମାର୍ଟ ହୁଏ! ଟିକେ ଚାଲାକ୍ ଚତୁର ହୁଏ। ପାଞ୍ଚ ଲୋକଙ୍କ ସାମ୍ନାରେ ନିଃସଂକୋଚ, ନିର୍ଭିକ ଭାବରେ ନିଜ ମତ ରଖିବାର ଦକ୍ଷତା ରହୁ ମୋ' ପାଖରେ। କଲେଜ ଜୀବନର ପାଖାପାଖି ବର୍ଷେ ବିତିସାରିଥାଏ। ଆଜି ପର୍ଯ୍ୟନ୍ତ କେତେ ଚେଷ୍ଟା କରିଛନ୍ତି ସେ ମୋ' ପାଇଁ! ଆଜି ଯଦି ମୋ' ଭିତରେ ସାମାନ୍ୟ ପରିବର୍ତ୍ତନ ହେଉଛି, କେବଳ ତାଙ୍କ ଉଦ୍ୟୋଗ ବଳରେ। କେହି ଖୁସି ହୁଅନ୍ତୁ ବା ନାହିଁ, ମୋ ସ୍ମାର୍ଟନେସ୍ ଦେଖିଲେ ସେ ନିଶ୍ଚୟ ଖୁସିହେବେ।

ସେତେବେଳେ ସେ ଝିଅଙ୍କ କଥା ମତେ ଯଥାର୍ଥ ଲାଗେ। ସତରେ ମୁଁ ଗୋଟିଏ ନିପଟ ମଫସଲର ଝିଅ। କେତେ ପଛୁଆ ମୁଁ। ମୋତେ ଆହୁରି ଚେଷ୍ଟା କରିବାକୁ ହେବ। ନିଜ ଭିତରର ଆତ୍ମବିଶ୍ୱାସକୁ ବଢ଼ାଇବାକୁ ପଡ଼ିବ। ଯେମିତି ସିଏ କୁହନ୍ତି, ନିର୍ଭିକ ହଅ, ନିଡର ରହ। ଦୁନିଆକୁ ବୁଝିବାକୁ ବା ମଣିଷକୁ ଚିହ୍ନିବା ପାଇଁ ଆମର ଅଧିକ ତୀକ୍ଷ୍ଣ ନଜର ରହିବା ଜରୁରୀ ଅହଲ୍ୟା। ତାଙ୍କ କଥାକୁ ପାଥେୟ କରି ତ' ମୋ' ସାହସ ବଢ଼ିଛି। ଆଉ ଅଧିକ ଜାଣିବାକୁ ହେଲେ ମତେ ତ' ବାହାର ଦୁନିଆକୁ ଦେଖିବାକୁ ପଡ଼ିବ ନା।

ସେମାନେ ଏବେ ଗପିଲେ, ଇଚ୍ଛା ବା ଅନିଚ୍ଛା ହେଉ ବା ନିଜକୁ ପରିବର୍ତ୍ତନ କରିବାର ମନୋବୃତ୍ତି ନେଇ କେବେକେବେ ତାଙ୍କ ଗପସପରେ ସାମିଲ୍ ହୋଇଯାଏ। ଥରେଅଧେ ମୋର ବି ଇଚ୍ଛାହୁଏ, କେବେଥରେ ଯାଇ ଦେଖିଲେ ହୁଅନ୍ତା, ସେମାନେ ଯାହା କହୁଛନ୍ତି କେତେ ସତ ନା ମୋ' ସାମ୍ନାରେ ଫୁଟାଣି ମାରି ନିତି ଏମିତି ମନଗଢ଼ା କାହାଣୀ ଗପୁଛନ୍ତି!

ଅନେକ ଦିନ ପରେ ସେମାନେ ମତେ ଥରେ ତାଙ୍କ ସହ ବାହାରକୁ ଡାକିଲେ। ମୋ' ମନରେ ଉଙ୍କି ମରୁଥିବା ଭାବନାଟିକୁ କିଏ ଯେମିତି ପଢ଼ିନେଲା। ହେଲେବି ଭୀଷଣ ଭୟ ଓ ଦ୍ୱନ୍ଦ୍ୱ ଭିତରେ ଦୁଇଦିନ ବସି ଭାବିଛି। ହଷ୍ଟେଲ୍ ପଚେରୀ ଡେଇଁ ଲୁଚିକରି ଯିବା ତ' ନିହାତି ଅପରାଧ। ଧରା ପଡ଼ିଲେ କ'ଣ ଯେ ହେବ! କି' ପ୍ରକାର ଦଣ୍ଡ ମିଳିବ! ଆଉ ଯଦି ସିଏ ଜାଣନ୍ତି, ତେବେ ମୁଁ କି' ମୁହଁ ନେଇ ତାଙ୍କ ସମ୍ନା କରିବି? ପୁଣି ଭାବେ ଭିନ୍ନଭିନ୍ନ ମଣିଷକୁ ବୁଝିବାକୁ ହେଲେ ମତେ ଟିକେ ସ୍ମାର୍ଟ

ହେବାକୁ ପଡିବ, ସେ ବି ତ' ଏୟା ଚାହାନ୍ତି। ବାହାରକୁ ନ' ଗଲେ ତା' କେମିତି ସମ୍ଭବ ! ମୁଁ ଟିକେ ଫ୍ରି ହେଲେ ସେ ଯେ; ସବୁଠାରୁ ଅଧିକ ଖୁସି ହେବେ। ଧିରେଧିରେ ଶିଖିଥାଏ ପ୍ରତ୍ୟେକ କଥା। ହଠାତ୍ ଦିନେ ତାଙ୍କୁ ଚମକାଇ ଦେବି ! ଅଗତ୍ୟା ଅଧିକ ନ' ଭାବି ସାହସର ସହ ପାଚେରୀ ଡେଇଁ, ବାହାରିଗଲି ସେ ଝିଅମାନଙ୍କ ସହ।

ପ୍ରକୃତରେ ସେମାନେ କିଛି ଭୁଲ କହି ନ'ଥିଲେ। କେତେ ସୁନ୍ଦର ଏ ସହର, ବଜାର, ସିନେମାହଲ୍। ସୁଲୁସୁଲିଆ ପବନ, ମହାନଦୀକୂଳ। ଆହା ସେ ବି ଥରେ ହସି ହସି କହୁଥିଲେ, ରହ କେବେ ଥରେ ହଷ୍ଟେଲରୁ ପରମିସନ୍ ନେଇ ତତେ ଥରେ ବୁଲାଇ ଆଣିବି କଟକ ସହର। କିନ୍ତୁ ସେଥିପାଇଁ ତତେ ଏ ବର୍ଷ ପରୀକ୍ଷାରେ ଟପର୍ ହେବାକୁ ପଡିବ। ହେବୁନା ? ତା' ଆଗରୁ ମୁଁ ଯେ ଥରେ ଦେଖି ନେଇଛି ସବୁକିଛି ! ବହୁତ ଭଲଲାଗିଲା ସେଦିନ। ଚୁପଚାପ୍ ଫେରି ଆସିଥିଲୁ ପୁଣି ସେଇବାଟ ଦେଇ।

ପୂଜା ଛୁଟି ପୂର୍ବରୁ ହଷ୍ଟେଲର କିଛି ପିଲା ପିକ୍‌ନିକ୍ ଯିବା ପାଇଁ ଯୋଜନା କଲେ। କର୍ତ୍ତୃପକ୍ଷଙ୍କ ଠାରୁ ଅନୁମତି ଆଣି ମା'ସାରଳାଙ୍କ ଦର୍ଶନ କରି ବୁଲାବୁଲି କରି ସନ୍ଧ୍ୟାରେ ଫେରି ଆସିବାର ବନ୍ଦୋବସ୍ତ ହେଲା। ଦୁଇଜଣ ଇନଚାର୍ଜର ବି ସାଥିରେ ଗଲେ।

ମାଆଙ୍କ ଦର୍ଶନ କରି ମୁଁ ବହୁତ ଖୁସିହେଲି। ସାରାଦିନ ସେଇ ଆଖପାଖରେ ବୁଲାବୁଲି କଲାପରେ ସନ୍ଧ୍ୟାରେ ବସ୍ ଆଣି ହଷ୍ଟଲ୍‌ରେ ଛାଡିଦେଲା।

ସମସ୍ତେ ଭୀଷଣ ଥକି ଯାଇଥିଲେ। ଯିଏ ଯାହା ରୁମ୍‌ରେ ବିଶ୍ରାମ ନେଲେ। ସେ ଦୁଇଜଣଙ୍କ ଯୋଜନା କିନ୍ତୁ ଅଲଗା ଥିଲା। ଫେରିବା ପରେ ପୁଣି ସଜବାଜ ହୋଇ ବାହାରି ପଡ଼ିଲେ।

ମତେ ପ୍ରସ୍ତାବ ଦେଲେ।

...ଥକ୍କାରେ ସଭିଏଁ ଶୋଇଛନ୍ତି। କେହି ଜାଣିବେ ନାହିଁ। ଅଳ୍ପ ସମୟ ପାଇଁ ଆମସହ ଚାଲ୍। ଜଣଙ୍କର ଜନ୍ମ ଦିନ ପାର୍ଟି। ବ୍ୟସ୍ତ ହେବାରେ କିଛି ନାହିଁ। ଆମର ଜଣେ ସମ୍ପର୍କୀୟ ଦିଦି, ତୁ' ସିନା ତାକୁ ଜାଣିନୁ ସେ କିନ୍ତୁ ତତେ ଜାଣେ। ଆମେ ସବୁବେଳେ ତୋ' କଥା କହୁ। ତୋ' ପାଇଁ ନିମନ୍ତ୍ରଣ, ତା'ତରଫରୁ !

ଭୟ ସତ୍ତ୍ୱେ, ମୋ ମନରେ ପୁଣି କୌତୁହଳ ଜାତ ହେଲା। ମତେ କିଏ ଚିହ୍ନେ ଏଠି ଯେ ନିମନ୍ତ୍ରଣ କଲା ! ହେଲେ ବି ମୁଁ ମନା କଲି, ଏମିତି ଲୁଚିଛପି ଆଉ ଯାଇପାରିବି ନାହିଁ। ଥରେ ଦୁଇଥର ଧରା ପଡିନାହିଁ ମାନେ ଯେ; କେବେ ଧରା ପଡିବି ନାହିଁ ବୋଲି କିଏ କହିବ ?

... ଦୁଇଦିନ ପରେ ପୂଜା ଛୁଟି ହୋଇଯିବ। ତା' ପରେ ଯିଏ ଯାହା ଘରକୁ

ଚାଲିଯିବା। ତୁ ଚାଲ୍ ନା, କିଛି ହେବନି ଆମେ ଅଛୁ। ଅନେକ ବୁଝାଇଲେ। ସେମାନେ ଭାରି ଜିଦ୍ କରନ୍ତି ପ୍ରତିକଥା ପାଇଁ। ରୁମ୍‌ରେ ସ୍ଥାନ ଦେଇଥିବାରୁ ପ୍ରଭୁତ୍ୱ ବି ଜାହିର୍ କରନ୍ତି। ଆଉ ମୁଁ ଅନେକ ସମୟ ଚୁପ୍‌ଚାପ୍ ମାନିନେବାକୁ ଏକ ପ୍ରକାର ବାଧ୍ୟ ହୁଏ। ଏମିତି ତ' ତାଙ୍କ ପ୍ରରୋଚନାରେ ଦୁଇ ତିନିଥର ଲୁଚିକରି ଯାଇସାରିଥାଏ। ମୋ ଦୁର୍ବଳତା ଏବେ ତାଙ୍କ ପାଖରେ। ଏବେ ମନାକଲେ ତାଙ୍କ ରୋଷର ଶିକାର ହେବା ଥୟ।

କିନ୍ତୁ ଏଇ ଶେଷଥର। ପରେ ଯେବେ ବି ବାଧ୍ୟ କରିବେ ଯାହା ଭାବନ୍ତୁ ବରଂ, ସିଧାସିଧା ମନା କରିଦେବି। ତା' ପରେ କେବଳ ପାଠ ଛଡ଼ା କେଉଁ ଆଡେ ମନ ଦେବି ନାହିଁ। ଦୃଢ଼ ପ୍ରତିଜ୍ଞା କଲି। ସବୁଠାରୁ ସୁନ୍ଦର ଏକ ମାତ୍ର ଭଲ ଡ୍ରେସ୍ ବାହାର କରି ପିନ୍ଧିଲି।

ସେମାନେ ମତେ ଦେଖି ହସିଲେ। କହିଲେ ତୁ କ'ଣ ଏମିତି ଯିବୁ, ଏ ଡ୍ରେସରେ! ସବୁଠାରୁ ଭଲ ଡ୍ରେସ୍ କୁ ଏ ଡ୍ରେସ୍ ବୋଲି କହିଲା ପରେ ମୁଁ ନିରବରେ ନିଜକୁ ଦେଖିଲି। ଏଇ ଗୋଲାପୀ କାମିଜ୍ ଥରେ ସରସ୍ୱତୀ ପୂଜାରେ ପିନ୍ଧିଥିଲି ଯେ; ତାଙ୍କୁତ ବହୁତ ଭଲଲାଗିଥିଲା। ଏମିତି ବି ଏଇ ମୋର ଏକ ମାତ୍ର ଭଲ ପୋଷାକ। ସେମାନେ ପୁଣି ହସିଲେ, କହିଲେ ଯାହା ପିନ୍ଧିଲେ ବି ତୁ ସୁନ୍ଦର ଦିଶିବୁ, କିନ୍ତୁ ଏ ଢିଲାଢିଲା ଡ୍ରେସଟା ବଡ ଭଉଣୀ ଠାରୁ ମାଗିଆଣିଲା ପରି ଦିଶୁଛି। ଛାଡ ସେଇଟା। ଏଇଟା ତତେ ବେଶ୍ ମାନିବ। ନେ..

ଜଣେ ନିଜର ଗୋଟିଏ ନାରଙ୍ଗୀ ରଙ୍ଗର ଫିଟିଙ୍ଗ୍ ସାଲଓ୍ୱାର ବାହାରକରି ମତେ ପିନ୍ଧିବାକୁ ବାଧ୍ୟକଲା। ସଂକୋଚ ଓ ହଜାରେ ବାରଣ ପରେ ବି ମାନିଲେ ନାହିଁ। ପିନ୍ଧିଲି।

ଆମ ଜୀବନ ବାହାରେ ଏମିତି ବି ଏକ ରଙ୍ଗୀନ ଦୁନିଆ ଅଛି ! ଏକ ଭିନ୍ନ ଦୁନିଆ। ନୂଆ ଅନ୍ୱେଷଣର ଆଶା ମତେ ଭଲଲାଗିଲା। କି ସୁନ୍ଦର!

ତାଙ୍କ ଘର ଛାତ ଉପରେ ଖିଆପିଆ ଚାଲିଥାଏ। ନାଚଗୀତ। ଯଦିଓ ମୁଁ ନାଚଗୀତରେ ସାମିଲ୍ ହୋଇପାରୁ ନ'ଥାଏ, କିନ୍ତୁ ମନ ଭରି ଦେଖୁଥାଏ। ମୋ ରୁମ୍‌ମେଟ୍ ଦୁଇଜଣ ମୋ'ର ଖୁବ୍ ଚର୍ଚ୍ଚା କରୁଥାଆନ୍ତି। ବିଭିନ୍ନ ସୁସ୍ୱାଦୁ ଖାଦ୍ୟ ଓ ସରବତ୍। ଟିକେ କଡ଼ା ଓ ଅଦ୍ଭୁତ ଟେଷ୍ଟ। "ଆଜି ଭିକି ଭଉଣୀର ବାର୍ଥଡେ। ଏମିତି ଜନ୍ମଦିନ ପାର୍ଟି କେବେ ଦେଖିଛୁ?" ସତରେ କେବେ ଦେଖି ନ'ଥିଲି। ଆମ ଗାଁ ରେ ଜନ୍ମଦିନରେ ନାରାୟଣପାଲା ହୁଏ। ଶୀରିଣି ଭୋଗ ହୁଏ। ତା' ବି ଥିଲାବାଲା ଲୋକଙ୍କ ଘରେ। ଏ କେକ୍ କାଟି ବେଲୁନ୍ ଫୁଙ୍କି କ୍ୟାଣ୍ଡେଲ ଲିଭାଇବା ମୁଁ ଶୁଣିଥିଲି ଯାହା।

ନାଁ ଆଉ ଲୁଚାଇବି ନାହିଁ। ଯାହା ଦେଖିଲି ସବୁ କହିବି ତାଙ୍କୁ। କେତେ ସୁନ୍ଦର ଏ ସବୁ! ଲୁଚିକରି ଯିବା କଥା ଶୁଣି ସେ ତ' ନିଶ୍ଚୟ ଟିକେ ଗାଳି କରିବେ, ହେଲେବି ମୁଁ ତାଙ୍କୁ ନ' କହି ରହି ପାରିବି ନାହିଁ ଆଉ।

ଜାଣିଛୁ ତତେ ସ୍ପେସାଲ୍ ଇନଭାଇଟ୍ କରିଥିଲା ଭିକିର ଦିଦି। କହିଥିଲା ତୁମ ସାଙ୍ଗ ଅହଲ୍ୟାକୁ ସାଙ୍ଗରେ ଆଣିବ। ବୁଝିଲୁ? ଆରେ ସଂକୋଚ କରେନା। ମନ ଇଚ୍ଛା ଖା' ପି ମୌଜକର। ସେମାନେ ଆସି କାନରେ କହୁକହୁ ଲାଉଡ୍ ସ୍ପିକର ସାଉଣ୍ଡରେ ମିଳାଇଗଲା ତାଙ୍କକଥା।।

ସାମ୍ନାରେ ଗୀତର ତାଳେତାଳେ ଝୁମୁଥାଆନ୍ତି ସମସ୍ତେ। କେତେ ଗ୍ଲାସ୍ ସରବତ୍ ପିଇଛି ମାଲୁମ୍ ନାହିଁ। ଧୀରେଧୀରେ ମୋ ଆଖିକୁ ସବୁ ଝାପ୍‌ସା ଦିଶୁଥାଏ। ହାତ ଗୋଡ଼ ଅଣାୟତ୍ତ। ଅର୍ଦ୍ଧଚେତନ ଅବସ୍ଥା।

ସେମାନେ ମତେ ଟାଣିଲେ ନାଚିବାକୁ। ମୁଁ ଗଲି ନାହିଁ, ମୋ ମୁଣ୍ଡ ଭୀଷଣ ଭାବରେ ବିନ୍ଧିବା ଆରମ୍ଭ କରିଥିଲା। ମୁଁ ଓଲଟା ତାଙ୍କୁ କହିଲି ମତେ ଏଠୁ ନେଇଚାଲ ପ୍ଲିଜ୍। ଚାଲ ପଳାଇବା। ମୋ ସ୍ୱର ତାଙ୍କ ପାଖରେ ପହଞ୍ଚିବା ଆଗରୁ ବାଟରେ ମିଳାଇ ଯାଉଥିଲା।

ସେ ରାତିଟି କ'ଣ ଏମିତିରେ ପାହିଗଲା!! ନା' କେବେ ପାହିଲା ନାହିଁ!! ଅମାବାସ୍ୟାର କଳଙ୍କିତ ରାତି ଆଉ ପାହିନାହିଁ । କେବେବି ପାହିଲା ନାହିଁ।

ସକାଳର କଅଁଳ ସୂର୍ଯ୍ୟ କିରଣରେ ନିଜକୁ ଆବିଷ୍କାର କଲି। ସମ୍ପୂର୍ଣ୍ଣ ବିବସ୍ତ୍ର ଓ ଅବଶ ଶରୀରକୁ ଗୋଟେ ବନ୍ଦ କୋଠରୀର ସଫେଦ୍ ଲୋଚାକୋଚା ଚାଦର ଉପରେ। ନିଜକୁ ଏପରି ଅବସ୍ଥାରେ ଦେଖି ବିଶ୍ୱାସ କରି ପାରିଲି ନାହିଁ। ଲଜ୍ଜା ସରମ ଓ ଭୟରେ ସାଙ୍କୁଡି ପଡ଼ିଲି। ଆକାଶ ଛିଡି ପଡ଼ିଲା, ଭୂମିକମ୍ପ ପରି ଦୋହଲି ଗଲା ମୋ ସାରା ଅସ୍ତିତ୍ୱ। ଓଃ କି ଅସହ୍ୟ ଯନ୍ତ୍ରଣା! କ'ଣ ହେଇଛି ମୋ ସହ!

ଅନୂଢା କନ୍ୟାର ଆଦ୍ୟ ଯୌବନକୁ କୋଉ ନରପିଚାସ ଦଳିମକଚି ଛିନଭିନ୍ ଓ କ୍ଷତାକ୍ତ କରି ଦେଇ ଥିଲା! ହାତରୁ ତୁଟି ଯାଇଥିଲା ଦୁଇ ପଟ ପ୍ଲାଷ୍ଟିକ୍ ଚୁଡି। ମୁକୁଳି ଯାଇଥିଲା ଘଞ୍ଚ କଳା ଲମ୍ବା କେଶର ଖୋସା। ବାଁ ପାଦରୁ ଛିଣ୍ଡି ଛିଟିକି ପଡ଼ିଥିଲା ପଟେ ପାଉଁଜି। ଛାତି, ମୁହଁ ଓ ଜଙ୍ଘ ତଳେ ଅସଂଖ୍ୟ ରାଞ୍ଜୁଡା ଦାଗ। ନିଗିଡି ଆସିଥିବା ସରୁ ରକ୍ତ ଧାରରେ ଜୁଡୁବୁଡୁ ଚକଡାଏ ଚାଦର। ଭୀଷଣ ପୋଡୁଥିଲା। ତଳି ପେଟକୁ ଚିପି ଧରି ଅସମ୍ଭବ କଷ୍ଟରେ ଆଖିରୁ ଖସି ପଡିଲା ଟୋପାଟୋପା ଲୁହ। ମୁଣ୍ଡ ଭିତର ସ୍ନାୟୁକୋଷ ଫାଟି ପଦାକୁ ବାହାରି ଆସିବ କି ଆଉ! ଦିବାଲୋକରେ ବି ଚତୁର୍ଦ୍ଦିଗ ଅନ୍ଧକାର ଛାଇ

ଯାଉଥିଲା। ଲଜ୍ଜା ନିବାରଣ ପାଇଁ ପିନ୍ଧା ପୋଷାକ ଖଣ୍ଡିକ ପାଇଁ ଆଖପାଖରେ ଆଖି ପହଁରି ଗଲା।

ମୋ'ର ଝାପ୍ସା ମନେ ପଡୁଥିଲା, ଗତରାତିରେ ମିଠା ସର୍ବତ ସହ ଆଲୁଚପ୍ ଖାଇ ସାରିବା ପରେ; ବନ୍ଦ ହେଇ ଆସୁଥିଲା ଆଖିପତା। ମୁଣ୍ଡ ଭିରାଭାରି ଲାଗିବାରୁ ସେଠାରୁ ବାହାରି ଆସିବାକୁ ଇଚ୍ଛା କରୁଥିଲି। ଆସିଲି କେତେବେଳେ ମନେମଡୁନି। କୋଳାହଳରୁ ବିଚ୍ଛିନ୍ନ ହେଇ ସ୍ୱଚ୍ଛ ଆଲୁଅର ଶୂନ୍ୟ କୋଠରୀ ଭିତରେ କିଏ ଜଣେ ମୋ ଆଡ଼କୁ ତୀବ୍ର ବେଗରେ ମାଡ଼ି ଆସିଲା। ମୋର ଲକ୍ଷେ ବାରଣ ସତ୍ତ୍ୱେ ମତେ ଛାତି ଉପରକୁ ଟାଣିନେଲା। କାଳ ବିଳମ୍ବ ନ' କରି ଜୋର୍ କରି ମୋ ଓଠରେ ନିଜର ଉତ୍ତପ୍ତ ଓଠକୁ ମଡାଇଦେଲା। ମୋର ସର୍ବାଙ୍ଗରେ ପହଁରି ଯାଉଥିଲା ତା' ଶକ୍ତ ଓ ଟାଆଁଶୀଆ ହାତ। ଛୁଇଁ ଯାଉଥିଲା ଦେହର ଯେତେ ନିଷିଦ୍ଧ ଅଞ୍ଚଳ। ତା' ତତଲା ନିଶ୍ୱାସରେ ପୋଡ଼ି ଯାଉଥିଲା ମୋ' ଦିହ ମୁହଁ। ଗୋଟିଗୋଟି କରି ସବୁ ପୋଷାକ ଖୋଲି ଫିଙ୍ଗି ଦେଲା। ଅସ୍ତବ୍ୟସ୍ତ କରି ପକାଇଲା। ଶୂନ୍ୟଶୂନ୍ୟ ଟେକି ନେଲା। ବିଛଣା ଉପରେ ମୁଁ ଚିତ୍କାର କରୁଛି। ହେଲେ ମୋ' ପାଟିରୁ ଶବ୍ଦଟିଏ ବି ବାହାରି ପାରୁ ନାହିଁ। ନିଶ୍ୱାସ ଅଟକି ଯାଇଛି। ଆଖିରୁ ବାହାରି ଯାଇଛି ଜୁଳୁଜୁଳିଆ ପୋକ। ମୁଁ କ'ଣ ମରିଯିବ କି' ଆଉ! ମଲି ନାହିଁ କାହିଁକି? ଢେର୍ ସଂଘର୍ଷ ଭିତରେ ମୁଁ ନିସ୍ତେଜ ହୋଇ ପଡୁଥିଲି। ମୋ ସମଗ୍ର ସତ୍ତାକୁ ଆବୋରି ବସିଲା ସେ ନରରାକ୍ଷସ। ଓଃ କି କଷ୍ଟ। ବାସ୍ । ଚେତାହରାଇ ବସିଲି। ତା' ପରେ କିଛି ମନେନାହିଁ।

....ଆଉ କଣ ବୁଝିବାକୁ ବାକିଥିଲା! ବାହାରକୁ ଚିକ୍‌ଚିକ୍ ଦିଶୁଥିବା ରଙ୍ଗୀନ ଦୁନିଆ ଭିତରେ ଏତେ ହଳାହଳ ବିଷ ଥାଇପାରେ ବୋଲି କେବେ କ'ଣ ଭାବି ଥିଲି?

ମୁଁ ବୋଧହୁଏ କିଛି ଭୟଙ୍କର ସ୍ୱପ୍ନ ଦେଖିଦେଲି କି' ଆଉ! ସ୍ୱପ୍ନରେ କ'ଣ ବାସ୍ତବ ପରି ଯନ୍ତ୍ରଣା ହୁଏ? ପୋଡେ? ବିନ୍ଧା ହୁଏ? ନା' ସ୍ୱପ୍ନ ନୁହେଁ। ସତ୍ୟ! ବୁକୁଫଟା କୋହ ଓ ଲୁହ। ଭୟରେ କମ୍ପିଗଲା ମୋ' ସାରା ଶରୀର।

ସାଲୁଆର କାମିଜ୍ ଗଳାଇ, ଚୁନରୀରେ ମୁହଁ ଘୋଡ଼ାଇ କେମିତି ହଷ୍ଟେଲ୍‌ରେ ଆସି ପହଞ୍ଚିଛି ଈଶ୍ୱର ଜାଣନ୍ତି।

ତୁମେମାନେ ସାଥିରେ ଥାଇ ମତେ କେମିତି ଏକୁଟିଆ ଛାଡ଼ି ଆସିଲ? ଦେଖ ମତେ। କ'ଣ କରିଛି ସେ। କିଏ ଥିଲା ସେ? ଭିକି ନା? ମୁଁ କହିଦେବି ସମସ୍ତଙ୍କୁ। ମୁଁ ଫେରିଯିବି ଆମ ଗାଁ କୁ। କାନ୍ଦିକାନ୍ଦି ଧକ ଉଠି ଯାଉଥାଏ।

ଏଇଟା ଗୋଟେ ଦୁର୍ଘଟଣା ଥିଲା ଅହଲ୍ୟା। ଆମକୁ ବି ବହୁତ ଖରାପ ଲାଗୁଛି।

ଭିକି ବିକ୍‌ଲୁକ୍ ହୋସ୍‌ରେ ନ'ଥିଲା। କେମିତି କ'ଣ ହେଇଗଲା ସେ ବି ଜାଣେନା। ସେ ବହୁତ ଅନୁତାପ କରୁଛିଲୋ। ଭୁଲ୍ ମାଗୁଛି।

ନାଁ ନାଁ ମୁଁ ଏଠୁ ଚାଲିଯିବି। ଭିକିକୁ ଛାଡ଼ିବିନି। କହିବି। ସମସ୍ତଙ୍କୁ ପାଟିକରି କହିବି। ମୁଁ ପାଗଳ ପରି ପ୍ରଳାପ କରୁଥିଲି ରାଗ ଓ ଭୟରେ।

ଶାନ୍ତ ହଅ ଅହଲ୍ୟା। ବୁଝିବାକୁ ଚେଷ୍ଟା କର। ଧୈର୍ଯ୍ୟହରା ହେଲେ ହବନି। ଆଗ କାନ୍ଦ ବନ୍ଦକଲୁ। ଶୁଣୁ, ତୁ' କାହାକୁ କହିବୁ ଭାବୁଛୁ? କହିଲେ ନିଜେ ବଦନାମ ହେବୁ ବୋଲି ଭାବିପାରୁଛୁ ତ'? କେହି ଜବରଦସ୍ତି କରି ନ'ଥିଲେ। ତୁ' ନିଜେ ଯାଇଥିଲୁ। ପୁଣି ପାଟେରୀ ଡେଇଁ। ଭାବେ ଥରେ କ'ଣ ହବ? ଧରାପଡିଲେ ଆମେ ସମସ୍ତେ କଲେଜରୁ ରଷ୍ଟିକେଟ୍ ହେବା। ତୋ' ସହ ଆମେ ବି ଫସିବୁ।

ମତେ ନେଇ ପାଖରେ ବସାଇଲେ।

କ'ଣ ଜାଣିଛୁ କହିଲୁ ତୁ? କଥା କୁଆଡ଼େ ଯାଇ କୁଆଡେ ପହଞ୍ଚିବ। ଆଉ ଏ ଯୋ ଗାଁକୁ ଯିବାକଥା ମୁଣ୍ଡରେ ପଶିଛି, ଏମିତି ଅବସ୍ଥାରେ ଗଲେ ଧରାପଡିବୁନି? କ'ଣ ଜବାବ ଦେବୁ? ତୁ ତ' କହୁଥିଲୁ ତୁମ ଗାଁ କଥା। ବ୍ରାହ୍ମଣ ସାହିରେ ତୁମ ପ୍ରବେଶ ନିଷେଧ। ଗାଁ ଶେଷ ମୁଣ୍ଡରେ ତୁମ ଘର। ତୁମ ଛାଇ ପଡିଲେ ଅମଙ୍ଗଳ ବୋଲି ଦୂରକୁ ଘୁଞ୍ଚି ଲୋକେ କଥା ହୁଅନ୍ତି। ଜାଣିଲେ ତତେ ଆଉ ଗାଁ ରେ ପଶେଇବେ? କ'ଣ କହିବେ? କହିବେନି ବନ୍ଧୁ ଭୋଇର ଝିଅ ଅହଲ୍ୟା ଭୋଇ ଶେଷରେ ଏଇଆ କଲା। ବାପାର ନାଁ ପକେଇଲା। ଯାହା ବି କର, ନୀଚଜାତି ଲୋକଙ୍କର ଦସ୍ତୁର୍ ବଦଳିବ ନାହିଁ ପରା। ଏମିତି କୁହନ୍ତି ସେ ହୀନ ମାନସିକତାର ଲୋକମାନେ।

ଆଚ୍ଛା ଭାବିଲୁ ଥରେ, ଯେଉଁ ଗାଁ ରେ ହୀନଭାବନା ଆଜି ବି ବଞ୍ଚି ରହିଛି, ସେଠି ତୋ' କଥା କିଏ ଶୁଣିବ? ଶୁଣିଲେ କ'ଣ ସତ ମଣିବେ, ଭୁଲ୍ ତୋ' ର ନୁହେଁ ବୋଲି? ଓଲଟା ଅସୁବିଧାରେ ପଡିବୁ। ଥରେ ଭାବେ ତୋ' ସ୍ୱପ୍ନ କଥା। କେବଳ ଏଇ ଗୋଟିଏ ଘଟଣା ପାଇଁ ନିଜ ହାତରେ ନିଜ ସ୍ୱପ.ନିଜ ଭବିଷ୍ୟତକୁ ଧୂଳି କରିବା ଠିକ୍ ହେବ?

ମୁଁ ନିର୍ବାକ ହୋଇ ଚାହିଁ ରହିଲି। ନୈରାଶ୍ୟରେ ଭରିଗଲା ମୋ' ମନ।

ଶୁଣୁ ଅହଲ୍ୟା, ଏଠି କେତେ ପିଲା ମୁହଁରେ ନ' କହିଲେବି କେହି ତତେ ତାଙ୍କ ରୁମମେଟ୍ କରିବାକୁ ରାଜି ହେଲେନି। ଆମେ ହେଲୁ।

ଆମେ ବୁଝୁଛୁ ଲୋ, ଝିଅପିଲା ହିଁ ଅନ୍ୟ ଝିଅଟିର ଏ ପ୍ରକାର ଯନ୍ତ୍ରଣାକୁ ଅନୁଭବ କରିପାରେ। ପେନ୍ ହେଉଛି। ଠିଆ ହେଇପାରୁନୁ କି; ଚାଲି ପାରୁନୁ। ସକାଳ ପହଁରୁ ତଳିପେଟକୁ ଚିପି ଧରି କାନ୍ଦୁଛୁ ଯେ କାନ୍ଦୁଛୁ। ଏମିତି ହେଲେ ଜର ଆସିଯିବ।

ତୋ' କଷ୍ଟ ତୋ' ମନ ଦୁଃଖ ଦେଖି ଆମକୁ ବି ଖରାପ ଲାଗୁଛି। ଧିକ୍କାର କରୁଛୁ ନିଜକୁ। କାହିଁକି ତତେ ଡାକିନେଲୁ କେଜାଣି! ହେଉ, ଯା'ହେବାର ହେଇଗଲାଣି। ଆମେ ପେନ୍‌କିଲର୍ ଆଣିଦେଉଛୁ ନ' ହେଲେ। ଖାଇଦେ। ତିନିଚାରି ଦିନରେ ଆରାମ ଲାଗିବ।

ତୁମେ କିଛି ବୁଝୁ ନାହଁ ମୋ ଅବସ୍ଥା। ଜୀବନ ହାରିଦେବି। ମୁଁ ଆଉ ବଞ୍ଚି ରହି କି ଲାଭ। ମୁଁ କାନ୍ଦିକାନ୍ଦି କହୁଥାଏ ଅନେକ କିଛି।

ଅହଲ୍ୟା, ଆମେ ସବୁ ବୁଝୁଛୁ। ବି ପ୍ରକ୍ଟିକାଲ୍।

ଦେଖ୍ ତୁ ଗାଉଁଲି ପରି ହ' କି ଛୋଟ ଜାତ; ଆମେ ତତେ ସବୁବେଳେ ସପୋର୍ଟ କରିଛୁ। ଆଉ ରହିଲା ଭିକି କଥା। ସେ ପିଇ ଦେଇଥିଲା। ଜାଣିଛୁ ତ' ମଦ ପିଇଲେ ମର୍ଦ୍ଦ ଲୋକର ମଣିଷପଣିଆ ଚୁଲିକୁ ଯାଏ। ହୋସରେ ରୁହେନା। ତୋ' ମା' ମରିବା ଆଗରୁ ତୋ' ବାପା କେମିତି ମଦ ପି' କି ଥରେ ଚାପୁଡ଼ାଟେ ମାରିଥିଲା। ଘର କଥା ଅନେକ ଥର ପଚାରିବା ପରେ ତୁ' ନିଜେ ଗୋଟିଏ ଥର କହିଦେଇଥିଲୁ ଏ କଥା, ମନେଅଛି? କହିନୁ? ସେ କ'ଣ ଜାଣିକି ମାରିଥିଲେ ସେ ଦିନ! ନିଶାରେ ହେଇଯାଏ।

ତା' ପରେ ତୋ' ର ଯୋଉ ଫିଗର୍, ଯୋଉ ରୂପ, କୋଉ ପୁରୁଷ ଦେହଧରି ରହିବ! ଆମକୁତ ଇର୍ଷା ହେଉଛି। ସେ ତ' ପୁଅ ପିଲା। ହେଇଗଲା। ଦୁର୍ଘଟଣା ଭାବି ଭୁଲିଯା। ଆରେ ଆମେ ବି ତତେ ସେଇଠି ଖୋଜାଖୋଜି କରିଥିଲୁ, ପାଇଲୁ ନାହିଁ। ଭାବିଲୁ ତତେ ବୋଧହୁଏ ଅଜବ ଲଗିଲା ସେ ସବୁ, ଫେରି ଆସିଥିବୁ।

ତଥାପି ମୁଁ କାନ୍ଦୁଥାଏ। ଲଜ୍ଜାରେ, କ୍ରୋଧରେ।

ହୋଉ ତାକୁ ନ' ହେଲେ ଡ଼କାଇ ପଠାଇବା। ସେ ଆସୁ, ଆସିଲାମାନେ ଗାଲ ସେକି ଦେବୁ। ଏଇଠି ତୋ' ପାଦ ଧରି ଭୁଲ୍ ମାଗିବ। ହେଲା?

...ନା ନା କାହାକୁ ଡାକିବା ଦର୍କାର ନାହିଁ। ମୁଁ ତା' ମୁହଁ ବି ଦେଖିବାକୁ ଚାହେଁନା ।

.. ଭୁଲିଯା ପ୍ଲିଜ୍। କ୍ଷମା କରିଦେ ସେ ବାଲୁଙ୍ଗା ଭିକିକୁ। ପ୍ଲିଜ୍ ଅହଲ୍ୟା।

..ଭୁଲିବା କ'ଣ ଏତେ ସହଜ? କ୍ଷମା କରିବା କଣ ସମ୍ଭବ!

ମୁଁ ସଜାଗ ହେଲି। କେତେ ବଡ଼ ଭୁଲ୍ ହୋଇଗଲା ମୋ' ଦ୍ୱାରା। ସାମାନ୍ୟ ସୁଖର ଲାଳସା ମତେ କେଉଁଠୁ ନେଇ କୋଉଠି ପହଞ୍ଚାଇ ଦେଲା। ସମ୍ପୂର୍ଣ୍ଣ ଭୁଲ୍ ମୋ'ର। ଏସବୁ କ'ଣ ହେଇଗଲା ମୋ' ଚିନ୍ତା, ଚେତନା ବାହାରେ। ମୋ'ର ଏମିତି ଲୁଚିକି ଯିବାର ନ'ଥିଲା। ଏ ଦୁଃଖ କହିବି କାହାକୁ? ସେ ତ' ଜଣେ ଯାହାଙ୍କୁ ମୋର ସବୁ ଭଲମନ୍ଦ ନିର୍ଦ୍ୱନ୍ଦରେ କହିପାରେ। ଏ କଥାଟି କିନ୍ତୁ କହିବି କେମିତି!

ଏତେ ଲାଜ କଥାଟି କହିପାରିବି? ମୋ ମୁହଁ ପୋଡିଯିବ ନାହିଁ ତାଙ୍କ ସାମ୍ନାରେ! ମରିଯାଆନ୍ତ କି ଆଉ! ହେ ଭଗବାନ; ସେ ଜାଣିବେ ଯଦି କଣ ଭାବିବେ ମତେ! ତାଙ୍କ ନଜରରେ ମୁଁ କେତେ ଯେ; ତଳକୁ ଖସି ନ'ଯିବି! ସେ କ'ଣ ମତେ କ୍ଷମା ଦେବେ? ଯେତେବେଳେ କି ସବୁ ଭୁଲ୍ ମୋର। ଭିକି ବି ଭୁଲ ମାଗିସାରିଲାଣି। ମୁଁ ଏମିତି ସଜବାଜ ହେଇ କାହିଁକି ବାହାରକୁ ଗଲି? ପାପ କରିଛି ମୁଁ। ସେମାନଙ୍କ ଉପରେ ଯେତେ ଘୃଣା ଆସୁଥିଲା ତା'ଠାରୁ ଅଧିକ ନିଜ ଉପରେ।

ପାଦ ଘୋଷାରି ଘୋଷାରି ଗାଧୁଆ ଘରକୁ ଗଲି। ପାଣି ଢାଳିଢାଳି ଭିକି ରୁକ୍ଷ ହାତର ବର୍ବରତାକୁ ରଗଡ଼ି ଧୋଇବାକୁ ଚେଷ୍ଟାକଲି।

ଲୁହ ଓ ପାଣି ମିଶି ଏକାକାର ହୋଇଗଲା। ନା' ମୁଁ ଫେରିଯିବ ଗାଁ କୁ। ଏ ସ୍ଥାନ ପାଇଁ ମୁଁ ନୁହେଁ। କିନ୍ତୁ ଫେରି ଯିବାର କାରଣ କ'ଣ କହିବି?

ଏମାନେ ହୁଏତ ଠିକ୍ କହୁଛନ୍ତି। ମୋ' ବାପାକୁ କ'ଣ ମୁହଁ ଦେଖେଇବି? ମରଣ ହେଲା ନାହିଁ ମତେ!।

ମରି ନ' ଥାଇ ବି ଶହସ୍ରାଧିକ ବାର ମରୁଥିଲି ନିଜ ଭିତରେ। ମା' ଚାଲିଯିବା ପରେ ଘରେ ବାପା ଛଡ଼ା ଆଉ କେହିନାହାନ୍ତି। ମୋ ପାଇଁ ବାପାଙ୍କର ଅନେକ ଆଶା। ମତେ ବଞ୍ଚି ରହିବାକୁ ହେବ। ଯାହା ଘଟିଗଲା ଆଉ କେବେ ଘଟିବନାହିଁ। ପ୍ରତିଜ୍ଞା ନେଲି। କିନ୍ତୁ ଏ କ୍ଷତଦାଗ ଓ କୋହ ନେଇ ବାହାରକୁ ବାହାରିବି କେମିତି! ସମସ୍ତେ ନିଶ୍ଚୟ ସନ୍ଦେହ କରିବେ।

ସେତେବେଳେ କଲେଜରେ ପୂଜା ଛୁଟି ପଡିଗଲା। ଏବେ କରିବି କ'ଣ? ଯିବି କୁଆଡ଼େ? ସମସ୍ତେ ହଷ୍ଟେଲ୍ ଛାଡି ଘରକୁ ଯିବେ। ମୋର ସବୁ ରାସ୍ତା ବନ୍ଦ। ଗୋଟେ ଦୃଷ୍ଟିରୁ ଭଲହେଲା। ମୁଁ ବାହାରକୁ ଯିବିନାହିଁ। ମତେ କେହି ଦେଖିବେନାହିଁ।

ସେଇ ଦୁଇ ରୁମ୍‌ମେଟ୍ ମତେ ପ୍ରସ୍ତାବ ଦେଲେ। ତାଙ୍କ ସହ କଲିକତା ଯିବାକୁ। ପାପ କରିଛୁ ବୋଲି ଅନୁତାପ କରୁଛୁ ପରା! ଚାଲ୍ ତେବେ। ପୂଜା ଚାଲିଛି, ମା'ଦୁର୍ଗା ଙ୍କ ପାଖରେ ଭୁଲ୍ ମାଗି ପ୍ରାୟଶ୍ଚିତ କରିବୁ। ଏମିତି ବି ଛୁଟିରେ ଏଠି କିଏ ରହିବେ ନାହିଁ। ଚାଲ୍..

ଦୁର୍ଗା ମା' ଙ୍କୁ ସବୁ ଜଣାଇଲେ କଳଙ୍କ ମୁକ୍ତ ହେଇଯିବୁ ଅହଲ୍ୟା। ତୋ' ଦୁଃଖ ଦୂରହେବ।

ଜାଣିଛୁନା, ଦୁର୍ଗାପୁରରେ ଦୁର୍ଗାପୁଜାର ମହତ୍ତ୍ୱ। ମା' ସାକ୍ଷାତ ଧରାପୃଷ୍ଠକୁ ଓହ୍ଲାଇ ଆସନ୍ତି ପରା। ଚାଲ ଆମ ସହ। ଜୀବନରେ ଥରେ ଦର୍ଶନ ତ' କରିପାରିବୁ।

ଛୁଟି ସରିଲେ ଫେରି ଆସିବା ମିଶିକି। ଖର୍ଚ୍ଚ ପାଇଁ ଆଦୌ ଚିନ୍ତା କରନାହିଁ, ତୋର ସବୁ ଖର୍ଚ୍ଚ ଆମେ ଉଠେଇବୁ। ଚାଲ୍ ବାହାରି ପଡ଼।

ପ୍ରକୃତରେ ମୁଁ କିଛି ବୁଝି ପାରୁନଥିଲି ସେତେବେଳେ। ଏତେ ଗୁଡ଼ାଏ କଥା ମୁଁ କେବେ ହେଲେ ଭାବିପାରି ନ'ଥିଲି। ସମୟ ମତେ ଜଡ଼ କରିଦେଇଥିଲା। ଏବେ ମୁଁ ନିରୁପାୟ। କେଉଁଠି ରହିବି ? ଉପାୟଶୂନ୍ୟ ହେଇ ରାଜି ହେଲି। ଅଜଣା ଜାଗା ଓ ଭୟ ସତ୍ତ୍ୱେ ସେମାନଙ୍କସହ ବାହାରିଲି।

ଗାଁର ଏକମାତ୍ର ପୋଷ୍ଟ ଅଫିସ୍‌ର ଦିବାକର କାକାକୁ ଫୋନ୍‌କରି କହିଦେଲି ମୋ' ବାପାଙ୍କୁ ଟିକେ ଜଣାଇଦେବାକୁ ଯେ ଏଥର ପୂଜାଛୁଟିରେ ମୁଁ ଯାଇ ପାରୁନାହିଁ। ଅଳ୍ପ ଦିନ ଛୁଟି ତ' ଏଇଠି ଜଣେ ସାଙ୍ଗ ଘରେ ରହି କାଟିଦେବି। ଏତେବଡ଼ ମିଛ କହି ନିଜକୁ ଧିକ୍କାର କରିବାକୁ ଇଚ୍ଛା ହେଲା। କୌଣସି ଉତ୍ତରକୁ ଅପେକ୍ଷା ନ' କରି ମୁଁ ବାହାରିଗଲି।

॥ ଦୁଇ ॥

ହେ ପ୍ରଭୁ ଏ କ'ଣ ଲେଖିଚି ଅହଲ୍ୟା! ମୋ ସର୍ବାଙ୍ଗ ଥରି ଉଠିଲା। ଛାତି କୋରି ହୋଇଗଲା। ତା' ସହ ଏତେବଡ ଘଟଣାଟେ କେବେ ଘଟିଗଲା ମୋ' ଅଗୋଚରରେ! ମୁଁ ତେବେ କରୁଥିଲି କ'ଣ? ମୁଁ ଯେ ମନେମନେ ପ୍ରତିଜ୍ଞାବଦ୍ଧ ଥିଲି ତା' ସୁରକ୍ଷା ପାଇଁ। କୁଆଡେ ଗଲା ପ୍ରତିଜ୍ଞାବଦ୍ଧତା! କି ଭୀଷଣ ପରିସ୍ଥିତି ଦେଇ ଗତିକରିଗଲା ମୋ ପ୍ରାଣପ୍ରିୟା, ମତେ ସାମାନ୍ୟତମ ଆଭାସ ବି ଦେଲା ନାହିଁ। କୌଣସି ଉତ୍ତରକୁ ଅପେକ୍ଷା ନ'କରି ସେ ପୁଣି ବାହାରି ଗଲା! ଏ କେମିତି କଥା!

କଲ୍ଲୋଳ ଗଭୀର ଚିନ୍ତାରେ ବୁଡିଗଲା! ଦୀର୍ଘ ନିଃଶ୍ୱାସଟେ ମାରି ସତର ନମ୍ବର ପେଜ୍‌ରେ ଚିହ୍ନ ଦେଇ ଚୌକିରୁ ଉଠିଆସିଲା। ଏ ସବୁ ପଢି ତା ସର୍ବାଙ୍ଗ ଜଳି ଉଠୁଥିଲା। ସେ ଆଜି ଭୀଷଣ ମର୍ମାହତ। ଆଖି ଆଗରେ ସବୁକିଛି ଝାପ୍ସା ଦିଶୁଛି। ବୁଢ଼ା ଓ ତର୍ଜନୀ ଆଙ୍ଗୁଠିରେ ଓଦା ଓଦା ଦୁଇଆଖି ପତାକୁ ଦଳିଲା। ନିର୍ବାକ ହୋଇ ଝରକା ରେଲିଙ୍ଗକୁ ଧରି ବାହାରକୁ ଚାହିଁ ରହିଲା।

ବର୍ଷାଛିଟା ମାରି ଝର୍କା ପାଖର କିଛି ଅଂଶ ଭିଜି ସାରିଲାଣି। ଶୀତୁଆ ପବନ ପିଟୁଛି। ଆଉ ଖଣ୍ଡେ ସିଗାରେଟ୍‌ରେ ନିଆଁ ଧରାଇ ଅନ୍ୟମନସ୍କ ହୋଇଗଲା।

ଯଦି କେଉଁ ଅମଣିଷଟେ ଦୁଷ୍କର୍ମ କଲା, ତେବେ ତାକୁ ଶାସ୍ତି ନ' ଦେଇ ସେ ଚୁପ୍‌ରହି ଗଲା କିପରି! ଏମିତି ବି ଅହଲ୍ୟା କ'ଣ କେବେ ଅପବିତ୍ର ହୋଇପାରେ! ପବିତ୍ରତା ପାଇଁ ପାପର ପ୍ରାୟଶ୍ଚିତ କରିବାକୁ କିଛି ନ' ଜଣାଇ କଲିକତା ଚାଲି ଯାଇଥିଲା!

ପାପ! ପାପ କଣ? ପ୍ରାୟଶ୍ଚିତ? କେଉଁ ପାପ ପାଇଁ? କେଉଁ କାମୁକ ଛଳନାର ଶୀକାର ହୋଇ ତା' କାମନା ଅଗ୍ନିରେ ଦଳିମକଚି ନିଷ୍ପେସିତ ହୋଇଗଲା, ସେଇଟା କ'ଣ ଅହଲ୍ୟାର ଅପରାଧ! ନାରୀଟିଏ କେବେ କ'ଣ ନିଜ ଇଚ୍ଛାରେ ବଳତ୍କୃତ ହୁଏ? ସେଥିପାଇଁ ଶରୀର ତା'ର ଅପବିତ୍ର! ଜଣେ ଧୋକାବାଜର କୁକର୍ମ ପାଇଁ କ'ଣ ଅହଲ୍ୟା ଦାୟୀ? ଯୁଗେଯୁଗେ ଏ କି ଲିଳା। କିଃ ଘୃଣ୍ୟ ମାନସିକତା! ପ୍ରତାରଣା

କଲା କିଏ, ଦଣ୍ଡ ପାଇବ ଅହଲ୍ୟା ? ନିଜକୁ କାହିଁକି ଦୋଷୀ ମଣିଲା ! ପାଠଶାଠ ପଢ଼ି ଏମିତି ଭାବି ପାରିଲା କିପରି ସେ ?

କଲେଜ୍ ହଷ୍ଟେଲ୍‌ରେ ସେ ଦୁଇ ବାହାର ରଜ୍ୟର ଝିଅ ଏତେବଡ଼ କାଣ୍ଡ ଭିଆଇଲେ, ଅଥଚ ମୁଁ ସାମାନ୍ୟ ସୂଚନା ବି ପାଇଲି ନାହିଁ !

ସେ ବର୍ଷର କଥା କେବେ ଭୁଲିବି ନାହିଁ। ଆଜି ବି ଗୋଟିଗୋଟି ମନେଅଛି। ଯେଉଁ ପୂଜାଛୁଟି କଥା ଲେଖିଛି ଅହଲ୍ୟା, ସେ ବର୍ଷ ଛୁଟିର ଆଗ ଦିନ ମୁଁ ଗାଁ କୁ ଚାଲିଯିବାର ଥିଲା। ମା' ପାଇଁ। କହି ତ' ଥିଲି ଅହଲ୍ୟାକୁ। ଏକାଥରେ ଛୁଟିସାରି ଫେରିବି ବୋଲି। ଆସିବା ବେଳକୁ ଅହଲ୍ୟା ବିଷୟରେ ଗୋଟିଏ ଅଲଗା ଖବର ଶୁଣିଲି। କାନ କୁହା କଥାରେ ବିଶ୍ୱାସ ଜମା ହେଲାନାହିଁ। ଯିଏ ଯାହା କହିଲେ ବି ମୁଁ ଜାଣେ ମୋ ଅହଲ୍ୟାକୁ। ସେ କେବେ ମତେ କିଛି ବି ଲୁଚାଇବ ନାହିଁ। ସେ ପୁଣି ଆଉ କାହା ସହ..!!

ଏବେ ବୁଝିପାରୁଛି, ଅହଲ୍ୟା ଯେଉଁ ତାଙ୍କୁତାଙ୍କୁ ବୋଲି ବାରବାର ସମ୍ବୋଧନ କରୁଛି, କିଏ ସେ। ମତେ ତ' ତା' ଗୋଲାପୀ ଜାମା ଭଲ ଲାଗିଥିଲା। ମୁଁ ହିଁ ତ' କୁହେ ଆହୁରି ପରିଶ୍ରମ କର, ପାଠରେ ମନ ଦେ, ଟିକେ ସ୍ମାର୍ଟ୍ ହଅ। ମତେ ହିଁ ତ' ତାର ସବୁ ଭଲମନ୍ଦ କୁହେ। ମୁଁ ହିଁ ତ' କହୁଥିଲି ଏଥର କଲେଜରେ ଟପ୍ପର ହେଲେ କଟକ ସହର ବୁଲାଇ ନେବି। ମୋ ଜାଣିବାରେ ମୋ' ଛଡା ଆଉ କାହା ସହିତ ଘନିଷ୍ଠ ନ'ଥିଲା। ତା'ହେଲେ କ'ଣ ମୋ' ପାଖରେ ଖୋଲି କହିବାକୁ ଲଜ୍ଜାବୋଧ କରି ଚାଲିଗଲା। ନିଜମଣିଷ ପାଖରେ କିଏ ଲାଜ କରିପାରେ ବାୟାଣୀ ! ହଁ କେବେ ମୁଁହଖୋଲି କହି ନାହିଁ ତତେ। କଠୋର ହୋଇଛି ତୋ' ସାମ୍ନାରେ ସତ, କିନ୍ତୁ ମୋ' ହୃଦୟ କେତେ ଯେ' ଉହଳବିକଳ ହୋଇଛି ତୋ' ପାଇଁ..ଓଃ.. କେମିତି ବୁଝାଇ ଥାଆନ୍ତି ! ଶେଷରେ ତୁ ମୋତେ ଲୁଚାଇ ଦେଲୁ ତୋ' ଗଭୀର କ୍ଷତ ! ସବୁ ଯନ୍ତ୍ରଣାକୁ ଆତ୍ମସାତ କରିନେଲୁ ନିଜ ଭିତରେ ! ଆଜି ମୁଁ ନିଜକୁ ଧିକ୍କାର କରୁଛି, ସୁରକ୍ଷା ଦେଇ ପାରିଲିନାହିଁ। କେଉଁଠି ନାଁ' କେଉଁଠି ମୋର ହିଁ ଭୁଲ୍ ରହିଗଲା।

ଅବଶ୍ୟ ଅହଲ୍ୟା ମତେ କହିଥିଲା; ଆମ ହଷ୍ଟେଲ୍ ପିଲା ପିକ୍‌ନିକ୍ ଯିବେ। ସାରଳା ମାଆଙ୍କ ଦର୍ଶନ କରିବାର ଯୋଜନା କରୁଛନ୍ତି।

"ଆଚ୍ଛା ଭଲ କଥାତ', ଯାଅ ସବୁ। ତୁ ତ' ଭାରି ମଜାରେ ବୁଲିବୁ, ମୋ ପାଇଁ କ'ଣ ଆଣିବୁ?" ମୋ ପ୍ରଶ୍ନ ଓ ପରିହାସ ବୁଝି ନ'ପାରି ଅବୁଝା ଆଖିରେ ଚାହିଁଲା ଯେବେ, କହିଲି "କ'ଣ ଆଣିବୁ ଜାଣିନାହୁଁ ! କିଛି ବଡକଥା ମାଗୁନାହିଁ ମଃ ! ଆରେ ଏଇ ଡାହାଣ ହାତ ପାଇଁ କଲ୍‌ବା, ମାନେ ନାଲି ସୁତା, ମା'ଙ୍କ ପାଖରେ

ପୂଜା କରି ଆଣିଥିବୁ, ହେଲା ! ବୁଦ୍ଧଙ୍କ ପରି ଚାହିଁଛୁ କ'ଣ ? ହାଃ ହାଃ ହାଃ ଏଇ ଯୋଗୁ ତତେ ବୋକୀ ବୋଲି କୁହେ।"

ମୋ କଥାକୁ ଆଦେଶ ବୋଲି ମାନି ହୁଁ ମାରିଲା ଯେବେ, ମୁଁ ଫିକ୍‌କିନା ହସିଦେଲି। "ଥଟ୍ଟା କରୁଥିଲି। ତୁମେମାନେ ଯାଅ ବୁଲି ଆସିବ। ମୁଁ ଗାଁ ରୁ ଫେରିଲେ କହିବୁ କ'ଣ ଦେଖିଲୁ ସେଠି ! ଆଉ ଶୁଣୁ, ସବୁବେଳେ ହୁସିଆର୍ ଥିବୁ। ପିଲାଙ୍କ ମେଳିରେ। ଏକୁଟିଆ ଯମା ଚାଲିଯିବୁ ନାହିଁ ଇଆଡେ ସିଆଡେ !" ପୁରା ଅଭିଭାବକ ଠାଣିରେ ଶୁଣାଇ ଦେଲି ଦୁଇପଦ। ମୋ କଥା ଶୁଣି ଫେଁ କି ହସି ଦେଲା। "ହସିଲୁ କିଆଁ ?" ନାଁ ଆମ ଗାଁ ସ୍କୁଲରେ ଥରେ ପିକ୍‌ନିକ୍ ହେଇଥିଲା, ରାମଚଣ୍ଡି। "ରାମଚଣ୍ଡିରେ ସନ୍ଧ୍ୟା" ପଢି ମୁଁ ବନ୍ଦ ଆଖିରେ ଦେଖିଥିବା ସ୍ୱପ୍ନକୁ ସତ୍ୟରେ ଦେଖିବା ପାଇଁ ବାପାଙ୍କ ଆଗେ ଗୋଡକଚାଡି ହଟ କରିଥିଲି ଯିବାପାଇଁ। ବାପା ବି ଠିକ୍ ଏମିତି ଉପଦେଶ ଦେଇଥିଲେ। "ଗୋଟିଏ ସର୍ତ୍ତରେ ଛାଡିବି ତତେ। ହୁସିଆରି ଯିବୁ। ବାହାଦୂରି ମାରି ଇଆଡେ ସିଆଡେ ଏକୁଟିଆ ଚାଲିଯିବୁନାହିଁ।" ହେଃ ହେଃ ..ସେତେବେଳେ କିନ୍ତୁ ମୁଁ ସାନ ଥିଲି। "ଓଃ ତେବେ ତୋ' କହିବା କଥା ଏବେ ତୁ' ବଡ ହେଇଗଲୁଣି। ଆଉ ମୁଁ ତୋର ଗାର୍ଡିଏନ୍ ନୁହଁ। ପରାମର୍ଶର ଆବଶ୍ୟକତା ନାହିଁ।" ନାଁ ନାଁ ପରାମର୍ଶ କଥା କହୁନି, ବାପା କଥା ନୁହଁ, ମାନେ ମୁଁ ବଡ ନାହିଁ, ନାଁ ନାଁ ସାନ ଅଛି ଯେ; ପୁରା ସାନ ନାହିଁ। ..ହାଃ ହାଃ ହାଃ ହସିହସି ମୋ ପେଟ ଦରଜ ହୋଇଗଲା। କ'ଣ ସାନବଡ, ବଡସାନ ଲଗେଇଛୁ ସେତେବେଳୁ କହିଲୁ ? ସତରେ ତୁ' ଟା ଏକଦମ୍ ଓଲିଟା, ଆଉ ଏବେ ବି ତୁ ସାନ ହିଁ ଅଛୁ। ନ' ହେଲେ ତୁ କ'ଣ...କହୁକହୁ ଅଟକିଗଲି। ମୋ ଜିଭ ଲେଉଟିଲା ନାହିଁ। କେମେତି କହିଥାଆନ୍ତି ଓଲିଟିଏ ନ' ହୋଇ ଥିଲେ ତୁ' କଣ ଆଜି ପର୍ଯ୍ୟନ୍ତ ମୋ' ଛାତି ତଳର ଭାବନାକୁ ବୁଝିପାରି ନ' ଥାନ୍ତୁ ! ସମ୍ପୂର୍ଣ୍ଣ ବାକ୍ୟ ଶୁଣିବାକୁ ସେ ମୋ' ମୁହଁକୁ ଚାହିଁ ରହିଥିଲା। କଥାର ମୋଡ ବଦଳାଇଦେଲି। ମୁଁ ତୋ' ଠାରୁ ଚାରି ବର୍ଷ ସିନିୟର୍ କି ନାହିଁ ? ସେଇ ଦୃଷ୍ଟିରୁ ତୁ ସାନ ହେଲୁ ନା ! ଆଉ ଏଠି ତୁ ନୂଆ। ହେଲା !" ତା' କଥାର ଉତ୍ତର ଦେଉଦେଉ ହସମିଶା ଗମ୍ଭୀର ସ୍ୱରରେ କହିଦେଲି। ମନେମନେ ଭାବୁଥିଲି ପ୍ରିୟାଟା ମୋର କେଡେ ହୁଣ୍ଡିଟାଏ ସତେ ! ଏତିକି ଜାଣେନା ଯେ ପ୍ରେମିକଟିଏ ପରା ପରିସ୍ଥିତି ମୁତାବକ ସବୁ ପଦବୀରେ ଛିଡା ହୋଇପାରେ ! ବାପା ହେଉ କି ଭାଇ, ଆକଟ କରିପାରେ, ଶ୍ରଦ୍ଧା ବି। ହେଉ ବା ସାଙ୍ଗ, ବା ହେଇପାରେ ସ୍ୱାମୀ। ଆଦର କରିପାରେ ପ୍ରେମ ବି। ଆଃ ଭିତରେ ଭିତରେ ଏ ସ୍ୱାମୀ ଉଚ୍ଚାରଣଟା କୂଳୁକୂଳୁ ନାଦର ଝରଣାଟିଏ ହୋଇ ବୋହି ଯାଉଥିଲା ନବଯୌବନର ଗହନ ଘଞ୍ଚ ଅରଣ୍ୟ ଦେଇ। କାସ୍ ମୁହଁଖୋଲି କହି ପାରନ୍ତି କି ଥରେ !

କହିବା ଦର୍କାର ନାହିଁ। ଆଖିଦେଇ ବୋଧହୁଏ ଆପେଆପେ ମଧୁର ତରଙ୍ଗଟିଏ ସଂଚରି ଯାଇଥିଲା ତା ହୃଦୟର ସେଇ ନିଭୃତ ଇଲାକାକୁ! ନ' ହେଲେ କ'ଣ ଏମିତି ଲାଜରେ ଝାଉଁଳି ପଡିଥାଆନ୍ତା ଗୋଟାପଣେ!

ମଧୁର ମୂର୍ଚ୍ଛନାର ମୃଦୁ ଲହରୀଟିଏ ଅଦ୍ଭୁତ ଭାବେ ଆମ ଦୁହିଁଙ୍କ ଅଙ୍ଗେଅଙ୍ଗେ ଖେଳିଯାଇଥିଲା। କିଏ କାହାକୁ କିଛି କହି ପାରୁନ' ଥିଲୁ ସତ, କିନ୍ତୁ ଅବ୍ୟକ୍ତ ଭାବନାକୁ ଚାପି ରଖିବା କେଉଁ ସହଜ ପାଠ ଯେ! ମୁଖମଣ୍ଡଳରେ ଯେଉଁ ଭାବ ପ୍ରସ୍ଫୁଟିତ ହେଉଥିଲା ବାହାରେ ଯେ କେହି ବି ଦେଖିଲେ ଅତି ସହଜରେ ଜାଣିନେବ, ଭିତରେ ଭିତରେ କେତେ ପ୍ରେମରେ ବୁଡିଛନ୍ତି ଦୁହେଁ! କେତେ ନିବିଡ ଯାଙ୍କ ସମ୍ପର୍କ!

ଜାଣିଥିଲି ସେ ମୋ' ମୁରବି ପଣିଆକୁ ସାଦରେ ଗ୍ରହଣ କରେ। ମାନେ ମୋ' ପରାମର୍ଶ। ଉପଭୋଗ କରେ ମୋ' ପ୍ରତିଟି ବାକ୍ୟ। ମୋ' ସାମ୍ନାରେ ଅବୁଝା କିଶୋରୀଟିଏ ହୋଇ ରହିବାକୁ ତାକୁ ବୋଧେ ଭଲଲାଗେ। ସେଥିପାଇଁ ବୋଧେ ଜାଣିଜାଣି ନ' ଜାଣିବାର ସୁଆଙ୍ଗ ରଚୁଛି ଫୁଲେଇ ଖଣ୍ଡେ! ନିଜେ ତ' ଯାହା ଜଲୁଥିବ, ମତେ ବି କେଉଁ କମ୍ ଜାଳୁଛି ଯେ! ପ୍ରେମ ପରି ସମ୍ମାନବୋଧ ବି ଅଧିକ ଥିଲା ମୋ ପାଇଁ। ସେଥିପାଇଁ ତ' ଖୁବ କମ୍ ଦିନରେ ତୁମେ ରୁ ତୁ' ବୋଲି ସମ୍ବୋଧନ କରିବାକୁ ବାଧ୍ୟ କରିଥିଲା। ତା' କହିବାକଥା ସାନମାନଙ୍କୁ ତୁମେ ଠାରୁ ତୁ' ସମ୍ବୋଧନରେ ଗୋଟେ ଅଲଗା ମିଠାପଣ ଥାଏ। ନିଜର ନିଜର ଲାଗେ। ମତେ ମଧ୍ୟ ଏମିତି ଅବୁଝା, ଅଳି କରୁଥିବା ପ୍ରେମିକାଟେ ପସନ୍ଦ ଥିଲା ନା! ଯାହାକୁ ମୁଁ କଥାକଥାରେ ଚିଡାଇଦେଇ ବୁଝାଇ ନେଉଥିବି ପରବର୍ତ୍ତି ମୁହୂର୍ତ୍ତରେ। ଉପଭୋଗ କରୁଥିବି ତାର ସମସ୍ତ ହକ୍ ଜାହିର୍ କରିବା ଓ ଅଝଟପଣକୁ! କଥା ସରୁସରୁ କେମିତି ଲାଜରେ ଲାଲ୍ ପଡିଯାଇଥିଲା ତା' ଦୁଇ ଗାଲ। ମୁହୂର୍ତ୍ତେ ଚାହିଁ ପାରିଲା ନାହିଁ ମୋ ଆଖିକୁ। ଏକ ନିଃଶ୍ୱାସରେ ଚାଲି ଯାଇଥିଲା ସେଠାରୁ। ସେଦିନ ମତେ ସେ ଆହୁରି ବେଶୀ ନିଜର ଲାଗିଥିଲା। ଅନୁଭବ କରୁଥିଲି ମୋ ପାଇଁ ରଙ୍ଗ ଲାଗୁଥିବା ତା' ସରଳ ମନଟିକୁ।

ଏହା ସତ୍ତ୍ୱେ ଏ କଥା ବି ଜାଣିଥିଲି, ସେ ନିଛକ, ସରଳ। କଅଁଳ ହୃଦୟର ଗ୍ରାମ୍ୟ ପରିବେଶରୁ ଆସିଥିବା ସାଧାରଣ ଝିଅଟିଏ। ସେ ନିଜକୁ ତଳିଆ ବର୍ଗର ଭାବୁଥିଲା ସବୁବେଳେ। ଅନ୍ୟମାନଙ୍କ ସହ ମିଶିବାକୁ ସଂକୋଚ କରୁଥିଲା। ପିଲାମାନେ ହସୁଥିଲେ।

ବିକାଶ ସେଦିନ ତା'ସହ ଥଟ୍ଟା କରିବା ପରେ ଭୁଲ୍ ମାଗି ନେଇଥିଲା। ତା' ପର ଠାରୁ ଆମେ ସଚେତନ ଓ ସଜାଗ ଥିଲୁ।

ତା' ହଳଦୀମାଖା ଦେହକୁ ଦେଖି କମେଣ୍ଟ ମାରନ୍ତି। ତା' ଝୁଲା ବ୍ୟାଗ ହାୱାଇଚଟି ଦେଖି ଚିଡାନ୍ତି। ରାଗିଙ୍ଗ୍ କରନ୍ତି। କିଛିପିଲା ଏମିତି କରି ଖୁସି ହୁଅନ୍ତି।

ଏ ମାନସିକତା ବଦଳାଇବା କଷ୍ଟ। ଏ ସବୁ ସହି ନ'ପାରି କିଏକିଏ ପାଠପଢା ଅଧାରୁ ଛାଡି ଫେରି ଯାଆନ୍ତି ନିଜ ଗାଁ କୁ। କିଏକିଏ ବରଦାସ୍ତ କରି ନ'ପାରି ଚରମ ନିଷ୍ପତ୍ତି ନେଇ ଯାଆନ୍ତି। ଆତ୍ମହତ୍ୟାର ପଥ ଆପଣାଇ ନିଅନ୍ତି। ଏସବୁ କୁ ଦୃଷ୍ଟିରେ ରଖି ନିୟମ କଡ଼ାକଡ଼ି ହୁଏ କଲେଜରେ। ଧରାପଡିଲେ ଦଣ୍ଡିତ ହୁଅନ୍ତି, ରଷ୍ଟିକେଟ୍ ହୁଅନ୍ତି ପିଲା। ଏଇ କାରଣରୁ ପ୍ରତିବର୍ଷ କେତେ ଜୀବନ ବର୍ବାଦ ହୋଇଯାଏ। ସ୍ୱପ୍ନ ଭାଙ୍ଗିଯାଏ।

ସେ ନିରୀହ ଓ ସରଳ। କିନ୍ତୁ ଦୁର୍ବଳ ନୁହେଁ। ତା' ର ବୁଦ୍ଧି ଥିଲା। ପ୍ରତିକୂଳ ପରିସ୍ଥିତିରେ ନିଜକୁ ସମ୍ଭାଳି ନେବାର ଦକ୍ଷତା ବି ଦେଖିଥିଲି ତା' ନିକଟରେ। ଥରେଥରେ ତା' ବିଚାରଶକ୍ତି ଦେଖି ମୁଁ ତାଜ୍ଜୁବ୍ ହୁଏ। ମୋ' ଠାରୁ ଚାରିବର୍ଷ ସାନହୋଇ ଏମିତି କଥା ବୁଝିପାରେ ଯେ ମୁଁ କେବେ ବି ଭାବି ପାରେନା! ସେଥିପାଇଁ ତ' ନୋଟ୍‌ବୁକ୍‌ରେ କବିତା ପୁରାଇ ଦେବା କଥାରେ ମୁଁ ନିଜେ ଲଜ୍ଜିତ ହୋଇଥିଲି, ଆଉ ମୋ' ପିଲାଳିଆମୀ ପାଇଁ ମନେମନେ ହସିଥିଲି। ସେଇ ଦିନରୁ ମନକଥା ମନରେ ସାଇତି ଦିଏ। କୌଣସି ପ୍ରତିକ୍ରିୟା ନ' ଦେଖାଇବାକୁ ପ୍ରୟାସ କରେ। ଅଜାଣତରେ ସେ ମୋ' ସୁରକ୍ଷା ବଳୟ ଭିତରେ ରହୁ ବୋଲି ପ୍ରତିଜ୍ଞାବଦ୍ଧ ଥିଲି। ପ୍ରେମପାଇଁ ଏ ସମୟ ଉଚିତ ନୁହେଁ। ଶିକ୍ଷିତ ହୋଇ ସ୍ୱପ୍ନପୁରଣ କରିବା ପ୍ରଥମକାମ।

କିନ୍ତୁ ଏ କ'ଣ ଘଟିଗଲା! ସେଇ ବେଲଗାମ୍ ଦୁଇ ଝିଅଙ୍କୁ କଲେଜ୍‌ରେ ଅନେକ ଜାଣନ୍ତି। ସବୁବେଳେ ଫାଜିଲାମି, ବାଜେ କଥାରେ ସମୟ କାଟିବା। ଲାଇଫ୍‌କୁ ଏନଜୟ କରିବା ତାଙ୍କ ମୁଖ୍ୟ ଉଦ୍ଦେଶ୍ୟ। ତାଙ୍କ ପାଖରୁ ସତର୍କ ରହିବା ପାଇଁ କହିବା ଆଗରୁ ଏ ସବୁ ଘଟିଗଲା!

ଛାତି ଥରିଉଠୁଛି। ଆଗକୁ ବଢ଼ିବାର ଅଛି। ଫେରିଆସି ବସିଲା, ପୁଣି ପୃଷ୍ଠା ଓଲଟାଇଲା।

XXX

ବାପ୍ ରେ...ଏଇ ତ ଆହୁରି ବଡ଼ସହର। କି ଲୋକବାକ, କି ଗାଡ଼ିମଟର। କିଃ ଗହଳି! ମୁଁ ନିଶ୍ଚୟ ହଜିଯିବି ଏଇଠି।

ଭୟଙ୍କର ଭିଡ଼। ତା' ଭିତରେ ବିରାଟ ବିରାଟ ଦଶଭୁଜା ଦୁର୍ଗାମେଢ଼। ପାର୍ବଣରେ ରଙ୍ଗୀନ୍ ପାଟଓଢ଼ଣୀ ପିନ୍ଧି; ସତେ ଅବା ଝଲସୁଛି କଲିକତା ସହର। ରଙ୍ଗବେରଙ୍ଗ ଆଲୋକ ସଜ୍ଜା। ରିକ୍ସା ଆଗକୁ ଦି'ହାତ ଗଡ଼ିବାକୁ ଚାରିଘଡି ସମୟ ଲାଗୁଛି। ମାଳମାଳ ଲୋକ। ରାସ୍ତା କଡ଼ରେ ମେଲଣ ପରି କିସମ କିସମ ଜିନିଷପତ୍ର। ସ୍ତ୍ରୀଲୋକ ମାନେ ନଁଇପଡି ମୂଲଚାଲ୍ କରୁଛନ୍ତି। କିଣୁଛନ୍ତି ଘରକରଣା ଜିନିଷପତ୍ର। ଖେଳନା,

ପେଁକାଳୀବାଲା ପେଁ ପାଁ କରି ଛୁଆଁଙ୍କ ଦୃଷ୍ଟି ଆକର୍ଷଣ କରୁଛି। ବେଲୁନ୍ ପାଇଁ ଅଝଟ କରୁଛି ଶିଶୁ । ଦହିବରା, ଚାଟ୍ ଠେଲା ପାଖରେ ଯୁବତୀ ଓ ପିଲାଙ୍କ ଭିଡ଼।

ରାସ୍ତା କାଟି ତା' ଟ୍ରାକରେ ଘଡ଼ଘଡ଼ ଶବ୍ଦ ସହ ସର୍ପିଳ ଗତିରେ ଗଡ଼ିଯାଉଛି ଟ୍ରାମ୍। ଲୋକ ଚଢୁଥାଆନ୍ତି ଓହ୍ଲାଉ ଥାଆନ୍ତି। ଯାହାକୁ ମୁଁ ପ୍ରଥମଥର ଦେଖୁଥିଲି କଲିକତା ସହରରେ। ଗାଡ଼ିର ହର୍ଣ, ସାଇକେଲ ଘଣ୍ଟି, ଲୋକଙ୍କ କୋହାହଳ। ମତେ ଅତିଷ୍ଠ କରୁଥାଏ। ଏତେ ଗହଳିରେ ମୁଁ ଅଣନିଃଶ୍ୱାସୀ ହୋଇପଡୁଥାଏ। ସୋରିଷଟିଏ ଗଳିବାକୁ ବାଟ ନ'ଥିବା ଗହଳିରେ ମୁଁ ପାଖକୁଯାଇ ଦେଖିପାରିଲି ନାହିଁ। ଦୁର୍ଗା ମାଁ ଙ୍କ ଦର୍ଶନ ପାଇଁ ଯେଉଁ ଆଗ୍ରହ ଥିଲା; ସେ କେଉଁଠି ହଜିଯାଉଥିଲା ଲୋକାରଣ୍ୟ ଭିତରେ। ଖଣ୍ଡେ ଦୂରରେ ରିକ୍ସା ଉପରେ ରହି ଯୋଡ଼ହସ୍ତରେ ପ୍ରଣାମ କଲି।

ମନକୁ ବୁଝାଇ ପାରୁନଥାଏ ମୁଁ। ଏମାନେ ଏ ଘଟଣାକୁ ଯେତେ ସହଜରେ ନେଇ ପାରୁଛନ୍ତି, ମୁଁ ତ କାହିଁକି ନେଇ ପାରୁନି ? ଭୀଷଣ ଦ୍ୱନ୍ଦ୍ୱ ଭିତରେ ରହି ଭୁଲିଯିବାକୁ ଚେଷ୍ଟା କରୁଥାଏ।

ସେମାନେ ମୋ'ର ବହୁତ ଯତ୍ନ ନେଲେ। ଏ ଅସମୟରେ ସେମାନେ ମତେ ସ୍ଥାନଦେଲେ, ସାହାରାଦେଲେ, ମୁଁ ଭୁଲିବାକୁ ଚେଷ୍ଟା କରୁଥିଲି ତାଙ୍କଭୁଲ୍।

ଦଶହରା ଓ ଭସାଣୀ ସରିଲା। ଗହଳି କମିଲା। ପରଦିନ ସହରର ବିଭିନ୍ନ ସ୍ଥାନ ବୁଲାଇ ଦେଖାଇଲେ। ଭିକ୍ଟୋରିଆ ମେମୋରୀଆଲ୍, ହାୱଡ଼ା ବ୍ରିଜ୍, କାଳି ମନ୍ଦିର, ବାବୁଘାଟ୍। ଯାହା ମୁଁ କେବଳ ବହିରେ ପଢିଥିଲି ଓ ଛବିରେ ଦେଖିଥିଲି। କେତେ କରମ ଖାଦ୍ୟ ଖୁଆଇଲେ। ମୁଁ ତାଙ୍କ ଅନୁକମ୍ପାତଳେ ଦବିବାକୁ ଲାଗିଲି।

ଏମାନେ କେତେ ଭଲ। ଛୁଆଁଅଛୁଆଁର ଭେଦଭାବ ନାହିଁ ଏଠି। ମୋ ଗାଁ ପରି ନୁହେଁ। ନିଜ ଘରେ ସ୍ଥାନ ଦେଲେ। ଏକାଠି ବସି ସାଥିରେ ଖାଇଲେ। ମୋ' ଦୁଃଖ ସମୟରେ ମତେ ସାହାରା ଦେଇ ଥିବାରୁ ସେ ଦୁହିଁଙ୍କ ପାଖରେ ମୁଁ ରହିଲି ଋଣୀ।

ଠିକ୍ ଦୁଇଦିନ ପରେ ସେମାନେ ଅଲଗା କେଉଁ ଆଡେ ଯିବାକୁ ଯୋଜନା ପ୍ରସ୍ତୁତ କଲେ।

କୁଆଡେ ?

ଭାରତ ସୀମାକୁ ଲାଗି ବାଂଲାଦେଶ। ସେଠି ତାଙ୍କ ସାନ ମାମୁଁ ରୁହନ୍ତି। ତାଙ୍କ ଘରକୁ ଯିବାକୁ ହେବ। ଛୁଟି ସରିଗଲେ ଆଉ ଯାଇହେବ ନାହିଁ। କି ପରିସ୍ଥିତି। ସେମାନେ ଗଲେ ମୁଁ ଏକୁଟିଆ କେମିତି ରହିବି। ମୁଁ ଭାବିଥିଲି କଲିକତାରେ ରହି କିଛିସମୟ କଟିଯିବ। ଦାଗ ଲିଭିଯିବ। ମନ ବୁଝିବାକୁ ସମୟ ମିଳିଯିବ। କିନ୍ତୁ ହେଲା ନାହିଁ ତାହା। ମନ ଓ ଦେହପିଡାର କୌଣସି ଉପଶମ ମିଳୁ ନ'ଥିଲା। ମୁଁ ଅସ୍ଥିର ହେଉଥିଲି।

ବାପାଙ୍କ କଥା ଭାବିଭାବି ମନ ବିଷେଇ ଉଠୁଥାଏ। ଏତେବଡ଼ ମିଛ କହି ଚାଲିଆସିଥିବାରୁ ନିଜକୁ ଦୋଷୀ ମଣୁଥାଏ। ସେମାନେ ଯିବା ପାଇଁ ପ୍ରସ୍ତୁତ ହେଲେ। ମତେମଧ୍ୟ ସାଥିରେ ନେବେ ବୋଲି ଯୋଜନା କଲେ।

ତୋ' କଥା ଶୁଣି ମାମୁଁ ମାଇଁ କହିପଠାଇଛନ୍ତି; ତୁମ ସାଙ୍ଗକୁ ବି ସାଥିରେ ନେଇ ଆସିବ। ଏଠି ଆସି ବୁଲିଯିବ ଝିଅମାନେ। ଆମର ଆଉ କିଏ ଅଛି! ତୁ' ଜମାରୁ ବ୍ୟସ୍ତ ହ' ନାହିଁ ଅହଲ୍ୟା। ମାତ୍ର ଦୁଇଦିନ ପାଇଁ ଯିବା ଓ ଫେରି ଆସିବା। ଏମିତି ବି ତୁ ତ' ଆଉ ଏଠି ଏକୁଟିଆ ରହି ପାରିବୁ ନାହିଁ। ବିଲକୁଲ୍ ଚିନ୍ତା କରନା। ଅରାଜି ହ'ନା । ଚାଲ୍ ଆମ ସହିତ।

ମୁଁ କେମିତି ଯିବି? ଏତେବାଟ, ସେଠି ମୁଁ କାହାକୁ ଜାଣିନାହିଁ।

ଜାଣିବା ଦର୍କାର ନାହିଁ। ଆମସହ ଯିବୁ। ଆମକୁ ତ' ଜାଣିଛୁ। ବିଶ୍ୱାସ କର; ତୋର କୌଣସି ପ୍ରକାର ଅସୁବିଧା ହେବନାହିଁ।

ନାଁ, ବାଧ୍ୟ କରନା ମତେ। ମୁଁ ଆଉ କୁଆଡେ ଯିବାକୁ ଚାହୁଁନାହିଁ। ମତେ ଗାଡ଼ିରେ ବସାଇ ଦିଅ, ମୁଁ ଆମ ଗାଁ କୁ ଚାଲିଯିବି। ତୁମେମାନେ ଯାଅ, ତୁମ ମାମୁଁଘରେ ବୁଲିଆସିବ।

ଦେଖ୍ ତୁ ନ' ଗଲେ ଆମେ ବି' ଯିବୁନି। ଯାହା ଭାବୁଛନ୍ତି ଭାବନ୍ତୁ ମାମୁଁ। ତତେ ଭଲଲାଗିବ ତ?

ଜୀବନରେ ଏତେବାଟ ଯିବା କଥା ସ୍ୱପ୍ନରେ ସୁଧା ଭାବିନାହିଁ। ବାଂଲାଦେଶ କେଉଁଠି ମୁଁ କେଉଁଠି। ବାପାଙ୍କୁ ମିଛକହି କଲିକତା ଯାଏ ଆସିଗଲି ସିନା; କିନ୍ତୁ ଆଉ କୁଆଡେ ନୁହେଁ।

ବିଷମ ପରିସ୍ଥିତି। ସେମାନେ ଏତେ କରୁଛନ୍ତି ମୋ ପାଇଁ। ମୁଁ ନ' ଗଲେ ସେମାନେ ଯିବେନାହିଁ। କିନ୍ତୁ ମୋ' ଯିବାଟା କ'ଣ ଠିକ୍ ହେବ? ଜୀବନର ପ୍ରଥମଥର ବାହାରକୁ ଆସିଛି। କୋଉଠି କିଛି ଜାଣିନାହିଁ। ଏକୁଟିଆ ରହି ପାରିବି ନାହିଁ। କିନ୍ତୁ ତାଙ୍କସହ ଯିବାକୁ ଆତ୍ମା ଡାକୁନ'ଥିଲା। ହେଲେ ବି ମୁଁ ରାଜିହେଲି।

ବେଳେବେଳେ ମଣିଷର ଷଷ୍ଠ ଇନ୍ଦ୍ରିୟ ବେଶ୍ ସକ୍ରିୟ ହୋଇଉଠେ।

ଅଦୃଶ୍ୟ ଭବିଷ୍ୟତ ବି ଝଲ୍ସା ହେଇ ସାମ୍ନାବାଟେ ଚାଲିଯାଏ। ଅନେକ କିଛିର ଆଭାସ ପାଇସାରିବା ସତ୍ତ୍ୱେ ଯେ ବୁଝିପାରେନା, ସେ ପଡ଼ିଯାଏ ସେଇ କୃଷ୍ଣଗର୍ତ୍ତରେ। ଯେଉଁଠୁ ମୁକୁଳିବା ଅସମ୍ଭବ। ମୋ ଜୀବନରେ ଲେଖାଥିଲା ସେମିତି କିଛି।

ଉଫ୍...ପୁଣି ମୁର୍ଖାମୀ! ଏକପ୍ରକାର ବିରକ୍ତ ହେଲାପରି ଡାଏରୀଟିକୁ ବନ୍ଦ କରି ଦୂରକୁ ଠେଲିଦେଲା କଲ୍ଲୋଳ।

ହୁଁଃ...ଜାଣିଥିଲା, ବେଳେବେଳେ ଷଷ୍ଠ ଇନ୍ଦ୍ରିୟ ବା ମଣିଷର ଅତିନ୍ଦ୍ରିୟ ଶକ୍ତି ବଳରେ ସେ ଅନେକ କିଛିର ଆଗୁଆ ଆଭାସ ପାଇଯାଏ। କିନ୍ତୁ ଏ କ'ଣ କଲା ଅହଲ୍ୟା। ଏପରି ବୋକାମୀର କାମ କରିବ ବୋଲି କେବେ ହେଲେ ଭାବି ନ' ଥିଲି ! କଲିକତା, ତା' ପାଇଁ ଥିଲା ଅଜଣା ସହର। ତା' ପରେ ପୁଣି ବାଂଲାଦେଶ। ଦେଶ ବାହାରକୁ ବାହାରି ଯିବାକଥା ଭାବି ପାରିଲା କେମିତି ! ସାମାନ୍ୟ ସହାନୁଭୂତି ଦେଖି ଏମିତି କୃତକୃତ୍ୟ ହେଇଯିବା କେତେଦୂର ଠିକ୍।

ଅନ୍ୟର କଥାକୁ ସମ୍ମାନ ଦେଇ ସହଜରେ ମାନିନେବା ତା'ର ପ୍ରକୃତି। ସାଧାସିଧା ଦରଦୀ ହୃଦୟଟିଏ ଦେଖିଲେ ଖଳ ପ୍ରକୃତିର ଲୋକେ ସହଜରେ ଖେଳି ପାରନ୍ତି। ବିଶ୍ୱାସ କରିବାରେ ଭୁଲ୍‌ନାହିଁ। କିନ୍ତୁ ବିଚାର ସବୁଠାରୁ ଉର୍ଦ୍ଧ୍ୱରେ।

ସେଦିନ କଥା ଆଜି ବି ମନେ ଅଛି। ମୁଁ ଧୀରେଧୀରେ ଅହଲ୍ୟାର ନିକଟତର ହେଉଥିଲି, ତା ଅଜ୍ଞାତରେ। ତା'ର ଭଲମନ୍ଦ, ସୁବିଧା ଅସୁବିଧା କଥା ମୋ କ୍ଷମତା ହିସାବରେ ବୁଝିବା ପାଇଁ ଚେଷ୍ଟା କରୁଥିଲି। ଖାଲି ସେ ନୁହେଁ, ନୂଆ ପିଲା ଯେ କେହି ଆସିଲେ କେହି ଯେପରି ରାଗିଙ୍ଗ୍‌ର ଶିକାର ନ'ହୁଅନ୍ତି ସେ ପ୍ରତି ଯତ୍ନବାନ ହୋଇ ଉଠିଥିଲୁ। ଅହଲ୍ୟାକୁ ଥଟ୍ଟା ପରିହାସ କଲାପରେ ବିକାଶ ବହୁତ ପଶ୍ଚାତାପ କରିଥିଲା। ନୂଆ ଆଗନ୍ତୁକକୁ ସ୍ୱାଗତ କାରିବାର ଶୈଳୀକୁ ପରିବର୍ତ୍ତନ କାରିବାକୁ ପଡିବ। ଏଥିରେ ପିଲା ସହଜ ମନେ କରିବା ପରିବର୍ତ୍ତେ ଅଯଥା ଆଘାତ ପାଉଛନ୍ତି। ଆମ ସିନିୟର ମାନଙ୍କ ଠାରୁ ଆରମ୍ଭ ହେବା ଉଚିତ୍। ସେଥିପାଇଁ ଆମେ କିଛିଜଣ ପିଲା ସେ ସବୁକୁ ବିରୋଧ କରିବାକୁ ସଦା ତତ୍ପର ଥିଲୁ।

ମୋ ଯତ୍ନଶୀଳତା ଅହଲ୍ୟାକୁ ଭଲ ଲାଗୁଥିଲା। ତା'ଆଖିରେ ମୋ ପାଇଁ ଶ୍ରଦ୍ଧା ଓ ସମ୍ମାନ ବଢିବାରେ ଲାଗିଥିଲା।

ଥରେ ଶଶାଙ୍କ ତା' ଘରକୁ ଯାଇଥିଲା ଛ' ସାତ ଦିନ ପାଇଁ। ତା' ସାଇକେଲ୍‌ର ସମସ୍ତ ଦାୟିତ୍ୱ ମୋ ଉପରେ। ସାମ୍ନାରେ କୁକୁର ପଶି ଯିବାରୁ ତା'ରି ସାଇକେଲରୁ ପଡି ମୋର ଗୋଡ଼ ମାଡ଼ ହେଇ ଫୁଲିଗଲା। ବ୍ୟାଣ୍ଡେଜ୍ ବନ୍ଧା ପାଦ ତଳେ ରଖିହେଲା ନାହିଁ। ଦୁଇ ତିନିଜଣ ସାଙ୍ଗକୁ ଛାଡ଼ି ମୁଁ କାହାକୁ କିଛି ଜଣାଇବାକୁ ଚାହିଁ ନ' ଥିଲି। ଦୁଇ ଚାରି ଦିନରେ ଠିକ୍ ହୋଇଯିବ ଭାବି ଚୁପ୍ ରହିଲି। କଲେଜ ବନ୍ଦ।

କେଉଁଠାରୁ ଖବର ପାଇ ଅହଲ୍ୟା କଲେଜର ଗୋଟିଏ ପିଲାକୁ ସାଙ୍ଗ କରି ଓ ଖୁବ ଗୋଟିଏ ସାହସର ସହିତ ମୋ ପର୍ଯ୍ୟନ୍ତ ପହଞ୍ଚି ଯାଇଥିଲା।

ମୁଁ ଆଶ୍ଚର୍ଯ୍ୟ ହୋଇଥିଲି। କଲେଜରେ ମୁହଁ ଉଠାଇ ଠିକ୍‌ରେ ପଦେ କଥା କହି ପାରୁ ନ'ଥିବା ଝିଅ, ଲୋକଲଜ୍ଜା ଭୁଲି ସିଧାସିଧା ଗୋଟେ ବ୍ୟାଚଲର୍ ରୁମ୍

ପର୍ଯ୍ୟନ୍ତ ଚାଲି ଆସିପାରିଲା କେମିତି ! ତା'ସାମ୍ନାରେ ମୁଁ ବିରକ୍ତ ହୋଇଥିଲି, ଆଗପଛ ଚିନ୍ତା ନ' କରି ଆମ ରୁମ୍ ଯାଏ ଆସିବାକୁ କିଏ କାହିଥିଲା ତତେ ! କାହିଁକି ଆସିଲୁ ଏମିତି ! ପାଦଟା ସାମାନ୍ୟ ମକଚି ଯାଇଛି। ମୁଁ କ'ଣ ମରି ଯାଉଥିଲି ଯେ ତୁ' ଏକବାର କିଛି ଚିନ୍ତା ନ' କରି ଚାଲୁଆସିଲୁ ! ଏମିତି ଆସିବା ଉଚିତ ହେଲାନାହିଁ ବୋଲି ଭୀଷଣ ଭାବେ ଚିଡି ଉଠିଥିଲି, ଗୋଟେ ଅଭିଭାବକପଣରେ। କୌଣସି ବାଟରେ ବି ତାର ସମ୍ମାନହାନୀ ହେଉ ବା କିଏ ତାକୁ ପଦଟିଏ କିଛି କହୁ ବୋଲି ମୁଁ ଚାହୁଁ ନ'ଥିଲି। ଆସିଛୁ ବୋଲି ରେଜିଷ୍ଟରରେ ଲେଖିଛୁ ନା ନାହିଁ? ଓାଡନ୍ ଜାଣିଛନ୍ତି ନା ନାହିଁ, ପଚାରିସାରି; ଯେବେ ତା ମୁହଁକୁ ଚାହିଁଲି, ଦୁଇଆଖିରେ ଗଙ୍ଗା ଯମୁନାର ଅବିରତ ଧାର।

ବିଚାରି କିଛି ନକହି ଚୁପ୍‌ଚାପ୍ ଦୁଆର ମୁହଁରେ ଗୋଟିଏ କୋଣକୁ ଛିଡା ହୋଇ ରହିଥିଲା। ଯେମିତି ଏକଦମ୍ ଦୋଷଟିଏ କରି ଦଣ୍ଡର ଅପେକ୍ଷାରେ। ସେତେବେଳେ ଚେତା ପଶିଲା ମୋର। କେମିତିକା ମୂର୍ଖଟିଏ ମୁଁ। ପ୍ରଥମ ଥର ଆସିଛି ସେ। କନ୍ଦେଇ ଦେଲି ! ଭିତରକୁ ନ' ଡାକି ବାହାରୁ ବାହାରୁ ଝାଡି ଦେଲି। ଏମିତି ତ ଡରେଇଟିଏ ସିଏ। ମୁଁ କ'ଣ ଜାଣେନା କାହାପାଇଁ ତା' ମନ ଏତେ ଉଚ୍ଚାଟ ହୋଇଛି ! କାହାପାଇଁ ଆଗ ପଛ ନ' ଭାବି ଧାଇଁ ଆସିଛି ସେ ! ଏଇ କଲ୍ଲୋଳ କେଶବ ପାଇଁ ନା !

ଦିନେ ରାଧାରାଣୀ ବି ଏମିତି ଅରମା ଅମଡା ଡେଇଁ ଧାଇଁ ଯାଉଥିଲେ କୁଞ୍ଜ ବଣକୁ ! କୃଷ୍ଣ ପ୍ରେମରେ ମଗ୍ନ ହୋଇ, ଲୋକ ଲଜ୍ଜାକୁ ଭୁଲିଯାଇଥିଲେ। ସାରା ସଂସାର ହୋଇ ଉଠିଥିଲା କୃଷ୍ଣମୟ, ସାରା ବ୍ରହ୍ମାଣ୍ଡ ହୋଇ ଉଠିଥିଲା ନୀଳମୟ। ନୀଳ ପ୍ରେମିକର ନୀଳ ପ୍ରେମରେ ମତମଗ୍ନ ହୋଇ ନିଜର ସୁଦ୍ଧ୍‌ବୁଦ୍ଧ୍ ହରାଇ ବସୁଥିଲେ।

ତେବେ ଇଏ କେଉଁ କମ୍ କି ! ମୋ ରାଧା, ମୀରା, ମୋ ରୁକ୍ମଣୀ। ତା' କଲ୍ଲୋଳ ପାଇଁ ଧାଇଁ ଆସିଛି। କିଛି ବିରାଟ ଭୁଲ୍‌ଟିଏ କରିନାହିଁ ଯେ ଏତେ ଗାଳି ଶୁଣିବ ! ଗାଳି କରିବା ପରେ ମନେମନେ ଅନୁତାପ କରିଥିଲି। ଆସ୍ତେ କରି ଭିତରକୁ ଡାକିଥିଲି। ଜୋତାଖୋଲି ଭାରି ସନ୍ତର୍ପଣରେ ଆସିଥିଲା ସେ। ଇଚ୍ଛା ହେଉଥିଲା ନିଜେ ଉଠିଯାଇ ତୋଳିଧରନ୍ତି କି ତା' ଆଖିପତା ଦେଇ ବହି ଯାଇଥିବା ଲୁହ ଦୁଇଧାରକୁ। ଚିବୁକରେ ଆଙ୍କି ଦିଅନ୍ତି କି ସରୁ ଚମ୍ବନଟିଏ ! ବୁଝାଇ ଦିଅନ୍ତି ମୋ ବିରକ୍ତ ହେବାର କାରଣ। ବୁଝାଇ ଦିଅନ୍ତି ସଂକୋଚ ନୁହେଁ ବେଧଡକ୍ ଆସିବୁ ଏ ଘରକୁ। ପୂର୍ଣ୍ଣ ଅଧିକାର ସହ। ଖାଲି ଟିକେ ସମୟକୁ ଅପେକ୍ଷା କରିବାକୁ ହେବ ଯାହା। ଏ ସବୁ ତ' ତୋ'ର। କାହା ପରମିସନ୍ ନେବା ଲୋଡା ନାହିଁ। ଯାହା ଦେଖୁଛୁ ଏ ସବୁ ତୋ'ର। ଆଉ ମୁଁ ବି' ! ଖାଲି ଭାବନା ଛଡା ଅଧିକ କଣ ବା କରିବାର ପରିସ୍ଥିତିରେ ଥିଲି ଆଉ ! ସ୍ୱାଗତ

କରିବା ପାଇଁ ଉଠିବା ଅବସ୍ଥାରେ କୋଉ ଥିଲି ଯେ! ସେ ବି କେଉଁ ପର ଯେ, ସ୍ୱାଗତର ଔପଚାରିକତା ଆବଶ୍ୟକ!

ପ୍ରକୃତରେ ମତେ ଭୀଷଣ କଷ୍ଟ ହେଉଥିଲା। ଉଠିଯିବାକୁ ବି ବଳ ପାଏନା। ଗୋଟିଏ ପାଦରେ ଡେଇଁଡେଇଁ ଯିବା ଫଳରେ ଆର ପାଦ ବି ଫୁଲିବା ଆରମ୍ଭ କରିଥିଲା। ତିନିଦିନ କାଳ କେବଳ ପାଁରୁଟି, ଚୁଡା ଚକୁଟାରେ କାମ ଚଳେଇଥିଲି। ସେ ଆସିବା ଦିନ ହିଁ ପାଦ ଦରଜରୁ ସକାଳ ପୋହରୁ ମୋତେ ସାମାନ୍ୟ ଜର ଆସି ଯାଇଥାଏ। ସେଥିପାଇଁ ବି ଚିଡଚିଡ ଲାଗୁଥାଏ। ତାକୁଦେଖି ବହୁତ ଆଶ୍ୱସ୍ତ ଲଗିଥିଲା। ଘୋଡିପୋଡି ହୋଇ ଶୋଇରହିଲି। କରୁ ସେ ଯାହା କରିବ।

ସେଇ କିଛି ସମୟର କଥା ବାର୍ତ୍ତା ଭିତରେ ଧିରେଧିରେ ସେ ସହଜ ହେଉଥିଲା। ନିମିଷକେ ଭୁଲିଯାଇ ଥିଲା ମୋ' ବିରକ୍ତ ଭାବକୁ। ମୋ' ଦେହ ପା' କଥା ପଚାରି ବୁଝିଲା। ଅଳ୍ପ ସମୟ ଭିତରେ ଜାଣିଗଲା ମୁଁ ଏମିତି ଖାଲି ଶୋଇରହି ନାହିଁ। ପାଦ ଫୁଲି ଏତେ ମୋଟା ହୋଇସାରିଛି। ମୁଁ ଆଦୌ ଉଠିବା ଅବସ୍ଥାରେ ନାହିଁ। ମୁଁ ବି ସେୟା ଚାହୁଁଥିଲି, ସେ ସହଜ ହେଉ। ଆସି ତ' ସାରିଲାଣି, ଏବେ ଏତେ ସଂକା କାହିଁକି ? ସେଦିନ ଦେଖିଛି ତା'ର ଆଦରଯତ୍ନ, ମତେ ଉଠିବାକୁ ଦେଲାନାହିଁ। ମୋ ପାଇଁ ବ୍ରେଡ୍ ସେକି ଚାହା ବନାଇ ଆଣିଲା। ମୋ ପାଖରେ ଆଣି ସବୁ ଯୋଗାଡ କରି ରଖିଦେଲା। ମୁଁ ଦେହରେ ଚାଦରଟିଏ ଘୋଡିହୋଇ ବସିରହିଲି ଓ ଖାଇବା ଆରମ୍ଭ କଲା ଭିତରେ ଏବଂ ଖୁବ୍ କମ୍ ସମୟ ଭିତରେ ଭିତରକୁ ଯାଇ, ଘରେ ଯାହାଥିଲା ସେଥିରେ ରୁଟି ସନ୍ତୁଳା ଟିକେ ବନାଇଦେଇଥିଲା ରାତିପାଇଁ।

କାମ ସାରି ସେ ଚାଲିଗଲା। ତା ଯିବା ପରେ ହିଁ ଗାଢ ବଳୟ ହୋଇ ଏକ ଅଦ୍ଭୁତ ଶୂନ୍ୟତା ଆବୋରି ବସିଲା ମୋ ଚାରିପାଖରେ। ସେହି ଦିନ ପ୍ରଥମ କରି ଜାଣିଲି, ଭାବିବା ଓ ପ୍ରତ୍ୟକ୍ଷ ଅନୁଭବ କରିବା ଭିତରେ କେତେ ଫରକ୍। ମୁଁ ଅନେକ ବେଳେ ତାକୁ ମୋ ପାଖରେ ଅନୁଭବ କରିଛି। ସେଇ ରୋଷେଇ ଘରେ, ଦାଣ୍ଡ ଦୂଆରେ, ମୋ ଶେଯ ଧାରରେ। ଅତି ନିକଟରୁ ଓ ନିବିଡ ଭାବେ ତା' ସାନିଧ୍ୟ ଉପଭୋଗ କରିଛ। ମୁଁ ତ' କେବଳ ସ୍ୱପ୍ନ ଦେଖୁଥିଲି, ସେ ଯେ' ଏତେଶିଘ୍ର ଆସି ମୋ ସ୍ୱପ୍ନରେ ଡେଣା ଲଗାଇ ଚାଲିଯିବ, ସ୍ୱପ୍ନରେ ବି' ଭାବି ନ' ଥିଲି। ସେ ରାତିଟି ମୋ'ର ଖୋଲା ଆଖିରେ ହିଁ କଟିଗଲା। ଲାଗୁଥିଲା ସେ ଆଦୌ ଯାଇନାହିଁ। ଏଇଠି କେଉଁଠି ବସି ମତେ ଚାହିଁ ରହିଛି। ଜାଣେ, ତାହା ମୋ ମନର ଭ୍ରମ। ଭ୍ରମ ବି ବେଳେ ବେଳେ ଆନନ୍ଦ ଦିଏ। ଯାହା ବାସ୍ତବରେ ପାଏନା ତାହାକୁ କଳ୍ପନାରେ ଭୋଗିନିଏ ମଣିଷ।

ଭାବୁଥିଲି କିଛି ନିୟମ, କିଛି ବାଧା ନଥାନ୍ତା କି ଆମ ଚାରିପାଖରେ, ସେ ସବୁଦିନ ଆସିପାରନ୍ତା। ସେ କ'ଣ କାଲି ବି ଆସିବ? ମୁହଁ ଖୋଲି କହିବି ନାହିଁ ସତ, କିନ୍ତୁ ମନ ତ' ଚାହୁଁଛି ମୋ ଦେହ ବରଂ ଆହୁରି ଅନେକଦିନ ଖରାପ ରହୁ, ସେ କିନ୍ତୁ ଆସୁଥାଉ ଏମିତି। କି କି ଅବାନ୍ତର କଥାସବୁ ମନକୁ ଆସୁଥିଲା ଜାଣେନା।

ମୋ ଦିବା ସ୍ୱପ୍ନକୁ ସତ କରି ସେ ପୁଣି ଚାଲି ଆସିଲା ତା' ପରଦିନ। ଅତ୍ୟଧିକ ଖୁସିରେ ମୋ ପାଟିରୁ ବଚନ ବାହାରିଲା ନାହିଁ। ବାସ୍ ଚୁପ୍‌ଚାପ୍ ପଡିରହି ତାର ପ୍ରତ୍ୟେକ କାର୍ଯ୍ୟକଳାପକୁ ଉପଭାଗ କରୁଥିଲି। ଲାଗୁଥିଲା ଧିରେଧିରେ ସେ ଯେମିତି ମୋ ଆତ୍ମା ସହିତ ଏକାକାର ହୋଇଯାଉଛି! କହିବି କାହାକୁ! କେହି କ'ଣ ଏପରି କଥାକୁ ବିଶ୍ୱାସ କରିବ! ଅତି ଆପଣାର ପରି ରୁମ୍ ଝାଡୁକରି ଲୁଗାପଟା ସଜାଡି ଦେବା। ବେଖିଆଲ ଭାବେ ବିଛାଡି ପକାଇଥିବା ବହିପତ୍ରକୁ ଏକତ୍ରିତ କରି ଥାକଉପରେ ସଜାଇ ରଖିବା। ଏ ସବୁ କରେ କିଏ! ମୋ ମନରେ ଏତେ ଗଭୀର ଦାଗ ଛାଡୁଥିଲା ଯେ, ଯାହାକୁ ଭୁଲିବା ଆଯିଯାଏ ସମ୍ଭବ ହୋଇ ପାରିନାହିଁ।

ଶଶାଙ୍କ ଖବର ପାଇ ଫେରି ଆସିବାର ଥିଲା। ଅହଲ୍ୟା ଗତ କିଛିଦିନ ହେଲା କଲେଜ୍‌ର କ୍ଲାସ ସମୟରୁ ଘଣ୍ଟାଟିଏ ବାହାର କରି ମୋ ପାଖକୁ ଧାଇଁ ଆସୁଛି ଜାଣି, ବଦମାସ୍‌ଟା ଆସିଲା ନାହିଁ। ଗାଲେଇ ଦେଲା। ତା' ଗାଲେଇଦେବା ଟା' ମତେ ଭାରି ଆନନ୍ଦ ଦେଇଥିଲା। ଅନ୍ୟଦିନ ହେଇଥିଲେ ମୋ' ଠାରୁ କେତେ ଯେ' ଗାଳି ଶୁଣି ଥାଆନ୍ତା ତା'ର ସୀମା ନାହିଁ। କିଛି ଭୁଲି ପାରିନାହିଁ ମୁଁ।

ଆଉ ଦିନେ ଆସୁଆସୁ ଦେଖି ନେଇଥିଲା ଅହଲ୍ୟା, ମୁଣ୍ଡ ଉପରେ ଗରମ ପାଣିର ଷ୍ଟିଲ୍ ବେଲାଟିଏ ଓ ପାଦରେ ପଞ୍ଚଗୁଣା ମାରି ଉଷୁମ ସେକ ଦେବାର ବିଫଳ ପ୍ରୟାସ। ଆଉ ଠଉରାଇ ନେଇଥିଲା ଠିକରେ ଉଠି ନ' ପାରି କାର୍ଯ୍ୟରେ ଅସଫଳ ହେବାର ବିରକ୍ତି ଭାବକୁ। ନିର୍ବିକାରଭାବେ ପୁଣି ପାଣି ଗରମ କରି ମୋ ପାଦରେ ଔଷଧ ଲଗାଇ ସେକ ଦେବାକୁ ମୁଁ ତ' କହି ନ' ଥିଲି ଅହଲ୍ୟାକୁ। ଏତିକି ତ' ଜାଣିବା କଥା ଯେ, ଗୋଟେ ଯୁବାବୟସ ପୁଅର ପାଦ ପାଖରୁ ଆସ୍ତେ କରି ଚାଦର ଆଡେଇ, ହାଲ୍‌କା ହାଲ୍‌କା ମଲମ ଘଷିଦେଲେ, ଦରଜ କମେ ନା, ଦହନର ଯନ୍ତ୍ରଣାରେ ଛଟପଟ ହୁଏ ସେ! ସବୁ ଦହନକୁ କଣ ଦେଖାଇ ହୁଏ, ନା ମୁହଁଖୋଲି କହିହୁଏ! ଏମିତି କୋମଳ ପାପୁଲିର ସଂସ୍ପର୍ଶରେ ଆସିବ, ସେଥିରେ ପୁଣି ପଥର ପରି ପ୍ରତିକ୍ରିୟାହୀନ ଭାବେ ପଡିରହିବାର ଅଭିନୟ କରିବ, ଓଫ୍.. କି କଷ୍ଟ! ରକ୍ତ ମାସଂର ଶରୀର ଭାଇ! ଯେ' କି ତତେ ହୃଦୟ ଦେଇ ଭଲପାଏ। ବନ୍ଦ ଆଖିରେ ପତ୍ନୀ ରୂପରେ ଅନେକ ରାତି ତୋ' ସାନିଧ୍ୟ ଉପଭୋଗ କରିସାରିଛି। ଏତେ ପରେ ବି ଦେହ ଧରି

ସ୍ଥିର ରିହିବା ଯେ' କେତେ ପିଡା ଦାୟକ ତୁ' କେଉଁଠୁ ବୁଝିବୁ? ଭାବୁଥିଲି କ'ଣ କହିବି ଏ' ଝିଅଟିକୁ? ଲାଜ ଲଗୁନାହିଁ କି, ଡର ଲାଗୁନାହିଁ ଗୋଟେ ପୁଅପିଲା ପାଖରେ? ଧେତ୍..ବୋକୀ କୋଉଠିକାର। କେମିତି ବୁଝାଇବି ଯେ, ତୋ ଛୁଆଁରେ ସାମାନ୍ୟ ଉପଶମ ମିଳୁନାହିଁ ମତେ, ଓଲଟି ଜଳିଜଳି ମରୁଛି ମୁଁ। ସେ ସମୟରେ ବୋକୀ ବୋଲି ତ' କହିହୁଏନା। ଥଟ୍ଟା ବି' ହେଇପାରେନା। ନିଶ୍ୱାସକୁ ଖୁବ୍ ଜୋରେ ଚାପିଧରି ଏକଦମ ଗମ୍ଭୀର ହୋଇ ନିଜକୁ କଣ୍ଟ୍ରୋଲ କରୁଥିଲି। ମନେମନେ ଭାବୁଥିଲା ମୋ' ଛଡ଼ା ଆଉ ଯିଏ ବି' ହେଇଥିଲେ ସେ କ'ଣ ଏମିତି ନିର୍ଦ୍ୱନ୍ଦରେ ଚାଲିଯାଇଥାଆନ୍ତା ତା'ରୁମ୍‌କୁ! ନା' ଏତେ ଭରସା, ବିଶ୍ୱାସ ମୋ ଉପରେ!

ଆଜି ବି ତା' ମହକ ଏ ଘରସାରା ଘୁରିବୁଲେ। କେମିତି ଭୁଲିବି ସେଦିନ ସନ୍ଧ୍ୟା! ପାଟିକୁ କିଛି ରୁଚୁ ନାହିଁ କହିଥିଲି ଦିନେ। ମାଛ ଖାଇବାକୁ ଇଚ୍ଛା ହେଉଛି। କେଉଁଠୁ କାହା ହାତରେ ମାଛ ଅଧାକିଲୋ ମଗାଇ ସନ୍ଧ୍ୟା ବେଳକୁ ଆସି ହାଜର। ବଡକଥା ନୁହେଁ ଆସିବାଟା। ନିତି ତ' ଦିପହରେ ଆସେ, ଆଜି ଟିକେ ସନ୍ଧ୍ୟା ଗଡିଯାଇଛି ଯାହା। କିନ୍ତୁ ବାହାରେ ଯେ ଅଦିନ ମେଘ। କ'ଣ ଦର୍କାର ଥିଲା ଛତାଟିଏ ଧରି ଧାଇଁ ଆସିବା। ଜାଣେନା କି' ସକାଳ ପୋହରୁ କଳା ହାଣ୍ଡିଆ ମେଘ ଘୋଟିଛି ବୋଲି। ଛାଡିବାର କିଛି ଠିକ୍ ଠିକଣା ଅଛି! ଉତ୍ତରବି ଭାରି ଅଜବ ତାର। "ନାଁ ନାଁ, ଏ ବର୍ଷାରେ ଆଜି ଯମାରୁ ଆସି ନଥାଆନ୍ତି ଯେ, କିନ୍ତୁ ସେ ରବି ସାହୁର ପରା ସବୁଭୁଲ୍। ତା' ଗାଁ ରୁ ମାଛ ଆଣିବ ବୋଲି କହିଥିଲା ଯେ, ଏଇ ସନ୍ଧ୍ୟା ବେଳକୁ ହିଁ ଆସି ପହଞ୍ଚିଲା। କ'ଣ କରିଥାଆନ୍ତି ଆଉ! ହଷ୍ଟେଲ୍‌ରେ ରଖି ହେବନି, ତେଣୁ ବାଧହୋଇ ନେଇ ଆସିଲି।"

ମୁଁ ଜାଣେ, କଥାଟା କେଉଁଠି! ତେଣୁ ବେଶୀ ଫଟରେଇ ହେଲି ନାହିଁ। ଚୁପ୍ ରହିଲି। ଖୁବ୍ ସୁନ୍ଦର ମାନୁଥିଲା ସେଦିନ, ହଳଦୀଆ ସାଲଓାର, ନାରଙ୍ଗୀ ଓଢଣୀ, ଅଣ୍ଟା ତଳକୁ ଲମ୍ବିଥିବା ଦୁଇପାଖିଆ ବେଣୀ, ମଥାରେ ନାଲିଆ ରଙ୍ଗର କୁନି ବିନ୍ଦିଟିଏ। ଇସ୍..ଲାଲଟୁକଟୁକ ସାଧବ ବୋହୂ। ଘରସାରା ଘୁରି ବୁଲୁଥିଲା। ମନ୍ତ୍ରମୁଗ୍ଧ ପ୍ରାୟ ଚାହିଁ ରହିଥିଲି ମୁଁ। ସେ ମାଛ ଧୁଆଧୁଇ କରି ଲୁଣ ହଳଦୀ ଗୋଳାଉ ଥାଏ। ଏକଦମ ଘରଣୀଟି ପରି। ମୋ ଲାଳସା ଦ୍ୱିଗୁଣିତ ହେଉଥାଏ। କେମିତି ଭଜା ଖଣ୍ଡେ ପାଟିରେ ପଡିବ। ଭାବିଲି ସେ ଭାଜିବା ଭିତରେ ଧିରେଧିରେ ବାଥରୁମ୍ ଯାଇ ବଦୁରେଇ ଥିବା ସକାଳର ପାଲଟା ଲୁଙ୍ଗୀ ଗାମୁଛାଟା ଧୋଇ ନିଏ ଓ ନିଜେ ଟିକେ ଫ୍ରେସ୍ ହୋଇଯାଏ। ତା' ପରେ ଆରାମରେ ବସି ଭାତ, ମାଛ ଖାଇବି।

ଦୁର୍ଭାଗ୍ୟକୁ ଆହତ ପାଦଟା ପୁଣି ଖସିଗଲା ସର୍ଫ ପାଣିରେ। ମୋ ପାଟି ଶୁଣି

ମାଛଭଜା ଅଧାରୁ ଛାଡି ଧାଇଁ ଆସିଲା ସିଧା। କ'ଣ କରିବ ଭାବି ନିଜ ହାତଟିକୁ ବଢାଇ ଦେଇ ଉଠିବାରେ ମତେ ସାହାଯ୍ୟ କରୁକରୁ ନିଜେ ହିଁ ଅଜାଡି ହୋଇ ପଡିଗଲା। ସମ୍ପୂର୍ଣ୍ଣ ଶରୀରର ଭାର ମୋ ଉପରେ। ତିନ୍ତି ଯାଇଥିଲା ଡ୍ରେସ୍‌ର ଅଧାରୁ ଅଧିକ ଭାଗ। କାନ୍ଧରୁ ଖସିସାରିଥିଲା ନାରଙ୍ଗୀ ଓଢଣୀ। ଏକଦମ୍ ମୁହଁକୁ ମୁହଁ। ସ୍ନାୟୁରେ ଅଦ୍ଭୁତ ଶୀହରଣ। ପ୍ରଖର ହେଉଥିଲା ଦୁଇହଳ ନିଶ୍ୱାସର ଗତି। ବାହାରେ ଦାଉ ସାଜି ସମତାଳରେ କାଚୁଥିଲା ଢୋଢୋ ବର୍ଷା। ଆଖି ହଳକ ପରସ୍ପର ଭିତରେ ହଜିଯାଉ ଥିଲେ। ଦୁଇଟି ହୃଦୟ ହାତ ଧରାଧରି ହୋଇ ଫେରର୍ ହେଉଥିଲେ କେଉଁ ସ୍ୱପ୍ନ ରାଇଜକୁ। ଚେତା ଚୈତନ ହରାଇ ବସିଥିଲୁ। ସବୁ ସଂଜମତାର ବନ୍ଧ ଭାଙ୍ଗିଦେବାକୁ ବ୍ୟଗ୍ର ହେଉଥିଲା ମନ ପକ୍ଷୀ।

ଭଲପାଇଥିଲି ତାକୁ। ସ୍ୱାଭାବିକ ଏ ସବୁ। କିନ୍ତୁ କ୍ଷଣକ ଭିତରେ ନିଜକୁ ଆୟତ କରି ନେଲି। ସଜାଗ ହୋଇ, ଗଳା ଝାଡିଲି। ଯଥା ସମ୍ଭବ ନିଜକୁ ସମ୍ଭାଳି ନେଇ ତାକୁ ଉଠାଇ ଆଡାଇ ଦେଲି ନିଜଉପରୁ। ସେ ବି ତୁରନ୍ତ ପ୍ରକୃସ୍ଥିତ ହୋଇ ଉଠିଲା। ସାଙ୍ଘାତିକ ଭାବରେ ଅପ୍ରସ୍ତୁତ ହୋଇ ଲାଜରେ ବୁଡି ଯାଇଥିଲା।

ତା'ର କ'ଣ ହେଉ ଥିବା ଜାଣେନା। ମୋର କିନ୍ତୁ ଧିରେଧିରେ ଅଣାୟତ ହେଉଥିଲା ମନ ଆଉ ଶରୀର। ଦାଉଁଦାଉଁ ହେଉଥିଲା ଛାତି। ହଠାତ୍ ଦକ୍‌ଦକ୍ କରି ମୁଣ୍ଡ ବିନ୍ଧା ଆରମ୍ଭ ହୋଇଗଲା। କାହିଁକି କେଜାଣି ଖାଇବାର ସବୁ ସ୍ପୃହା ମରିସାରିଥିଲା। କାହିଁକି କେଜାଣି ଭୀଷଣ ଭାବେ ଚିଡି ଉଠିଲି। ଏତେ ମୂର୍ଖ ଝିଅ, କଣ ପାଇଁ ଗୋଟେ ବ୍ୟାଚଲର୍ ରୁମ୍‌କୁ ଧାଇଁ ଆସୁଛି ନିତି। ପୁଣି ଏକାନ୍ତରେ। କେଉଁ ଅବସ୍ଥାରେ ଥିବ ଜଣେ! ଘରେ ଅଛି ବୋଲି ବିନା ପ୍ୟାଣ୍ଟ ସାର୍ଟରେ ଖାଲି ଟ୍ରାଉଜର ଓ ଦେହରେ ଖଣ୍ଡେ ଚାଦର ଢାଙ୍କି ହୋଇ ତ' ଦିନ କଟୁଛି। ସେ କିଛି ବୁଝୁନାହିଁ। ଚାଲି ଆସୁଛି ବେଧଡକ୍। ଏ ଝଡି ବର୍ଷା ସନ୍ଧ୍ୟାରେ, କୋହଲା ପବନରେ, ମୋ ଭିତରେ ସ୍ଫୁରଣ ହେଉଥିବା ଅଗ୍ନି କଣିକାକୁ ନିର୍ବାପିତ କରିବାକୁ ମତେ କେତେ କଷ୍ଟ ହେଉଛି ସେ କାହୁଁ ବୁଝିବ?

ଚାହିଁଥିଲେ ଅନେକ କିଛି ଘଟିଯାଇ ଥାଆନ୍ତା ସେଇ ମୂହୁର୍ତ୍ତରେ। ସର୍ବପରି ତା' ମନରେ ମୁଁ ଯେ' ଘର କରି ନେଇଥିଲି, ମୁଁ ଚାହିଁଥିଲେ ହୁଏତ ସେ ମନା କରିନ'ଥାଅନ୍ତା। ନା.. ଚାହିଁଲି ନାହିଁ। ଆମ ସଂସ୍କାର ତାହାର ଅନୁମତି ଦେଇନାହିଁ। ସେ ସୀମାରେଖା କେହି ହେଲେ ପାର କରିନଥିଲୁ। ବିବାହ ପୁର୍ବରୁ ନାରୀଟିର କୁମାରୀତ୍ୱ ଅକ୍ଷୁର୍ଣ୍ଣ ଥାଉ, ଏୟା ତ' ତା'ର ଧର୍ମ। ଆଉ ଦୈବାତ୍ ଏମିତି କିଛି ଘଟିଗଲେ ପରବର୍ତ୍ତି ମୁହୂର୍ତ୍ତରେ ମୁଁ ଯେ ତା' ନଜରରୁ କେତେ ଖସିନଯିବି, କିଏ କହିବ! ଭବିଷ୍ୟତରେ

ସେ ହିଁ ତ' ହେବ ମୋ ଅର୍ଦ୍ଧାଙ୍ଗିନୀ। ନିଜ ଉପରେ ନିୟନ୍ତ୍ରଣ ହରାଇ ଦେଉଥିବା ଭୟରେ, ଅକାରଣରେ ତା' ଉପରେ ଚିଡିଉଠିଲି।

ଗୁମ୍‌ମାରି କାନ୍ଥକୁ ଆଉଜି ଚୁପ୍‌ଚାପ୍ ବସିରହିଲି। ସେ ଦୋଷୀଟିଏ ପରି, ମୁହଁ ତଳକୁ କରି ନିଜ ହାତରେ ମୋ ଲୁଙ୍ଗୀ ଗାମୁଛାକୁ ଚିପୁଡି ଶୁଖାଇଦେଲା। ଖୁବ୍ ଧିର ସ୍ୱରରେ ଖାଇବାକୁ ଡାକିଲା। ମନାକଲି, କହିଲି, ଥୋଇ ଦେ ସେଇଠି, ପରେ ଖାଇବି। ତୁ' ଯା' ଏଇନା। ବର୍ଷା କମି ଯାଇଛି। ଦ୍ୱିତୀୟ ଉତ୍ତର ନ' କରି ଚୁପଚାପ୍ ଛତାଧରି ବାହାରି ଯାଇଥିଲା। ତା' ହାତ ଧୁଆ ଲୁଙ୍ଗୀ ଗାମୁଛା ସୁଟକେସ୍‌ରେ ସାଇତା ହୋଇ ପଡି ରହିଛି ଆଜି ଯାଏ। ମୋ ସ୍ମୃତି ହୋଇ।

ତା' ପରଦିନ ସେ ଆଉ ଆସିଲା ନାହିଁ। ମୁଁ ଶକ୍ତ ଭାବେ ମନା କରିଥିଲି। ମୋ' ଦେହ ଟିକେ ଭଲ ଲାଗିଲାଣି। ତୁ' ଆସିବୁ ନାହିଁ। ଶଶାଙ୍କ ବି ଆସିଯିବ। ଏଥର ପଢାରେ ମନ ଦେ' ! ଛାତିରେ ପଥର ରଖି ମନା କଲାପରେ ମୋ ହୃଦୟରେ ଯେଉଁ କୋହର ଜୁଆର ଉଠିଥିଲା କିଏ ବୁଝି ପାରିବ ? କେଜାଣି କେଉଁ ଅଜଣା ଭୟ ମତେ ଘାରିଗଲା। ହୁଏତ ତା' ଦେହର ମହକରେ ତରଳିଯିବାର ଭୟ ମତେ ବାହାନା କରିବାକୁ ବାଧ୍ୟ କରିଥିଲା। ସେଦିନ ସେଇ ସମାନ ଭୟର ଛାୟା ତା' ମୁଖମଣ୍ଡଳରେ ବି ଦେଖା ଦେଇଥିଲା। ମୁଁ ଲକ୍ଷ୍ୟ କରିଥିଲି।

ଏତେ ଆତ୍ମୀୟତା ଭିତରେ ମୋ' ପାଖରେ ବା କି ଲଜ୍ଜାବୋଧ ରହିଗଲା ! କେମିତି କିଛି କହିଲା ନାହିଁ ସେ ? ଆଜି ଡାଏରୀରୁ ଜାଣୁଛି ଅସଲ କଥା।

ନିଜ ଭାବନାରୁ ବାହାରି ଆସି ପୁଣି ଡାଏରୀର ପୃଷ୍ଠା ଉପରେ ଦୃଷ୍ଟି ନିବେଶ କଲା କଲ୍ଲୋଳ।

ମୋ ଆଖି ଲାଗିଯାଇଥିଲା। ଶୋଇ ପଡ଼ିଥିଲି। ଢାକା ଷ୍ଟେସନରେ ଗାଡି ଲାଗିଲା ବେଳକୁ ସନ୍ଧ୍ୟା। ସେଇଠି ଆଗରୁ ସ୍ୱାଗତ କରିବାକୁ ଜଗି ରହିଥିଲେ ମୋଟା ଓ କୃଷ୍ଣକାୟ ମଧ୍ୟ ବୟସ୍କ ବ୍ୟକ୍ତି ଦୁଇଜଣ। ଯାହାକୁ ଏମାନେ ଦାଦା ବୋଲି ସମ୍ବୋଧନ କରୁଥିଲେ।

ସେମାନେ ବଙ୍ଗଳା ଭାଷାରେ କଥା ହେଉଥିଲେ। କହି ନ' ପାରିଲେ ବି' ବୁଝି ପାରୁଥିଲି ମୁଁ। ପରିଚୟପର୍ବ ପରେ ଆଗକୁ ବଢିଲୁ ସଭିଏଁ। ଏ ତ' କଲିକତା ଠାରୁ ବି ଅଧିକ ଗହଳି। ଏ ଗହଳି ଦେଖି ମୋର ଛାତି ଧଡ଼ଧଡ଼ ହେଉଥିଲା। ମୋ' ଅନ୍ତର ଭିତରୁ କିଏ ଯେମିତି ଚିତ୍କାର କରୁଥିଲା ଆସିବାଟା କେତେ ଦୂର ଠିକ୍ ?

ଷ୍ଟେସନ୍‌ର ଅବସ୍ଥା ଭାରି କଦର୍ଯ୍ୟ। ଚକଡା ଚକଡା ପାଣି, କଦଳୀଛୋପା, ସିଗାରେଟଖୋଳ, ବାଦାମଚୋପା, ଠେଲାପେଲା ଭିଡ଼। ଛେପଖଙ୍କାର, ପୋଚା ଦୁର୍ଗନ୍ଧ, ଅପରିଷ୍କାର। ସେ ସବୁକୁ ପାରକରି ପ୍ଲାଟ୍‌ଫର୍ମ ବାହାରେ ଥିବା ଟ୍ୟାକ୍ସିରେ ବସିଲୁ।

ଡ୍ରାଇଭର ସହ ଆଗରେ ଗୁଞ୍ଜାଗୁଞ୍ଜି ହେଇ ସେ ଦୁଇବ୍ୟକ୍ତି ବସିଲେ। ପଛରେ ଆମେ ତିନିହେଁ। ରାସ୍ତାଘାଟ ପାର କରି ଗାଡ଼ି ଚାଲୁଥାଏ। ସେତେବେଳେକୁ ସନ୍ଧ୍ୟା ନଁଇ ଆସିଥାଏ। ବାହାରଟା ଏକଦମ୍ ଅନ୍ଧାର। ଚାହିଁଲେ ବି କିଛି ବାରି ହେଉ ନ'ଥାଏ। ଅଳ୍ପଅଳ୍ପ ଥଣ୍ଡା ପବନ ବାଜୁଥାଏ। ସମସ୍ତେ ଥକି ଯାଇଥିବାରୁ କିଏ କାହା ଉପରେ ଆଉଜି ପଡ଼ି ଢୁଳାଉଥାଉ। କିଏ କାହା ସହ ଗପିବାକୁ ଇଛା ନଥାଏ।

ମୁଁ ବି ନୀରବ ହୋଇ ପଛକୁ ମୁଣ୍ଡ ଅଣେଇ ଆଖି ବନ୍ଦକଲି। କିଛି ସମୟ ପରେ ସେମାନେ ଯାଇ ପହଞ୍ଚିଲେ।

ଗାଡ଼ି ଲାଗିଲା କେଉଁ ଏକ ଅନ୍ଧାରୁଆ ଗଳି ଭିତରେ। ଜାଗା ସଠିକ ଜଣା ପଡୁନଥାଏ। ବତୀଖୁଣ୍ଟର ଆଲୁଅ ଜଳୁ ନଥାଏ। ହୋଇପାରେ ବତୀଖୁଣ୍ଟ ହିଁ ନ'ଥାଇପାରେ। ଅନ୍ଦାଜ କରିବା କଥା। ନିଜନିଜ ବ୍ୟାଗ୍ କାନ୍ଧରେ ଗଳାଇ କାଠ ଶିଢି ଦେଇ ଉପରକୁ ଗଲୁ। ଲମ୍ବା ଧାଡ଼ିଧାଡ଼ି ହେଇ ଛୋଟଛୋଟ କୋଠରୀ।

କୋଠରୀ ଗୁଡ଼ିକରେ ଜୁକୁଜୁକୁ ଜଳୁଥିବା ଚାଳିଶି ଓ୍ୱାରଟର ନାଲି ବଲ୍। ଭଲ କରି କିଛି ଦିଶୁନି। ଖାଲି ଏମିତି ଜଣା ପଡୁଛି ପ୍ରତ୍ୟେକ ରୁମ୍‌ରେ ଗୋଟିଏ ଲେଖାଏଁ ଖଟ। ରାଉଣ୍ଡ ଟି'ପଏ। ଘର କେଉଁ ମାନ୍ଧାତା ଅମଳର କେଜାଣି? ଏଇଟା କଣ ହଷ୍ଟେଲ ପରି ଲାଗୁଛି? ହଷ୍ଟେଲ କି? ମୋ ପ୍ରଶ୍ନ ତାଙ୍କୁ ଶୁଣାଗଲି କି ନା' ଜାଣେନା। ସେମାନେ ଉତ୍ତର ଦେଲେନି। ଆଗକୁ ବଢ଼ିଲେ।

ଆଉ ଟିକେ ଆଗକୁ ଗୋଟେ ବଡ଼ ହଲ୍। ଧା ଧା ତେରେକେଟେ ଧା..ତିନ୍ ଧା ଧା ଆଆଆ...ଛମ୍ ଛମ୍ ଘୁଙ୍ଗୁରର ତାଳେ ତାଳେ ପାଦ କଚାଡି କଚାଡି ନାଚୁଥାଆନ୍ତି କିଛି ଛୋଟଛୋଟ ଝିଅ। ବୟସ ଆଠ ଦଶ ଭିତରେ ହେବ। କୋଠରୀର ଗୋଟେ କୋଣକୁ ହାରମୋନିୟମ୍ ଧରି ପେଁପେଁ କରୁଥାଏ ପୃଥଳ କାୟ ପେଟା ଲୋକଟା। ତବଲା ପିଟୁ ଥାଏ ଧୋତି ପଞ୍ଜାବି ପିନ୍ଧି ଆଖିରେ ଚଷମା ଦେଇଥିବା ବ୍ୟକ୍ତି।

ଆରେ ପଥର ପରିକା ସେଇଠି କ'ଣ ଅଟକି ଗଲୁ ଅହଲ୍ୟା। ଆସୁନୁ, ଇଆଡେ ଆ'। ନାଚ ସ୍କୁଲ ମଃ। ଆଜି କ୍ଲାସ ଅଛି ତ'। ପିଲା ତ' ସବୁଦିନେ କ୍ଲାସ କରନ୍ତି। ତୁ ଆ ମଃ, ହାଲିଆ ହେଇଯାଇଛୁ। ଆ' କାଲି ଦିନ ବେଳା ଦେଖିବୁ। ମୋ' ହାତ ଧରି ଟାଣିନେଲେ ସେ ଦୁହେଁ।

ଭାରି ଅଜବ୍ ଟାଇପ୍‌ର ଘରମାନ। ହେଇଥିବ ଏପଟ ସାଇଡ୍‌ରେ ଏମିତି ଘର।

ଏଇଟା କ'ଣ ତୁମ ମାମୁଁ ଘର? କାହାନ୍ତି ତୁମ ମାମୁଁ ମାଇଁ?

ନା' ମଃ ଏଇଟା ଟ୍ରେନିଂ ସେଣ୍ଟର। ଦେଖିଲୁନି ନାଚ, ଗୀତ ଚାଲିଛି। ମାମୁଁ ମାଇଁ ଅର୍ଜେଣ୍ଟ କାମରେ କୁଆଡେ ଯାଇଛନ୍ତି ପରା। ଘରେ ତାଲା ପକେଇ। ସକାଳୁ

ଆସି ନେଇଯିବେ। ଏଇଠି ତାଙ୍କର ଚିହ୍ନା ପରିଚିତ ଲୋକ ଅଛନ୍ତି। କିଛି ଅସୁବିଧା ହେବନି। ଡ଼ରିବାର କିଛିନାହିଁ। ଦାଦା ମାନେ ଅଛନ୍ତି। ଯେ ଆମକୁ ଷ୍ଟେସନରୁ ଆଣିଲେ। ମାମୁଁ ତାଙ୍କୁ ପଠାଇ ଥିଲେ ପରା। ଚିନ୍ତା କରନି ମଃ। ତୁ' ଆ ଭିତରକୁ ଆସେ।

ପ୍ରକୃତରେ ଟିକେ ହେଲେ ଅସୁବିଧା ନ' ଥିଲା। ଲୁଗାପଟା ପାଲଟି ସାରିଛୁ କି ନାହିଁ ସଙ୍ଗେସଙ୍ଗେ ଖାଇବା ଆସିଗଲା। ସାରାଦିନର ହାଲିଆ ଥିବାରୁ ରୁଟି ଭଜା ଖାଇ ସାରିବା ମାତ୍ରେ ନିଦ ହେଇଗଲା। ଶୋଇଗଲୁ ତିନିଜଣ।

ସକାଳୁ ଉଠିଲି। ହାଲିଆ ଥିବାରୁ ବୋଧହୁଏ ନିଦ ଭାଙ୍ଗିଲା ନାହିଁ। କେତେ ଡେରି ହେଲାଣି। ପାଖରେ ଦେଖିଲି, କେହି ନାହାନ୍ତି। ମୁଁ ଏକାକି। ସେ ଦୁହେଁ କେତେ ବେଳୁ ଉଠି ବୋଧହୁଏ ନିତ୍ୟକର୍ମ ସାରୁଥିବେ। ଗାଧୁଆଘରେ ବି କେହି ନ' ଥିଲେ। ବାହାରକୁ ଯାଇ ବୁଲୁଥିବେ।

ମୁଁ ଆଖି ମଳିମଳି ଚାରିଦିଗକୁ ଆଖି ବୁଲାଇ ଆଣିଲି। ରାତିରେ ଜଣା ପଡୁନ'ଥିଲା। କେତେ ବିଚିତ୍ର ମନେ ହେଉଛି! ଜଣେ ଏକୁଟିଆ ରହିଲେ ଭୟ ଲାଗିବ। ମଳିଛିଆ କାନ୍ଥ। ରାତି ଖାଲିନୁହଁ, ଦିନରେ ବି ଏ ଘରଟା ବେଶ୍ ଅନ୍ଧାରୁଆ। ଆଲୁଅ ଆସିବାକୁ ବାଟନାହିଁ। ସ୍କାଏଲାଇଟ୍ ଦେଇ ସଳଖ ସୂର୍ଯ୍ୟ କିରଣ ଧାରେ ଯାହା ମୁହଁ ଦେଖାଇଥିଲା।

ଟ୍ରେନିଂ ସେଣ୍ଟର ବୋଧହୁଏ ବହୁତ ପୁରୁଣା। ଠାଏଠାଏ ରଙ୍ଗ ଉତୁରି ଯାଇଥାଏ। ଛାଡ଼, ଆମେ ତ' ଏବେ ତାଙ୍କ ମାମୁଁ ଘରକୁଯିବୁ। କିଏ ରହୁଛି ଯେ ଏ ଅଜବ ଘରେ।

ଅନେକବେଳ ଯାଏ ଶେଯରେ ବସି ଅପେକ୍ଷା କଲି। କାହାର ହେଲେ ଦେଖାନାହିଁ। ଉଠିଆସିଲି। ମୁହଁଧୋଇ କବାଟ ପାଖକୁ ଗଲି। କବାଟ କ'ଣ ବାହାର ପଟୁ ଲକ୍। ଦାଦା ଫାଦା କାହାନ୍ତି? ଏଥର ସତରେ ମତେ ଅସମ୍ଭବ ଭୟ ଲାଗିଲା। ବାଡେଇ ବାଡେଇ ନୟାନ୍ତ ହେଲେ ବି କାହାକୁ କ'ଣ ଶୁଭୁନି? ସେ ଦୁହିଁ ଝିଅଙ୍କ ଉପରେ ଭୀଷଣ ରାଗ ଚିଡିଲା। ଡାକିଲେନି ମତେ। ମୁଁ ବି ଉଠିପଡ଼ି ଥାଆନ୍ତି। ବାହାରୁ ଲକ୍ କରିବା କ'ଣ ଦରକାର ଥିଲା!

ବେଳ ବଢିଲାରୁ ଲମ୍ବା ଆଲୁଅଟିଏ ଝରକାର ଭଙ୍ଗାକାଚ ଦେଇ ବିଛଣା ଉପରେ ପଡିଲା। ବାହାରେ କେଉଁଠି ହାଉହାଉ ଶବ୍ଦ ଶୁଭୁଚି। ମୁଁ ଉଠିଗଲି। ବହୁତ କସରତ୍ କଲା ପରେ, କଳଙ୍କିଲଗା ଲୁହା ଫ୍ରେମ ୱାଲା କାଚ ଝରକାର କେବଳ ଗୋଟିଏ ପାଖ ହିଁ ଖୋଲିଲା।

ମୁଁ ଯେ' ପ୍ରାୟ ତିନି ତାଲା ଉପର ଘରେ! ତଳକୁ ଚାହିଁଲେ ଖାଲି ମାଳମାଳ ଝୁମ୍ପୁଡି ଘର। କେଉଁଟା ଟିଣ ଛାତ ତ' କେଉଁଟା ଚାଅଁରା ଘୋଡ଼ା ନ' ହେଲେ ଅଖା

ପାଲ ଘୋଡ଼ା। ଛିଃ କିଃ ଦୁର୍ଗନ୍ଧ। ହାଉଜାଉ ଲୋକ ଗହଳି। ମାଛ ହାଟ ପରି। ନିହାତି ଅପନ୍ତରା ଅପରିଷ୍କାର ଜାଗାଟା।

ଯେତେ ମୁହଁ ବୁଲାଇ ଏପଟ ସେପଟ ଦେଖିଲେବି ଯା ଠୁ ଅଧିକ ଦିଶିବାର ବାଟ ନ'ଥାଏ। ନାଚ ସ୍କୁଲ ଟା କ'ଣ ଏମିତି ସ୍ଥାନରେ ହୁଏ?

ବେଳ ଗଡ଼ି ଗଲେବି କାହାର ହେଲେ ଦେଖା ମିଳିଲାନାହିଁ। ସବୁଠାରୁ ବେଶୀ ବିରକ୍ତ ଲାଗିଲା ବାହାର ପଟୁ କାହିଁକି ଲକ୍‌କଲେ!

ସମୟ ଯେବେ ଅଧିକ ହେଲା ଭୟ ସହ ସନ୍ଦେହ ବଢିଲା। ମୁଁ ଭଲଭାବେ ଦେଖିନେଲି ଘରର କୋଣ ଅନୁକୋଣ, ଖଟତଳ। ଥାକ ଉପରେ କେବଳ ମୋ ବ୍ୟାଗ୍ ଛଡ଼ା ସେ ଦୁହିଁଙ୍କ ବ୍ୟାଗ୍ ନାହିଁ। ଚାଉଁକି ଲାଗିଲା ଛାତି। ତେବେ କ'ଣ ବିଶ୍ୱାସଘାତ କରିଛନ୍ତି ମୋ ସହ! ପୂର୍ବଥର ପରି ମତେ ଛାଡ଼ି ଚାଲି ଯାଇଛନ୍ତି!

ମୋ ପାଦ ତଳୁ ମାଟି ଖସିଗଲା ଏଥର। ପ୍ରଥମଥର ଅନୁଭବ ହେଲା କଲିକତାରୁ ବାହାରିବା ବେଳର ଭୟ ଓ ସଂକା ନିରର୍ଥକ ନ'ଥିଲା। ଅନାଗତ ବିପଦର ଆଶଙ୍କାକୁ ହୃଦୟଙ୍ଗମ କରି ଥମ୍‌କରି ସେଇଠି ବସି ପଡ଼ିଲି। ଖୁବ୍ କାନ୍ଦ ଲାଗିଲା। କାନ୍ଦିଲି ମଧ୍ୟ। ଭୋକ ଓ ଭୟ ଉଭୟ ପେଟ ଆଉ ଛାତିକୁ ବିଦାରି ପକାଉଥିଲେ। ଏ କେଉଁ ଜାଗା? ମତେ ଛାଡି ସେ ଦୁହେଁ କାହିଁକି ଚାଲିଗଲେ? ଏମିତି କାବାଟ ବନ୍ଦ କରି ରଖିବାର ଉଦ୍ଦେଶ୍ୟ କଣ? ଏଠୁ ବାହାରିବାର ରାସ୍ତା ବି ଜଣାନାହିଁ। ନିଜ ପ୍ରଶ୍ନର ଜାଲରେ ଏମିତି ଅଡୁଆ ସୁତାପରି ଛନ୍ଦି ହୋଇଗଲି।

ଅନେକ ଡେରିରେ ଅଳ୍ପ ଖୋଲା କବାଟ ଫାଙ୍କରୁ ରସ ଥାଳିରେ ଦୁଇପଟ ରୁଟି ଓ ଟେଳାଏ ଗୁଡ଼। କିଏ ଠେଲି ଦେଇଗଲା? ମୁଁ କବାଟର ଶବ୍ଦ ଶୁଣି ଉଠିଯିବାକୁ ଚେଷ୍ଟା କରିବା ଆଗରୁ ପୁନର୍ବାର ଧଡ଼୍‌କରି ଦରଜା ବନ୍ଦ।

ଏସବୁ ଦେଖି ଛାତି ଆହୁରି ଥରିଲା। ଖାଇଲି ନାହିଁ କିଛି, ଖାଇ ପାରିଲି ନାହିଁ। ଭୋକ ମରିଗଲା। ସଞ୍ଜଯାଏ କାନ୍ଦିକାନ୍ଦି ବାହାରୁ ବନ୍ଦ ଥିବା କବାଟକୁ ମଝିରେ ମଝିରେ ଯାଇ ବାଡେଇ ବାଡେଇ ଥକି ଯିବା ପରେବି କିଛି ଲାଭନାହିଁ।

ତିନିଦିନ ବିତିଗଲା। ସେ ଦୁହେଁ ଫେରିଲେ ନା, କବାଟ ଖୋଲାହେଲା। କିଛି ବି ହେଲା ନାହିଁ। ଅଖିଆ ଅପିଆ କ୍ଲାନ୍ତ ହୋଇ ପଡ଼ିଲି। ଚେତା ହରାଇବା ଆଗରୁ ଚତୁର୍ଥଦିନ ଦୁଆର ଖୋଲିଲା। ସୂର୍ଯ୍ୟ କିରଣ ଦେଖି ଆଖି ଝଲସିଗଲା। ଭିତରକୁ ପଶିଆସିଲେ ସେ ଦୁଇଜଣ ପେଟା କଳାକଳା ଲୋକ। ଯେ ଆମକୁ ଷ୍ଟେସନ୍‌ରୁ ପାଛୋଟି ଆଣିଥିଲେ। ଯାହାକୁ ସେ ଦୁଇଝିଅ ଦାଦା ବୋଲି ସମ୍ବୋଧନ କରୁଥିଲେ। ଭାବିଲି ପଚାରିବି ମୋ' ସାଙ୍ଗଦୁହେଁ କୁଆଡ଼େ ଗଲେ, ଆଉ ମତେ ଏଠି କିଏ ବନ୍ଦକରିଛ

କୁହ। ତା' ଆଗରୁ ହାପ୍ ପ୍ୟାଣ୍ଟ ଛିଣ୍ଡା ଗେଞ୍ଜି ପିନ୍ଧିଥିବା ଛୋଟ ପିଲାଟା, ଯେ କାବଟ ଫାଙ୍କରୁ ପ୍ରତି ଦିନ ରସ ଥାଳିରେ ଖାଇବା ଠେଲି ଦେଇ ଚାଲିଯାଏ, ଚାଲିଆସିଲା। ଦୁହିଁଙ୍କ ଭିତରୁ ଜଣଙ୍କୁ ସଲିମ୍ ଭାଇଜାନ୍ ବୋଲି ସମ୍ବୋଧନ କରି ସଲାମ୍ କଲା। ତାଙ୍କ ଢ଼ଙ୍ଗରଙ୍ଗ ସେ ଦିନ ପରି କୋମଳ ନ' ଥିଲା। ଭାରି ଭୟଙ୍କର ଦିଶୁଥିଲେ ଦୁହେଁ। ଖାସି ମାସଂ କାଟୁଥିବା ଆମ ଗାଁ ର ମିଆଁ ପରି। ଗୁଣ୍ଡା, ଦୁର୍ଦାନ୍ତ ପରି। କିଛି ପଚାରିବାକୁ ସାହସ ହେଲା ନାହିଁ। ସେମାନେ ଏକା ନ'ଥିଲେ। ତାଙ୍କ ସହ ଥିଲା ସମସ୍ତଙ୍କ ହର୍ତ୍ତାକର୍ତ୍ତା, ଭାଗ୍ୟବିଧାତା ଅମୀସା ବିବି।

ମୋଟି ଶାବନୀ ହେଇ ସ୍ତ୍ରୀ ଲୋକଟା। ମଥାରେ କଳାରଙ୍ଗର ବଡ଼ବିନ୍ଦି, ଓଠରେ ବହଳମୋଟା ଲିପ୍‌ଷ୍ଟିକ୍। ନାହିର ଛ'ଇଞ୍ଚ ତଳକୁ ଲୁଗା ପିନ୍ଧି, କାନିକୁ ଭିଡି ଖୋସଣୀ ମାରିଥାଏ। କଳରେ ପାନଖିଲେ ଜାକି ତୁହାକୁତୁହା ପାନପିକ ଝରକା ବାହାରକୁ ପିଚ୍‌କିନା ଫିଙ୍ଗୁଥିବା ଓ ଭାରି ନିଷ୍ଠୁରପରି ଦିଶୁଥିବା ସ୍ତ୍ରୀଲୋକଟା। ମୁହଁରେ କେମିତି ଗୋଟେ ଦୟାହୀନ ହସ। ଏତେ ଚଳଚଞ୍ଚଳ ତା ଅଙ୍ଗ ସଞ୍ଚାଳନ ଯେ, କେଉଁ କାମ ଯେମିତି ଅଧାରୁ ଛାଡ଼ି ତରବର ହୋଇ ଧାଇଁ ଆସିଛି।

ବ୍ଲାଉଜ୍‌ର ପିଠିପଟ ଓ କାଖତଳ, ଝାଳରେ ବିଲକୁଲ୍ ଓଦା। ଲୁଗାକାନିରେ ମୁହଁ ଓ ବେକମୂଳ ପୋଛି ପୁଣି ଖୋସଣୀ ମାରିଲା। ଗହିରା ଛାତିକଟା ଢିଲା ବ୍ଲାଉଜ୍‌ର ଆଗ ଓ ପଛପାଖରୁ ବୋଲ ମାନୁନ' ଥିବା ଅଧାରୁ ଅଧିକ ମାସଂପେଶୀ ପଦାକୁ ଝୁଲିପଡିଥାଏ। ସେଥିପ୍ରତି ତିଳେ ମାତ୍ର ଖାତିର୍ ନ' ଥାଏ ତାର। ତା' ପ୍ରବେଶରେ ଗୋଟେ ନାକ ଫଟା ତୀବ୍ରବାସ୍ନା ଘରସାରା ଖେଳି ଯାଇଥାଏ।

ବେଶ୍ ପ୍ରାଞ୍ଜଳଭାବେ ବଙ୍ଗଳା ଭାଷାରେ ବୁଝାଇ ଦେଲା। ତୁ' ଏବେ ମୋ' ର। ତୋ ବୟସ ସତର ନ' ହୋଇ, ଏଗାର କି ବାଆର ହେଇଥିଲେ କେତେ ସ୍ନେହ କରି ଥାଆନ୍ତି। ନିଜର ଝିଅପରି ପାଳିଥାଆନ୍ତି। ଏବେ ବି ପାଳିବି। ତୁ ଏଠି ଭଲରେ ରହିବୁ। ରୁଟିଗୁଡ଼ ନୁହେଁ, ରୁଟି ସହ ସବ୍‌ଜି ବି ମିଳିବ। ଦୁଆର ବି ଖୋଲା ରହିବ।

କିନ୍ତୁ ସେଥିପାଇଁ ତତେ ମୋର ପ୍ରତ୍ୟେକଟି ବୋଲ ମାନିବାକୁ ପଡ଼ିବ। ତୁ ନିଜକୁ ଠିକ୍‌କର। ମୁଁ ଖବର ଦେବି।

.... କି କଥା!!!!!

କି କଥା ମାନିବି ଯାହା ଫଳରେ ଦୁଆର ଖୋଲାରହିବ? ମୁଁ ପଚାରିଲି କିନ୍ତୁ ମନେମନେ। ତାକୁ ଦେଖି ମୋ ପେଟ ମୋଡି ପକାଇଲା। ଓକାଳ ଉଠେଇଲା। ପାଟିରୁ ଶବ୍ଦ ନ'ବାହିରି ପାକସ୍ଥଳୀରେ ମିଳାଇଗଲା। ମୁଁ ବି ଝାଳରେ ବୁଡ଼ିଗଲି।

ଉଃ..କି ଜ୍ୱାଳାମୟ ପରିବେଶ। ପ୍ରତି ମୁହୂର୍ତ୍ତରେ ମୁଁ ମରୁଥିଲି। କି କଥା ମାନିବାକୁ ପଡ଼ିବ ?

ମୁଁ ତା'ର। ମାନେ ? ? ମୁଁ କେମିତି ଆଉ କାହାର ହେଲି ! ମତେ ବନ୍ଦ କରି ମୋ ହାତଗୋଡ଼ କାଟି, ଆଉ ଭିକ ମାଗିବାକୁ ବାଧ କରିବେ ନାହିଁ ତ'? ଏମିତି କେଉଁ କାମ ମୋ' ଦ୍ୱାରା କରାଇବା ପାଇଁ ମତେ ବାନ୍ଧି ରଖିଛନ୍ତି ?

ଦିନତମାମରେ କେବଳ ଦୁଇଥର ଦରଜା ସାମାନ୍ୟ ଖୋଲୁଥିଲା। ଦୁଇପଟ ରୁଟି ସହ ଗୁଡ଼, ଭିତରକୁ ଠେଲିଦେଇ ପୁଣି ବନ୍ଦର ପ୍ରକ୍ରିୟା ଚାଲୁ ରହିଲା କିଛିଦିନ ଯାଏ।

କେତେ ଦିନ ହେଲା ମୁଁ ରୁନ୍ଧି ହେବାପରି ଛୋଟିଆ ନିବୁଜ୍ ଅନ୍ଧାରୁଆ କୋଠରୀ ଭିତରେ ଅଣନିଃଶ୍ୱାସି ହୋଇ ପଡ଼ିଥାଏ। ବାର, ମାସ ତାରିଖ କିଛି ଜାଣି ପାରୁ ନ'ଥାଏ। ମସ୍ତିଷ୍କର ନିସ୍ତେଜ ହେଇ ଆସୁଥିବା ସ୍ନାୟୁକୋଷ ଭାବିବା ଚିନ୍ତିବାର ସବୁ କ୍ଷମତା ହରାଇବା ଉପରେ।

ପରିଶେଷରେ ସବୁ ଜିଜ୍ଞାସାର ଅନ୍ତ ଘଟାଇ ତାଙ୍କ ଉଦ୍ଦେଶ୍ୟ ମତେ ଜଣାଇ ଦିଆଗଲା। ମୁଁ ରାଜି ହେବାକୁ ଯେତେ ବିଳମ୍ବ କରିବି ସୂର୍ଯ୍ୟାଲୋକ ମୋ ପାଇଁ ସେତେ ଦୁଷ୍ପ୍ରାପ୍ୟ ହେବ।

ଅମୀସା ବିବି ତା' ଲୋକଙ୍କ ହାତରେ କହି ପଠାଇଲା ଶେଷତାରିଖ। ଏଇଟାକୁ ମିଶି ତା' ର ତିନୋଟି ତାରିଖକୁ ମୁଁ ପ୍ରତ୍ୟାଖ୍ୟାନ କରି ସାରିଥାଏ। ସେଦିନ କାହାକୁ ନ' ପଠାଇ ନିଜେ ଆସିଗଲା ଦୁମ୍‌ଦୁମ୍ ହୋଇ।

...ଏ ଶୁଣେ ଲାଡ଼ସାହେବାଣୀ..ଯାହା ତ' ଲସ୍ ହେଲାଣି ହେଲାଣି, ଏଥର ଅବ୍‌ଦୁଲ୍ ଖାନ୍‌ର ତବିୟତ୍ ଖୁସ୍ ହେବାର ଅଛି। ବଇନା ନେଇ ସାରିଛି। ଏଥର କାହାକୁ ମନା କରିହେବ ନାହିଁ। ଅଯଥା ଏତେ ସମୟ କାହାକୁ ଦିଏନା ମୁଁ। ଏତେ ନୌଟଙ୍କି ମତେ ପସନ୍ଦ ନାହିଁ। କାନ୍ଦ ବନ୍ଦକରି ଜଲ୍‌ଦି ରେଡି ହେଇଯା'। ନ'ହେଲେ ମୋ' ପାଖରେ ଦୁସରା ରାସ୍ତା ବି ଅଛି।

ଦୁଆର ଖୋଲିଦେଲେ ଏକାବେଳକେ ତିନି ଚାରିଜଣ ବିକଳିଆ ଓ ଭୋକିଲା କୁକୁର ପଶିଆସି କଅଁଳ ମାଉଁସର ମଜ୍ଜା ନେବେ। ଯେତେଯାଏ ଦେହସୁଆ ନ' ହୋଇଛି ସେତେଥର। ତୋ ଲାଜ ଛାଡ଼ିବା ଯାଏ। ରୋଜ୍..ରୋଜ୍ ହେଲା ?

ବ୍ୟସ୍ତ ହେବାର କିଛି ନାହିଁ। ତୁ ମରିବୁ ନାହିଁ। କେତେ ପରିମାଣର ପାଣି ଛିଞ୍ଚିଲେ ଗୋଲାପ କଢଟି ପଚିବ ନାହିଁ, କି ଶୁଖିବ ନାହିଁ, ସେ କଳା ମାଲୁମ୍ ସେମାନଙ୍କୁ। ପ୍ରତିଦିନ। ପ୍ରତି ଦୁଇ ଘଣ୍ଟା ପରେ ଫେରେ। ପ୍ରତି ମୁହୂର୍ତ୍ତ ମରଣ ଆଉ କ'ଣ କି ?

ଝାଏଁ କରି କରେଣ୍ଟ ମାରିବା ପରି ତଣ୍ଟି ଶୁଖିଗଲା । ଅସୀମା ବିବି ନରମ ଗଳାର ନୀରବ ଧମକରେ ମୋ ସର୍ବାଙ୍ଗ କମ୍ପି ଉଠିଲା । ତିନି ଚାରିଜଣ, ଏକାବେଳକେ.. !! ସେତିକି ଶୁଣି ସାରିବା ପରେ ବାକି ଯାହା କହୁଥିଲା ତା' ଶୁଣିବାକୁ ଆଉ ମୋର ଧୈର୍ଯ୍ୟ ନ' ଥିଲା ।

...ଓଃ..ଅନ୍ତରାତ୍ମାରୁ କେବଳ ଧ୍ୱନିଟିଏ ଉଠୁଥିଲା "ହେଃ ଭଗବାନ, ବିକଳ୍ପଟିଏ କେମିତି ନାହିଁ, ଆତ୍ମହତ୍ୟା ପରି ବିକଳ୍ପଟେ ତୁମେ ସବୁବେଳେ ଛାଡ଼ିଥାଅ ପରା !"

କଳାପଡି କୋରଡ଼ ପଶି ଯାଇଥିବା ଆଖିରେ ମୋର ଆଉ ବିନ୍ଦୁଏ ହେଲେ ଲୁହ ନ'ଥିଲା । ବ୍ୟାଗର ଦୁଇହଳ ସାଲଓ୍ୱାର କାମିଜ ତଳୁ ମୋ ବୋଉର ପୁରୁଣା କଳାଧଳା ଫଟୋ କାଢ଼ି ବାରବାର ଦେଖିବାକୁ, ଆଉ ବଳ କି ଆଗ୍ରହ ବି ନ' ଥିଲା । ଆଜି ହିଁ ମୋ ନିଷ୍ପତ୍ତି ନେବାର ଶେଷତାରିଖ ।

ସକାଳୁ କିଛି ଖାଇଲି ନାହିଁ । ପୁରା ଉପାସ । ସାରାଦିନ ପଡି ରହିଲି । ସନ୍ଧ୍ୟା ଗଡ଼ି ରାତି ହେଲା । ହଠାତ୍ କଁ କଁ ହେଇ କବାଟ ଖୋଲିଲା । ଛାତି ଦାଉଁଦାଉଁ ହେଲା । ସାରା ଶରୀରରେ ବିଦ୍ୟୁତ୍ ତରଙ୍ଗଟି ଖେଳିଗଲା । ଦିନସାରା ସେୟାକୁ ଭାବିଭାବି ଟିକେ ଜର ଆସିଯାଇଥାଏ । ମୁଣ୍ଡଭାରି । ଗୋଡହାତ ଉଠାଇବା ଅବସ୍ଥାରେ ନ'ଥାଏ । ଆଜି ମୋର ଶେଷଦିନ । ମରିଯିବି ଆଜି ।

ଦୁଆରମେଲି ବିଶାଳକାୟ ଛାଇଟେ ଭିତରକୁ ପଶିଆସିଲା । ତା' ସହ ଦଲକାଏ କଡ଼ା ନାକଫଟା ଦୁର୍ଗନ୍ଧ । ଲୋକଟା ଧଡ଼କରି କବାଟ କିଳିଦେଲା ଭିତର ପଟୁ । କୋଠରୀର ଏକ ମାତ୍ର ମହମବତୀଟି ଦୋହଲିଗଲା । ତା' ସହିତ ଛାଇଟି ବି ।

ଅସ୍ପଷ୍ଟ ଆଲୁଅରେ ବି ଫର୍ଚ୍ଚା ଦିଶୁଥିଲା ତା' ମଥାର ସଫେଦ୍ ଟୋପି । ଏଁ ହେଁ ଚଉଡା ଛାତି । ଦାନବ ପରି ଲଙ୍ଗଳା ଲୋମଶଦେହ ।

ନାହି ତଳକୁ ଖୋସଣି ମାରି ପିନ୍ଧିଥିବା ଏକମାତ୍ର ଲୁଙ୍ଗୀକୁ ତଳକୁ ଦାବି, ନିଜ ଅସ୍ତିତ୍ୱ ଜାହିର କରି କାୟାବିସ୍ତାର କରିଥିବା ବିଶାଳକାୟ ଥନ୍ତଲପେଟ ।

ଲୋକଟାର ନାଲିନାଲି ଆଖି ଦପ୍‌ଦପ୍ ଜଳୁଥିଲା ରଡ଼ନିଆଁ ପରି । ଚାଖଣ୍ଡେ ଲମ୍ବା ଦରପାଚିଲା ଦାଢିକୁ ବାଁ ହାତରେ ବାରବାର ସାଉଁଳେଇ ସାଉଁଳେଇ ଲୋଲୁପ ଦୃଷ୍ଟି ସହ ଫିଙ୍ଗୁଥିଲା ଗୋଟେ ନୃଶଂସହସ । ଯେମିତି ବହୁଦିନର ଅସମ୍ଭାଳିଆ ଭୋକିଲା ବିଲୁଆ । ସାମ୍ନାରେ ସୁସ୍ୱାଦୁ ଖାଦ୍ୟ ଦେଖି ଲାଳଗଡେଇ ପଞ୍ଝା ମାରିବାକୁ ଉଦ୍ୟତ । ଏଇତ ଖାଇଯିବ ।

ଭାରି ଭୟଙ୍କର । ଅବିକଳ ଏଇ ପରି ଛାଇଟେ ସେଦିନ କଟକରେ ମୋ ଜୀବନର କାଳରାତ୍ରିର କଳା ଅନ୍ଧାରକୁ ଗାଢ଼କରି ଖିନଭିନ୍ କରିଦେଇଥିଲା । ସାଙ୍ଗୁଡି

ପଡ଼ଲି ମୁଁ। ମୋର ଦେହ ଓ ମନର ଯନ୍ତ୍ରଣା ପୁନର୍ବାର ସତେଜ ହେଇଉଠିଲା। ହେଃ ଭଗବାନ କେଉଁଠି ତୁମେ ?

ବଳିଷ୍ଠ ଭୟଙ୍କର ଲୋକଟା ହାୱାଇ ଚଟି ମଚମଚ କରି ମାଡ଼ି ଆସୁଛି। ପାଖକୁ.. ପାଖକୁ...ଆଉ ଟିକେ ପାଖକୁ, ଓଃ ..ଖୁବ୍ ପାଖକୁ। ହସୁଛି ଗୋଟେ ବିକଟାଳିଆ ହସ। କାନରେ ଖୋସିଥିବା ବିଡି କାଢ଼ିଲା, ଅଣ୍ଟାରୁ ମାଚିସ୍ ବାହାର କରି, ନିଆଁ ଧରାଇଲା। ଦି' ସୋଡ଼କା ମାରି ଭସ୍‌ଭସ୍ ଧୂଆଁ ଛାଡିଲା ନାକବାଟେ। ଆଙ୍ଗୁଠି ଛୁଇଁବା ଆଗରୁ ତଳେ ପକାଇ ଦେଲା ଶେଷଖଣ୍ଡକ। ନିମିଷକେ ନିଆଁ ଝୁଲଟି ଅତି ନିର୍ମମ ଭାବେ କାଳିଆ ହାୱାଇ ତଳେ ଦଳିମକଚି ନିଷ୍ପେସିତ ହୋଇଗଲା। ସମସମୟରେ ଲୋକଟିର ମୁହଁ ଅତ୍ୟନ୍ତ ନୃଶଂସ ଦିଶିଲା। ଉପର ଭାଡିକ ଦାନ୍ତରେ ତଳଓଠକୁ ଖୁବ୍ ଜୋରରେ ଭିଡ଼ି ଧରି ବାଁ ପାଖ ଭୃଲତା ଉପରକୁ ଟେକି ଧରିଥାଏ।

ମୁଁ ଭୀଷଣ ଡ଼ରିଗଲି। ଲାଗିଲା ଏଇକ୍ଷଣୀ ମୁଁ ମଧ୍ୟ ଖଣ୍ଡିଆ ବିଡି ପରି ତା' ଲୋମଶ ଛାତି ଓ ବଳିଷ୍ଠ ବାହୁତଳେ ଦଳିମକଚି ହୋଇ ଲିଭିଯିବି।

ମୁଣ୍ଡରୁ ସଫେଦ୍ ଟୋପି ଉତାରି ପାଖରେ ପଡିଥିବା ଦଦରା ଟେବଲ୍ ଉପରେ ରଖିଦେଲା। ଅଣ୍ଟା ରେ ବାନ୍ଧି ଥିବା ଗାମୁଛା ଖୋଲି ଗୁଡେଇ ଗୁଡେଇ ପଛକୁ ହାତ ବୁଲାଇ ପିଠିରୁ ଝାଳ ପୋଛିଲା। ଚେକ୍‌ଚେକ୍ ନୀଳ ରଙ୍ଗର ଟେରିକଟ୍ ଲୁଙ୍ଗୀକୁ ଦୁଇତିନି ପାଲଟାମାରି, ଜଙ୍ଘ ଉପର ଯାଏ ଟେକିଦେଲା। ଟାଆଁଶା ଲୋମ ଭର୍ତ୍ତି ଗୋଡ଼ ଦୁଇଟି ଅବିକଳ ମେଢ଼ରେ ଦେଖିଥିବା ମହିଷାସୁର ପରି ଲାଗିଲା ମତେ।

ସେତେବେଳେ ମୁଁ ସତରେ କାନ୍ଦି ପକାଇଲି।

ମୋ ଅବସ୍ଥା ଦେଖି ଆହୁରି ଅଶ୍ଳୀଳ ଭାବରେ ଠୋ ଠୋ ହେଇ ହସିଲା ଓ ପାଟି ଉପରେ ଜିଭକୁ ବାରବାର ବୁଲାଉ ବୁଲାଉ ଆଖି ନଚାଇ ପଦଟିଏ କହିଲା। "ଆଜ୍ ତେରେ ସାଥ୍ ଖୁବ ମଜା ଆଏଗା।"

ସେ ପଦକ ଶୁଣି ମତେ ଲାଗିଲା ଏଇକ୍ଷଣୀ ମୁଁ ବାଥ୍‌ରୁମ ଯିବା ଦର୍କାର। ଆଉ ପରିଶ୍ରା ରୋକି ପାରିବି ନାହିଁ। ମୋ ଦେହ କ'ଣ ହେଇଯାଉଥାଏ।

....ଦୁଇଜଙ୍ଘ ମଝିରେ ମୁଣ୍ଡଜାକି ଅସହାୟ ଭାବେ କାନ୍ଥ କଡ଼କୁ କୁଙ୍କୁଡି କାଙ୍କୁଡି ହେଇ ଖଟଧାର ତଳେ ବସିପଡିଲି।

ଆଉ ସମୟ ନଷ୍ଟ ନ' କରି କ୍ଷୀପ୍ରବେଗରେ ମାଡ଼ି ଆସିଲା ଏଥର। ଦୁଇଖୁଆ ଧରି ସିଧା ଟେକିନେଇ ଖଟଉପରେ କଚି ଦେଲା ମତେ।

....ଧୁଡ଼୍ ଧାଡ଼୍ ..ଧୁଡ଼୍ ...ଖସ୍ ଖସ୍ .. ଧୁସ୍ ...ଧାସ୍ ...ଧସ୍ତାଧସ୍ତି ଶବ୍ଦ।

....ଗୋଟେ ଭୟଙ୍କର ଆର୍ତ୍ତନାଦ ସହ, ଧପ୍ କରି ଲିଭିଗଲା ମହମବତୀ। ଘୋଟିଗଲା ଅନ୍ଧାର।

ଉଃ...ଆଃ....ଉଃ ......

ମରିଗଲି... ଯନ୍ତ୍ରଣାଶକ୍ତ ଆର୍ତ୍ତଚିତ୍କାରରେ ଦୁଲୁକି ଉଠିଲା ଖଞ୍ଜା। ଦୁଲ୍‌କିନା କଚାଡି ହେଇ ପଡିବାର ଶବ୍ଦ ପରେ, ସବୁକିଛି ନିରବ। ଝଣ୍‌ଝାଣ୍ ହେଇ ଭାଙ୍ଗି ଗଲା କାନ୍ଥରେ ଟଙ୍ଗା ହୋଇଥିବା ଖଣ୍ଡିଆ ଦର୍ପଣ ।

କିଛି ସମୟ ଭିତରେ ଘୋ ଘୋ ଶବ୍ଦ ହେଲା। ଦୌଡାଦୌଡ଼ି ହୋଇ କବାଟ ବାଡେଇଲେ। ଗଁ ଗଁ ଶବ୍ଦ ଶୁଣି ଆଉ ତର ସହିଲା ନାହିଁ। କବାଟକୁ ଧକ୍କା ଦେଇ ଭିତରକୁ ପଶିଲେ। ସଲିମ୍ ଓ ଆଉ ଜଣେ ଟୋକା। କି ହୋଲୋ କିହୋଲୋ ରଡିକରି ପଛେପଛେ ଅମୀସା ବିବି ଧାଇଁଆସିଲା।

ଅନ୍ଧାରରେ ଲୋ'ବେଟାରୀର ମିଞ୍ଜିମିଞ୍ଜି ଟର୍ଚ୍ଚ ଆଲୁଅରେ ଅଣ୍ଡାଳି ଅଣ୍ଡାଳି ଭିତରକୁ ପଶିଲେ ତିନିହେଁ। ଚଟାଣ ଉପରେ ବିକ୍ଷିପ୍ତ ପଡିଥିବା କାଚଗୁଣ୍ଡାକୁ ଅତି ସତର୍କତା ସହ ପାରକରି ଆଗକୁ ଆସିଲେ। ତଳେ ପଡ଼ିଥିବା ଚୁନରୀ ଗୋଡ଼ରେ ଛନ୍ଦି ହେଉହେଉ ନିଜକୁ ସମ୍ଭାଳି ନେଇ ବଢିଲେ ସେମାନେ।

ଚଟାଣରେ ଗୋଡ ଲମ୍ବାଇ ମୁଣ୍ଡ ପଛକୁ ଝୁଲେଇ କାନ୍ଥକୁ ଆଉଜି ପଡ଼ିଥାଏ ମୁଁ। ଅମୀସା ବିବି ସେ ଦୁହିଁଙ୍କୁ କୋହୁଣୀରେ ଠେଲି ସାମ୍ନାରେ ଆସି ଛିଡ଼ାହେଲା। ତାଙ୍କ ହାତରୁ ଟର୍ଚ୍ଚ ଭିଡ଼ିଆଣି ନିଜେ ଧରିଲା। ଟର୍ଚ୍ଚ ଆଲୁଅ ମୁହଁଦେଇ ତଳକୁ ଖସିଲା, ଆଉ ଟିକେ ତଳକୁ ବେକ... ଛାତି...ପେଟ... ଅଣ୍ଟା... ଜଙ୍ଘ... ଆଉ ତଳକୁ..ହୁଁ..ପୁରା ତଳକୁ।

ଅମୀସା ବିବି ଚିତ୍କାର କରି ଉଠିଲା। ହେଃ ଆଲ୍ଲା...ପାଦ ପାଖରେ ମନ୍ଦାମନ୍ଦା ତାଜାରକ୍ତ ଦେଖି, ବଡ଼ପାଟିଟେ କରି ଉଠିଲା ବି ସଲିମ୍। ରକ୍ତ ବହୁଛି ଯେ ବହୁଛି। ବନ୍ଦ ହେବାର ନାଁ ନାହିଁ।

ରକ୍ତଧାରର ଅନ୍ୱେଷଣ ଟର୍ଚ୍ଚ ବୁଲିଲା। ଖଟଉପରେ ଅବଦୁଲ୍ ଖାନ୍ ଚିତପଟାଙ୍ଗ ହେଇ ବେହୋସ ପଡ଼ିଛି। ତା' ରି ମୁଣ୍ଡରୁ ନିର୍ଗତ ସେ ରକ୍ତରଧାର।

...ପଛପଟେ ବୁଲେଇ ଧରିଥିବା ଡାହଣ ହାତରେ ରକ୍ତ ଜୁଡୁବୁଡୁ କଳା ପଡିଯାଇଥିବା ପୁରୁଣା ପିତଳ ଫୁଲଦାନି ଦେଖି, ଅମୀସା ବିବିର ଦେହ ଜଳିଗଲା। ବ୍ରହ୍ମ ତାତି ଗଲା।

ଆତ୍ମହତ୍ୟା ଠାରୁ ଆତ୍ମରକ୍ଷାକୁ ଶ୍ରେୟସ୍କର ମଣିଥିଲି। ତେଣୁ ଥାକ ଉପରେ ଗଡୁଥିବା ପିତଳ ପୁରୁଣା ଫୁଲଦାନିକୁ ଶେଷଅସ୍ତ୍ର ରୂପେ ବ୍ୟବହାର କରିଦେଲି।

ମାଡ଼ି ଆସିଲା ଅମୀସା ବିବି।

ହାରାମଜାଦୀ, ବଜ୍ଜାତ ଛୋକରୀ, ରହ ଛାଡ଼ିବିନି ତତେ, ଗୋଟେ କନମୁଳିଆ ଶକ୍ତଜାବଡା ଦେଲା। ଓଠଫାଟି ନିଗିଡି ପଡିଲା ଧାରେରକ୍ତ ଓ ଲୁହ ସହ ମିଶି ଏକାକାର ହେଇଗଲା। ସେଇଠି ଟଳି ପଡ଼ିଲି ମୁଁ !

XXX

ଚିହିଁକି ଉଠିଲା କଲ୍ଲୋଳ। ରାଗରେ ନିଆଁବାଣ ହୋଇଗଲା। ମୁହଁ ମଡାଇ କଚାଡି ଦେଲା ଡାଏରୀଟିକୁ। ଏହିକ୍ଷଣି ସେ ସ୍ତ୍ରୀ ଲୋକ ଯଦି ସାମ୍ନାରେ ପଡନ୍ତା, ହୁଏତ ତା' ହାତକୁ ବାହୁରୁ ଅଲଗା କରିବାକୁ କ୍ଷଣଟିଏ ବି ଲାଗନ୍ତା ନାହିଁ। ଏତେ ସାହସ ତା'ର, ମୋ' ଅହଲ୍ୟା ଉପରକୁ ହାତ ଉଠାଇ ଜାବଡା ମାରିଦେଲା। ରାଗରେ ଡାଏରୀ ଫୋପାଡ଼ି ଦେଲେ ସତ୍ୟ କଣ ପରିବର୍ତ୍ତନ ହୋଇ ଯିବ? ପଢ଼ିବାକୁ ତ' ପଡ଼ିବ ଆଗକୁ।

ଆଦ୍ୟ ଯୌବନରେ ପ୍ରାରମ୍ଭ ହୋଇଥିବା ଅଧ୍ୟାୟର ଦ୍ୱିତୀୟଭାଗର ପୃଷ୍ଠା ଲେଉଟାଇ ସାରିଥିଲେ ଭଗବାନ।

ସୂର୍ଯ୍ୟୋଦୟ ନ' ହେଉଣୁ ଗଗନ ଫଟାଇ ଖଣ୍ଡେ ଦୂରରୁ ପୁଣି ଅମୀସା ବିବି ଖେଦି ଆସିଲା।

... ଏ ଏ ଏ ବେସରମ୍ ଛୋକରୀ, 'ଇ ଥାକେ ଇ ସବ୍ ଚଲବେନା। ଆମି ତୋମାର ହାଲତ୍ କି କରବେ ତୁମି ଜାନତେ ପାରବେନା। ର' ..

କୋଠରୀର କବାଟକୁ ଏକା ଗୋଇଠାକେ ଧଡାସ୍‌କରି ଠେଲି ଭିତରେ ପଶିଲା।

..'ଦେଖେଇବୁନି, ନାଇଁ!! ଲୁଚେଇକି ରଖିଛୁ, କ'ଣ ଅଧିକା ଅପୁର୍ବ ଜିନିଷଟା ତୋ'ର ଅଛି ଟିକେ ଦେଖେ?'

ମୋ ଚୁଟିଧରି ଘୋଷାରି ନେଲା ଦୁଆର ଯାଏ। ଟଣା ଓଟଟାରେ ଛାତିପାଖରୁ ଚିରିଗଲା କାମିଜ୍ ଫାଳେ। ଚିରାଜାମା ଭିତରୁ ଉତୁରି ଦିଶିଲା କିଛି ନିଷିଦ୍ଧଅଙ୍ଗ ଓ ଅନ୍ତବସ୍ତ୍ର। ମୁହଁ ଉଠାଇ ଚାହିଁଦେଲି। ଖଞ୍ଜା ସାରାର ଅଧେଲୋକ କଟାସ ପରି ଚାହିଁଥିଲେ। ଲଜ୍ଜାସରମରେ ସଢିଗଲି କି ଆଉ! କିଛିବାଟ ନ' ପାଇ ଛାତି ଉପରେ ଦୁଇହାତ ଛନ୍ଦି ମୁହଁମାଡ଼ି ବସିପଡିଲି ତଳେ। ପାଖକୁ ଲାଗିଲାଗି ଥିବା କୋଠରୀରେ ଆଉ ଯିଏଯିଏ ଥିଲେ, କାମଧନ୍ଦା ଛାଡ଼ି ଝରକା ଓ ଦୁଆର ମୁହଁରେ ଛିଡ଼ା ହୋଇଗଲେ। ନାଟକ ଦେଖିବାକୁ।

..ହାରାମ୍‌ଜାଦି ହକ ପଇଁତିରିଶ୍ ହଜାର ଟାକା ଦେଇ କିଣିଛେ। ଏବେ ଷାଠିଏଟାକା ହାତରୁ ଗଲା, ସିଏ ଅଲଗା।

ଅବଦୁଲ୍ ମିଆଁର ମୁଣ୍ଡ ଫଟେଇଲୁ। ସାତଟା ସିଲେଇ ପଡ଼ିଲାଣି। ସେ ଟାଙ୍କା କିଏ ଦବ? ତୋ' ବୋପା? ଯଦି ସେ ମରିଗଲା ଜେଲ୍‌ଯିବୁ। ଏ ଗୋରା ଚମଡାର ଭାଉ ଦେଖେଇବୁ ଲୋ ଦେଖେଇବୁ ସେଇଠି। କେତେ ଭାଉଅଛି ଦେଖିବେ ସେମାନେ। ମୋ ପ୍ରସ୍ତାବ ଗନ୍ଧଉଛି, ନାଇଁ? ର' ର' ଥାନା ୱାଲା ଗୋଟିଗୋଟି କରି ଖୋଲିକି ଦେଖିବେ ତୋର କେତେ.... ଶାଳୀ ଧନ୍ଦାରେ ବସି ସାରିବା ପରେ ତୋ' ପସନ୍ଦ ଅପସନ୍ଦ କ'ଣ ବେ? ତୋ' ଚଏସରେ ଗରାଖ ଆସିବେ? ଆଁ..

ଦୁଇପାପୁଲିରେ କାନକୁ ଭିଡି ଧରିଲା ପରେ ବି କିଛି ତୀକ୍ଷ୍ଣ ଶବ୍ଦବାଣ ଗଳିଯାଉଥିଲା ନିର୍ଵିଘ୍ନରେ। ସଂସାରର ଯେତେ ଅଶ୍ରାବ୍ୟ ଭାଷା...ଆଉ ଶୁଣିପାରିଲି ନାହିଁ।

ତା' କହିବା ମୁତାବକ ସେ ମତେ ପଞ୍ଚ ତିରିଶହଜାର ଟଙ୍କାରେ କିଣି ସାରିଥିଲା ଦଲାଲ୍ ପାଖରୁ।

ପାଦତଳେ ଲୋଟିଗଲି ତା' ର।

..ମତେ ଦୟାକର, ମୁଁ ଏ ସବୁ କରି ପାରିବି ନାହିଁ। ମୁଁ ତୁମ ଗୋଡ଼ତଳେ ପଡୁଛି। ମତେ ଘରେ ଛାଡିଦିଅ। ମୁଁ ବାପାଙ୍କୁ କହିବି। ଜମି ବିକ୍ରି କରି ତୁମ ଟଙ୍କା ଶୁଝିଦେବେ।

ନିର୍ଦ୍ଦୟୀ ସ୍ତ୍ରୀ ଲୋକର ଛାତିରେ ବୋଧହୁଏ କଲିଜାଟା ଖଞ୍ଜିବାକୁ ଭୁଲି ଯାଇଥିଲା ଉପରବାଲା। କିଛି ଶୁଣିଲା ନାହିଁ। ବରଂ ଗୋଇଠାରେ ମାରିଲା। ମୁଁ ଖଣ୍ଡେ ଦୂର ଛିଟିକ୍ ପଡିଲି। ମାରିସାରି ଫେରି ଯାଉଥିଲା ସେ।

ରାଗ ଓ ଅପମାନରେ ଜଳୁଥିଲି ମୁଁ। କିନ୍ତୁ ଆଶା ଟିକକ ଛାଡ଼ି ନ' ଥିଲି। ତା' ପଛରୁ ଖୁବ୍ ଜୋର୍‌ରେ ଚିତ୍କାର କଲି।

"ମତେ ଛାଡ଼ି ଦିଅ। ଭଗବାନ ତୁମର ମଙ୍ଗଳ କରିବେ। ନ'ହେଲେ ଦୁର୍ଗାଙ୍କ କୋପରୁ ତୁମକୁ କେହି ରକ୍ଷା କରି ପାରିବେ ନାହିଁ। ବର୍ବାଦ ହେଇଯିବ ତୁମେମାନେ।"

ପଥର ପରି ଅଟକିଗଲା ଅମୀସା ବିବିର ପାଦ।

ମୋ' ଦେହରେ ଜୀବନ ପଶିଲା। ଡ଼ରିବେନି ! ଉପରବାଲାକୁ କାହାର ଭୟ ନାହିଁ! ଅସ୍ତ୍ରଟି ଠିକ୍ କାମଦେଲା।

ମୁହଁ ବୁଲାଇ ଫେରିଲା ସେ। ଗୋଟିଏ ରହସ୍ୟମୟ ହସ ସହ। ମୋ ପାଖକୁ ଆସି ଛିଡ଼ା ହେଲା। କହିଲା, "କି କି ବୋଲ୍‌ଛେ.."

ମୁଁ କାବା ହେଇ ତା'ମୁହଁକୁ ଚାହିଁଲି। ସେ ସେମିତି କହି ଚାଲିଲା।

"... ବୋଲ୍ ଛୋକରୀ। କି ବୋଲି ବୋଲ ତୋ।"

ଡ଼ରିଡ଼ରି ଉତ୍ତର ଦେଲି। "ଭଗବାନ ତୁମର ମଙ୍ଗଳ କରିବେ।"

...ତା'ପର୍ ?

ମତେ ନ'ଛାଡିଲେ ଦୁର୍ଗା ମା'ତୁମକୁ କ୍ଷମା ଦେବେନାହିଁ।

ଓଏ ଓଏ.. ଆମି ଭିତ ଚିଲାମ୍ !!!!

ଆଖି ଉପରକୁ କରି ବ୍ୟଙ୍ଗାତ୍ମକ ଠାଣୀରେ ନିହାତି ଅଭଦ୍ରଙ୍କ ପରି ଠୋ ଠୋ ହୋଇ ହସିଲା ସେ। କି ବୋଲି, ଦୁର୍ଗା ମାଆ!!

ଭୟ ନୁହେଁ, ସେ ମତେ ଉପହାସ କରୁଥିଲା।

ହାରିଯିବାର ଦୁଃଖରେ ମୁଁ କାନ୍ଦି ପକାଇଲି।

ସେ ମୋ ପାଖକୁ ଲାଗି ତଳେ ବସିଲା। ଚିବୁକ ଉଠାଇ ମୋ ଆଖିରେ ଆଖି ମିଶାଇଲା। ମୁଁ ଆଶ୍ଚର୍ଯ୍ୟରେ ଚାହିଁଲି। ବେକକୁ ଧରି ସଳଖ ବସାଇଲା। ଛନ୍ଦି ହୋଇଥିବା ମୋର ଦୁଇହାତକୁ ଜୋର କରି ଛାତିରୁ ଅଲଗା କରିଦେଲା। ଲଜ୍ୟାରେ ଜଳି ଯିବାପରି ଅନୁଭବ ହେଉଥାଏ। ନିଆଁରେ ଘିଅ ଢାଳିବା ପରି ଖଞ୍ଜାରେ ଛିଡା ହୋଇଥିବା ହଳହଳ ଆଖି ଯେମିତି ମୋ ଦର ଫୁଙ୍ଗୁଳା ଦେହରେ ତୀକ୍ଷ୍ଣ ତୀର ହୋଇ ଗଳି ଯାଉଥିଲେ।

ହାତ ଦୁଇଟିକୁ ପଛକୁ ବୁଲାଇ ମାଡିବସିଲା। ମୋ' ନେହୁରା ମୋ' ଅନୁନୟକୁ ତିଳେମାତ୍ର ଭ୍ରୂକ୍ଷେପ ନ' କର ସିଧା ଚିରା ଡ୍ରେସ୍ ଭିତରକୁ ହାତ ପୁରାଇ ଦେଲା। ମୋ ଆଖି ଆପେଆପେ ବନ୍ଦ ହୋଇଗଲା। କିଛି ଭାବିବା ଆଗରୁ ହଠାତ୍ ଛାତି ତଳକୁ ଝୁଲୁଥିବା ନାଲି ସୁତାରେ ବନ୍ଧା ଦୁର୍ଗା ମାଆଙ୍କ ତମ୍ବା ଲକେଟଟା ଟାଣି ଆଣି ବୁଲାଇ ବୁଲାଇ ଦୂରକୁ ଛାଟି ଦେଲା। କହିଲା..

"ଶୁଣ୍ଣ, ମୁଁ ଏତେ ବି ନିଷ୍ଠୁର ନୁହେଁ। ସୁକର ମନା କି ତୁ ଆଜିଯାଏ ସହିସଲାମତ୍ ଅଛୁ। ତୋ' ଉପରେ ସାମାନ୍ୟ ଦୟା ଆସିଥାଆନ୍ତା ଯେ, ଯଦି ତୋ' ନାଁ ସଲିମା, ରୁକ୍‌ସାନା କି ଫତିମା ବା ଏମିତିକିଛି ହେଇଥାଆନ୍ତା। କିନ୍ତୁ ଏବେ ତୋ' ଉପରେ ଦୟା କରିବା ପାଇଁ କୌଣସି କାରଣ ନାହିଁ। କାରଣ ତୁ' ହେଉଛୁ ଅହଲ୍ୟା। ହାଃ ହାଃ ହାଃ ତତେ ଅତି ନିର୍ମମ ଭାବେ ଅତ୍ୟାଚାର କରିବା ପାଇଁ ତୋ' ନାଁ'ଟା ହିଁ କାଫି। ବୁଝିଲୁ ??

ଖାଲି ତୁ ନୁହେଁ, ଯେବେଯେବେ ସୁବିଧା ପାଇବୁ ତୁମ ସମ୍ପୂର୍ଣ୍ଣ ଗୋଷ୍ଠୀର ଝିଅଙ୍କୁ ଟେକିଆଣି କୋଠୀରେ ବେଶ୍ୟା ବନେଇଲେ ଯାଇ, ଆତ୍ମାକୁ ଶାନ୍ତି ମିଳିବ। କାମ ସାରି ନର୍ଦ୍ଦମାକୁ ଫିଙ୍ଗିଦେଲେ ବି ଆହୁରି ଭଲ। ଚିଲ, ଶାଗୁଣା ଖୁମ୍ପି ଖାଇବେ!"

ନାରୀଟିଏ ହୋଇ ଅନ୍ୟଏକ ନାରୀ ପ୍ରତି ଏତେ ନୃଶଂସ ଭାବନାର କାରଣ ଜାଣି ପାରିଲି ନାହିଁ। ହଳାହଳ ବିଷ ଭର୍ତ୍ତି ଏପରି ଉଗ୍ର ରୂପ ଆଗରୁ କେବେ ଦେଖି ନ'

ଥିଲି ବୋଧେ। ଆମ ଗୋଷ୍ଠୀ! କେଉଁ ଗୋଷ୍ଠୀ କଥା କହି ସେ ଜଳୁଥିଲା, ମୁଁ କିଛି ବୁଝି ନ' ପାରି ତାକୁ ପୁଣିଥରେ ନେହୁରା ହେଲି, "ମୁଁ ତୁମର କି ଭୁଲ୍ କରିଛି, ଦୟାକରି ଛାଡ଼ି ଦିଅ ମତେ, ମୋ ବାପା ସବୁ ଟଙ୍କା ଦେଇଦେବେ।"

ଭୁଲ୍! ଭୁଲ୍ ନୁହେଁ ଅପରାଧ। ତୁ ନ' ହେଲେ ତୁମ ମାନଙ୍କ ଜାତି ଅପରାଧ କରିଛନ୍ତି। ତୁମରି ସମ୍ପ୍ରଦାୟ ଲୋକଙ୍କ ଦ୍ୱାରା, ମୁସଲମାନ୍ ମାନେ କେତେ ଯେ ନିର୍ଯ୍ୟାତନା ସହିଛନ୍ତି ତୁ' କେମିତି ଜାଣିବୁ?

ଦେଶବିଭାଜନ ବେଳେ କଲିକତାରେ ରହୁଥିବା ମୁସଲମାନ୍‌ଙ୍କ ଘରେପଶି ଝିଅ ବୋହୁଙ୍କ ଇଜ୍ଜତ ଲୁଟିଛନ୍ତି। ଖାଲି ଘରନୁହଁ, ଝିଅ ବୋହୂଙ୍କୁ ଗୋଡାଇ ଗୋଡାଇ ନେଇଛନ୍ତି। ବିକଳରେ ଯଦି କେହି ମନ୍ଦିର ଭିତରେ ପଶିଗଲା, ସେଠି ବି ଛାଡି ନାହାଁନ୍ତି। କଲବଲ କରି ମାଡ ମାରିଛନ୍ତି। କବାଟକିଳି ତୁମ ଦୁର୍ଗାଙ୍କ ଆଖି ସାମ୍ନାରେ ବଳତ୍କାର କରିଛନ୍ତି। ଜଣେ ନୁହଁ, ଜଣଜଣ କରି ଅନେକଜଣ। କାଇଁ ସେତେବେଳେ ଭୟ ଲଗୁନ'ଥିଲା ଭଗବାନଙ୍କୁ! ନିର୍ଲଜ ଶଳେ, ଖିନଭିନ୍ କରି ସାରିବା ପରେ ଜୀବନରୁ ମାରିଦେଇ ରାଜ ରାସ୍ତାରେ ଫୋପାଡି ଦେବାକୁ ବି ପଛାଇ ନାହାଁନ୍ତି। ହୁଁଃ କହିଲା କ'ଣ ନା' ମାଆ ଦୁର୍ଗା କ୍ଷମା କରିବେ ନାହିଁ!

ଜିନିଷପତ୍ର ଫୋପଡା ଫିଙ୍ଗା କରି ଲୁଟପାଟ୍ କଲେ। କ'ଣ ଭୁଲ୍ ଥିଲା ସେ ନିରୀହ ଲୋକଙ୍କର? ଆମ ଭିତରେ ଆଜି ବି ନିଆଁ ଜଳୁଛି ନିଆଁ। ବଦ୍‌ଲା ଆମକୁ ବି ନେଇଆସେ, ବରବାଦ୍ ନ'କଲା ଯାଏ ଶାନ୍ତି ମିଳିବ ନାହିଁ।

କଲିକତାରେ ମୁସଲମାନ୍‌ଙ୍କର ଘରଦ୍ୱାର ପୋଡ଼ିଜାଳି ନାରଖାର୍ କରିଦେଲା ବେଳେ; କେହିହେଲେ ଆମକୁ ସାହାରା ଦେଇଥିଲେ? ଆମେ ବି ଦୀର୍ଘ ବର୍ଷର ବାସିନ୍ଦା ଥିଲୁ। ଦେଶପାଇଁ ଆମର ବି ବଳିଦାନ ଥିଲା। ଅଚାନକ ଏମିତି ବିଦ୍ରୋହର ନିଆଁ ଜଳିଲା ବେଳେ କୁଆଡେ ଯାଇଥାଆନ୍ତୁ? ତା' ପରେ ଆମ ପାଖରେ ଆଉ କେଉଁ ରାସ୍ତା ବାକି ଥିଲା! ହିନ୍ଦୁ ମାନଙ୍କୁ ଜିନ୍ଦା ଜଳାଇ ଦେଲେ ଯାଇ, ସବୁ ଚୁକ୍ତା ହେବ। ଖୁଦା ଆମକୁ ଜନ୍ନତ୍ ଦେବେ।

ସତ କହୁଛି କ୍ରୋଧ ବେଳେବି ଏତେ ଉଗ୍ରରୂପ ମାଆ କାଳିଙ୍କର ବି ହୋଇନ' ଥିବ। ସେ କ'ଣ କହି ଯାଉଥିଲା ମୁଁ କିଛି ବୁଝିପାରୁନଥିଲି।

କରୁବିନି ଏ ଧନ୍ଦା? ଅଲବତ୍ କରିବୁ। ହଁ ଆଉ ଯଦି ମୁକ୍ତିଚାହୁଁ ତେବେ, ଛୋଟିଆ ଗୋଟେ ରାସ୍ତାବି ଅଛି। ଖାଲି ତୁ ରାଜି ହେଇ ଯା। ଆରେ ଏତେଜଣ ସେଥିରେ ରାଜିହୋଇ ସେ ବାଟ ଆପଣାଇଛନ୍ତି, ଶଳା ତୋ ବେଳକୁ ଭୁଲିଗଲି କେମିତି କେଜାଣି!

ସେଇ ଗୋଟିଏ ସର୍ତ୍ତ ରେ ତତେ ଏ ଧନ୍ଦାରୁ ମୁକ୍ତି ମିଳିପାରେ !

ମରୁଭୂମିରେ ଜଳର ସନ୍ଧାନ ପାଇବା ପରି ମୁଁ ତା' ମୁହଁକୁ ଚାହିଁଲି, ସର୍ତ୍ତଟିର ଜିଜ୍ଞାସାରେ।

ରୁଖ୍‌ସାର୍ ମିଆଁର ବିବି ହେବୁ? ତିନି ନମ୍ବର ବିବି। ବ୍ୟସ୍ତ ହେବାରେ କିଛି ନାହିଁ, ତିନି ନମ୍ବର ହେଲେ ବି ତତେ ସେ ଏକ ନମ୍ବର ବେଗମ୍ କରି ରଖିବ। କାରଣ ତୁ' ସବୁଠାରୁ ସାନ। ସବୁଠୁ ସୁନ୍ଦର। ତୋ' ପାଖରୁ ସୁନ୍ଦର ସୁନ୍ଦର ଛଅ ସାତଟା ଛୁଆ ତ' ନିଶ୍ଚୟ ପେୟଦା ହେବେ।

ଯଦି ରାଜି, ତେବେ କାଲି ମସ୍‌ଜିଦ ଯାଇ ମୌଲବୀଙ୍କ ସାମ୍ନାରେ ବିଧିବଦ୍ଧ ଭାବେ ତୋ' ନାଁ ଅହଲ୍ୟା ଭୋଇରୁ ଆୟିଶା ବାନୁ ରଖିଦେବା। ଭୁଲିଯିବୁ ତୁମ ଦୁର୍ଗା ମାଆକୁ। ଆଲ୍ଲା ହିଁ ହେବେ ତୋ'ର ସବୁକିଛି। ରାଜି ?

ନିର୍ବାକ ହୋଇଗଲି ମୁଁ। କିଛି ଗୋଟିଏ ଶୂନ୍ୟରେ ମିଳାଇଗଲା ପରି ଅନୁଭବ ହେଉଥିଲା। ଆଖି ଆଗରେ ଅନ୍ଧକାର ମାଡ଼ି ଗଲା।

ବାଁ ହାତରେ ଗୋଟେ ପାଖ ଲୁଗାକୁ ଜଙ୍ଘ ଯାଏ ଟେକି ଅଣ୍ଟାରେ ଖୋସଣୀ ମାରି, ଫଡ଼୍‌ଫଡ଼୍ ହେଇ ଫେରିଗଲା ଅମୀସା ବିବି।

ଚେତା ହରାଇ ପଡିଗଲି ସେଇଠି।

।। ତିନି ।।

ଅହଲ୍ୟାର କଥା ପଢି ସ୍ତବ୍ଧ୍ ହୋଇଗଲା କଲ୍ଲୋଳ। କାନମୂଳ ଝାଏଁଝାଏଁ ହୋଇଗଲା। କିଏ ଯେପରି ଶକ୍ତ ଢାବଡାଟେ ମାରିଦେଲା। ଧମନୀ ଫଟାଇ ଟକ୍ ମକ୍ ଫୁଟୁଥିବା ଗରମ ରକ୍ତ ପଦାକୁ ବାହାରି ଆସିବ କି ଆଉ ! ଧର୍ମ ପରିବର୍ତ୍ତନ, ନ'ହେଲେ ବେଶ୍ୟାବୃତ୍ତି ! ଆଉ କେତେ କାଳ ବିତିଲେ ଯାଇ ଏ ବିବାଦର ଅନ୍ତ ଘଟିବ ! ଆଉ କେତେ ନିର୍ଦ୍ଦୋଷ ପ୍ରାଣ ଏଥିପାଇଁ ବଳି ଚଢୁଥିବେ ! ଏ ସମସ୍ୟାର ସମାଧାନ କ'ଣ ହୋଇ ପାରେ !

ହଁ ସେ ସମୟରେ ହଜାର ହଜାର ନୀରିହ ମଣିଷ ଏ କଷଣ ଭୋଗିଛନ୍ତି। ବାସହରା ହୋଇ ଦାଣ୍ଡର ଭିକାରୀ ସାଜିଛନ୍ତି। ଘର ପରିବାର ଉଜୁଡି ଯାଇଛି। କିନ୍ତୁ ଏତେ ସବୁ ଯାତନା କଣ କେବଳ ମୁସଲମାନ୍ ଭୋଗିଥିଲେ ! ହିନ୍ଦୁ ମାନେ ବି ସମପରିମାଣରେ ଭୋଗି ନାହାଁନ୍ତି କି ! ସର୍ବପରି ମଣିଷ ସମାଜ ଏ କଷଣର କରାଳ କାୟାକୁ ମର୍ମେମର୍ମେ ଭୋଗ କରିଛି। ପ୍ରତିଶୋଧ କେବେ ସମାଧାନର ରାସ୍ତା ହୋଇ ପାରେନା।

ଆଖି ଫେରିଇଲା ଡାଏରୀର ପର ପୃଷ୍ଠା ଉପରକୁ।

ତାତିରେ କମ୍ପୁଥିବା ଦେହରେ କାହା ନରମ ହାତର ସ୍ପର୍ଶ ପାଇ ମୁଣ୍ଡଟେକି ଚାହିଁଲି।

"ମୁଁ ସୋଫିଆ। ଅମୀସା ବିବି ପଠେଇଛି। ଡ଼କ୍ତରଖାନା ଚାଲ୍। ବାହାରେ ସମିଲ୍ ଛିଡା ହେଇଛି। ବିବି କହିଲା ତା'ର ସର୍ତ୍ତରେ ତୁ ଯେଉଁ ରାଜି ହେଲୁ ନାହିଁ, ସେଥିପାଇଁ କାଲିଠାରୁ ଧନ୍ଦାରେ ଲାଗିଯିବୁ। ନ'ହେଲେ ତା' ବେପାର ବୁଡ଼ିଯିବ। ତୋ ଜରଟା ଖାଲି କମିବା ଦର୍କାର। ଚାଲ୍ ଚାଲ୍ ଜଲ୍‌ଦି ବାହାରେ..."

ଘୋଷିତ ବକ୍ତବ୍ୟଟି ଘୋଷଣା କରି ସେ ଚୁପ୍ ହୋଇଗଲା। ଯେମିତି ଚାବିଦିଆ କଣ୍ଢେଇ, ଚାବିର ଅବଧି ସରିଗଲେ ଧପ୍‌କରି ବନ୍ଦ ହୋଇଯାଏ।

ଅଳ୍ପ ବେଳ ଭାଙ୍ଗି ମୁଁ ତା' ମୁହଁକୁ ଚାହିଁଲି। ସତରେ ସୋଫିଆ ତା'କାମ

ଛିଣ୍ଡାଇ ବେଖାତିର୍ ଭାବେ ହାତଛନ୍ଦି ହାଇ ମାରୁଥିଲା । ମତେ ନ' ଚାହିଁ ମୋ' ଉତ୍ତରକୁ ଉପେକ୍ଷା ନ'କରି ସେ ତା' ଡିଉଟି କରି ସାରିଥିଲା । ଆଉକିଛି ଜାଣିବା ବା ଜଣାଇବା ପାଇଁ ତା' ର ଯେମିତି ଆଗ୍ରହ କି ଆବଶ୍ୟକତା ନ'ଥିଲା ।

ମୋର ନ'ଉଠିବା ଓ କୌଣସି ଉତ୍ତର ନ'ଦେବାର ବିଳମ୍ବ ଦେଖି ବାଧହୋଇ ସେ ବୁଲିପଡ଼ି ଚାହିଁଲା ଥରେ । ଆଖିରେ ଆଖି ମିଶିଲା । ସେ ଚାହିଁ ରହିଲା ମୁହୂର୍ତ୍ତେ । ଯେମିତି ଯା ଆଗରୁ ଏତେକଥା ସେ ମତେ ନୁହେଁ ଆଉ କାହାକୁ କହୁଥିଲା, ମତେ ଏଇ ପ୍ରଥମଥର ଦେଖୁଛି ।

ମୋର ଖୁଁ ଖୁଁ କାଶିବାରେ ସଚେତନ ପ୍ରହରୀ ପରି ସେ ସଜାଗ ହେଇଗଲା ଓ ପୁଣିଥରେ ନିଜ ଉପସ୍ଥିତି ଜାହିର୍ କରି କହିଥିବା ବାକ୍ୟକୁ ଦୋହରାଇଲା ।

ମୋତେ ଭୀଷଣ ଜର । ମୁଁ କୁନ୍ଥେଇ ହୋଇ ଉଠିବାକୁ ଚେଷ୍ଟା କଲି । ତା' ର ବୋଧହୁଏ ଦୟା ଆସିଲା । ଖଟବାଡ଼ରେ ପଡ଼ିଥିବା ଚୁନରୀଟା ଆଣି ମୋ ଦେହରେ ଢାଙ୍କି ଦେଲା । ମୋ ବାହୁଧରି ଉଠିବାରେ ସାହାଯ୍ୟ କଲା । ଭାବିଲି ଫାଶୀ ଦେବା ପୂର୍ବରୁ ଆସାମୀର ସ୍ୱାସ୍ଥ୍ୟ ପରୀକ୍ଷା କରି ସୁସ୍ଥ ଅବସ୍ଥାରେ ଫାଶୀ ଦିଆଯାଏ । ମୋ ପାଇଁ ମଧ୍ୟ ସେଇ ପ୍ରକ୍ରିୟା ଲାଗୁ ହେଇଛି । ମତେ ବି ପ୍ରତିଦିନ ମରିବା ପାଇଁ ମୃତ୍ୟୁର କୁଅ ଭିତରକୁ ଠେଲିଦେବା ଆଗରୁ ଏମାନେ ସୁସ୍ଥ କରାଇବେ । କିନ୍ତୁ କେଉଁ ଅପରାଧ ପାଇଁ ମୁଁ ଆସାମୀ ହେଲି !

ପ୍ରତିବାଦ କରିବାର କାରଣ କି କ୍ଷମତା ନ' ଥିଲା ମୋ' ପାଖରେ । ବାଧ ଶିଶୁଟିପରି ମୁହଁଯାଏ ଚୁନରୀ ଘୋଡିହେଇ, ସୋଫିଆ ପଛରେ ଧିରେଧିରେ ଚାଲିଲି । ଏତେଦିନ ପରେ ସମ୍ପୂର୍ଣ୍ଣ ସୂର୍ଯ୍ୟ ଆଲୋକ ଦେଖିଲି । ଖୋଲାପବନ ଟିକେ ବାଜି ଅଳ୍ପ ଆଶ୍ୱସ୍ତ ଲାଗିଲା । ପଛରେ ସଲିମ୍ ।

ବଡ଼ ବିଚିତ୍ର ସ୍ଥାନ । ଢାକା ଷ୍ଟେସନରେ ଓହ୍ଲାଇଥିଲି, ତେଣୁ ବାଂଲାଦେଶର ଏ କେଉଁ ଅଜବ୍ ଜାଗା ! ପହଞ୍ଚିବା ଦିନ, ରାତିଅନ୍ଧାରରେ କିଛି ଜାଣିହେଉ ନ' ଥିଲା । ଏବେ କିନ୍ତୁ ସ୍ପଷ୍ଟ ।

ଖୁନ୍ଦିଖୁନ୍ଦି ହୋଇ ଲାଗି ଥିବା ତିନିମହଲା ସାରା ଯେତେ କୋଠରି, ସବୁଠି ବୋଧହୁଏ ଝିଅପିଲା ହିଁ ରହୁଛନ୍ତି । ସମସ୍ତଙ୍କ ଡ୍ରେସ୍ ଓ ଅନ୍ତବସ୍ତ୍ର କୋଠରୀ ସାମ୍ନାରେ ତାରରେ କ୍ଲିପ୍ ମରାହେଇ ଗୋଟିଗୋଟି ହୋଇ ଶୁଖୁଥାଏ । ଦୁଇ ଚାରିଜଣ ଲେଖାଏ ଝିଅ ସେ' ଅଣଓସାରିଆ ବାଲକୋନିର କଂକ୍ରିଟ୍ ବାଡ଼ରେ ଭରାଦେଇ ଗପୁ ଥାଆନ୍ତି । ହିଁ ହିଁ ଖିଁ ଖିଁ ହେଉ ଥାଆନ୍ତି । ବୁଲିବୁଲି ମତେ ଚାହୁଁ ଥାଆନ୍ତି । ଇଙ୍ଗିତକରି ଥଟ୍ଟାତାମସା କରୁ ଥାଆନ୍ତି । ଭାରି ଅଜବ୍ ଟାଇପର୍ ।

ଆମେ ତଳକୁ ଓହ୍ଲାଇ ଗୋଟେ ସରୁଗଳି ରାସ୍ତାରେ ପଶିଲୁ।

ରାସ୍ତାର ଦୁଇକଡ଼ରେ ଲାଗିଲାଗି ଥିବା ନୁଆଁଣିଆ ଚାଞ୍ଚରାଘେରା ନ' ହେଲେ ଆଜବେଷ୍ଟ ବଖରା। କଡ଼କୁ କୁଢ଼କୁଢ଼ ଅଳିଆ ଆବର୍ଜନା। ପ୍ରତ୍ୟେକ ଝୁମ୍ପୁଡି ସାମ୍ନାରେ ଅସନା ନାଳ ଲମ୍ବିଥାଏ। ଛୋଟପିଲାଙ୍କ ଶୌଚ ବି ସେଇ ଦୁଆରମୁହଁ ନାଳରେ। ସ୍ଥାନେସ୍ଥାନେ ଦୁଇ ତିନୋଟି ଲେଖାଏଁ ଲଙ୍ଗଳା ଶିଶୁ ଲାଇନ୍ ହେଇ ବସି ଥାଆନ୍ତି। ଶୌଚ କ'ଣ କରିବେ ପରସ୍ପର ଉପରକୁ ଗୋଡି ଫିଙ୍ଗାଫିଙ୍ଗି ହେଇ ଖୁମ୍ପୁରାଖୁମ୍ପୁରି ହେଉ ଥାଆନ୍ତି। ଚାରିଆଡେ ଘୋ ଘୋ ଶବ୍ଦ। ଏତେ କୋଳାହଳ। ପ୍ରତ୍ୟେକ ଗଳିକନ୍ଦିରେ ଛୋଟବଡ଼ ଠେଲା ଓ କାଠ କେବିନ୍, ସାମ୍ନାରେ ଝୁଲୁଥାଏ ଗୁଟଖା, ତମାଖୁର ଲମ୍ବା ଲମ୍ବା ହାର।

ଔଷଧ ଦୋକାନ। ଦେଶୀମଦ ଦୋକାନ। ସାଇକେଲ ମରାମତି ଦୋକାନ। କାବାଡି ଖାନା, ଠେଲା ଉପରେ ମାଛି ଭଣଭଣ ଛଣା ଜଳଖିଆ।

ଚମଡା ଉତୁରା ମାଉଁସ ଫଡିଆ ଗୋଡ଼ରେ ଦଉଡି ବାନ୍ଧି ଟାଙ୍ଗିଥାଏ ମିଆଁ। ପୁଳେପୁଳେ ମାଉଁସ କାଟି କଳା ପଲିଥିନ୍‌ରେ ପୁରାଇ ଦେଉଥାଏ ଗ୍ରାହକକୁ। ରକ୍ତ ଭିଜା ଚାପଡକୁ ନାଲୁଆ ରକ୍ତିଆ ପାଣି ଟବ୍‌ରେ ଧୋଇ, ଟେରିକଟ୍ ଲୁଙ୍ଗୀରେ ହାତ ପୋଛିପକାଉ ଥାଏ।

ତଳକୁ ଝୁଙ୍କିପଡ଼ି ଟଙ୍କା ରଖୁଥାଏ କାଠଡ୍ରୟାର ଭିତରେ। ପାଦପାଖରେ ଲମ୍ବ ହୋଇ ପଡିଥାଏ ଗାଈଟିର ମୃତ ଶରୀର। ଆଉଜଣେ ମିଆଁ ଧାରୁଆ ଛୁରୀରେ ପେଟ କାଟି ଅନ୍ତ ବୁଜୁଳା ବାହର କଲାବେଳେ ନାଳଦେଇ ବହି ଯାଉଥାଏ ଧାରଧାର ରକ୍ତର ନଦୀ। ମୋ' ଦେହ କ'ଣ ହୋଇଗଲା।

ହାତଯୋଡ଼ି ଗୋ' ମାତାକୁ ମନେମନେ କ୍ଷମା ମାଗିନେବା ପାଇଁ ଖୁବ୍ ଇଚ୍ଛାହେଲା। ଚାହିଁ ପାରିଲି ନାହିଁ ସେ ଆଡକୁ।

ଆମେ ଆଗକୁ ବଢୁଥିଲୁ।

ଛୁଆମାନେ ଛିଣ୍ଡା ଫଟା ହାପପ୍ୟାଣ୍ଟ ଖଣ୍ଡେଖଣ୍ଡେ ପିନ୍ଧି ଖେଳୁ ଥାଆନ୍ତି ଧୂଳିଧୂସର ହେଇ। ପଲପଲ କୁକୁର ଭାଉଭାଉରେ କମ୍ପୁଥାଏ ଖଣ୍ଡମଣ୍ଡଳ। କୋଉ ଦୁଷ୍ଟ ପିଲା କୁକୁରଛୁଆର ପେଟକୁ ଗୋଇଠାଟିଏ ମାରୁଥାଏ ତ' କିଏ ଲାଞ୍ଜ ଟାଣି କିରିକିରି ହସୁଥାଏ। କୁକୁରଛୁଆ କାଉଁ କାଉଁ ହେଇ ଲାଙ୍ଗୁଡ଼ ଜାକି ଦୌଡୁଥାଏ ଖଣ୍ଡେଦୂର। ଖୁଁ ଖୁଁ ହେଉ ଥାଆନ୍ତି ପଞ୍ଝାଏ। ପୁରୁଣା ଟାୟାର ଗଡେଇ ଦୌଡୁଥାଆନ୍ତି ଏଣେତେଣେ। କାହା ପାଦ ଲଙ୍ଗଳା ତ' କା ପାଦରେ ଘୋରି ଯାଇଥିବା ମାପ ଠାରୁ ବଡ଼ ସାଇଜ୍‌ର ହାୱାଇ ହଳେ।

ଟିକେ ଆଗକୁ ମନୋହରୀ ଦୋକାନରେ ପ୍ଲାଷ୍ଟିକଚୁଡ଼ି, ଟିକିଲି, ରୀବନ୍ ଫିତା ଆଉ କାଠରେକ୍ ଉପରେ ଛୋଟଛୋଟ ଅତର ବୋତଲର ଲମ୍ବା ଧାଡ଼ି।

ସବୁଠି ଭିଡ଼। ଭିଡ଼ ଭିତରେ ଓ ପ୍ରତ୍ୟେକ ଦୁଆରେ ନିହାତି ଭାବେ ଜଣେ ଦୁଇଜଣ କିଶୋରୀ, ଯୁବତୀ। ଓଠରେ ଗାଢ଼ ନିହାତି ଶସ୍ତା ନାଲି ଲିପ୍‌ଷ୍ଟିକ୍, ମୁହଁରେ ବହଳେ ମୋଟର ପାଉଡ଼ର। ବେଣୀରେ ଦରଶୁଖିଲା ଗଜରା ହାର। ଆଖିରେ ମୋଟା କଜ୍ଜଳଗାର।

ବିନା ଶାଢ଼ୀର ସାୟା ବ୍ଲାଉଜ, ନ' ହେଲେ ହାତ କଟା ଛୋଟଟପ୍ ସହ, ଆଣ୍ଠୁ ଲୁଚୁନ' ଥିବା ମିନିସ୍କର୍ଟ୍। ନାହିତଳକୁ ସାୟା ଖସେଇ ତଳିପେଟ ଓ ଛାତିରେ ହାତ ବୁଲାଇ ବୁଲାଇ ଭାରି ଅଶ୍ଳୀଳ ଭାବରେ ବିଭିନ୍ନ ଅଙ୍ଗଭଙ୍ଗିରେ ଇସାରା କରୁଥାଆନ୍ତି ଗରାଖକୁ। ଏ ସବୁ ଏତେ ଖୋଲାମେଲାରେ ଦେଖି ପେଟରୁ ଓଟାର ଆସୁଥାଏ। ଦାନା ନାହିଁ, ଥିଲେ ନିଶ୍ଚେ ବାହାରି ପଡ଼ିଥାଆନ୍ତା।

ଲଜ୍ୟା, ଭୟ, ଘୃଣା ଓ ଦୁଃଖରେ ସଢ଼ିଯାଉଥିଲେ ବି ଆଗକୁ ପାଦ ବଢୁଥାଏ।

ପ୍ରାୟ ଅଧାକିଲୋମିଟର ଗଲା ପରେ ସରକାରୀ ଡାକ୍ତରଖାନା। ଲାଗିଥାଏ ଲମ୍ବା ଲାଇନ୍। ନିହାତି ବେଶୀ ସମୟ ଲାଗିବ। ସୋଫିଆ ମତେ ଗୋଟେ ବେଞ୍ଚ ଉପରେ ବସାଇଦେଇ ସଲିମ୍ ସହ କଥା ହେଲା ଓ ତାକୁ ବାଧ କରି ପଠାଇ ଦେଲା। ବହୁତ ଡେରି ହେବ, ଯା'। ବିବି କି କହିବୁ ମୁଁ ଅଛି। ଚିନ୍ତା ନାହିଁ। ଏମିତି ବି ସବୁଆଡେ ଅମୀସା ବିବି ଲୋକ ଭର୍ତ୍ତି। କିଏ ଖସିବ କୁଆଡ଼େ? ହିଃ ହିଃ ହୋଇ ହସାହସି ହେଲେ ଦୁହେଁ। ମୁଁ ଚାରିଆଡ଼େ ଚାହିଁଲି। ସତରେ ବୋଧେ ହଳହଳ ଆଖି ମୋ ଉପରେ ତୀକ୍ଷ୍ଣ ନଜର ରଖିଛନ୍ତି। ମୁଣ୍ଡ ଘୁରାଇ ଦେଲା।

ଏକାଏକା ବେଞ୍ଚରେ ବସି ଅନେକ କଥା ଭାବି ଯାଉଥିଲି। ମୋ ଗାଁ ର ନଈପଠା, ବିଲମାଳ, ପଳାଶବଣ। କାଠଚମ୍ପା, ବଣମଲ୍ଲୀ, କଦମ୍ବବଣ। କି ଶାନ୍ତ ସ୍ନିଗ୍ଧ ପ୍ରାକୃତିକ ପରିବେଶ! ସେସବୁ ଠାରୁ ଆଜି ମୁଁ ଅନେକ ଦୂରରେ। କାହିଁ ସ୍ୱର୍ଗ କାହିଁ ଏ ନର୍କ, ଛିଃ। ଏଠୁ ମୁଁ କେବେ ମୁକ୍ତି ପାଇବି ପ୍ରଭୁ! ବାହାରିବାର ସତରେ କ'ଣ କୌଣସି ରାସ୍ତା ନାହିଁ।

ଗାଁ ସ୍ୱପ୍ନ ଓ କ୍ଳାନ୍ତିରେ ହାଲ୍‌କା ଆଖି ଲାଗିଯାଇଥିଲା। ସ୍ୱପ୍ନ ଭିତରେ ନାଚି ଯାଉଥିଲା ମୋ' ଜୀବନର ସେଇ ଅଭୁଲା କ୍ଷଣ। ନୂଆନୂଆ କଲେଜ ବେଳର କଥା। ତାଙ୍କ କଥା। ତାଙ୍କ ହସହସ ମୁହଁ, ମିଠାମିଠା ଗାଳି, ମଧୁର ତାଗିଦ୍। ଆଉ ଖୁବ୍ ବେଶୀ ଯତ୍ନଶୀଳତା। ମାତ୍ର କିଛିଦିନ ପାଇଁ ତାଙ୍କର ଓ ତାଙ୍କ ଘରର ଯତ୍ନ ନେବାର ସୁଯୋଗ ମିଳିଥିଲା ମତେ। ମୋ ଜୀବନର ବୋଧ ହୁଏ ସେ ଥିଲା

ସର୍ବଶ୍ରେଷ୍ଠ ମୁହୂର୍ତ୍ତ। ସେଇ କେତୋଟି ଦିନରେ ସମ୍ପୂର୍ଣ୍ଣ ଜୀବନକୁ ଜୀଁ ଯାଇଛି। ନାରୀ ଜୀବନର ପୂର୍ଣ୍ଣତା ହାସଲ କରିଛି। ପିଲା ଦିନେ ବୋହୂବୋହୂକା ଖେଳ ବେଳେ ମୁଁ କନିଆଁ ସାଜେ, ଘରକରଣା କରି ଭାତ ରାନ୍ଧେ। ଘରେ ମୋ ବୋଉ ଯେମିତି ବାପାଙ୍କୁ ଭାତବାଢ଼ି ଜଗିବସେ, ମୁଁ ବି ମନେ ପକାଇ ପକାଇ ସେମିତି ଖେଳେ। ସାଙ୍ଗ ମାନେ କୁହନ୍ତି ବୋହୂବୋହୂକା ଖେଳରେ ତୁ ସବୁଥର କନିଆଁ ହଅ, ଭଲ ଆସୁଛି ତତେ। ପିଲାଦିନେ ଘରେ ବାପା ମାଆଙ୍କୁ ଦେଖିଦେଖି ସବୁ କଅଁଳ ମନରେ ସେମିତି ଏକ କାଳ୍ପନିକ ଦୁନିଆ ଗଢ଼ି ଉଠିଥାଏ। ଯାହାକୁ ବାସ୍ତବରେ ଜୀଇଁଛି ମୁଁ। ହେଉ ବରଂ ଅଳ୍ପ ଦିନ, ହେଉ ବରଂ ମନେମନେ। ତାଙ୍କ ଅଜାଣତରେ ମୁଁ ସାଜିଥିଲି ତାଙ୍କ କନିଆଁ। ଛୋଟିଆ ସଂସାର ପରି ଲଗିଥିଲା ମତେ। ସେହିଦିନ ମନେମନେ ନିଜକୁ ତାଙ୍କ ନିକଟରେ ସମ୍ପୂର୍ଣ୍ଣ ସମର୍ପି ଦେଇଛି। ସେଇ ସ୍ଥାନଟି ଜୀବନରେ ଆଉ କେହିବି ନେଇ ପାରିବେ ନାହିଁ। ସେଇ ମହାର୍ଘ ମୂହୁର୍ତ୍ତ ମୋ ପାଇଁ ଚିର ସ୍ମରଣୀୟ। ଯାହାକୁ ପାଥେୟ କରି ସାରା ଜୀବନ କାଟି ପାରେ। ମୋ ମନର ମଣିଷକୁ ପୁଣି କେବେ ଦେଖି ପାରିବି ପ୍ରଭୁ!

କେଉଁ ରୋଗୀର ଯନ୍ତ୍ରଣାସିକ୍ତ ଚିତ୍କାର ଶୁଣି ମିଠାସ୍ୱପ୍ନ ଭିତରୁ ବାହାରି ଆସିଲି। କିଛିସମୟ ପରେ ଚେତା ପଶିଲା ସୋଫିଆ ମୋ' ଆଖପାଖରେ ନାହିଁ। ଚାରିଆଡକୁ ଚାହିଁଲି। ମୋ' ଆଗକୁ ଆହୁରି କେତେ ରୋଗୀ ଛିଡ଼ା ହୋଇଛନ୍ତି ଲାଇନ୍‌ରେ। କେତେ ସମୟ ଅପେକ୍ଷା କରିବାକୁ ପଡ଼ିବ କେଜାଣି!

ସୋଫିଆ କୁଆଡେ ଗଲାବୋଲି ଉଠିଗଲି ବସିବା ଜାଗାରୁ। ଟିକେ ଆଢୁଆଳ ଅନ୍ଧାରିଆ କାନ୍ଥକୁ ଆଉଜି ସୋଫିଆ ଛିଡ଼ା ହୋଇ କେଉଁ ଦି' ଟା ଲୋକ ସହ ଗପୁଥିଲା। ହିଁହିଁ ହେଇ ହସୁଥିଲା। ଜାଗାଟା ଯଥେଷ୍ଟ ଅଣଓସାରିଆ ଓ ଅନ୍ଧାରୁଆ ଥିଲେ ବି ମତେ ସ୍ପଷ୍ଟ ଦିଶୁଥିଲା।

ସେ କଳାକଳା ଲୋକ ଦି' ଟା ଗେଲଅଙ୍ଗା ହେଇ ତା' ଦିହ ମୁଣ୍ଡରେ ହାତ ମାରି ପକାଉଥିଲେ। ଥାନ ଅଥାନ ମାନୁ ନ'ଥିଲେ। ଜଣେ ନିଜ ଖୋସଣୀରୁ ପାନ ଖିଲେ କାଢ଼ି ସୋଫିଆର ବ୍ଲାଉଜ ଭିତରେ ଗେଞ୍ଜି ଦେଲା। ପୁରା କାନ୍ଥଆଡ଼କୁ ଢ଼ଳେଇ ନେଇ ଛାତିରେ ଛାତି, ମୁହଁକୁ ମୁହଁ ଲଗେଇ ସୋଫିଆ କାନରେ କ'ଣ କହିଲା କେଜାଣି, ସୋଫିଆ କୁରୁଳି ଉଠିଲା।

ଆଖି ବୁଲାଉ ବୁଲାଉ ମୋ' ଉପସ୍ଥିତିକୁ ଅନୁଭବ କରି ପାରିଲା ବୋଧେ। ତାଙ୍କୁ ଆଡେଇ ଦେଇ ମୋ' ପାଖକୁ ଧାଇଁ ଆସିଲା।

ପଚାରିଲା ଇସାରାରେ ଆଉ କେତେଜଣଙ୍କ ପରେ?

ମୁଁ କିଛି କହିଲି ନାହିଁ। କେମିତି ଗୋଟେ ଆଶ୍ୱସ୍ତି ଲାଗୁଥାଏ। ଚୁପ୍‌ଚାପ୍ ମୁହଁ ବୁଲାଇ ଫେରି ଆସିଲି।

ସୋଫିଆ ମୋ' ପଛରୁ ଆସି ଚାହିଁଲା, ମୋ' ଝାଉଁଳି ପଡିଥିବା ମୁହଁକୁ। ତାକୁ ବୋଧହୁଏ ଟିକେ ଖରାପ ଲାଗିଲା। ଦୟା ହେଉ ବା ଦାୟିତ୍ୱ ତୁଲେଇବାର ବ୍ୟତିକ୍ରମ ଦାୟରେ ଦୋଷୀ ମନେକରୁ, ଦୌଡ଼ି ଗଲା ଖଣ୍ଡେଦୂର ପିଇବା ପାଣି ଲେଖାହେଇଥିବା ପାଇପ୍ ପାଖକୁ। ଗୋଟେ ଠିପି ନଥିବା ଚେପାଟୋଲା ପ୍ଲାଷ୍ଟିକ୍ ବୋତଲ୍ ଗୋଟାଇ ବୋତଲେ ପାଣିଆଣି ଫେରିଲା। ଧରାଇଦେଲା ପି' ବାକୁ। ଢକଢ଼କ କରି ଅଧାରୁ ଅଧିକ ପିଇଗଲି। ସତରେ ମତେ ଖୁବ୍ ଶୋଷ ଲାଗିଥିଲା। ମୁଁ ଯାହା ଜାଣିପାରୁ ନ' ଥିଲି।

ଏଠାକୁ ଆସିବା ପରେ ପ୍ରଥମଥର କାହା ହାତରୁ ପାଣିଟିକେ ପିଉପିଉ ଆଖି ଛଳଛଳ ହୋଇଗଲା। ସୋଫିଆ କ'ଣ ଭାବିଲା କେଜେଣି, ମୋ' ମଥାରେ ହାତଟା ବୁଲାଇ ଦେଇ କହିଲା,

କି ହେଲୋ...ଡ଼ରଛେକେ? ଡ଼ରବେନା। କଛୁଉଉଉ ହବେନା।

ଏଥର କେଉଁ ଦିନରୁ ଜମାଟ ବାନ୍ଧିଥିବା କୋହ ବାଡ଼ବତା ମାନିଲାନି। ସତରେ ଠଣ୍ଠଣ୍ କାନ୍ଦି ପକାଇଲି। ସୁଅରେ ଭାସିଯାଉଥିଲା ବେଳେ କୁଟାଖିଅର ସାହା ପରି। ସୋଫିଆ କ'ଣ ବୁଝିଲା କେଜାଣି ପାଖେଇ ଆସିଲା। ପାଖରେ ବସିଲା। ଡାକ୍ତରଖାନାର କାମ ସରିବା ଭିତରେ ଆମ ଦୁହିଁଙ୍କର ଅଳ୍ପ ବହୁତ ପରିଚୟ ହୋଇସାରିଥାଏ।

ମୁଁ ଯେତେ ନୀରବ, ସୋଫିଆ ସେତେ ପ୍ରଗଳ୍ଭା। ଡ଼ଗଡ଼ଗ ହୋଇ ହସିହସି ଗପି ଚାଲିଥାଏ।

ତା'କୁ ବି ଆଗଆଗ କାନ୍ଦ ଲାଗୁଥିଲା। ଏବେ ଲାଗୁନି । ଭଲରେ ଅଛି ସେ। ତାର ଆଉ କିଛି ଅସୁବିଧା ହେଉନି।

ତା' ର ଘର କେଉଁଠିରେ ପ୍ରଶ୍ନରେ ଯାହ କହିଲା, ମୋ' ଆଖି ତରାଟି ଗଲା।

....ସେ ଜାଣେନା ତା' ଘର ଠିକଣା। ଏବେ ଆଉ ତା' ମା ବାପା ତା' ର ମନେବି ପଡନ୍ତିନି। ସେ ମନ ପକୋଉନି ବି। କେବଳ ତା' ର ଗୋଟିଏ କଥା ମନେଅଛି, ଆଗରୁ ତା ନାଁ ସୋଫିଆ ନଥିଲା। ଥିଲା "ଲକ୍ଷ୍ମୀ"। ସୋଫିଆ ନାଁ ଟା ଅମୀସା ବିବିର ଦେନ୍।

ତାକୁ ଛ' ବର୍ଷ ବୟସରେ କିଏ ଆଣି ଛାଡି ଦେଇଥିଲା, ଏବେ ତାକୁ ତେଏର ହେଇ ଗଲାଣି ବୋଲି ଅମୀସା ବିବି କୁହେ।

ଆଶ୍ଚର୍ଯ୍ୟ ଲାଗୁଥିଲା ମତେ। ତେଇଶ, ଚବିଶ ବର୍ଷର ପରିପକ୍ୱ ଯୁବତୀ ପରି

ଦିଶୁଥିବା ଝିଅଟିର ବୟସ ମାତ୍ର ତେଏର! ଏତେ ଦୟନୀୟ ପରି ଚଳୁଥିବା, ବସ୍ତି ପରି ଜାଗାରେ ଚଳୁଥିବା ମଣିଷ ପାଖରେ ଏତେ ପୁଷ୍ଟିକର ଆହାର ଆସିଲା କେଉଁଠୁ? ଏତେ ଜଲ୍‌ଦି ବଢିଗଲା? ଏତେ ଗ୍ରୋଥ୍!

ହୃଦୟଟା ଘାଣ୍ଟି ହେଇଯାଉଥିଲେ ବି ଅଧିକ ଜାଣିବାକୁ ଇଛା କଲି।

ଟିକେ ନିଃଶ୍ୱାସ ମାରିବା ପରେ ସୋଫିଆ ତା' ଛାତି କଟା ବ୍ଲାଉଜ ଭିତରେ ହାତ ପୁରେଇ ଜରି ପୁଡିଆରୁ ଦୋକ୍ତା ଟିକିଏ ବାହାର କରି ପାପୁଲିରେ ରଖି ବୁଢ଼ା ଆଙ୍ଗୁଠି ଟିପରେ ଦଳିଲା। କଳରେ ଜାକିଲା। ବିଡିଟେ କାଢି ନିଁଆ ଧରେଇଲା। ବେସ୍ ଅଭ୍ୟସ୍ତ ପରି ଗୋଟେ ସୋଡ଼କାରେ ଦି' ନାକ ପୁଡାରୁ ଭସ୍‌ଭସ୍ ଧୂଆଁ ବାହାରକଲା।

ଏସବୁ ଦେଖି ଖୁବ୍ ତାଜ୍ଜୁବ ହେଉଥିଲି। ଗନ୍ଧରେ ପେଟ ଆଉଣ୍ଡେଇ ପକାଇଲା ମୋ'ର । ହେଲେ ଇଞ୍ଚେ ବି ଘୁଞ୍ଚିଲି ନାହିଁ । ମତେ ଜାଣିବାର ଥିଲା ତା'କାହାଣୀ!

ପୁଣି ଆରମ୍ଭ କଲା ସୋଫିଆ।

....ମୁଁ ଯେତେବେଳେ ଛୋଟ ଥିଲି ଅମୀସା ବିବି ହିଁ ଆଗ କାମ ଯୋଗାଡ଼ କରି ଦେଇଥିଲା। ରୁଖ୍‌ସାର୍ ମିଆଁ ଘରେ ବାସନ ମଜ୍ଜା, ଝାଡୁ ପୋଛା। ଛୁଆ ସମ୍ଭାଳିବା।

ମିଆଁର ଦି' ଟା ବିବି, ଏଗାରଟା ଛୁଆ। ସବୁଗୁଡା ଛୋଟଛୋଟ। ମୋ ବୟସର ବି ଦି' ଟା ଝିଅ ଥିଲେ ତା' ର। କାମ ଅଧିକ। ମୁଁ କରେ ସବୁ।

ରୁଖ୍‌ସାର୍ ନାଁ ଟା ଶୁଣିଲା ପରି ଲାଗିଲା। ହଁ ସେଦିନ ବିବି କହୁଥିଲା ରୁଖ୍‌ସାର୍ ମିଆଁର ବେଗମ୍ ହେବୁ, ଛଅ ସାତଟା ଛୁଆ ପେୟଦା କରିବୁ। ତେବେ ଏଇ ବୋଧେ ସେଇ ରୁଖ୍‌ସାର୍। ମୋ ଅନ୍ୟମନସ୍କତା ଭାଙ୍ଗି ସେ ପୁଣି ଆରମ୍ଭ କାଲା।

ବଡହେବା ପରେ ମୋ କାମ ବଦଳିଗଲା।.. ବଦଳି ଗଲା ମାନେ ଏବେ ଯୋଉଟା କରୁଛି ସେଇଟା।

..କେଉଁଟା? ଏବେ ତୁମେ କେଉଁ କାମ କରୁଛ କି ସୋଫିଆ? ମୁଁ ଟିକେ ଆଗ୍ରହ ଦେଖାଇ ଆପଣାର ପରି ପଚାରିଲି।

..ରହ କହୁଛି। ଏବେମାନେ ଏବେ ନୁହଁ। କେବେଠୁ ମଃ। ମାନେ ବଡ଼ ହେଇଗଲା ପରେ ମଃ। ମାନେ ପିରିୟଡ଼ ଯୋଉ କୁହନ୍ତିନି, ସେଇଟା ହେଲାପରେ।

ପ୍ରଥମେ ମତେ ବି ଭାରି ଡ଼ର ଲାଗୁଥିଲା। ଯଦିଓ ମୁଁ ସାଙ୍ଗମାନଙ୍କ ପାଖରୁ ଶୁଣି ଥିଲି କ'ଣ କରିବାକୁ ହେବ। ଶୁଣି ଥିଲି କ'ଣ, ମୁଁ ଦେଖିଛି ବି। କିନ୍ତୁ ଏତେ ଭଲ ଭାବରେ ଦେଖି ହୁଏନି। ଖଣ୍ଡିଆ ଝରକା ବାଟେ ଯେତିକି ଦିଶେ ସେତିକି। ବେଶୀ ଉଣ୍ଡିଲେ ଗରାଖ ଦେଖିଦେବ ଯଦି, ଚିଡିକି ପଳେଇବ, ବିବି ମାରିବ।

ବିବି ପ୍ରଥମେ ଗୋଟେ କଷ୍ଟମ ଯୋଗାଡ଼ କଲା। ମତେ ସବୁ ବୁଝେଇ ଦେଲା। ଯାହା ସିଏ କହିଥିଲା ମୁଁ ନିଜକୁ ସେମିତି ରେଡି କରି ରଖିଥିଲି। ଲୋକଟା ବହୁତ ମୋଟା ମଃ। ରୁଖ୍‌ସାର୍ ଚାଚା ଠୁ ବି ପୋଟଲଟେ। ଏଡିକି ବଡ଼ପେଟ ଯେ ଆଉ କହନା। ମୁଁ ତା' ପାଖରେ ଛିଡ଼ା ହେଲେ ଲୁଚିଯାଏ କଉ ସନ୍ଧିରେ। ସେ ଲୋକଟାକୁ ମୁଁ ଆଗରୁ ଚିହ୍ନି ଥିଲି ବି।

ରୁଖ୍‌ସାର୍ ଚାଚାର ଜିଗରୀ ଦୋସ୍ତ। ତାଙ୍କ ଘରକୁ ଯା' ଆସ କରେ। ମୁଁ ଚାହା, ନାସତା ବି ଦେଇଛି। ଶାଲା ଚିହ୍ନାପରିଚ ଲୋକ ହେଇକି ସେଦିନ କେମିତି ଅଚିହ୍ନା ପରିକା ହେଲା ମଃ। ଆଗରୁ ଦେଖିଲେ ଗାଲ ଚିପିଦିଏ। ଯେବେବି ସମୋଶା ନେଇକି ଥୋଇବି, କହିବ ଦୋସ୍ତ ରୁଖ୍‌ସାର୍ ଛୋକରୀଟା ଟିକେ ବଡ଼ହେଲେ ମସ୍ତ ମାଲ୍‌ଟେ ହବ। ପୁରା ବୁଟିଫୁଲ୍। ତା'ପରେ ଦାନ୍ତ ଚିପିଚିପି ହସେ।

ସେଦିନ ତ' ମୁହଁରେ ଚେନଟାବି ଏ ହସ ନ' ଥିଲା ତା' ର। ଯେମିତି ତା' ର କିଏ କଣ ଚୋରି କରି ଦେଇଛି। ମୁଁ ତାକୁ ଦେଖିକି ଡରିକି କିଛି କହିପାରିଲି ନାହିଁ।

ସତରେ ଲୋ ଆଜି ବି ୟାଦ କଲେ ଦିହ କଁ ହେଇଯାଏ। ଓଃ କି କଷ୍ଟ! ବହୁତ ଜୋର୍‌ରେ କାଟିଲା ଲୋ। ଭାବିଲି କହିବିକି ଚାଚା' ଥାଉ ଥାଉ, ସେତିକି ଥାଉ, ଆଉ ନୁହଁ!

ଏଇଟା ନୁହଁ ଚାଚା, ତୁମର ଆଉ ଅଲଗା ସବୁ କାମ କରିଦେବି। ବିବି କି କିଛି କହିବନି। ସେ ଜାଣିଲେ ମାରିପକେଇବ।

ଶାଲା କିଛି କହିପାରିଲିନି। ସେ ତ' ଆସୁଆସୁ ଚାନ୍ସ ଦେଲାନି, କହିଥାଆନ୍ତି କେମିତି!

ସେ ଗଲା ପରେ ହାଉହାଉ ହେଇକି ପୋଡିଲା ଖାଲି। ପାଣି, ତେଲ ଯାହା ବି ନେଇକି ଘଷିଲି ଭଲ ହେଲାନି। ନଖ ଫକ ବଜେଇ ଦେଇଥିଲା କି କ'ଣ!

ତଳି ପେଟକୁ ମୁଠେଇ ଧରି କାନ୍ଦିଲି ଆଉ! ଖାଲି ବାରବାର ପରିଶ୍ରା ଦୌଡିଲି। ବସିବସି ଆସିବି ଠୋପେ ବି ହବନି। ସାରାରାତି ଯୋଉ ହାଲତ୍ କହନା ଆଉ!

କୁତ୍ତା କାହାଁକା! ସେଇଦିନୁ ଚାଚା ନା' ଫାଚା, ହାରାମଜାଦାକୁ କିଛି ଡାକିବାକୁ ଇଛା ହେଲାନି।

ଗୋଟେ ବଡ଼ଦିଦି ଥିଲା ସେ ପାଖ ରୁମ୍‌ରେ। ସିଏ ଗୋଟେ ରକମର ପତ୍ର ଦଳିକି ରସ ଚିପୁଡିକି ଆଣିଦେଲା। କହିଲା କାନ୍ଦେନା, ଦି' ଆଙ୍ଗୁଠିରେ ନେଇ ଘଷେ। ନେ, ଜଙ୍ଘଫଙ୍ଘ, ଛାତିଫାତି ସବୁଠି ଭଲକି ଘଷିପକା, ଆରାମ ଲାଗିବ। ଘଷିଲି। ହଁ

ଲୋ ଚାରି ପାଞ୍ଚ କାଟ ଘଷିଲା ପରେ ଯାଇକି ପୋଡ଼ା କମିଲା। ଭାବିଲି ନା ଆଗ କାମଟା ବରଂ ଭଲ ଥିଲା। ଛାଡ଼....

ତା' କଥା ଶୁଣି ମୋ ଧମନୀର ସବୁ ରକ୍ତ ଏକାବେଳେ ପାଣି ଫାଟିଗଲା। ଶୀତେଇ ଉଠିଲି। ବାକ୍‌ରୁଦ୍ଧ ହେଇଗଲା।

ଶୁଣୁଶୁଣୁ ତା' ପରେ କ'ଣ ହେଲାନା ଯିଏ ଆସିଲେ, ଦଶ୍ ଟାକା, ନହେଲେ ବାରଟାକା। ସେତିକିରେ ଅମୀସା ବିବିର ମନ ପାଏନା। ଦୁର୍ବଳ ଥିଲି ନା... ଦିହ ମୁଣ୍ଡରେ କିଛି ନଥଲା। କିଏ ଠିକରେ ଅନୋଉ ନ' ଥିଲେ ବି।

ସେତେବେଳେ ବିବି ପାଖରେ ଏତେ ଝିଅ ନ' ଥିଲେ। ଆମେ ପାଞ୍ଚ ଜଣ ଆଉ ନିଜେ ଅମୀସା ବିବି କୁ ମିଶାଇ ଛ'। ବାସ୍। ଖାଇବୁ କ'ଣ ? ଦିନଦିନ ଉପାସ ବି ରହିଚୁ।

ଥରେଥରେ ସଡକ ଉପରେ ଛିଡ଼ା ହେଇ ବିବି ବାଧ୍ୟ କରେ, ବାବୁ ଆଜି ବଇନି ପଡିନି। ଫ୍ରେସ୍ ଖୋଜୁଥିଲ ପରା ? ଏକଦମ ଫ୍ରେସ୍। ପଇସା ବେଶୀ ନୁହେଁ। ଆସ।

ଟଣାଝିକା କରେ, ନେହୁରା ହୁଏ ବି। ହଉ ଛାଡ଼ ପଇସା କ'ଣ..ତମେ ଖୁସି ହେଲେ ଆମେ ଖୁସି ବାବୁ। ଯା ଦଉଚ ଦିଅ, ଆସ..

କିଏ କିଏ ଶୋଧନ୍ତି ବି, ପିଇ ଦେଇଥିବେ ନା', କହିବେ ହଟ୍ ଶାଲୀ, ବାଜାରୁ ଓ୍ୱରତ୍। ଭାଗ୍ ଯାହାଁସେ। ବିବି ମଧ୍ୟ ଛାଡେନି, ପଛରୁ କୁଦି ଯାଏ, ଶୋଧେ ତୁ'ଟା ଭାରି ଭଦର ଲୋକ୍, ଇ ଥାକେ ଆସ୍‌ଚେ, ଆମାକେ ବୋଲ୍ ଛେଃ....

ଥରେଥରେ ଏତେ ଭୋକରେ ଥାଉ ଯେ ଅମୀସା ବିବି ବୁଝିପାରେନା କ'ଣ କାରିବା। ମାଲ୍‌ଦାର୍‌ପାଟି ଦେଖିଲେ ଆମ ଭିତରୁ କାହାକୁ ନା' କାହାକୁ ଟାଣିନେଇ ଜାମା ଖୋଲି ପକାଏ। କୁହେ ଦେଖ ଦେଖ ବାବୁ..ଚଳିବନି.. ?

ହେଃ ଭଗବାନ ଏ କି ପ୍ରକାର ହାଟ। ମଣିଷ କୁ ଏମିତି ସୋ କାରାଯାଏ ! ମାଛର ଗାଲିଶି ଟେକି ବାସି କି ତଟକା ଦେଖାଇ ବିକ୍ରି କରିବା ପରି ! ସତରେ ମୋ ମୁଣ୍ଡ ବୁଲାଇ ଦେଲା। ତା କଥା ଶୁଣି ମତେ କଣ କହିବାକୁ ହେବ, ବୁଝିପାରିଲି ନାହିଁ।

ଶୁଣେ ବା..ଅମୀସା ବିବି ଶେଷକୁ କୋଉଠୁ ଗୋଟେ ଭିଟାମିନ ବଟିକା କିଣିକି ଆଣିଲା। ଖାଇଲି । ଅଳ୍ପ ଦିନରେ ଗାଲ, ବେକ, ଛାତି, ଜଙ୍ଘଫଙ୍ଗ ସବୁଠି ପୁଳା ପୁଳା ମାଉଁସ ଲାଗିଗଲା। ତିନଟା ବ୍ଲାଉଜ ନୂଆ କିଣିଥିଲା ବିବି। ସେଇଟା ତ' ଯମାରୁ ହେଲାନି। ଏ ଯୋ ଛୋଟି ଆସିଥିଲା, ତାକୁ ଦେଇଦେବି କି ବୋଲି ପଚାରିଲି ଯେ,

ବିବି ରାଗିଲାନି, ହସିହସି କି କହିଲା ଦେଇଦେ ମଃ, ନୂଆ କିଣିବା। କିନ୍ତୁ ମୁଁ ସୁନ୍ଦର ଦିଶିଲି। ଦେଖ୍ ଏବେ ଯେମିତି। ଦିଶୁଛିନା ?

ଉଫ୍... କି କଲିଜା ଥରା କଥା କହିଯାଉଛି ଇଏ। ସତକୁ ସତ ପ୍ରଥମଥର ଦେଖିଲା ପରି ଆଉଥରେ ଗୋଡ ଠୁ ମୁଣ୍ଡ ଯାଏ ଆଖି ବୁଲାଇ ଆଣିଲି।

ସେବେ ଠୁ ମୋ ରେଟ୍ କେତେ ଜାଣିଛୁ? ବହୁତ ବେଶୀ। ମୋ କାମ ବି ସେମିତି। ଏବେ ବିବିର ମୁଁ ନମ୍ବର ୱାନ୍। ଗୋଟେ ଦିନରେ ଆଠ ରୁ ଦଶଟା କଷ୍ଟମ୍ ଆଟାଜ୍ କରୁଛି। ସବୁ ସେଇ ଓଷଦର କମାଲ୍।

ପନ୍ଦର ମିନିଟ ଆଗରୁ ଗୋଟେ ଖାଇଦେବୁ ବୋଇଲେ ଯେତେ ଥର ହେଲେ ବି କିଛି ମାଲୁମ୍ ପଡିବନି। ତମକୁ କିଛି ଫିଲିଙ୍ଗ୍ ବି ହବନି। ପଇସା କୁ ପଇସା। ଭଲ ନା' ? ହିଃ ହିଃ ହିଃ...

ଓଃ!!! କେତେ ନିରୀହ!! କେତେ ସରଳ ଓ ସାବଲୀଳ ଭାବରେ କହିଯାଉଛି, ଗୋଟେ ଦିନରେ ଆଠ ରୁ ଦଶଟା କଷ୍ଟମର ଆଟେଣ୍ଡ କରେ। ଯେମିତି କଲେଜରେ କ୍ଲାସ୍ ଆଟେଣ୍ଡ୍ କରନ୍ତି।

ହେଃ ପ୍ରଭୁ!!..

ସେ ପୁଣି କହିଲା।

ତୁ' ଟା ବହୁତ ନୋକି ଲୋ। ତୁ' ଏବେ ଆଇଚୁ। ବଡ଼ ହେଲା ପରେ। ନ' ହେଲେ ମୁଁ , ନୁର୍, ଲୀଲା ସବୁ ପିଲାରୁ କରୁଛୁ।

..ନୋକି ?

..ହଁ ମଃ ନୋକି, ଯୋଉ ଇଂରାଜୀରେ କହନ୍ତିନି। କିସମତବାଲା...

ମୋ ମୁହଁରେ ଭାଷା ନାହିଁ। ହାଃ..କିସମତ୍‌ବାଲା! ସୌଭାଗ୍ୟର ପରିଭାଷା ସତେ କ'ଣ ଜାଣେ ଏ ଅଜ୍ଞାନ କିଶୋରୀଟି ?

..ତେବେ ତୁମେ କାହିଁକି ଏ କାମ କରୁଛ ସୋଫିଆ। ମନା କରି ଦେଉନ। ବରଂ ପୂର୍ବପରି ରୁଖସାର୍ ମିଆଁ ଘରେ କାମକରିବ। ପଇସା ତ' ରୋଜଗାର କରିବା କଥା।

ନାଁ, ମନା କରି ହେବନି ଧରା। ଆଉ ମୁଁ ମନା କାହିଁକି ବା କରିବି ?

ରୁଖସାର୍ ମିଆଁ ଘରେ କାମ କଲାବେଳେ ମତେ ଖାଲି ଗୋଟେଥର ଖାଇବାକୁ ମିଳୁଥିଲା। ପଇସା ସବୁ ବିବି ନଉଥିଲା। ଗଧପରି ଖଟୁଥିଲି। ଏ କାମରେ ଖାଇବା ସହ ପଇସା ବି ମିଳୁଛି।

ଯଦିଓ ଅମୀସା ବିବି ତିରିଶ୍ ଟଙ୍କା ଯାକ ସବୁରଖେ, କଷ୍ଟମର ତବିୟତ୍ ଖୁସ୍

ହେଲେ ମତେ ଅଲଗା ପଇସା ବି ଦିଅନ୍ତି। ଅଲଗାରେ। ମୁଁ ଲୁଚେଇ ଦିଏ । ବିବି ଜାଣେନା।

କେତେ ?

ଦି' ଟାକା।

ଦିଇଇଇଟଙ୍କା !

ହଁ... ଦି' ଟାକା। ଖାଲି ବକ୍ସିସ୍। ଡାନ୍ସ ପାଇଁ କିନ୍ତୁ ଅଲଗା ଚାର୍ଜ।

ମୁଁ ଶିଖିଛିନା। ପୁରା ମାଧୁରୀ ଦିକ୍ଷୀତ୍ ଷ୍ଟାଇଲ୍।

ଏ ଯୋ ଝିଅ ଶିଖୁଛନ୍ତି ଥେଇଥେଇ..ନାଚ ମାଷ୍ଟ୍ର ଡେଲି ଶିଖୋଉଚି କୋ' କାମୁକୁ ନୁହଁ।

ଆଉ ଏମିତି ଟିକେଟିକେ ଇଙ୍ଗଲିସ୍ ବି କୁହେ, ସେ ଟାଇମ୍ ରେ। ଜଣଜଣଙ୍କୁ ଭଲ ଲାଗେ। ଓଃ ନୋ',...ଇଏସ୍,..ମୋଅର..ଏଗେନ୍। ହୁଁ , କୁହନ୍ତି ହଁ ପଦେପଦେ କହୁଥା ସେଇ ଭଳିଆ। ଫରେନ୍ ପରି ଲାଗୁଛି। ହାଃ ହାଃ ହାଃ ଶାଲା ଦେଶୀ ପଇସାରେ ଫରେନ୍ ଫିଲିଙ୍ଗ।

ଏ ପ୍ରକାର ଇଂରାଜୀ ତୁମେ କେଉଁଠୁ ଶିଖିଲ ସୋଫିଆ ?

ଟି ଭି ରୁ। ଜଣେଜଣେ କଷ୍ଟମ ବି ଶିଖେଇ ଦିଅନ୍ତି। ମୁଁ ଚଞ୍ଚଳ କ୍ୟାଚ୍ କରେ ନା' ।

..ଆଚ୍ଛା ପଇସା ନେଇ ତୁମେ କ'ଣ କର ?

..କ'ଣ ମଃ ପଇସା ଥିଲେ କେତେ କଥା ! ବାହାରକୁ ଆସିଲେ, ଯା ଇଚ୍ଛା କିଣେ, ଖାଏ। ଏ ସବୁ ଯୋ ଠେଲାରେ ବିକା ହୋଉନି, ସବୁଖାଏ। ତୁ' ଖାଇବୁ ? ଅଛି ମୋ ପାଖେ ପଇସା। ଖାଇବୁ ?

..ନା' ନା' ମୋର ଇଚ୍ଛା ନାହିଁ।

..ହଁ ଆଉ ଏ ସବୁ ଯୋଉ ମୁଣ୍ଡକ୍ଲିପ୍ ଝୁଲିନି, ତାକୁ କିଣେ। ଦେଖୁନୁ ଲଗେଇଚି ପା ! ନଖପାଲିସ୍, ରଙ୍ଗ ବେରଙ୍ଗ ରିବନ୍ ଫିତା। ସବୁ କିଣେ। କିନ୍ତୁ ବେଶୀ ମନଥାଏ ବଡି ସେଣ୍ଟରେ। ବେଶୀ ପଇସା ହେଲେ କିଣେ। ଜାଣିଚୁ ନା' ସେଗୁରା ଅଧେ ଗାଧେଇ ନ' ଥାନ୍ତି କି କ'ଣ। ଯୋଉ ଭୁରୁକୁଣ୍ଡିଆ ଝାଳ ଗନ୍ଧ ଯେ, ବାନ୍ତି ମାଡ଼ିବ। ଆଗ ତାଙ୍କୁ ସ୍ପ୍ରେ କରେ, ଫେରେ ମୁଁ!

ଆମେ ଚାଲିଚାଲି ଫେରୁଥିଲୁ। ମୁଁ ତା'ସହ ସହଜ ହେବାକୁ ଚେଷ୍ଟା କରୁଥାଏ। ଏକ ମାତ୍ର ଉଦ୍ଦେଶ୍ୟ ଥିଲା। ସେ କହୁକହୁ ଏମିତିକିଛି କହି ଦିଅନ୍ତା କି ଯାହା ମତେ ମୁକୁଳିବାର ବାଟ ଖୋଜିବାରେ ସହାୟ ହୁଅନ୍ତା। ହେଇପାରେ ମୁଁ ସ୍ୱାର୍ଥୀ, କହୁଛି

ବୋଲି ତା'ସରଳପଣର ସୁଯୋଗ ନେଇ ମୁଁ ପଚାରି ଚାଲିଛି। କିନ୍ତୁ ମୋ ପରିସ୍ଥିତି, ମୋ ଜୀବନ ପାଇଁ ଅଧିକ ଗୁରୁତ୍ୱପୂର୍ଣ୍ଣ ଲାଗୁଥିଲା ସେତେବେଳେ।

..ହଁ କୁହ ସୋଫିଆ, ଆଉ କିଛି କୁହ।

ହଉ ଶୁଣେ କହି ମୋ କାନ ପାଖକୁ ମୁହଁଟା ଆଣି ମଡେଇ ଦେଲା। ଭାବିଲି ଏଥର କିଛି ଗୁପ୍ତ ରହସ୍ୟ ଖୋଲିବ, ମୁଁ ପାଇଯିବି ବାଟ। ଖୁବ୍ ଧିରେ ଫୁସଫୁସ୍ କରି ସେ ଆରମ୍ଭ କଲା। ଜାଣିଛୁ ଗୋଟେ ଟୋକା ତ' ମତେ ଲଭ୍ ବି କରୁଥିଲା। ହପ୍ତାରେ ଦୁଇଥର ଟ୍ରକ୍ ନେଇ ଏଇପଟେ ଯାଏ। ସେ ଚଲାଏନି ମଃ, ହେଲପର୍ ଚାକିରି। ମତେ ସବୁ କହିଚି। ନିଜର ନ' ଭାବିଲେ କିଏ କାହିଁକି କହିବ କହୁନୁ ପ୍ରସନାଲ୍ କଥା ! ଆଉ ତା' ସାଆରେ ଯୋ ଡ୍ରାଇବର ସାଆରେ, ତା'କୁ ତ ବିବି ଜମା ଛାଡେନି। ନିଜ ପାଖରେ ଅଟକେଇ ଦିଏ। ସେ ଯା' ଇଚ୍ଛା ସେୟା ଖାଇବ। ପିଇବ। ବୁଢୀ ତାକୁ ଗୀତ ଗାଇକି ଶୁଣେଇବ। ବୁଢୀର ତ' ଯୋଉ କଣ୍ଠ ଛିଃ..ହିଃ ହିଃ କଅନା ଆଉ !

ଆଉ ଏ ଟୋକାଟାକୁ ଯେତେ ଯିଏ ଭିଡାଟଣା କଲେବି କୁଆଡେ ଯାଏନା। ମୋଅରି ପାଇଁ ନାକେଇକି ବସିଥାଏ। ଭିତରେ କିଏ ଥିଲେ ଅପେକ୍ଷା କରେ ବି।

ଆଉ ଏ ହାରାମଜାଦୀ ବୁଢ଼ୀ ମୋ ଲଭର୍ ଠୁ ଅଧିକା ପଇସା ରଖେ ! ଅବଶ୍ୟ ଡ଼ବଲ୍‌ବେଡ୍ ବାଲା ରୁମ୍ ଟା ତା' ପାଇଁ ଖୋଲି ଦିଏ ଯେ। ଯୋଉଠି ନାଲି ନେଳି ଫୁଲ ଝାଲରା ଲାଗିଛି, ଫଙ୍ଖା ବୁଲୁଛି। କାନ୍ଥରେ ସବୁ ହିରୋଇନଙ୍କ ବଡ଼ବଡ଼ ରଙ୍ଗୀନ ଫଟୋ । ଟିଭି ଗୋଟେ ବି ଅଛି, କେସେଟ୍ ମେସିନ୍ ବାଲା। ପେସାଲ୍ ରୁମ୍ ନା ! ଆଉ ଯୋଉ କମ୍ପାନୀ ମଦ ପିଇବ, ବିବି ମଗେଇ ଦିଏ। କଲିଜା କଷା ବି। ତାକୁ ତକଲିବ୍ ଦିଏନା।

ସେ ଯେବେ ଆସେ ଗୋଟେ କେସେଟ୍ ଆଣିଥାଏ, ସିନେମା କେସେଟ୍। ଲୁଚେଇକି। କହିବ ସାଆରେ ଜାଣିଲେ ଖରାପ ଭାବିବ। କାହାକୁ କହିବୁନି। ଖାଲି ଦେଖେ, ସେ ହିରୋଇନ ଯେମିତି କରୁଛି କରି ଯା' ! ମୁଁ କରେ, ସେମ୍ ସେମ୍। ଟୋକାଟା ବହୁତ ଖୁସିହୁଏ। କହେ ଆଃ ମଜା ଆସିଗଲା। ସତରେ ତୁ' ଆକ୍ଟର ହବା କଥା। ତୋ' ଭଳିଆ କିଏ ନୁହଁ। ସେଲାଗି ତ' ମୁଁ ଆଉ କା' ଦୁଆର ମାଟି ମାଡୁନି।

ନିରୋଳା ଛଳଛଳ ଝିଅଟର କଥା ଶୁଣି ଖରାପ ଭାବିବାର କିଛି ନାହିଁ। ମୁଁ ଖାଲି ତାଜ୍ଜୁବ୍ ହେଉଥିଲି। ଯଦିଓ ମୁଁ କେବେ ଅଡ଼ଲ୍ଟ ସିନେମା ଦେଖିନି, କିନ୍ତୁ ହଷ୍ଟେଲରେ ସେ ଦୁଇଝିଅ ଥରେ କଥା ହେବାର କାନରେ ପଡିଥିଲା।

ଆଉ ଶୁଣେ ଖାସ୍ ସେଥିପାଇଁ ଅଲଗା ଟାକା ବି ଦିଏ। କିଏ ଖୁସି ହେଇକି କରିବନି କହିଲୁ ?

ଗୋଟେଥର ତ' ଏକାବେଳେ ସାତ ଟଙ୍କା ଦେଇଥିଲା। ପେଣ୍ଟ ପିନ୍ଧିଲା ବେଳକୁ ଆଉ ତିନିଟଙ୍କା ଗଳି ପଡ଼ିଲା ଯେ, ମୁଁ ଫଟ୍‌କିନା ତଳୁ ଗୋଟେଇକି ବ୍ରା ଭିତରେ ଗେଞ୍ଜି ଦେଲି। ଫିକ୍‌କିନା ହସିଦେଲି ଯେ' ଫସିଗଲା। କାଢ଼ିକି ନେଲାନି ବି ଆଉ। ଲଭ୍ କରୁଥିଲା ନା'। କିଛି କହି ପାରିଲାନି। ରଖିଦେଲି। ଦେଲିନି ଆଉ। ହେଃ ହେଃ ହେଃ। ଭଲ ଲୋକଟା। ଆଗୁରୁ ଆସୁଥିଲା, ଏବେ ଆଉ ଆସୁନି କାହିଁକି କେଜାଣି।

ଆଉ ଜାଣିଛୁ ତାକୁ ମୁଁ ଭଲ କହେ, ଆକ୍‌ଚୁଆଲି ସେ ଭଲ। ନ' ହେଲେ ଗୋଟେ ଗୋଟେ ଏଡ଼େ ହାରାମୀ ଥାଆନ୍ତି କିଛି ମାନିବେନି।

ଥରେ ତ' ଗୋଟେ ଟାଙ୍ଗେ ପିଇକି ଏଡ଼େ ନିଶାରେ ଥିଲା ଯେ ବିଡ଼ି ଟାଣିକି ତଳେ ଫୋପାଡ଼ିବ କ'ଣ, ଜଳନ୍ତା ବିଡ଼ିଟା ଠିକ୍ ସେଇଠି ମଡେଇକି ଦଳିଦେଲା। ଶାଳା ଜୀବନ ଛାଡ଼ି ଗଲା ଭଳିଆ ଲାଗିଲା ବେ। ହାଉଳି ଖାଇଲି। ରଡ଼ି ଛାଡିକି କାନ୍ଦି ପକେଇଲି ପୁରା। ହାମୁଁଡେଇ ପଡ଼ିଥିବା ଓଜନିଆ ମଣିଷଟାକୁ ଗୋଟେ ଧକ୍କାରେ ଠେଲିକି ତଳେ କଛି ଦେଲି।

ବେହିଆ, କୁତ୍ତା କାହାଁକା ଆହୁରି କିରିକିରି ହେଇକି ଦାନ୍ତ ନେଫଡ଼ୋଉ ଥିଲା ନା। ତା' ମା' ମରୁ। ବ୍ଲେଡ଼ ପାତିଆରେ କାଟି ଦବାକୁ ଇଛା ହଉଥିଲା। ...ମଲମ ପାଇଁ ଅଲଗା ପଇସା ଝଡେଇଲି ଯେ! ତା ପେଣ୍ଟ ଚଡ଼ି ତକାତେ ମାଡ଼ି ବସିକି ରଖିଲି, ଶାଲା ଦବନି ଯିବ କୁଆଡେ! ସେଦିନ ଆଉ କଷ୍ଟମ ଆଟାଜ୍ ବି କରି ପାରିଲିନି। ମଲମ ପଇସା ପାଇଲେ ବି ମୋର ଲସ୍ ହେଲା ନା!

ଲୋମ ଟାଙ୍କୁରି ଉଠିଲା ମୋ'ର। ତାଳୁ ରୁ ତଳି ପା'ଯାଏ କମ୍ପି ଉଠିଲି। ତେର ବର୍ଷର କିଶୋରୀଟି କେମିତି ଖୋଲିକି କହୁଛି, ସୀମାହୀନ ବର୍ବରତାର ଅଙ୍ଗେନିଭା କଥା!

ତା' ନିର୍ବୋଧତା ପାଇଁ ରାଗ ହେଲା, ତା' ସରଳତା ପାଇଁ ଦୟା ହେଲା। ତା' ପରିସ୍ଥିତି ପାଇଁ ଦୁଃଖ ଲାଗିଲା।

....ସୋଫିଆ, ତୁମକୁ କ'ଣ ଇଛା ହୁଏନା ଏମିତି ଖରାପ ଜାଗାରେ ନ' ରହି କୁଆଡ଼େ ପଳାନ୍ତ। ଏ ଜାଗା ତୁମକୁ ଭଲ ଲାଗୁଛି ?

ହିଁ ହିଁ ହସୁଥିବା ଝିଅଟା ହଠାତ ସାମାନ୍ୟ ଉଦାସ ଦେଖାଗଲା। ବେସ୍ କିଛି ସମୟ ଚୁପ୍ ରହି ଅନ୍ୟମନସ୍କ ଭାବେ କ'ଣ କ'ଣ ଭାବିଗଲା।

...ହଁ ଥରେଥରେ ଭଲ ଲାଗୁନି। କିନ୍ତୁ ଭଲ ନ'ହେଲେ ବି ଏତେ ଖରାପ ଲାଗୁନି। କୁଆଡ଼େ ବି ଯିବି ମୁଁ? ତାପରେ ମୁଁ ତ' ଏଠୁ ଯାଇପାରିବିନି

....କାହିଁକି ? ଅମୀସା ବିବି କ'ଣ ଛାଡ଼ିବନି। ମାରିବ ?

କୌଶଳରେ ନିଜ ମୁକ୍ତିର ରାସ୍ତା ଖୋଜୁଖୋଜୁ ଏମିତି ପ୍ରଶ୍ନ କରିପକାଇଲି।

....ନା..ନା...ମତେ କିଣିଥିଲା ଯୋଉ, ତେର ହଜାର ଦେଇକି, ସେଟା ସୁଝିନି ପରା। ମଝିରେ ଦେହ ଖରାପ ହେଲା ବୋଲି ଓଷଦ, ସେ ପୁଣି ଅଲଗା। ସୁଧ ବଢିଗଲାଣି। ଅମୀସା ବିବି କହିଛି ଟଙ୍କା ସୁଝିଗଲେ ତୋର ଯୁଆଡେ ଇଛା ତୁ ପଳେଇବୁ।

ମୁଁ କିନ୍ତୁ ଯିବିନି। ସେ ବି ଜାଣିଚି। ସେଥିପାଇଁ ତ' ମତେ ଛାଡିଲା ତୋ' ସହ। ତା'ର ବହୁତ ଭରସା।

ପରିସ୍ଥିତି ମଣିଷକୁ ଏମିତି କରେ ଯେ; ଏ ଭଳି ଜୀବନକୁ ବି ଏମାନେ ଆଦରି ନିଅନ୍ତି। ସବୁ ଜାଣି ମଧ୍ୟ ମୁଁ ପୁଣି ପ୍ରଶ୍ନକଲି।

କାହିଁକି ଯିବୁନି? ନିଜର କିଛି ଜୀବନ ନାହିଁ? ବାହା ସାହା ହେଇ ନିଜ ଘରସଂସାର ବି କରି ପାରନ୍ତୁ। ଏମିତି କାହିଁକି....

ହିଃହିଃହିଃହିଃ ଲମ୍ବା ଲହରା ହସଟେ ହସିଲା ସୋଫିଆ।

ଚାଲିଚାଲି ଧଁ ସଁ ଲାଗୁଥିଲା। ମୁଁ ଟିକିଏ ଛିଡ଼ା ହେଲି। ସେ ପଛକୁ ବୁଲି ମୋ' ସହ ଅଟକିଗଲା।

ସମୁଦ୍ରେ ସରିକି ଗରଳ ପି' ଆକାଶ ଭର୍ତ୍ତି ଯନ୍ତ୍ରଣାକୁ ଛାତିରେ ବୋହି ଏମିତି କିଏ କ'ଣ ହସିପାରେ? ଇଏ ହସୁଛି!!!

...ମୁଁ ତ' ଭଲରେ ଅଛି। ନିକାହ୍ ହେଲେ କଣ ହବ? ନୁର୍ ର ବି ନିକାହ୍ ହେଇଥିଲା। ତା' ସୋହର ମଦ ପି' କି ବାଡାଏ। ପ୍ରତିଦିନ ନୋଳା ଫଟାଏ। ତା' କୁ ଧନ୍ଦାରେ ବସାଏ। ଟଙ୍କା ଛଡେଇ ନେଇ ପୁଣି ପିଏ।

ପିଇ ପିଇ ମରିଗଲା। ନୁର୍ ଏବେ ତା' ଅମ୍ମି ଜାନ୍ ପାଖରେ ରହୁଛି।

...ନୁର???

ହଁ ମୋ ଦୋସ୍ତ। ଏଇ ତ' ସାମ୍ନା ଗଳିରେ। ତା' ଅମ୍ମି ଜାନର ତବିୟତ୍ ଖରାପ। ଓଷଧଟା କହିଥିଲା ଆଣିବାକୁ। ସେଥିପାଇଁ ତ' ବୁଲେଇ କି ଏପଟେ ଆଣିଲି। ଟିକେ ଦେଇ ଦେଇକି ଯିବା। ଚାଲ୍ ଚାଲ୍ ଡେରି ହବ।

ମୁଁ ବୁଲିପଡି ଦେଖିଲି, ସତେତ ଏ ସେଇ ଗଳି ନୁହେଁ ଯେଉଁ ବାଟେ ଆମେ ଆସିଥିଲୁ।

କଥା ହେଇ ହେଇ ଆମେ ବସ୍ତିର ଶେଷ ମୁଣ୍ଡରେ ପହଞ୍ଚି ସାରିଥିଲୁ। ମୁଁ ଦେଖୁଥିଲି ଚତୁର୍ଦିଗରେ ଯେମିତି ଶହ ଶହ ଆଖି ମୋ ଚାରିକଡେ ଘୁରିବୁଲୁଛି। ମୁଁ ହଲି ବି ପାରିବି ନାହିଁ। ଖସିବି କେମିତି!

ଠାଏ ଠାଏ ଦୋକାନ ଦୁଆରେ ଗହଳି ଜମେଇ ଥାଆନ୍ତି ପଲପଲ ଟୋକାଦଳ।

ଭାଷା ଅଭାଷାରେ ସୋଧାସୋଧି ହୋଉଥାଆନ୍ତି। ହାତ ପାପୁଲିରେ ବିଡିକୁ ମୋଡି, ନିଆଁ ଧରେଇ ଚଟାଣ ଉପରେ ପଡ଼ିଥିବା ଧଳା ପାଉଡ଼ର ଗୁଣ୍ଡ ସହ ଶୋଷି ନେଉଥିଲେ। ପାଉଚ୍ ପ୍ୟାକେଟ୍ ଦେଶୀ ମଦ ପ୍ଲାଷ୍ଟିକ ଗ୍ଲାସରେ ଢାଳି ପିଉଥାଆନ୍ତି।

ସେଥିରେ ଖୁବ୍ କମ୍ ବୟସର ପିଲା ବି ସାମିଲ୍। ସେମାନେ ଆମକୁ ଚାହିଁ ଅତି ଅଶ୍ଳୀଳ କମେଣ୍ଟ ବି ମାରୁ ଥା'ଆନ୍ତି। ସେ ସବୁକୁ ଖାତିର ନ'କରି ସୋଫିଆ ମତେ ଆଗକୁ ଟାଣି ନେଲା।

ଅର୍ଗଳି ଭିତରେ ପଶୁପଶୁ ଦୁଇଟି ସମ ବୟସ୍କ ଯୁବତୀ ଟିଉବ୍ୱେଲ୍ ପାଖରେ ଲାଇନ୍‌ରୁ ବାହାରି ପ୍ଲାଷ୍ଟିକ ପାଣିମାଠିଆ ତଳେ ରଖି କଳି କଜିଆ ଲାଗୁଥିଲେ। ଜଣେ ଆର ଜଣଙ୍କ ଚୁଟି ଘୋଷାରି ଆଣି ବେକମୁଣ୍ଡାକୁ ନୁଆଁଇ ଦେଇ ପିଠିରେ ଦୁଲୁଦାଲ ବିଧା ଉପରେ ବିଧା ମାରି ଚାଲୁଥାଏ। ଆର ଜଣଙ୍କ ବି ଛାଡୁ ନ'ଥାଏ। ଦୁହେଁ ଓଦା ସରସର। କାହା ଦେହରେ ଲୁଗାପଟାର ଠିକ୍ ଠିକଣା ନାହିଁ। ପାଖରେ ଛିଡା ହେଇ ଥିବା ଆଉ ଗୋଟେ ଝିଅ ଜଙ୍ଘଯାଏ ସାୟା ଟେକିଦେଇ କୁଦି ଆସି ସେ ଦୁହିଁଙ୍କୁ ଉସକୋଉ ଥାଏ। ଥୋ ଥୋ' ଆଉ ଦି' ଟା ଥୋଅ '।

ଝଗଡାର କାରଣ ଜାଣିବାକୁ କାହାର ଯେମିତି ଆଗ୍ରହ ନ' ଥିଲା। ମୁଁ ପଚାରିଲିନି ସୋଫିଆକୁ କ'ଣ ହେଇପାରେ ବୋଲି।

ଲୋକେ ଯା' ଆସ କରୁଥାଆନ୍ତି। କାହାର ବି' ନଜର ନ' ଥିଲା ତାଙ୍କ ଧସ୍ତାଧସ୍ତି ଉପରେ। ଯେମିତି ନିତିଦିନିଆ ଘଟଣା। ଉପର ମୁହାଁ ହେଇ ଯେ ଯା' କାମରେ ଚାଲିଥିଲେ।

ସେ ଜାଗା ମତେ ଅଜବ ଓ ଅଣନିଃଶ୍ୱାସୀ ଲାଗୁଥିଲା। ପୁରା ଏରିଆ ପାଣି କାଦୁଅରେ ଲତପତ୍।

ବାଟ କଢାଇ ଆଗକୁ ଚାଲିଲା ସୋଫିଆ। ପଛକୁ ଅନେଇଁ ଅନେଇଁ ଝୁଣ୍ଟି ଝାଣ୍ଟିକି ତା' ପଛରେ ଧାଇଁଲି । ଏ ଅଜଣା ଓ ଅପନ୍ତରା ସ୍ଥାନରେ କେବଳ ସୋଫିଆ ହିଁ ଥିଲା ମୋ ପଥପଦର୍ଶକ।

ଖଞ୍ଜା ମଝିରେ ଧୂଳିଧୂସର ହେଇ, ତିନି ଚାରିଟା ଛୁଆ ଖେଳୁଥିଲେ। ମାଉଁସ ବିହିନ ଦେହରେ ଗଣି ହେଇଗଲା ପରି ପଞ୍ଜରାହାଡ଼। ପେଟଗୁଡା ଚାଙ୍ଗୁ ପରି ପଦାକୁ ବାହାରିଥାଏ। ନୁଖୁରା କେଶ। ଦେହସାରା ଧୂଳିମଳି। ଅସନା। ଖେଳ କମ୍ କୁଣ୍ଢାଇ ରାମ୍ପି ହେଉ ଥାଆନ୍ତି ବେଶୀ। ଯେମିତି କାଛୁ କୁଣ୍ଡିଆ ହେଲେ। କାହା ଅଣ୍ଟାରେ ଲୁଗା ଧଡିବନ୍ଧା ଢିଲା ପେଣ୍ଟ ଖଣ୍ଡେ ଅଟକି ରହିଥାଏ ତ, ଆଉ କାହାର ସେତକ ବି ନାହିଁ। କାହା ଦେହରେ ଜାମା ଖଣ୍ଡେ ନଥାଏ। ସମସ୍ତଙ୍କ ନାକରେ କିନ୍ତୁ ହଳଦିଆ ହଳଦିଆ

ନାକେ ଲେଖାଏ ବହଳ ସିଙ୍ଘାଣୀ। ସଡ଼ସଡ ହେଇ ବୋହି ପଡୁଥାଏ। ସେୟାକୁ ଭିତରକୁ ସୋଷାଡ଼ି ନେଇ ବଳକା କହୁଣୀରେ ପୋଛି ପକେଇ ଗୋଟେ ଫଟାବଲ୍ ଓ ନଡ଼ିଆ ଶଢେଇ ପାଇଁ ଟଣାଟଣି ହେଉଥାଆନ୍ତି।

କାଛୁ ଓ ସିଙ୍ଘାଣୀ ଦେଖିକି ମତେ ବାନ୍ତି ଲାଗିଲା। ମୁଁ ଆଉ ସିଆଡ଼କୁ ଅନେଇଲିନି।

ବନ୍ଦଥିବା ଟିଣକବାଟ ଦୁଆର ମୁହଁରେ ଭଙ୍ଗା ପ୍ଲାଷ୍ଟିକ ଚୌକିରେ ବାଳକୁଖୋଲି ବସିଥାଏ ଜଣେ ସ୍ତ୍ରୀଲୋକ। ସେ ହିଁ ନୁରର ଅମ୍ମି "ସବାନା"। ତା' ପଛପଟେ ନଇଁ ପଡି ଅମ୍ମିର ମୁଣ୍ଡରୁ ଉଁକୁଣୀ କାଢ଼ି ଦୁଇ ବୁଢ଼ା ଆଙ୍ଗୁଠି ନଖରେ ଫୁଠେଇ କ'ଣ କ'ଣ କହୁଥାଏ ଓ ଠୋ ଠୋ ହସୁଥାଏ, ସବାନାର ଦୁଇନମ୍ବର ମଝିଆଣୀ। ଖଣ୍ଡେ ଦୂରରୁ ଆଙ୍ଗୁଠି ଦେଖେଇ ସେମାନଙ୍କ ପରିଚୟ କହୁଥାଏ ସୋଫିଆ।

ସେପଟେ ସେ ସିଙ୍ଘାଣୀ ନାକିଆ ଛୁଆସବୁ ବି; ସବାନାର। କାହାଆଡ଼କୁ କାହାର ଦେଖିବାର ନାହିଁ। ଯିଏ ଯାହାକାମରେ ବ୍ୟସ୍ତ।

....ଓଷଦ ନିଅ। ଗଲାଥର କହିକି ଆସିଥିଲ, ଦିଦି ଦେଇଛନ୍ତି। ଦିନକୁ ଦି'ଟା ଖାଲିପେଟରେ। ନୁର୍ କାଇଁ?

ଔଷଧଟା ନେଉନେଉ ଇଙ୍ଗିତରେ ନୁର୍ କାହିଁର ଉତ୍ତର ଦେଲା ତା' ଅମ୍ମିଜାନ୍। ତା' ଅର୍ଥ ସେ ରୁମ୍ ଭିତରେ ଅଛି। ଅବୁଝା ଇସାର ବୁଝି ନ' ପାରି ବଲବଲ ହୋଇ ଚାହିଁଲି ।

ପାଖରେ ପଡିଥିବା କାଠଟୁଲଟା ଠେଲିଦେଇ ବସିବାକୁ କହିଲା ତା' ଅମ୍ମି। ମୋ ଆଡ଼କୁ ନଜରକରି ସୋଫିଆକୁ ଚାହିଁଲା ପ୍ରଶ୍ନିଳ ଆଖିରେ।

ଏଇ ହୋଉଛି "ଅହଲ୍ୟା"। ବିବି ଯା କୁ ନୂଆଆଣିଛି ପରା। ଡ଼ରୁଛି ଡ଼ରୁଛି। କାମକୁ ଜମା ମଙ୍ଗୁନି। ଡ଼ରିକି ଜର। ତା' ଓଷଦ ପାଇଁ ମୁଁ ଆସିଥିଲି।

ଟୁଲ୍‌ଟା ପାଖରେ ଥାଇ ବି ମୁଁ ଜମା ବସିଲିନି। ସୋଫିଆ ବସିଲା ବେସ୍ ସ୍ୱଭାବିକ ଭାବେ।

ଯେଉଁଦିଗକୁ ଇସାରା କରିଥିଲା ନୁର୍‌ର ଅମ୍ମି, ସେଇ କବାଟପଛରୁ କାହା ଖିଲିଖିଲି ହସର ରୋଳି ଭାସିଆସୁଥିଲା। କିଛିକ୍ଷଣ ପରେ ଆଜବେଷ୍ଟ ଘର ଟିଣକବାଟଟା କଁ କଁ ଆୱାଜ କରି ଅଳ୍ପ ଖୋଲିଲା। କବାଟ ସନ୍ଧିରୁ ସରୁ ହାତଟିଏ ବାହାରି ଆସୁଆସୁ ନୁର୍‌ର ଅମ୍ମି ନଇଁପଡ଼ି ବସିଥିବା ଚୌକିତଳୁ ତିନିଟା କାଚ ଗ୍ଲାସ ସହ ନାଲିପାଣି ବୋତଲଟେ ବଢାଇ ଦେଲା। ତା' ସହ କଠାଏ ବିଡି ଓ ଗିନାଟେ ଭଜାବୁଟ। କବାଟ ପୁନର୍ବାର ବନ୍ଦ ହୋଇଗଲା।

ଆଜି ଡେରିହବ। କାଲିକି ଆ। ଅମ୍ମିର କଥାଶୁଣି ଉଠିଆସିଲା ସୋଫିଆ। ବାଧ୍ୟ ଅନୁଗାମୀ ପରି ଅନୁସରଣ କଲି ମୁଁ।

କିଛି ନ' ପଚାରିଲେ ବି କେତୋଟି ଘଣ୍ଟା ଭିତରେ ସୋଫିଆ ପଢ଼ି ପାରୁଥିଲା ମୋ ପ୍ରଶ୍ନିବାଚୀ ଆଖିକୁ।

....କ'ଣ ଭାବୁଛୁ? ସେ ପରା ନୁର୍‌ର ଅମ୍ମି। ଗଲାବରଷ ତା' ଆବା ଟ୍ରଲି ଟାଣୁଥିଲାବେଳେ ତା' ଉପରେ ଟ୍ରକ୍ ଚଢ଼ିଗଲା ଯେ, ସେ ମରିଗଲା। ତା ଅମ୍ମିକୁ କ'ଣ ଗୋଟେ ବେମାର ହେଇଛି, ସେଇଟା ଆଉ ଭଲହବନି ବୋଲି ଦିଦି କହିଛନ୍ତି। ସିଏ ବି ମରିବ ଅଳ୍ପ ଦିନରେ। ତା' ଅମ୍ମିର ଭାରି ମନଦୁଃଖ। ତାର ସାତଟା ଯାକ ଛୁଆ ଯଦି ଝିଅ ହେଇ ଥାଆନ୍ତେ ଆଉ ଦୁଃଖ ରହି ନଥାନ୍ତା। ଚାରିଟା ପୁଅ ହେଇଗଲେ ଆଉ। ନୁର୍ ସବୁଠୁ ବଡ଼। କହୁନଥିଲି ମୋଅରି ସାଙ୍ଗ। ସେ ଏବେ ଘର ଚଳଉଛି। ଆମ ବସ୍ତିରେ ଗୋଟେ ସ୍କୁଲଅଛି। ମଝିରେ ପାଠ ଫାଠ ପଢିବ ବୋଲି କହୁଥିଲା ଯେ ଆଉ ହେଇ ପାରିଲାନି।

ଦେଖା ହେଇ ପାରିଲାନି କାରଣ ଭିତରେ ତା' ର ଦି' ଟା କଷ୍ଟମ ଥିଲେ। ତା ଅମ୍ମି ତିନିଟା କାଚଗ୍ଲାସ ଆଉ ଦାରୁ ବୋତଲ ଦେଲାନା? ଚାଖଣା ମଦ ସବୁ ତାଙ୍କପାଇଁ। ଯା' ହୋଉ ଆଜି ନୁର୍‌ର ଜମିଲା। ତାଙ୍କରି ପଇସାରେ ଦାରୁ ପିଇବ। ହୁଁ.. ସେଇ ଯୋଗୁଁ ତା' ଅମ୍ମି କହିଲା ଡେରିହବ।

ମୋ' ପାଦ ଠାରୁ ମୁଣ୍ଡ ଯାଏ ଝିମ୍‌ଝିମ୍ ହୋଇଗଲା। ସ୍ଥାଣୁ ପାଲଟି ଗଲି। ଏକାବେଳକେ ଦୁଇ ଜଣ । ପୁଣି ତା' ମାଆ ପଠାଉଛି! ଆଉ କିଛି ପଚାରିବାର ବା ବୁଝିବାକୁ ସାହସ ପାଇଲି ନାହିଁ।

XXX

ସେ ଥିଲା ବାଂଲାଦେଶର ଢାକା ଷ୍ଟେସନ୍ ଠାରୁ ପ୍ରାୟ ଶହେ କିଲୋମିଟର ଦୂର, ସେଠାକାର ସବୁଠାରୁ ବଡ଼ ବେଶ୍ୟାସ୍ଥଳ, ଦୌଲଦିଆ ଘାଟ୍। ଯେଉଁଠିକୁ କେବଳ ଆସିବାର ରାସ୍ତା ଥାଏ, ଖସିବାର ନୁହେଁ। ଯେଉଁଠି ଦେହ ବେପାର ଅବୈଧ ନୁହେଁ।

ଯେହେତୁ ନିୟମ ଅନୁଯାୟୀ କୌଣସି କଟକଣା ନାହିଁ, ପୁଲିସ୍ ଭୟ ନାହିଁ। ନିର୍ଭୟରେ ରାତି ଦିନ ଖୋଲାମେଲାରେ ଦେହ କାରବାର ଚାଲେ।

ପ୍ରତିବର୍ଷ ବଡ଼ଙ୍କ ଛଡା, ପ୍ରାୟ ଶହେ ଉପରେ ଅପ୍ରାପ୍ତ ବୟସ୍କ ଝିଅ ଯାହାଙ୍କ ବୟସ ଆଠରୁ ଚଉଦ, ସେମାନଙ୍କୁ କୌଶଳ କ୍ରମେ ବା ନାନା ପ୍ରକାର ପ୍ରଲୋଭନ ଦେଖାଇ ବିଭିନ୍ନ ସ୍ଥାନରୁ ବହଲାଇ ଫୁସୁଲାଇ ବା ଅପହରଣ କରି ଆଣି ଦଲାଲ୍‌ମାନେ

କିଛି ଟଙ୍କା ବିନିମୟରେ ଏଠି ବିକ୍ରି କରିଦିଅନ୍ତି। ଏବଂ ସେମାନଙ୍କୁ ବେଶ୍ୟାବୃତ୍ତି କରାବାକୁ ବାଧ୍ୟ କରାଯାଏ।

କିଛି ପରିବାର ପେଟପାଟଣା ପାଇଁ ଅନ୍ୟ ବେପାର ପରି ପିଢ଼ି ପରେ ପିଢ଼ି ଏ ଧନ୍ଦାକୁ ଆପଣାଇଛନ୍ତି। ତାଙ୍କ କୌଳିକ ବୃତ୍ତି। ଯେମିତି ନୁର୍। ତାଙ୍କ ପାଇଁ ଅନ୍ୟ ବ୍ୟାବସାୟ ପରି ଏ ବି ଗୋଟେ। ଅତି ସାଧାରଣ। ଯେତେ ଗରାଖ ସେତେ ପଇସା।

ବର୍ତ୍ତମାନର ଆକଳନ ଅନୁଯାୟୀ ବାଂଲାଦେଶର ଅନ୍ୟ ସ୍ଥାନମାନଙ୍କ ତୁଳନାରେ କେବଳ ଦୌଲଦିଆର ଏଇ ଛୋଟିଆ ଅଞ୍ଚଳରେ ଅଶିକ୍ଷା ଓ ଦରିଦ୍ର ସୀମାରେଖା ତଳେ ବାସ କରୁଥିବା ଦେହବେପାରୀ ବା ସେକ୍ସ ୱାର୍କର୍ସଙ୍କ ସଂଖ୍ୟା ଦୁଇ ହଜାରରୁ ଅଧିକ।

ଛୋଟ ଓ ଜନ ଗହଳିପୂର୍ଣ୍ଣ ଏଇ ସାହି ବା ବସ୍ତିର ପରିବେଶ ଭୀଷଣ ଅସ୍ୱାସ୍ଥ୍ୟକର। ସେଠି ପ୍ରତ୍ୟେକ ଗଳି କନ୍ଦିରେ ବେଧଡ଼କ ନିଶା କାରବାର ହୁଏ। **oradexon** ପରି କିଛି ମାରାତ୍ମକ **Drug (steroid)** ଯାହାକୁ ଆବଶ୍ୟକତା ଅନୁଯାଇ କେବଳ ଡାକ୍ତରଙ୍କ ପରାମର୍ଶ କ୍ରମେ ନିଆଯିବା କଥା, ସେସବୁ ପ୍ୟାକେଟ୍ ନିହାତି କମ୍ ମୂଲ୍ୟରେ ପ୍ରତ୍ୟେକ ଗଳିକନ୍ଦି ଦୋକାନରେ ମିଳିଯାଏ। ବିଶେଷ କରି ଛୋଟଝିଅ ବା ଶାରୀରିକ ଭାବେ ଦୁର୍ବଳମାନଙ୍କୁ ଏହା ଖୁଆଇ ଦିଆଯାଏ। ଯାହାଦ୍ୱାରା ଖୁବ୍ କମ୍‌ଦିନରେ ଛାତି ଅଣ୍ଟାଟେ ଅହେତୁକ ମାଂସ ବୃଦ୍ଧି ହୋଇଯାଏ। ଗ୍ରାହକଙ୍କୁ ଆକର୍ଷିତ କଲାପରି ଚେହେରା ଆସିଯାଏ। କିନ୍ତୁ ସମୟ କ୍ରମେ ଏହା ସ୍ୱାସ୍ଥ୍ୟଗତ ସମସ୍ୟାର ମୂଖ୍ୟ କାରଣ ହୋଇଥାଏ।

ଦଶରୁ ପଇଁତିରିଶ୍ ବା ଚାଳିଶ ବର୍ଷ ବୟସ ସେମାନଙ୍କ ଅବଧି। ବୟସ ଅନୁଯାୟୀ ସେମାନଙ୍କ ମୂଲ୍ୟ ଧାର୍ଯ୍ୟ କରାଯାଏ। ଯେତେ କମ୍ ବୟସ ସେତେ ଅଧିକ ମୂଲ୍ୟ। ପାଁଞ୍ଚଶ ଛ'ଶ ରୁ ଦଶ ଟଙ୍କା ପର୍ଯ୍ୟନ୍ତ। ପନିପରିବା ବା ମାଛ ଶୁଖୁଆ ପରି ଝିଅ ମାନଙ୍କର ମୂଲଚାଲ୍ ଚାଲେ। ଅନ୍ୟ ମୁଲିଆ, ଦିନମଜୁରିଆ, ରଙ୍ଗମିସ୍ତ୍ରୀ, ରିକ୍ସାବାଲା, ଟ୍ରଲିବାଲାଙ୍କ ଛଡ଼ା ବର୍ଷର ବାରମାସ ପାଖ ହାଇୱେ ଦେଇ ଯା'ଆସ କରୁଥିବା ମାଲବୋଝେଇ ଗାଡ଼ି ବା ଟ୍ରକ୍ ଡ୍ରାଇବର, କ୍ଲିନର, ୱାଚମେନ୍ ପ୍ରାୟତଃ ସେମାନଙ୍କ ଗ୍ରାହକ।

ଚରମ ତୃପ୍ତି ଓ ମୋକ୍ଷରପଥ ଅନ୍ୱେଷଣରେ, ପ୍ରତିଦିନ ପ୍ରାୟ ଦେଢ ହଜାରରୁ ଅଧିକ ଯାନବାହାନ କିଛି ସମୟର ବିରତି ପାଇଁ ସେଇଠାରେ ଅଟକି ଯାଆନ୍ତି।

ଭିନ୍ନଏକ ଦୁନିଆ। ଯେଉଁଠି ବୁଝିବାକୁ ହୁଏ କେବଳ ଗୋଟିଏ ଭାଷା 'ଭୋକ'।

ଜଣେ ପେଟଭୋକ ପାଇଁ ଦେହ ବିକିଦିଏ, ଆଉ ଜଣକ ଦେହଭୋକ ମେଣ୍ଟାଇବା ପାଇଁ ପେଟ କିଣିନିଏ।

XXX

ଦିନ ପରେ ଦିନ ଗଡୁଥାଏ। ମୋର ଜର ଓହ୍ଲାଉ ନ' ଥାଏ। ରକ୍ତ ପରୀକ୍ଷାର ରିପୋର୍ଟ ଆସିଲା। ଟାଇଫଏଡ୍। ଅମୀସା ବିବିର ମୁଣ୍ଡ ବିଗିଡିଲା। ଖାଲି ଖାଲିରେ ସେ ଆଉ କେତେ ଦିନ ବସେଇ ଖୁଆଇବ?

ସବୁଦିନ ପରି କିଛି ସମୟ ପାଇଁ ସୋଫିଆ ଆସିଲା। ତା' ପାଖରେ ଥିଲା ଭିନ୍ନ ଏକ ଖବର। ସେ ଖବରରେ ଶୁଣି ଖୁସି ହେବ କି ଦୁଃଖ କରିବ ସେ ସବୁ ଜାଣିବା ତା' କ୍ଷମତା ବାହାରେ। ସେଥିପାଇଁ ଧାଇଁ ଆସିଛି।

.....ଏ ଶୁଣେ..ସବୁଦିନ କାନ୍ଦୁଥିଲୁ ପରା ତତେ ଏଠି ଭଲ ଲାଗୁନି ବୋଲି, ତୁ ଆଉ ଏଠି ରହିବୁନି, ହେଲା?

..ରହିବିନି ମାନେ? ସେମାନେ ମତେ ଛାଡ଼ିଦେବେ?

...ହଁ ତତେ ତ' ଏଠା ଆରୋଉନି। ଅଲଗା କୋଉଠି କି ପଠେଇବେ ବୋଲି କଥା ହେଉଥିଲେ।

....ପଠେଇବେ!! କୁଆଡେ? କିଏ କଥା ହେଉଥିଲା?

ଚାଦର ତଳୁ ମୁହଁ ବାହାର କରି ସୋଫିଆର ପାପୁଲିରେ ହାତ ରଖିଲି। ଦୁର୍ବଳକୁ ମୋ' ହାତ ଥରୁଥାଏ। ପାଟିରୁ ପଦଟିଏ କଥା ବାହାରିବାର ବଳ ନ' ଥାଏ। ଜିଜ୍ଞାସୁ ଆଖିରେ ତାକୁ ଚାହିଁରହିଲି।

ମୁଁ ଠିକ୍‌ରେ ଜାଣେନା କୁଆଡେ। କିନ୍ତୁ କାଲି ରାତିରେ ଅମୀସା ବିବି ଦି'ବୋତଲ ଚଢେଇକି ଯାଡୁସାଡୁ ଗପୁଥିଲା। ବହୁତ ଖୁସି ବି ଥିଲା। ମୁଁ ତା' ଗୋଡ଼ ଘଷିଲା ବେଳେ କହିଲା କି ଅହଲ୍ୟା ଏଠୁ ଯିବ ଏଥର। ତା'ର କଉ ରିସ୍ତେଦାର ରହୁନାହାନ୍ତି ଯୋଉଠି, ତୁ ସେଠିକି ଯିବୁ। ଜାଣିଛୁ ପୁରା ଲକ୍ଷେ ଟାକା ନେଇଛି ପୁଣି।

ମୁଁ ଜାଣିଲି ମୋ ପାଇଁ ଏଥର ଆଉ ଏକ ନୂଆ ନର୍କର ଠିକଣା ଲେଖାସରିଛି। ମୋର ଆଶା ଓ ଜିଜ୍ଞାସା ପବନରେ ମିଳେଇଗଲା। ଆଖିରୁ ଦୁଇ ଠୋପା ଲୁହ ବୋହି ସୋଫିଆର ପାପୁଲିରେ ପଡ଼ିଲା। ମୁଁ ପୁନର୍ବାର ଆଖି ବନ୍ଦ କରି ଚାଦର ଢାଙ୍କି ଦେଲି ମୁହଁରେ।

ମୁଁ ତା' ଉତ୍ତରରେ ସନ୍ତୁଷ୍ଟ ହେଲି ନାହିଁ ଜାଣିପାରା ସେ। ପୁଣି ମନେପକାଇ କହିଲା, ହଁ ହଁ ମନେପଡିଲା ଲୋ, ତୁ ଯିବୁ ସେଇଠିକି ଯୋଉଠି ବହୁତ ସିନେମା ତିଆରି ହୁଏ। ମାଧୁରୀ ଦୀକ୍ଷିତ, ରେଖା ଯୋଉଠି ଡେନ୍ସ କରନ୍ତି। ବିବି ର କମରାରେ ଯୋଉ ହିରୋଇନ୍‌ଙ୍କ ଫଟୋ ଲାଗିନି, ମୁଁ ଭାବୁଛି ତତେ ବୋଧେ ସେମିତି ହିରୋଇନ୍ କରେଇବେ। ଇସ୍ ତୋର କେତେ ଲମ୍ବା ବାଳ। କେତେ ଗୋରା କେତେ ସୁନ୍ଦର ତୁ।

ହେଇଯିବୁ ହିରୋଇନ୍। ତା' ମାନେ ତୁ ଏଥର ଫିଲିମିରେ ପାଟ କରିବୁ। ଆକ୍ଟିଙ୍ଗ୍ ଫାକ୍ଟିଙ୍ଗ୍ ଟିକେ ଭଲକି କରୁବୁ ବୋଇଲେ ତୋ' ଲାଇଫ୍ ବନିଯିବ।

କିଛି ବ୍ୟସ୍ତ ହେବାର ନାହିଁ। ଆଗରୁ ବି; ଗୋଟେ ଝିଅ ଆସିଥିଲା, କାନ୍ଦିଲା ଖାଲି। ବିବି କହିଲା ଯା' ର ବହୁତ ଲଫଡା। ଯାକୁ ସେଠିକି ପଠେଇଦିଅ। ଗଲା ସିଏ।

ମୋର କୌଣସି ପ୍ରତିକ୍ରିୟା ନ' ଦେଖି ସୋଫିଆ ଟିକେ ଚିନ୍ତିତ ହୋଇପଡ଼ିଲା।

ସେ ପ୍ରକୃତରେ କାହାକୁ ବୁଝାଉଥିଲା, ନିଜକୁ ନା ମତେ, ହୁଏତ ସେ ନିଜେ ବି ଜାଣିପାରୁ ନଥିବ ।

ଆଚ୍ଛା ଗୋଟେ କଥା ପଚାରିବି, କେଜାଣି ତୁ' ଜାଣିଥିବୁ କି ନାଇଁ! ଶୁଣିଲୁ, ଲକ୍ଷେ ଟାକା ମାନେ କେତେ କିଲୋ। କାଲିଠୁ ଯାହାକୁ ପଚାରୁଛି କେହି କହି ପାରୁନାହାଁନ୍ତି। ରୁଖ୍ସାର୍ ଚାଚାର ସାନ ଝିଅ ସ୍କୁଲ ଗଲାବେଳେ ଦେଖା ହେଇଥିଲା ତ; କହୁଥିଲା ପୁଣି ଗଦେଇଦେଲେ ଏ ଘର ଭର୍ତ୍ତି ହେଇଯିବ! ତା' କଥାରେ ମତେ ଜମାରୁ ୟକିନ୍ ହୋଉନି। ହେଇଯିବ ସତରେ?

ମୁଁ ଭାବୁଥିଲି ଯିଏ ଲକ୍ଷେଟଙ୍କା ଦେଇ ମତେ କିଣୁଛି, ସେ କେଉଁ କାମରେ ଲଗାଇବ? ଜୀବନର ଗତି କୁଆଡେ ମୋର।

ସୋଫିଆର ମୋ ପ୍ରତି ଶ୍ରଦ୍ଧା ଓ ସରଳପଣ ଯୋଗୁଁ ମତେ ତା' ପ୍ରଶ୍ନ ର ଉତ୍ତର ଦେବାକୁ ହେବ। କିନ୍ତୁ କେମିତି ବୁଝେଇବି ଲକ୍ଷେ ଟଙ୍କାର ପରିମାଣ ଓ ସେ ବୁଝିବ!

...ତୁ ତ; କୋଡ଼ିଏ ଟଙ୍କା ଦେଖିଥିବୁ!

...ହଁ ହଁ କୋଡ଼ିଏ କଣ ତା'ଠୁ ଅଧିକ ବି ଦେଖିଛି। ତୁ କ' ତୁ କ' କେତେ।

...ହଁ କୋଡ଼ିଏ ଟଙ୍କାରେ କେତେଟା ଶୂନ୍ କେବେ ଲକ୍ଷ୍ୟ କରିଛୁ?

...ହଁ ଅ ଅ ଗୋଟେ ପରା।

....ବାସ୍ ଦୁଇ ପରେ ଯେମିତି ଗୋଟିଏ ଶୂନ୍ ହେଲେ କୋଡ଼ିଏ, ସେମିତି ଏକରେ ପାଞ୍ଚଟା ଶୂନ୍ ହେଲେ ଏକଲକ୍ଷ।

ସୋଫିଆ କିଛି ସମୟ ଛାତକୁ ଚାହିଁ କଣ ଭାବିଲା। ପାଞ୍ଚଟି ଶୂନ୍...ପାଞ୍ଚ ଥର ଆଙ୍ଗୁଠି ଗଣି ଆକଳନ କଲା। ବୁଝିଗଲା କି କ'ଣ, ଦୁଇ ହାତ ପ୍ରସାରିତ କରି କହିଲା "ଓଃ ଟାକାଟା ତେବେ ବହୁତ ବଡ଼ଟେ। ଫାଲତୁରେ ସେ ଛୋକରୀ କହୁଥିଲା ଗଦେଇଦେଲେ ଘର ଭର୍ତ୍ତି ହେଇଯିବ। ସେ ଯୋଗୁଁ ୟକିନ୍ କରେନି। ଝୁଟି ଶାଲୀ!"

।। ଚାରି ।।

ଏ ଦିଲ୍ ଏ ମୁସକିଲ୍ ଜିନା ୟାହାଁ...

ଜରା ହଟକେ, ଜରା ବଚକେ

ଏ ହେ ବମ୍ବେ ମେରି ଜାନ୍।

ଏ ଦିଲ୍ ଏ......

ଗୀତର ଭଲ୍ୟୁମଟା ଟିକେ କମ୍ କଲା ବ୍ଲାକ୍ ଜିନ୍ସ, ବ୍ଲୁ ସାର୍ଟ, ୱେଷ୍ଟ କୋର୍ଟ ପିନ୍ଧି ଡ୍ରାଇଭ୍ କରୁଥିବା ଛ' ଫୁଟ୍ ହାଇଟ୍ ର ବଳିଷ୍ଠ ବପୁ ଧାରି ହ୍ୟାଣ୍ଡମସ୍ ଯୁବକ ଜଣକ।

ଡିସେମ୍ବର ମାସ ହେଲେ ବି ଦେହ ମୁଣ୍ଡ ଥରାଇ ଦିଏନା। ନା ବେଶୀ ନା କମ୍। ଶୀତଟା ଏଠି ଖୁବ୍ ମଧୁର। ପ୍ରକୃତରେ ଏଠି ସବୁ ମଧୁର।

ମେରାଇନ୍ ଡ୍ରାଇଭ ଧରିସାରିଥିଲା ଆମ କାର୍। ଉପକୂଳର ଉଠା ଦୋକାନ, ବତୀ ଖୁଣ୍ଟମାନଙ୍କୁ ପଛରେ ପକାଇ ଗାଡ଼ି ଆଗକୁ ଗଡ଼ୁଥିଲା। ଆରବ ସାଗରରୁ ବହି ଆସୁଥିଲା ହାଲ୍‌କା ହାଲ୍‌କା ଶୀତଳ ପବନ। ଲୋକବାକ ଓ ଗାଡ଼ି ମଟରର ତୀବ୍ରଗତି ଦର୍ଶାଉ ଥିଲା କେତେ କର୍ମତତ୍ପର ଏ ସହର। ରାସ୍ତା କଡ଼ର ରଙ୍ଗୀନ ଛତା ତଳର ଠେଲାରୁ ବଡାପାଓ୍ୱଁ, ପାନିପୁରି, ଭେଲ୍ ପୁରିର ବାସ୍ନା ଦଲକାଏ ଦଲକାଏ ପବନ ସହ ପଶିଆସୁଥିଲା କାର ଭିତରକୁ।

ଦୀର୍ଘଦିନ ବିଛଣାରେ ପଡ଼ିରହିଥିବା ପରେ ସାମାନ୍ୟ ଆଶ୍ୱସ୍ତି ଲଭିଥିବା ଜରୁଆ ଦେହ। ଗୁଡାଏଦିନ ଶୁଖିଲା ରୁଟି ଓ ଗୁଡ଼ରେ କାଟିଥିବା ଅରୁଚି ପାଟିକୁ ଏ ପ୍ରକାର ସୁସ୍ୱାଦୁ ଖାଦ୍ୟର ମହକ ଜିଭ୍ୱାର ଲାଳ ଗ୍ରନ୍ଥିକୁ ସକ୍ରିୟ କରିଦେଉଥାଏ। ସବୁ ପରିସ୍ଥିତିକୁ ଅଣଦେଖା କରି ଠେଲାର ଥିବା ଜଳଖିଆ ଆଡ଼କୁ ନଜର କେମିତି ଚାଲି ଯାଉଥିଲା ମୁଁ ବି ଜାଣେନା।

ଖୁବ୍ ଉଚ୍ଚ, ସ୍ୱପ୍ନ ପରି ଆକାଶ ଛୁଆଁ ଅଟ୍ଟାଳିକା। ଚିକମିକ୍ ଆଲୋକ ମାଳାରେ ସଜାଇ ହୋଇଥିବା ବଡ଼ବଡ଼ ଓ ଆଖି ପାଉନଥିବା ଇମାରତ୍, ହୋଟେଲ୍।

ଏଇତ ଏଠିକାର ବିଶେଷତ୍ୱ। ଆଖି ଝଲସିଲା ପରି ସହରଟା ସମସ୍ତଙ୍କୁ ମତୁଆଲା କରେ, ଆକର୍ଷିତ କରେ ତା' ଆଡ଼କୁ। ନିଜ ମାୟାରେ ବାୟା କରେ ଏ ମାୟାନଗରୀ ବମ୍ବେ।

ପ୍ରତିଦିନ ହଜାର ହଜାର ଯୁବକ ଯୁବତୀ ନିଜର ଅଳ୍ପ ବହୁତ ଅଭିଜ୍ଞତା ଓ ହଳେ କଅଁଳ ଡେଣା ଧରି ନିଜ ଉଡାଣ ଭରିବାକୁ ଏଠାକୁ ଆସନ୍ତି । ଖୁବ୍ କସରତ୍ କରନ୍ତି ନିଜ ସହ ଓ ନିଜ ଭାଗ୍ୟ ସହ। ଉଚ୍ଚ ଆକାଂକ୍ଷା ଓ ଅଭିଳାଷ ପୁରଣ ପାଇଁ ଧାଉଁଥାଆନ୍ତି ଅହରହ।

ସମୟ ଚକ୍ରର ପରିଧି ଭିତରେ ଘୁରିବୁଲି କାହାର ହଜିଯାଏ ଅସ୍ତିତ୍ୱ ତ' କି ହଜାଇ ଦିଏ ନିଜର ଦୁର୍ଲଭ ସମ୍ପର୍କ, ଦୁର୍ମୁଲ୍ୟ ସ୍ମୃତି।

ଭାଗ୍ୟର କଷୋଟି ଭିତରେ ଜିତିଯାଏ ଯିଏ, ସାରା ଆକାଶ ହୁଏ ତା' ର। ନଭଶ୍ଚୁମ୍ବି ଗଗନରେ ଉଡ଼ି ବୁଲେ ଯୋଜନ ଯୋଜନ ଦୂର।

ଆଉ ଯେ ପାରେନା, ତା ଡେଣା ହୁଏ କ୍ଷତ ବିକ୍ଷତ । ସେ ଅଦୃଶ୍ୟ ହୋଇଯାଏ ଆବର ସାଗରର ଭଉଁରୀ କାଟୁଥିବା କୃଷ୍ଣ ଗର୍ତ୍ତରେ। ଲିଭିଯାଏ ତା'ଚିହ୍ନ ବର୍ଣ୍ଣ ତା' ପରିଚିତି।

ମୋ ପାଇଁ ସବୁ ଥିଲା ଏକାକଥା। ଦୌଲଦିଆ ହେଉ ବା ବମ୍ବେ। ଏ ସବୁ କେବଳ ମାନଚିତ୍ର, ଫଟୋ ରେ ଦେଖିଥିଲି ଓ ଅଷ୍ଟମ ଶ୍ରେଣୀ ବହିରୁ ଯାହା ପଢିଥିଲି ସେତିକି।

ମୋର ଧାରଣା ଦୃଢ ହେବାରେ ଲାଗିଥିଲା। ଏଠାକୁ ମଧ୍ୟ ମତେ ସେମିତି କିଛି ଉଦ୍ଦେଶ୍ୟରେ ଅଣା ଯାଇଛି ନିଶ୍ଚୟ ।

ଫରକ୍ ଏତିକି ଯେ, ଅନ୍ଧ ଗଳିର ରାଣୀ ମହୁମାଛି କିଛି ଟଙ୍କା ବିନିମୟରେ ମତେ କିଣିନେଇଥିଲା। ଢାକା ଷ୍ଟେସନ୍‌ରେ ବନ୍ଧୁତାର ମୁଖା ପିନ୍ଧି ଛଳନାର ଗଡ଼ ଜୟ କରିଥିବା ସେଇ ଦୁଇଜଣ ରୁମ୍‌ମେଟ୍ ଝିଅଙ୍କ ସହ ଓହ୍ଲାଇ ଥିଲି ଓ ସ୍ୱାଗତ କରିଥିଲେ ଦାଦା ନାମ ଧାରି ଦୁଇ ଦେହଦଲାଲ। ।

ଏଠି ମତେ ରିସିଭ୍ କଲା ଗୋଟେ ଗୁରୁଗମ୍ଭୀର, ପ୍ରତିକ୍ରିୟାହୀନ ଶକ୍ତ ଶିଳା ଖଣ୍ଡେ ପରି ଦିଶୁଥିବା ଜଣେ ସୌମ୍ୟାଦର୍ଶୀ ଯୁବକ। ଯେ ଡ୍ରାଇଭ୍ କରି ଲକ୍ଷ୍ୟ ସ୍ଥଳରେ ପହଞ୍ଚାଇବାରେ ତିଳେ ମାତ୍ର ଅବହେଳା କରୁନ' ଥିଲା। ଖୁବ୍ ନିଷ୍ଠାର ସହ କୁଆଡ଼େ ମନ ଧ୍ୟାନ ନ' ଦେଇ ସିଧା ଗାଡ଼ି ଚଲାଇ ଗନ୍ତବ୍ୟସ୍ଥଳରେ ପହଞ୍ଚାଇ ଦେଲା।

ଏତେ ସବୁ ପରେ ବି କେଉଁ କୋଣରେ ଗୋଟିଏ ଅଜବ୍ ଶାନ୍ତିର ଅନୁଭବ ହେଉଥିଲା। ନିଜ ଦେଶ, ନିଜ ମାଟିକୁ ପୁନର୍ବାର ଫେରି ପାରିବି ବୋଲି କେବେ ବି

ଆଶା ନ'ଥିଲା। ଅସମ୍ଭବ ମନେ ହେଉଥିବା କଥାଟି ଯେତେବେଳେ ଘଟିଛି, ନିଶ୍ଚୟ ଭଗବାନଙ୍କର ଆଉ କିଛି ବିଡ଼ମ୍ବନା ଥିବ। କିଛି ଗୋଟେ ଚମତ୍କାର ଘଟିଯିବ। କିଏ ଜାଣେ ମୁଁ ଫେରିଯିବି ପୁଣି ମୋ କୋରାପୁଟ ମାଟିକୁ!

ଗାଡ଼ି ବ୍ରେକ୍ ମାରିଲା। ମୁଁ ବାହାରକୁ ଚାହିଁଲି।

ପ୍ରାୟ ଏକୋଇଶ ମହଲାର ଆପାର୍ଟମେଣ୍ଟ। ଗାଡ଼ି ଦେଖି ଦରୱାନ୍ ଗେଟ୍ ଖୋଲିଲା। କାର୍ ଭିତରକୁ ପଶିଲା।

ଯୁବକ ଜଣଙ୍କ ଗାଡ଼ିରଖି ତତ୍ପରତାର ସହ ଓହ୍ଲାଇ ପଡ଼ିଲା। ଆଦେଶ ଦେବା ଭଙ୍ଗିରେ ପଛଡୋର ଖୋଲି ଅପେକ୍ଷା କଲା। ତା'ର ଅର୍ଥ ଓହ୍ଲା ଏଥର। ମୁଁ ପୂର୍ବ ନିର୍ଦ୍ଧାରିତ ସେଟେଙ୍ଗ୍ ହେଇଥିବା ଯନ୍ତ୍ରମାନବ ପରି ଓହ୍ଲାଇ ପଡ଼ିଲି। ଦି' ହଳ ସାଲୱାର କାମିଜ୍ ଓ ନିଜର ନିତ୍ୟ ଆବଶ୍ୟକ ଜିନିଷ ଥିବା କାନ୍ଧ ବ୍ୟାଗ୍ ଟି ପିଠି ପଟେ ଗଳାଇଦେଇ ଚାଲିଲି ତା' ପଛେପଛେ।

ଲିଫ୍ଟ ଭିତରେ ପଶି ଏଗାର ନମ୍ବରରେ ବଟମ୍ ପ୍ରେସ୍ କଲା। ମୁଁ ଯା ଭିତରେ ଦୁଇଥର ତେରଛା ନଜର କରି ଯୁବକଟି ଭାବଭଙ୍ଗୀକୁ ଲକ୍ଷ୍ୟ କରି ସମ୍ଭାବ୍ୟ ଭୟାଭୟତାକୁ ଆକଳନ କରୁଥିଲି, ସେ କିନ୍ତୁ ଥରେମାତ୍ର ମୋ ଆଡ଼କୁ ଚାହୁଁ ନ'ଥିଲା। ଯଦିଓ ମୁଁ ଅନୁଭବ କରିପାରୁଥିଲି ତା' ତୀକ୍ଷ୍ଣ ନଜର ଲଦି ହେଇଛି ମୋ' ଉପରେ। ଲିଫ୍ଟରୁ ବାହାରି ଦରଜା ପାଖରେ ବେଲ୍‌ମାରିଲା।

କବାଟ ଖୋଲିଲା ଗୋଟେ ସାତ ଆଠ ବର୍ଷର ଛୋଟପିଲା। ଯୁବକର ନିର୍ଦ୍ଦେଶ କ୍ରମେ ଘର ଭିତରକୁ ଗଲି।

ଅଧା ଶୋଇବା ଢ଼ଙ୍ଗରେ ଦିୱାନ୍ ଉପରେ ଆଉଜି ପଡ଼ିଥାଆନ୍ତି ସେ। ସ୍ୱାସ୍ଥ୍ୟ ପ୍ରତି କେତେ ଯତ୍ନଶୀଳ ତା' ତାଙ୍କ ଶରୀର ଗଠନରୁ ସ୍ପଷ୍ଟ ବାରିହେଇ ପଡୁଥାଏ। ସମ୍ଭ୍ରାନ୍ତ ପରି ଦିଶୁଥିବା ମହିଳାଙ୍କୁ ପଫ୍‌ହାତ ୱାଲା ବ୍ଲାଉଜ୍, ଦାମୀ ମେରୁଇନ୍ ରେଶମୀ ଶାଢ଼ୀ ଖୁବ୍ ମାନୁଥାଏ। ଗଳାରେ ଆଙ୍ଗୁଠି ମୋଟର ଝଟକୁ ଥିବା ସୁନାଚେନ୍। ଦାଉଦାଉ ଉଜ୍ଜ୍ୱଳ ଦିଶୁଥିବା ସଫେଦ୍ ପଥର ବସା ଲମ୍ବାଲମ୍ବା କାନଝରା। ରଙ୍ଗବେରଙ୍ଗର ମେଞ୍ଚେ ମେଞ୍ଚେ ଦି' ମୁଠା ପାଣି ଚୁଡି ପିନ୍ଧା ହାତରେ ଘୁଡ଼୍‌ଘୁଡ଼୍ ଶବ୍ଦ କରୁଥିବା ହୁକ୍କାର ପାଇପ୍। ଘରସାରା ଅଦ୍ଭୁତ ନୀରବତା ସହ ଗୋଟେ ଅଜବ୍ ଗନ୍ଧ ଘୁରି ବୁଲୁଥିଲା। ଗମ୍ଭୀର ଦିଶୁଥିବା ମହିଳା ଜଣଙ୍କ ଧିର ସ୍ୱରରେ କହିଲେ "କୈସି ହୋ ଅହଲ୍ୟା ?"

ଆଗରୁ ପରିଚିତ ପରି ଅଜଣା ମହିଳାଙ୍କ ପାଟିରୁ ନିଜ ନାଁ ଟା ଶୁଣି ଚମକି ପଡ଼ିଲି। ମୁଣ୍ଡ ଉଠାଇ ସିଧା ଚାହିଁଲି ତାଙ୍କ ମୁହଁକୁ। ହୁ ବ ହୁ ଅମୀସା ବିବି । ଖାଲି ଯାହା ଭିନ୍ନତା ଥିଲା ତାଙ୍କ ପରିପାଟି।

ମୁଁ କିଛି କହିଲି ନାହିଁ।

...ତୁମେ ଏଥର ଆସିପାର ରାଘବ।

ମହିଳାଙ୍କ ନିର୍ଦ୍ଦେଶରେ ଯୁବକ ଜଣକ ଚାଲିଗଲା।

ଓ୍ୱା..କ୍ୟା ଖୁବ୍ । ଯେସା ନାମ୍, ଓ୍ୱସି ସୁନ୍ଦରତା। ଅନ୍ଦର ଆଓ ଅହଲ୍ୟା।

ସେ ମୋ ହାତ ଧରି ଭିତରକୁ ଡାକିନେଲେ।

ଭିତରେ ଆଉ ତିନୋଟି କୋଠରୀରେ। ଗୋଟେ ବଡ଼ ହଲ୍। ସୁନ୍ଦର ସାଜସଜ୍ଜା। କୋଠରୀମାନଙ୍କରୁ ଚାରି ପାଞ୍ଚ ଜଣ ଝିଅ ବାହାରି ଆସି ଦୁଆର ବନ୍ଧ ପାଖରେ ଉଣ୍ଡିଲେ ମତେ। ଭାରି ଅଡୁଆ ଲାଗିଲା। ଏପରି ପରିସ୍ଥିତିର ସାମ୍ନା କରି ସାରିଥିବାରୁ ମୋ ଅନୁମାନ ହିସାବରେ ଯା' ହେବ ଦେଖାଯିବାର ମନୋବଳ ନେଇ ମୁଁ ସେ ସବୁକୁ ଖାତିର୍ ନ' କରିବା ପରି ଛିଡ଼ାହେଇ ରହିଲି। ଝିଅ ଗୁଡ଼ିକ କିନ୍ତୁ ସୁନ୍ଦର ଓ ଶିକ୍ଷିତା ପରି ଦିଶୁଥାଆନ୍ତି। ଭଲ ବେଶପୋଷାକ।

ମତେ ଗୋଟିଏ କୋଠରୀ ଦେଖାଇ ଦିଆଗଲା। ଯେଉଁଠି ଆଗରୁ ଦୁଇଜଣ ଝିଅ ରହିଥିଲେ।

ରାତ୍ରି ଭୋଜନ ବେଳେ ସମସ୍ତେ ଏକତ୍ରିତ ହେଲେ। ମୁଁ ବି। ନିଜ ବିସ୍ତୃତ ପରିଚୟ ଦେଲେ ମହିଳା ଜଣକ। ଗୁଲାବୀ ବେଗମ୍। ମତେ ତାଙ୍କପାଖକୁ ଡାକିଲେ। ପାଖରେ ବସାଇ ଭାରି ଆଦରରେ ଖୁଆଇଲେ। ମଥାରେ ହାତ ବୁଲେଇ ବହୁତ ଆପଣାର ଭାବ ଦେଖାଇଲେ।

ଏଠି ସମସ୍ତେ ମୋ ପାଖରେ ସୁରକ୍ଷିତ। ସୁରୁଖୁରୁରେ ନିଜ କାମ ତୁଲାଇଲେ କାହାକୁ କୌଣସି ପ୍ରକାର ଅସୁବିଧା ହୁଏ ନାହିଁ। ଏଇଟା ଗୋଟେ ଲେଡିଜ୍ ହଷ୍ଟେଲ। ଦିନ ବେଳା ଝିଅମାନେ ବାହାରକୁ ଯାଆନ୍ତି। ପାଠ ପଢନ୍ତି। ଚାକିରୀ ବି କରନ୍ତି। ରାତିରେ ତାଙ୍କ ରୂପ ଓ ଡିଉଟି ବଦଳି ଯାଏ।

କାହା ଫ୍ଲାଟରେ କଣ ଘଟେ କାହାର ଜାଣିବାର ଆଗ୍ରହ କି ସମୟ ନାହିଁ ଏଠି। ହେଲେ ବି ସୋସାଇଟିରେ ଶୃଙ୍ଖଳିତ ଭାବେ ରହିବାକୁ ହେଲେ କିଛି ଟା ନିୟମ ମାନିବାକୁ ପଡେ। ଏଠାକୁ କୌଣସି ଗରାଖ ଆସନ୍ତିନାହିଁ। ବରାଦ ମୁତାବକ ସେମାନଙ୍କ ପାଖକୁ ପଠାଇ ଦିଆଯାଏ। କାହାକୁ କାନୋ କାନ୍ ପତ୍ତା ଲାଗେନା। ଝିଅଙ୍କର ପଢା ଖର୍ଚ୍ଚ ଓ ହାତ ଖର୍ଚ୍ଚ ଉଠିଯାଏ। ବାକି ମୋ'ର।

ଏତେ ସବୁ କହିବା ଭିତରେ ଗୁଲାବୀ ବେଗମ୍ ପୁଣିଥରେ ମୋ ରୂପ ପ୍ରଶଂସା କରିବାକୁ ଭୁଲି ନଥିଲା। ଖୁଦା ତେରେ ଉପର ମେହେରବାନ୍ ହେ। କିଃ ସୁନ୍ଦର ହେଇଛୁ ସତେ!

ମୋ କପାଳରେ ହାତଦେଇ ନିଜ ଶେଷ ବାକ୍ୟ ଶୁଣାଇବାକୁ ଭୁଲି ନଥିଲା। 'ପଞ୍ଜୁରୀ ଭିତରେ ଥିଲେ ବି ପକ୍ଷୀ ଖାଇ ପିଇ ଆରାମରେ ରହିପାରେ।

ଫଡ଼୍‌ଫଡ଼୍ ହେଉଥିବା ପକ୍ଷୀର ଡେଣା କାଟି ସମୁଦ୍ରରେ ଫିଙ୍ଗିଦେବା ଛଡ଼ା କୌଣସି ବିକଳ୍ପ ଆଜିଯାଏ ଶିଖିନାହିଁ।'

ପରୋକ୍ଷରେ ଦେଇଥିବା ଧମକଟି ବୁଝି ନେଲି ଚଟାପଟ୍।

ପ୍ରକୃତରେ ମୋର ସେଠି କୌଣସି ଅସୁବିଧା ହେଉନଥାଏ। ରହିବା ଓ ଖାଇବା, ପିଇ ବାରେ। ବନ୍ଦ କୋଠରୀ ଭିତରେ ଯାହା ରହିରହି ନିଜ ଅନାଗତ ଭବିତବ୍ୟକୁ ଅପେକ୍ଷା କରିବା ଛଡ଼ା କିଛି ଉପାୟ ନ'ଥିଲା। ଦିନକୁଦିନ ଅସହାୟ ବି ଲାଗୁଥିଲା ଛଟପଟ ଲାଗୁଥିଲା। ଯାହାହେଲେ ବି ମନୋବଳ ଟିକକ ସଞ୍ଚୟ କରି ରଖିଥାଏ। ଏକ ମାତ୍ର ଲକ୍ଷ୍ୟ ଯେମିତି ହେଲେ ଏ ନର୍କରୁ ବାହାରିବି। ଔଷଧ ଖାଇ ମୁଁ ସମ୍ପୂର୍ଣ୍ଣ ସୁସ୍ଥ ହେଇଗଲି।

ବେଗମର ନିର୍ଦ୍ଦେଶରେ କିଛିଦିନରେ ବଦଳି ଗଲା ମୋ ରୂପ ରଙ୍ଗ। ମୋ ହେୟାର୍ ଷ୍ଟାଇଲ୍ । ମୋ ଡ୍ରେସ୍ । ପାର୍ଲର ନେଇ ନିଜ ମନମୁତାବକ ଫିଟ୍ କରାଇ ନେଇଥିଲା ବେଗମ୍। ଆଇନାରେ ନିଜକୁ ଦେଖି ଚିହ୍ନି ପାରିଲିନି।

....ବିଶ୍ୱାସ କରନ୍ତୁ। ଇଏ ଏକଦମ୍ ଫ୍ରେସ୍। ଇଂସାଆଲ୍ହା, ଆପଣଙ୍କୁ ଠକିବି ? ହାଃ ହାଃ ହାଃ ଖୁଦା ମାଫ୍ କରିବେନି। ଏ ଗୁଲାବୀ ଯାହା କହେ ସେୟା କରେ। ଓକେ। ଇଭିନିଂରେ ଭେଟୁଛି। ଫୋନ୍ ରଖି ବେଗମ୍ ମତେ ପାଖକୁ ଡାକିଲା ଓ ବୁଝାଇଦେଲା।

ସେଦିନ ମୋ ପାଇଁ ଆସିଥିଲା ପ୍ରଥମ କଲ୍। ବେଗମ୍ ହଲ୍‌ରେ ବସି ନମାଜ୍ ପଢିବା ଆଗରୁ ମତେ ରେଡି ହେବାକୁ କହିଥିଲା। ତା'ର ନମାଜ୍ ପଢା ଶେଷକଲା ପରେ ବାହାରି ଯିବାକୁହେବ।

ବେଣୀପରା ଲମ୍ବାବାଳ ଠାରୁ ସର୍ଟ ଲେଜର୍ କଟ୍, ସାଲଓ୍ୱାର ଠାରୁ ଗୋଲାପୀ ରଙ୍ଗର ସ୍କିନ୍ ଫିଟ୍ ଗାଉନ୍ ତା ସହିତ ସେଇ ରଙ୍ଗର ଲିପଷ୍ଟିକ୍ । ଗାଲରେ ରୋଜ୍ ପାଉଡର, ଆଖିରେ ଲାଞ୍ଜି ଟଣା କଜ୍ଜଳ। ପ୍ରସ୍ତୁତ ହେବାରେ ରୁମ୍‌ର ଝିଅମାନେ ସାହାଯ୍ୟ କଲେ। ବେଗମ୍ ତାରିଫ୍ କଲା। କୌଣସି ପପୁଲାର ମାଗାଜିନ୍ ଫ୍ରଣ୍ଟ ପେଜ୍‌ର ମଡେଲ୍ ଠାରୁ କମ୍ ନୁହେଁ। ଉଃଫ୍ କି ଫିଗର୍। ଆକ୍ଟ୍ରାଟିଭ୍। ସଦ୍ୟ ଫୁଟିଥିବା ଗୋଲାପର କଢିଟିଏ ତ' କହି ମୋ ଛାତି ପିଠି, ବେକ, ଗାଲରେ ଦି' ଥର ହାତ ବୁଲାଇ ଆଣି ଚୁମା ଦେଲା।

ମୁଁ ସାଙ୍କୁଡି ପଡିଲି। ସାରା ଶରୀରକୁ ତୀକ୍ଷ୍ଣ ଛୁରୀରେ କିଏ ଯେମିତି କାଟି

ପକାଇଲା ! ତା'ର ପ୍ରଶଂସା ଶୁଣି ମତେ ଖୁବ୍ ଜୋର୍‌ରେ କାନ୍ଦ ଲାଗିଲେ ବି ମୁଁ କାନ୍ଦିଲି ନାହିଁ। ଦୌଲଦିଆଘାଟରୁ ପ୍ରତିଜ୍ଞା କରିଥିଲି, ଆଉ କାନ୍ଦିବି ନାହିଁ। ଲଢ଼ିବି ଆଉ ମୁକୁଳିବି ଦିନେ। କେତେ ପରୀକ୍ଷା ନେଇ ପାରିବ ନିଅ ଭଗବାନ। କିନ୍ତୁ କଣ କହିଲା ସେ, ଗୋଲାପ କଢି..

ହୁଁଃ...ଯେଉଁ କଢିଟିକୁ ହୁଏତ କେବେ ଫୁଲହୋଇ ଫୁଟିବାକୁ ଦିଆଯିବ ନାହିଁ। କେବେ ବି ଭଗବାନଙ୍କ ଚରଣରେ ଲାଗିବ ନାହିଁ କି କେଉଁ ପ୍ରେମିକର ମନ ଗହନରେ ବସାଟିଏ ବାନ୍ଧି ପାରିବ ନାହିଁ! ଦୁଇ ଚାରିଥର ଆଘ୍ରାଣ କଲାପରେ, ପାଦରେ ଦଳାହେଇ ଅଳିଆ ଗଦାରେ ଭାଗ୍ୟ ଦରାଣ୍ଡିବା ହିଁ ତା'ର ଭାଗ୍ୟ। ବେଗମ୍ ପ୍ରଶଂସାର ପ୍ରତିଉତ୍ତରରେ ଏମିତି ତାଚ୍ଛଲ୍ୟଭରା ବାକ୍ୟଟି ନୀରବରେ ବାହାରି ଆସି ଶୂନ୍ୟରେ ମିଳାଇଗଲା। ନିଜ ବାକ୍ୟଟି ନିଜ କାନକୁ ବି ଅଡୁଆ ଲାଗିଲା। ଚେତନାକୁ ଥରାଇଦେଲା।

ଡାଏରୀର ପୃଷ୍ଠା ସହ ପରିବର୍ତ୍ତିତ ହେଉଥିଲା ଅହଲ୍ୟା ଜୀବନର ନକ୍ସା। ଛାତି ଭିତରର ତୀବ୍ର ଆନ୍ଦୋଳନ ସହ ଦୀର୍ଘ ନିଶ୍ୱାସ ମାରି ଅଣ୍ଟା ସଳଖ କଲା କଲ୍ଲୋଳ। ଇତିହାସକୁ ପରିବର୍ତ୍ତନ କରିବାର କ୍ଷମତା ତା'ପାଖରେ ନାହିଁ। କାହା ପାଖରେ ବି ନ' ଥାଏ। ଘଟିସାରିଥିବା ଘଟଣାକୁ ଖାଲି ପଢିବା କଥା। ସେ ପୃଷ୍ଠା ଲେଉଟାଇଲା।

ଫ୍ଲାଟ୍ ତଳେ ଗାଡ଼ିରେ ଅପେକ୍ଷା କରିଥିଲା ରାଘବ। ମୁଁ ଆଉ କିଛି ଚିନ୍ତା କରୁ ନ' ଥିଲି। ନିର୍ଭୀକ ଭାବରେ ସିଧା ଗାଡ଼ିର ଡୋରଖୋଲି ପଛରେ ବସିପଡ଼ିଲି। ଯେମିତି ଏ ସବୁରେ ଆଗରୁ ମୁଁ ଅଭ୍ୟସ୍ତ।

ଆଜି ବି ରାଘବ ଥିଲା ସେଦିନ ପରି ସୁଟ୍‌ବୁଟ୍‌ରେ ଟିପ୍‌ଟପ୍ ଓ ଚୁପ୍‌ଚାପ୍। ବେଗମ୍ ଆସି ପାଖରେ ବସିଲା ପୁରା ରାଜକୀୟ ଠାଣିରେ ରାଣୀ ପରି।

ପଛ ସିଟ୍‌ରେ ବସି ଗାଡ଼ି ମିରର୍‌ରେ ନିଜର ପରିବର୍ତ୍ତିତ ରୂପକୁ ଥରେ ମାତ୍ର ଚାହିଁଲି, ବାସ୍ ଆଖିବନ୍ଦ କରିଦେଲି।

ବାଟସାରା କେବଳ ବେଗମ୍‌ର ପାଟି ଚାଲିଥାଏ। କେମିତି ବସିବୁ, କେମିତି କଥା ହେବୁ, କେମିତି ଛିଡ଼ା ହେବୁ ପୁନର୍ବାର ମନେପକାଇ ଦେଉଥାଏ।

ଏ କ୍ଲାଏଣ୍ଟ ଯାଇତାଇ ଲୋକ ନୁହେଁ। ବହୁତ ମାଲଦାର୍ ଆଉ ପାୱାରଫୁଲ୍। ଯେ ରାତିକୁ ପଚିଶ ହଜାର ଟଙ୍କା ଉଡାଇ ପାରୁଛି ତା' ମନ ମୁତାବକ ମନ ଖୁସି ହେବାର ସମ୍ପୂର୍ଣ୍ଣ ଅଧିକାର ଅଛି। ଆମର ବି କର୍ତ୍ତବ୍ୟ।

ମନେ ରଖିଥା ଗ୍ରାହକ ହେଲେ ସାକ୍ଷାତ ଈଶ୍ୱର। ଦୌତଦିଆଘାଟ୍‌ରେ କରିଥିବା କାରନାମା ବିଷୟରେ ମୁଁ ସମ୍ପୂର୍ଣ୍ଣ ଅବଗତ ଅଛି। ତା'ର ଯେପରି ପୁନାରାବୃତ୍ତି ନ'ହୁଏ।

ଭୁଲିବୁନି ଏ କଥା। ନିଜ ଔକାତ୍ ମନେ ରଖିବୁ ଅହଲ୍ୟା। ଶେଷ ପଦକରେ ସ୍ୱରରେ ଭାରି ଶକ୍ତ ଓ ଉଗ୍ର ଭାବ ଥିଲା।

ବନ୍ଦଆଖିରେ ଭାବୁଥିଲି ଆଜି ତେବେ ମୋ ପାଇଁ ଅପେକ୍ଷାରତ ଈଶ୍ୱରଙ୍କୁ ଭେଟିବାକୁ ଯାଉଛି। ଈଶ୍ୱର ଦେଇଛନ୍ତି ଈଶ୍ୱରଙ୍କ ଠିକଣା। ହାଃ ହାଃ ହାଃ ଅହୋ ଭାଗ୍ୟ। ନିଜ ହସ ନିଜ ଭିତରେ ଏକ ଅଜବ ପ୍ରକାର ଗୁଞ୍ଜରଣ ସୃଷ୍ଟି କଲା। ଆତ୍ମବଳ ଅଚାନକ ବଢ଼ିଗଲା ପରି ଲାଗିଲା ।

ଆଜି ତେବେ ଈଶ୍ୱର ଖୁଦ୍ ଏ ସାମାନ୍ୟ ନାରୀର ବାଟ ଚାହିଁ ବସିଛନ୍ତି। ଏଇ ଅହଲ୍ୟା ତାଙ୍କ ତୃଷ୍ଣା ମେଣ୍ଟାଇବ! ଅହରହ ଦଂଶୁଥିବା କାମନାର ଅଗ୍ନିକୁ ନିର୍ବାପିତ କରିବ! ଅହଲ୍ୟା ହେବ ଈଶ୍ୱରଙ୍କ ଶଯ୍ୟାସଂଗୀନି! ଅବଦମିତ ଇଚ୍ଛାମାନଙ୍କ କବଳରୁ ଅହଲ୍ୟା ଦେବ ମୁକ୍ତି। ଈଶ୍ୱର ପାଇବେ ଶାନ୍ତି, ମିଳିବ ଆତ୍ମତୃପ୍ତି। ତେବେ ତ'ଅହଲ୍ୟା ଅମର ହୋଇଯିବ! ଇତିହାସରେ ଲିପିବଦ୍ଧ ହୋଇ ରହିଯିବ ଚିରକାଳ! ଆହାଃ ମୋ ଈଶ୍ୱର, ତୁମେ ଅପେକ୍ଷା କର, ମୁଁ ଏଇ ଯାଉଛି। ମୋ'ର ସାନିଧ୍ୟ ଲାଭ କରିବାର ସୁଯୋଗ ଦେବି। ତୁମେ ପରମ ଶାନ୍ତି ଲଭିବ! ହାଃ ହାଃ ତାଚ୍ଛଲ୍ୟପୂର୍ଣ୍ଣ ବିଷ ହସଟେ ଫିଙ୍ଗିଲି।

ବେଗମ୍ ଚକିତ ହେଇ ମୋ ଆଡ଼କୁ ଚାହିଁଲା। ବନ୍ଦ ଆଖିରେ ମୁଁ ଅନୁମାନ କରିନେଲି। ତା'ପରେ ବେଖାତିର୍ ଭାବେ ସେ ବାହରକୁ ଆଖି ଫେରାଇ ନେଲା। ରାଘବ ସାମାନ୍ୟ ହଲିଲା ନାହିଁ। ସେମିତି ପାଷାଣ ପରି ଆଗରୁ ଚାହିଁ ଏକନିଷ୍ଠ ହୋଇ ଗନ୍ତବ୍ୟସ୍ଥଳକୁ ମାଡ଼ି ଚାଲିଲା।

ଗାଡ଼ି ବ୍ରେକ୍ କଷିଲା। ସାମାନ୍ୟ ଝୁଙ୍କି ପଡ଼ିବା ସହ ଆଖି ଖୋଲିଗଲା ମୋର। ସେତେବେଳକୁ ପହଞ୍ଚି ସାରିଥିଲୁ ନିର୍ଦ୍ଦିଷ୍ଟ ସ୍ଥାନରେ। ମୁଁ ବସିଥିଲି କାର୍ ଭିତରେ। ବେଗମ୍ ବାହାରିଗଲା ଓ ଅଳ୍ପ ସମୟ ଭିତରେ ଫେରିଆସିଲା।

ତା' ଇସାରା ମୁତାବକ ଗାଡ଼ିରୁ ବାହାରିଲି। କହିଲା ଯା' ଭିତରକୁ ଯା'। ମୋ କଥା ମନେରଖିଥିବୁ। ନୋ ନଖରାମୀ। ଓକେ? ବେଷ୍ଟ ଅଫ୍ ଲକ୍ କହି ଗାଡ଼ିରେ ବସି ପଡ଼ିଲା। ମୁଁ ଆସ୍ତେ ଆସ୍ତେ ଗେଟ୍ ଦେଇ ଭିତରେ ପଶିଲା କ୍ଷଣି ଗାଡ଼ି ପାଏଁ କିନା ଫେରିଗଲା। ପଛକୁ ଫେରି ଚାହିଁଲି ଯେବେ ବେଶୀ ଅସହାୟ ଲାଗିଲା। ଯଦିଓ ମୋ ଅସହାୟତାର କାରଣ ସେମାନେ। କିନ୍ତୁ କାହିଁକି ଭାରି ଶୂନ୍ୟ ଲାଗିଲା। କିଏ ଯେମିତି ଅକାତକାତ ମଝି ଦରିଆରେ ଫିଙ୍ଗି ଦେଲା, ବର୍ଜ୍ୟବସ୍ତୁ ଫିଙ୍ଗିଲା ପରି।

ରାସ୍ତାସାରା ବେଗମ୍ ଯାହା ସବୁ କହି ଥିଲା ସେ ସବୁ ମୁଁ ପାସୋରି ଗଲି । ହାଇ ହିଲ୍ ମୋ ପାଇଁ ଅଡୁଆ ହେଲା। ଗୋଡ଼ ଛନ୍ଦି ହେଇଯିବାର ଭୟରେ ଗାଉନ୍‌ର

ଗୋଟେ ପାଖକୁ ବାଁ ହାତରେ ସାମାନ୍ୟ ଟେକିଧରି ଚାରିଆଡ଼କୁ ଚାହିଁଲି ଓ ଭିତରକୁ ପାଦ ବଢ଼ାଇଲି।

କାଖରେ କଳସୀ ଧରି ନୃତ୍ୟ ଭଙ୍ଗିରେ ଫାଉଣ୍ଟେନ୍ ତଳେ ଭିଜୁଥିଲା ଶଙ୍ଖ ମଲ୍‌ମଲ୍ ମାର୍ବଲର ନାରୀ ମୂର୍ତ୍ତିଟିଏ। ଖଣ୍ଡେଦୂର ଯାଏ ଛିଟିକି ପଡୁଥିଲା ପାଣି ବୁନ୍ଦା। ଲାଳିତ୍ୟମୟ କୋମଳ ଅବୟବ, ଛିନ୍ନବସ୍ତ୍ରର ଆବରଣ ତଳୁ ଶଙ୍ଖଶୁଭ୍ର ସ୍ତନଯୁଗଳ ଉକୁଟି ଉଠୁଥିଲା। ମୂର୍ତ୍ତିକର କେତେ ମନ ଦେଇ ଧୈର୍ଯ୍ୟର ସହ ଗଢ଼ି ଥିବ ନିଖୁଣ ନାରୀ ମୂର୍ତ୍ତି। ଅଙ୍ଗ ଅଙ୍ଗରେ ଭରିଦେଇଛି ଜୀବନ। ରୂପମୟୀ ପାଷାଣୀ ପ୍ରତିମା ସତେ କି ଜୀବନ୍ତ, କି ଅଦ୍ଭୁତ ! ଦୁନିଆରେ କେଉଁ ପୁରୁଷ ଥିବ, ଯାକୁ ଦେଖି ଯାହା ଚିତ୍ତ ଚହଲି ନଯିବ ! ତା' ଠାରୁ ଅଦ୍ଭୁତ ଥିଲା ତା' ଓଠରେ ଲାଖିରହିଥିବା ଧାରେ ରହସ୍ୟମୟ ହସ।

ଏମିତି ଅର୍ଦ୍ଧ ନଗ୍ନ ନାରୀମୂର୍ତ୍ତି ମୁଁ ଆଗରୁ ବି ଦେଖିଥିଲି । ହଷ୍ଟେଲ୍ ହଲ୍‌ରେ ଲାଗିଥିବା ଟିଭିରେ। ସିନେମାରେ ବଡ଼ବଡିଆଙ୍କ ଅଗଣାରେ ଶୋଭା ପାଏ। ତାଙ୍କ ଐଶ୍ୱର୍ଯ୍ୟ ଓ ଆଭିଜାତ୍ୟର ପ୍ରତିକ ରୂପରେ।

ଲନ୍ ପାସ୍‌କରି ଧିରେଧିରେ ଆଗକୁ ବଢିଲି। କାଚଦରଜା ପାଖରେ ପହଞ୍ଚିବା କ୍ଷଣି ଜଣେ ମଧ୍ୟ ବୟସ୍କ ଲୋକ ମତେ ଭିତରକୁ ଡାକିନେଲା। ସୋଫା ଉପରେ ବସିବାକୁ ଇଙ୍ଗିତ କଲା ଓ ଭିତରକୁ ଚାଲିଗଲା।

ଏକାନ୍ତ ଦେଖି ମୋ ସ୍ଥିର ଓ ନିଃଷ୍ପ୍ରଭ ଆଖି ହଳକ ସଜାଗ ହେଇଉଠିଲେ। କୋଠରୀର ଚତୁର୍ଦ୍ଦିଗରେ ଥରଟିଏ ପହଁରି ଆସିଲେ।

କାନ୍ଥରେ ଅଙ୍କା ଯାଇଥିବା ବଡ଼ବଡ଼ ତୈଳଚିତ୍ର। ସୋକେଶରେ ବିଭିନ୍ନ ସାଜସଜ୍ଜା ହେଇଥିବା କାଚକଣ୍ଢେଇ। ସାଇଡ୍ ଟେବଲ୍ ଉପରେ ସେରାମିକ୍‌ର ବଡ଼ ସାଇଜ୍ ଫୁଲଦାନୀ। ସୁଗନ୍ଧିତ ରଜନୀଗନ୍ଧାର ଗୁଚ୍ଛ। ବ୍ଲାକ୍ ମେଟାଲର ଅଣ୍ଟା ଉଚ୍ଚ ଦୁଇଟି ହାତୀଛୁଆ ଦରଜାର ଦୁଇ ପାଖରେ ଛିଡ଼ା ହୋଇ ଘରର ଶୋଭାକୁ ଦ୍ୱିଗୁଣିତ କରୁଥିଲେ। ଆଖି ଲାଖିଗଲା ପରି କୁନ୍ଦକାମ ହେଇଥିବା ଦିୱାନ୍ ଉପରେ ନିଜ ଶରୀରକୁ ଢ଼ଳେଇଦେଲି। ହାଇହିଲ୍ ଯୋଗୁଁ ଆଉ ମୁହୂର୍ତ୍ତେ ମାତ୍ର ଛିଡ଼ା ହୋଇ ରହିବା ମୋ ପକ୍ଷେ ଅସମ୍ଭବ ଥିଲା।

ଏମିତି ଆଲିଶାନ୍ ବଙ୍ଗଳା ମୋ 'ଜୀବନରେ ସ୍ୱଚକ୍ଷୁରେ ପ୍ରଥମଥର ଦେଖୁଥିଲି। ଏତେ ବଡ଼ ସୁସଜ୍ଜିତ ମହଲରେ ଏ ଲୋକ ଟି ଏକୁଟିଆ ? କାହିଁ କେହି ଦିଶୁ ନାହାନ୍ତି କାହିଁ ? କାହାର ବି ସ୍ୱର ଶବ୍ଦ ନାହିଁ। ସେ ଜାଗା ଏମିତି ବି ବେସ୍ ଶାନ୍ତ ଜଣା ପଡୁଥାଏ। ଏତେ ସମୟ ଲାଗିଥିଲା ଆସିବା ବେଳକୁ। ନିଶ୍ଚିତ କୋଳାହଳ ମୟ

ବମ୍ବେ ସହର ଠାରୁ ବେସ୍ କିଛି ଦୂର। ଏମିତି ପଇସାବାଲା ଲୋକ ସହ ମତେ ରାତିଟିଏ କାଟିବାକୁ ପଡ଼ିବ।

ମନେମନେ ଭାବିଲି, ଯାହାର ଏତେ ଧନ ଅଛି ତା' ପାଖରେ କଣ ସାମାନ୍ୟ ଉଦାର ଭାବ ନ' ଥିବ! ନିଶ୍ଚିତ ଥିବ। କହିଦେବି କି ଆଉ ମୁଁ ଏ ସବୁ କରିବି ନାହିଁ। କରି ପାରିବି ନାହିଁ। ମୁଁ ଘରକୁ ଯିବି। ପ୍ଲିଜ୍ ମୋ ବାପା ପାଖକୁ ମତେ ପଠାଇଦିଅ। ମତେ ଟିକେ ସାହାଯ୍ୟ କର। ମତେ ଜୋରକରି ଏଠାକୁ ପଠା ଯାଇଛି। ହଁ କହିଦେବି ଏ ଲୋକଟିକୁ। ଏଠି କୋଉ ଗୁଲାବୀ ବେଗମ୍ ଅଛି କି? ସେ ତ କେତେବେଳୁ ଗଲାଣି। ନେହୁରା ହେବି? ଯଦି ମୋ କଥା ସତମଣି ସାହାଯ୍ୟ କରି ଦେବ ମୁଁ ପାଦ ଧରି କୃତଜ୍ଞତା ଜଣାଇବି।

ମୋ ଭାବନା ଭିତରେ ଲୋକଟି ଫେରି ଆସି ମୋ ସାମ୍ନାରେ ବସି ସାରିଲାଣି। ଭାଙ୍ଗି ଗଲା ମୋ ଦିବାସ୍ୱପ୍ନ। ମୁହଁ ଉଠାଇ ଚାହିଁଲି। ଲୋକଟି ଦେଖିବାକୁ ନିହାତି କଦାକାର। ମୁହଁ ସାରା ବସନ୍ତ ଦାଗ। ଟାଁସିଆ ଦାଢି। ଚେପ୍‌ଟା ନାକ। ଭୟଙ୍କର ଆଖି। ଆରେ ଲୋକଟି ମତେ ଭିତରକୁ ଆଣିଲା ଅଥଚ ମୁଁ ଏବେ ଲକ୍ଷ୍ୟ କରୁଛି ଏତେକଥା!

ଯଦିଓ ବିନା ଆପତ୍ତିରେ ପ୍ରଥମ ଥର ପାଇଁ ଆସିଛି, କିନ୍ତୁ ଯା ପୂର୍ବରୁ ବିଛଣାରେ ଏମାନେ କେତେ ନୃଶଂସ ହୋଇପାରନ୍ତି, ଅନ୍ୟମାନଙ୍କ ଠାରୁ ଶୁଣି ସାରିଛି। ପୁରା ପଇସା ଉସୁଲ୍ କଲାଯାଏ ଝୁଣି ଚାଲନ୍ତି ସାରାରାତି। ଦିବାଲୋକରେ ସୁପ୍ତ ଥିବା ମୁଖା ତଳର ହିଂସ୍ରପଣ ରାତି ଅନ୍ଧାରରେ କାୟାବିସ୍ତାର କରେ। ସେଇଟା ମନେପଡିବା ମାତ୍ରେ ପାଦତଳ ଓ ହାତ ପାପୁଲି ଝାଳେଇ ଗଲା।

ଆଉ ଯଦି ଲୋକଟା ବେଗମ୍‌କୁ କହିଦିଏ ତ...ବାପରେ..ଡେଣା କାଟି ଫିଙ୍ଗିଦେବ। ନିଜ ଭିତରେ ନିଜ ଭାବନାକୁ ଚାପିଦେଲି। ନିଜକୁ ଦୃଢ଼ କଲି।

ଲୋକଟା ପ୍ରତି ସଦ୍ୟ ଜାଗ୍ରତ ହେଇଥିବା ଧାରଣକୁ ଆଧାର କରି ପ୍ରତ୍ୟେକ ପରିସ୍ଥିତିକୁ ସାମ୍ନା କରିବା ପାଇଁ ନିଜ ଭିତରେ ଖସଡ଼ା ତିଆରିକଲି। କିଛି ସମୟ ପରେ କିଛି ନ' କହି ହଠାତ୍ ଲୋକଟି ସେଠୁ ପୁଣି ଉଠି ଚାଲିଗଲା। ମେନ୍‌ଗେଟ୍ ବାହାର ପଟରୁ ଲକ୍ କରିଦେଲା।

ମୁଁ ଆଦୌ କିଛି ବୁଝିପାରିଲି ନାହିଁ। ମତେ ଡକାଇ ଦେଇ ଲୋକଟା ଗଲା କୁଆଡେ? ପୁଣି ଗେଟ୍ ଲକ୍ କଲା ବାହାର ପଟୁ। ହୁଏତ କଣ ପାଇଁ ଯାଇଥିବ, ଏଇ ମାତ୍ର ଫେରିଆସିବ। ଆସିଲା ନାହିଁ ଅନେକ ବେଳଯାଏ।

ଏ ଘରେ ଏବେ କେହି ନାହାନ୍ତି। ଆସିଲା ଠାରୁ ଫୁଲଦାନି ପାଖରେ ଥିବା

ଟେଲିଫୋନ୍ ଉପରେ ମୋ ନଜର। ଯେଉଁଟିକୁ ଦେଖି ନ'ଦେଖିଲା ପରି ୟାଡେସାଡେ ଚାହୁଁଥିଲି। ବାସ୍ ଏମିତି କିଛି ସୁଯୋଗ କୁ ମୁଁ କ'ଣ ହାତ ଛଡ଼ା କରି ଥାଆନ୍ତି! ରିସିଭର୍ ଉଠାଇ ଡାଏଲ୍ କଲି। ଆମ ଗାଁ ପୋଷ୍ଟ ଅଫିସ୍‌ର ଫୋନ୍ ରିଙ୍ଗ ହେଲା। ଥରେ ଦୁଇଥର ପାଞ୍ଚ ଥର। ହେଇ ହେଇ କଟିଗଲା। ଦ୍ୱିତୀୟଥର ଟ୍ରାଏ କରି ବାକୁ ଗଲା ବେଳକୁ କାହା ପାଦଶବ୍ଦ ଶୁଣି ଧଡ଼ କରି ଫୋନ୍ ଥୋଇ କିଛି ନ ଜାଣିଲା ପରି ଦୌଡ଼ି ଆସି ନିଜ ଜାଗାରେ ବସିଗଲି। ମନେପଡିଲା ରାତିରେ ପୋଷ୍ଟ ଅଫିସ୍ ତ ବନ୍ଦଥିବ!

ପାହାଚ ଦେଇ ତଳକୁ ଓହ୍ଲାଇଲେ ସିଏ। ମଧ୍ୟମ ସ୍ୱାସ୍ଥ୍ୟ। ଶ୍ୟାମଳ ରଙ୍ଗ। ଫ୍ରେଞ୍ଚ କଟ ଦାଢି। ସାମ୍ପୁ କରା ଗୋଲଡେନ୍ ଚୁଟି। ଫ୍ରେମଲେସ୍ ଚଷମା। ବୟସ ପଚାଶ ପଞ୍ଚାବନ ଉପରେ ହେବ। ବେଶପୋଷାକରୁ ଶିକ୍ଷିତ ଓ ବଡ଼ଲୋକ ପରି ଦିଶୁଥାଆନ୍ତି।

ହାଏ..ସରି ସରି..ଅନେକ ସମୟ ଅପେକ୍ଷା କରିବାକୁ ପଡ଼ିଲା। ନୁହେଁ? ଟିକେ କାମ ବାକିଥିଲା। ସାରିଦେଲି। ଏନିଓ୍ୱେ ଆସ। ଉପରକୁ ଯିବା' ଭାରି ସାଧାରଣ ଓ ସ୍ୱାଭାବିକ ଭାବରେ ସେ କହିଗଲେ। ଯେମିତି ଆଗରୁ ପରିଚିତ।

ଏ ଘରେ ଆଉ ବି ଜଣେ ଥିଲା। ନିଜ ଅଜ୍ଞତା ଓ ମୁର୍ଖତା ପାଇଁ ନିଜକୁ ଧିକ୍କାର କଲି ଓ ଚାବିଦିଆ କଣ୍ଢେଇଟି ପରି ଚୁପ୍‌ଚାପ୍ ଗଲି ଉପର ମହଲାକୁ।

ଉପର ମହଲାର ସୁସଜ୍ଜିତ ବେଡ଼ରୁମ୍ ସାଇଡ୍‌ରେ ଥିବା ବାଲ୍‌କୋନିରେ ପଡି ଥିବା ଚୌକିରେ ବସିଲେ। ମୋତେ ଆଖି ପୁରାଇ ଗୋଡ଼ ଠାରୁ ମୁଣ୍ଡଯାଏ ଘଡ଼ିଏ ଚାହିଁଲେ। ବୋଧହୁଏ ପୋଷାକ ତଳର ଅନାବୃତ୍ତ ଶରୀରର ଛବି ଆଙ୍କୁଥିଲା ତାଙ୍କ ଆଖି। ମୁଁ ତାଙ୍କ ଆଖି ଅଢୁଆଳରୁ ଦେଖିନେଲି ତାଙ୍କୁ। ତଳେ ବସିଥିବା ଆର ଲୋକଟି ପରି କଦାକାର ନୁହେଁ ଅବଶ୍ୟ। ସାମ୍ନା ଚୌକିରେ ବସିବା ପାଇଁ ଇସାରା କଲେ ମତେ।

..ତୁମ ନାଁ କଣ?

..ଅହଲ୍ୟା। ନିର୍ଭୀକ ଓ ନିସଂକୋଚରେ ଭାବେ ଉତ୍ତର ଦେଲି।

...ବାଃ ଅହଲ୍ୟା। ଖୁବ୍ ସୁନ୍ଦର ନାଁ ଟେ ତ!

ମୋ ଜାଣିବାରେ ଏ ଲାଇନ୍‌ରେ ତୁମେ ନୂଆ। ନୁହେଁ?

..ହୁଁ..

..ତୁମ ବୟସ?

...ସତର..

...ପଢ଼ିଛ ?

....ଆଜ୍ଞା..

..କେତେ ?

..ସତର ବୟସରେ କୌଣସି କ୍ଲାସରେ ଫେଲ୍ ନହେଇ ଯେତେ ପଢ଼ି ହେବ, ସେତେ..

ହାଃ ହାଃ ହାଃ ଓକେ ଓକେ, ମୋ' ଉତ୍ତର ଟିକେ ତୀକ୍ଷ୍ଣ ଥିଲା ? କ୍ରୋଧକୁ ସମ୍ବରଣ କାରିବାକୁ ଶତଚେଷ୍ଟା ପରେ ବି ଏମିତି ଭାବ ପ୍ରକାଶ ପାଇଗଲା। ଭାବିଲି ସେ କଡ଼ା ପ୍ରତିକ୍ରିୟା ଦେବେ। କିନ୍ତୁ ସେ ହସିଲେ। ପୁଣି ପଚାରିଲେ,

..ତୁମ ଘର ?

..ସରି ସାର୍, ମୋ ଜାଣିବାରେ ଆପଣ ବୋଧହୁଏ ମୋର ଆଜି ରାତିକର ଈଶ୍ୱର, ମାନେ ମୋ କ୍ଲାଏଣ୍ଟ। ରାତିକ ପାଇଁ ପଚିଶ ହଜାର ଟଙ୍କାରେ କିଣି ନେଇଥିବା ମୋ ପ୍ରଭୁ ପାଇଁ ଏ ନଗଣ୍ୟ ଭୃତ୍ୟର ପରିଚିୟ କ'ଣ ଏତେ ଜରୁରୀ ?

ସେ ଏଥର ଠୋ ଠୋ ହୋଇ ହସିଲେ। ହସିଲେ ଆହୁରି ହସିଲେ ହସିହସି କହିଲେ ବିୟୁଟି ଉଇଥ୍ ବ୍ରେନ୍। ଭେରିଗୁଡ଼ ଆଇ ଲାଇକ୍ ଇଟ୍। ଏମିତି ପର୍ସନାଲିଟି ମତେ ପସନ୍ଦ। ନିଡ଼ର, ନିର୍ଭୀକ।

ନିଡର, ନିର୍ଭୀକ ଶବ୍ଦଟି ମତେ ଅତୀତକୁ ନେଇଗଲା। ମୁଁ ବି ମନେମନେ ହସିଲି। ନିର୍ଭୀକତାର ପାଠ ପଢାଉ ଥିବା ମଣିଷ ପାଖରୁ ଆଜି କାହିଁ କେତେ ଦୂରରେ ! ଯେତେବେଳେ ସେ ମତେ ଶିଖାଉ ଥିଲେ ନିଡର ହଅ, ସ୍ମାର୍ଟ ହଅ ସେତେବେଳେ ହୁଏତ ହୋଇ ପାରି ନ' ଥିଲି। ହୋଇଥିଲେ ଆଜି କ'ଣ ଏଇଠି ଆସି ପହଞ୍ଚି ଥାଆନ୍ତି ! କେବେ ଆଉ ଭେଟି ପାରିବି ତାଙ୍କୁ ! ଅନୁଭବ କରି ପାରିବି ତାଙ୍କ ସାନିଧ୍ୟକୁ। କାସ୍ ସେଇ ମଧୁରଲଗନରେ ସମୟ ସ୍ଥିର ହୋଇ ଯାଇଥାଆନ୍ତା। ତାଙ୍କ ବାହୁବନ୍ଧନରେ ମୁଁ ଝୁଲି ରହିଥାଆନ୍ତି ଚିରକାଳ। ନିଜ ହାତରେ ରାନ୍ଧି ଦେଉଥାଆନ୍ତି ତାଙ୍କ ମନ ମୁତାବକ ସବୁ ଖାଦ୍ୟ। ତାଙ୍କ ପ୍ରିୟ ମାଛଭଜା। ପ୍ରତିଦିନ ତାଙ୍କ ପୋଷକ ପତ୍ର ଧୋଇ ଶୁଖେଇବାର ସୌଭାଗ୍ୟ ମତେ କ'ଣ ପ୍ରାପ୍ତ ହୋଇ ଥାଆନ୍ତା ! ମୁଁ କ'ଣ କେବେ ହୋଇ ପାରିଥାଆନ୍ତି ତାଙ୍କ ଛୋଟିଆ ସାମ୍ରାଜ୍ୟର ସମ୍ରାଜ୍ଞୀ ! ତାଙ୍କ ପ୍ରାଣପ୍ରିୟା ! ସେ କ'ଣ ମତେ ସେତିକି ଭଲ ପାଉଥିବେ, ଯେତିକି ମୁଁ ପାଇଛି ! ଓଫ୍ କ'ଣ ଭାବିଯାଇଥିଲି ମୁଁ ! ସେ କେଉଁଠି, ଆଉ ମୁଁ କେଉଁଠି ! ସ୍ୱପ୍ନରେ ବି ଭାବିବା ପାପଥିଲା। ବ୍ରାହ୍ମଣ ଘର ପିଲା ସେ। ମୋ ପରି ନୀଚଜାତିର ଝିଅକୁ କ'ଣ ପାଇଁ ବୋହୂ କରିଥାଆନ୍ତେ ତାଙ୍କ ଘରେ ! କି ଯୋଗ୍ୟତା, କି ତୁଳନା ମୋର ତାଙ୍କ ସହ। ସେତିକି ମୋର ସୌଭାଗ୍ୟ ଥିଲା କିଛି ଦିନ ନିଜ

ହାତରେ ରାନ୍ଧି ଖୁଆଇ ପାରିଲି। ସେଇ ଅମୁଲମୁଲ ଅଭୁଲା ମୂହୁର୍ତ୍ତ। ସାତତାଳ ପାଣି ସୁନା ଫରୁଆରେ ବୁଢୀ ଅସୁରୁଣୀ ଜୀବନ ଘଟିକାର ରହସ୍ୟ ସାଇତି ରଖିଲା ପରି ମୋ ଜୀବନର ଚାବିକାଠି ଯେ ସେଇ ନିର୍ଦ୍ଦିଷ୍ଟ କ୍ଷଣରେ ଅଟକି ରହିଛି କାହାକୁ ଜଣା ! ସେଇ କ୍ଷଣକୁ ମନେପକାଇ ସାରାଜୀବନ କାଟିପାରେ। ବାମନ ହୋଇ ସ୍ୱର୍ଗକୁ ହାତ ବଢାଇବାର ଧୃଷ୍ଟତା କରିବା ଉଚିତ ନଥିଲା। ଭଲ ହୋଇଛି କେବେ ନିଜ ଦୁର୍ବଳତା ଦେଖାଇ ନାହିଁ। ମୁହଁ ଖୋଲି ପ୍ରେମଭିକ୍ଷା କାରି ନାହିଁ। ତାଙ୍କ ସ୍ମୃତିରେ ହିଁ ସାରାଜୀବନ କଟିଯାଉ, ମୋର କୌଣସି ଆପତ୍ତି, ଅଭିଯୋଗ କାରିବାର ନାହିଁ ପ୍ରଭୁଙ୍କ ପାଖରେ।

ସେ ମତେ ହଲାଇଦେଲେ। କଣ ଭାବୁଛ ? ରିଅଲି ଖୁବ୍ ସୁନ୍ଦର ଡାଇଲଗ୍‌ଟେ କହିଲ ଅହଲ୍ୟା। ଆଇ ଲାଇକ୍ ୟୋର୍ ବ୍ରେଭନେସ୍ ଡିଅର। ଆଇ ଲାଇକ୍ ଇଟ୍। ମତେ ମଧ୍ୟ ନିଜ କାନକୁ ନିଜ ବାକ୍ୟ ଅଚିହ୍ନା ଲାଗିଲା। ଠିକ୍‌ରେ ପଦେକଥା କହି ପାରୁନଥିବା ଅହଲ୍ୟା ଯେ ଏକ ଧାରରେ ଏତେ କଥା ରୋକ୍‌ଠୋକ୍ କହିପାରେ ! ସତେତ !

ଲୋକଟି ନିହାତି କଦାକାର କି ଉଗ୍ର ଦେଖାଯାଉ ନ' ଥିଲା, ତେଣୁ ବୋଧହୁଏ ଅନ୍ତରର କୋହ ଏପରି ଭାଷର ରୂପ ନେଇ ଉଚ୍ଛୁଳି ପଡିଲା ଆଜ୍ଞାତରେ। ନିଜ ସାହସିକତା ପାଇଁ ନିଜକୁ ସାବାସି ଦେଲି।

ଯଦିଓ ଏ ସବୁ କାମରେ କୌଣସି ଔପଚାରିକତାର ଆବଶ୍ୟକତା ନାହିଁ, କାମ ସରିଲେ ତୁମେ ତୁମ ବାଟରେ ଆଉ ମୁଁ ମୋର..ତଥାପି ...

ସେ ମୋ କାନ୍ଧ ଉପରେ ହାତ ଥାପିଦେଲେ। ମୁଁ ସାମାନ୍ୟ ଡରିଗଲି। ଯା' ହେଲେ କଥା କହିବା ଅଲଗା କଥା, କାମ ବେଳକୁ ଅସଲ ସାହସ ଜଣାପଡେ।

..ରିଲାକ୍ସ..

ଭୟ କରିବାର କିଛି ନାହିଁ। ପ୍ରଥମେ ନିଜକୁ ସହଜ କର। ଆମ ପାଖରେ ସାରାରାତି ପଡ଼ିଛି। ଟିକେ ଗପି ପାରିବା ଆମେ। ମୋ ସଂକୋଚ ଭାବକୁ ଠଉରାଇ ନେଲେ ସେ।

ମୁଁ ନିର୍ନିମେଷ ଆଖି ରେ ଲୋକଟିକୁ ଚାହିଁଲି।

ସେ ହୁସ୍କି ବଟଲ୍ ଖୋଲି ଟିଲ୍ଡସୋଡା ମାଶାଇ ନିଜ ପାଇଁ ପେଗ୍ ବନାଇଲେ। ସୌଜନ୍ୟତା ଦୃଷ୍ଟିରୁ ମତେ ମଧ୍ୟ ଯାଚିଲେ, ମୁଁ ନେଲିନି। ସେ ମୋ ହାବଭାବରୁ ଅନୁମାନ କରିନେଲେ ବୋଧେ ମୁଁ ଏ ସବୁରେ ଅନଭ୍ୟସ୍ତ ।

ଲୋକଟିକୁ ବାଧ୍ୟ ବାଧକତା ଆଦୌ ପସନ୍ଦ ନୁହେଁ। ସେ ନିଜେ କହିଲେ ଏ କଥା। ବି କମ୍ଫଟବଲ୍। ସଲ୍ଟ କାଜୁ, ସିଡ୍ ଲେସ୍ ଅଙ୍ଗୁର ଓ ଅନ୍ୟ କିଛି ସ୍ନାକ୍ସ ପ୍ଲେଟଟା

ମୋ ଆଡ଼କୁ ବଢ଼ାଇ ଦେଲେ। ଲାଇଟ୍ ମ୍ୟୁଜିକ ଲଗାଇ ଦେଇ କହିଲେ ଏନ୍‌ଜଏ ଓ ପିଇଲେ। ପିଇଲେ ଆଉ ଗପିଲେ। ତାଙ୍କ ବିଷୟରେ। ପୁଣି ପିଇଲେ, ଦ୍ୱିତୀୟ ପେଗ୍, ତୃତୀୟ ପେଗ୍...

ମୁଁ କିଛି ବି ଖାଇଲି ନାହିଁ। ତାଙ୍କ ଅନାବଶ୍ୟକ କଥା ଶୁଣୁଶୁଣୁ କେତେବେଳେ ବାହାରି ଗଲି ତାଙ୍କ ପରିଧିରୁ। ଚାହିଁ ରହିଲି ଦୂର ଦିଗବଳୟ ପର୍ଯ୍ୟନ୍ତ। କେତେ ଦୂର ହେବ ଏଇଠୁ ? ହେଇ ସେ ସମୁଦ୍ରର ନୀଳ ଢେଉରାଶି ଝାପ୍‌ସା ଝାପ୍‌ସା ଦିଶୁଛି। ସି ବିଚ୍‌ରେ ଲୋକଙ୍କର ଛୋଟଛୋଟ ଛାଇ ଖେଳନା କଣ୍ଢେଇଟି ପରି ଦିଶୁଛି। ଯାନବାହନର ଆଲୁଅ ଓ ଗତି ଦେଖି ଏମିତି ଲାଗୁଥିଲା ଯେମିତି ନିଆଁଲଗା ଚକ୍ରିବାଣ ଭୂଇଁରେ ସାଇଁ ସାଇଁ ଘୁରିବୁଲୁଛନ୍ତି। ଲଙ୍ଗର ପକାଇ ଆବର ସାଗର ଡେକ୍ ଭିତରକୁ ପ୍ରବେଶ କରିବା ପାଇଁ ପ୍ରସ୍ତୁତ ଥିବା ଜାହାଜର ଆଲୁଅ ଥିଲା କିନ୍ତୁ ସ୍ଥିର।

ଏଇ ବେଳାଭୂମି ଉପରେ କୁଦିକୁଦି ଚାଲି ଯାଆନ୍ତି ନାହିଁ ଜାହାଜ ପାଖକୁ ! ଜାହାଜରେ ବସି ଗଭୀର ସମୁଦ୍ର କୋଳରେ ଭାସି ଭାସି ପଳାନ୍ତାନି ! ସିଧାଯାଇ ଲାଗନ୍ତି ଆମ ଗାଁ ସାବରୀନଦୀ ମୁହାଣରେ। ଆଶ୍ୱିନର କାଶତଣ୍ଡି ଖିଲିଖିଲି ହସୁଥାଆନ୍ତା। ମଳୟରେ ମତୁଆଲା ହୋଇ ଲହରୀ ଲହରୀ ଗୀତ ଗାଉଥାଆନ୍ତା ଧାନବିଲ। ବଣମଲ୍ଲୀ, କୁଞ୍ଜଲତା। ନଦୀପଠାରେ ଡେଇଁଡେଇଁ ଧାଇଁ ଯାଆନ୍ତି ଆମ ଝଟିମାଟି ନାଲିମାଟି ଲିପା କୁଡିଆ ଘର ଅଭିମୁଖେ।

ବୋଉ ଏକଦମ୍ ସୁସ୍ଥ ଥାଆନ୍ତା। ଆଗରୁ ଯେମିତି ଥିଲା। ମରିବା ଆଗରୁ। ଆଉ ଅଗଣା ଲିପୁ ଥାଆନ୍ତା। ମତେ ଦେଖି କୁଣ୍ଢେଇ ପାକାନ୍ତା ସେଇ ଗୋବର ଲିପା ହାତରେ। ହାତ ଧୋଇବାକୁ ତାକୁ ତର ସହନ୍ତା ନାହିଁ। ଗାଲରେ ଚୁମାଟେ ଦେଇ କୁହନ୍ତା ଏ ଯାଏ କୋଉଠି ଥିଲା ଲୋ ମୋ ଧନ। କେତେ ଖୋଜିଲିଣି ଲୋ ମୋ ସୁନାକୁ। ଆସିଲୁ ଆଗ, ଆ' ଆ' ବାରି ପଟେ ତୋ' ବାପା ଭାତ କଂସା ଧରି ତତେ ଅପେକ୍ଷା କରିଛନ୍ତି। ଦିହ ମୁଣ୍ଡରେ ହାତ ବୁଲାଇ ଆଣନ୍ତା, ସେଇ ଗୋବର ହାତ ଚନ୍ଦନସମ ଲାଗନ୍ତା ନାହିଁ ! ଆହା...

ମୋ ଆଖି ଜକେଇ ଆସିଲା।

କେତେ ମାସ ହେଇଗଲା ମୁଁ ଆସିଛି ଯେ ଆସିଛି। ଫସିଯାଇଛି। ଅନେକମାସ ପରେ ଖୋଲା ପବନ ଓ ନିଜ ସ୍ୱାଧୀନରେ ବସି ରହିବା ଦ୍ୱାରା ଘରକଥା ଭୀଷଣ ମନେପଡ଼ିଗଲା। ଭାବିବା ପାଇଁ, ସ୍ୱପ୍ନ ଦେଖିବା ପାଇଁ ସ୍ଥାନ ଟି ଯେପରି ଉପଯୁକ୍ତ ଥିଲା।

ମୁଁ ଜାଣିଥିଲି ଏ ସ୍ୱାଧୀନତାର ଅବଧି, ଏ ସ୍ୱପ୍ନର ଆୟୁଷ ଖୁବ କମ୍। ଲୋକଟିର ମଦ ପିଆ ସରିବା ଯାଏ। ବାସ୍।

ଘରେ ମୋ ବାପା ଏକୁଟିଆ ଥିଲେ। ମତେ କେତେ ଖୋଜି ନଥିବେ ସତେ! କଲେଜ ଆସି କ'ଣ ପଚରା ଉଚରା କରିଥିବେ। କୁଆଡେ ଗଲା ମୋ ଝିଅ। ଛୁଟି ତ' କେବେଠୁ ସରିଲାଣି। କେବେ ଠୁ ଫୋନ୍ କରିନି। ତା' ଖୋଜ ଖବର ନ' ପାଇ ମୁଁ ଗାଁ ରୁ ଧାଇଁ ଆସିଛି। ମୋ ଝିଅକୁ ଟିକିଏ ଡ଼କାଇ ଦିଅନ୍ତୁ ବୋଲି ତ' ନିଶ୍ଚୟ କହିଥିବେ।

ଅହଲ୍ୟା କୁଆଡ଼େ ହଜିଯାଇଛି ବୋଲି ପୁଲିସରେ କ'ଣ ଏଫ୍ ଆଇ ଆର୍ ଦେଇଥିବେ? ବାପାଙ୍କୁ ତ' ବିଲକୁଲ୍ ଲେଖାପଢା ଆସେନା। କିଏ ସାହାଯ୍ୟ କରିଥିବ ତାଙ୍କୁ? ମାମୁଁ! ସେ କ'ଣ ଖୋଜିଖୋଜି ଫେରି ଯାଇଥିବେ? ଆହାଃ କାନ୍ଦିଥିବେ ତ', ମୁଁ ତ' ଥିଲି ତାଙ୍କର ସବୁକିଛି।

ମନେ ପଡ଼ିଲା ମୋ ପିଲାଦିନ। ବାପାଙ୍କ ବାଟକୁ ଚାହିଁ ବସିଥାଏ। ମୂଲରୁ ଫେରି କଣ ଆଣିଥିବେ? ଖେଳନା, ନା' ମଟର ଭଜା। ମୁଁ ଖାଇବି। ଖେଳିବି ମୁଁ। ବାପା ଖେଳନା ପରିବର୍ତ୍ତେ ସ୍ଲେଟ୍ ଖଡି, ଶିଶୁ ପୁସ୍ତକ କିଣି ଆଣି ଥାଆନ୍ତି। ଘର ସଉଦାରୁ କାଟ୍ଛାଟ୍ କରି। ବୋଉ କିଛି କୁହେନା। କୁହେ ହଁ ସେ ପାଠ ପଢିବ। ବଡ଼ମଣିଷ ହବ। ଆମେ ବରଂ ଓଳିଏ ଖାଇବା। ଭାତ ଗାଳିଦିଏ। ଗରମ ଗରମ ଭାତରେ ପାଣି ପୁରାଇ ଫାଳେ ଆଳୁରେ କଞ୍ଚା ଲଙ୍କା ଆମ୍ବୁଲ ଚକଟାରେ କଂସାଏ ଭାତ ଖାଇଦିଅନ୍ତି ବାପା। ଦି' ଚାରି ଗୁଣ୍ଡା ମୋ ପାଟିରେ ପୁରେଇ ଦିଅନ୍ତି।

ବାପାଙ୍କ କୋଳରେ ଶୋଇ ଆକାଶ ଦେଖେ। ସାରାଆକାଶ ମୋର। ବାପା କୁହନ୍ତି ହଁ ଯେତେ ଯାଏ ଆଖି ପାଉଛି ସବୁ ତୋର; ଆଉ ଯେତେତାରା ସେ ସବୁ ବି ତୋର। ଏ ଚାନ୍ଦ ଟା କିନ୍ତୁ ମୋର। ମୁଁ ହଟ କଟେ , କୁହେ ନାଁ ନାଁ ସେ ଚାନ୍ଦ ବି ମୋର।

ମୁଁ ସେ ଚାନ୍ଦ କଥା କହୁନି ଲୋ ଓଲି। ଏ ଚାନ୍ଦ। ଏଇ ଏଇ କହି ମୋ ଅଣ୍ଟା ରେ କୁତୁକୁତୁ କରିଦିଅନ୍ତି। ମୁଁ ନାଉ ହେଇପଡେ ତାଙ୍କ ପିଠିରେ, ଝୁଲିପଡେ ତାଙ୍କ ବେକରେ।

ବୋଉକୁ ଭାଲୁ ଚାଟିବା ପରଠାରୁ ସିନା ଆମ ପରିସ୍ଥିତି ବଦଳି ଗଲା, ନ'ହେଲେ ଆମେ କେତେ ଖୁସିରେ ଥିଲୁ।

ଉଠ ଅହଲ୍ୟା। କମନ୍। କୋଉଠି ହଜିଯାଉଛ ବାରଂବାର? ଚାଲ ଭିତରକୁ। ମୋ ସ୍ୱପ୍ନକୁ ଅଧାରୁ ଭାଙ୍ଗିଦେଇ ହଲାଇଦେଲା ଲୋକଟା।

ପ୍ରକୃତରେ ସୁଲୁସୁଲିଆ ପବନ ଓ ନିଜ ଖିଆଲରେ ହଜିଯାଇ ମୁଁ ସବୁ ଭୁଲିଯାଇଥିଲି।

....ଚାଲ ଯିବା। ତିନିଥର ଡାକିଲିଣି। ଚୁପ୍ ବସି କଣ ଭାବୁଛ ! ଚାଲ ଡେରି ହେଉଛି। ନିଶାସକ୍ତ ଆଖିରେ କାନ୍ଧରେ ହାତ ରଖି ଯେବେ ସେ ପୁଣି ହଲାଇ ଦେଲେ, ମୁଁ ଚେତା ପାଇଲି। ମତେ ଲାଗିଲା ମୋ' ବାପା କୋଳରୁ ମତେ କିଏ ଟାଣି ଆଣିଲା। ଭୁଷଭାଷ୍ ହେଇ ଭୁଷୁଡ଼ି ପଡ଼ିଲା ମୋ' କଅଁଳସ୍ୱପ୍ନ। ଉଠି ପଡ଼ିଲି। କିଃ ବିଚିତ୍ର ସତେ ଏମିତି ପରିସ୍ଥିତି ଏମିତି ଜାଗାରେ ଓ ଏତେ ବିବ୍ରତ ଥାଇ ବି ମତେ ନିଦ କେମିତି ଆସି ପାରିଲା ! ମୁଁ ସ୍ୱପ୍ନ କେମିତି ଦେଖି ପାରିଲି !

ମୁକୁଳିବାର ପ୍ରତ୍ୟେକ ଟି ବାଟ ବନ୍ଦ ବୋଲି ହୃଦବୋଧ ହେଲା ପରେ ନିଜକୁ ଶକ୍ତ କରୁଥିଲି। ଏ କାଳ ରାତିଟିକୁ ସାମ୍ନା କରିବାକୁ।

ଏ ଭିତରେ ନିଜର ସ୍ୱଚ୍ଛ ପରିଚୟ ଦେଇଛନ୍ତି। ସେ ଗୋଆର ଜଣେ ବହୁତ ବଡ଼ ବିଜ୍‌ନେସ୍‌ମ୍ୟାନ୍। ବିଜିନେସ୍ କାମରେ ପ୍ରାୟ ଟାଇମ୍ ବ୍ୟସ୍ତ। ରିଲାକ୍ସେସନ୍ ପାଇଁ କେବେକେବେ ଏ ଗେଷ୍ଟ ହାଉସ୍‌କୁ ଆସନ୍ତି। ତା'ଙ୍କ ସ୍ତ୍ରୀ ତାଙ୍କୁ ଛାଡି ଅଷ୍ଟ୍ରେଲିଆରେ ରହନ୍ତି। ଆଉ ଜଣଙ୍କ ସହ। କେହି ନାହାନ୍ତି ଆଉ ନିଜର।

ଏ ସବୁ ତାଙ୍କର ସୌକ ନୁହେଁ। ନିଜ ନିଃସଙ୍ଗତା ଦୂର କରିବାର ବେଷ୍ଟ ମାଧ୍ୟମ ବୋଲି ସେ ଅନୁଭବ କରିସାରିଲେଣି ଅନେକଥର।

...ବୁଝିଲ ଅହଲ୍ୟା ? ଏଠାକାର କେୟାର୍ ଟେକର୍ ସବୁ ବୁଝାବୁଝି କରେ, ଯେ ତୁମକୁ ଭିତରକୁ ଆଣିଥିଲା। ସେ ଏଇ କଥାକୁ ପୁଣି ଥରେ କହିଲେ ବେଡ୍ ଉପରେ। ମୁଁ ବୁଝି ପାରିଲି ନାହିଁ ଏ ସବୁ ମତେ କହିବାର ଉଦ୍ଦେଶ୍ୟ କ'ଣ ? ଉଦ୍ଦେଶ୍ୟ ଆଉ କ'ଣ ! ନିଶାରେ ମଣିଷ ହାଲକା ହେବାକୁ ଯା' ମନକୁ ଆସେ ଗପେ। ତା' ଛଡ଼ା ଅଧିକ କିଛି ନ' ଥାଏ। ବୁଝିଲ ତ' ଅହଲ୍ୟା।

...ହୁଁ ସାର୍।

ହୁଁ ଟା ପାଟିରୁ ଠିକରେ ବାହାରି ନ'ପାରି ପେଟ ଭିତରେ ମିଳାଇ ଗଲା। କେବଳ ହାଲକା ସାର୍ ଶବ୍ଦ ଟି ଶୁଣିପାରି ଲୋକଟି ଆଗ ବଢ଼େ ହସିଲା।

....ଓଃ କମନ୍ ୟାର୍..ସେ ସାର୍‌ଫାର୍ ଡାକନି ଏମିତି ଇଣ୍ଟିମେଣ୍ଟ ହେବା ବେଳକୁ। ନିଜକୁ ଆଉ ଟିକେ ଫ୍ରି କର। ନ'ହେଲେ ମୁଁ ମଜା ନେଇ ପାରିବି ନା' ତୁମେ ଦେଇପାରିବ ?

ଦିନେଶ ଡିସୌଜା। ମୋ ନାଁ। କହିଥିଲି ନା, ଦିନେଶ ନ'ହେଲେ ଡିସୌଜା ଡାକିପାର।

ଲୋକଟାର ବୟସକୁ ଦେଖି କ'ଣ ସମ୍ବୋଧନ କରିବା ଠିକ୍ ବୋଲି ଭାବିଭାବି ରହିଗଲି ସିନା ଡାକି ପାରିଲି ନାହିଁ କିଛି।

ଶେଯ ଧାରରେ ବସିଥିଲି ମୁଁ। ଡିସୌଜା ନିଜ ହ୍ୱାଇଟ୍ କଲର୍ ଫୁଲ୍ ବଞ୍ଜାବିଟି ଦେହରୁ କାଢିଲେ। ଫୁଲ୍ ବାନିୟାନ୍ ଉତାରିଦେଲେ ଦେହରୁ। କୃଶବିଦ୍ଧ ଜୀଶୁଙ୍କ କ୍ରସ୍ ଲକେଟ୍‌ଟିକୁ ବେକରୁ ବାହାର କରି ଚୁମା ଦେଇ ତକିଆତଳେ ପୁରାଇଲେ। ହାତରୁ କାଢ଼ିଲେ ସୁନେଲି ଘଡି। ଆଖିରୁ ଚଷମା! ଏଥର ତାଙ୍କ ଫୁଙ୍ଗୁଲା ଦେହକୁ ଚାହିଁ ନ'ପାରି ମୁହଁ ତଳକୁ କରିଦେଲି।

ମୋ ପାଖକୁ ଘୁଞ୍ଚି ଆସିଲେ। ପାଖେଇ ନେଇ ପିଠିରେ ହାଲ୍‌କା ହାଲ୍‌କା ହାତ ବୁଲାଇଲେ ଗାଉନ୍ ଉପରେ ଓ ଅନୁଭବ କଲେ କମ୍ପନ। ଦେହରେ ଅସମ୍ଭବ କମ୍ପନ। କପାଳରେ ବିନ୍ଦୁ ବିନ୍ଦୁ ଝାଳ। ହାତ ପାପୁଲି ଜାବରେ ଅଣନିଶ୍ୱାସୀ ଦେଇ ପଡୁଥିଲା ତାଙ୍କ ମଖମଲ୍ ବେଡ୍‌ର ସୁନ୍ଦରୀଆ କଭର୍।

ମୁଁ ନିଜେ ବୁଝିପାରୁ ନ'ଥିଲି ମାନସିକ ଭାବେ ଏତେ ପ୍ରସ୍ତୁତ ହେଲାପରେବି ପୁରୁଷଟିର ସ୍ପର୍ଶ ମାତ୍ରକେ ସମସ୍ତ ଦୃଢ଼ତା ତରଳି ଯାଉଛି କାହିଁକି? କାହିଁକି ଦାଉଁଦାଉଁ ହେଉଥିଲା ଛାତି?

...ମୁଁ ଆଗରୁ କହିଛି ଅହଲ୍ୟା, ବାଧ୍ୟବାଧକତା ମତେ ପସନ୍ଦ ନୁହେଁ। ମୋ ପାଇଁ ଏ ସବୁ ଖୁବ୍ ବଡ଼କଥା ନୁହେଁ। ପଇସା ଦେଇଛି ମାନେ ଯେ ଜୋରଜବଦସ୍ତ ହକ୍ ଜାହିର୍ କରିବି ସେମିତି ଲୋକ ମୁଁ ନୁହଁ। ମୋର ଉପଭୋଗ କରିବାର ଅଛି। ତୁମେ ନୂଆବୋଲି ଏତେ ସମୟ ଗପିଲି, ନ'ହେଲେ ଅନ୍ୟ କିଏ ହୋଇଥିଲେ...ଛାଡ, ସେମାନେ ତ' ଜାଣନ୍ତି ସବୁ...

ଜବରଦସ୍ତି ବା ଅମନମନରେ ମଜା ଲାଗେନା। ଇଟସ୍ ଓକେ। ୟୁ କାନ୍ ଗୋ। ଇଫ୍ ୟୁ ଆର୍ ନଟ୍ କମ୍ଫଟବଲ୍ ଉଇଥ୍ ମିଃ ଦେନ୍ ଓକେ। ତୁମେ ନ ହେଲେ ଆଉ କିଏ। ଏତକ କହି ଘୁଞ୍ଚି ଗଲେ।

..ଚାଉଁ କି ଲାଗିଲା ମତେ।

ସତକଥା ତ, ମୁଁ ନ'ହେଲେ ଯଦି ଆଉ କିଏ, ତେବେ ସେଇ ଏକା କଥାଟି ବୁମେରାଂ ହୋଇ ମୋ ପାଖକୁ ଫେରିବ। ଏମିତି ବି ପେମେଣ୍ଟ ନେଇସାରିଛି ବେଗମ୍। ଆଉ କାହାକୁ ପ୍ରତ୍ୟାଖ୍ୟାନ କରିବାର ଅଧିକାର ମୋ'ର ନାହିଁ। ବେଗମ୍ ମତେ ଛାଡ଼ିବନି। ମାରିଦେବ। ସମୁଦ୍ରରେ ଫିଙ୍ଗିଦେବ।

ଡିସୌଜାଙ୍କ ସ୍ୱୀକ୍ତିରେ ମୋର ଭୟ କିଛି ମାତ୍ରାରେ କମିଗଲା। ସେ ଦୂରକୁ ଘୁଞ୍ଚି ଚୁପ ବସିଥିଲେ। ଏଥର ନିଜକୁ ଖୁବ୍ ଶକ୍ତକଲି ଓ ନିଜ ଆଡୁ ଆସ୍ତେଆସ୍ତେ ଘୁଞ୍ଚି ଯାଇ ଡିସୌଜା ଜଙ୍ଘ ଉପରେ ଧିରେ କରି ହାତ ଥୋଇଲି। ସରି ସାର୍ କହି ପିଠିପଟକୁ ହାତ ବୁଲାଇ ଗାଉନ୍ ଜିପ ଖୋଲୁଖୋଲୁ ସେ ମତେ ବାଧା ଦେଲେ, କହିଲେ ଇଟସ୍

ଓକେ। ରୁହ, ସେ କାମ ମୋ'ର। ଖୁବ୍ ଆସ୍ତେ ଓଠରେ ଓଠର ଉଷ୍ମତା ଲଦିଦେଇ ବେଡ୍ ଲାଇଟ୍ ଅଫ୍ କରିଦେଲେ।

ସକାଳର ସୂର୍ଯ୍ୟ କିରଣରେ ଶେଯ ଛାଡୁଛାଡୁ ବାଁ କଡ଼କୁ ମୁହଁ ବୁଲାଇ ଶୋଇଥିବା ଡିସୌଜା ଆଡ଼କୁ ଥରଟେ ଚାହିଁଲି। ପଛରୁ ଖୁବ୍ ପ୍ରଶାନ୍ତି ମୁଦ୍ରାରେ ଶୋଇଲା ପରି ଲାଗୁଥିଲେ। ଚାଦରତଳୁ ଖସି ଆସି ପଲଙ୍କ ବାଡ଼ରେ ଝୁଲୁଥିବା ଅନ୍ତବସ୍ତ୍ର ଓ ଗାଉନ୍‌କୁ ଦେହରେ ଗଳାଇ ଜିପ୍ ଲଗାଇବା ଆଗରୁ କୋଠରୀରେ ଲାଗିଥିବା ଲାଇଫ୍ ସାଇଜ ମିରର୍ ସାମ୍ନାରେ ଛିଡ଼ା ହେଇ ଦେହହାତ, ବେକ, ଛାତିକୁ ଚାହିଁ ପରସ୍ତେ ହାତ ବୁଲାଇ ଆଣିଲି। ଅନ୍ତତଃ ଏତେ ନିଷ୍ଠୁର ନୁହେଁ ଲୋକଟା। ସୋଫିଆ ହେଉ କି ନୁର, ବା ଲେଡିଜ୍ ହଷ୍ଟେଲ ନାମକ ଫ୍ଲାଟ୍‌ର ଝିଅମାନେ ସେମାନଙ୍କ ଅନୁଭୂତିରେ ଯାହା, ଉତ୍ତେଜନା ବେଳେ ପୁଣି ଭାରି ନିଷ୍ଠୁର, ଅମଣିଷ ଓ ହିଂସ୍ର ହେଇ ପାରନ୍ତି ଏମାନେ। ଟଙ୍କା ଦେଇ କିଣି ଥାଆନ୍ତି ବୋଲି କିଛି ମାନନ୍ତି ନାହିଁ। ପାଇପାଇ ଉସୁଲ କରନ୍ତି। ମୋର କେଉଁଠି ବି ବିଶେଷ ବଡ଼ କ୍ଷତଦାଗ ନ' ଥିଲା। ତେବେ ଏହାକୁ କଣ ମୋ ସୌଭାଗ୍ୟ ମନେକରିବି ?

ମୁକ୍ତି ପାଇବାର ସମସ୍ତ ଉପାୟ ହରାଇ ସାରିବା ପରେ ଶେଷରେ ଓ ବିନା ପ୍ରତିବାଦରେ ନିଜକୁ ସମର୍ପି ଦେବାଟା ନିଜର ସୌଭାଗ୍ୟ କି ଦୁର୍ଭାଗ୍ୟ ପ୍ରକୃତରେ ବୁଝିପାରିଲି ନାହିଁ। କିନ୍ତୁ ହୃଦୟର କେଉଁ କୋଣରେ ଜୀଁ ରହିଥିବା ସାମାନ୍ୟ ଆଶାର ଅଣୁଟିକୁ କାଲିରାତିରେ ଯେ ନିଜେ ହାତରେ ନିଜେ ହତ୍ୟା କରିସାରିଛି, ସେଥିରେ ଦ୍ୱିମତ ନାହିଁ। ନାରୀ ଜୀବନର ସର୍ବଶ୍ରେଷ୍ଠ ସମ୍ପତ୍ତିଟି ତା' ମନର ମଣିଷ ପାଇଁ ସାଇତି ରଖିଥାଏ। ଯାହାକୁ ରାତ୍ରିର ନିଷିଦ୍ଧ ପ୍ରହରରେ ଅନ୍ୟ ଏକ ପୁରୁଷ ନିକଟରେ ଲୁଟାଇ ସାରିଛି ! ଏବେ ତାଙ୍କ ଛବି ମନ ଭିତରକୁ ଆଣିବା ପାଇଁ କି ଭାବିବା ପାଇଁ ମଧ୍ୟ ମୋର କୌଣସି ଅଧିକାର ନାହିଁ। ସମୟ ଆଗରୁ ଫୁଲଟିଏ ଫୁଟିଗଲା। ଈଶ୍ୱରଙ୍କ ପାଦତଳେ ଲାଗି ହେବା ଆଗରୁ ନଷ୍ଟେସିତ ହୋଇଗଲା କେଉଁ ଦାନବର ପାଦତଳେ। ଅସ୍ପୃଶ୍ୟ ଅଇଁଠା ଫୁଲଟି ଏବେ ଈଶ୍ୱରଙ୍କ ପାଇଁ ଅଯୋଗ୍ୟ। ତାଙ୍କ ସ୍ମୃତିକୁ ନିଜ ହାତରେ ସମାଧି ଦେଉଥିଲି। ତା ସହ ସମାଧି ନେଲା ନିଜ ଭିତରର ଅହଲ୍ୟା। ନୂଆ ଅହଲ୍ୟାର ନୂଆଏକ ଅଧ୍ୟାୟ ଆରମ୍ଭ ହେଉଥିଲା। ସମାଧିରେ ଶ୍ରଦ୍ଧାଞ୍ଜଳି ସ୍ୱରୂପ କ୍ଷତବିକ୍ଷତ ଆହତ କଳିଜାରୁ ଲୁହର ରୂପ ନେଇ ଝରି ଆସିଲା କେଇବୁନ୍ଦା ଲହୁ।

।। ପାଞ୍ଚ ।।

ନିର୍ବାକ ହୋଇଗଲା କଲ୍ଲୋଳ। ଝାପ୍‌ସା ଦିଶିଲା ଅକ୍ଷର। ଅନ୍ଧାର ଦିଶିଲା ଚାରିପୁର। ଅଦୃଶ୍ୟରେ ଝରୁଥିବା ରକ୍ତକ୍ଷରଣକୁ ଦେଖି ହୁଏନା, ଯନ୍ତ୍ରଣାକୁ କେବଳ ଅନୁଭବ କରିହୁଏ। କାହିଁ କେତେଦୂର ଅଜ୍ଞାତରେ ରହି ମଧ୍ୟ ଠିକ ସେଇ ସମୟରେ ବୋଧେ ସମାଧିସ୍ଥ ହେଉଥିଲା ଆଉ ଏକ ଆତ୍ମା। ଠିକ ସେ ବେଳରେ ବୋଧେ କିଛିଟିଏ ଘଟୁଥିଲା ହୃଦୟରେ। ଶରୀରର ମିଳନ ହୋଇ ନ' ଥିଲେ କ'ଣ ହେବ; ଆତ୍ମାତ ବହୁ ଆଗରୁ ଏକାକାର ହୋଇ ସାରିଥିଲେ। ଅହଲ୍ୟା ଓ କଲ୍ଲୋଳ ଦୁଇ ଶରୀର, ଏକାତ୍ମା। ଜଣଙ୍କର ମୃତ୍ୟୁରେ ଆଉଜଣେ କିପରି ଜୀବିତ ରହିବ! ସେଥିପାଇଁ ବୋଧେ ସାରାଜୀବନ ଡହଳ ବିକଳ ହୋଇ ଘୁରିବୁଲିଛି।

ତୀରଟିଏ ଧରି ଛାତିରେ ଭିତରେ କିଏ ଗୋବି ଦେଲାକି ଆଉ! ଓଃ କି ଭୟାନକ ରାତି। ଏମିତି ରାତି କଲ୍ଲୋଳ ଜୀବନରେ କେବେ ଆସି ନ' ଥିଲା। ଏତେ ଯନ୍ତ୍ରଣା କେବେ ହୋଇ ନ' ଥିଲା। ସେବେ ବି ନୁହଁ, ଯେବେ ନିଜ ପାଠପଢା ଛାଡ଼ି କେତେ ଖୋଜିଥିଲା ତା'କୁ। କେତେ ବିଭ୍ରାନ୍ତିକର କଥା ଶୁଣିଛି କଲେଜରେ। ଆଜି ସବୁ ମନେ ପକାଇଲେ ଆଶ୍ଚର୍ଯ୍ୟ ଲାଗୁଛି।

'ତୋ ବିବସତା ଜାଣେ କିଏ? ତୋ' ଅସହାୟତା ବୁଝି ପାରିବ ବା କିଏ? ଯଦି ଏ ଡାଏରୀ ଆଜି ମୋ ହାତରେ ନ' ଥାନ୍ତା, ମୁଁ ବି ହୁଏତ ବୁଝି ପାରି ନ'ଥାନ୍ତି ତୋ' ଅଚାନକ ନିରୁଦ୍ଦିଷ୍ଟ ହୋଇଯିବାର ରହସ୍ୟ।'

ହଁ ସାରା ଜୀବନ ଦୋଷ ଦେଇ ଥା'ଆନ୍ତି ନିଜକୁ ଓ ସମୟକୁ ବା ନିଜ ଅପାରଗତାକୁ। ସାଇକେଲ୍ ମାରି ବାଇଆଙ୍କ ପରି ବୁଲିଛି। ଏଠି ସେଠି। କାହାକୁ ବା କେତେ ଭରସା କରି ପଚାରି ପାରି ଥାଆନ୍ତି! କେଉଁ ଅଧିକାରରେ? ତଥାପି ଶେଷ ପର୍ଯ୍ୟନ୍ତ ଚେଷ୍ଟା କରିଛି। ଥକିଯିବା ପରେ ତାଙ୍କକଥାକୁ ବିଶ୍ୱାସ ନ କଲେ ବି ଅନ୍ୟ ଉପାୟ ନ' ଥିଲା।

ଶେଷରେ ଯେଉଁ କିଛି ଜଣ ସାଙ୍ଗସାଥି ଜାଣିଗଲେ, ଥଟ୍ଟା ପରିହାସ କଲେ, କହିଲେ "କଁ ରେ ଏମିତି ପାଗଳଙ୍କ ପରି ହୋଉଛୁ ! କେତେ ଜାଣିଥିଲୁ ସେ ଝିଅକୁ? ଶଳା ତୁ ତ' ପୁରା ଦେବଦାସ ହେଇଯିବୁ ଆଉ। ଆରେ ମୁର୍ଖ ସେ ଝିଅ ତ' ଏଇ କେତୋଟି ମାସ କି ବର୍ଷେ ହେଲା ଆସିଥିଲା କଲେଜ। ହଁ ଭଲ ଝିଅଟି ପରି ଲାଗୁଥିଲା। ସୁନ୍ଦର ବି। ପାଠ ବି ଭଲ ପଢୁଥିଲା। କିନ୍ତୁ ତତେ କେବେ କହିଥିଲା ଭଲ ପାଉଛି ବୋଲି, ଆଁ ? ଏ ଯୋ ବେକାରିଆ କଥାରେ ମୁଣ୍ଡ ପୁରେଇ ଘାଣ୍ଟି ହୋଉଛୁ ଭଲ ଦିଶୁନି ତୋ' ମତିଗତି। ଆରେ ପାଗଳ ତା'ର କ'ଣ ଆଉ କିଏ ପ୍ରେମିକ ନ' ଥିବ, ଗଲା। ଯାହାକୁ ଭଲପାଉଥିଲା ତା' ସହ ପଳାଇଗଲା। ତୁ ତୁଚ୍ଛାଟାଏ ଅନେଇ ବସିଛୁନା। ଶୁଣୁ ତୋ' ପ୍ରେମ ଏକତରଫା ଥିଲା। ୱାନସାଇଡ୍ ଲଭ୍। କିଛି ଫିଉଚର୍ ଥାଏ ସେଥିରେ? ତା' ବାପା ତ' ଆସିକି ନିରାଶ ହେଇ ଫେରିଲେ। ତୁ କାଇଁ ଜଗିବସିଚୁ କହିଲୁ!"

କିନ୍ତୁ ମନ ମାନିନ'ଥିଲା। ଯିଏ ଯାହା କହିଲେ ବି ଆତ୍ମା କହୁଥିଲା ନା' ଅହଲ୍ୟା ସେମିତି କରି ପାରେନା। ସେ ତ' ଅଲଗା ସ୍ୱପ୍ନ ନେଇ ପଢିବା ପାଇଁ ଆସିଥିଲା। ନିହାତି ସାଧାରଣ ଝିଅଟିଏ। ହଁ ତା' ସରଳତାର ଫାଇଦା ନେଇ କିଏ ତା'କୁ ବହଲାଇ ଦେଇ ପାରନ୍ତି, ମାତ୍ର ସେ ଯେ କାହାସହ କେଉଁ ଆଡେ ଚାଲିଯିବ, ପୁଣି କାହାକୁ କିଛି ନ'ଜଣାଇ ସେମିତି କେବେ ବି ହୋଇ ନ'ପାରେ!

କିନ୍ତୁ ସତ୍ୟ ଯାହା ବି ହେଉ ବାସ୍ତବରେ ଅହଲ୍ୟା' ନଥିଲା, ଏହା ହିଁ ସେତେବେଳର ଏକମାତ୍ର ସତ୍ୟ।

ସେ ବୟସର ଗୋଟାଏ ମାଦକତା ଥାଏ। ସେ ନିଶା ଯେବେ ଘାରେ ସାରା ଦୁନିଆ ପ୍ରେମମୟ ହୋଇଉଠେ। ଆଉ କିଛି ବି ଦିଶେ ନାହିଁ। ସେଇ ବୟସର ମାୟାରେ ଅହଲ୍ୟା କ'ଣ ସତରେ କାହାକୁ ଭଲପାଇ ବସିଥିବ! ସତରେ ଚାଲି ଯାଇଥିବ, ଆଗ ପଛ ବିଚାର ନ'କରି!

ଆଜି ଡାଏରୀ ପଢି ସବୁ ବୁଝି ପାରୁଛି। ମୋ ଭାବନା କେତେ ସଠିକ୍ ଥିଲା। ତୁ' ବି ମତେ ଭଲପାଇ ବସିଥିଲୁ। ହୁଏତ ମୋ' ଠାରୁ ଅଧିକ। ତୋ' ଭଲ ପାଇବାରେ ସର୍ମପଣ ଥିଲା, ତ୍ୟାଗ ଥିଲା। ଜାତି ଗୋତ୍ରକୁ ଧରି ଦୁଇ ପରିବାର ଭିତରେ କଳହର ଆଶଙ୍କାକୁ ନେଇ ସାରାଜୀବନ ଚୁପ୍ ରହି ଜୀବନ କାଟି ଦେବାଟା ଶ୍ରେୟସ୍କର ମଣି ଥିଲୁ! ଆହାଃ..

ମୁଁ ବି ଆଖି ବନ୍ଦକରି ତତେ ଭଲ ପାଉଥିଲି ଅହଲ୍ୟା। ଜାଣିଥିଲି, କୁମାରୀ ଅହଲ୍ୟା ଭୋଇ ସହ ଆଚାର୍ଯ୍ୟ କଲ୍ଲୋଳ କେଶବର ବିବାହ ପାଇଁ କଦାପି କେହି ରାଜି

ହେବେ ନାହିଁ। ଆଜି ବି ମୋ'ର ରକ୍ଷଣଶୀଳ, ସମ୍ଭ୍ରାନ୍ତ ବ୍ରାହ୍ମଣ ପରିବାର ଓ ଆମ ଗାଁ ଲୋକେ ଜାତି ଗୋତ୍ର କୁ ଧରି ବସିବେ। ଆମ ଭୋଜିଭାତରେ ଯୋଗ ଦେବେ ନାହିଁ। ଘରେ ତୁମୁଳ କାଣ୍ଡ ହେବ। ମୋ ବୋଉ ଯଦିଓ ବୁଝିଯିବ, କିନ୍ତୁ ପୁରୁଣା କାଳିଆ ଜେଜେ ମା'ଆଇ ଶ୍ରେଣୀୟ ମଣିଷକୁ ବୁଝାଇବା ପାଇଁ ବହୁତ କଷ୍ଟ କରିବାକୁ ପଡିବ।

ଦାଦା ପୁଅ ଭାଇ ଯେବେ ଅନ୍ୟ ଜାତିର ଝିଅ ବିବାହ କରି ଚାଲିଆସିଥିଲା, ବଡ଼ଦାଦା ବିରକ୍ତ ହେଇଥିଲେ। ବଡ଼ ମା'ତ ଘରେ ପୁରାଇଲେ ନାହିଁ, ତାଙ୍କ ଈଶାଣରେ ପାଣିଦେଲେ ପୁଣି ମାରା ହେଯାଇଥାଆନ୍ତା କାଳେ। ବାଧହୋଇ ସେ ଅନ୍ୟତ୍ର ଘର କରି ଚାଲିଗଲା ସିନା, ଜାତିପାଖରେ ମାଆର ମମତା କିନ୍ତୁ ଜିତି ପାରିଲା ନାହିଁ।

କେତେ ବଡ଼ବଡ଼ କଥା କହିଲେ କେତେ ଆଧୁନିକତାର ଶୀଖର ଛୁଇଁଲା ପରେ ମଧ୍ୟ ମଣିଷ ମନରେ କେଉଁଠି ନା କେଉଁଠି ଜାତି ପ୍ରଥାର ଭେଦଭାବ ଆଜି ବି ଜୀବିତ ରହିଛି। କେଜାଣି କେବେ ବୁଝିବ ଏ ମଣିଷ ସମାଜ। ହେଲେବି ମୁଁ ମନ କରିଥିଲି। ରୁଢିବାଦୀ ସମାଜ ସହ ମୁକାବିଲା କରି ନିଶ୍ଚୟ ଜିତି ଥାଆନ୍ତି, ସେ ସାହସ ମୋ'ର ଥିଲା। ମୋ' ଉପରେ ତୋର କ'ଣ ଭରସା ନ'ଥିଲା ? ଏତେକଥା ମନରେ ଥିଲା ଯଦି, କାହିଁକି ମୁହଁଖୋଲି କହିଲୁ ନାହିଁ ଥରେ ? ସବୁ ଜାତି, ଧର୍ମର ଉର୍ଦ୍ଧରେ ମୋ ଭଲପାଇବା। ଆମ ସୁନ୍ଦର ଓ ସୁରକ୍ଷିତ ଦାମ୍ପତ୍ୟ ପାଇଁ ଖସଡା ପ୍ରସ୍ତୁତ କରୁଥିଲି। ତା' ପୂର୍ବ ରୁ ତୁ' ଚାଲିଗଲୁ କେଉଁ ଦୂର ରାଇଜକୁ ! କେଉଁ ସମାଜ କଥା ଭାବିଲୁ ତୁ' ? ସାରା ଜୀବନ କାଟି ଥାଆନ୍ତେ ଆମେ। ସେମାନେ ସାମୟିକ ଭାବେ ଉତ୍ସବରେ ଭାଗ ନେବା ଲୋକ। କାରଣ ଯାହା ବି ହେଉ, ସତରେ କିଛି ହୋଇ ପାରିଲା ନାହିଁ। ଅହଲ୍ୟା ପରି ଜୀବନ ସାଥୀକୁ ହରାଇ ଅନ୍ୟ କାହାକୁ ବିବାହ କରିବା ଅପେକ୍ଷା ଅବିବାହିତ ରହିଯିବାକୁ ଶ୍ରେୟସ୍କର ମନେକରି ରହିଗଲି ସେମିତି ଚିରଦିନ।

ହେଲେ...ଅନେକ ଅସମାହିତ ପ୍ରଶ୍ନ..।

ଶଶାଙ୍କ ଯେହେତୁ ସବୁ ଜାଣିଥିଲା, କହିଥିଲା ଛାଡ଼ି ଦେ ତାକୁ। ଯଦି ସେ ଅନ୍ୟ କେଉଁଠି ଖୁସିରେ ରହୁଛି ରହୁ। ଭୁଲିଯା, ଆଗକୁ ବଢେ।

ହଁ ନିଶ୍ଚୟ ଭୁଲି ଯାଇଥାଆନ୍ତି, ଯଦି ପ୍ରକୃତରେ କେଉଁ ଠାରୁ ଜାଣି ପାରିବାର ସୁଯୋଗ ଥାଆନ୍ତା ଅହଲ୍ୟା ଖୁବ ଖୁସିରେ ଅଛି, ତେବେ ଭୁଲି ଯିବା ପାଇଁ ମତେ ଆଦୌ କଷ୍ଟ ହୋଇ ନ'ଥାଆନ୍ତା। କିନ୍ତୁ ଏମିତି ଅଜ୍ଞାତ ଓ ଅନ୍ଧକାରରେ ରହି କେବଳ ଆଶଙ୍କା କରିହୁଏ, ଭୁଲିହୁଏନା !

ଅବଶ୍ୟ ସମୟସହ ଫିକା ପଡିଯାଇଥିଲା ଅନ୍ୱେଷଣ। ମୋ ଭିତରେ କିଏ ଜଣେ ମରି ତ ସାରିଥିଲା ।

କେବଳ ପାଠ ପଢ଼ିଲି, ଆଉ ପଢ଼ିଲି । କଲେଜ ସରିଗଲା । ପଢ଼ା ସରିଗଲା । କେହି ଆଉ କେବେ ମୋ ମନକୁ ଛୁଇଁ ପାରିଲେ ନାହିଁ । ହୃଦୟରେ ଯେତେ କ୍ଷୋଭ ଥିଲା ସବୁ ଏକାଠି କଲି । ଅଜାଡ଼ି ଦେଲା ପରେ ବି, କେଉଁ କୋଣରେ ମିଠା ଦରଜଟିଏ ଉଙ୍କି ମାରୁଥିଲା । ସେ ଦରଜ ମୋର ଏକାନ୍ତ ନିଜର । ତା'କୁ ନେଇ ବଞ୍ଚି ବାରେ ମତେ ଯେଉଁ ମିଠା ମିଠା କଷ୍ଟ ହୁଏ, ସେଇ କଷ୍ଟ କୁ ନେଇ ମୁଁ ଅଭ୍ୟସ୍ତ । ଆଉ କାହା ସ୍ପର୍ଶର ମଲମ କେବେବି ଲୋଡ଼ି ନାହିଁ ।

ପୁଜାଛୁଟି ପୂର୍ବର ସେଇ ଶେଷ ସାକ୍ଷାତ । ଝରା ଶେଫାଳି ପରି ଧାରେ ହସ ସହ ସାରଳା ମାଆଙ୍କ ପାଖରେ ପୂଜା ଚଢ଼ାଇ ମୋ ହାତକୁ ଆସ୍ଥା ବିଶ୍ୱାସର ନାଲି ଧାଗା ଆଣିଦେବାର ପ୍ରତିଶୃତି ରହିଗଲା ପଛରେ । ହଁ ହୃଦୟରେ ବସା ବାନ୍ଧି ରହିଗଲା ସେଇ ମଧୁଝରା ଚେନାଏ ସହ ।

ସାଙ୍ଗମାନେ ବଡ଼ଚାକିରି କଲେ । ବାହା ସା' ହେଇ ଘର ସଂସାର କଲେ । ପାରିଲି ନାହିଁ ।

ପୁରୁଣା କଥା ଭାବିବା ଭିତରେ ଓ ଡାଏରୀର ପୃଷ୍ଠା ସହ କଲ୍ଲୋଳର ଅସ୍ଥିରତା ବଢୁଥାଏ । ସେ ଉଠିଗଲା । ପାଣି ଗ୍ଲାସ୍ ପି' ମୁହଁକୁ ମୁନ୍ଦେ ଛାଟିଲା । ଆଉ ଗୋଟେ ସାଗାରେଟ୍ ଫୁଙ୍କି ସାରି ଫେରି ଆସି ଚୌକିରେ ବସିଲା ।

XXX

ଗୁଲାବୀ ବେଗମ୍ ବହୁତ ଖୁସି । କାରଣ ଦିନେଶ ଡିସୌଜା ଖୁସି । ପୁଣି ବୁକ୍ କରିଛି । ଏଥର ଦୁଇ ଗୁଣ ଦାମ୍ । ସର୍ତ୍ତ କେବଳ ଯେ କିଛିମାସ ଯାଏ, ଅହଲ୍ୟା ପାଇଁ ଆଉ କୌଣସି କଲ୍ ରହିବ ନାହିଁ । ସେ ନିଜ ବିଜ୍‌ନେସ୍ କାମରେ ଗୋଆରୁ ଯେବେ ଯେବେ ଆସୁଥିବ, ଅହଲ୍ୟାକୁ ପଠାଇ ଦିଆଯିବ ଗେଷ୍ଟହାଉସ୍‌କୁ ।

ଡିସୌଜା ପରି ଜଣେ ସଫଳ ବିଜିନେସ୍‌ମ୍ୟାନ୍ ଭଲ ଭାବରେ ଜାଣେ, ଟଙ୍କା ଓ ନିଜ ଦୁର୍ମୂଲ୍ୟ ସମୟକୁ ଠିକ୍ ଭାବରେ ଉପଯୋଗ କରି ଉପଭୋଗ କରିବାର କୌଶଳ ।

ପ୍ରତିଥର ମୋ ରୂପଭେକ ବଦଳୁ ଥିଲା । ମୁଁ ଫ୍ରି ହେଉଥିଲି । ଧିରେଧିରେ ସେଇ ପରିସ୍ଥିତିକୁ ଆଦରି ନେଉଥିଲି ।

ଡିସୌଜା କୁହନ୍ତି ତୁମେ ଅନ୍ୟମାନଙ୍କ ପରି ନୁହେଁ । ସୁନ୍ଦରତା ଛଡ଼ା କିଛି ତ' ସ୍ୱତନ୍ତ୍ରତା ଅଛି । ତୁମର ଅନ୍ୟକୁ ବୁଝିବାର ଶକ୍ତି ଅଛି । ଘଣ୍ଟାଘଣ୍ଟା ଧରି ମୋ ପରି ବଦ୍‌ଦିମାଗ୍ ଲୋକର ବକ୍‌ବକ୍ ଶୁଣିବାର ପେସେନ୍ସ ଅଛି । ନିଜ ଆଡୁ ଉପରେ ପଡି ଯାଚି ଦେଉ ନ'ଥିବା ଗୁଣଟା ମତେ ବହୁତ ଭଲଲାଗେ । ଯେତେ ଯାହା ହେଲେ ବି

ପ୍ରତିଥର ଗୋଟେ ଲଜ୍ୟାବତୀ ନାରୀଟିଏ ଲୁଚିଥାଏ ତୁମ ଭିତରେ। ତୁମେ କେବେ କଲ୍‌ଗାର୍ଲ ପରି ଲାଗନି।

ଡିସୌଜା ପିଅନ୍ତି। ଯେତିକି ପିଅନ୍ତି ତା' ଠାରୁ ଅଧିକ ଗପନ୍ତି। ସେ କଥାର କିଛି ନେଣ୍‌ଦେଣ୍ ଥାଉ କି; ନ' ଥାଉ। ମୁଁ କିଛି ବୁଝେ କି; ନ'ବୁଝେ। ଫରକ୍ ପଡେନା। କୋଉଠି ତାଙ୍କ' କାମ ଅଟକି ଯାଇଛି, କିଏ ଟଙ୍କା ନେଇ ଛୁ ମାରିଛି। ଏସବୁ ଗପି ସେମାନଙ୍କୁ ମନ ଇଚ୍ଛା ଶୋଧନ୍ତି। ଅଶ୍ଳୀଳ ଭାଷାରେ। ମନର ଭଡାସ୍ ବାହାରିଗଲେ, ଦେହ...

ଏଥର ମତେ ଏତେ ଖରାପ ଲାଗୁ ନ' ଥିଲା। ଡିସୌଜା ଗରାଖ ଠାରୁ ବେଶୀ ସାଙ୍ଗଟିଏ ପରି ମନେ ହେଉଥିଲେ। ତାଙ୍କର ରୁଚି ବିଷୟରେ ବେସ୍ ଅବଗତ ହୋଇ ସାରିଥିଲି। ମୁଁ ପିଇଲେ ସେ ବେଶୀ ଖୁସି ହେବେ। ବାଧ୍ୟବାଧକତା ପସନ୍ଦ ନୁହେଁ। କିନ୍ତୁ ପିଇବା ପରେ ଥାଏ ଅସଲ ମଜା। ପିଆ ପି' ଅଭ୍ୟାସ ମୋ'ର ସେଇଠୁ ଅଳ୍ପ ଆରମ୍ଭ ହେଲା। ଗୋଆରୁ ମୋ ପାଇଁ ଆଣିଥାଆନ୍ତି ସେଠିକାରା ଫେନି। ନିଜେ ପେଗ୍ ବନାନ୍ତି। ମତେ ଦିଅନ୍ତି। କେଜାଣି ତାଙ୍କୁ ସେ ବାସ୍ନା ଏତେ ଭଲଲାଗେ କାହିଁକି, ମତେ ତ'ବାନ୍ତି ଲାଗେ। ହେଲେ ବି ନାକ ବନ୍ଦ କରି ଢ଼କଢ଼କ ପିଇଯାଇଛି ଥରେ ଦୁଇଥର। ତାଙ୍କ ପସନ୍ଦ ମୁତାବକ ନିଜକୁ ପରଶିବାରେ ମତେ ବିଶେଷ ଅଡୁଆ ଲାଗେନା ଆଉ।

ଏପଟେ ମୋ' ସୌନ୍ଦର୍ଯ୍ୟର ସଠିକ୍ ମୂଲ୍ୟାଙ୍କନ ହୋଇ ପାରୁଥିବାରୁ ବେଗମ୍ ଖୁସି ଥାଏ। ମୋର ଖାଇବା ପିନ୍ଧିବା ଆବଶ୍ୟକତାକୁ ସୁଚାରୁ ରୂପେ ତୁଲାଉ ଥାଏ। ଏ ବନ୍ଦୀ ଜୀବନ ଭିତରେ ସେତିକି ମୋ ପାଇଁ ସନ୍ତୁଷ୍ଟିର କାରଣ।

ଏଥର ଡିସୌଜା ଗୋଟେ ଅଜବ୍ ପ୍ରସ୍ତାବ ରଖିଲେ। ବେଗମ୍‌କୁ ଖବର ଦେଲେ କିଛିଦିନ ପାଇଁ ଅହଲ୍ୟା ଗୋଆ ଯିବ ମୋ ସହ। କାରଣ ଆସନ୍ତା କିଛିମାସ ସେ ରହିବେ ନାହିଁ ଇଣ୍ଡିଆରେ। ତେଣୁ ତା' ପୂର୍ବରୁ ଗୋଆ ଅଫିସ୍‌ର ବାକିକାମ ସାରିବାର ଅଛି। ସେ ଭିତରେ ବମ୍ବେ ଆସିବା ହୁଏତ ସମ୍ଭବ ହୋଇ ନ' ପାରେ! ଇଣ୍ଡିଆ ଛାଡ଼ିବା ଆଗରୁ ଅହଲ୍ୟା ଫେରି ଆସିବ। ପେମେଣ୍ଟ ଏଥର ଚାରିଗୁଣା ଅଧିକ।

ପ୍ରଥମେ ଗୁଲାବୀ ବେଗମ୍ ଗୁଁ ଘୁଁ ହେଉଥିଲା। ତାଙ୍କ ଧନ୍ଦା ରେ କୌଣସି ଝିଅକୁ ତାଙ୍କ ଅବଧି ବାହାରକୁ ଛଡ଼ା ଯାଏ ନାହିଁ। ଏଇ ସହର ଭିତରେ ଯାହା ବେପାର। ଜଣେ ବାହାରେ ଜଗିଥିବ, କାମ ସରିଲେ ଫେରାଇ ଆଣିବ।

ରାଘବକୁ ସାଥିରେ ପଠାଯାଇ ପାରେ। କିନ୍ତୁ ଏଠିକା କଥା କିଏ ବୁଝିବ? ଏଠି ଅନ୍ୟ ଝିଅଙ୍କୁ ନେବା ଆଣିବା ଡିଉଟି କିଏ କରିବ?

ଯା' ହେଲେ ବି ଏପରି ଗୋଟେ ବଡ଼ବଡିଆ ରେଗୁଲାର୍ କଷ୍ଟମରକୁ ହାତଛଡା କରିବାକୁ ବେଗମ୍ କେବେ ବି ପ୍ରସ୍ତୁତ ନ'ଥିଲା। ତା' ପରେ ସମଗ୍ର ଦେଶରେ ତାଙ୍କ ଗ୍ରୁପ ବେଶ୍ ସକ୍ରିୟ। ଗୋଆରେ ବି ତାଙ୍କ ଲୋକଙ୍କ ନଜର ଅଛି। ସେଠି ବି ଧନ୍ଦା ଚାଲେ। ସେଇଠାରୁ ବି ସେ କାହାକୁ ପସନ୍ଦ କରି ପାରନ୍ତା। କିନ୍ତୁ ନା' ଡିସୌଜା ବଡ଼ ଅଜବ୍ ଲୋକ। ତାକୁ କେବଳ ଅହଲ୍ୟା ହିଁ ପସନ୍ଦ। କିଛି ବିକଳ୍ପ ନ'ପାଇ ଶେଷରେ ବେଗମ୍ ଛାଡ଼ିବାକୁ ରାଜି ହେଲା। ଯାଉ। କିଛି ଅସୁବିଧା ନାହିଁ।

ଡିସୌଜା ନିଜେ ଆସି ମତେ ଫ୍ଲାଟ୍‌ଗେଟ୍ ପାଖରୁ ନେଇଗଲେ।

ଅନେକ ଦିନ ଅଣନିଃଶ୍ୱାସୀ ହେବା ପରେ ଗୋଟେ ମୁକ୍ତ ଆକାଶ ପାଇଲି। ଡିସୌଜାର ଭାରି ସୁନ୍ଦର ଓ ଦାମୀ ଜିପ୍। ଉପର କଭର୍ ପୁରା ଖୋଲା। କିଛି ସମୟ ଭିତରେ ଆମେ ବମ୍ବେର କୋଳାହଳ ମୟ ସହରକୁ ପଛ କରି ଦେଇଥିଲୁ। ଉଡ଼ି ଆସିଥିଲୁ ବହୁତ ଦୂର। ମନମତାଣିଆ ବେଗରେ ଗାଡ଼ି ଗଡୁଥିଲା ଆଗକୁ ଆଗକୁ। ମୁକ୍ତ ଗଗନ, ମୁକ୍ତ ପବନ, ମୁଗ୍ଧ ମନୋରମ ଶୋଭା। ବିହଙ୍ଗ ପରାଏ ମୁଁ ଯେମିତି ନୀଳ ଆକାଶର କଳା ବଉଦ ଭେଦି ଉଡ଼ି ଯିବି କେଉଁ ଅଜଣା ରାଇଜକୁ। ସେଇ କେଇ ଘଣ୍ଟାର ଯାତ୍ରା ଭିତରେ ହଜାଇ ଦେଇଥିଲି ନିଜକୁ। ଡିସୌଜା ବାଟରେ ଗୋଟିଏ ସୁନ୍ଦର ଢାବା ଦେଖି ଗାଡ଼ି ଅଟକାଇଲେ। ମୋ ପସନ୍ଦର ଖାଇବା ଅର୍ଡର କଲେ। ମୁଁ ଅତ୍ୟନ୍ତ ଖୁସି ହୋଇଗଲି। ନିଜକୁ ଗୋଟିଏ ଅଲଗା ଦୁନିଆରେ ଅନୁଭବ କରୁଥିଲି। କୌଣସି ବାଧା ବନ୍ଧନ ନ' ଥିଲା ପରି ଲାଗୁଥିଲା। ଖାଇ ପି' ପୁଣି ଚାଲିଲୁ।

ଗୋଆରେ ପହଞ୍ଚୁ ପହଞ୍ଚୁ ଅନେକ ରାତି ହୋଇ ସାରିଥାଏ। ପଥକ୍ଲାନ୍ତିରେ ଜଲ୍‌ଦି ଶୋଇଯିବାର ଇଚ୍ଛା ହେଉଥିଲା, ବିନା କୌଣସି ବାଧାରେ। ସେ ମୋ ଇଚ୍ଛାକୁ ବୁଝିନେଇ ସମ୍ମାନ ଓ ସମ୍ମତି ଜଣାଇବା କ୍ଷଣି ମୁଁ ସଙ୍ଗେସଙ୍ଗେ ଶୋଇଗଲି।

ସକାଳୁ ଯେବେ ଆଖିଖୋଲିଲା, ଦେଖିଲି ପାଖରେ ଡିସୌଜା ନାହାଁନ୍ତି। ବେଡ୍ ସାଇଡ୍ ଟେବଲ୍ ଉପରେ ନୋଟପେଡ୍‌ରେ ଛୋଟିଆ ଲେଖାଟିଏ। ମର୍ଣ୍ଣିଙ୍ଗ ୱାର୍କରେ ଯାଉଛି। ଡୋଣ୍ଟ ୱରି।

ତାଙ୍କ ଦୟାଭାବ ଦେଖି ଖୁସି ଲାଗିଲା। କ୍ଲାନ୍ତିର ଗଭୀର ନିଦ୍ରାକୁ ମୋର ନ' ଭାଙ୍ଗି ମଣିଷ ପଣିଆର ପରିଚୟ ଦେଇଛନ୍ତି। ଗତରାତିରେ ବି ମୋ ଇଚ୍ଛାର ମାନ୍ ରଖିଥିଲେ। ଚାଦର ଭିତରୁ ବାହାରି ଆସିଲି।

ଡିସୌଜା କହିଥିଲେ ଏ ଘରେ କେବଳ ସେ ଏକୁଟିଆ ହିଁ ରୁହନ୍ତି। ନିରୋଳା ଦେଖି ଘରଭିତରେ ଟିକିଏ ବୁଲିଗଲି। ଘର ନୁହେଁ ବଙ୍ଗଳା। ଦାମୀ ସାଜସରଞ୍ଜାମରେ ସୁନ୍ଦର ସାଜସଜ୍ଜା। ତାଙ୍କ ପଢ଼ା କୋଠରୀଟି ଛୋଟିଆ ଲାଇବ୍ରେରୀ ପରି ଥାକଥାକ

ବହି। ପ୍ରାୟ ବିଜିନେସ୍ ସମ୍ବନ୍ଧୀୟ ମୋଟା ମୋଟା ପୁସ୍ତକ। ଦ୍ୱିତୀୟ ରୁମ୍ ବି ସେଇପରି। ସ୍ୱଚ୍ଛ ଆଲୁଅର କାଠ ସେଲ୍ଫରେ ବିଭିନ୍ନ ରକମ ବିଦେଶୀ ମଦ। କାଉଣ୍ଟର ସାମ୍ନାରେ ଲମ୍ବାଲମ୍ବା ହାତ ନ' ଥିବା ବାର ଟେବଲ୍।

ହଲ୍‌ର ଗୋଟିଏ ପାଖରେ ତାଙ୍କ ନିଜର ବିଭିନ୍ନ ଷ୍ଟାଇଲ୍ ଓ ପୋଜ୍‌ର ଫଟୋ। କେବେ କେଉଁ ସ୍ଥାନ ଭ୍ରମଣରେ ଯାଇଥିଲେ ସେ ସବୁ ସ୍ମୃତି, ଫ୍ରେମରେ ବନ୍ଧା ହେଇ ମସୃଣ କାନ୍ଥର ଶୋଭା ବଢାଉଥିଲା।

ବଡ଼ ହଲ୍‌ର ଗୋଟିଏ ପାଖରେ ପିଆନୋ ଓ ମାଣ୍ଡେଲିନ୍ ପରି ସଂଗୀତ ବାଦ୍ୟ ଯନ୍ତ୍ର। ଅନ୍ୟ ପାଖରେ ଯୀଶୁଖ୍ରୀଷ୍ଟଙ୍କର କୃଶବିଦ୍ଧ ବିଟାର ପେଣ୍ଟିଂ। ଚମତ୍କାର ଦିଶୁଥାଏ।

ତାଙ୍କ ସୌଖିନ ଓ ଖୁସ୍ ମିଜାସ୍ ଗୁଣ ତାଙ୍କ ଘର ସଜ୍ଜାରୁ ବାରି ହେଇ ପଡୁଥିଲା। ଏକାକୀ ରହି ମଧ୍ୟ ଘର ପ୍ରତି ଏତେ ଯତ୍ନଶୀଳ !

ଦୁଇମହଲା ଉପରୁ ଓହ୍ଲାଇ ଆସିଲି। ତଳେ ବିରାଟ ଲନ୍। ବଗିଚା ଭିତରେ ଲାଇନ୍ ଲାଇନ୍ ନଡ଼ିଆ ଗଛ। ଫୁଲ ଗଛ।

ଗୋଆ ସି ଫେସ୍ ଏରିଆରେ ବିରାଟ ବଙ୍ଗଳା "ଡିସୌଜା ହାଉସ୍"।

ବଗିଚା ଭିତରେ ମନଭରି ଅନେକ ସମୟ ବୁଲିଲି। ସେ ଫିରିବା ପୂର୍ବରୁ ମୁଁ ନିତ୍ୟକ୍ରମ ସାରି ବାଲକୋନୀ ଦୋଳିରେ ବସିଥାଏ। କିଛି ସମୟ ପରେ ସେ ଫେରିଲେ। ଫାଟକ ବାହାରପଟୁ ଚାବି ଖୋଲି ଭିତରକୁ ଆସିଲେ। କହିଲେ ବାହାର ବାହାରକୁ ଯିବା। ମୋର କିଛି ସପିଙ୍ଗ କରିବାର ଅଛି। କିଛି ଜରୁରୀ ସାମାନ୍, ଆଉ ତୁମେ ବୁଲିବ ଗୋଆ। ଚାଲ ଚାଲ ଜଲ୍‌ଦି ରେଡି ହୁଅ।

ମୁଁ ଖୁସି ହୋଇ ବାହାରି ପଡ଼ିଲି। ସ୍ୱପ୍ନରେ ସୁଧା ଭାବି ନ'ଥିଲି ମତେ ଏତେ ଆପଣାପଣ ମିଳିବ। ବିଛଣା ଛଡ଼ା ଆମକୁ ଏମିତି ବି କିଏ ସାଙ୍ଗ କରିପାରେ ! ସାଥିରେ ବୁଲିବା ପାଇଁ ନେଇ ପାରେ !

ସେଦିନ ବହୁତ ବୁଲିଲୁ। ସିନେମା ଦେଖିଲୁ। ସି-ବିଚ୍‌ରେ ହାତ ଧରାଧରି ହୋଇ ଚାଲିଲୁ।

ଏମିତି ଦିନ ଗଡୁଥାଏ। ସେ ଅଫିସ୍ ଯାଆନ୍ତି। ମୁଁ ଅପେକ୍ଷା କରିଥାଏ। ଏବେଏବେ ମୁଁ ବି ତାଙ୍କ ରୋଷେଇ ଘରେ କିଛିକିଛି ରାନ୍ଧି ଦିଏ। ତାଙ୍କ ମନ ପସନ୍ଦର। ଡିସୌଜା ଖାଆନ୍ତି, ଖୁସି ହୁଅନ୍ତି।

ଥରେ ଆମେ ବୁଲିବାକୁ ଯାଇଥିଲୁ। ସେ ମାର୍କେଟିଂ କଲେ ନିଜ ପାଇଁ। ଆଉ ମୋ ପାଇଁ କିଣିଦେଲେ ଏକ ଗାଢ଼ ସବୁଜ ରଙ୍ଗର ସୁନ୍ଦର ଶାଢ଼ୀ। ମୋ ମନ ପସନ୍ଦର।

ଗୋଟିଏ ରବିବାରରେ ସକାଳୁ ଫ୍ରେସ୍ ହୋଇ ଡିସୌଜା ବାହାରିଲେ ଚର୍ଚ୍ଚ। ବାଧ୍ୟବାଧକତା ନୁହେଁ। କାହା ଧାର୍ମିକ ଭାବନାରେ ସେ ବାଧା ଦେବାକୁ ପସନ୍ଦ କରନ୍ତି ନାହିଁ। ସେ ଖ୍ରୀଷ୍ଟିୟାନ, ସେ ତ' ଯିବେ। ମୁଁ ଚାହିଁଲେ ତା'ଙ୍କ ସହ ଯାଇପାରିବି ଚର୍ଚ୍ଚ। ନ' ହେଲେ ଘରେ ବସି ଅପେକ୍ଷା କରିପାରେ ତାଙ୍କ ଫେରିବା ଯାଏ।

ମୁଁ କହିଲି, ମୋର ନିଜ ତରଫରୁ କୌଣସି ଆପତ୍ତି ନାହିଁ। ତାଙ୍କ ମର୍ଯ୍ୟାଦାରେ ହାନୀ ଆସିବାର ଆଶଙ୍କା ଥିଲେ ସେ ମତେ ନ'ନେଇ ପାରନ୍ତି। କାରଣ ଯାହା ହେଲେ ବି ମୁଁ ଜଣେ ...

ମୋ ସ୍ଥାନ କେଉଁଠି, ସେ କେଉଁଠି!

ତାଙ୍କର ପଦ ପ୍ରତିଷ୍ଠା ଅଛି। ସେ ସହରର ଜଣେ ବଡ଼ ବ୍ୟବସାୟୀ। ଲୋକେ ତାଙ୍କୁ ଚିହ୍ନିବେ। ହୁଏତ ମୋ ପରିଚୟ ପାଇବା ପାଇଁ ଜିଜ୍ଞାସୁ ଆଖିରେ ତାଙ୍କୁ ଚାହିଁବେ।

କ'ଣ ପରିଚୟ ଦେବେ, ଏଇ ହେଉଛି କଲ୍‌ଗାର୍ଲ ଅହଲ୍ୟା। ଯାହାକୁ ଚାରିରାତି ପାଇଁ ବୁକ୍ କରି ବମ୍ବେରୁ ସାଥିରେ ଆଣିଛି!

ମୋ'ର ଅଛି କ'ଣ? ମତେ ଜାଣେ ବା କିଏ? ତେଣୁ ତାଙ୍କ ଉପରେ ନିର୍ଭର କରେ କେଉଁଥିରେ ତାଙ୍କ ସମ୍ମାନ ବଜାୟ ରହିବ।

ମୋ ଯୁକ୍ତି ଶୁଣି ସେ ଠୋ ଠୋ ହୋଇ ଢେର୍ ସମୟ ଯାଏ ହସିଲେ।

ସିଧାସିଧା କହିଲେ। ଦେଖ ଅହଲ୍ୟା ତୁମକୁ ଆଗରୁ କହିଛି ଏ ସବୁ ମୋ ପାଇଁ ଅତି ନଗଣ୍ୟ। ମୋ ଜୀବନରେ କାହାର ଅଧିକାର ନାହିଁ କି କାହା ଲାଇଫ୍‌ରେ ଆଧିପତ୍ୟ ବିସ୍ତାର କରିବା ମୋ ଆଦତ୍ ନୁହେଁ। ଖାତିର୍ କରେନା ମୁଁ କାହାକୁ। ନିଜ ମର୍ଜିର ମାଲିକ ମୁଁ। କିଏ କ'ଣ ଭାବିଲେ ମତେ ଫରକ୍ ପଡେନା। କେବଳ ଏତିକି ଜାଣେ ଯେତେ ଦିନ ବଞ୍ଚିଛ ଲାଇଫ୍‌କୁ ଏନ୍‌ଜଏ କର। ମୋ ପାଇଁ ମୋ ବିଜ୍‌ନେସ୍ ଛଡ଼ା କିଛି ବି ଗୁରୁତ୍ୱପୁର୍ଣ୍ଣ ନୁହେଁ।

ମୋର ଆଉ ଭାବିବାର କଣ ଥିଲା? ଫଟାଫଟ୍ ବାହାରି ପଡ଼ିଲି।

ଆମେ ପହଞ୍ଚିଲା ବେଳକୁ କାର୍ଯ୍ୟକ୍ରମ ଆରମ୍ଭ ହେଇ ଯାଇଥିଲା। ହଲ ଭର୍ତ୍ତି। ଶେଷ ବେଞ୍ଚରେ ବସିଲୁ ଆମେ।

ପ୍ରସସ୍ଥ କାନ୍ଥ ଉପରେ ବାଇବେଲ୍‌ରେ ବର୍ଣ୍ଣିତ ବିଷୟ ବସ୍ତୁର ଚିତ୍ରଣ। ଫାଦରଙ୍କ ବାଣୀ। ଯୀଶୁଖ୍ରୀଷ୍ଟଙ୍କ କ୍ରୁଶବିଦ୍ଧ ଷ୍ଟାଚ୍ୟୁ।

ଡିସୌଜା ଉଠିଯାଇ କ୍ୟାଣ୍ଡେଲ୍ ଜଳାଇଲେ।

ଫାଦର ସର୍‌ମନ୍ କଲେ। ଅନ୍ୟ ମାନଙ୍କ ପରି ଡିସୌଜା 'ଆମେନ୍' କହି ନତମସ୍ତକ ହେଲେ। ତାଙ୍କର ଏ ବ୍ୟକ୍ତିତ୍ୱ ମତେ ବିମୋହିତ କଲା। ମୁଗ୍ଧ ହେଲି।

ଯେମିତି ବି ହୁଅନ୍ତୁ, ଏ ଜଣେ ଭିନ୍ନମଣିଷ । ଯାଙ୍କ ଠାରୁ କେବେହେଲେ କୌଣସି ଶାରୀରିକ ବା ମାନସିକ ଆଘାତ ପାଇନାହିଁ । ରଖି ଦିଅନ୍ତେ କି' ଚାରିଦିନ ପାଇଁ ନୁହଁ, ଚିରଦିନ ପାଇଁ । କିଣି ନିଅନ୍ତେ ବେଗମ୍ ପାଖରୁ । କ'ଣ ଅଭାବ ଅଛି ଯାଙ୍କର ?

ତାଙ୍କର ସବୁ ଆବଶ୍ୟକତାକୁ ନିର୍ଦ୍ୱନ୍ଦରେ ପୁରଣ କରନ୍ତି । ଅଧିକାର ସାବ୍ୟସ୍ତ କେବେ ବି କରନ୍ତି ନାହିଁ । ପୋଇଲି ହେଇ ରହିବା ମଞ୍ଜୁର, କିନ୍ତୁ ବେଶ୍ୟା !! ମନରେ ଏମିତି ଅଜବ୍ ଖିୟାଲ ଆସିଲା ।

ଧିରେଧିରେ ମତେ ଲାଗୁଥିଲା ମୁଁ ଦେହଜୀବିରୁ ସାଧାରଣ ନାରୀଟିଏ ପାଲଟି ଯାଉଛି । ମୋ ମନରେ ତାଙ୍କପାଇଁ ଅଶେଷ ଶ୍ରଦ୍ଧା ଜାତ ହେଉଥାଏ । ମରିମରି ଯାଉଥିବା ଅହଲ୍ୟା ଉପରେ ପାଣି ଛିଞ୍ଚି ପୁଣି ପୁରୁଣା ଅହଲ୍ୟାକୁ ରୂପାନ୍ତରିତ କରୁଛି । କୌଣସି ଅଧିକାର ନ'ଥାଇ ମଧ୍ୟ ମତେ ଲାଗୁଥାଏ ଯେମିତି ଅନେକ ଅଧିକାର ଦେଇଛନ୍ତି ସେ । ନିଜ ଇଛା ମୁତାବକ ରୋଷେଇ କରି ଖାଇପାରିବା, ପିନ୍ଧିପାରିବା, ରହିପାରିବା ।

ତାଙ୍କ ପାଇଁ ସମ୍ମାନ ବଢୁଥିଲା, ଏପଟେ ସମୟର ଅବଧି ସରି ଯାଉଥିବାର ଆଶଙ୍କା ମତେ ଗ୍ରାସ କରୁଥିଲା । ଅନେକବେଳେ ଭାବେ ଆଜି ରାତିର ଅନ୍ତରଙ୍ଗ ମୁହୂର୍ତ୍ତରେ ହିଁ ଡିସୌଜାଙ୍କୁ ମୋ ମନ କଥାଟି କହିଦେବି । ଯାହା ସେ ସାମୟିକ ଭାବେ କିଣି ଆଣି ପାଉଛନ୍ତି, ତାହା ଚିରଦିନ ପାଇଁ ପାଇପାରିବେ । ଖାଲି କିଛିଦିନ ନୁହେଁ, ସବୁଦିନ ପାଇଁ କିଣି ନିଅନ୍ତୁ ମତେ ।

ଏମିତି ବି ନୁହେଁ ଯେ ମୁଁ ତାଙ୍କୁ ପ୍ରେମ କରୁଥିଲି, ମତେ କେବଳ ସେ ଜୀବନରୁ ମୁକ୍ତି ଦର୍କାର ଥିଲା । ତେଣୁ ଡିସୌଜା ଅନ୍ୟ ମାନଙ୍କ ଠାରୁ ଭଲ ଓ ପଇସାବାଲା ଲୋକ । ସେ ଚାହିଁଲେ ହେଇ ପାରିବାର ଆଶାରେ ମୁକ୍ତିର ସ୍ୱପ୍ନ ଦେଖିବା କଥା । ତେବେ କହିବି ନିଶ୍ଚୟ । କେବଳ ଗୋଟିଏ ସୁନ୍ଦର ମୁହୂର୍ତ୍ତର ଅପେକ୍ଷାରେ ଥାଏ ।

ସେଦିନ ମଙ୍ଗଳବାର ଥାଏ । ବୋଉ ଜୀବିତ ଥିବା ବେଳେ ମଙ୍ଗଳବାର ଦିନ ମା'ମଙ୍ଗଳାଙ୍କ ବ୍ରତ ପାଳୁଥିଲା । ଉପାସ ରହି ଉପାସନା କରୁଥିଲା । ବୋଉର ପୂଜା ପାଠ ଓ ନିଷ୍ପାପର ନିତି ଦେଖିଦେଖି ମୋ'ର ବି ମଙ୍ଗଳା ମାଆଙ୍କ ପ୍ରତି ପ୍ରଗାଢ ଆସ୍ଥା ଜାଗ୍ରତ ହୋଇଥିଲା । ବୋଉ ଚାଲିଗଲା । ଟିକେ ବଡ଼ ହେବା ପରେ ସେଇ ପ୍ରଥାଟିକୁ ମୁଁ ଆପଣାଇ ନେଇଥିଲି । କାହାର ବାଧ୍ୟବାଧକତା ନୁହେଁ, ନିଜ ଖୁସିରେ । ସମ୍ପୂର୍ଣ୍ଣ ଉପବାସ ନ'ରହି ପାରିଲେ ମଧ୍ୟ ଫଳମୂଳ ଖାଇ ବ୍ରତ ପାଳୁଥିଲି । ହଷ୍ଟେଲରେ ମଧ୍ୟ ସେ ଧାର୍ମିକ ଭାବନାଟି କାୟମ ରହିଥିଲା । ସେଥିପାଇଁ କାହାକୁ କୌଣସି ଅସୁବିଧା ହେବାର ନାହିଁ । କେବଳ ମୋ ଅନ୍ତରକୁ ଗୋଟିଏ ଅଦ୍ଭୁତ ଶାନ୍ତି ମିଳୁଥିଲା । ଡିସୌଜାଙ୍କ ଘରେ ରହି ଦୀର୍ଘମାସ ପରେ ସେଇ ପ୍ରକାର ଶାନ୍ତି ଓ ସ୍ୱାଧୀନତା ଅନୁଭବ କଲି ।

ମନେପଡିଲା, ଦୌଲଦିଆଘାଟ୍‌ରେ ଅମୀସା ବିବି ମାଆ ଦୁର୍ଗାଙ୍କ ତମ୍ବା ଲକେଟ୍ ବେକରୁ କାଢ଼ି ଫିଙ୍ଗିଦେବା ପରଠାରୁ, ଆଉ ଦିନେହେଲେ ମଙ୍ଗଳବାର ଉପବାସ କରି ନାହିଁ। ବଳ ପୂର୍ବକ ଏମିତି ଏକ ଜୀବନକୁ ଆପଣାଇବାକୁ ବାଧ୍ୟ ହେବା ପରେ ସେ କଥା ସମ୍ପୂର୍ଣ୍ଣ ଭୁଲିଯାଇଛି ବା ପରିସ୍ଥିତି ମତେ ଭୁଲାଇ ଦେଇଛି। କେବେ ସୁଯୋଗ ବି ମିଳି ନାହିଁ।

ଏଠି ସୁଯୋଗ ଓ ସ୍ୱାଧୀନତା ଉଭୟ ଅଛି। ମୁଁ ମଙ୍ଗଳବାର ଉପବାସ ରଖିବି ବୋଲି ସ୍ଥିରକଲି।

ଡିସୌଜାଙ୍କର କାମ ଥିବା ଯୋଗୁଁ ଖୁବ୍ ସକାଳୁ, ମୁଁ ଉଠିବା ପୂର୍ବରୁ ବାହାରି ଯାଇଥିଲେ। ମୋର ଉପବାସ ଯୋଗୁଁ ନିଜ ପାଇଁ ମଧ୍ୟ ରୋଷେଇ କରିବାର ନ'ଥିଲା। ସାରାଦିନ ମୁଁ ଫ୍ରି।

ମୁଁ ରହିଥାଏ ବୋଲି ଡିସୌଜା ତାଙ୍କ ଘରକାମରେ ନିୟୋଜିତ ସର୍ଭେଣ୍ଟ ଦୁଇ ଜଣଙ୍କୁ ଛୁଟିଦେଇ ଥିଲେ କିଛିଦିନ ପାଇଁ। ମୋ ଦ୍ୱାରା କାମ କରାଇ ନେବେ ବୋଲି ନୁହେଁ, ସେ ସମୟରେ ଅନ୍ୟ କାହାର ଉପସ୍ଥିତି ତାଙ୍କୁ ବାଧା ନ' ଉପୁଜାଉ, ସେ ଦୃଷ୍ଟିରୁ।

ଯା ଭିତରେ ଡିସୌଜାଙ୍କ ଲାଇବ୍ରେରୀ ଓ ହଲ୍‌ର ମିୟୁଜିକ୍ ସିଷ୍ଟମ ମାନଙ୍କରେ ପ୍ରବଳ ଧୂଳି ଜମି ଯାଇଥାଏ। ମୋର କୌଣସି କାମ ନ'ଥିବାରୁ ତାଙ୍କ ଲାଇବ୍ରେରୀ ଓ ଅନ୍ୟାନ୍ୟ ଜିନିଷ ସଫାସଫିରେ ଲାଗିଗଲି। କରୁକରୁ ଅନେକ ସମୟ ବିତିଗଲା। ଦିନ ଦୁଇ ପ୍ରହର ବେଳକୁ ମତେ ସାମାନ୍ୟ ଥକ୍କା ଲାଗିଲା। ହେଲେ ବି ରାତି ପାଇଁ ରୋଷେଇ କରିବାର ଥିଲା। ମୋର ସିନା ଉପବାସ କିନ୍ତୁ ଏମିତି ପବିତ୍ର ଦିନରେ ଡିସୌଜାଙ୍କ ପାଇଁ ଭଲ ଭଲ କିଛି କରିବାକୁ ଖୁବ୍ ଇଚ୍ଛା ଥିଲା।

ଡିସୌଜା ବେଶ୍ ରାତିରେ ଫେରିଲେ। ମୋ ହାତ ତିଆରି ପୁରି, ଖିରି ଓ ସେ ଉପହାର ଦେଇଥିବା ସବୁଜ ଶାଢ଼ୀଟି ପିନ୍ଧି ଥିବାର ଦେଖି ଖୁବ୍ ଖୁସି ହେଲେ। କିନ୍ତୁ ହେବି ଖାଇବା ପାଇଁ ତାଙ୍କର ଜମାରୁ ଇଚ୍ଛା ନ' ଥିଲା। ସାରାଦିନର କାମ ଝମେଲାରେ ସେ ମଧ୍ୟ ଥକି ଯାଇଥିଲେ। ରିଲାକ୍ସ ପାଇଁ ତାଙ୍କୁ ଡ୍ରିଙ୍କସ୍ ଦର୍କାର ଥିଲା। ମୋ ଖାଇବା ନ' ଖାଇବା କଥା ବି ପଚାରିବା ପାଇଁ ତାଙ୍କ ଧୈର୍ଯ୍ୟ ନ'ଥିଲା।

ସେ ବାଲକୋନୀରେ ବସି ପିଇବା ଆରମ୍ଭ କଲେ। ଉପବାସ ଯୋଗୁଁ ମତେ ଖୁବ୍ ହାଲିଆ ଲାଗୁଥିବାରୁ ମୁଁ ଶୋଇବା ପାଇଁ ଚାଲିଗଲି।

ବେଶ୍ କିଛି ସମୟ ପରେ ସେ ଆସିଲେ। ମତେ ହାତ ମାରି ଉଠାଇଲେ।

...ତୁମେ ଶୋଇଯାଇଛ ଯେ ଅହଲ୍ୟା ?

...ହୁଁ ହାଲିଆ ଲାଗିଲା, ତେଣୁ ଆଖି ଲାଗିଗଲା।

...ତୁମେ ବୋଧହୁଏ ରାତିରେ କିଛି ଖାଇଲ ନାହିଁ, ସବୁ ତ ଫ୍ରିଜରେ ରଖିଦେଲ। ନୁହେଁ ?

ତା'ମାନେ ସେ ମୋ ଖାଇବା ନ'ଖାଇବା ବିଷୟରେ ଅବଗତ ଥିଲେ ! ଏହା ଜାଣି ବହୁତ ଖୁସି ଲାଗିଲା। ନିଜର ନିଜର ଲାଗିଲେ ଡିସୌଜା।

.. ମୋର ଆଜି ଉପବାସ ଥିଲା। ଖାଲି ରାତି ନୁହେଁ, ସାରାଦିନ ମୁଁ କିଛି ଖାଇନାହିଁ। ଅଳ୍ପ ଥକ୍କା ଲାଗିବାରୁ ଶୋଇବାକୁ ଚାଲି ଆସିଥିଲି।

...ଓଃ ତୁମର ଆଜି ଉପବାସ ତେବେ ? କିନ୍ତୁ ମତେ ଯେ ପ୍ରବଳ ଭୋକ। ତୁମେ ଏମିତି ଶୋଇଗଲେ କେମିତି ହେବ ?

...ତାଙ୍କ ଅଧିକାର ସାବ୍ୟସ୍ତ କରିବାର ଭାବ ଦେଖି ମତେ ସେ ଆହୁରି ନିଜର ଲାଗିଲେ। ମୁଁ ଚଟ୍ କରି ଉଠିଯାଉଥିଲି, ଫ୍ରିଜରୁ ବାହାର କରି ଗରମ କରିବା ପାଇଁ।

ଯାଉ ଯାଉ ସେ ମୋ ହାତକୁ ଧରି ପକାଇଲେ।

...ତୁମେ ବୋଧହୁଏ ଭୁଲିଗଲ ଅହଲ୍ୟା। ଡିନର୍ ପାଇଁ ମୁଁ ମନା କରିସାରିଥିଲି। ସେ ଭୋକ କଥା କହୁନାହିଁ ମୁଁ। ତୁମେ ତ'ବୁଝିଯିବା କଥା, ବିକଜ୍ ଦାଟସ୍ ୟୋର୍ ଡିଉଟି। ନ'ବୁଝି ଆଗାଆଗ ଶୋଇବାକୁ ଚାଲି ଆସିଲ କିପରି ?

ଛାତିରେ ମୋର ଚାଉଁ କରି ଲାଗିଲା। ଥମ୍ କରି ବସି ପଡିବା ଆଗରୁ ଭାବିଲି ନିଶ୍ଚୟ ଥଟ୍ଟା କରୁଛନ୍ତି।

ମୁଁ ବି ତାଙ୍କ ପରିହାସକୁ ହାଲ୍‌କା ଭାବରେ ନେଇ ଉତ୍ତର ଦେଲି,

...ଜାଣେ, ତା' ମୋର ଡିଉଟି। କିନ୍ତୁ ଆଜି ଯେ; ମୋର ମାଆ ମଙ୍ଗଳାଙ୍କ ବ୍ରତ, ଉପବାସ। ଆହାର ଓ ମୈଥୁନ ଉଭୟ ନିଷେଧ। ତାହା ପରା ଧର୍ମ ବିରୁଦ୍ଧ। ଆପଣଙ୍କୁ ନିରାଶ ହେବାକୁ ପଡିବ। ପ୍ରତିପରିହାସ ପୂର୍ବକ ଏୟା କହି ସ୍ମିତ ହସ ଟିଏ ହସିଦେଇ ଚାଦର ଘୋଡ଼ାଇ ପୁନର୍ବାର ଶୋଇଗଲି।

ସେ ଚାଦର ଟିକୁ ଟାଣି ନେଲେ। ଠୋ ଠୋ ହୋଇ ଘଡ଼ିଏଯାଏ ହସିଲେ। ହସିଲେ ଯେ; ଘଡ଼ିଏ ଯାଏ ବନ୍ଦ ହେଲାନାହିଁ। ମୁଁ ଅବୁଝା ଆଖିରେ ଚାହିଁ ରହିଲି। ସେ ଆରମ୍ଭ କଲେ; "ଆହାର ପର୍ଯ୍ୟନ୍ତ ଠିକ୍ ଅଛି, କିନ୍ତୁ ମୈଥୁନ ଯେ ତୁମ ହିସାବରେ ହେବ ତୁମେ ଭାବିଲ କେମିତି ? ଏହା ତୁମର ଜୀବିକା। ଆଉ ଭାବପ୍ରବଣତା ପାଇଁ ତୁମ ହୃଦୟରେ ବି ସ୍ଥାନ ରହିବା କଥା ନୁହେଁ। ନ'ହେଲେ ବେପାର କରିବ କିପରି ?

ତୁମମାନଙ୍କର ପ୍ରୋବ୍ଲେମ୍ କ'ଣ ଜାଣିଛ ଅହଲ୍ୟା, ତୁମେମାନେ ସେ ନିମ୍ନ ସ୍ତରରୁ ଆଉ ଉପରକୁ ଭାବି ପାରନା। ତେଣୁ ସବୁବେଳେ ଅନ୍ୟର ଅନୁଗତ୍ୟ ହୋଇ

ରହିଯାଅ। ତୁମର ତୁମେ ମଙ୍ଗଳା ପୂଜ କି ଦୁର୍ଗା, ମତେ ସେଥିରୁ ମିଳିବ କ'ଣ! ଆଉ ଯେଉଁ ଧର୍ମ କଥା କହିଲ, ଗୋଟେ ନାରୀର ପ୍ରକୃତ ଧର୍ମ କ'ଣ ଜାଣିଚ ଅହଲ୍ୟା, ପୁରୁଷକୁ ଖୁସି ଦେବା। ମୋ ୱାଇଫ୍ ବି ମତେ କେବେ ମନା କରି ନ'ଥିଲା। ଆଉ ତୁମେ ତ' ଜଣେ ଦେହଜୀବି। ଏହା ତ' ତୁମର ଏକଦମ୍ ଅଧିକାର ବହିର୍ଭୁତ।"

ଶକ୍ତ ଚଟକଣିଟେ ଗାଲରେ ବସିଲା ପରି ମନେ ହେଲା। ମନେପଡିଲା ବେଗମ୍ ପ୍ରଥମଥର କାହିଥିଲା ନିଜ ଔକାତ୍ ଭୁଲିବୁ ନାହିଁ। ଦେହଜୀବି ଶବ୍ଦରେ ମୁହଁ ଶୁଖିଗଲା। ତାଙ୍କପାଟିରୁ ଦୁର୍ଗା ଓ ମଙ୍ଗଳାଙ୍କ ଅନାଦର ଭାବ ମତେ ଆଘାତ ଦେଲା।

କଣ ଭାବୁଛ? ମୋ କଥାକୁ ମନେରଖ ଅହଲ୍ୟା, ଭାବିନିଅ କି ଫ୍ରି ଆଡ୍‌ଭାଇଜ୍। ମଗଣାରେ କାହାକୁ ଦିଏନା। ବିଜିନେସ୍‌ରେ ସଫଳତା ପାଇଁ ଭାବପ୍ରବଣତାକୁ କାଢ଼ି ଫିଙ୍ଗି ଦେବା ହିଁ ବୁଦ୍ଧିମାନର କାମ।

ଆଉ ତୁମେ ଯା ଭିତରେ ବୋଧହୁଏ ଭୁଲିଗଲଣି, ମୁଁ ତୁମ କଷ୍ଟମର। ବାଧ ବାଧକତା ମତେ ଯଦିଓ ପସନ୍ଦ ନୁହେଁ, କିନ୍ତୁ ନିଜକୁ ପରଶି ଦେବା ହିଁ ତୁମର ପ୍ରଥମ କର୍ମ ଓ ଧର୍ମ। ଆଫଟର ଅଲ୍ ପେମେଣ୍ଟ କରିଛି ଯାର। ପୁଣି ଚାରିଗୁଣା ଅଧିକ। ଥରେ ଅଧେ କଥା ଅଲଗା, କାରଣ ମୋର ବି ଇଚ୍ଛା ନ' ଥାଏ। କିନ୍ତୁ ତା' ବୋଲି କ'ଣ ସବୁବେଳେ... ହା ହା ତୁମର ଏମିତି ଭାବନା ରହିଲେ ଭଲ ବେପାର କରିବ ଆଉ...ଛାଡ଼ ସେ ସବୁ, ଆସ...

ସ୍ୱପ୍ନର ମହଲ ନିମିଷକେ ଭାଙ୍ଗି ଚୁରମାର ହୋଇଗଲା। କୋହ ଜମାଟ୍ ବାନ୍ଧୁଥିଲା। ସତରେ ମୁଁ ଭୁଲି ଯାଇଥିଲି, ଯେତେ ସୁନ୍ଦର ମହଲ ହେଲେ କଣ ହେବ, ସେ ଯେ; କାଚରେ ତିଆରି। ତା'ର ସ୍ଥାୟୀତ୍ୱ ବା କେତେ!

ସେଦିନ ନିଜ ସ୍ୱାଭିମାନକୁ ଖୁବ୍ ବାଧିଥିଲା ଡିସୌଜାଙ୍କ କଥା। ତଥାପି ଭାବୁଥିଲି ବୋଧହୁଏ ବହୁତ ନିଶାରେ ଅଛନ୍ତି, ସେଥିପାଇଁ ଏତେ କଥା କହିଗଲେ। କିନ୍ତୁ ଭିତରୁ କିଏ ଜଣେ କହୁଥିଲା, ଆରେ ସେ କିଛି ଭୁଲ୍ କହି ନାହାନ୍ତି! ଗୋଟେ ଦେହଜୀବି ହୋଇ ନିଜ ଧର୍ମ ଭୁଲିଗଲେ ଚଳିବ କେମିତି! ହଁ ଥରେ ସେ କହିଥିଲେ କାହା ଧାର୍ମିକ ଭାବନାକୁ ଆଘାତ ଦେବା ତାଙ୍କ ଆଦତ୍ ନୁହେଁ। କିନ୍ତୁ ଦେହଜୀବିଟିଏ କେଉଁ ଧର୍ମର? ତା' ପରେ ଏଠି ଧର୍ମ ଆସିଲା କେଉଁଠୁ, ଏଇଟା ତ' ତା କର୍ମ। ଏଥିପାଇଁ ଆଗରୁ ସେ ପେମେଣ୍ଟ କରିଛନ୍ତି। ଚାରିଗୁଣା ଅଧିକ।

ଏମିତି ବି ମଙ୍ଗଳବାର ଦିନ ଉପବାସ କରି ବ୍ରତ ପାଳିବା ତା'ଙ୍କ ଧର୍ମରେ ନାହିଁ, ସେ କାହିଁକି ଏ କଥାକୁ ଗୁରୁତ୍ୱ ଦେବେ? ସେ ନିଜେ ଡିସୌଜା ଘରେ ରହି

ଅନଧିକାର ଚର୍ଚ୍ଚା କରିଛି। କିଏ କହିଥିଲା ବ୍ରତ ପାଳିବାକୁ। ଆଉ ଡିସୌଜାଙ୍କ ଇଚ୍ଛାକୁ ପ୍ରତ୍ୟାଖ୍ୟାନ କରିବାକୁ ତା'ର ସାହସ କେବେ ଠାରୁ ଆସିଗଲା ?

ନିର୍ଜୀବ ପାଷାଣୀ ଦେହରେ ଡିସୌଜାଙ୍କ ଅଙ୍ଗ ସ୍ପର୍ଶର ଅନୁଭବ ବି ହୋଇ ନ'ଥିଲି। ଖାଲି ନିସ୍ତେଜ ଭାବେ ଖଟରେ ପଡି ରହିଥିଲା ପଥର ମୂର୍ତ୍ତି ଅହଲ୍ୟା। ଡିସୌଜାଙ୍କ ଭୋକ ଶାନ୍ତ ପଡିଆସିବା ବେଳକୁ ଦୁଇ ଆଖି କୋଣରୁ ନିଗିଡି ପଡି ଥିଲା ଯାହା ଦୁଇ ଧାର ତତଲା ଲୁହ।

XXX

କାହାର ପାଟି ଶୁଣି ନିଦ ଭାଙ୍ଗିଗଲା। ହଠାତ୍ ଉଠି ଦେଖେ ଡିସୌଜା କେତେବେଳେ ଉଠି ଯାଇଛନ୍ତି। ହଲ୍‌ରେ ବସି କାହାସହ ଫୋନ୍‌ରେ କଥା ହେଉଛନ୍ତି। ଭାରି ଗମ୍ଭୀର ଲାଗୁଥିଲେ ଓ ବ୍ୟସ୍ତ ଲାଗୁଥିଲେ। ମତେ ଦେଖି ସହଜ ହେଲେ। ପାଖକୁ ଡାକି କହିଲେ ତୁମକୁ ଆଜି ଯିବାକୁ ହେବ ଅହଲ୍ୟା।

... କୁଆଡେ ? ମୁଁ ଆଶ୍ଚର୍ଯ୍ୟ ହୋଇ ପଚାରିଲି।

..ଏଇ ପାଖକୁ ଯିବ। ବ୍ୟସ୍ତ ହୁଅନାହିଁ। ମୋର ବାହାର ଦେଶକୁ ଯିବାର ଥିଲା। କହିଥିଲି ତ ?

...ହଁ।

...ବାସ୍ ସେଇ କାମରେ। ମୋର ଗୋଟେ କଂଟ୍ରାକ୍ଟ ପାସ୍ ହେଇପାରୁନାହିଁ। ଅନେକ ଦିନ ହେଲା ପଡ଼ି ରହିଛି। ବିଦେଶ ଯିବା ଆଗକୁ ସେଇଟା ଯେମିତି ହୋଇଯିବା ଦର୍କାର।

ମୁଁ ଏବେଏବେ ଗୁଲାବୀ ବେଗମ୍ ସହିତ କଥା ହେଲି। ତୁମର ଏକ୍ସଟ୍ରା ପେମେଣ୍ଟ ପହଞ୍ଚି ଯିବ। ତାକୁ ବି ସୁବିଧା ଏଇଠୁ ଏଇଠୁ ତାକୁ ଆଉ ଗୋଟେ ବେପାର ଯୋଗାଇ ଦେଲି।

ତୁମେ ଯିବ। ଜଣେ ବ୍ୟକ୍ତି ଅଛନ୍ତି। ସେ ଗୋଆ ଆସିଛନ୍ତି। ସେ ଚାହିଁଲି ମୋ କାମ ହୋଇଯିବ। ଆଜି ରାତି ରହଣୀ ତୁମର ସେଇଠି। ସନ୍ଧ୍ୟାରେ ମୁଁ ନିଜେ ନେଇ ଛାଡ଼ି ଆସିବି। ହେଲା। ଏବେ ତୁମେ ରେଷ୍ଟ ନିଅ। ମୁଁ ଟିକେ ଆସୁଛି।

ସ୍ତବ୍ଧ ! ମୁଣ୍ଡରେ ହାତଦେଇ ବସିପଡିଲି। ଅନାୟାସରେ ବୋହିଗଲା ଠୋପାଠୋପା ଲୁହ। ସେଇ ମୁହୂର୍ତ୍ତରେ ଲୋକଟି ପ୍ରତି ଉପୁଜିଥିବା ସାମାନ୍ୟତମ ସମ୍ମାନ କୋଉଠି ହଜିଗଲା। କେତେ ସହଜରେ ମିଷ୍ଟର ଡିସୌଜା ଏ କଥା କହିଗଲେ। କାଲି ସୁଧା ଆହୁରି ଆଶା ଥିଲା। ଭାବୁଥିଲି ଡିସୌଜା ଟିକେ ନିଶାରେ ଏତେ କଥା କହିଗଲେ। କିନ୍ତୁ ନା' ସେମିତି ନୁହଁ।

ଭାବିଲି ମୋର ଭୁଲ୍ ମୋର। ନିଜ ସ୍ଥାନଟା ମୋର ମନେରଖିବା ଉଚିତ ଥିଲା। ସ୍ୱପ୍ନ ଦେଖିବା ଅଧିକାର ଦେଲା କିଏ? ମୁଁ ନିଜେ ନିଜର ନୁହେଁ। ବିକ୍ରି ହୋଇସାରିଛି ।

ଡିସୌଜା ବି ଅନ୍ୟ ମାନଙ୍କ ପରି ଜଣେ କଷ୍ଟମର। ଏମିତି ବି ସେ ଯାହା କରିଛନ୍ତି ସେତିକ ବହୁତ। ଯାହା କିଛି ଶିଖିଲି ବା ଖୋଲା ଦୁନିଆକୁ ଦେଖିଲି କେବଳ ତାଙ୍କ ପାଇଁ। କେହି କୌଣସି ବେଶ୍ୟା ପାଇଁ ଏମିତି କରେ? ସେମିତି ଦେଖିବାକୁ ଗଲେ ସେ ସମ୍ମାନର ପାତ୍ର। ଆଉ କ'ଣ ଆଜୀବନ ଘରେ ରଖିଥାଆନ୍ତେ? ଭାବିବାଟା ମୋର ଭୂଲ୍ ନୁହେଁ କି?

ପ୍ରଥମଦିନରୁ ମୋ ଲକ୍ଷ୍ୟ ଯାହା ଥିଲା ମୁଁ ନିଜେ କେମିତି ପାଶୋରି ପାରିଲି? ନିଜକୁ ଭୀଷଣ ଭାବେ ଧିକ୍କାର କଲି। ଦୁଇ ଦିନର ଖୁସି ଭିତରେ କେମିତି ଭୁଲିଯାଇଛି ମତେ କୌଣସି ପ୍ରକାର ଏଠୁ ମୁକୁଳିବାର ଥିଲା। ଏ ଦିନ ମାନଙ୍କରେ ଯଥେଷ୍ଟ ସୁଯୋଗ ଥାଇ କିପରି ହରାଇ ଦେଇପାରିଲି?

ଡିସୌଜା ଫେରିବା ଆଗରୁ ମତେ କିଛି କରିବାକୁ ହେବ। ବୁଦ୍ଧି ବାଟ ଦିଶିଲା ନାହିଁ।

ମୁଁ ଆଉ ପୁଣି କାହା ପାଖରେ ରାତି କାଟିବି। ସେ ଯେ ଡିସୌଜା ପରି ହୋଇଥିବ; ତା'ର କିଛି ମାନେ ଅଛି? ଯଦି ସେ ଲୋକ ସୋଫିଆ, ନୁର କହୁଥିବା ଗରାଖ ପରି ହେଇଥିବ? କଷ୍ଟ ଦେବ। ନା..ଫୋନ୍ କରିବି। ଦୌଡ଼ି ଗଲି ହଲ୍‌ରେ ଥିବା ଫୋନ୍ ପାଖକୁ।

ପୁଣି ଭାବିଲି ଏ ତ' ଡିସୌଜାଙ୍କ ପ୍ରତି ଧୋକା ହେବ! ଏଇଟା ସମ୍ପୂର୍ଣ୍ଣ ବେଇମାନି ହୋଇଯିବ। କିନ୍ତୁ ମତେ କେହି ତ' ଜଣେ ରକ୍ଷା କରିବା ଦର୍କାର। ସବୁ ଆଶା ତ' ଭାଙ୍ଗି ସାରିଛି। ଯାହା ହେବ ଦେଖାଯିବ।

ଗାଁ ପୋଷ୍ଟ ଅଫିସର ଫୋନ୍ ବାଜୁଛି। ଦୁଇଥର କଟିଲା ପରେ ଜଣେ ଧରିଲେ।

...ହେଲୋ

..ହେଲୋ

...ହେଲୋ, କିଏ କହୁଛନ୍ତି? ଦିବାକର କାକା ....କାକା ମୁଁ ଅହଲ୍ୟା। ଶୁଭୁଚି କାକା?

...ଆଁ କଉ ଅହଲ୍ୟା? ଆଉ ଦିବାକର ତ' ନାହିଁ। ଛୁଟିରେ ଯାଇଛି।

କୁହ କ'ଣ କାମ। ଆସିଲେ କହିଦେବି।

...ନା ଦିବାକର କାକାଙ୍କ ପାଖରେ କାମ ଥିଲା। ମୋର ଜଣକୁ ତୁରନ୍ତ ଖବର ଦେବାରଥିଲା ତାଙ୍କ ହାତରେ।

....କାହାକୁ ?

....ଆପଣ ଜାଣିବେକି ନାହିଁ...

..କହୁନ, ଜାଣି ନ'ଥିଲେ ମନା କରିଦେବିନି ! କୁହ...

ଗାଁ ଶେଷ ମୁଣ୍ଡରେ ଘର ଯାହାର। ଗୋହିରୀ ମୁଣ୍ଡ ବରଗଛ ମୂଳେ। ଗୋଟିକିଆ ଚାଳଘର। "ବନ୍ଧୁ ଭୋଇ"।

...ଓଃ "ବନ୍ଧୁ!" ତାକୁ କିଏ ଆଉ ଜାଣିନି ଏ ଗାଁ ରେ !

...ଆଜ୍ଞା ତାଙ୍କୁ ଟିକେ ଖବର ପଠାଇବାର ଥିଲା।

....ପଠଉନ। କିଏ ମନାକଲା ? ହେଲେ ସିଏ ଥିଲେ ତ ? ସେ ତ' ଆଉ ନାହିଁ।

...ନାହାଁନ୍ତି ! କୁଆଡେ ଯାଇଛନ୍ତି ?

...ସ୍ୱର୍ଗକୁ..

..ମାନେ !

...ମାନେ ଆଉ କ'ଣ ? ସିଏ ପରା କେତେମାସ ତଳୁ ଆତ୍ମହତ୍ୟା କରି ମରିସାରିଛି।

...ଆଁ!! ଏମିତି କଣ କହୁଛନ୍ତି ? ମୁଁ ବନ୍ଧୁ ଭୋଇଙ୍କ କଥା କହୁଛି, ଆପଣ ବୁଝି ପାରେଲେ ନାହିଁ ବୋଧେ।

.. ବୁଝିବିନି କାହିଁକି ବା ! ସେଇ ବନ୍ଧୁ ତ'।

ତା'ର ଗୋଟେ ବଢିଲା ଝିଅଥିଲା। ଜିଦ୍ କରି ସହରରେ ଯାଇ ପାଠ ପଢିଲା। ପଢିଲା ତ' ପଢିଲା; ସେଠି ପୁଣି କଉ ପୁଅକୁ ପ୍ରେମ କଲା। ରାତି ଅଧିଆ କଲିକତା ନା' ଫଲିକଲା ତା' ସହ କୁଆଡ଼େ ଫେରାର୍ ହେଇଯାଇଛି ପରା ! ସେଇ ବନ୍ଧୁ ତ ?

ବୋପା ଯାଇଥିଲା ଖୋଜିବାକୁ ଯେ; ଏଇ ଖବର ନେଇ ଫେରିଲା। ଲୋକେ ଦୁନିଆକଥା କହିଲେ। ବ୍ରାହ୍ମଣ ସାହି ଲୋକ ସେ ମୁଣ୍ଡରେ ଆଉ ରଖେଇ ଥୋଇ ଦେଲେନି।

କିଛିଦିନ ପାଣ ସାହିରେ ଯାଇ ରହୁଥିଲା ଯେ, ସେଠି ଲୋକ ହାଉହାଉ କଲେ। ବୁଢ଼ା ନିଜ ଝିଅ ସପକ୍ଷରେ କହିଲାରୁ ଗାଁ ଲୋକେ ନିଆଁ ପାଣି ବନ୍ଦ କଲେ। ତଥାପି ବୁଢ଼ା ଗାଁ ଲୋକଙ୍କୁ ଗରମ ଦେଖେଇଲା। ଆଉ ଲୋକ ଛାଡିବେ ? ବକିଲେ ଦୁନିଆଁ କଥା। ଦିନେ ଦେଖିଲା ବେଳକୁ ସଞ୍ଜ ବେଳିଆ କନିଆର ମଞ୍ଜି ଖାଇ ଆତ୍ମହତ୍ୟା କରି ଦେଇଛି।

ତାଳୁରୁ ତଳି ପା'କୁ ରକ୍ତ ଖସିଗଲା। ତଥାପି ବିଶ୍ୱାସ ହେଲା ନାହିଁ। ଉଦ୍‌ବେଳିତ ହୋଇ ଉଠିଲା ପ୍ରାଣ!

..ଆଜ୍ଞା ଭଲରେ ବୁଝନ୍ତୁ। ଗାଁ ଶେଷ ମୁଣ୍ଡ ଗୋହିରୀ ପାଖ ବରଗଛ ମୂଳରେ ଯାହା କୁଡିଆ। ସେ ମଣିଷ ଭାରି ନିରୀହ। ସେ କାହା ଉପରେ କେବେ ବି ଗରମ ହୋଇ ନ'ଥିବେ। ଆଜ୍ଞା ଆପଣ ଆଉ କା'କଥା କହୁଛନ୍ତି ବୋଧେ।

...ନା ମଃ ଆଉ କିଏ କାହିଁକି ହେବ? ସେଇ ପରା "ବନ୍ଧୁ ଭୋଇ"। ମୁଁ ଏଠି ଚାକିରି ପାଇବାଠୁ ଏୟା ଶୁଣି ଆସୁଛି ପରା।

ନାଇଁ ଆଜ୍ଞା, ଆଉ କିଏ ହେଇଥିବ। ସେ ମଣିଷ ଭାରି ସରଳ। ବ୍ରାହ୍ମଣ ସାହି ଲୋକଙ୍କୁ କିଛି କହିବା ତ'ଦୂର; ମୁହଁ ଉଠାଇ ଚାହାନ୍ତି ନାହିଁ କେବେ। ସେ ନିଜ ସ୍ଥାନ ଜାଣନ୍ତି। ବ୍ରାହ୍ମଣ ଲୋକଙ୍କ ଉପରେ ନିଜ ଛାଇ ନ' ପଡୁ ବୋଲି ତ' ଗୋହୋରୀ ପାଖରେ ଏକୁଟିଆ କୁଡିଆ କରି ରହିଥିଲେ। ଯାହାର ଯାହା ଦର୍କାର ଦୂରତା ରକ୍ଷା କରି ସବୁ କାମ କରିଦିଅନ୍ତି। ସେମାନେ କାହିଁକି କିଛି ବକିଥିବେ! ତାଙ୍କୁ ଲୋକେ ଭଲ ପାଉଥିଲେ।

ଭଲ ପାଉଥିଲେ ନା' ଗେଣ୍ଡାଗୁଡ। ଦୁନିଆରେ ବିନା ସ୍ୱାର୍ଥରେ କିଏ କାହିକୁ ଭଲ ପାଇଲାଣି? ଲୋକଙ୍କ ହଁ ରେ ହଁ ଭରୁଥିଲା, ଲୋକେ ଆଦର ଦେଖାଉ ଥିଲେ। ମାନିଲାନି ଯେବେ ଚାହା ରୁ ମାଛି ପରି କାଢିକି ଫିଙ୍ଗି ଦେଲେ।

ଆରେ କାହିଁକି ସହିବେ ସେମାନେ କହୁନ? ଆରେ ତୁ' ଟା ଛୋଟ ଜାତିର ହେଇ ବଡ଼ବଡିଆଙ୍କୁ ଜବାବ ଦେବୁ, ଜାତି ଗୋତ୍ର ଭୁଲି ତୋ ଝିଅ କାହା ସହ ଫେରାର୍ ହବ ଯେ; ତୁ ଆହୁରି ତାଣ୍ଡମାଣ୍ଡ ଦେଖାଇ ମୁହଁ ତୋଡ ଜବାବ୍ ଦେବୁ! ଭାରି ଝିଅ ସୁଆଗ ଦେଖଉ ଥିଲା। ଝିଅଟା ଭାରି ସତୀ ସାବିତ୍ରୀଟା ତ..ଛାଡିବେ ସେମାନେ...? ଗରମ କଥା କହୁଛ, ତା'ର କଣ କମ୍ ଭାଉ ଥିଲା କି! କିରେ ତୁମ ଜାତିରେ କିଏ ଝିଅପିଲାକୁ ଏତେ ପାଠ ପଢାଉଛି! ଘରେ ହାଣ୍ଡି ମାଙ୍କଡ଼ ଚିତ୍ ମାରୁଛି, ଶଳା ଝିଅକୁ ବିଏ ପଢେଇବାକୁ ବିଦେଶ ଛାଡ଼ିଥିଲା। ଦେଖିଥିବ କଉ ପଇସା ବାଲା ଟୋକା। ପଟାପଟି କରି ପଳେଇଥିବ। ବୋପାର ଗୋଉଁ କ'ଣ କମ୍ କି'? କହୁଥିଲା ପୁଣି ବେକାର କଥା, ମୋ ଝୁଅ ଏମିତି ନୁହଁ। ଆରେ ଦିନେକାଳେ ପଇସା ଦେଖି ନ'ଥିବା ଝିଅଟା ଯେତେବେଳେ ସୁନ୍ଦର ପଇସାବାଲା ଟୋକା ଦେଖିଥିବ, ପଳେଇଥିବ। ଏଥିରେ ଭାବିବାରେ କ'ଣ ଅଛି!

...ଆପଣ ବୋଧହୁଏ ରାଗୁଛନ୍ତି! ତାଙ୍କୁ କଣ ଆପଣ ଆଖିରେ ଦେଖିଛନ୍ତି, ସିଏ କେମିତିକା ଲୋକା!

...ନା ଦେଖିଲେ କଣ ହେଲା; ଶୁଣିକି ଜାଣି ପାରିବିନି ନା' କ'ଣ ! ନିଆଁ ନ'ଥିଲେ ଧୂଆଁ ବାହାରେନି । ମଣିଷ ଦେଖିଦେଖି ବୁଢୀ ହେଲିଣି ପରା । ପାଞ୍ଚ ଜାଗାରେ ସୁଇପର ଚାକିରିରୁ ଟ୍ରାନ୍ସଫର ହେଇକି ଆସିଛି । ଆଉ ଦି ମାସଗଲେ ରିଟ୍ରାଡ କରିବି । ଲୋକ ଚିହ୍ନିବାରେ ମତେ କ'ଣ ଅସୁବୁଧା ହବ !

ହେଲେ ତୁମେ କିଏ କହୁଛ କହିବଟି ଆଗ । ମୋର ତେଣେ ବହୁତ କାମ । ଝାଡୁ ମାରିବି, କୋଉ ଗୋଟେ ଅଫିସର ଆସିବେ ଯେ, ଏତେ ପାଲା ! ପାଣି କନାରେ ପୋଛିଆକୁ ପଡିବ ଏଇନା । କୁହ ମଃ କିଏ ତୁମେ ?

....ମୋ ହାତରୁ ରିସିଭରଟା ତଳେ ପଡିଗଲା । ମୋ ଚେତା ବୁଡ଼ି ଗଲା ।

।। ଛଅ ।।

କଲ୍ଲୋଳ ଏକ ଲୟରେ ପଢି ଚାଲିଛି । ଆଉ ଉଠିବାକୁ ଇଚ୍ଛା ନାହିଁ । ପାଣି କି, ସିଗାରେଟ୍ ପାଇଁ ମନନାହିଁ । ଉତ୍ତେଜନା ଓ ଉନ୍ମାଦନାରେ ଛାତି ଉଠପଡ ହେଉଛି । ଅହଲ୍ୟାର ଜୀବନ କାହାଣୀ ଏଥର ତା' ଆଖି ସାମ୍ନାରେ ନାଚିଉଠୁଛି ।

ଡିସୌଜା ସନ୍ଧ୍ୟାରେ ଫେରି ଆସିଲେ । ମୁଁ ଜମାରୁ ପ୍ରସ୍ତୁତ ହୋଇ ନ'ଥିଲି । ବାପାଙ୍କ ଖବର ମତେ ଗଭୀର ଆଘାତ ଦେଇଥିଲା । ଭାବିପାରିଲି ନାହିଁ ଏ ସବୁ କ'ଣ ଘଟି ଯାଇଛି ।

ମୋ'ର ଶୁଖିଲା ମୁହଁ ଦେଖି ସେ କ'ଣ ଭାବିଲେ ବୋଧହୁଏ । କହିଲେ, "ଜାଣେ ଅହଲ୍ୟା, କାଲି ରାତିରେ ମୋ'ର କଥା ତୁମକୁ ବାଧିଛି । କିନ୍ତୁ ଏହା ହିଁ ବାସ୍ତବ ।

ସତ କହିଲେ କାଲି ତୁମେ ଖୁବ୍ ସୁନ୍ଦର ଦିଶୁଥିଲ । ସେ ସବୁଜ ଶାଢ଼ୀଟି ତୁମକୁ ଖୁବ୍ ମାନୁଥିଲା । କାଲି ଭାରି ଟେନ୍‌ସନ୍‌ରେ ଥିଲି । ଅଧିକ ସମୟ ଦେଖିବାର ସୁଯୋଗ ବି ହେଲା କେତେବେଳେ ? ଆଜି ତୁମେ ସେଇ ଶାଢ଼ୀଟି ପିନ୍ଧି ବାହାରି ପଡ ଜଲ୍‌ଦି ।"

ତାଙ୍କ ଇଚ୍ଛାକୁ ସମ୍ମାନ ଜଣାଇ ତାଙ୍କ ଉପହାର ସବୁଜ ଶାଢ଼ୀଟି ପିନ୍ଧିଲି । ସେ ଖୁବ୍ ତାରିଫ୍ କଲେ । କହିଲେ ଅହଲ୍ୟା ତୁମେ ଅନ୍ୟ ମାନଙ୍କ ଠାରୁ ନିଆରା । ଜୀବନ କାଳରେ ଅନେକ ନାରୀ ମୋ' ଶଯ୍ୟାସଙ୍ଗିନୀ ହୋଇଛନ୍ତି । ଉପଭୋଗ କରିଛି ସମସ୍ତଙ୍କୁ । କିନ୍ତୁ ତୁମ ଭିତରେ ରୂପ ସହ ଯେଉଁ ଲାଳିତ୍ୟ ଅଛି ଆଗରୁ କାହା ପାଖରେ ଦେଖି ନାହିଁ । ତୁମେ ମତେ ମୋ' ମନ ମୁତାବକ ଖୁସି ଦେଇଛ । ମୋ ରୁଚିକୁ ଠିକ ଧରି ପାରିଛ । ତୁମ ସହ କଟିଥିବା ରାତି ଗୁଡ଼ିକ ମୋର ଦୀର୍ଘ ସମୟ ଯାଏ ମନେ ରହିବ । ରିଏଲି, ୟୁ ଆର ଡିଫ୍‌ରେଣ୍ଟ ୟାର ।

ମୁଁ କିଛି କହିଲି ନାହିଁ । ମୋ ମାତ୍ରାଧିକ ନୀରବତାକୁ ଠୋଉରାଇ ନେଲେ । ସେ ମୋ ଆଡ଼କୁ ତେରେଛା ଚାହିଁ କ'ଣ ଭାବିଲେ କେଜାଣି; ପୁଣି କହିଲେ,

..ଜାଣେ ଏ ଭିତରେ ତୁମେ ମତେ ବହୁତ ପସନ୍ଦ କରି ବସିଛ। ଆଉ ମୁଁ ବି। ଏହା ଆମର ଶେଷ ସାକ୍ଷାତ ନୁହେଁ ଅହଲ୍ୟା। ମୁଁ ବିଦେଶୀରୁ ଯେବେ ଫେରିବି, ତୁମେ ହିଁ ହେବ ମୋର ପ୍ରାଥମିକତା। ବେଗମ୍ ପାଖକୁ ଯାଇ ଆଗ ତୁମକୁ ବୁକ୍ କରିବି। ଆଉ ଶୁଣ ବେପାର ଚକ୍କରରେ ନିଜ ଶରୀର କଥା ଭୁଲି ଯିବନି ଯେମିତି ହାଃ ହାଃ ହାଃ ..ଯେବେ ଫେରିବି ମତେ ଠିକ୍ ଏଇ ଫିଗର୍ ମିଳବ ବୋଲି ଆଶା।

ଜଣେ ପୋଖତ ବ୍ୟବସାୟୀ ଢଙ୍ଗରେ ସେ ପୁଣି ମତେ ବୁକ୍ କରିବାର କଥା ଦେଲେ ଓ ଟେକ୍ କେୟାର କହି ଗାଡ଼ି ବ୍ରେକ୍ ମାରିଲେ। ମୋ ହାତରେ ପାଞ୍ଚଶହ ଟଙ୍କାର ନୋଟ୍‌ଟେ ଧରାଇ ଦେଇ କାହିଲେ, ରିଅଲି ୟୁ ଆର ଗ୍ରେଟ, କିପ୍ ଇଟ୍। ଏହା ତୁମର ଏକ୍ସଟ୍ରା ବୋନସ୍।

ପାଞ୍ଚଶ ଟଙ୍କିଆ ନୋଟ୍‌ଟା କଣ ଏତେ ଗରମ! ସମଗ୍ର ଶରୀରକୁ ଜାଳିଦେବା ପରି ମନେହେଲା। ନୋଟ୍ ନୁହଁ, କଣ୍ଟକିତ ବର୍ତ୍ତୁଳାକାର ଭୟାନକ ଜିନିଷଟିଏ ହାତ ମୁଠାରେ କିଏ ଗେଞ୍ଜି ଦେବା ପରି ମନେହେଲା।

କିଛି କାହିବା ପୂର୍ବରୁ ନିର୍ଦ୍ଦେଶ ଦେଲେ ଏଇ ଫାଟକ ସେପଟକୁ ଯାଅ। ଏଇଠି ଆଜି ତୁମର ରାତି ରହଣୀ।

ମୁଁ ଓହ୍ଲାଉ ଓହ୍ଲାଉ ବାଏ ସି ଇୟୁ କହି ଫେରିଗଲେ ସେ।

ଧିରେଧିରେ ଫାଟକ ଦେଇ ଭିତରକୁ ଗଲି। ଆଖପାଖରେ କେହି ଦେଖାଯାଉ ନଥିଲେ। ଖୁବ୍ ସୁନ୍ଦର ଫୁଲ ବଗିଚାରେ କିସମ କିସମ ଫୁଲର ସମ୍ଭାର। ଗଛବୃଛରେ ଭରା ଘଞ୍ଚ ଜାଗାଟିକୁ ଭାରି ଯତ୍ନର ସହିତ ସଜା ଯାଇଥାଏ। କୌଣସିଟି ଗଛ ନିଜ ଇଛାରେ ବଢ଼ି ପାରିବେ ନାହିଁ ଯେମିତି। ଟ୍ରିମ୍ କରି କିଏ ତାଙ୍କର ମନ ଇଚ୍ଛା ବଢିବାର ଔଦ୍ଧତ୍ୟପଣକୁ ଅଗରୁ କୁଟକୁଟ୍ କରି କାଟିକୁଟି ସାଫ୍ କରିଦେଇଥାଏ। ପ୍ରତ୍ୟେକ ଗଛର ଉଚ୍ଚତା ସମାନ।

କିଛି ପାହୁଣ୍ଡ ଆଗକୁ ଗଲା ଭିତରେ ଭିତରୁ ଭାସି ଆସିଲା ଖୁବ୍ ଗୋଟେ ପରିଚିତ ଓ ନିଜର ନିଜର ବାସ୍ନା। ଅତୀତରେ ଅନ୍ତରଙ୍ଗ ମହକ। ଇଏ କେଉଁ ଜାଗା? ତିନିକାନ୍ଥ ନଥିବା ବିରାଟବଡ଼ ଖୋଲା ହଲ୍‌ର ଚଟାଣରେ ଅନେକ ଲୋକ ଚକା ପକାଇ ବସିଛନ୍ତି। ଧ୍ୟାନ ମୁଦ୍ରାରେ ସମସ୍ତେ। ରେକର୍ଡ ବାଜୁଥାଏ। କାନ୍ଥରେ ଲାଗିଥିବା ଦୁଇଟି ବଡ଼ବଡ଼ ସ୍ପିକରରୁ ହାଲ୍‌କା ହାଲ୍‌କା ଓଁ କାର ଧ୍ୱନି, ଚତୁର୍ଦ୍ଦିଗରେ ଗୁଞ୍ଜରି ଯାଉଥାଏ।

ଡିସୌଜା ନିହାତି ଗୋଟେ ଭୁଲ୍ ଜାଗାରେ ଓହ୍ଲାଇ ଦେଲେ ବୋଧେ। ଫେରିଆସୁଥିଲି। ପଛରୁ ଜଣେ ବ୍ୟକ୍ତି ଆସି ପାଛୋଟି ନେଲେ ଭିତରକୁ ।

ମୁଁ କିଛି କହିବାକୁ ଉଦ୍ୟତ ହେବା ମାତ୍ରେ; ନିଜ ତର୍ଜନୀ ଆଙ୍ଗୁଠି ପାଟିରେ ଦେଇ ନୀରବତା ରକ୍ଷା କରିବାକୁ ଇଙ୍ଗିତ କଲେ। ଆସନ ଖଣ୍ଡିଏ ହାତରେ ଧରାଇ ଦେଇ ପଛ ଲାଇନ୍‌ରେ ବସିବାକୁ ଅନୁରୋଧ କଲେ। ମୁଁ ନୀରବରେ ବସିଲି ।

ସାମ୍ନା କାନ୍ଥରେ ସିନ୍ଦୁରରେ ବିମଣ୍ଡିତ ସ୍ୱସ୍ତିକ ଓ ଓଁ ଚିହ୍ନ। ଦୀପ, ଧୂପ, ଝୁଣାର, ବାସ୍ନାଟା କିଛି କ୍ଷଣ ପୂର୍ବରୁ ନିଜର ନିଜର ଲାଗିବାର ରହସ୍ୟ ଉନ୍ମୋଚନ କଲା। ସେ ମହକରେ ଆତ୍ମବିଭୋର ହୋଇଗଲି।

ଆଃ... ଏତେ ଦିନ ପରେ ଆପଣାର ଭଗବାନଙ୍କୁ ଦେଖିଲି। ଲୁହରେ ଭରିଗଲା ଆଖି। ଖୁସିରେ ଗଦ୍‌ଗଦ୍ ହୋଇଗଲା ଛାତି।

ଆହାଃ କି ଶାନ୍ତି। ମନେ ପଡ଼ିଲା ସବୁ କଥା। ଈଶ୍ୱରଙ୍କୁ ଖୋଜିଖୋଜି ପାପର ପ୍ରାୟଶ୍ଚିତ ପାଇଁ ତ' ଚାଲିଆସିଥିଲି କଲିକତା। କୋଉଁଠୁ ଆସି କୋଉଁଠି ପହଞ୍ଚିଗଲି। ଚାକିରି କରି ବଡ଼ ମଣିଷ ହେବାର ସ୍ୱପ୍ନ ମୋର ଧୂଳିସାତ୍ ହୋଇଗଲା। ମୋ ବାପାଙ୍କ ମୃତ୍ୟୁର କାରଣ ମଧ୍ୟ ମୁଁ। ଝିଅର ଲାଞ୍ଛନା, ଝିଅର ଅପମାନ ସହି ନ'ପାରି ବାପା ଶେଷରେ ଆତ୍ମହତ୍ୟାର ପନ୍ଥା ଆପଣାଇ ନେଲେ। ମୁଁ ଜିଦ୍ କରି ସହରକୁ ଆସିବାର ପରିଣାମ ଇଏ। ମୁଁ ପାପୀ। ମୋ ପାଇଁ କ୍ଷମା ନାହିଁ। ଆପେଆପେ ବନ୍ଦ ହେଇଗଲା ଆଖି। ଯୋଡ଼ହସ୍ତ ଅଦୃଶ୍ୟ ସତ୍ତା ଉଦ୍ଦେଶ୍ୟରେ ଉଠିଗଲା ଉପରକୁ। ଏଇ କିଛିଦିନ ହେଲା ମୁଁ ମନବୋଧ କରି ବୋଧେ ଆଉ କାନ୍ଦି ନାହିଁ। ବାପା ମରିଯିବା ଦୁଃଖବି କାହା ସହ ବାଣ୍ଟି ପାରି ନାହିଁ। କିଏ ଅଛି ନିଜର! ଗାଲ ଦେଇ ବହି ଗଲା ଦୁଇଧାର ଅଶ୍ରୁ।

ଅଳ୍ପ ସମୟ ଭିତରେ ଗୁରୁଜୀ ଆସି ପହଞ୍ଚିବେ ବୋଲି ବ୍ୟକ୍ତି ଜଣଙ୍କ ସୁଚନା ଦେବା କ୍ଷଣି ଭକ୍ତମାନେ ଉପରକୁ ହାତ ଟେକି ହରି ଓଁ ଶରଣଂ ବୋଲି ଏକସ୍ୱରରେ ଉଚ୍ଚାରଣ କଲେ।

ବେଶ୍ ଭକ୍ତିଭାବର ପରିବେଶ। ଆଧାତ୍ମିକ ପରିବେଶ। ଅନେକ ସମୟ ଧରି ସମସ୍ତେ ବୋଧେ ଅପେକ୍ଷାରତ। ସମସ୍ତ ଉତ୍କଣ୍ଠାର ଅନ୍ତ ଘଟାଇ ଗୁରୁଜୀଙ୍କ ମାର୍ସଡିଜ୍ ଗାଡ଼ି ଆସି ଲାଗିଲା ଫାଟକ ସାମ୍ନାରେ। ତିନି ଚାରିଜଣ ଅଙ୍ଗରକ୍ଷୀଙ୍କ ଗହଣରେ ଗୁରୁଜୀ ଆସିଲେ। ଭୂଇଁରେ ପାଦ ଥାପିବା ଆଗରୁ ଝରାଫୁଲ ବିଛାଇ ଦିଆଗଲା। ପଦ୍ମପାଦକୁ ଯନ୍ତ୍ରଣା ନ' ହେଉ। ଆଶୀର୍ବାଦ ମୁଦ୍ରାରେ ଧିରେଧିରେ ପାଦ ପକାଇଲେ ହଲ୍ ଭିତରକୁ।

ହଲ୍‌ରେ ପ୍ରବେଶ କରୁକରୁ ସଷ୍ଟାଙ୍ଗ ପ୍ରଣିପାତ କଲେ ସଭିଏଁ।

ଗୁରୁଦେବଙ୍କର ସୌମ୍ୟକାନ୍ତି, ଉଜ୍ଜ୍ୱଳ, ବିନମ୍ର, ଶାନ୍ତ ମୁଖମଣ୍ଡଳ। ବୟସ ତ' ବେଶୀ ହେବନାହିଁ। କେତେ କମ୍ ବୟସରେ ସିଦ୍ଧି ଲାଭ କରିଛନ୍ତି । ଦେଖିଲେ ଯେ; କେହି ବି' ନିଜ ଦୁଃଖକଷ୍ଟ ଭୁଲିଯିବ।

ଶରୀରରେ ଗେରୁଆ ବସ୍ତ୍ର । କପାଳରେ ଚନ୍ଦନ ଗାର, ଗଳାରେ ରୁଦ୍ରାକ୍ଷ ମାଳୀ, ହାତରେ ତୁଳସୀ ମାଳା । ତାଙ୍କ ଆସନ ଗ୍ରହଣ କରି ପ୍ରବଚନ ଆରମ୍ଭ କଲେ ।

..ହରି ଓଁ ଶରଣଂ..

ଈଶ୍ୱର କିଏ ? କେଉଁଠି ଅଛନ୍ତି ଈଶ୍ୱର । ଖୋଜୁଛ ଭକ୍ତ ? ଖୋଜ । ଖୋଜିଲେ ମିଳେ ? କାହାକୁ ମିଳିଛି ? କେବେ ବି ମିଳେନା । ସାରାଆ..ଜୀବନ । ସମ୍ପୂର୍ଣ୍ଣ ଜୀବନ ସେଇ ଅଦୃଶ୍ୟ ସତ୍ତାଙ୍କ ଅନ୍ୱେଷଣରେ କଟିଯାଏ ସିନା ମିଳନ୍ତି ନାହିଁ କେବେ ।

..ଖୁବ୍ ଧିରସ୍ଥିରରେ ଗୋଟିଗୋଟି କରି ବୁଝାଉ ଥାଆନ୍ତି ।

ଭକ୍ତଗଣ, କେବେ ଚିନ୍ତା କରିଛ କାହିଁକି ମିଳନ୍ତି ନାହିଁ ସେ ? ଚିନ୍ତା କର ତେବେ । ନିଜ ହୃଦୟର ଦରଜା ଖୋଲିଦିଅ । ଚେତନାକୁ ସମୃଦ୍ଧ କର । ଆତ୍ମସମୀକ୍ଷା କର । ଧ୍ୟାନ, ଯୋଗ ବଳରେ ଆପେଆପେ ଉତ୍ତର ମିଳିଯିବ ।

ଅଜ୍ଞାନର ଅନ୍ଧାକାରକୁ ଅତିକ୍ରମ କରିଗଲେ ପ୍ରତ୍ୟେକ ବ୍ୟକ୍ତି ଆପେ ଜାଣିପାରିବ ।

..କସ୍ତୁରୀ ମୃଗବି ଖୋଜେ ଭକ୍ତ । ମୃଗ ଖୋଜେ, କସ୍ତୁରୀର ମହକରେ ପାଗଳ ପ୍ରାୟ ଘୁରିବୁଲେ । ହେଲେ ସେ କଣ ଜାଣେ; ନିଜ ନାଭି ମଣ୍ଡଳରେ ହିଁ କସ୍ତୁରୀ । ନା; ବୁଝିପାରେନା ସେ । ତେଣୁ ମୋର ପ୍ରିୟ ଭକ୍ତ, ସ୍ଥିର ହୁଅ, ଶାନ୍ତ ହୁଅ । ନିଜକୁ ଚିହ୍ନ ।

ଇଶ୍ୱରଙ୍କୁ ବାହ୍ୟଜଗତରେ ଖୋଜିଲେ ସେ ମିଳିବେ ନାହିଁ । ସେ ତୁମ ଅନ୍ତରାତ୍ମାରେ ନିବାସ କରନ୍ତି ବସ୍ତ୍ର । ଅନ୍ତର ଆତ୍ମାକୁ ଚିହ୍ନ ।

"..ହରି ଓଁ ଶରଣଂ.."

ବାବାଙ୍କ ପଛେପଛେ ଏକ ସ୍ୱରରେ ସମସ୍ତେ ଉଚ୍ଚାରଣ କଲେ

"..ହରି ଓଁ ଶରଣଂ.."

ଚମକି ପଡ଼ିଲି ମୁଁ । ଗୁରୁଜୀ କେମିତି ଜାଣିଲେ ମୁଁ ଖୋଜୁଛି ବୋଲି । ମୋରି ଉଦ୍ଦେଶ୍ୟରେ କହିଲେ କି ? ମୋ ମନକଥା କେମିତି ପଢି ପାରିଲେ !

ଅନ୍ତର୍ଯାମୀଙ୍କୁ ସବୁ ଜଣା । ସମସ୍ତଙ୍କୁ ପଢି ପାରନ୍ତି । ଇଏ କେଉଁ ସାଧାରଣ ବାବା ନୁହେଁ ମଃ । ସବୁ ସମସ୍ୟାର ସମାଧାନ ତାଙ୍କ ପାଖରେ । ନ'ହେଲେ ଖାଲିଟାରେ କ'ଣ ଦେଶ ବିଦେଶର ଲୋକ ତାଙ୍କ ପ୍ରବଚନ ଶୁଣିବା ପାଇଁ ଚାତକ ପରି ଚାହିଁ ରୁହୁଥାଆନ୍ତେ ।

ବାଁ ପାଖରେ ବସିଥିବା ମହିଳା ଦୁଇ ଜଣ ପରସ୍ପର ଫୁସଫୁସ୍ କଥାହେଉଥିଲେ ।

..କୁହନ୍ତୁ ବାବା କୁହନ୍ତୁ ।

..ଈଶ୍ୱର କିଏ ?

..ମୁଁ କିଏ ?

..କାହିଁକି ମୋର ଜନ୍ମ ?

..ଏ ମାୟା ଜଗତରେ ମୋ'ର କର୍ମ କଣ ?

..ଆହୁରି କୁହନ୍ତୁ ବାବା। ଏ ତୃଷିତ ହୃଦୟକୁ ତୃପ୍ତ କରନ୍ତୁ। ପଛରୁ ଜଣେ ଭକ୍ତ ଆଖି ଛଳଛଳ କରି ପାଟିକରି ଭାବବିହ୍ୱଳ ହୋଇ ପଡୁଥିଲେ। ଦୁଇ ହାତ ଟେକି ପ୍ରଣିପାତ କରୁଥିଲେ।

ବାବାଙ୍କ ପ୍ରବଚନରେ ପ୍ରକୃତରେ ଆକର୍ଷଣ ଥିଲା। ଯେତେ ଶୁଣୁଥିଲେ ବି ମନ ଆହୁରି ଚାହୁଁଥିଲା। ଛାତିରୁ ବୋଝ ଉତୁରି ଯାଉଥିଲା।

ତୁମେ ସମସ୍ତେ ମାୟ ସଂସାରରେ ବୁଡ଼ି ରହିଛ। ମୁଖା ପିନ୍ଧି ଅଭିନୟ କରୁଛ। ନିଜ ଅସ୍ତିତ୍ୱକୁ ହଜାଇ ଦେଉଛ। ମୁଁ ତ୍ୱ ର ଅହଂ ରେ ବନ୍ଧି ରହିଛ। ପରିତ୍ୟାଗ କର ପ୍ରିୟ ଭକ୍ତ। ମୁଁ ର ଅହଂକୁ କାଢ଼ି ଫିଙ୍ଗି ଦିଅ। ତେବେ ଯାଇ ତୁମକୁ ମିଳିବ ମୁକ୍ତି।

ପ୍ରବଚନ ସହିତ ବିଭିନ୍ନ ପ୍ରକାର ଧ୍ୟାନ ଯୋଗର ପ୍ରକ୍ରିୟା ମାନ ଶିଖାଇଲେ। ନିଜେ ମଧ୍ୟ କିଛି କରି ଦେଖାଇଲେ।

ଧିରେଧିରେ ଭକ୍ତମାନଙ୍କ ଗହଳି କମୁଥିଲା। ସ୍ୱ ଇଚ୍ଛାରେ ଭଗବାନଙ୍କ ହୁଣ୍ଡିରେ ଦାନ ଦକ୍ଷିଣା ପକାଇ ଫେରୁଥିଲେ ଭକ୍ତ। ପାଦ ତଳେ ଅଜସ୍ର ଅର୍ଥର ନୈବେଦ୍ୟ। ବେସ୍ ବଡ଼ବଡିଆ ଭକ୍ତ ତାଙ୍କର।

ସମସ୍ତେ ଯିବା ପରେ ବି ଏକାକି ବସି ରହିଥିଲି ମୁଁ। ଗୁରୁଜୀ ଉଠି ଛିଡ଼ା ହେଲେ। ମୋ ମଥାରେ ହାତରଖି ଆଶୀର୍ବାଦ କଲେ। କହିଲେ 'ଉଠ ଅହଲ୍ୟା। ତୁମେ ଅନ୍ତରରୁ ବହୁତ ଅଶାନ୍ତ ଦେବୀ। ନିଜକୁ ଆୟତ୍ତ କରିବାର କଳା ଶିଖିଗଲେ ତୁମକୁ ଶାନ୍ତି ମିଳିବ।'

ମୁଁ ଏକବାର ଚମକି ପଡିଲି। ଇଏ କେମିତି ମୋ' ନାଁ ଜାଣିଲେ। ଗୁରୁଜୀ ମୋ'ର ପ୍ରଶ୍ନିଳ ଆଖି ପଢି ଦେଲେ। ବୁଝିଗଲେ ସେ।

...ହଁ ଅହଲ୍ୟା। ଅହଲ୍ୟା ଭୋଇ। ବନ୍ଧୁ ଭୋଇଙ୍କର ଏକ ମାତ୍ର କନ୍ୟା ସନ୍ତାନ। ପିଲାଦିନୁ ମାତୃହରା। ଖୁବ୍ ସାହସୀ। ନୀରିହ ହେଲେ ବି ନିର୍ଭୀକ ତୁମେ। କୋରାପୁଟରେ ତୁମ ଘର। କଟକରେ ରହି ପାଠ ପଢୁଥିଲ। ସାରା ଜୀବନ ତୁମ ପରିବାର ଅଛୁଆଁର ଆଖ୍ୟା ପାଇଛି। ସମାଜର ବିତ୍ତଶୀଳ ବ୍ୟକ୍ତିଙ୍କ ପାଖରେ ଅସ୍ପୃଶ୍ୟ, ଲାଞ୍ଛିନା ଓ ଅବହେଳିତ ହୋଇଛି। ତୁମ ମାନଙ୍କ ପ୍ରତି ସରକାର ଓ ସାମାଜିର ଉଦାସୀନତା କାରଣରୁ ତୁମ ପରି କଢୀମାନେ ଅକାଳରେ ଝଡି ପଡ଼ନ୍ତି।

ମୋ ମୁହଁରୁ ଶବ୍ଦଟିଏ ବି ବାହାରିଲା ନାହିଁ। ଦଗ୍ଧ ପ୍ରାଣରେ ମୋର ଶୀତଳ

ଚନ୍ଦନର ପ୍ରଲେପ। ସିଧା ଗୁରୁଦେବଙ୍କ ପାଦତଳେ ଲୋଟି ପଡ଼ି ପିଲାଙ୍କ ପରି କଇଁ କଇଁ ହୋଇ କାନ୍ଦିଲି ଖାଲି।

କାନ୍ଦ, ଆହୁରି କାନ୍ଦ। ମନରୁ ବୋଝ ଉତୁରି ଯାଉ। ଦୁଇ ବାହୁ ଧରି ଉଠାଇଲେ। ମୁଁ ସଂକୋଚ କଲି। ମତେ ଛୁଇଁଲେ ବୋଲି। ତାଙ୍କ ବ୍ରହ୍ମ ପଇତା ମାରା ହୋଇଗଲା। ତାଙ୍କୁ ଯଦି ରାତି ଅଧରେ ମୁଣ୍ଡ ଧୋଇ ଗାଧୋଇବାକୁ ପଡେ, ତେବେ ମତେ ପାତକ ଲାଗିବ। ଏତେ ବଡ଼ ଯୋଗୀ, ମହାତ୍ମା ସେ।

ନିଃସଂକୋଚ, ନିର୍ଲିପ୍ତ ଭାବରେ ମତେ ବାହୁରେ ତୋଳି ଧରୁଥିଲେ ! ମୋ ମୁହଁକୁ ଏକ ଲୟରେ ଚାହିଁ ରହିଲେ। ଚକ୍ଷୁ ସଂଯୋଗ ହେଲା। ତାଙ୍କ ଦିବ୍ୟ ଦୃଷ୍ଟିରେ ମୁଁ ସମ୍ମୋହିତ ହୋଇ ପଡୁଥିଲି।

ତୁମେ ମାନେ ଦଳିତ ନୁହେଁ। ଜାତିପାତିରେ କଣ ଅଛି ? ସମସ୍ତଙ୍କର ଗୋଟିଏ ଜାତି। ମଣିଷ ଜାତି।

ମନେରଖ ଅହଲ୍ୟା ନାରୀ କେବେ ଅସ୍ପୃଶ୍ୟ ନୁହେଁ। ଅପବିତ୍ର ନୁହେଁ। କାଳେ କାଳେ ପବିତ୍ର। ହଁ, ଅହଲ୍ୟା ପବିତ୍ର। ଯୁଗେଯୁଗେ ତୁମେ ପବିତ୍ର ଦେବୀ ! ତୁମେ ପୂଜ୍ୟା, ତୁମ ଠାରେ ଅପୂର୍ବ ରୂପର ସମ୍ଭାର। ରୂପ ଗୁଣ ହିଁ ତୁମ ବ୍ୟକ୍ତିତ୍ୱର ପରିଚୟ। ତୁମକୁ ଅଛୁଆଁ କହି ଆଡେଇ ଦେଉଥିବା ମଣିଷର, ନିଜର ଦୁର୍ଭାଗ୍ୟ ସେଇଟା !

ଓଁ ଶାନ୍ତିଃ...ଶାନ୍ତିଃ...ଶାନ୍ତିଃ...

ଆସ୍ତେଆସ୍ତେ ଅର୍ଦ୍ଧମୁଦ୍ରିତ ନୟନରେ ମାଳା ଗଡାଇ ଗଡାଇ ଚାଲି ଗଲେ ଗୁରୁଜୀ।

.....ମୁଁ ଥମ୍ କରି ବସି ପଡିଲି। ଅମାନିଆ ଅଶ୍ରୁ ବୋଲ ମାନୁନଥାଏ।

ଅହଲ୍ୟା ଦେବୀ। ଗୁରୁଜୀଙ୍କର ତୁମ ଉପରେ ଅନୁକମ୍ପା ହୋଇଛି । ତୁମେ ଅତ୍ୟନ୍ତ ଭାଗ୍ୟବତୀ। ତୁମ ଦୁଃଖ ଦୂର ହେବ। ଯାଅ। ସ୍ନାନ କରିଆସ। ଗୁରୁଜୀ ଧ୍ୟାନ କକ୍ଷରେ ପ୍ରତିକ୍ଷା କରିଛନ୍ତି। ତୁମେ ତାଙ୍କ ଦୀକ୍ଷାନେବା ପାଇଁ ଯୋଗ୍ୟ। ଆଶ୍ରମର ସହଯୋଗୀ ସବୁ ବୁଝାଇ ଦେଲେ।

କିନ୍ତୁ ମୁଁ ଯେ ନିଃସ୍ୱ। ଦାନ ଦକ୍ଷିଣା ପାଇଁ ମୋ' ପାଖରେ କିଛି ନାହିଁ।

ତୁମେ ନିଃସ୍ୱ ନୁହେଁ ଦେବୀ। ଗୁରୁଜୀ ଜାଣନ୍ତି କାହା ପାଖରେ କ'ଣ ଅଛି। ତୁମେ ଅଚିରେ ଭକ୍ତିର ଅର୍ଘ୍ୟ ଅର୍ପଣ କରିଦେବ, ଗୁରୁଜୀ ସାଦରେ ଗ୍ରହଣ କରିନେବେ।

ତାଙ୍କ କଥା ମୁତାବକ ସବୁ କରିନେଲି। ଗାଧୋଇ ସାରି ଧିରେଧିରେ ଗୁରୁଜୀଙ୍କ କକ୍ଷ ଆଡ଼କୁ ପାଦ ବଢାଇଲି।

... ହରି ଓଁ ଶରଣଂ...

..ଶୁଣ ଦେବୀ,

.. "ଏକ ଅହଂ ଦ୍ୱିତୀୟ ନାସ୍ତି, ନ ଭୁତଃ ନ ଭବିଷତି"..

ମୁଁ ହିଁ ସତ୍ୟ ଜଗତ ମିଥ୍ୟା। ହଁ ମିଥ୍ୟାର ଆବରଣ ତଳେ ସତ୍ୟ ଲୁଚିଯାଏ। ମିଥ୍ୟା ହେଉଛି ଅଜ୍ଞାନ। ଅଜ୍ଞାନର ଆବରଣକୁ ଉତାରି ଫିଙ୍ଗି ଦେବା ପରେ ଯାଇ ସତ୍ୟ ଉଜାଗର ହୁଏ।

..କହିଥିଲି ନା; ପ୍ରବଚନ ବେଳେ!

ମୁଁ ନତମସ୍ତକ ହୋଇ ବାହାରେ ଛିଡା ହୋଇଥିଲି।

ଆରେ ତୁମେ କ'ଣ ସେମିତି ବାହାରେ ଛିଡ଼ା ହେଇ ଶୁଣୁଥିବ; ନା' ପାଖକୁ ଆସିବ! ଦରଜା ସମ୍ପୂର୍ଣ୍ଣ ଆଉଜାଇ ଦେଇ ଚାଲି ଆସ। ବସ। ବାହ୍ୟ ଜଗତର କୋଳାହଳରୁ କିଛି କ୍ଷଣ ପାଇଁ ନିଜକୁ ମୁକ୍ତ କର ଅହଲ୍ୟା।

ମୁଁ ଗଲି ଭିତରକୁ।

..ଆସ, ଏଇ ମୋ ସମୀପରେ ଆସନ ଗ୍ରହଣ କର।

ଗୁରୁଜୀଙ୍କ କକ୍ଷରେ କିଃ ଅଦ୍ଭୁତ ଶାନ୍ତି। ଅତିସ୍ୱଚ୍ଛ ଆଲୁଅ। ଦୁଇଟି ଦୀପ କେବଳ ଧ୍ୟାନ କକ୍ଷର ଦୁଇ ଦିଗରେ। ଗାଢ଼ ନୀରବତା।

ଅନୁଭବ କରି ପାରୁଛ ଅହଲ୍ୟା? ଦେଖ ବାହ୍ୟ ଆବରଣ ତଳେ ତୁମ ରୂପ ମାଧୂର୍ଯ୍ୟ କିପରି ଲୁଚିଯାଇଥିଲା। ପ୍ରସାଧନର ଗାଢ଼ ପ୍ରଲେପ ତଳେ ତୁମେ ବୁଡ଼ି ରହିଥିଲ। ଏବେ ଅନୁଭବ କର। ସଦ୍ୟସ୍ନାତ ଶଶୀର ତୁମର କିପରି ଦିବ୍ୟ ଝଲକରେ ଉଦ୍ଭାସିତ ହେଉଛି। ଅପୂର୍ବ, ଅପୂର୍ବ ସୁନ୍ଦରତାର ଦେବୀ ତୁମେ ଅହଲ୍ୟା।

ମୋ ଅବୁଝା ଆଖି ଜିଜ୍ଞାସୁ ହେଲା।

..ହାଃ ହାଃ ହାଃ ଦ୍ୱନ୍ଦ୍ୱ... ଶରୀରକୁ ନେଇ ଖୁବ୍ ଦ୍ୱନ୍ଦ୍ୱ। ଶରୀର କ'ଣ ଦେବୀ? କିଛି ନୁହେଁ। ମାତ୍ର ଏକ ସାଧନ ଛଡ଼ା ଆଉ କିଛି ବି ନୁହେଁ। ସଂସାରର ସାଧନ, ସତ୍ୟର ସାଧନ।

ମାୟାରୂପୀ ସଂସାରରେ, କ୍ଷଣସ୍ଥାୟୀ ଶରୀର।

ଆତ୍ମାକୁ ଚିହ୍ନ ଦେବୀ। ଆତ୍ମାକୁ ପରମାତ୍ମା ସହିତ ବିଲ୍ଲୀନ କର।

ମୁଁ ମୁଣ୍ଡ ନୁଆଁଇ ସଷ୍ଟାଙ୍ଗ ପ୍ରଣିପାତ କଲି।

..ନିଅ। ଏ ପ୍ରଜ୍ଞା ସେବନ କର। ମନରେ ଥିବା ସମସ୍ତ ବିଷ ଭାବନାକୁ କାଢ଼ି ଫିଙ୍ଗିଦିଅ। ଅନ୍ତଃଶୁଦ୍ଧି ହେବ। ପରମ ଆନନ୍ଦ, ଚରମ ତୃପ୍ତି ପ୍ରାପ୍ତ କରିବ।

...ପ୍ରଜ୍ଞା!!??

...ସମସ୍ତ ଉତ୍ତର ନିଜଭିତରେ ସନ୍ନାହିତ, ତେବେ ଏ ପ୍ରଶ୍ନ କାହିଁକି ଦେବୀ?

ତେବେ ଶୁଣ, ଏ ପ୍ରଜ୍ଞା। ଏକ ବିଶେଷ ପାନୀୟ। ଯାହାକୁ ସେବନ କଲାପରେ ମନୁଷ୍ୟ ଏକ ଭିନ୍ନ ଜଗତରେ ବିଚରଣ କରେ। ଯେଉଁଠାରେ ଦୁଃଖ ନ' ଥାଏ; ବେଦନା ନ'ଥାଏ; ନିଃସଙ୍ଗତା ନ'ଥାଏ; ନୈରାଶ୍ୟ ନ'ଥାଏ।

ଜନ୍ମ ନ'ଥାଏ; ମୃତ୍ୟୁ ନ'ଥାଏ। ଯେଉଁଠି ଜରା ନ'ଥାଏ; ବାର୍ଦ୍ଧକ୍ୟ ନ'ଥାଏ। ଯେଉଁ ଦୁନିଆରେ ଅଧିଶ୍ୱର ତୁମେ, ନିଜେ ଏକାକି ଈଶ୍ୱର।

ଦେଶ ବିଦେଶରେବି ଭକ୍ତ ପାଗଳ ହୁଅନ୍ତି ଯା ପାଇଁ। ନୈରାଶ୍ୟ ପୂର୍ଣ୍ଣ, ନିରାଶକ୍ତ ଜୀବନରୁ ଉଦ୍ଧାର ପାଆନ୍ତି।

ଆତ୍ମଶୋଧନ ପାଇଁ। ଦୀକ୍ଷା ପୂର୍ବରୁ, ଶରୀର ଯେପରି ସୁଦ୍ଧ ହେଲା, ଆତ୍ମାଶୋଧନ ଜରୁରୀ ନାଁ! ଭାବିନିଅ ପାଦୁକା।

ମୋର ଆପତ୍ତି କରିବାର କ'ଣ ଥିଲା!

ମାଟି ପାତ୍ରରେ ପାତ୍ର ଭର୍ତ୍ତି ପି'ବାକୁ ଦେଲେ। ନିଜେ ମଧ୍ୟ ସେବନ କଲେ।

ଧିରେଧିରେ ଗୁରୁଜୀଙ୍କ ଶବ୍ଦ ସବୁ ଅନ୍ତରାତ୍ମାରେ ପ୍ରବେଶ କରୁଥିଲା।

ଗୁରୁଜୀ ଆଖି ବନ୍ଦ କରି କହୁଛନ୍ତି,

....ନଶ୍ୱର ଶରୀର। କ୍ଷଣ ଭଙ୍ଗୁର। ମୋହ କାହିଁକି ?

ନିଜକୁ ମୁକ୍ତ କର। ଦୁନିଆରେ ପାପ ବୋଲି କିଛି ନାହିଁ। ପାପ ନାହିଁ ତ' ପ୍ରାୟଶ୍ଚିତ କାହା ପାଇଁ ? ନିଜକୁ ଉନ୍ମୁକ୍ତ କର। ଧ୍ୟାନ କର। ଆତ୍ମା ପରମାତ୍ମା ମିଳିତ ହୋଇଯିବାକୁ ଦିଅ।

ମୋ ଚିନ୍ତା; ଚେତନାକୁ ଦୋହଲାଇ ଦେଉଛି ତାଙ୍କ ମହତବାଣୀ।

ଗୁରୁଜୀ ଆଉ କ'ଣ କ'ଣ ବି କୁହୁଛନ୍ତି। ମତେ କେବଳ ପ୍ରଜ୍ଞାର ସ୍ୱାଦ ମନେ ପଡୁଛି।

..ନିସଂକୋଚରେ ମାଗିଲି, ଆଉ ପାତ୍ରେ ପାଦୁକର ଆଶାରଖେ ଗୁରୁଜୀ।

ଗୁରୁଜୀ ମନା କଲେ, କହିଲେ ମାତ୍ରାଧିକ ସର୍ବଦା କ୍ଷତି କାରକ। ତୁମ ପାଇଁ ଏ ପରିମାଣ ଯଥେଷ୍ଟ। ଶୋଇ ଯିବ ଯଦି ଆମ୍ଜ୍ଞାନ ନେବ କିପରି ? ଅର୍ଦ୍ଧଚେତନ ଅବସ୍ଥା ହିଁ ସବୁଠାରୁ ବେଶୀ ଆନନ୍ଦ ଦାୟକ।

ମୁଁ ଘୂରିବୁଲୁଛି ଅନ୍ତରୀକ୍ଷରେ। ଘୁରୁଛି... ଆହୁରି ଘୁରୁଛି। ସମଗ୍ର ବ୍ରହ୍ମାଣ୍ଡ ଘୁରୁଛି। ଗ୍ରହ, ନକ୍ଷତ୍ର ସବୁ ଘୁରୁଛନ୍ତି। ଶରୀରର ପ୍ରତ୍ୟେକକଟି ଅବୟବ ଶରୀରରୁ ବିଛିନ୍ନ ହୋଇ ନିଜନିଜ କକ୍ଷ ପଥରେ ଘୁରୁଛନ୍ତି। ଅସ୍ପଷ୍ଟ ହେଇ ଆସୁଛି ଧିରେଧିରେ।

ମୁଁ କିଏ ? କୋଉଠି ମୋ' ସତ୍ତା ? ବିଶାଳ ବ୍ରହ୍ମାଣ୍ଡରେ ସାମାନ୍ୟ ରେଣୁଟିଏ ମାତ୍ର।

ବନ୍ଦ ହୋଇ ଯାଉଛି ଆଖି, କାନ, ପାଟି। କିଛି ଆଉ ଶୁଭୁନାହିଁ। ନିଜ ଆୟତ୍ତ ବାହରେ... ଅଣାୟତ୍ତ..ଅଣାୟତ୍ତ...ଅଣାୟତ୍ତ...

ବାହ୍ୟ ଆବରଣରୁ କିଏ ମତେ ଉନ୍ମୁକ୍ତ କରୁଛି। ନଶ୍ୱର ଶରୀରରୁ ମିଥ୍ୟାରୂପୀ ବସ୍ତ୍ର ଉତାରି ବିବସ୍ତ୍ର କରୁଛି। ମୁଁ ତନ୍ମୟ ହୋଇ ଉଠୁଛି। ଏକ ଭିନ୍ନ ଦୁନିଆରେ ମୁଁ। ପରମାତ୍ମାର ଖୋଜରେ।

XXX

ଏକ ଉଜ୍ଜ୍ୱଳ ଆଭା ଓ ସାମାନ୍ୟ କୋଳାହଳ। ଆଖି ଖୋଲିଲା। ପାଦତଳେ ଲୋଟୁଥିଲା ଗେରୁଆ ବସ୍ତ୍ର ଓ ରୁଦ୍ରାକ୍ଷ ମାଳି। ବିକ୍ଷିପ୍ତ ପଡ଼ି ଥିଲା ଡିସୌଜାଙ୍କର ଉପହାର ଗାଢ଼ ସବୁଜ ଶାଢ଼ୀ।

ଉଲଗ୍ନ ଶରୀରରେ ଅଜସ୍ର ପିଡା। ମୁଣ୍ଡ ଏକଦମ ଭାରିଭାରି। କିଛିକ୍ଷଣ ପାଇଁ ମୁହଁରେ ପାପୁଲି ଦେଇ ଆଖି ଉପରେ ପଡୁଥିବା ଆଲୁଅକୁ ଅବରୋଧ କଲି। କିଛିକ୍ଷଣ ପରେ ଏକ ଦୀର୍ଘ ନିଃଶ୍ୱାସ ସହ ଧିରେଧିରେ ଆଖି ଖୋଲିଲି।

ପାଦରେ ଗୋଇଠା ମାରି ଫିଙ୍ଗି ଦେଲି ଗେରୁଆବସ୍ତ୍ର। ହାତରେ ଆଡେଇ ଦେଲି ରୁଦ୍ରାକ୍ଷ ମାଳି। ସେ ସବୁ ଠାରୁ ମୋ ସବୁଜ ଶାଢ଼ୀ ଓ ପବିତ୍ର ଆତ୍ମାକୁ ଅଲଗା କରିନେଲି।

ନିଜକୁ ଲୁଟେଇବା ପାଇଁ ତ' ଜନ୍ମ। ନଶ୍ୱର ଶରୀର। ହାଃ ହାଃ ହାଃ ହସିଲି ଖୁବ୍ ଜୋ'ରେ। ଅଟ୍ଟହାସ୍ୟ। ଉପହାସ।

ହାଃ ଗୁରୁଦେବ। ହାଃ ଆତ୍ମଘୋଷିତ ଭଣ୍ଡବାବା। ହା ହା ହା।

ସତରେ ମୁଖା ତଳର ମଣିଷକୁ ଚିହ୍ନିବା ଭାରି କଷ୍ଟ। କିନ୍ତୁ କାହିଁକି ଏପରି ! ମୁଁ ତ' ଆସିଥିଲି ଏଥିପାଇଁ। ମୋ' ଧର୍ମ ଓ କର୍ମ ତ' ଏୟା। ଅନ୍ୟକୁ ଦେହସୁଖ ଦେବା। ତେବେ ଏ ପ୍ରହସନ କାହିଁକି ଥିଲା ? କି ନିଶା ଦେଲ ଯେ ମୁଣ୍ଡ ଏ ପର୍ଯ୍ୟନ୍ତ ଭାରିଭାରି।

ସିଧା କହିଥିଲେ ହେଇଥାଆନ୍ତା। କହିବା ବି କି' ଦର୍କାର ? ପେମେଣ୍ଟ କରିଛ ଯଦି ଅଧିକାର ଅଛି !

ପୁଣି ଭାବିଲି ଭିନ୍ନଭିନ୍ନ ପୁରୁଷଙ୍କର ଭିନ୍ନଭିନ୍ନ ରୁଚି। କିଏ କିପରି ଉପଭୋଗ କରି ଆନନ୍ଦ ପାଏ। ଲକ୍ଷ୍ୟ କିନ୍ତୁ ଏକ। ଚରମ ତୃପ୍ତିରେ ପହଞ୍ଚିବା ଦର୍କାର। ଶୋଷ ମେଣ୍ଟିଗଲେ ଜଳର ଆବଶ୍ୟକତାକୁ କିଏ ମନେରଖେ ?

ଆଉ ଦୁନିଆରେ ଜାତି ବୋଲି କେବଳ ଦୁଇଟି। ଗୋଟିଏ ନାରୀ, ଅନ୍ୟଟି ପୁରୁଷ। ଜଣେ ଶୋଷିତ ଅନ୍ୟଜଣେ ଶୋଷକ। କଥାରେ ଅଛି ଜୋର୍‌ଯାର୍ ମୁଲକ୍ ତାର୍ , ଏହା ଏକଦମ୍ ସତ୍ୟ। ଯିଏ ପାରିଲା ସିଏ ଜିତିଲା।

କେଉଁ ଧର୍ମ, କେଉଁ ଆସ୍ଥା, କେଉଁ ବିଶ୍ୱାସ ପାଇଁ ମୁଁ ବାରମ୍ବାର ମନକୁ ଦୁର୍ବଳ କଲି ! ମୁସଲମାନ୍, ଖ୍ରୀଷ୍ଟିୟାନ୍, ଶେଷରେ ମୋ ନିଜ ଧର୍ମର ମଣିଷ ପାଇଁ ଯଦି ଧର୍ମର ଭାବନା ଏୟା, ନାରୀଟିଏ ମାନେ, ଶରୀର ବ୍ୟତୀତ କିଛି ନୁହେଁ, ତେବେ ସେ ସମସ୍ତ ଧର୍ମକୁ, ସମସ୍ତ ସମ୍ପ୍ରଦାୟକୁ ମୁଁ ତିରସ୍କାର କରୁଛି । ଛିଃ...

ସଂସାରର ସବୁ ପୁରୁଷଙ୍କ ନିୟତ ଏକ ପ୍ରକାରର ।

କୋଠରୀ ବାହାରେ କୋଳାହଳ । ରାତିର ଶାନ୍ତ ପରିବେଶ ଉଭେଇ ଯାଇଛି । ପୁରା ଆଶ୍ରମରେ ଗୋଟେ ମୃଦୁ ଉତ୍ତେଜନା ପହଁରି ଯାଉଥାଏ । ଦେହରେ ଶାଢ଼ୀ ଗୁଡେଇ ହେଇ ଝର୍କା ବାଟେ ପଦାକୁ ଚାହିଁଲି ।

ଗେଟ୍‌ଠାରୁ ଖଣ୍ଡେ ଦୂରରେ ଦୁଇ ତିନି ଜଣ ଖାକି ପୋଷାକ ଧାରି ପୁଲିସ୍ ପଇଁତରା ମାରୁଥାଆନ୍ତି । ଆଉ ଦୁଇ ଜଣ ଅଳ୍ପ ଦୂର ପାନ ଦୋକାନ ପାଖରେ ଛିଡା ହୋଇ ଚା' ପିଉଥାଆନ୍ତି । ପୁଲିସ୍ ଜିପ୍ ଟିକେ ଦୂରରେ ଅଟକି ଥାଏ ।

ରାତିରେ ପ୍ରବଚନ ଚାଲିଥିବା ହଲ୍‌ର ଅଣ୍ଡରଗ୍ରାଉଣ୍ଡ ବି ଥଲା ! ଦେଖିକି ମୁଁ ଅବାକ୍ ହେଲି । ତା' ଭିତରୁ ପେଟିପେଟି ସାମାନ୍ ବୁହାହେଇ ମାରୁତିଭ୍ୟାନ ଡିକିରେ ଲଦା ହେଉଛି ।

ଏ ସବୁ କ'ଣ ? ରାତି ଅନ୍ଧାର ଓ ଦିନ ଆଲୋକର କିଛି ଘଣ୍ଟାର ବ୍ୟବଧାନ ମଧ୍ୟରେ ଆଶ୍ରମର କାୟା ବଦଳି ଯାଇଥିଲା ।

ଆଉ ସେ ଆଶ୍ରମର ପରିବେଶ ନ'ଥିଲା । ସମସ୍ତଙ୍କ ପରିପାଟି ବଦଳି ଯାଇଥିଲା । ସଭିଏଁ କର୍ମ ତତ୍ପର ହେଇ ଖାଲି ଧାଁ ଦୌଡ଼ କରୁଥିଲେ । ସଭିଙ୍କ ମୁଖମଣ୍ଡଳରେ ଭୟ ଓ ଆଶଙ୍କା ସ୍ପଷ୍ଟ ବାରିହେଇ ପଡୁଥାଏ ।

ଧିରେଧିରେ ପଦାକୁ ବାହାରିଲି । ଲକ୍ଷ୍ୟ କଲି କ'ଣ ଚାଲିଛି । ପାଖ କୋଠରୀରୁ କିଛି ଶବ୍ଦ ଆସୁଥିଲା । ସେ ଝର୍କା ପାଖକୁ ଗଲି । ଅଳ୍ପ ଭଲ୍ୟୁମ୍‌ରେ ଟିଭି ବାଜୁଛି ।

ଟିଭି ସାମ୍ନାରେ ଚାରି ପାଞ୍ଚ ଜଣ ଠୁଳହୋଇଥାଆନ୍ତି ।

ଜଳୁଥାଏ । ହୁତ୍ ହୁତ୍ ହୋଇ ଜଳୁଥାଏ । ସହର ଜଳୁଥାଏ । ଟିଭି ଚ୍ୟାନେଲରେ ସେଇ ଗୋଟିଏ ନିୟୁଜ୍ । କୋଉଠି ଗୋଟେ ଭୟଙ୍କର ଅଘଟଣ ଘଟିଯାଇଛି ବୋଧେ । ନିୟୁଜ୍‌ରୁ ଯାହା ଲାଗୁଥାଏ ବହୁତ କ୍ଷୟକ୍ଷତି ହୋଇଛି କୋଉଠି ଗୋଟେ ।

ସଭିଙ୍କ ଆଖିରେ ଅଜଣା ଆତଙ୍କ । ଆତଙ୍କର ମାତ୍ରା ଏତେ ଯେ' ଲାଗୁଥାଏ ଏମାନେ ନିଜେ ନିଆଁ ଲଗାଇ ଫେରାର୍ ହୋଇଛନ୍ତି । ନହେଲେ ଏମାନଙ୍କ ଘର ଯେମିତି କିଏ ଜାଳିଦେଇଛି । ଯାଙ୍କରି ଘର ହିଁ ଜଳୁଛି ।

ପାଖକୁ ଲାଗିଥିବା ଆଉ ଏକ କୋଠରୀ ଭିତରେ ବେଶ୍ ଉତ୍ତେଜନା ପୂର୍ଣ୍ଣ

ଆଲୋଚନା। ମୁଁ ଆସ୍ତେଆସ୍ତେ ଗଲି, କାନ ପାରିଲି। ଆଲୋଚନା ମଝିରେ ଧମକ୍ ଚମକ୍ ବି ଦିଆନିଆ ହେଉଥାଏ। ଆଉ ଯାହା ଶୁଣିଲି ସ୍ତବ୍ଧ କଲାପରି କିଛି।

ଯାହାର ସାରମର୍ମ ହେଲା,

ଚରସ୍, ଜଞ୍ଜେଇ, କୋକେନ୍ ପରି ମାରାତ୍ମକ ଡ୍ରଗ୍ କାରବାରର ଆଡ୍ଡା ସ୍ଥଳ। ଆଶ୍ରମର ମୁଖା ପିନ୍ଧି ଥିବା ଗୋଆ ସହରର ଏଇ ସୁସଜ୍ଜିତ କୋଠାରେ ଏଇ ପ୍ରକାର ଅପରାଧୀକ ଧନ୍ଦା ଚାଲେ। ପୁଲିସର ଗୋଚରରେ।

ତେଣୁ ବୋଧେ ବଟି ନେଇ ପୁଲିସ୍ ନ' ଦେଖିଲା ପରି ବାହାରେ ପହରା ଦେଉଛି। ଆଉ ସେ ବାବା ରୂପଧାରି ଲମ୍ପଟ ପୁରୁଷ ଯା' ର ମୂଖ୍ୟ ପୁରୋଧା। ଯେ ଭୋରୁଭୋରୁ ସହର ଛାଡ଼ି ଚମ୍ପଟ।

ଗତରାତିର ବିଶେଷ ପାନୀୟ ପ୍ରଙ୍କାର ରହସ୍ୟ ଜାଣିବାରେ ମତେ ଆଉ ଅସୁବିଧା ହେଲାନାହିଁ।

ଜଲ୍‌ଦି ଜଲ୍‌ଦି ହାତ ଲଗା। ଖଲାସ୍ କର ଶିଘ୍ର ବୋଲି ବାହାରେ ହାଲ୍‌କା ପାଟି ଶୁଭିଲା। ମୁଁ ଘୁଞ୍ଚି ଆସିଲି।

କିଛି ବୁଝିବା ପୂର୍ବରୁ ଅଚାନକ ରାଘବର ଗାଡ଼ି ଆସି ଲାଗିଗଲା। ଗେଟ୍ ମୁହଁରେ। ମତେ ଦେଖି ହାତ ଠାରି ପାଖକୁ ଡାକିଲା। ମୁଁ ହଠାତ ଆଶ୍ଚର୍ଯ୍ୟ ହୋଇ ପାଖକୁ ଗଲି। ରାଘବ ଯେ ! ଏଠି ତ' ସବୁ ଅଜଣା। କିଛି ନ' ହେଲେ ମୁଁ ରାଘବକୁ ଚିହ୍ନେଜାଣେ।

ଆଉ ସମୟ ନାହିଁ। ଜଲ୍‌ଦି। ଏ ଉଚ୍ଛନ୍ନର କାରଣ ପଚାରିବା ଆଗରୁ ସେ କହିଲା ବସ ବସ। ବସିଲ ଆଗ; ବେଗମ୍‌ର ହୁକୁମ ଜଲ୍‌ଦି। କିଛି ସେ ଶୁଣିବା ମୁଡ଼ରେ ନ' ଥିଲା। ମୁଁ ବସିବା ମାତ୍ରେ ଗାଡ଼ି ଚାଲିଛି ଖୁବ୍ ସ୍ପିଡ଼ରେ।

ସେ ତ' ଚିର ଗମ୍ଭୀର। ବାଟ ସାରାରେ ତା'କୁ ପଚାରିବାକୁ ସାହସ ହେଲା ନାହିଁ। ଜାଣିଥିଲେ ବି କିଛି କହିବ ନାହିଁ ବେଗମ୍‌ର ବିଶ୍ୱସ୍ତ ଭୃତ୍ୟ। ମୁଁ ଚୁପ୍ ରହିଲି।

କିଛିଘଣ୍ଟା ପରେ ଆମେ ଯେତେବେଳେ ବମ୍ବେ ସହର ଭିତରେ ପ୍ରବେଶ କଲୁ, ଯାହା ଦେଖିଲି ଆଖିକୁ ବିଶ୍ୱାସ ହେଲାନାହିଁ।

ଦିବାଲୋକରେ ଚଳଚଞ୍ଚଳ ବମ୍ବେ ସହର ଛାତି ଉପରେ ଦାନବ ରଚିଛି ତାଣ୍ଡବ ଲୀଳା। ସବୁ କିଛି ଧ୍ୱଂସ ବିଧ୍ୱଂସ୍ତ। ଚାରି ଆଡେ ନିଆଁ ଜଳୁଛି। ଚତୁର୍ଦିଗରେ ଧୂଆଁ। ହାହାକାର। କରୁଣ ଆର୍ତ୍ତଚିତ୍କାର। ପିଲା ଠୁ ବୁଢ଼ା ଯାଏ ଖାଲି ଧାଁ ଦୋଉଡ଼। ସାରାରାସ୍ତା ରକ୍ତ ରଞ୍ଜିତ। ଗାଡ଼ି ମଟରର ଅନ୍ତବୁଜୁଳା ବାହାରି ପଡ଼ି ମାଟିରେ ଲୋଟୁଛି। ପନିପରିବା ଫଳ ମୂଳ ଛିନଛତ୍ର ହେଇ ଲୋକଙ୍କ ପାଦ ଦଳାରେ ରାସ୍ତାରେ ଲେସି

ହେଇ ଯାଉଛି । ମାର୍କେଟ, ଦୋକାନ ଭିତରେ ଆଉ ଅବସ୍ଥା ନାହିଁ । କିଏ ନିଜ ପେଟ ପାଟଣା ବ୍ୟବସାୟ ସଂସ୍ଥାର ଧନହାନି ନିଜ ଆଖି ଆଗରେ ଦେଖି ଛାତି ବିଦାରି ପକାଉଛି ତ' କିଏ ଜନହାନିର ଆକଳନ କରି ମୁଣ୍ଡରେ ହାତ ଦେଇ ନିର୍ବାକ ହେଇ ଚାହିଁ ରହିଛି ।

ଓଃ...କିଃ ଭୟଙ୍କର ! କାହାର ହାତ ବାହୁରୁ ଅଲଗା ହେଇ ଛିଟିକ୍ ପଡିଛି ଖଣ୍ଡେ ଦୂରରେ ତ' କାହା ଖପୁରି ଉଡିଯାଇ ପଡ଼ିଛି କେଉଁ ଅଜ୍ଞାତ ସ୍ଥାନରେ । ଚିତ୍କାର, ଗଗନ ଫଟା ଆର୍ତ୍ତଚିତ୍କାର । ହୃଦୟ ବିଦାରକ ଦୃଶ୍ୟ । ଫାଟିଯାଉଥିଲା ଛାତି । ଆଖିରେ ଦେଖି ହେବ ନାହିଁ ।

ଆମ୍ବୁଲାନ୍ସ, ପୁଲିସ୍‌ବାଲା । ନିୟୁଜବାଲା ବୁମ୍‌ଧରି କାହାକୁ ପଚାରି ପକାଉ ଥାଆନ୍ତି କେତେ କଥା । ଲାଇଫ୍ ବର୍‌ବାଦ୍ ଚେନଲର ଲାଇଭ୍ ଟେଲିକାଷ୍ଟ । ରାସ୍ତା ଜାମ୍ ।

କେଉଁ ଅର୍ଗଳି ବାଟଘାଟ ବୁଲାଣି ଦେଇ ଗାଡ଼ି ଆଣିଲା ତାକୁ ଜଣା । ଆପାର୍ଟମେଣ୍ଟ ସାମ୍ନାରେ ପହଞ୍ଚି ଗଲୁ ।

ବେଗମ୍ ରୁମ୍ ଭିତରେ ବହୁତ ଭିଡ଼ । ଆଠଦଶ ଜଣ ବୁର୍ଖାପିନ୍ଧା ମହିଳା ଓ ପନ୍ଦର ପାଖାପାଖି ପୁରୁଷ ।

ରାସ୍ତାଘାଟର ଦୃଶ୍ୟ ଠାରୁ ଏ ଦୃଶ୍ୟ ଥିଲା ଆହୁରି ଭୟାନକ । ସମସ୍ତଙ୍କ ହାତରେ ଥିଲା ପିସ୍ତଲ, ମାଉଜର୍ । ବେଗମ୍ କାହାକୁ ଦେଖିବା; ବା' କିଛି କହିବା ଅବସ୍ଥାରେ ନ' ଥିଲା ।

ପଲଙ୍କ ତଳୁ ବିରାଟ ଟ୍ରଙ୍କଟି ଘୋଷାରି ଆଣି ଭିତରୁ ବାହାର କରୁଥିଲା ବିଭିନ୍ନ ହତିଆର, ବନ୍ଧୁକ ଓ ଆଉ କିଛି ଗୋଳାବାରୁଦ ହାତ ବୋମା ପରି ବିସ୍ଫୋରକ ସାମଗ୍ରୀ । ବ୍ୟାଗରେ ଭର୍ତ୍ତି କଲା । ସୁଟକେସ୍ ଭର୍ତ୍ତି ବିଡାବିଡା ନୋଟ୍ ।

ଆମ ଆଡେ ଚାହିଁବାକୁ ତାକୁ ଫୁରସତ୍ ନାହିଁ ।

..ସମସ୍ତେ ରେଡି ତ ? ପାସପୋର୍ଟ ଠିକରେ ଧରିଥାଅ । କିଛି ଭୁଲିଗଲେ ଫେରିବାକୁ ରାସ୍ତା ନାହିଁ ।

ପୁଲିସ୍ ଆଗରୁ ଜଲ୍‌ଦି କରୋ କହି ସେମାନେ ବାହାରି ଗଲେ ଦୁବାଇ ଅଭିମୁଖେ ।

ଆଶ୍ଚର୍ଯ୍ୟ ! ସେମାନଙ୍କର ଆଉ କି କି ଗୁପ୍ତ କାରବାର ଓ ଷଡ଼ଯନ୍ତ୍ର ଚାଲିଥିଲା ମୋ ଦେଶରେ !

XXX

୧୯୯୩ ମାର୍ଚ୍ଚ ବା'ର ତାରିଖ। ବମ୍ବେ ସିରିଏଲ୍ ବୋମା ବିସ୍ଫୋରଣରେ ଥରି ଉଠିଥିଲା ସାରା ସହର। ଦିନ ଦି'ପ୍ରହରେ ଜନ ଗହଳି ପୂର୍ଣ୍ଣ ସ୍ଥାନ।

ବତିଶ୍ ମହଲା ବିଶିଷ୍ଟ ଷ୍ଟକ୍ ଏକ୍ସଚେଞ୍ଜରୁ ଆରମ୍ଭ କରି ସାହାରା ଏୟାର ପୋର୍ଟ ପର୍ଯ୍ୟନ୍ତ। ବାରଟି ସ୍ଥାନରେ ଗୋଟେ ପରେ ଗୋଟେ ବିସ୍ଫୋରଣ। ହାତଗୋଡ଼ ଛିନଛତ୍ର ହେଇ ଲୋହୁଲୁହାଣ ଅବସ୍ଥାରେ ରାସ୍ତା ଉପରେ ଚିତ୍କାର କରୁଥିଲେ ଶହଶହ ଲୋକ। ଚାରିଆଡ଼େ ଖେଳିଯାଇଥିଲା ଆତଙ୍କରଛାୟା।

କେହିକିଛି ଜାଣିବା ବୁଝିବା ଆଗରୁ ମାତ୍ର ଦୁଇ ଘଣ୍ଟା କେଇ ମିନିଟ୍ ଭିତରେ ଚାଲିଯାଇଥିଲା ୨୫୭ଟା ନିରୀହ ଜୀବନ। ଶତାଧିକ ଲୋକ ଗଭୀର ଆହତ ହୋଇସାରିଥିଲେ। ବିସ୍ଫୋରଣର ମାତ୍ରା ଏତେ ତୀବ୍ର ଥିଲା ଯେ, ଖାଲି ଦେଶ ନୁହେଁ, ସାରା ଦୁନିଆ ତା' ଭୟାଭୟତାକୁ ଅନୁଭବ କଲା। ସେ କେଇଘଣ୍ଟା ଭିତରେ ନଷ୍ଟ ହୋଇସାରିଥିଲା ସତେଇଶ କୋଟି ଟଙ୍କାର ସମ୍ପତ୍ତି। ପୋଡ଼ିଜଳି ଛାରଖାର ହୋଇଯାଇଥିଲା ।

ଯାହାଥିଲା ଦେଶର ପ୍ରଥମ ବଡ଼ ଆତଙ୍କବାଦୀ ଆକ୍ରମଣ। ପ୍ରଶାସନର ଆପ୍ରାଣ ଉଦ୍ୟମରେ କିଛି ଧନ ଜୀବନ ଉଦ୍ଧାର ପାଇଲା। ଯଦିଓ କିଛି ଅପରାଧୀ ଦଣ୍ଡ ପାଇଲେ କିନ୍ତୁ ଯେଉଁ ଆତଙ୍କବାଦୀ ଏହାର ମାଷ୍ଟରମାଇଣ୍ଡ, ସେ ଦେଶ ବାହାରେ। ତାକୁ ଆଜି ପର୍ଯ୍ୟନ୍ତ ଧରିବା ସମ୍ଭବ ହୋଇ ପାରିନାହିଁ।

ସାରାଦେଶର ବିଭିନ୍ନ ଜାଗାରେ ତାଙ୍କର ରାକେଟ୍ ସକ୍ରିୟ। ଏ ପ୍ରକାର କାରବାର ରପ୍ତାନୀ, ଆମଦାନୀ ଚାଲିଥାଏ। ଡ୍ରଗ୍ସ, ଚରସ୍, ଗଞ୍ଜେଇ ହେଉ କି ହାତହତିଆର ବା କଳାଧନ, ସେକ୍ସ ରାକେଟ ହେଉ ବା ମାନବ ଚାଲାଣ ପର୍ଯ୍ୟନ୍ତ ସବୁକିଛି ନାରକୀୟ କାଣ୍ଡ। କିଛି ଯୁବ ବର୍ଗଙ୍କୁ ପ୍ରଲୋଭନ ଦେଖାଇ ବା ଉସକାଇ ଗୋଟେ ଅପରାଧ ଜଗତର କାୟାବିସ୍ତାର କରୁଥାଆନ୍ତି।

କଲିକତା ଠାରୁ, ଦିଲ୍ଲୀ ବମ୍ବେ , ବାଂଲାଦେଶ, ହେଉ କି ଦୁବାଇ ବା ଆଫଗାନିସ୍ତାନ, ସବୁଠି।

॥ ସାତ ॥

ପୁଲିସ୍ ଭୟରେ ଗୁଲାବୀ ବେଗମ୍ ତା'ର ସେଇ ସହଯୋଗୀଙ୍କୁ ଧରି ଫେରାର୍ ହୋଇଗଲା ।

ଆମପାଇଁ ଭଲହେଲା। ଆମ ମାନଙ୍କ ମୁକ୍ତିର ରାସ୍ତା ଫିଟିଗଲା।

ଆମେ ଛ' ଜଣ ଝିଅଥିଲୁ। ଆମ ଉପରେ କେହି ହାକିମ ନ'ଥିଲେ ଆଉ। ଜାଣିଗଲୁ ଆମେ, ଯେଉଁ ପରିସ୍ଥିତିରେ ସେମାନେ ଏଠୁ ପ୍ରାଣ ବିକଳରେ ପଳାଇଛନ୍ତି, କେବେ ଆଉ ଫେରିବେ ତା'ର ଠିକଣା ନାହିଁ। ହୁଏତ ନ' ଫେରି ପାରେ ବେଗମ୍। ଯାହା ବି ହେଉ ବିନା ସଂଘର୍ଷରେ ମୁକ୍ତି। ଆମେ ସବୁ ସ୍ୱାଧୀନ। ଫେରିଯିବା ନିଜ ନିଜ ପରିବାର ପାଖକୁ। ପୁଣି କାହା ହାବୁଡ଼ରେ ପଡିବା ଆଗରୁ ସୁନୀଳ ଆକାଶରେ ଉଡ଼ିଯିବା ବହୁ ଦୂର। ଚାଲ ଫେରିଯିବା। ମୁଁ କହିଲି।

..କିଃ ଆଶ୍ଚର୍ଯ୍ୟ! ଫେରିଯିବୁ, କିନ୍ତୁ କୁଆଡେ! ମୁକ୍ତିର ବାଟ ଫିଟିଗଲା! ସ୍ୱାଧୀନ? କେଉଁ ସ୍ୱାଧୀନ! ସ୍ୱାଧୀନତା କାହାକୁ କୁହାଯାଏ?

ନିଜନିଜ ସ୍ଥାନକୁ ଫେରିଯିବୁ କ'ଣ ପୁଣି ପରାଧୀନ ହେବା ପାଇଁ? ଏୟା କହି ସେମାନେ ହସିଲେ। ଠୋ ଠୋ ହେଇ ହସିଲେ।

ମୁଁ ହତଚକିତ ହେଲି। କ'ଣ ଏମିତି କହିଦେଲି? ଖୁସି ହେବା କଥା ତ' ନିଶ୍ଚୟ। କିନ୍ତୁ ଏ ତ'ଉପହାସ କରୁଛନ୍ତି। ତାଙ୍କ ତାଚ୍ଛଲ୍ୟପୁର୍ଣ୍ଣ ଅଟ୍ଟହାସ୍ୟ ମତେ ଅସହ୍ୟ ହେଲା।

ପରିବାର ପାଖକୁ ଫେରିଯିବା ଏତେ ସହଜ ନୁହେଁ। ତୁ' ଜାଣିଛୁ କ'ଣ ଅହଲ୍ୟା?

..ସୁଦୂର ବିସ୍ତାରିତ ଗଗନର ବିହଙ୍ଗ ଆମେ। ମୁକ୍ତ ଆକାଶ ଆମକୁ ଇସାରା ଦେଉଛି, ଯା ଉଡିଯା ପକ୍ଷୀ। ଡେଣା ପ୍ରସାରିତ କରି ମନ ଇଚ୍ଛା ଉଡିଯା। ଶୃଙ୍ଖଳ ବିହୀନ ପାଦ ତୋର ଯେଉଁ ଦିଗରେ ଯିବ ଯାଉ। ଲଗାମ୍ ନାହିଁ କିଛି। ଏବେ ତୁ ସମ୍ପୂର୍ଣ୍ଣ ମୁକ୍ତ। ଏୟା ତ' କହିଲି। ତୁମେ ମାନେ ହସିଲ କାହିଁକି?

...ମୁକ୍ତ !

ମୁକ୍ତି କାହାକୁ କୁହନ୍ତି ? ଶୃଙ୍ଖଳ କଥା କହୁଛୁ ? ଆମ ପାଦରେ ଯେଉଁ ଅଦୃଶ୍ୟ ବେଢ଼ି ? ପକ୍ଷୀ ଉଡ଼ିଯିବ, ଗଗନର ବକ୍ଷ ଚିରି ମନଭରି ଉଡାନ୍ ଭରିବ ! କିନ୍ତୁ ଆମେ ଯେ ପକ୍ଷହରା ପକ୍ଷୀ। ଡେଣାକଟା ଚଢ଼େଇ କ'ଣ କେବେ ଉଡ଼ି ଯାଇପାରେ !

ସବୁଠାରୁ ବଡ଼ ଯିଏ ଛବିଶ ବର୍ଷର ରେଣୁକା। ଆମ ସମସ୍ତଙ୍କୁ ଶାନ୍ତିରେ ବସିବାକୁ କହିଲା। ଚା'କରି ଆଣି ଦେଲା।

କହିଲା ପ୍ରଥମେ ସମସ୍ତେ ସ୍ଥିର ହେବା। ତା' ପରେ ଚିନ୍ତା କରିବା।

ହଠାତ୍ କୈଣସି ନିଷ୍ପତ୍ତି ଜୀବନରେ ବେଳେବେଳେ ଭାରି ମହଙ୍ଗା ପଡେ।

ଜୀବନର ଗତିପଥ ପ୍ରତ୍ୟେକଟି ମୁହୂର୍ତ୍ତରେ ବଦଳୁଥାଏ। କ୍ଷଣ କ୍ଷଣକରେ କ'ଣ ଘଟିଯିବ କେହି ଜାଣନ୍ତି ନାହିଁ ଆମେ।

ଅହଲ୍ୟା ଅବଶ୍ୟ କିଛି ଭୁଲ୍ କହିନି। ଏବେ ଆମର ଏଠି ଆଉ କାମ କ'ଣ ? କାହାକୁ ବା ଇଚ୍ଛା ଏମିତି କାମ କରିବାକୁ ? କିଏ ଦୁନିଆରେ ସମ୍ମାନ ନ' ଚାହେଁ ? ମର୍ଯ୍ୟାଦା ନ'ଚାହେଁ ? ଆଦର ନ' ଚାହେଁ ? ଘର ପରିବାର ନ' ଚାହେଁ ? କିଏ ଏପରି ନର୍କରେ ପଡ଼ି ରହି ଘୃଣ୍ୟ ଜୀବନ ବିତାଇ ଦେବାକୁ ଇଚ୍ଛା କରିବ ?

ରାତି ସହିତ ପୁରୁଷ ବଦଳିଯାଉଥିବା ପ୍ରକ୍ରିୟାରେ କେଉଁ ନାରୀ ଖୁସି ହୁଏ ? ନିରୁପାୟ ନ'ହେଲେ ପ୍ରତି ରାତି ଭିନ୍ନଭିନ୍ନ ପୁରୁଷଙ୍କ ବିଛଣାରେ ନିଜକୁ ଲୋଟାଇ ଦେବା ପାଇଁ ଦୁନିଆରେ କେଉଁ ନାରୀ ବା ଚାହିଁଛି କହ ?

କହୁକହୁ ରେଣୁକାର ଆଖି ଛଳଛଳ ହୋଇଗଲା। କିନ୍ତୁ ସେ କହିଲା,

ଉତ୍ତର ପ୍ରଦେଶ ଗାଜିଆବାଦ୍ ଜିଲ୍ଲାରେ ଗୋଟିଏ ଛୋଟିଆ ଗାଁ ଭିତରେ ମୋର ଘର। ମୋର ବୟସ ଉଣେଇଶ ଯେବେ ମୋର ବାହାଘର ହୋଇଥିଲା। ଭଲ ଘର। ଭଲ ବର। ସେ ମତେ ବହୁତ ଭଲ ପାଉଥିଲେ। ପରେପରେ ଛୁଆଟିଏ। ଶାଶୁ ଶଶୁର ମତେ ଓ ତାଙ୍କ ପୁଅକୁ ଭାରି ସ୍ନେହ କରୁଥିଲେ।

ସ୍ୱଚ୍ଛ ରୋଜଗାର ହେଲେ ବି ସବୁ ସୁରୁଖୁରୁରେ ଚାଲିଥିଲା। ଏମିତି ଦିନେ ଆମ ଜୀବନରେ ଝଡଟିଏ ଆସିବ ବୋଲି କେବେ ବି ଆଶଙ୍କା କରି ନ'ଥିଲି। କିନ୍ତୁ ଆସିଲା। କୁହନ୍ତିନି ଯା'ହେବାର ଥିବ ନିଶ୍ଚିତ ହେବ। ଧୂଳିଆ ଝଡ଼ ଆସିଲା ଓ ମୋ ସୁନାର ସଂସାରକୁ ଭସାଇ ନେଇ ଫେରିଗଲା।

ସ୍ୱାମୀ ଗୋଟିଏ କାଚ ତିଆରି କାରଖାନାରେ ଚାକିରି କରୁଥିଲେ। କୈଣସି କାରଣରୁ ତାଙ୍କ ଚାକିରିଟି ଚାଲିଗଲା। ଅନ୍ୟ କାମ ମିଳିବା ଏତେ ସହଜ ହେଲା

ନାହିଁ। ବେକାର ହେଇ ଅନେକ ଦିନ ଘରେ ବସିଲେ। ଯାହା ଗଛିତ ଥିଲା ଧିରେଧିରେ ସରିବାକୁ ଲାଗିଲା। ଅଭାବ ବଢ଼ିଲା। ସମୟ ସହ ସମ୍ପର୍କର ମିଠାପଣ କମିଗଲା।

ଛୋଟିଆ ଝଡ଼ଟିଏ ହେଲେ ବି ମୋ ସଂସାର ଧୋଇନେବା ପାଇଁ ଯଥେଷ୍ଟ ସାମର୍ଥ୍ୟବାନ ଥିଲା।

ଘରେ ଛୋଟମୋଟ କଥାକୁ କେନ୍ଦ୍ରକରି ବାପ ପୁଅଙ୍କ ଭିତରେ କଳହ ଲାଗିଲା। ଧିରେଧିରେ ସଂକ୍ରମିତ ହେଲା ପୁରା ପରିବାରକୁ। ଦିନରେ ଶାଶୁ ବୋହୂ ଭିତରେ ମୁହଁ ଫୁଲାଫୁଲି ଓ ଆମେ ସ୍ୱାମୀ ସ୍ତ୍ରୀ ରାତି ଅଧ ଯାଏ କଳି କଜିଆ ବି ଲାଗୁ। ଅବସ୍ଥା ଖରାପ ହେବାରେ ଲାଗିଲା। ମୋ ସ୍ୱାମୀ ଅବସାଦରେ ବୁଡ଼ି ଗଲେ। ପିତା ଲାଗିଲା ସଂସାର। ପରସ୍ପର ମୁହଁକୁ ଚାହିଁ ଜୀବନ କାଟିବାର ପ୍ରତିଶ୍ରୁତି କେବଳ ଗଳ୍ପ, ଉପନ୍ୟାସ ବା ସିନେମାରେ କାମ ଦିଏ। ବାସ୍ତବରେ ଜୀଁ ରହିବା ପାଇଁ ପେଟର ଭୋକକୁ ପ୍ରଶମିତ କରିବାକୁ ପଡେ। ପ୍ରକୃତରେ ମୁହଁ ଦେଖିଲେ ପେଟ ପୁରେନା।

ବରଂ ଭୋକିଲା ପେଟଟିଏ ସମଗ୍ର ପୃଥିବୀର କାୟା ପରିବର୍ତ୍ତନ କରି ପାରେ।

ସେୟା ହେଲା। ଘରର ପରିସ୍ଥିତି ଏତେ ମାତ୍ରାରେ ଖରାପ ହେଲା ଯେ, ସେ ଆଉ ବରଦାସ୍ତ କରି ପାରିଲେ ନାହିଁ।

ରହିଲେ ରହିଲେ ହଠାତ୍ ଦିନେ କାହାକୁ କିଛି ନ'କହି ଚାଲିଗଲେ କୁଆଡ଼େ। ଅଢ଼େଇ ଦିନ ବିତିଗଲା। ବହୁତ ଖୋଜାଖୋଜି ପରେ ମଧ୍ୟ ମିଳିଲେ ନାହିଁ।

ମିଳିଲା ତାଙ୍କ ଗଳିତ ମୃତ ଦେହ। ପାଖରେ ବହୁଥିବା ନଦୀ କୂଳରୁ।

ସେ ବିଷ ପି' ଆତ୍ମହତ୍ୟା କରିବାର ଚରମ ନିଷ୍ପତ୍ତି ନେଇ ବାହାରି ଯାଇଥିଲେ ବୋଲି ମୁଁ ସ୍ୱପ୍ନରେ ବି ଭାବି ନ'ଥିଲି। ଜୀବନ ଯୁଦ୍ଧରେ ହାରିଗଲେ।

ମୁଁ ମୂକ ପାଲଟି ଗଲି। ଘରଲୋକ ସବୁଦୋଷ ମୋ ଉପରେ ଲଦିଦେଲେ। କଥା ବଢ଼ିଲା। ଶେଷରେ ସେମାନେ ମତେ; ମୋ ମା' ଘରକୁ ବିଦା କରିଦେଲେ।

ମୁଁ ବି ଆଉ ସେ ହୃଦୟ ବିଦାକର ସ୍ମୃତି ନେଇ ସେଠି ରହିବାକୁ ଚାହିଁଲି ନାହିଁ।

ଘରେ ମା' ଟିଏ ଛଡ଼ା କେହି ନାହାଁନ୍ତି। ମୋ ପୁଅକୁ ମଣିଷ କରିବାର ଅଛି। ରୋଗୀ ମା' ର ଦାୟିତ୍ୱ। ମୁଁ ବାହାରି ପଡ଼ିଲି କାମ ଉଦ୍ଦେଶ୍ୟରେ। ଯେଉଁଠିକି ଗଲି କାମ ଠାରୁ ବେଶୀ ଛଳାଛଳ ଲାହଡ଼ି ଭଙ୍ଗା ଯୌବନ ଉପରେ ନଜର ପଡ଼ିଲା ମାଲିକର। ଅନେକ ଚାକିରି ଛାଡ଼ିଛି ଏଇ କାରଣରୁ।

ଶେଷରେ ଜଣେ ସହୃଦୟ ବ୍ୟକ୍ତି ମତେ ସାହାଯ୍ୟ କରିବେ କହି ଏଠାକୁ ଆଣିଲେ। ବମ୍ବେରେ ଘର ମିଳିବା ଓ ରହିବା କଷ୍ଟ। ଜଣେ ସମ୍ପର୍କୀୟଙ୍କ ଘରେ ରହିଲି। ମୋ' ଯୋଗ୍ୟତା ହିସାବରେ ଚାକିରି କଲି।

ମୋ' ବସ୍ ବହୁତ ଭଲ। ମୋ କାମରେ ଖୁସି ଥିଲେ।

ମା' ପାଖରେ ଗାଁ ରେ ମୋ କୁନିପୁଅ ରୁହେ। ମୁଁ ପ୍ରତିମାସ ଟଙ୍କା ପଠାଏ। ପୁଣି ସହଜ ମନେହେଲା ଜୀବନ। ଆଶ୍ୱସ୍ତ ଲାଗିଲା।

କିନ୍ତୁ ବେଶୀଦିନ ରହିଲା ନାହିଁ। ଯେତେ ସହଜ ଭାବିଦେଲି ସେତେ ସହଜ ହେଲାନାହିଁ। ମୋ ବସ୍ ହିଁ ତାଙ୍କ ଅସଲ ରୂପ ଦେଖାଇଦେଲେ ଦିନେ। ଏକାନ୍ତରେ କାମ ବାହାନାରେ ତାଙ୍କ ଅନ୍ୟତ୍ର ଥିବା ଭଡ଼ା ଘରକୁ ଡାକିନେଲେ। ମୁଁ ଲକ୍ଷେ ବାରଣ କଲି। କହିଲି ଚାକିରି ଛାଡ଼ି ଦେବି। ସେ କହିଲେ ତୋ' ପରି ଏଠି ଗଣ୍ଡାଗଣ୍ଡା ବେକାର ବୁଲୁଛନ୍ତି। ତୁ' କାମ ଛାଡିଲେ କାହାର ବେଶୀ କ୍ଷତି ହେବ ଦେଖେ।

ତା'ପରେ ତାଙ୍କର ଯେବେ ଇଚ୍ଛା ସେବେ ଡାକିଲେ। ବାରବାର। ମୋର ଅସହାୟତା ଓ ଆବଶ୍ୟକତା, ମତେ ଚୁପ୍ ରହିବାକୁ ବାଧ୍ୟ କଲା। କେତେ ଜାଗା ଛାଡିବି ? ଆପଣାଇ ନେଲି। ଏଇତ ଜୀବନ !

ହଠାତ୍ ସେ କମ୍ପାନୀ ଏଠୁ ଉଠିଗଲା। ମୁଁ ପୁଣି ନିଃସହାୟ ହୋଇଗଲି। ସମ୍ପର୍କୀୟଙ୍କ ଘରେ କେତେ ଦିନ ରହି କାମ ଖୋଜିବି ? ସେ ବି ଚିଡ଼ଚିଡ୍ ହେବା ଆରମ୍ଭ କରିଦେଇଥିଲେ।

ଟଙ୍କା ପଠେଇ ପାରେନା ଘରକୁ। ମା' ବିକଳ ହୁଏ। ମୁଁ ମିଛ କୁହେ। ଦରମା କୌଣସି କାରଣରୁ ଅଟକି ଯାଇଛି। ତୁ' କାହା ଠାରୁ ଧାର ମାଗିନେଇ ଥା। ମୁଁ ସୁଝି ଦେବି।

ସେ ସମୟରେ ହିଁ ମୋ କମ୍ପାନୀର ଜଣେ ସହକର୍ମୀ ଝିଅ ମତେ ବେଗମ୍ ସହ ଭେଟ କରାଇଥିଲା। ମୁଁ ଏଇଠି ରହିଲି। ଅଳ୍ପ ଟଙ୍କା ଦିଏ ରହିବା ପାଇଁ, ଖାଇବା ଖର୍ଚ୍ଚ। ବେଗମ୍ ମୋ' ପାଇଁ କାମ ଖୋଜିଦେଲା। ମୁଁ କୃତଜ୍ଞ ହେଲି। ପରେପରେ ଏ କାମ ପାଇଁ ବି ପ୍ରସ୍ତାବ ଦେଲା।

ଏ କି ପ୍ରସ୍ତାବ ? କ'ଣ ଭାବିଲ ମତେ ? ମୁଁ କ'ଣ ବେଶ୍ୟା। ମୁଁ ମୁହଁରେ ଜବାବ ଦେଲି।

ହସିଲା, କହିଲା ତୁ କ'ଣ ମତେ ବତାନା। ମତେ ସବୁ ମାଲୁମ୍। ଚାକିରିରେ ତିଷ୍ଠି ରହିବା ପାଇଁ ତୁ କେତେ ଥର ଶୋଇଚୁ ମନେପକା।

ଏମିତି ଖୋଲାଖୋଲି କହିଲା ଯେ; ମୋ କାନକୁ ଭାରି ଅଶ୍ଳୀଳ ଲାଗିଲା। ଛାତି ଥରିଗଲା। ମୁହଁ ପୋତିଦେଲି।

..ଆଚ୍ଛା, କଥାଟା ତା'ହେଲେ ତତେ ବାଧିଲା। ମୁଁ କହିଦେଲି ତ' ଅଶ୍ଳୀଳ।

ତୁ' ଯୋଉ ମାଲିକର ମନବୋଧ କରୁଥିଲୁ, ରାତିରାତି ତା'ଭଡା ଘରେ ରହି ଯାଉଥିଲୁ, ସେଥିରେ ବଡ଼ ଶାଳୀନତା ଥିଲା। ନାଇଁ???

ଆଲୋ ତୋ'ର ତ'ସ୍ୱାମୀ ନାହିଁ। ବିଧବା ବୋଲି କ'ଣ ଦେହର ଜ୍ୱାଳା ମରିଗଲା! ସେ ତତେ ଡାକୁଥିଲା ନା' ନିଜର ତାତି ଉତାରିବାକୁ ସେ ଭଲ ମଣିଷ ଟିକୁ ଫସାଉ ଥିଲୁ, କିଏ କହିବ?

ସତକହିଲୁ ସେ ଲୋକଟା ବିବାହିତ, ତା'ର ଦୁଇଟା ଛୁଆ ବୋଲି ତୁ କ'ଣ ଜମା ଜାଣିନଥିଲୁ?

ତୀକ୍ଷ୍ଣ ତୀର ପରି ଗଳି ଯାଉଥିବା କଥାକୁ ହଜମ କରିବା ଛଡ଼ା ମୋ ପାଖରେ କୌଣସି ଚାରା ନ'ଥିଲା। ଲଜ୍ୟାରେ ମୋ ମୁହଁ ତଳକୁ ହୋଇଗଲା। ଭୁଲ୍ ତ'ହେଇଛି, କିନ୍ତୁ କେଉଁ ପରିସ୍ଥିତିରେ ଆଉ ମୋ ଅନିଚ୍ଛା ସତ୍ତ୍ୱେ ; ତା'ଯାକୁ ବୁଝାଇ କିଛି ଲାଭ ନାହିଁ। ମୁଁ ଜାଣି ପାରିଲି, ମୋ ସହକର୍ମୀ ଝିଅଟି ଲଗାଜୋଟା କରି କହିଛି। ମତେ ଏଠାରେ ଫସାଇ ଦେଇ ଚାଲି ଯାଇଛି। ମୁଁ ଚୁପ୍ ରହିଲି।

ଶୁଣେ ରେଣୁକା, ଭାବିକି ଦେଖେ। ମୁଁ ତୋର ଶତ୍ରୁ ନୁହେଁ। ସଂସାରରେ ଯେଉଁଠିକି ଯିବୁ ଯେଉଁଠି କାମ କରିବୁ, ତତେ ଏ ଭଳି ଲୋକ ମିଳିବେ। ତୋ' ଅବସ୍ଥାର ଫାଇଦା ଉଠେଇ ନେବେ। ତାଙ୍କ ଜରୁରତ୍ ପୁରଣ କରିବେ। ଏମିତି ଯଦି ଇଜ୍ଜତ ଯିବ ତେବେ ଟଙ୍କା ମିଳିଲେ ଅସୁବିଧା କେଉଁଠି?

ତାହାହେଲେ ତୁ' ଟଙ୍କା ନେଇ ନିଜ ଆବଶ୍ୟକତା କାହିଁକି ପୁରଣ ନ' କରିବୁ? ମୁଫ୍ତରେ ଦୁନିଆରେ କିଛି ବି ମିଳେନା, ମନେରଖ।

ମୁଁ କେବେ ବି ରାଜିହେଲି ନାହିଁ। କିନ୍ତୁ ମୋର ଏଠି ରହିବାର ଥିଲା। ମୋର ଟଙ୍କା ନିତାନ୍ତ ଦର୍କାର ହେଉଥିଲା। ମୁଁ ଧିରେଧିରେ ରାଜି ହେଲି। ଗଲି। ପ୍ରଥମେ ପ୍ରଥମେ ଅଡୁଆ ଲାଗିଲା। ନିଜକୁ ନିଜ ଆତ୍ମାକୁ ଓ ମୃତ ସ୍ୱାମୀଙ୍କୁ ଧୋକା ଦେବାପରି ମନେହେଲା। ପରେପରେ ମୁଁ ବୁଝିଲି।

ଗୋଟିଏ ରାତିରେ ଯେତେ ମିଳିଲା ତା' ମୋର ପନ୍ଦର ଦିନର ଦରମାସହ ସମାନ। ଜରୁରତ୍ ସହ ଲୋଭ ବଢିଲା। ସେ କମ୍ପାନୀ ମାଲିକ ଅନେକ ଥର ଭଡ଼ା ଘରକୁ ଡାକି ନେଇ ତା' ଭଡ଼ାସ୍ ବାହାର କରିଥିଲା। ମଜା କରିଥିଲା। ଦରମା ଛଡ଼ା ଅଧିକ କ'ଣ ଦଉଥିଲା? ଯଦି ଦୁନିଆରେ ସବୁ ବେପାର, ତେବେ ବେପାର ଏମିତି ହଉ। ଯଦି ସବୁ ମଣିଷ ଏୟା ତା' ହେଲେ ନିଜ ଆବଶ୍ୟକତା ବି ଉଠାଯାଉ। ଭଲ ରୋଜଗାର। ପୁଲିସ୍ ଚକ୍କର ନାହିଁ। କିଛି ଟେନସନ୍ ନାହିଁ। ସବୁ ତ' ସିଏ ବୁଝୁଥିଲା। ତା' ପ୍ରଫିଟ୍ ରଖୁନିଏ।

ମୁଁ ନିହାତି ଛୋଟ ପିଲାନଥିଲି। ମୁଁ ମୋ ସ୍ୱ ଇଚ୍ଛା ରେ ଏ ବାଟ ବାଛିଚି। ବେଳେବେଳେ ଦୁଃଖ ଲାଗେ। କିନ୍ତୁ ମୁଁ ଏଥିପାଇଁ ପାଇଁ କେବେ ହେଲେ ଅନୁତାପ କରେନା। କାରଣ ମୁଁ ମୋ ସ୍ୱାମୀଙ୍କ ପରି ପଳାୟନପନ୍ଥୀ ହେଇନାହିଁ। ଆତ୍ମହତ୍ୟା ପରି କାପୁରୁଷତାର କାମ କରିନାହିଁ। ନିଜ ଦାୟିତ୍ୱ ଭୁଲି ନାହିଁ।

ଦାଣ୍ଡ ମଝିରେ ଭସାଇ ଦେଇ ନାହିଁ କାହାକୁ। ମୋ ଭିତରେ ବି ବିଦ୍ରୋହ ଜାତ ହୋଇଛି।

ସବୁଠାରୁ ଜରୁରୀ ଥିଲା ବଞ୍ଚି ରହିବା ଓ ନିଜ ପରିବାରକୁ ବଞ୍ଚାଇ ରଖିବା।

ଯାହା ମୁଁ କରୁଛି। ଏମିତି ବହୁତ ଅଖଞ୍ଜାରେ ପଡି ମୁଁ ଏ କାମକରୁଛି। କିନ୍ତୁ ହାରିନାହିଁ। ଜାଣିଛି ଯୌବନ ଶୀଥଳ ହେଇଗଲେ ସବୁ ଖତମ୍। କିନ୍ତୁ ଯେତେ ଦିନ ଅଛି, ଚାଲୁ।

ସେ ଆହୁରି କ'ଣ କହିବ କହିବ ହେଇ କହିପାରିଲା ନାହିଁ। ବା ଅଧିକ କିଛି କହିବା ଦର୍କାର ମନେ କଲା ନାହିଁ।

ମୁଁ ଚୁପ୍ ହେଇ ଶୁଣୁଲି। କିଛି କହିବାକୁ ସାହସ ହେଲା ନାହିଁ ମୋର। ରେଣୁକା ପରେପରେ ମାରିଆ।

ମାରିଆ ଆସିଥିଲା କୋଚିରୁ।

..ହଁ କେରଳର କୋଚି ଅଞ୍ଚଳରେ ମୋ ଘର। ବହୁତ ପିଲା ବେଳୁ ବେଗମ୍ ମତେ ଆଣିଥିଲା। ସତରେ ମୁଁ ଚୋରି କରି ନଥିଲି ସେ ଦିନ। ସାବତ ମା'ର ଟଙ୍କା କିଏ ଚୋରି କଲା ମୁଁ ଜାଣେନା। ସେ ମିଛକହି ମତେ ନିର୍ଘାତ ପିଟିଥିଲା। ମୁଁ ସବୁ କାମ କରୁଥିଲି।

ବାପା ସୁରାଟ ସୁତା କମ୍ପାନୀରେ କାମ କରୁଥିଲେ। ଅନେକ ଦିନ ହେଇଗଲା ସେ ଫେରିଲେ ନାହିଁ। ଦିନେ ମା' ତାଙ୍କ ଭାଇ ମାନେ ମାମୁଁଙ୍କ ସହ ମତେ ପଠେଇ ଦେଲା। ସେବେ ଠାରୁ ମୁଁ ଏଠି। ମୋର ଦୁଃଖ ନାହିଁ। କାରଣ ବେଗମ୍ କେବେ ମତେ ନୋଲାଫଟେଇ ମାରିନାହିଁ। କାରଣ ସେ ଯାହା କହେ ମୁଁ କରେ। ବେଗମ୍ ମତେ ସବୁ କାମ ଶିଖେଇଛନ୍ତି। ମୁଁ ଘରକାମ ଛଡ଼ା ଏଇ ଗୋଟିଏ କାମ ହିଁ କରିପାରେ। ମତେ ଆଉ କିଛି କାମ ବି ଜଣାନାହିଁ। ମୁଁ କେବେ ବି ଗାଁ କୁ ଯିବାକୁ ଚାହେଁନା।

ମାୟା ମାଲହୋତ୍ରା। ସେ କୌଣସି ଗାଁ ଗହଳିରୁ ଆସି ନ'ଥିଲା। ପାଠ ପଢିଛି ମଧ୍ୟ। ତା' ପ୍ରେମିକ ସହ ଦିନେ ଘର ଛାଡି ଚାଲିଆସିଥିଲା। ଟିଭି ସିରିଏଲରେ ରୋଲ୍ କରିବ ବୋଲି। ଆସିଲା ବେଳେ ଘରୁ ମା'ର ସବୁ ଗହଣା ଓ କିଛି ଟଙ୍କା ବି ଚୋରେଇ ଆଣିଥିଲା। ଖୁବ କମ୍ ଦିନରେ ପ୍ରେମନିଶା ଓ ହିରୋଇନ୍ ହେବାର ଆଶା ମିଳେଇ ଗଲା ପାଣିରେ।

ତା' ପ୍ରେମିକ ସୌରଭ ତାକୁଆଣି ଏମିତି ଜାଗାରେ ଜୁଟାଇ ଦେଇ ଚାଲିଗଲା। ପ୍ରତିଦିନ ସ୍କ୍ରିନଟେଷ୍ଟ ପାଇଁ ଡାକନ୍ତି। ସ୍କ୍ରିନ୍ ପଛରେ ସ୍କିନ୍ ଟେଷ୍ଟ ଚାଲେ। ପ୍ରତି ପରୀକ୍ଷା ନିରୀକ୍ଷା ପରେ ଅଯୋଗ୍ୟ ବିବେଚିତ ହୁଏ।

ଭାବିଥିଲା ଏ ସବୁ ଏଠି ସାଧାରଣ। ଆଜି କମ୍ପ୍ରମାଇଜ୍ କରିଛି। ଥରେ ଷ୍ଟାର ହେଇଗଲେ ସେଇମାନେ ଆସି ଲାଇନ୍‌ରେ ଛିଡ଼ା ହେବେ ସିରିଏଲରେ ସାଇନ୍ କରାଇବାକୁ। ଆକ୍ଟିଙ୍ଗ କରିବାର ଦକ୍ଷତା ଅଛି ଯେବେ ହାରିବ କାହିଁକି ?

ସେ ଆଶା ପୁରଣ ହେବା ଆଗରୁ ସ୍କଟବୟ, ୱାଚ୍‌ମେନ୍ ବି ହାତ ସଫାଇ କରିଦେଇଥିଲେ। ଥରେ ପାଦ ଖସିଖସି ଗଲା ଯେବେ ମୁକୁଳିବାର ବାଟ ପାଇଲା ନାହିଁ। ଆଶା ଭାଙ୍ଗିଛି ହେଲେ ସେ ନିରାଶ ହୋଇ ନାହିଁ।

ଗର୍ଭବତିବି ହୋଇଥିଲା। ବେଗମ୍ ହାବୁଡ଼ରେ ପଡ଼ିଲାପରେ ବେଗମ୍ ମେଡ଼ିକାଲ୍ ନେଇ ୱାସ୍ କରାଇଲା। ତା'ପର ଠାରୁ ସେ ଏଇଠି। ଏବେ ବି ଷ୍ଟ୍ରଗଲ୍ କରୁଛି। ଦିନେ ନିଶ୍ଚିତ ସଫଳ ହେବ। କାହିଁକି ଫେରିବ? ରୋକଠୋକ୍ ଉତ୍ତର ଥିଲା ତା'ର। ଏଠି ତ ପଇସା ମିଳୁଛି। ଦୁନିଆରେ କିଏ ଭଲ କି? ସବୁ ଶାଳା ଏକ୍।

ଫେରିବ ଯେ; କିନ୍ତୁ ଯେଉଁଦିନ ତା' ପାଖରେ ଅନ୍ୟର ମୁହଁ ବନ୍ଦ କରିଦେବା ପରି ଟଙ୍କା ହେବ ସେଦିନ ସେ ଫେରିବ। କେହି ତା' ମୁହଁରେ ଜବାବ୍ ଦେଇପାରିବେନି।

ଯେଉଁଭଳି ବି ପରିସ୍ଥିତି ହେଉନା କାହିଁକି ସମୟ ସହ ମଣିଷ ଖାପ ଖୁଆଇ ଚଳିବା ଶିଖିଯାଏ।

ସବୁଠାରୁ ଦୁଃଖଦାୟକ ଥିଲା ଛୋଟ ଚିକୁର କାହାଣୀ। ରେଣୁକା ତାକୁ ଟାଣିଆଣି ଜାମା ଟେକିବାକୁ କହିଲା। ସେ ଛୁଆଟି ନୀରବରେ ସଂକିଗଲା ଯେବେ, ନିଜେ ତା'ର ବୋତାମ ଖୋଲି ପିଠି ଓ ଛାତି ପାଖ ଦେଖାଇଲା ।

....ପାଶବିତାକତାର ସୀମା ଲଘି, ବର୍ବରତାର ମାନଚିତ୍ର ଅଙ୍କା ଯାଇଥିଲା ସାତ ବର୍ଷ ଶିଶୁର କୋମଳ ଶରୀରରେ। ଆହାଃ...

ନିହାତି ଗରୀବ ତା'ବାପା। ଅଳ୍ପ କିଛି ଜମି ବାଡ଼ି। ସମ୍ପର୍କୀୟଙ୍କ ଭିତରେ ବିବାଦରୁ ବାପ ଉପରେ ରାଗ ରଖି ଝିଅକୁ ଘରୁ ଟେକି ନେଇ ନଈ କୂଳରେ ବଳତ୍କାର ଉଦ୍ୟମ କରିଥିଲେ। ଅଳ୍ପରେ ବର୍ତ୍ତିଗଲା ଛୁଆଟା। କେଶ୍ ଲାଗିଛି। ସେମାନଙ୍କ ଭିତରୁ କେହି ଦଣ୍ଡିତ ହୋଇପାରନ୍ତି, କିଏ କିଏ ପ୍ରମାଣ ଅଭାବରୁ ଖଲାସ୍ ହୋଇ ବି ପାରନ୍ତି। କିନ୍ତୁ ବିନା ଦୋଷରେ ଅକାଳରେ ନିଷ୍ପେସିତ ହୋଇଗଲା ଏଇ କଅଁଳ ଜୀବନଟିଏ। ତା' ବାପା କୋଉ ଚିରଦିନ ରଖି ପାରିଲା ଯେ !

ପରେପରେ ଭୟଙ୍କର ଅଭାବ ଅନଟନରେ ପଡି ଆଉ ତିନୋଟି ପିଲାଙ୍କ ଜୀବନ ବଞ୍ଚାଇ ବାକୁ ଯାଇ ଯାକୁ ଗୋଟିଏ ଇଟାଭାଟି ମାଲିକକୁ ବିକ୍ରି କରିଦେଲା। ଜମାରୁ ଚାରିଶହ ଟଙ୍କାରେ।

କେଉଁଠୁ ବେଗମ୍‌ର ନଜରକୁ ଆସିଲା କେଜାଣି, ପରେ ଅଧିକ ଦାମ୍ ଦେଇ କିଣି ନେଲା ବେଗମ୍। ଇଟାଭାଟିରେ କାମ କରୁଥିବା ଭିତରେ ଯାହା ଅକଥନୀୟ ନିର୍ଯ୍ୟାତନା ସହିଛି, ଅବର୍ଣ୍ଣନୀୟ !

ଏଠାକୁ ଆସିଲା ପରେ ବେଗମ୍‌ର ଯାବତୀୟ ବୋଲହାକ କରୁ ବରଂ ଗଣ୍ଡେ ପେଟପୁରା ଖାଇବାକୁ ତ' ପାଇଲା। ଘର ଝାଡୁ, ପୋଛା, ପାଣି ଭରିବା, ବେଗମ୍‌ର ଗୋଡ଼ ଘଷିବା। ମୁଣ୍ଡରେ ତେଲ ଲଗାଇ କୁଣ୍ଡାଇ ଗଜରା ବାନ୍ଧି ଦେବା ଇତ୍ୟାଦି। କଢୀଟି ଫୁଟିବା ଆଗରୁ ଆଗରୁ ଦେଶ ଛାଡ଼ି ଫେରାର୍ ହେଲା ବେଗମ୍।

ମୁଁ ଲକ୍ଷ୍ୟ କଲି, ଚିକୁ ଏଇ ଘର ଭିତରେ କେତେ ବୋଲହାକ କରେ। ତା'କଥା ତ' କେବେ ହେଲେ ମୋ ମୁଣ୍ଡକୁ ଆସିନାହିଁ। ତା'ଘର; ତା'ପରିବାର ବିଷୟରେ ଜାଣିବାକୁ କେବେ ଥରେ ଭାବି ନାହିଁ !

ସେମାନଙ୍କ କାହାଣୀ ପାଖରେ ମୋ ଜୀବନର କଷ୍ଟ ଗୌଣ ମନେହେଲା। ସଂସାରରେ କେତେ ଦୁଃଖକଷ୍ଟ ସହି ମଣିଷ ବଞ୍ଚି ରହେ ! ସେ ସୋଫିଆ ହେଉ କି ନୁର୍, ରେଣୁକା ହେଉ କି ମାୟା। ସମସ୍ତେ ନିଜ ଭିତରେ ନିଜେ ଲଢ଼େଇ ଜାରି ରଖିଛନ୍ତି।

ସମସ୍ତଙ୍କ ପାଖରୁ ଗୋଟିଏ କଥା ସ୍ପଷ୍ଟ ହେଲା ଯେ କେହି ଏ ଜାଗା ଛାଡି ଯିବା ପାଇଁ ରାଜି ନୁହଁନ୍ତି।

ସବୁ ଶେଷରେ ରେଣୁକା ମତେ ପ୍ରଶ୍ନ କଲା, ଅହଲ୍ୟା ତୁ ଯିବୁ କହୁଥିଲୁ ? ଯା'। ତୋର ଇଛା। ତୋର ପରିବାର ତତେ ନିହାତି ଅପେକ୍ଷା କରିଥିବେ। ଆସିଲା ଠାରୁ ତ' କେବେ ନିଜ ବିଷୟରେ କିଛି କହିନାହୁଁ। ଆମେ ପରସ୍ପର ଏକାଠି ବସି କେବେ ନିଜନିଜ କଥା ହେଇ ନ'ଥିଲେ। ଆଜି ବୋଧହୁଏ ପ୍ରଥମ। ତୁ' ଯିବୁ ଯଦି ଯା'। କିନ୍ତୁ ମନେ ରଖ, ସାରା ଦୁନିଆ ଏୟା। ଘରେ କିଏ ଅଛନ୍ତି ତୋ'ର ?

ତା' ପ୍ରଶ୍ନରେ ଚମକି ପଡିଲି। ସତେ ତ, କିଏ ଅଛି ମୋ'ର ! ସାରା ସଂସାରରେ ମୋ ନିଜର ବୋଲି ଆଉ କିଏ ଅଛି ? ଏମିତି ଭଦ୍ର ମୁଖା ତଳେ ଅମଣିଷ ଭର୍ତ୍ତି। ଯେଉଁ ସମାଜ ହଜିଯାଇଥିବା ଝିଅର ବାପାକୁ ମାନସିକ ଭାବେ ଏତେ ନିର୍ଯ୍ୟାତନା ଦେଲା ଯେ, ସେ ଆତ୍ମହତ୍ୟା କରିବାକୁ ବାଧ୍ୟ ହେଲା, ସେ ସମାଜ ପାଖକୁ କାହିଁକି ଫେରିବି ? ଗାଁ କୁ ଯାଇ କେଉଁ ଆଦର ସମ୍ମାନ ମିଳିବ ?

ବ୍ରହ୍ମାଣ୍ଡ କମ୍ପାଇ ଶବ୍ଦହୀନ ନୀରବ ଚିତ୍କାରଟିଏ ପ୍ରସାରି ଗଲା। ଝଣ୍‌ଝଣ୍ ହେଇ ଭାଙ୍ଗିଗଲା ଚୁନାଚୁନା ଆଶା। ଆଶ୍ରାହୀନ ଜୀବଟିଏ ମୁଁ। ମୋର ସମସ୍ତ ଇନ୍ଦ୍ରିୟ ଯେମିତି ଅସାଡ଼ ହେଇ ପଡୁଥାଏ। ସାରା ଦୁନିଆଁ ମତେ ବିଚିତ୍ର ଲାଗିଲା।

ସେ ରାତିରେ ମୋ ଆଖି ପତା ପଡ଼ିଲା ନାହିଁ। ଆଖି ବନ୍ଦ କଲେ ଚତୁର୍ଦ୍ଦିଗ ଅନ୍ଧକାରମୟ ମନେହେଲା।

ପ୍ରଥମଥର ମନେ ହେଲା ବୋଧହୁଏ ଏମାନଙ୍କ ପରି ମୁଁ ବି ବେଗମ୍‌ର ଛତ୍ରଛାୟା ତଳେ ସୁରକ୍ଷିତ ଥିଲି। ଭବ ସାଗରରେ ଭାସି ଗଲେ ମଧ୍ୟ ବର୍ତ୍ତମାନ ଉଦ୍ଧାର କରିବାକୁ କେହି ଯେମିତି ଦେଖାଯାଉ ନାହାଁନ୍ତି। ଭୟ ଲାଗିଲା। କିନ୍ତୁ ମୁଁ ହାରିବିନି। ବଞ୍ଚିବି ନିଶ୍ଚୟ।

ଅନେକ ରାତି ବିତି ସାରିଥାଏ। ଆଖି ବନ୍ଦ କଲି। ଅଚେତନ ଭାବରେ ଦେଖାଗଲା ଗାଢ଼ ଅନ୍ଧକାରମୟ ସୁଡ଼ଙ୍ଗ। କିଟକିଟ୍ ଅନ୍ଧାର। ମୁଁ ସମ୍ପୂର୍ଣ୍ଣ ଏକାକି। ଭାବିଲି ଯାହାର ଆରମ୍ଭ ଅଛି ତା'ର ନିଶ୍ଚିତ ଭାବେ ଅନ୍ତ ଥିବ। ଥିବ ନିଶ୍ଚୟ, ସୁଡ଼ଙ୍ଗ ସେପାଖେ ନିଶ୍ଚୟ ଆଲୋକମୟ ଦୁନିଆଟିଏ ଥିବ ମୋ ପାଇଁ।

ମୁଁ ଆଗକୁ ବଢୁଛି। କଳା କିଟିମିଟି ଅନ୍ଧାରର ଶେଷ ମୁଣ୍ଡରେ କିଏ ଜଣେ ଆଲୋକର ବତୀଟିଏ ଧରି ବାଟ କଢାଇ ନେବାକୁ ଚାହିଁ ବସିଛି ! କିଏ ? ମୁଁ ବାରମ୍ବାର ପ୍ରଶ୍ନ କଲି। ଉତ୍ତର ଫେରିଲା ନାହିଁ।

ବନ୍ଦ ଆଖିରେ ଗୋଟିଏ ଝାପ୍ସା ଛବି ଦୃଶ୍ୟମାନ ହେଉଛି। କାହାର ଚେହେରା ! କାହା ଶରୀରରୁ ଏ ଦିବ୍ୟଜ୍ୟୋତି ଉଦ୍ଭାସିତ ହେଉଛି !

ସାରା ବ୍ରହ୍ମାଣ୍ଡରେ ସେଇ ଜଣେ ହିଁ ଯାହା ପାଖରେ ଆଶାର କିରଣ ଟିକକ ହୁଏତ ମରି ନାହିଁ।

କେବଳ ତା'ରି ଛବିଟି କାହିଁକି ମୋ ଅନ୍ଧାରୀ ଜୀବନର ଆଲୋକର ବତୀଟିଏ ହେଇ ଦୃଶ୍ୟମାନ ହେଲା, ମୋ ଅବଚେତନ ମନ ଜାଣିପାରିଲା ନାହିଁ। କିଏ ସିଏ ?

..ରାଘବ !

..ହଁ ରାଘବ।

ଚଟ୍‌କରି ନିଦ ଭାଙ୍ଗିଗଲା। ଏ କ'ଣ ସ୍ୱପ୍ନ ଥିଲା !

ଭୋର'ବେଳାର ସ୍ୱପ୍ନ ପୁଣି ସତ ହୁଏ ବୋଲି ବୋଉ କହୁଥିଲା ପିଲାବେଳେ।

ତେବେ ରାଘବ କ'ଣ ମୋ ତ୍ରାଣକର୍ତ୍ତା, ପ୍ରାଣକର୍ତ୍ତା, ଉଦ୍ଧାର କର୍ତ୍ତା ! ଅସମ୍ଭବ ! ଚଟ୍ କରି ଉଠିବସିଲି ବିଛଣାରୁ।

ଅନେକ ସମୟ ନୀରବରେ ଭାବିଲି। ହୁଏତ ଈଶ୍ୱରଙ୍କର ଏହା ହିଁ ନିର୍ଦ୍ଦେଶ। ସ୍ୱପ୍ନରେ କିଛି କହିଗଲେ।

॥ ଆଠ ॥

ହେଇପାରେ ସେ ତୋ' ତାଣ୍ରକର୍ତ୍ତା, ତୋ' ପ୍ରାଣକର୍ତ୍ତା। ଯଦି ତୋ' ମନରେ ଏ ଭାବନା ଜାଗ୍ରତ ହେଲା ତେବେ ତା' ହିଁ ଠିକ୍।

କଲ୍ଲୋଳ ଆଖିରେ ବି ଆଶାର ଆଲୋକ। ଡାଏରୀ ଭିତରେ ନିଜକୁ ହଜାଇ ଦେଇଛି! ଏଇ ଅହଲ୍ୟା, ମୁଁ ତତେ ଭଲ ପାଇଥିଲି। ମନଭରି, ପ୍ରାଣଭରି ମୋ ଆତ୍ମାରେ ତୁ କେବେ ଘର କରି ନେଇଥିଲୁ ଅଜାଣତରେ। ହେଲେ ତୋ' ଦୁର୍ଦ୍ଦିନରେ ମୁଁ କ'ଣ ତୋ ସାହାରା ହେଇ ପାରିଲି? ସାହସ ଦେଇ ପାରିଲି ତତେ? ବିଧିର ବିଧାନ ବୋଧହୁଏ ସେୟାଥିଲା।

ଭୋ'ର ବେଳାର ସ୍ୱପ୍ନ ଯଦି ସତ୍ୟ ତେବେ ରାଘବ ବ୍ୟତୀତ ଆଉ କିଏ ହୋଇପାରେ ତୋ'ର ଉଦ୍ଧାରକାରି! ବମ୍ବେ ପରି ସହରରେ ତୁ' କାହାକୁ ଚିହ୍ନୁ! କାହା ଉପରେ ଭରସା କରି ଥାଆନ୍ତୁ?

ଠିକ, ଠିକ୍ କହିଲୁ, କେଉଁ ଅଦୃଶ୍ୟ ଶକ୍ତି ହିଁ ତୋ' ଅବଚେତନ ମନର ଦରଜା ବାଡେଇ ସଜାଗ କରିଦେଲେ। ତେବେ ତୁ' ନିଶ୍ଚୟ ତୋ' ଅନ୍ତରାତ୍ମାର ଡାକ ଶୁଣିଥିବୁ!

ପରପୃଷ୍ଠା ଓଲଟାଇବା ପୂର୍ବରୁ ଗୋଡ଼ ସଳଖ କରି ବସିଲା କଲ୍ଲୋଳ। ଭାରି ଅସ୍ତବ୍ୟସ୍ତ ଲାଗୁଛି ତାକୁ। ନିଃଶ୍ୱାସ ପ୍ରଶ୍ୱାସ ଟିକେ ତୀବ୍ର ହେବାରେ ଲାଗିଛି। ଛାତି ଭିତରେ ଟିକେ ଗୁର୍‌ଗୁର୍ ହେଉଛି। ସାମାନ୍ୟ ଯନ୍ତ୍ରଣା ଅନୁଭବ କଲାଣି। ମେଡ଼ିକାଲରୁ ଫେରି ରାତ୍ରି ଭୋଜନ ନ'କରିବା ଫଳ ଇଏ। ଏସିଡିଟି। ଡାକ୍ତର ଶକ୍ତ ଭାବେ ମନା କରିଥିଲେ ବେଶୀ ସିଗାରେଟ୍ ଟାଣିବା ଫଳରେ ହାର୍ଟରେ ଟିକେ ପ୍ରୋବ୍ଲମ୍ ହେଲାଣି, ତୁରନ୍ତ ବନ୍ଦ ନ' କଲେ ଆଗକୁ ଅସୁବିଧା ହେବ। ହାଃ..ହାର୍ଟଟା କୋଉ ଅଛି ଯେ ବେମାର ହେବ! ମନେମନେ ହସେ।

ଶଶାଙ୍କ କହିକହି ଥକିଗଲା, ତୁ ପୁରା ଚେନ୍‌ସ୍ମୋକର ପାଲଟି ଗଲୁଣି, କେବେ

ଏ ବଦଭ୍ୟାସ ବନେଇଲୁ କେଜାଣି! ଛାଡେ ସେ ସବୁ। ପାରିବୁ ନାହିଁ? ଏତେ ଛୋଟ କଥାଟେ ଛାଡି ପାରିବୁ ନାହିଁ?

ପାରିବି ନାହିଁ କାହିଁକି? କେତେ ବଡବଡ କଥା ତ' ଛାଡି ଦେଇଛି, ଏଇଟା କଣ ବଡ କଥା ଯେ! ମୋ ଇଙ୍ଗିତ ବୁଝି ଯାଏ, ବିରକ୍ତରେ ଆଉ କିଛି କୁହେନା।

ତାକୁ ଦୁଃଖ ଦେବା ମୋ ଉଦ୍ଦେଶ୍ୟ ନୁହେଁ, ପ୍ରକୃତରେ ଟିକେ ଟେନ୍‌ସନ୍ ହେଲେ ମତେ ଏ ମାରାତ୍ମକ ଜିନିଷ ଦର୍କାର ପଡେ।

ତା'ପରେ ଏତେ ସମୟ ଧରି ଏ ସବୁ କରୁଣ କାହାଣୀ ପଢିଲା ପରେ ଛାତି ଭିତର କଲିଜାର କିଛି ତ'ପ୍ରତିକ୍ରିୟା ହେବ ହିଁ ହେବ।

ଯା'ହେଉ ଅହଲ୍ୟା ତେବେ ବଞ୍ଚିବାର ରାହା ଖୋଜି ପାଇଗଲା। ଛାତି କଷ୍ଟ ହେଲେ ବି ସାମାନ୍ୟ ଆଶ୍ୱସ୍ତ ଲାଗିଲା କଲ୍ଲୋଳକୁ। ଉତ୍କଣ୍ଠା ବଢ଼ିବାରେ ଲାଗିଛି। ଶେଷ ଯାଏ ପଢ଼ି ଶେଷ କରିବ ଡାଏରୀ ପୃଷ୍ଠା। ଶେଷ କିଛି ପୃଷ୍ଠା ତ' ବାକି ଅଛି!

ହିଁ ବଞ୍ଚିବାର ରାହା ଓ ଆଶାର ସାମାନ୍ୟ କିଣରଟିକକ ଦେଖାଗଲା ମତେ। ସେ ହିଁ ମୋ' ଉଦ୍ଧାରକର୍ତ୍ତା। ତା' ମୁଁ ଭାବିଲି, କିନ୍ତୁ ରାଘବ ମନରେ କ'ଣ ଅଛି କେମିତି ଜାଣିବି? ସେ କ'ଣ ମତେ ସାହାଯ୍ୟ କରିବ?

ଆସିଲା ଦିନଠାରୁ ସେଇ ମଣିଷଟା ଆଖି ଉଠାଇ କେବେ ଠିକ୍‌ରେ ଦେଖି ନାହିଁ, ଭଲରେ ଥରେ କଥା ହୋଇ ନାହିଁ। ଏମିତି ନୁହେଁ କି ସୁଯୋଗ ଆସିନାହିଁ, ଅନ୍ୟ ଝିଅଙ୍କ ପରି ମତେ ବି ମୋ କ୍ଲାଏଣ୍ଟ ପାଖକୁ ସେ ହିଁ ନେଇ ଛାଡ଼ି ଆସେ। ଯେବେ କେବେ ଆବଶ୍ୟକତା ପଡିଛି କେବଳ ତା' ରି ସହିତ ହିଁ ବାହାରକୁ ବାହାରି ପାରିବାର ଅନୁମତି ଥିଲା। ଯିବା ଆସିବା ବାଟରେ ଅନେକ ସମୟ କଟିଛି ତା'ସହ। ଭାରି ଅଦ୍ଭୁତ ମଣିଷ। ପଦେ ହେଲେ କଥା ତ' ହେଇ ପାରିଥାଆନ୍ତା! ହେଇ ନାହିଁ କେବେ।

ନ' ହେଉ। ସେ କଥା ନ' ହେଲେ ବି ମୁଁ ହେବି। ସିଧାସିଧା ପଚାରିବି ମତେ ତୁମର ସାମାନ୍ୟ ସାହାଯ୍ୟ ଲୋଡ଼ା। ମିଳିବ?

ଯାହା ଭାବିଥିଲି ସେୟା କଲି। ରାତି ପାହୁପାହୁ ରାଘବଙ୍କୁ ଡ଼ାକାଇଲି ଫୋନ୍ କରି।

ସେ ମୋ ସାମ୍ନାରେ ଚୁପ୍ ହୋଇ ବସି ରହିଲା। ମୁଁ ମଧ୍ୟ ଏକ୍‌ଦମ୍ ନୀରବ। କେମିତି କେଉଁଠୁ ଆରମ୍ଭ କରିବି ଭାବି ପାରୁ ନ'ଥାଏ। ସାରା ରାତି କେତେ କ'ଣ ଭାବିଥିଲି ଏବେ ପାଟିରୁ ବଚନ ବାହାରୁ ନାହିଁ। ବାହାରିବ ନାହିଁ ମଧ୍ୟ। ଏମିତି ଗୁରୁଗମ୍ଭୀର ଭାବଭଙ୍ଗୀ, ଏପରି ବିଚିତ୍ର ମଣିଷ ପାଖରେ କିଛି ମାଗିବାକୁ ଟିକେ ଅସହଜ ମନେ ହେଲା।

ଭାବିଲି ରାଘବ କ'ଣ ସତରେ ମୋତେ ସାହାଯ୍ୟ କରିବ ? କହିଦେବି ସିନା, ସେ ଯଦି କଥା ନ'ରଖେ, ପୁଣି ଅପଦସ୍ତ ହେବି । କାହିଁକି ବା ମୋ ପାଇଁ କିଛି କରିବ ? କି ସ୍ୱାର୍ଥ ନେଇ କରିବ ସେ ।

କାହିଁକି କରିବ ନାହିଁ ! ଯେଉଁ ସ୍ୱାର୍ଥ ନେଇ ବେଗମ୍ ପାଇଁ କାମ କରୁଥିଲା ସେଇ ଦାୟରେ କାମ କରିବ । ବେଗମ୍‌ର ଥିଲା ଇଏ ପରମ ବିଶ୍ୱସ୍ତ ।

ମୋ ଅନ୍ତରାତ୍ମା କେବେ ଭୂଲ୍ ହେବନି । ଇଏ ହିଁ ସହାୟ ହେବ । ମୁଁ ଦୃଢ଼ ନିର୍ଣ୍ଣୟ ନେଇ ସାରିଥିଲି ରାତିକ ଭିତରେ ।

କୁହ.. କୁହ ଅହଲ୍ୟା । କାହିଁକି ଡାକିଲ କୁହ । ମୁଁ ଭାବନା ଭିତରୁ ବାହାରି ଆସିଲି ।

ଆହାଃ କଣ୍ଠରେ ତା'ର କେତେ ଆତ୍ମୀୟତା, କେତେ କୋମଳତା ! ପ୍ରଥମ ଥର ତା' ପାଟିରୁ ମୋ ନା'ଟି ଶୁଣିଲି । ତା'ପଦିଏ କଥାରେ ମୋତେ ମିଳିଲା ଅଦମ୍ୟ ସାହସ । କହିବି ନିଶ୍ଚୟ ।

ଶୁଣ ରାଘବ, କାଲି ବହୁତ ଭାବିଲି । କୈଣସି ଔପଚାରିକତାର ଆବଶ୍ୟକତା ମନେକରୁନାହିଁ । ସିଧା କହୁଛି । ମୁଁ ଜାଣେ ଗୋଟିଏ କଥା, ଏଠି ଆମେ ସମସ୍ତେ ବଞ୍ଚି ପରିବା । କାହା ପେଟ ଅପୋଷା ରହିବ ନାହିଁ । କିଣାବିକାର ବଜାରରେ କେବଳ କୌଶଳର କଳା ଯାହା ଶିଖିବା ଲୋଡ଼ା ।

ତୁମେ ସବୁ ଜାଣିଲ । ବେଗମ୍ ଏଠୁ ଚାଲିଯିବା ପରେ ଏ ସମସ୍ତେ ଯେ ଏଠାରୁ ଅଚାନକ ଚାଲିଯିବେ ତା' ଏତେ ସହଜ ନୁହେଁ । ସମସ୍ତଙ୍କର ବିଭିନ୍ନ ପ୍ରକାର ସମସ୍ୟା ରହିଛି । ବଞ୍ଚିବାକୁ ପଡ଼ିବ ।

..ସ୍ପଷ୍ଟ କୁହ କ'ଣ କହିବାକୁ ଚାହୁଁଛ ?

ସେ ସେଇପରି ତଳକୁ ଚାହିଁ ପ୍ରଶ୍ନ କଲା ।

..ଯାହା ଚାଲିଥିଲା ସେୟା ଚାଲିବ । ଯେମିତି ଚାଲିଥିଲା ଠିକ୍ ସେମିତି ।

..ମାନେ ?

..ମାନେ ଆଉ କ'ଣ ? ବେଗମ୍ ପାଇଁ ତୁମେ ଯାହା କରୁଥିଲ ମୋ ପାଇଁ କରିବ । ବ୍ୟସ୍ତ ହେବାରେ କିଛି ନାହିଁ, ତୁମ ପ୍ରାପ୍ୟ ତୁମେ ପାଇଯିବ । ମତେ କେବଳ ତୁମର ସାମାନ୍ୟ ସହାୟତା ଲୋଡ଼ା । ନ'ହେଲେ ଏ ପରିସ୍ଥିତିରେ ଆମେମାନେ ହଠାତ କୁଆଡେ ଯାଇ ପାରିବୁ ନାହିଁ । ହଇରାଣ ହେଇଯିବୁ । ବୁଝିଲ ?

ସେ ଆଶ୍ଚର୍ଯ୍ୟ ହୋଇ ମୋ ମୁହଁକୁ ଚାହିଁ ରହିଲା । ବିନା ପ୍ରତିକ୍ରିୟାରେ ଏମିତି ପଥର ପରି ଚାହାଣୀ ମତେ ଭାରି ବ୍ୟସ୍ତ କଲା ।

ଚାହିଁଛ କଣ, ଯାହା କହିବ ଜଲ୍‌ଦି କୁହ। ମୋର ଆଉ ଧୈର୍ଯ୍ୟ ନାହିଁ। ଆଚ୍ଛା ରେଟ୍ ପୋସାଉନାହିଁ ଯଦି ଖୋଲିକି କୁହ। ଛାଡ ଫିଫ୍ଟିଫିଫ୍ଟି।

ମୋ କଥା ଶୁଣି ତା' ମୁହଁଟା ଝାଉଁଳି ପଡିଲା। ହଁ ବାଧିଥିବ, ଅହଂକୁ ବାଧିଥିବ, ଆତ୍ମସ୍ୱାଭିମାନକୁ ଆଘାତ ଲାଗିଥିବ। ମତେ ବି ଲାଗି ଥିଲା। ଡିସୌଜା ମୋ' ହାତରେ ପାଞ୍ଚଶ ଟା ଗେଞ୍ଜିବା ଦିନ। ଯାହା ହେଲେ ବି ଆମେ ମଣିଷ!

ମୁଁ ବୁଝି ପାରିଲି, ମୋ ଶବ୍ଦରେ ଅନୁରୋଧ ଠାରୁ ଆଦେଶର ମାତ୍ରା ବି; ଅଧିକ ଥିଲା। ତା'ପୁଣି କୌଣସି ଅଧିକାର ନ'ଥାଇ। ସେଥିପାଇଁ ମୁଁ ଅନୁତପ୍ତ ହୋଇପାରେ, କିନ୍ତୁ ଅନୁଶୋଚନା କରିବାର କୌଣସି ଯଥାର୍ଥତା ଅନୁଭବ କଲି ନାହିଁ। ତା'କୁ ରାଜି ହେବାକୁ ପଡ଼ିବ। ତା' ବ୍ୟତୀତ ଅନ୍ୟ ବିକଳ୍ପ ମୋ ପାଖରେ ଦେଖାଯାଉ ନ'ଥିଲା।

ପ୍ରଥମଥର ଆଖିରେ ଆଖି ମିଶିଗଲା। ମୁଁ ଏକ୍‌ଦମ୍ ସ୍ଥିର, ନିଶ୍ଚଳ। ଉତ୍ତର ଅପେକ୍ଷାର ଆଖି। ମୋ ଦୃଢ଼ୋକ୍ତି ପାଖରେ ବୋଧହୁଏ କିଛି କହି ପାରିଲା ନାହିଁ। ଖାଲି ଏତିକି କହିଲା ଆଉଥରେ ଭାବିଦେଖ। ନିଷ୍ପତ୍ତି ଠିକ୍ ଥିଲେ ଫୋନ୍ କରିବ। ଦୁମ୍‌ଦୁମ୍ ହୋଇ ନୀରବରେ ଚାଲିଗଲା।

ଏ କି ପ୍ରକାର ବ୍ୟବହାର! ମୁଁ କ'ଣ ଚିନ୍ତା ନ'କରି କହିଛି? ସାରାରାତି ଭାବନାର ନିଷ୍କର୍ଷ ଇଏ। କିଛି ନ' ବୁଝି ଏପରି କହିବାର ମାନେ?

ମୁଁ କିନ୍ତୁ ଛାଡିଲି ନାହିଁ। ଦୁଇ ଦିନ ଯାଏ ଲଗାତାର୍ ଫୋନ୍ କଲି। ଶେଷରେ ବାଧହେଇ ଆସିଲା। ଯିବ କୁଆଡ଼େ। ବଞ୍ଚି ରହିବା ପାଇଁ ଟଙ୍କା ଦର୍କାର। କାମ ତ'ତା ହାତରୁ ବି; ଯାଇଥିଲା ନା!

ମୋ ଭିତରେ ଏତେ ସାହସ ଏତେ ଶକ୍ତି ଆସିଲା କେଉଁଠୁ ତା' ମୁଁ ଜାଣେନା। ସେଇ ମନୋବଳ ସହ ଆଗକୁ ବଢିଲି। ମତେ କେବଳ ଜଣେ ଅଭିଜ୍ଞ ଓ ବିଶ୍ୱସ୍ତ ଲୋକର ଆବଶ୍ୟକତା ଥିଲା। ମିଳିଗଲା।

ମୋର ବୟସ ଏବେ ସତର ନୁହେଁ। ଶହେ ସତୁରି ।

ବେପାର ଓ ବେପାରୀ ପାଇଁ ନିଜକୁ ପ୍ରସ୍ତୁତ କରୁଥିଲି। ରେଣୁକା ଓ ମାୟା ମୋ ସହ ରହିଲେ ନାହିଁ ବେଶୀଦିନ। ମାୟା କହିଲା ନୂଆ ସିରିଏଲ୍ କାମ ଆରମ୍ଭ ହେବ ମୁଁ ଯିବି। ମୋ କଥା ମୁଁ ବୁଝିବି।

ରେଣୁକା ନିଜ ଚାକିରିର ସ୍ଥାୟିତ୍ୱ ଉପରେ ସନ୍ଦିହାନ ଥିଲା। ତା'ର କିଛି ଗ୍ରାହକ ଥିଲେ ତା' ହାତରେ। ସେ ଫ୍ଲାଟରୁ ଯାଇ ଚୋଲ୍‌ରେ ରହିଲା। ଗୋଟିକିଆ ବଖରା ହେଲେ ବି ସେଠି କିଛି ଅସୁବିଧା ନାହିଁ। ବାହାରକୁ ନ' ଯାଇ ଘରେ ତା'

ବେପାର କଲା । ମଝିରେ ଫୋନ୍ କରିଥିଲା ଓ ଚାକିରି ଛାଡ଼ି ଦେଇଛି, ଦରମାରେ କାମ ଚଳୁନି । ରାତିଦିନ କେବଳ ଏଇ କାମ କରୁଛି ।

ରହିଲୁ ଆମେ ଚାରିଜଣ । ସାତବର୍ଷର ଟିକୁ କେବଳ ଘରର ଛୋଟମୋଟ କାମ କରେ । କୁଆଡେ ଯାଏନା । ଆଉ ଆମେ ତିନି ଜଣ ଝିଅ ହିଁ ବାହାରକୁ ଯିବାପାଇଁ ଯୋଗ୍ୟ ଥିଲୁ । ଫ୍ଲାଟର ଭଡ଼ା, ଅନ୍ୟାନ୍ୟ ଖର୍ଚ୍ଚର ବୋଝେ ମୁଁ ମୋ ମୁଣ୍ଡ ଉପରକୁ ନେଇଗଲି ।

..ଶରୀର ନଶ୍ୱର ।

..ଶରୀର ଏକ ସାଧନ ମାତ୍ର ।

..ସତ୍ୟର ସାଧନ ।

..ସଂସାରର ସାଧନ ।

ମୁଁ ଭୁଲିନ'ଥିଲି ଗୁରୁଜୀଙ୍କର ମହତ୍ତ୍ୱ ବାଣୀ । ଭଣ୍ଡ ହେଲେବି ଗୁରୁଜ୍ଞାନ ।

ମୁଁ ଶିଖିଲି ସାଧନକୁ ଉଚିତ ଉପଯୋଗ କରିବାର କୌଶଳ ।

ସଂସାରରେ ବଞ୍ଚି ରହିବାର କଳା ।

..ନାରୀ କେବେ ଅସ୍ପୃଶ୍ୟ ନୁହେଁ ।

..ନାରୀ କେବେହେଲେ ଜାତି ଓ ଧର୍ମରେ ବନ୍ଧା ନୁହେଁ ।

ମୁଁ ଜାଣେ ଦୁନିଆରେ ସମସ୍ତେ ଡିସୌଜା ପରି ନୁହଁନ୍ତି । ଯଦିଓ ଶେଷ ବେଳକୁ ତାଙ୍କ ପାଖରେ ବି ମୋ' ଇଚ୍ଛା ଅନିଚ୍ଛାର ମହତ୍ତ୍ୱ ନ' ଥିଲା, କିନ୍ତୁ ଶାରୀରିକ ଯନ୍ତ୍ରଣା ବି; ନ' ଥିଲା । ଆଉ ବେପାରରେ ଭାବପ୍ରବଣତା ରହିଲେ ଭଲବେପାର କରିବ ଆଉ ! ତାଙ୍କ ଶିକ୍ଷା ବି; କାମରେ ଆସିଲା । କିଏ କେତେ ଭେରାଇଟର ଲୋକ । କି କି ପ୍ରକାର ପିଡାକୁ ସାମ୍ନା କରିବାକୁ ପଡ଼ିବ ଜାଣି ବି; ମୁଁ କଲି ।

ଗୁରୁଜୀ କେତେ ସଠିକ୍ ତତ୍ତ୍ୱଜ୍ଞାନ ଦେଇ ନଥିଲେ !

..ମୁଁ ଭୋଗ୍ୟା ।

..ହାଃ ହାଃ ହାଃ ।

..ସର୍ବ ଭୋଗ୍ୟା ।

..ମୁଁ ଲେଖିଲି ନିଜର ଅଧ୍ୟାୟ, ନିଜ ହାତରେ ।

ରାଘବ୍ ଏବେ ମୋ'ର ଡାହଣ ହାତ । ସହରର ଯେତେ ବଡ଼ବଡ଼ କ୍ଲାଏଣ୍ଟଙ୍କ କଂଟାକ୍ଟ ସବୁ ତା' ପାଖରେ । ବହୁ ଦିନରୁ ଏ କାରବାରରେ ଲିପ୍ତ ରହି ସେ ପୋଖତ ହୋଇ ସାରିଥିଲା । କାହାର କେଉଁ ପ୍ରକାର ଚଏସ୍ ତାକୁ ସବୁ ଜଣାଥିଲା ।

ମୁଁ ଶିଖିଲି ନୂଆନୂଆ ଷ୍ଟାଇଲ୍ । ପରିପାଟି ଠାରୁ କଥାବାର୍ତ୍ତା, ସେଥିପାଇଁ ପୁଣି

ସ୍ୱତନ୍ତ୍ର ଟ୍ରେନିଂ ସେଣ୍ଟରରେ ଅଛି! ବିନା ବାଛ ବିଚାରରେ କିପରି ଭିନ୍ନଭିନ୍ନ ପୁରୁଷର ରାତିକର ରାଣୀ, ପ୍ରାଣର ଈଶ୍ୱରୀ ହେବାର କୌଶଳ। କାମକଳା! ମୁଁ ଟ୍ରେନିଂ ବି ନେଲି। ଗଡ଼ି ଚାଲିଲା ଦିନ ପରେ ଦିନ। ମାସ ପରେ ମାସ।

ରାଘବକୁ କହିଲି ସହରର ଯେତେ ବଡ଼ବଡ଼ ଗ୍ରାହକ ତୁମ ଯୋଗାଯୋଗରେ ଅଛନ୍ତି କାହାକୁ ମନା କରିବ ନାହିଁ। କିଛି କରିବା ଆଗରୁ ମତେ ପଚାରିବ।

ରାଘବ ପ୍ରାୟ ସମୟ ନୀରବ ରହେ। ମୁଁ ଯାହା କୁହେ ମାନିଯାଏ।

ଅଫେରା ନଦୀ ପରି ବହୁଥିଲି। ମୋ ସ୍ରୋତ ଥିଲା ଖୁବ୍ ପ୍ରଖର। ପଛକୁ ଚାହିଁବା ପାଇଁ ମୋର ଫୁରସତ୍ ନ'ଥିଲା। ଧିରେଧିରେ ଚାହିଦା ବଢିଲା।

ରମଣୀୟ ଠାଣି, ମାଣୀ, ଚାହାଣୀ...ଅପୁର୍ବ ସୌନ୍ଦର୍ଯ୍ୟର ଅଧିକାରୀଣି। ବେଶ୍ ଭଲ ଧନ୍ଦା ଚାଲିଲା। ମୋ' ପାଇଁ ଆଡ଼ଭାନ୍ସ ଦେଇ ଦିନଦିନ ଅପେକ୍ଷା କଲେ ସହରର ନାମୀଦାମୀ ଲୋକ। ବଡ଼ବଡ଼ ପଦାଧିକାରୀ। କିଛି ଶିଳ୍ପପତି, କିଛି ଅଫିସର୍ ନିଜ ପ୍ରୋଜେକ୍ଟ ସାଙ୍କସନ୍ ପାଇଁ ମତେ ମନ୍ତ୍ରୀ ଠାରୁ ରାଜନେତା ପର୍ଯ୍ୟନ୍ତ ସବୁଆଡେ ପଠାଇଲେ। ପ୍ରତିବଦଳରେ ପେମେଣ୍ଟ ବାଦ୍ ମୁହଁ ଖୋଲି ଯାହି ମାଗୁଥିଲି ସାଙ୍ଗେସାଙ୍ଗେ ପୁରଣ କରୁଥିଲେ। ଗହଣା ସେଟ୍, ଦାମୀ ଗାଡି, ଯାହାବି। କାହିଁକି ଦେବେନି ? ଗର୍ବ କଲାପରି ରୂପ, ଶିକ୍ଷିତ ଓ କମ୍ ବୟସ, କଣ ନ'ଥିଲା ମୋ ପାଖରେ!

ଦିନକୁ ଦିନ ମୁଁ ହେଉଥିଲି ଦୁର୍ମୂଲ୍ୟ।

ଦିୱାନା ହେଲେ, ରାତିକ ପାଇଁ କିଛି ବି ମୂଲ୍ୟ ଦେବାକୁ ପ୍ରସ୍ତୁତ ରହୁଥିଲେ। ମାତ୍ର କେଇଟା ଦିନ ଭିତରେ ପାଲଟିଗଲି ସହରର ଜଣେ ହାଇ ପ୍ରୋଫାଇଲ୍ କଲ୍‌ଗାର୍ଲ।

ପୁରୁଷ ନାମକ ପୁସ୍ତକର ପ୍ରତ୍ୟେକ ପୃଷ୍ଠାକୁ କଣ୍ଠସ୍ଥ କରିନେଲି। ମୋ ପାଖରେ ବୟସର ତାରତମ୍ୟ ରହିଲା ନାହିଁ। କେବଳ ବର୍ଗ ବଛିବା ଛଡ଼ା। ଯୁବକ ଠାରୁ ବୃଦ୍ଧ ଯେ; ବି ହେଉ, ରେଟ୍ ହାଇ। ମୋ ମୂଲ୍ୟ ଦେବାର ଯୋଗ୍ୟତା ନଥିଲେ ଗୁଡ଼ବାଏ।

ବୁକିଙ୍ଗ୍ ଏତେ ଥାଏ, ହେଲେ ବି ଗ୍ରାହକ ଟଙ୍କା ଦେଇ ଅପେକ୍ଷା କରିବାକୁ ଅରାଜି ହୁଅନ୍ତି ନାହିଁ।

ଯେଉଁ ରାତି ମୋ ସହ ବିତେ ସେ ରାତି ମୁଁ ହେଇଯାଏ ତାଙ୍କ ପ୍ରାଣର ପ୍ରିୟସୀ। ମନର ମାନସୀ। ଉତ୍ତେଜନାର ଅଗ୍ନିକୁ ଦୀର୍ଘ ସମୟ ଧରି ଜାଳି ରଖିବାର କଳା ମୁଁ ଶିଖିସାରିଥାଏ। ଗୋଟାପଣେ ତାଙ୍କ ନିଜର।

ଦିନ ଆଲୁଅରେ କନ୍ୟା ସୁରକ୍ଷା, ମହିଳା ସଶକ୍ତିକରଣ କଥା କହୁଥିବା ମହାନ୍ ମହାପୁରୁଷଙ୍କର, ରାତି ଅନ୍ଧାରରେ ବଦଳି ଯାଉଥିବା ରୂପ ଦେଖି ମତେ ହସ ଲାଗେ।

ମୁଖା ତଳର ଚେହେରା ଯେ; କି ବିକୃତ ! ସେ ସବୁ ମତେ ବାଧ୍ୟ କରୁଥିଲା ସାରା ସଂସାରକୁ ତାଚ୍ଛଲ୍ୟ କରିବା ପାଇଁ।

ବିଛଣାରେ ତାଙ୍କ ବିକଳପଣ ମତେ ଆନନ୍ଦ ଦେଉଥିଲା। ନିଜ ରୂପ ଓ ସୌନ୍ଦର୍ଯ୍ୟରେ ମତ୍ତମଗ୍ନା ହେଇ ସୁକ୍ଷ୍ମରେ ପ୍ରତିଶୋଧ ନେଉଥିଲି ପୁରୁଷର ପୌରୁଷ ଉପରେ।

କାମୁକର ବାସନାକୁ ନେଇ ଖେଳିବାର କଳାକୁ ଆୟତ୍ତ କରି ସାରିଥିଲି ମୁଁ।

ଏଥର ରାତି ନୁହେଁ, ଘଣ୍ଟା କଣ୍ଟାକର ମୂଲ୍ୟ ନିଏ। ଦେହ ପିଡାକୁ ଖାତିର୍ କରେନା। ମୁଣ୍ଡରେ ଭୂତ ସବାର ହେବା ପରି କିଛି ମାନେନା।

ସେଥିରେ ବି ଅନେକ ବିପଦ। ଜୀବନ ଉପରେ ଆଞ୍ଚ୍ ଆସିବାର ଭୟ। ଗୋଟେ ଗୋଟେ ବଦ୍‌ଦିମଗ୍ ଲୋକ ମିଳିଯାଆନ୍ତି ତାଙ୍କୁ ତୁରନ୍ତ ଲୋଡ଼ା ପଡେ। ଅନ୍ୟ ବୁକିଙ୍ଗ୍ କ୍ୟାନସଲ୍ କରି ଯିବାକୁ ହୁଏ ତାଙ୍କ ପାୱାର ଭୟରେ। ସେ ନ'ହେଲେ ଧନ୍ଦାରେ ବାଧା ପୁରେଇବେ। ସହରରେ ଆମ ଜିନା ହାରାମ୍ କରିଦେବେ। ସେଥିରେ ପୁଣି ଦାଦା ବଟି, ପୁଲିସ୍ ବଟି ଅଲଗା। ସେତେବେଳେ ଜଣାପଡେ ବେଗମ୍ କି କି ସମସ୍ୟା ମୁଣ୍ଡରେ ଲଦି ଧନ୍ଦା ଚଳାଉ ଥିଲା।

ଗଣ୍ଡଗୋଳ ହୁଏ କେବେକେବେ। ସେ ସବୁ ରାଘବ ହ୍ୟାଣ୍ଡଲ୍ କରେ। ଭିତରେ ଭିତରେ ଏତେ ରହସ୍ୟ, ସବୁ ଗୁଡା ବୁଝିବା ମୋ କ୍ଷମତା ବାହାରେ।

ଗେଷ୍ଟହାଉସ୍, ହୋଟେଲ୍, ପବ୍, ବାର....ଡାନ୍ସ, ଡ୍ରିଙ୍କସ୍ ଏ ସବୁ ମୋ ନିତ୍ୟଚର୍ଯ୍ୟ ହୋଇସାରିଥିଲା ।

ମାସର ସେଇ ମାତ୍ର ଅସୁବିଧାର ଚାରିଦିନକୁ ଛାଡ଼ି ପ୍ରତ୍ୟେକ ଦିନ ରହୁଥିଲା ମୋ କଲ୍।

ରାଘବ ବି ଆଶ୍ଚର୍ଯ୍ୟ ହେଉଥିଲା। ମୋ ବେହିସାବ ଧାଁ ଦୌଡ଼, ବିନା ଥକ୍କାରେ ବେସାଲିସ୍ କାରବାର ଦେଖି। ତା' ସହ ମିଶି ଖୁବ୍ କମ୍ ଦିନରେ ଗୁଲାବୀ ବେଗମ୍ ଠାରୁ ଅଧିକ ପାରଦର୍ଶିତା ହାସଲ କରି ନେଇଥିଲି।

କେଉଁ ନିଶାରେ ଧାଉଁ ଥିଲି, ଜାଣେନା। କାହା ଉପରେ ପ୍ରତିଶୋଧ ନେଉଥିଲି ଜାଣେନା। ମୋ ଆଗକୁ କେହି ନ'ଥିଲେ ପଛକୁ ବି କେହି। ଖାତିର୍ ନଥିଲା କାହାକୁ। ସେଇଟା ବୋଧହୁଏ ମୋ ପାଇଁ ସୁବିଧା ହେଉଥିଲା।

ଏବେ ମୋ' ପାଖରେ ଥିଲେ ଅନେକ କଲେଜ ପଢୁଆ ସୁନ୍ଦର ସୁନ୍ଦରୀ ଝିଅ। କିଛି ଘରୋଇ ମହିଳା ବି। କିଏ ନିଜ ଉଚ୍ଚଅଭିଳାଷ ପୁରଣ ପାଇଁ ତ, କିଏ ନିତ୍ୟ ଆବଶ୍ୟକତାକୁ ମେଣ୍ଟାଇବା ପାଇଁ ସ୍ୱଇଚ୍ଛାରେ ଏଇ ସହଜ ଉପାୟଟିକୁ ବାଛି ନେଇ ଏ ଧନ୍ଦାରେ ଯୋଗ ଦେଉଥିଲେ।

କୌଣସି ବାଧ୍ୟବାଧକତା ନ' ଥିଲା ମୋ ତରଫ୍‌ରୁ। କେହି ଯଦି କୌଣସି ମୁହୂର୍ତ୍ତରେ କାମ ଛାଡ଼ିବାକୁ ଚାହୁଁଥିଲା ତ' ଆରାମରେ ଯାଇପାରୁଥିଲା। ତା' ପ୍ରାପ୍ୟ ଦେଇ ତାକୁ ମୁକ୍ତ କରୁଥିଲି। ଡାଏରୀର ଲିଷ୍ଟରୁ ଲିଭିଯାଉଥିଲା ତା' ନାଁ, ତା' ପରିଚୟ, ତା' ଠିକଣା।

ବାଟରେ ଦେଖିଲେବି ଦ୍ୱିତୀୟ ଥର ଚିହ୍ନେନା ମୁଁ। ଚିହ୍ନେନା ରାଘବ। ସୁରକ୍ଷା ଓ ଗୋପନୀୟତା ବଜାୟ ରଖିବା ଥିଲା ଆମର ପ୍ରଥମ ନିୟମ।

କିଛି ବର୍ଷ ଭିତରେ ବଦଳି ଯାଇଥିଲା ମୋର କାୟା। ବିରାଟ ବଙ୍ଗଳା, ପୋର୍ଟିକରେ ଦମୀଦାମୀ ଗାଡ଼ି, ବଗିଚାରେ ମାଳି। ଗେଟ୍ ପାଖରେ ଦରୱାନ, ଦୁଆର ମୁହଁରେ ଡୋବରମେନ୍, ଖଟ ଉପରେ ଗେଲ ହେଉଥିଲେ ଛୁଆ ଛୁଆ ପମୋରିଆନ୍। ସମସ୍ତେ ଥିଲେ ମୋର ଅନୁଗତ୍ୟ, ଭୃତ୍ୟ।

ଏଇଠି ସରିନଥିଲା ମୋ କାହାଣୀ। ଏତେ ଧନ ଐଶ୍ୱର୍ଯ୍ୟ ପରେବି କେବେକେବେ ମୋ' ର କ୍ଷୋଭ ଆସୁଥିଲା। କ୍ଷୋଭ କେବଳ ଜଣଙ୍କ ପାଇଁ। ଅଭିମାନ କେବଳ ଜଣଙ୍କ ପାଇଁ। ଅଭିଯୋଗ କେବଳ ଜଣଙ୍କ ପାଇଁ।

॥ ନଅ ॥

ହାଃ ସଖୀ... ଏ କ'ଣ ଲେଖିଦେଲୁ! କାହିଁକି ନେଲୁ ତୁ' ସେ; ନିଷ୍ଠୁର ନିଷ୍ପତ୍ତି! କାହିଁକି ଆପଣାଇ ନେଲୁ ଦାରୁଣ ଜୀବନ? କାହିଁକି ଭାବିଦେଲୁ ଏ ସଂସାରରେ ତୋ' ର କେହି ନାହାନ୍ତି ବୋଲି?

ଏ ଅହଲ୍ୟା, ସତରେ କ'ଣ ତୋ' ର ମୋ କଥା ତିଳେମାତ୍ର ମନେ ପଡିଲା ନାହିଁ? କାହିଁକି ବାଛିଲୁ ସେ କଣ୍ଟକିତ ପଥ? ସାରା ଜୀବନ କଷ୍ଟ ପାଇ ନାହୁଁ? ଲହୁଲୁହାଣ ହେଇନାହୁଁ? ସତ କହତ ସଖୀ। ଓଃ.. କାହିଁକି ମୋ ଛାତିଫାଟି ଗଲାନାହିଁ? ହେଃ ପ୍ରଭୁ ମୁଁ ବି ଅପେକ୍ଷା କରିକରି ଥକି ଗଲିଣି। ନିଦ୍ରା ଦିଅ ପ୍ରଭୁ, ଚିର ନିଦ୍ରା! ମୋ ଅହଲ୍ୟାର ଏ କରୁଣ କାହାଣୀ ପଢିବାକୁ ମୋର ଆଉ ଧୈର୍ଯ୍ୟ ପାଉନାହିଁ।

କଲ୍ଲୋଳ ଛାତିରେ ଅସହ୍ୟ ଯନ୍ତ୍ରଣା। ସାରା ଶରୀରରେ ଝାଳ ଗମ୍ ଗମ୍। ପ୍ରାଣବାୟୁ ଉଡ଼ି ଯିବ କି; ଏଇକ୍ଷଣି!

ଏ କ'ଣ ପଢୁଛି ସେ! ନାଁ..ସେ ପଢୁନାହିଁ। ଅନୁଭବ କରୁଛି। ଏଇ ଯେମିତି ଅହଲ୍ୟା ନିଜେ ଆସି ପାଖରେ ବସି କହି ଯାଉଛି ତା' ଜୀବନର ଦରଦୀ ଗାଥା।

ଜାକି ଧରିଲା। ଖୁବ୍ ନିବିଡ ଭାବେ ଛାତି ଉପରେ ଜାକି ଧରିଲା ଯେମିତି ଡାଏରୀ ନୁହେଁ, ଅହଲ୍ୟାକୁ ଜଡାଇ ଧରିଛି ଛାତିରେ। ଆଖି କୋଣରେ ଦୁଇ ବୁନ୍ଦା ଲୁହ।

ମେଧାବୀ ଛାତ୍ରୀଟିଏ ଥିଲା, ଅସୁମାରୀ ଆଶା, ଲକ୍ଷେ ସ୍ୱପ୍ନ ନେଇ ସରଳ ସାବଲୀଳ ଗ୍ରାମ୍ୟ ଜୀବନର ନୀରିହ କନ୍ୟାଟି କେଉଁଠି ପହଞ୍ଚି ଗଲା ଶେଷରେ ! କାହିଁକି ନିଜେ ଲେଖିଗଲା ନିଜର ନିଦାରୁଣ ଅଧ୍ୟାୟ । ପ୍ରତିଶୋଧର ଅଗ୍ନି କୁଣ୍ଡରେ ନିଜ ଆତ୍ମାର ଆହୁତି ଦେଇଦେଲା କାହା ଦାୟରେ ? କିଏ ଦେବ ଏ ଅସମାହିତ ପ୍ରଶ୍ନର ଉତ୍ତର ?

ଆଉ ପୃଷ୍ଠାଟିଏ ବି ପଢିବାକୁ ସ୍ପୃହା ନାହିଁ । କିନ୍ତୁ ଅହଲ୍ୟା ଶେଷରେ ଯେ ତା' ପାଖରେ ଆସି ପହଞ୍ଚିଚି । କାହା ଉପରେ କ୍ଷୋଭ, କାହା ଉପରେ ତା'ର ଅଭିମାନ, କାହା ପାଇଁ ତା'ର ଅଭିଯୋଗ ? ପଢିବାକୁ ତ' ହେବ ସମୟ ଚକ୍ର ଅହଲ୍ୟାକୁ ଆଣି ଏଠି କାହିଁକି ଛାଡିଲା । କେଉଁ ଉଦ୍ଦେଶ୍ୟରେ ଭେଟ ହେଲା । ଏମିତି ଅବସ୍ଥାରେ କେମିତି ଫେରି ଆସିଲା ତା' ପ୍ରାଣପ୍ରିୟା !

ଆଖି ପୋଛି ଡାଏରୀ ଦେଖିଲା, ଯେଉଁଠାରୁ ଛାଡ଼ିଥିଲା, ସେହିଠାରୁ ।

ରାଘବ, ହଁ ରାଘବ ଏକ ମାତ୍ର ମଣିଷ ଯେ; ମୋ ଆଶାବାଡି ବୋଲି କହିଲେ ଅତ୍ୟୁକ୍ତି ହେବ ନାହିଁ, ସେଇ ନିଷ୍ଠୁର ପାଷାଣ ପାଇଁ ଅନ୍ତର ଜଳୁଥିଲା ଅହରହ ।

ଅଭିମାନ ହେଉଥିଲା । ହଜାରେ ଅଭିଯୋଗ ଥିଲା ତା' ପାଇଁ । ଥରେଥରେ ବାଧୁଥିଲା । ଅହଂକୁ ଆଘାତ ଲାଗୁଥିଲା ।

ସେ ଥିଲା ମୋ ପାଇଁ ବିଶ୍ୱସ୍ତ । ଆଜି ଯଦି ଏ ସୁଖ ସୁବିଧାର ଅଧିକାରୀ ତା' ପଛରେ କେବଳ ରାଘବର ବହୁତ ବଡ଼ ହାତ । ଯେ କେହି ବି ଭାବିବ ଏତେ ସବୁ ଯିଏ କରିଛି, ତା' ପାଇଁ କ୍ଷୋଭ କାହିଁକି !!

କାରଣ ଅଛି । ସମାଜରେ ପୁରୁଷ ମାନଙ୍କୁ ତନ୍ନତନ୍ନ କରି ପଢି ସାରିବା ପରେ ରାଘବର ରହସ୍ୟମୟ ପୃଷ୍ଠାଟି ଥିଲା ମୋ' ପାଇଁ ଅବୋଧଗମ୍ୟ । ସେ କ'ଣ ପୁରୁଷ ନୁହଁ ? ତେବେ ତା' ପାଖରେ କାହିଁକି ଏ ବ୍ୟତିକ୍ରମ !

ବାଧୁଥିଲା, ଏଇ ସୌମ୍ୟାଦର୍ଶୀ, ବଳିଷ୍ଠ ବପୁଧାରୀ ଯୁବକର ଦୃଢ଼ତା ଦେଖି । ଶକ୍ତ ବ୍ୟକ୍ତିତ୍ୱର ପରାକାଷ୍ଠା ଓ ତା' ଆସ୍ପର୍ଦ୍ଧା ତଳେ ପ୍ରତିଥର ଦବି ଯାଇ ଶୂନ୍ୟରେ ମିଶି ଯାଉଥିଲା ମୋ' ଅଭିମାନ । ମର୍ମାହତ ହେଉଥିଲି ।

ପ୍ରତ୍ୟେକ କାମ ସେ ହିଁ ବୁଝୁଥିଲା । ସବୁ ଡିଲ୍ ମୋ' ପାଖାପାଖି ବସି ମୋ' ସହ ଆଲୋଚନା କରି ଫଇସଲା କରୁଥିଲେ ମଧ୍ୟ; ଥରେହେଲେ ଆଖି ଉଠାଇ ଚାହୁଁ ନଥିଲା ମତେ, ଯଦିଓ ଚାହେଁ ତା' ନଜରରେ ସେ ଆବେଗ ନ' ଥାଏ । ନଥାଏ ସାମାନ୍ୟତମ ବାସନା । ଏତେ ସ୍ଥିର, ଶାନ୍ତ ଗଭୀର ଆଖିରେ ଝାସ ଦେଇ ଆତ୍ମହୁତି ଦେବାକୁ ପୃଥିବୀର ଯେ କେହି ନାରୀ ପ୍ରସ୍ତୁତ ହେଇଯିବ । ତା' ନିଶ୍ଚଳ ଆଖି କେବେ ହେଲେ ପହଁରି ଆସେନା ମୋ ଅଙ୍ଗ ଧାରେଧାରେ, ମୋ ଢ଼ଳଢ଼ଳ ଯୌବନ ଉପରେ ।

ଯେଉଁ ଦେହ ପାଇଁ ବହୁ ଆଗରୁ ବୁକ୍ କରନ୍ତି, ପାଗଳ ହୁଅନ୍ତି ପୁରୁଷ ଜାତି, ସେ ଦେହକୁ ଛୁଇଁବା ତ' ଦୂରର କଥା, ଏତେ ପାଖରେ ପାଇ ମଧ୍ୟ, ଥରେ ହେଲେ ଆଖି ପୁରାଇ ଦେଖୁ ନାହିଁ? କାହିଁକି?

ଥରେ କଲ୍ ଆଟେଣ୍ଡ କରି ଅନ୍ୟ ସହରରୁ ଫେରୁଥାଏ। ଅନେକ ରାତି ହେଲାଣି। ବହୁତ ଲମ୍ବା ବାଟ। କେବଳ ଆମେ ଦୁହେଁ। ମଝିରେ ମଝିରେ ଝିପ୍‌ଝିପ୍ ବର୍ଷା। ଶୂନଶାନ୍ ସଡକ। ଝାପ୍ସା ଆଲୁଅ। ପଛ ସିଟରେ ଅର୍ଦ୍ଧ ଚେତନା ଭାବରେ ପଡ଼ି ଥିଲି। ହୋସ୍ ପ୍ରାୟ ନ' ଥାଏ। କିଛିବାଟ ଆସିବା ପରେ ହଠାତ୍ ମୋ ମୁଣ୍ଡକୁ ଅଜବ୍ ଝୁଙ୍କ ସବାର୍ ହେଲା। ମୋର ଏକା ଜିଦ୍ ମୁଁ ଡ୍ରାଇଭ୍ କରିବି। ନିଶାରେ ଚୁର, ବୋଲ ମାନୁନଥିବା ଗୋଡ଼ହାତ, ଡ୍ରାଇଭ୍ କେମିତି କରିବ? ରାଘବର ଯୁକ୍ତିକୁ ବେଖାତିର୍ କରି ମୋ ଜିଦରେ ମୁଁ ଅଟଳ।

ପରେପରେ ଶକ୍ତ ଗଳାରେ କହିଲା, ପିଲାଙ୍କ ପରି ଅବୁଝା ହୁଅନା। ଚୁପ୍ ବସ। ନ' ହେଲେ ଶୋଇଯାଅ ସିଟ୍ ଉପରେ। ମୁଁ ନେଇ ଠିକ୍ ସମୟରେ ପହଞ୍ଚାଇ ଦେବି।

ଅପୂର୍ବ ଲାଗିଲା ତା'ର କଣ୍ଠସ୍ୱର। ଖୁବ ନିଜର ନିଜର ମନେ ହେଲା ସେ। ସେୟା ତ' ଚାହୁଁଥିଲି। ମୁଁ ଆହୁରି ଆହୁରି ଜିଦ୍ କଲି। ପଛରୁ ଓହଳି ପଡ଼ି ତା' ସାର୍ଟ କଲରକୁ ଭିଡ଼ି ଧରିଲି। ପୁରା ଛୁଆଙ୍କ ପରି। ଅଚେତନରୁ ଫେରିବାକୁ ଚାହୁଁ ନ' ଥିଲି ମୁଁ। ଅର୍ଦ୍ଧନିମିଳିତ ଆଖିରେ ଅନ୍ୟ ଦୁନିଆରେ ଥିଲି।

ସେଦିନ ବାଧ୍ୟ କରି ମିଷ୍ଟର ସାହାଣୀ ମତେ ଧୁମ୍ ପିଆଇ ଦେଇଥିଲେ। ନିଜେ ଆକଣ୍ଠ ପି' କେବଳ ସ୍ପର୍ଶର ଉପକ୍ରମରେ ହିଁ ତାଙ୍କ ଉପଭୋଗ ସମୟର ଅବଧି ସରି ଯାଇଥିଲା। ବେଶୀ ଉତ୍ତେଜନା ଓ ଉତ୍କଣ୍ଠା ଭିତରେ ତାଙ୍କୁ ନିଦ ଲାଗିଯାଇଥିଲା। ସେଇଟା ତାଙ୍କ ପ୍ରୋବ୍ଲମ୍। ମୋ ସମୟର ମୂଲ୍ୟ ତାଙ୍କ ମ୍ୟାନେଜର ଠାରୁ ଆଦାୟ କରି ମୁଁ ଫେରି ଆସିଥିଲି।

ଦେହରେ ଥିଲା ଅଜବ୍ ଶିହରଣ। ରାଘବର ଗମ୍ଭୀରତା, ତା' ଦୃଢ଼ତାକୁ ମୁଁ ବୋଧହୁଏ ମନେମନେ ଈର୍ଷା କରୁଥିଲି। ତା' ଅଯଥା ଅଭିମାନକୁ ଭାଙ୍ଗିରୁଜି ଚୁରମାର୍ କରି ଦେବାକୁ ଆଦିମ ଇଚ୍ଛାଟି ଜାଗ୍ରତ ହେଉଥିଲା ରହିରହି। ତା' ଆଡ଼କୁ ଆକୃଷ୍ଟ ହେଉଥିଲି ବେଳୁବେଳ। ସତରେ ଇଚ୍ଛା ହେଉଥିଲା ସବୁ କିଛି ଛାଡ଼ି ଛୁଡି ଖୋଲା ଆକାଶ ତଳେ ତା' ସହ ମନ ଭରି ଭିଜି ଯାଆନ୍ତି କି! ସେ ଜୋର୍ କରି ଭିଡ଼ି ଆଣି ପୁଣି ଗାଡ଼ିରେ ବସାଇ ଦିଅନ୍ତା। ମତେ ଶାସନ କରନ୍ତା ତାଗିଦ୍ କରନ୍ତା।

କିଏ ତ' ହେଲେ ବାରଣ କରନ୍ତା! କିଏ ହେଲେ ଅଟକାଇ ଦିଅନ୍ତା ନାହିଁ

ମୋ ବେଲଗାମ୍ ପାଦ ! ଶକ୍ତ ଜାବଡା ମାରି ମତେ ଅବାଟରୁ, ଯନ୍ତ୍ରଣାଦାୟକ ଜୀବନରୁ ଭିଡ଼ି ଆଣନ୍ତା। ଶାନ୍ତିର ମାର୍ଗ ବତାଇ ଦିଅନ୍ତା ! କାହିଁକି ସବୁବେଳେ ଏ ମଣିଷଟି ଏତେ ନୀରବ।

ମୁଁ ଜାଣିଜାଣି ଜିଦ୍ କଲି। ସେ ବାରଣ କରୁ ବୋଲି। ସେ କଲା ମଧ୍ୟ। ହଜାରେ ବାରଣ ପରେ ବି; ମାନିଲି ନାହିଁ। ଶେଷରେ ସେ ସମ୍ମତି ଜଣାଇ ନିଜ ସିଟ୍ ଛାଡ଼ି ଦେଇ ପାଖରେ ବସିଲା। କିନ୍ତୁ ସମ୍ପୂର୍ଣ୍ଣ ଛାଡିଲା ନାହିଁ। ଷ୍ଟେରିଙ୍ଗ ଉପରେ ମୋ' ଅଣାୟାତ ହାତକୁ ସେ ଭିଡ଼ି ଧରିଲା। ମୁଁ ମାନିଲି ନାହିଁ। ସ୍ପୀଡରେ ନେଇଗଲି। ଧକ୍କା ଖାଇଲା କଲଭଟ୍‌ରେ। ଅଳ୍ପକେ ବର୍ତ୍ତିଗଲୁ। ମୁଁ ପୁରା ବେହୋସ।

ହାତଗୋଡ଼ ଖଣ୍ଡିଆ ଖାବରା କରି ଘରେ ପଡ଼ିଲି। ବାଧହେଇ ରାଘବ ଜଗି ରହିଲା ପାଖରେ। କିଛିଦିନ ରେଷ୍ଟ।

ବୋଧହୁଏ ଏଇ ବିଶ୍ରାମ ମୋ ମନ ଚାହୁଁଥିଲା। ଲମ୍ବା ଦୌଡ଼ରେ ଥକି ଯାଇଥିଲି। ଖୁବ କ୍ଳାନ୍ତିରେ ମଧ୍ୟ ମୋ ଜିଦ୍ ମୋତେ ଅଟକି ଯିବାକୁ ଅନୁମତି ଦେଉ ନଥିଲା। ଏକ୍ସିଡେଣ୍ଟର ମାଧ୍ୟମ ଏକ ସୁଯୋଗ ଦେଲା ବିଶ୍ରାମ ନେବାକୁ।

କାମ କରୁଥିବା ପିଲାଙ୍କୁ ଛୁଟି ଦେଇ ଦେଲି କିଛି ଦିନ। ମୁଁ ଠିକ୍ ହେଲା ଭିତରେ ନିଜ ନିଜ ଗାଁକୁ ଯାଇ ବୁଲି ଆସିବେ।

ରାଘବ ପ୍ରତିଦିନ ମେଡ଼ିସିନପତ୍ର ଦେଇ ସାରି ମୋ ପାଖରେ ଖାଇବା ଓ ପାଣି ଥୋଇ ତା' ବସାକୁ ଫେରିଯାଏ।

ଦିନେ ସନ୍ଧ୍ୟାରେ ମେଘୁଆ ପାଗ। ଦକ୍ଷିଣା ପବନରେ ପିଟି ହେଉଥିଲା ମୋ ଶୋଇବା ଘରର ମୁଣ୍ଡ ଉପର ଝରକା ଦେଇ। ଶୀତେଇ ଯାଉଥିଲା ଦେହମୁଣ୍ଡ। ମୁଁ ପଲଙ୍କ ଉପରେ ଗଡୁଥାଇ ବି; ଆଳସ୍ୟ ଓ କୁଣ୍ଠାବୋଧ ଯୋଗୁଁ ଉଠିଯାଇ ବନ୍ଦ କରୁ ନ'ଥାଏ। ସେ ଆସି ଦେଖିଲା। ମୋ ହାତ ପାହାନ୍ତାରେ ଝରକା ଖୋଲା ଥାଇ, ମୁଁ ଶୀତରେ ଥୁରୁଥୁରୁ ହେଉଥିଲେ ବି; ବନ୍ଦ କାହିଁକି କରୁନାହିଁ ବୋଲି ପ୍ରଶ୍ନଟିଏ ବି; କଲାନାହିଁ। ବେଶ୍ ଧିରସ୍ଥିରରେ ଆସି ଆଣ୍ଠୁ ମାଡ଼ି ଅଧା ଝୁଙ୍କି ପଡ଼ି ନିଜେ ବନ୍ଦ କରି ଶିକୁଳି ଦେଲା। ହଠାତ୍ ତା'ଦେହର ମହକରେ ମୋ ସମଗ୍ର ସତ୍ତା ପ୍ରକମ୍ପିତ ହୋଇ ଉଠିଲା। ମୁଁ ସମ୍ମୋହିତ ହେଲି। ମୋ ପ୍ରତି ତା'ଯତ୍ନଶୀଳତା ଦେଖି ବିମୋହିତ ହେଉଥିଲି।

ଚାହୁଁଥିଲି ମୋତେ ଛାଡି କୁଆଡେ ନ'ଯାଆନ୍ତାକି ଆଜି। ପାଖରେ ବସୁ କିଛି ସମୟ। ବାହାନା କରି କହିଲି 'ତୁମେ ପିଆଜ ପକୁଡି ଖାଇବ ? କଞ୍ଚା ଲଙ୍କା ଦେଇ ? ଏ ପାଗରେ ମୋର ତ' ଖାଇବାକୁ ବହୁତ ଇଚ୍ଛା ହେଉଛି। ଖାଇବ ? ଯାଉଛି ବନେଇବି।'

"ତୁମେ ଖାଇବ ତ'ମୁଁ ଛାଣି ଆଣେ। ତୁମର ଉଠିବା ଦର୍କାର ନାହିଁ।" ସେ ଚାଲିଗଲା ରୋଷେଇ ଘରକୁ।

ଅଳ୍ପ ସମୟ ମଧ୍ୟରେ ଗରମାଗରମ୍ ପକୁଡି ଆଣି ହାଜର୍। ମତେ ଉଠିବାକୁ ନ' ଦେଇ ପଲଙ୍କ ପାଖକୁ ଟୁଲଟା ଟାଣି ଆଣି ଥୋଇଦେଲା। ମୁଁ ଇସାରା ଦେଲି ଏଇଠି ବସି ତୁମେ ବି; ଖାଅ ମୋ ସାଥିରେ। ମିଶିକି ଖାଇଲୁ।

ବହୁତ ସୁସ୍ୱାଦୁ। ମୋ ବୋଉ ପିଲା ଦିନେ ଏମିତି କରୁଥିଲା। ତୁମେ କାହା ଠାରୁ ଶିଖିଲ ?

ସେ ଉତ୍ତର ନ' ଦେଇ ସାମାନ୍ୟ ହସିଲା ଓ କହିଲା ଆଉ ଖାଇବ ? ଅଳ୍ପ ସମୟ ଲାଗିବ ଛାଣି ଆଣିବି। ସତ କହୁଛି ମୋ ଭାଗ୍ୟ ଋଷି ଯିବା ପରଠାରୁ ଏମିତି ଆଦର ଯତ୍ନ ଆଉ ପାଇନ'ଥିଲି। କୋହ ଜମୁଥିଲା ଛାତି ଭିତରେ।

ମନା କଲି । କହିଲି ନା' ମତେ ଶୀତ କଲାଣି। ଘୋଡାଇ ଦିଅ ତ; ସାଲ୍‌ଟା। ପାଦ ପାଖରୁ ବ୍ଲାକେଟ ଆଣି ଛାତି ଉପରେ ଘୋଡ଼ାଇ ଦେଇ ଉଠି ପଡୁପଡୁ ଧରିନେଲି ହାତ।

..ରାଘବ ?

..ହଁ..କ'ଣ ହେଲା ? ଆଉ କିଛି ଦର୍କାର କି ?

..ହୁଁ...ଖୁବ୍ ଧିମା ହୁଁ ଟେ ମାରିଲି।

..ହଁ ..କୁହ ଅହଲ୍ୟା କ'ଣ ଆଣିଦେବି ? କଣ ଦର୍କାର କୁହ।

..ତୁମେ..

..ମାନେ ?

..ମାନେ ତୁମେ ମୋର ଦର୍କାର। ତୁମେ ଏମିତି କାହିଁକି ରାଘବ ?

..କ'ଣ କହୁଛ ? କେମିତି ମୁଁ ?

ମୋ ଆଖିକୁ ଚାହିଁଦେଇ ସେ ଚଟ୍‌କରି ଆଖି ଫେରାଇ ନେଲା।

..ଏତେ ଦୂରତା ?

..କ'ଣ କହିବାକୁ ଚାହୁଁଛ ତୁମେ ?

ଏଥର ତା' ସ୍ୱରରେ ପ୍ରଚଣ୍ଡ ଗମ୍ଭୀରତା। ବୋଧ ହୁଏ ମୋ ଆଖିର ଭାଷାକୁ ବୁଝି ସାରିଥିଲା।

..ଗୋଟେ ସୁନ୍ଦର ନାରୀଦେହ ପାଖରେ କେମିତି ଜଣେ ପ୍ରତିକ୍ରିୟାହୀନ, ଉତ୍ତେଜନାହୀନ ହେଇ ପାରେ ? ତା' ପୁଣି ଦୀର୍ଘ ଦିନ ଧରି।

ସେୟା କହିବାକୁ ଚାହେଁ।

..ଏ କି ଉଦ୍ଭଟ ଭାବନା ? ତୁମ ମୁଣ୍ଡଫୁଣ୍ଡ ଠିକ୍ ନାହିଁ କି ?

... ଏକଦମ ଠିକ୍ ଅଛି କିନ୍ତୁ ତୁମେ ଏମିତି କାହିଁକି ?

..ଆରେ କେମିତି ମୁଁ ? ଛାଡ଼ ମୋ' ହାତ । କି' ବାଜେ ବିଳାପ କରୁଛ । ଛାଡ଼ ଯାଏ ।

.. .ନାଁ, ଛାଡ଼ିବିନି । କହିକି ଯାଅ ।

...ଦେହ ଭଲ ନାହିଁ । ଶୁଅ ।

....ନ' କହିଲେ ଦେହ ଭଲ ବି; ହେବନାହିଁ । ଆଜି ଅଲବତ୍ କହିବ ।

..ଆରେ ବାବା ମୋର ସେମିତି କିଛି ଭାବନା ନାହିଁ । ଛାଡିଲ ଏଥର ।

ମୋ ନିଶ୍ୱାସ ଏଥର ପ୍ରଖର ହେଉଥିଲା । ଜଳିବାକୁ ଆରମ୍ଭ କରିଥିଲା ସାରା ଶରୀର । ସାହସ କରି ପଚାରି ତ' ଦେଲି, ତା' ପ୍ରତିକ୍ରିୟାକୁ ବି; ଭୟ ଥିଲା । ଦେହରୁ ଝାଳ ପରସ୍ତେ ବାହାରି ଗଲା । ବ୍ଲାଙ୍କେଟ୍ କାଢ଼ିଦେଲି ।

...ଅଛି, କିଛି ତ' ଭାବନା ଅଛି । ମୁଁ ବୁଝି ପାରୁନି ଯାହା । ହେଲେ କ'ଣ କହିବି ଯାକୁ ? ସଂଯମତା ନା ଘୃଣା ?

ମୋ ଆଖିରେ କାମନାର ଲେଲିହାନ୍ ଅଗ୍ନି । ତା'କୁ ହରାଇ ଦେବାର ଝୁଙ୍କ୍ । ଜାଣି ନେଲା ସେ । ଶାନ୍ତ ଭାବରେ କହିଲା

..କଣ କହୁଛ ତୁମେ ? ଘୃଣା ତ'କେବେ କରି ନାହିଁ । କାରଣ ବି କ'ଣ ?

..ଅନେକ ଅଛି ।

..ଭୁଲ୍ ବୁଝୁଛ ଅହଲ୍ୟା ।

..ଠିକ୍‌ଟା ବୁଝାଇଦିଅ ତେବେ । ଯେଉଁ ଦେହକୁ ଟିକେ ଛୁଇଁବା ପାଇଁ ଦିୱାନା ହୁଅନ୍ତି ପୁରୁଷ, ତୁମେ ତା'ର ବ୍ୟତିକ୍ରମ । କ'ଣ କହିବି ଯାକୁ ?

..ସେ ପ୍ରତି ଆକର୍ଷଣ ନାହିଁ । ବାସ୍ । ସେ ରୋକଠୋକ୍ ଉତ୍ତର ଦେଲା ।

ଆକର୍ଷଣ ନାହିଁ ! ଦୁନିଆର ପ୍ରଥମ ପୁରୁଷ ତୁମେ, ଯାହାର ନାରୀଦେହ ପାଇଁ ଆକର୍ଷଣ ନାହିଁ । ମିଛ କହିଲ । ସତ କହୁନ ଗୋଟେ ବେଶ୍ୟା, ଚରିତ୍ରହୀନା ବୋଲି କୋଉଠି ନା' କୋଉଠି ଘୃଣା କର । ମୁଁ ଏଥର ଉତ୍ତେଜିତ ହେଉଥିଲି ।

ଏତେ ବେଲଜ୍ୟା ଭାବରେ ନିଜକୁ ତା'ସାମ୍ନାରେ ଖୋଲି ସାରିବା ପରେ ଆଉ ପଛ ଘୁଞ୍ଚା ଦେବାକୁ ଚାହୁଁ ନ'ଥିଲି ।

..ବେକାର କଥା ଅହଲ୍ୟା । ଛାଡିଲ ମୋ' ହାତ ।

...ଯଦି ସେୟା ନୁହଁ; ତେବେ ମୁଁ; ତୁମ ପୌରୁଷତ୍ୱକୁ ଅସ୍ୱୀକାର କରିବି । ପୁରୁଷ ଦେହ ନେଇ ତୁମେ ଜଣେ...କ୍ଲୀବ ।

ପ୍ରତ୍ୟାଖ୍ୟାନକୁ ବରଦାସ୍ତ କରିବାର ତାକତ୍ ମୋ' ଭିତରୁ ଲୋପ ପାଉଥିଲା। ମୋ' ଅନୁନୟକୁ ସେ ପଦାଘାତ କରୁଛି। ସଂସାରରେ କୌଣସି ନାରୀ ନିଜକୁ ଗୋଟିଏ ପୁରୁଷ ସାମ୍ନାରେ ସମ୍ପୂର୍ଣ୍ଣ ଖୋଲି ସାରିବା ପରେ ତା' ଅନାଗ୍ରହକୁ ସହି ପାରେନା। ହେଉ ବରଂ ସେ ଜଣେ ଦେହଜୀବି। ପ୍ରଥମେ ତ' ଜଣେ ନାରୀ ନା'। ହାରିଯାଏ ଯଦି କେଉଁ ମୁହଁରେ କାଲି ତା'କୁ ସାମ୍ନା କାରିବି, ଭୟ ଘାରୁଥିଲା। ମୁଁ ପ୍ରତିହିଂସା ପରାୟଣ ହୋଇ ଯା' ଇଚ୍ଛା ତା' କହି ଚାଲିଥାଏ।

...ବାସ୍ ଚୁପ୍ କର ଅହଲ୍ୟା। ଯାହା ନାହିଁ ସେୟା କହି ଯାଉଛ, କେଉଁ ସାହସରେ! ମୋ ବାକ୍ୟରେ ସେ ଆହତ ହେଲା।

..କାହିଁକି ? ଏତେ ପାଖରେ ପାଇ କେଉଁ ପୁରୁଷ ଏମିତି ରହିପାରେ! କହିବ ତ' ଯେମିତି ହେଲେ। ମୋ ମୁଣ୍ଡରେ ଜିଦ୍ ସବାର। ମୁଁ ଛାଡ଼ିଲି ନାହିଁ। ଅନେକ ଦିନରୁ କୁହୁଳୁଥିବା ଅଗ୍ନିରେ ଶବ୍ଦର ବାରୁଦ ଭର୍ତ୍ତି କରି ଅଜାଡି ଦେଲି। ଯୁକ୍ତିତର୍କ ବଢ଼ିବାରେ ଲାଗିଲା।

...କଥାକୁ ଆଡେଇ ଯାଅ ନାହିଁ। ଜବାବ ଦର୍କାର ମତେ।

ଏଥର ଖୁବ୍ ଜୋ'ରରେ ଜଡ଼ାଇ ଧରିଲି । ବେକରେ ହାତ ଛନ୍ଦି ଟାଣିଆଣିଲି। ଲଜ୍ୟା ଛାଡ଼ି ସବୁ ସୀମା ଲଘି ଯାଇ ଓଠରେ ଓଠର ସ୍ପର୍ଶ କରୁକରୁ

ନିବୃତ୍ତ କରିବା ପାଇଁ ଶକ୍ତ ଧକ୍କାଟେ ଦେଲା। ମୁଁ ଛିଟିକ୍ ପଡିଲି। ମୋ ମୁଣ୍ଡ ଖଟ ଧାରରେ ବାଜି ଆବୁ ହୋଇଗଲା। ଘୁଞ୍ଚି ଗଲା ରାଘବ।

...ପୌରୁଷର ପ୍ରମାଣ ଦେବା ପାଇଁ କରିପାରିବିନି ସେମିତି, ଯାହା ତୁମେ ଚାହୁଁଛ ମୋଠାରୁ। ଶୁଣ ଏମିତି କାମ କର ନାହିଁ କି; ଶବ୍ଦ ପ୍ରୟୋଗ କରନାହିଁ ଅହଲ୍ୟା, ଯାହା ପାଇଁ ପରେ କେବଳ ପଶ୍ଚାତାପ କରିବ! ବାସ୍ ନିଜକୁ ଆଉ ତଳକୁ ଖସାଅ ନାହିଁ। ସେଇଟା ମୁଁ କେବେ ଦେଖି ପାରିବି ନାହିଁ। ରହିଲା ବେଶ୍ୟା କଥା ସେଇଟା ତୁମ ବୃତ୍ତି। ତାକୁ ନେଇ କେବେ ଚରିତ୍ର ମପାଯାଏନା।

...ତୁମ ଆଖିରେ କ'ଣ ଅଛି ? ପୁରୁଷ ଭିତର ଭୋକକୁ ଦେଖିଛି। ଭଦ୍ରମୁଖା ତଳେ କୁତ୍ସିତ ଭାବନାକୁ ପଢିଛି। ସମସ୍ତେ ଲମ୍ପଟ। ସେମାନଙ୍କୁ ଦେହ ଦିଏ, ଘୃଣା କରେ।

ଯାହାପାଇଁ ସଂସାର ପାଗଳ, ସେ ତୁମ ପାଇଁ। ନିର୍ଦ୍ୱନ୍ଦରେ ନିଜକୁ ସମର୍ପି ଦେବାକୁ ଚାହେଁ। ଅନେକ ଥର ପରଶି ଦେବାକୁ ଉଦବିଗ୍ନ ହେଇଛି। କେବେ କ'ଣ ଅନୁଭବ କରି ପାରିନାହିଁ ?

ସେ ନୀରବି ଗଲା। ପୂର୍ବ ପରି ଗୁରୁଗମ୍ଭୀର।

..ମୁଁ ସହ୍ୟକରି ପାରିଲି ନାହିଁ ତା' ନୀରବତା। ଲାଗିଲା ଚୁପ୍ ରହି ସେ ମୋତେ ବେଖାତିର୍ କରୁଛି।

...କଷ୍ଟ ହେଉଛି ରାଘବ। ଯଦି ଘୃଣା ନାହିଁ ତେବେ ମୋ' ସମର୍ପଣକୁ ପ୍ରତ୍ୟାଖ୍ୟାନ କରି ଅପମାନ କରୁଛ। ବହୁ ଦିନରୁ ଘନିଭୂତ ହେଉଥିବା କୋହକୁ ରୋକି ପାରିଲି ନାହିଁ। ଯେତେ ଯାହା କହିଲେ ବି; ସେ ଥିଲା ନିଶ୍ଚଳ, ଜଡ଼। ଯେମିତି ପ୍ରାଣହୀନ ପାଷାଣ।

ତା' ପାଷାଣ ବକ୍ଷରେ ପିଟି ହୋଇ ମୋ' ଅହଙ୍କାର ଭାଙ୍ଗିରୁଜି ଚୁରମାର୍ ହେଉଥିଲା। ତା' ଜଡ଼ତା ପାଖରେ ହାର୍ ମାନୁଥିଲା ମୋ ଅଭିମାନ। ଅପମାନିତ ହେଉଥିଲି ବେଳୁବେଳ। ନିଜ ପ୍ରତି ଘୃଣା ଆସିଲା। ହୀନ ମନେକଲି ନିଜକୁ।

ଆଉ ରହି ପାରିଲି ନାହିଁ। ଶେଷରେ କାନ୍ଦି ପକାଇଲି।

...ଶାନ୍ତହୁଅ ଅହଲ୍ୟା। ସ୍ଥିରହୁଅ, ମୁଁ କହୁଛି। ମୋ କାନ୍ଦ ଦେଖି ସେ ନରମି ଗଲା। ମତେ ସାହାରା ଦେଇ ସଳଖ କଲା। ପିଠିପଟେ ତକିଆ ଦେଇ ଆଉଜାଇ ଦେଲା। ବୁଝାଇଲା।

...କଷ୍ଟ କାହିଁକି ହେଲା ତୁମକୁ? ପ୍ରକୃତରେ ତୁମ ଅହଂକୁ ବାଧିଲା।

ଭ୍ରମ। ଭ୍ରମରେ ବଞ୍ଚିଚ। କିଛିଟା ପୁରୁଷ ପାଇଁ ସମଗ୍ର ପୁରୁଷଜାତି ଲମ୍ପଟ କେମିତି ହେଲେ?

ଆଉ ସମାଜର କେଉଁ ମାନଙ୍କୁ ତୁମେ ବାରବାର ପୁରୁଷ ବୋଲି କହୁଛ?

ପୁରୁଷର ସଂଜ୍ଞା କଣ ଜାଣିଛ?

ତୁମେ ଆଜିଯାଏ ପ୍ରକୃତ ପୁରୁଷକୁ ଭେଟିନାହଁ। ଆଉ ଯେଉଁ ଅସମ୍ମାନ କଥା କହୁଛ ତା' ମୁଁ କେବେ କରିନାହିଁ।

...ହା ହା ହା ପୁଣି ପ୍ରବଚନ!! ତେବେ ମୋ ପାଇଁ ଏ ସବୁ କଣ ଥିଲା? ଦୟା?? ସୁନ୍ଦର ଶବ୍ଦରେ ସଜାଇଲେ,'ଦେହଦଲାଲର ଦୟା। ଦେହଜୀବି ପାଇଁ ଦେହଦାଲାଲର ଦୟା। ବାଃ ବଢିଆ ଶୁଭୁଛି ତ'। 'ହାଃ ହାଃ ହାଃ ହାଃ....ହସିଲି ମୁଁ। ଛାତି ଥରାହସ। ତାସ୍ଚଲ୍ୟର ହସ।

...ଏଥର ମତେ ଭୀଷଣ କଷ୍ଟ ହେଲା ଅହଲ୍ୟା। ଯାହା ତୁମ ପାଇଁ କେବେ ଭାବିନାହିଁ, ଗୋଟିଏ ଆବେଗରେ କେମିତି କହିଲ ଏତେ ବଡ଼ କଥା?

ଦୟା ନୁହେଁ। ମୋ ଆଖିରେ କାମନା ନାହିଁ, ତୁମ ଦେହପାଇଁ ଲୋଭନାହିଁ, ତା' ମାନେ ମୁଁ ଅଣପୁରୁଷ?

ତୁମ ପାଇଁ ଯତ୍ନଶୀଳତାର ଅର୍ଥ କ'ଣ କେବଳ ଦୟା! ମୋ ଆଖିରେ ତୁମ

ପାଇଁ ଥିବା ସମ୍ମାନ କିଟକ କ'ଣ ଏତେ ବର୍ଷ ଭିତରେ ଦେଖି ପାରଲ ନାହିଁ! ମୋ ଶ୍ରଦ୍ଧା ତୁମକୁ ଦିଶିଲା ନାହିଁ! କ'ଣ କ'ଣ କହିଗଲ, ପଛରେ କେବେ ଚିନ୍ତା କରିବ ଥରେ!

ଏମିତି କହି ଅଜାଣତରେ ଅପମାନିତ କରିଦେଲ! ସତରେ ଆଜି ଏତେ ବର୍ଷ ଭିତରେ ବାଧିଲା ମତେ। ନିଜ ଉପରେ ଘୃଣା ଆସୁଛି। ମୁଁ ଗୋଟିଏ ଦେହ ଦଲାଲ୍! ଝିଅମାନଙ୍କ ଶରୀରକୁ ନେଇ ବଜାରରେ ବିକ୍ରି କରିଦିଏ। ଛିଃ ଏତେ ଛୋଟ ବୋଲି ଭାବନ୍ତି ମତେ! ଏତେ ହୀନ ମୁଁ!

ଶୁଣ ଅହଲ୍ୟା, ଏଇଟା ମୋ' କର୍ତ୍ତବ୍ୟ, ବୃତ୍ତି ଛଡ଼ା କେବେ କିଛି ଭାବିନାହିଁ। ମୁଣ୍ଡକୁ କେବେ ଯା ଠାରୁ ଅଧିକ କିଛି ପଶି ନ' ଥିଲା। ଦେହଦଲାଲ ନୁହେଁ ମୁଁ। ନିଜକୁ ବାରବାର ବେଶ୍ୟା ବେଶ୍ୟା କୁହନାହିଁ।

ମାନୁଛି ଏ କାମକୁ ସମାଜ ଏୟା ହିଁ ନାଁ ଦିଏ। କିନ୍ତୁ କିଛି ନ' ଜାଣି କାହା ପାଇଁ ଏପରି ମନ୍ତବ୍ୟ ଦିଆଯାଏ ନାହିଁ। କେଉଁ ପରିସ୍ଥିତିରେ ତୁମେ ଏ ବାଟ ଆପଣାଇ ନେଲ, ମୋ ଛଡ଼ା ଅଧିକ କିଏ ଜାଣେ? ମୋର ପରିସ୍ଥିତି ବି ସେମିତି କିଛି ଥିଲା।

ଶୁଣିବ? ଅଛି ଧୈର୍ଯ୍ୟ? ଶୁଣ ତେବେ।

ଆଭିଜାତ୍ୟସମ୍ପର୍ଣ୍ଣ ଓ ଶିକ୍ଷିତ ଘରର ପିଲା ମୁଁ। ବିଭୁ ସାମନ୍ତରାୟ ମୋ' ବାପା। ସେ ଖଣ୍ଡମଣ୍ଡଳରେ ଖୁବ୍ ନାଁ ଡାକ ଥିଲା। ବାପା' ମାଆ, ମୋ' ର ଗୋଟିଏ ବଡ଼ ଭାଇ, ଆମେ ସମସ୍ତେ ଗାଁରେ ରହୁଥିଲୁ। ବାପାଙ୍କର ବଡ଼ ବ୍ୟବସାୟ ଥିଲା। ଗୋଟିଏ କପଡା ଗୋଦାମ ଗାଁ ରେ। ତିନୋଟି ଶାଢ଼ୀ ଦୋକାନ ଟାଉନ୍ ଉପରେ ଚାଲୁଥିଲା। ବାପା ସବୁବେଳେ ଉଭୟ ଜାଗାକୁ ଯିବା ଆସିବା କରି ବୁଝାବୁଝି କରୁଥିଲେ । ପାଞ୍ଚ ଛ' ଜଣ ଲୋକ ବାପାଙ୍କ ପାଖରେ ରହି କାମ କରୁଥିଲେ।

ସେମାନେ ଦୋକାନ କଥା ବୁଝନ୍ତି। ବାପା ମଝିରେ ମଝିରେ ସୁରାଟ, ଦିଲ୍ଲୀ ଯାଇ ମାଲ ଅର୍ଡ଼ର କରନ୍ତି। ଖୁବ୍ ଭଲ ବେପାର ଚାଲୁଥିଲା। ଅଭାବ କ'ଣ ମୁଁ ଜନ୍ମରୁ ଜାଣି ନ'ଥିଲି। ଯେତେବେଳେ ଯାହା କହିଲେ ବାପା ସବୁ ଆଣିଦେଉଥିଲେ।

ଧନବଢିବା ସହ ପ୍ରତିଦ୍ୱନ୍ଦୀଙ୍କ ଈର୍ଷା ବି ବଢୁଥିଲା। ବହୁତ ଛୋଟ ଥିଲି ସେତେବେଳେ। ମୋ'ର ଯାହା ମନେଅଛି ବାପାଙ୍କ ପାଖରୁ କିଏ ଜଣେ ବହୁତ ବଡ଼ ଆକାରରେ ଟଙ୍କା ଉଦ୍ଧାର ନେଇଥିଲା। ଫେରାଉ ନ'ଥିଲା। ସେ କଥାରୁ ବହୁତ ଝମେଲା ହୁଏ। ରାତିରେ ମା' ସହ କଥା ହେଲାବେଳେ ବାପା କୁହନ୍ତି, ସେ ଲୋକଟା ଭଲ ନୁହେଁ। ଟଙ୍କା ଫାଙ୍କୁଚି। ମୋ ସରଳତାର ଫାଇଦା ଉଠାଇ ନେଲା।

ଆଜିକାଲି କହିକହି ଦିନ ଗଡାଇ ଚାଲିଛି। ଶୁଣିଲିଣି ସେ ପୁଣି ଗୋଟିଏ

ବିରାଟ ସୋ ରୁମ୍ କରିବା ପାଇଁ ଆମ ଦୋକାନ ସାଇଡ଼ରେ ଜାଗା ନେଇଛି ? ସେ କରୁ ତା' ବାଟରେ। ମତେ ମୋ ଟଙ୍କା ଫେରାଇ ଦେଉ। ଏବେ ମତେ ଟଙ୍କା ନ' ମିଳିଲେ ମୁଁ ବର୍ବାଦ ହେଇଯିବି। ମତେ ନିହାତି ଟଙ୍କା ଦର୍କାର। ନ' ହେଲେ ସବୁ ଅର୍ଡ଼ର କ୍ୟାନସଲ ହେଇଯିବ।

ଦିନେ ବାପାଙ୍କର ସେ ଲୋକସହ ବହୁତ ଝଗଡା ହେଲା। ଝଗଡା କ'ଣ ହେଲା ମୁଁ ବେଶୀ କିଛି ଜିଣିନି, ମନେ ବି ନାହିଁ। କିନ୍ତୁ ତା' ପରେ ଯେଉଁ ଘଟଣାଟି ଘଟିଲା ମୁଁ ଜୀବନରେ କେବେ ବି ଭୁଲିବି ନାହିଁ।

ଦିନେ ରାତିଅଧରେ ଆମ କପଡା ଗୋଦାମରେ ନିଆଁ ଲାଗିଗଲା। ରାତି ପାହିବା ବେଳକୁ ସବୁକିଛି ପୋଡ଼ି ଜଳି ଭସ୍ମ ହୋଇସାରିଥିଲା। ବାପା ନ'ଥିଲେ। ମାଆ ବହୁତ କାନ୍ଦୁଥିଲା। ତା' କାନ୍ଦ ଦେଖି ମୋ' ଠାରୁ ଦୁଇବର୍ଷ ବଡ଼ ଭାଇବି; ମାଆକୁ ଧରି କାନ୍ଦି ଉଠିଲା। ଆମେମାନେ ବହୁତ ଡ଼ରି ଯାଇଥିଲୁ।

ଭାଇ ପଚାରିଲା ମାଆ, ଏବେ ଆମର କ'ଣ ହବ। ଆମର ତ' ସବୁ ଜଳିଗଲା। ସେଥିପାଇଁ ତୁ' କାନ୍ଦୁଛୁ ନା'? ଆମକୁ ସାନ୍ତ୍ୱନା ଦେବାକୁ ଯାଇ ମାଆ ବାରମ୍ବାର କହୁଥାଏ, ଆମର କିଛି ହେବନାହିଁ। ଆମ ଗୋଦାମରେ ଆପେଆପେ ନିଆଁ ଲାଗିନାହିଁ। କେଉଁ ଦୁର୍ବୃତ୍ତ ସେ କାମ କରିଛି ମୁଁ ଜାଣିଚି। ଖାଲି ତୁମ ବାପା ଫେରି ଆସନ୍ତୁ, ପୁଲିସରେ ସବୁ ଯାଇ କହି ଦେବି।

କିନ୍ତୁ ବାପା ଆଉ ଫେରିଲେ ନାହିଁ। ଫେରିଲା ତାଙ୍କ ମୃତଦେହ। ଗୋଦାମ ଜଳିଯିବା ଖବର ପାଇ ତୁରନ୍ତ ନିଜେ ଜିପ୍ ଡ୍ରାଇଭ କରି ଫେରିବା ବାଟରେ ଅଜଣା ଗାଡ଼ି ଧକ୍କାରେ ତାଙ୍କ ଜୀବନ ଚାଲିଗଲା।

ମାଆର ଚେତା ହଜିଗଲା। ଆମେ ଦୁଇ ଭାଇ ଧରାଧରି ହୋଇ ଖାଲି କାନ୍ଦୁଥିଲୁ। ଗାଁ ଲୋକ ଓ ଆମ ଦୋକାନରେ କାମ କରୁଥିବା ଲୋକ ମିଶି ବାପାଙ୍କ ଅନ୍ତ୍ୟେଷ୍ଟି କର୍ମ ସାରି ଚାଲିଗଲେ।

ବୋଧେ ଆଠଦିନ ବିତି ଯାଇଥିଲା ସେତେବେଳକୁ। ମାଆ ଏକ୍‌ଦମ୍ ନୀରବି ଯାଇଥିଲା। ନିଜ କଥା ଛାଡ଼, ଆମ ଖାଇବା କଥା ବୁଝିବା ପାଇଁ ମଧ୍ୟ ତା'ର ମନେ ପଡୁ ନ' ଥିଲା। ସେମିତି ବିଛଣାରେ ପଡି ରହିଥିଲା। ଆମ ସୁଖର ସଂସାରକୁ ଅଦିନଝଡ଼ ଭାଙ୍ଗିରୁଜି ଚୁରମାର କରିଦେଇ ଥିଲା। ଶେଯରେ ପଡି ବରବର ହୋଇ ମାଆ ସବୁବେଳେ କହୁଥିଲା "ଏ ସବୁ ଯିଏ କରିଚି ମୁଁ ଜାଣିଚି ତାକୁ। କହିଦେବି ସମସ୍ତଙ୍କୁ।" କହିବ କହିବ କହି କିଛି କହୁ ନ'ଥିଲା କାହିଁକି କେଜାଣି !

ଦିନେ ଦି'ପ୍ରହର ବେଳେ ମାଆ ଆଉ ଭାଇ ଶୋଇଥିଲେ। ମତେ ଘରେ

ଭଲ ଲାଗିଲାନାହିଁ। ବାପାଙ୍କ କଥା ମନେ ପଡି ବହୁତ କାନ୍ଦଲାଗିଲା। ଆସ୍ତେ କରି ମା' ପାଖକୁ ଉଠି କବାଟ ଆଉଯାଇ ନଈ କୂଳ ଆଡେ ଯାଇଛି, ଫେରିବା ବେଳକୁ ଦୂରରୁ ଛିଡ଼ାହୋଇ ଯାହା ଦେଖିଲି ସ୍ତବ୍ଧ ହୋଇଗଲି। ହୁତୁହୁତୁ ହେଇ ଜଳୁଥିଲା ଆମ ଘର। ମା' ଓ ଭାଇ ଭିତରେ ଥିଲେ। ମୋର ମନେ ପଡ଼ିଲା କ୍ଷଣି ପାଟି କରି ଦୌଡ଼ି ଯିବା ବେଳକୁ କିଏ ଜଣେ ମୋ' ପାଟିରେ ହାତ ଦେଇ ଟେକିନେଲା।

ଚେତା ଫେରିବା ବେଳକୁ ମୁଁ ଗୋଟିଏ ଅନ୍ଧାରୁଆ ଚାଳଘରେ। ଆମ ଗାଁ ର ଲୋକ। ମଉସା ବୋଲି ଡାକୁ ଆମେ। ଆଖି ସାମ୍ନାରେ ମୋ ମା' ଭାଇ ଓ ଆମ ଘର ଜଳିଯିବାର ଦେଖି ମୁଁ ମୂକ ପାଲଟି ଯାଇଥିଲି। ମତେ ସେ ବାହାରକୁ ଛାଡ଼ିଲେନାହିଁ।

ମୁଁ ବଞ୍ଚିଚି ବୋଲି ଜାଣିଲେ, ବାପାଙ୍କ ଶତ୍ରୁ ମତେ ଛାଡ଼ିବେ ନାହିଁ। ବଂଶ ବୁଡାଇବା ପାଇଁ ପ୍ରତିଜ୍ଞା କରିଛନ୍ତି ସେମାନେ। ତେଣୁ ରିତାରାତି ସେ ମତେ ସେଠାରୁ ନେଇ ଯିବେ ଅନ୍ୟତ୍ର।

ଆମେ ପ୍ରାୟ ଦୁଇଦିନ ଯାଏ ଟ୍ରେନରେ ବସିଥିଲୁ। ମୋ' ଦେହରେ ଆଉ ଜୀବନ ନ' ଥିଲା। ଟ୍ରେନରେ ବସି ମୁଁ ତାଙ୍କ କୋଳରେ ମୁଣ୍ଡରଖି ଶୋଇଥିଲି। ଉଠିଲା ବେଳକୁ ମଉସା ନ'ଥିଲେ। ଗୋଟିଏ ପାଣି ବୋତଲ, ଦୁଇଟି ବିସ୍କୁଟ ପ୍ୟାକେଟ୍ ମୋ' ମୁଣ୍ଡ ପାଖରେ ଛାଡ଼ି; ସେ ପଳାଇଥିଲେ।

ଏକ ନିଶ୍ୱାସ ରେ କହି ସାରି ଚୁପ୍ ହୋଇଗଲା ରାଘବ।

ମୁଁ ଭାବିଲି ମୋ ସହ ଭେଟ ହେଉଥିବା ମଣିଷଙ୍କ ଜୀବନ କ'ଣ ଏକା ପରି। ନାଟକ ପରି। ଦୁଃଖଦ! ତା'ପରେ କ'ଣ ହେଲା ପଚାରିବାକୁ ସାହସ ହେଲା ନାହିଁ। ସେ ନିଜେ ପୁଣି ଆରମ୍ଭ କଲା।

ଶୁଣ ଅହଲ୍ୟା, ସେଇଠି ସରି ନ' ଥିଲା ଦୁଃଖ। ସେଉଠୁ ତ' ଆରମ୍ଭ ହେଲା। ଅନେକ ସମୟ ଅପେକ୍ଷା କଲାପରେ ମଧ୍ୟ ମଉସା ଫେରିଲେ ନାହିଁ। ଗାଡ଼ି ଅଟକିଗଲା ବମ୍ବେ ଷ୍ଟେସନରେ। ଯେଉଁ ଠାରୁ ତୁମକୁ ଦିନେ ରିସିଭ୍ କରିଥିଲି ଠିକ୍ ସେଇଠି।

ସହର ଉପକଣ୍ଠ ଅନ୍ଧାରିଆ ସ୍ଥାନରେ କେମିତି ପହଞ୍ଚିଲି ମନେନାହିଁ। ସେଠାରୁ ଆରବ ସାଗର କୂଳଯାଏ କେମିତି ଆସିଲି ଜାଣେନା!

ଆଠ ବର୍ଷର ଶିଶୁ। ଫେରିବାର ବାଟ ଜଣାନାହିଁ। କିଛି ବି' ଭାବିବା ପାଇଁ ଶକ୍ତି ନ' ଥିଲା। କାନ୍ଦ ବି' ଲାଗୁନ' ଥିଲା। ଗୋଟିଏ କଥା ଜାଣିପାରୁଥିଲି ମତେ ଭୀଷଣ ଭୋକ। ମୋ ପାଖରେ ମଉସା ନାହାନ୍ତି। ମୋ ପାଖରେ ପଇସା ନାହିଁ। ଶେଷ ପ୍ୟାକେଟ୍ ବିସ୍କୁଟ ସିରି ସାରିଛି କେଉଁକାଳୁ।

କେଉଁଠି ଆସି ପହଞ୍ଚି ଗଲି ଏମିତି ପରିସ୍ଥିରେ ଗୋଟେ ଛୋଟ ପିଲାର ଅବସ୍ଥା କ'ଣ ହୋଇଥିବ ବୁଝିପାରୁଛ ?

ଅନେକ ଦିନ ଭୋକ ଉପାସରେ ସି ବିଚ୍ ରେ ବୁଲିଛି । ଫୁଟ୍‌ପାଥ୍‌ରେ ଶୋଇଛି । ଖରା, ଶୀତ ସହିଛି । ମଇଳା ପେଣ୍ଟ ସାର୍ଟ ପିନ୍ଧି ସେମିତି ପଡି ରହିଛି । ଜୋତା ହଳକ ଛିଡି ଯିବାରୁ ଖାଲି ପାଦରେ ଚାଲିଛି । ଖାଇବାକୁ ପାଇ ନାହିଁ । ଶେଷରେ ଭିକ ମାଗିଛି । ଠେକିଠେକି ଦୁଗ୍ଧ ଯା' ଘରେ ଭାସୁଥଲା, ମାଆ ଜବର କରି କୋଳରେ ବସାଇ ପିଆଇ ଦେଉଥିଲା, ସେ ପିଲା ଯେବେ କାହାର ଅଇଁଠା ଛିଣ୍ଡା ଶୁଖିଲା ପାଉଁରୁଟି ଦାନ୍ତରେ ଛିଣ୍ଡାଇ ଛିଣ୍ଡାଇ ଖାଇବ,କେମିତି ଲାଗିବ !

ଭାବି ପାରୁଚ, ରାଜକୁମାର ପରି ବଞ୍ଚି ଥିବା ଛୁଆଟା ସଙ୍ଗେସଙ୍ଗେ ରଙ୍କ ହୋଇଗଲା କେମିତି ! ମାଆ ବାପାଙ୍କ ଅଲିଅଳ ଶିଶୁର ଭାଗ୍ୟରେ ଏମିତି ଯୋଗ ଥିଲା । ଯାହାକୁ ହାତ ପତାଏ କିଏ ଦିଅନ୍ତି କିଏ ଦିଅନ୍ତି ନାହିଁ ।

ଶେଷରେ ଗୋଟିଏ ଅଟୋବାଲାର ନଜର ପଡିଲା ମୋ ଉପରେ । ସେ ମତେ ଉଦ୍ଧାର କରି ତା' ବସ୍ତିକୁ ନେଇଗଲା । ଖୁବ୍ ଛୋଟବଖରା, ଶୋଇଲେ ଦେହକୁଦେହ ବାଜିବା । ଖାଇବାକୁ ଦେଲା । ରୁଟି ଦୁଇପଟ ଖାଇବା ପରେ ମୋ' ଦେହରେ ଜୀବନ ପଶିଲା । ମୁଁ ତା'କୁ ସବୁ କଥା କହିଲି । ସେ ମୋ' ପାଇଁ ଦୁଃଖକଲା । କହିଲା ତୋ'ର ଭିକ ମାଗିବା ଦର୍କାର ନାହିଁ । ତୁ' ଏଇଠି ରହ । ମୁଁ ତୋ' ବ୍ୟବସ୍ଥା କରିଦେବି ।

ଦିନେ ଦୁଇ ଦିନ ପରେ ମୋ' ପେଣ୍ଟ ସାର୍ଟ ସଫା କରି ପିନ୍ଧାଇ ଅଟୋରେ ବସାଇ ସି ବିଚ୍‌କୁ ନେଇଗଲା । କହିଲା ଏଇଠି ଥା' । ତୁ' ତ; ଦେଖିବାକୁ ରାଜକୁମାର ପରି । ତୋ'ର ଭିକ ମାଗିବା କି' ଦର୍କାର ! ଏଠାକୁ ବହୁତ ବିଦେଶୀ ପର୍ଯ୍ୟଟକ ଆସୁଛନ୍ତି । ତାଙ୍କର ଛୋଟ ମୋଟ କାମ, ସେ ଯାହା କହିବେ କରିଦେବୁ । ସେ ଖୁସି ହେଲେ ତୋ'ର ଆଉ କାହାକୁ ହାତ ପାତିବା ଦରକାର ପଡିବ ନାହିଁ । ମୁଁ ଭଡା ନେଇ ଯାଉଛି । ସଂନ୍ଧ୍ୟାରେ ଆସିବି । ମନେ ରଖ, ସେ ଯାହା ବି; କହିବେ ଚୁପଚାପ୍ ମାନିଯିବୁ । ହେଲା...

ସତକୁ ସତ ଧଳାଧଳା ଲୋକ ଆସିଲେ । ବିଚ୍‌ରେ ବୁଲିଲେ । ମତେ ପାଖକୁ ଡାକି ଇଂରାଜୀରେ ନାଁ ପଚାରିଲେ । ଛୋଟ ମୋଟ କାମ ମିଳିଲା । ତାଙ୍କ ପାଇଁ ଚା' ସିଗାରେଟ୍ ଆଣିଦେଲି । ଗଣ୍ଡେ ଖାଇବାକୁ ମିଳିଲା । କିନ୍ତୁ ତା' ପ୍ରତିବଦଳରେ କାମ ଛଡ଼ା; ମୋ ଠାରୁ ଅନ୍ୟ ଯାହା ଆଦାୟ କରି ନେଲେ, ତୁମେ ବିଶ୍ୱାସ କରି ପାରିବ ନାହିଁ ।

ବାହାର ଦେଶରୁ ଆସି ବୁଲାବୁଲି କରୁଥିବା ପର୍ଯ୍ୟଟକ, ତା' ଭିତରେ କିଛି

ଥାଆନ୍ତି ଯୌନ ବିକାରୀ ରାକ୍ଷସ। କାମ ପାଇଁ ବକ୍ସିସ୍ ଦିଅନ୍ତି, ଲୋଭ ଦେଖାଇ ଦେଖାଇ ସାରା ଦିନ ଅଟକାଇ ରଖି ଥାଆନ୍ତି।

ସଞ୍ଜ ଗଡ଼ିଗଲା ସେଦିନ। ସେଇ ସି ବିଚ୍‌ର ଅନ୍ଧାରୁଆ କୋଣକୁ ଡାକି ନେଲା ଗୋଟେ ଗୋରା ଟୋକା। ମୁଁ ଖୁସିଖୁସି ଚାଲିଲି ତା'ସହ। ସେ ମତେ ବହୁତ ଗେଲ କଲା। ଚୁମା ଦେଲା। ମୁଁ ବୁଝି ପାରିଲି ନାହିଁ। କୋଳରେ ବସାଇଲା। ଦେହ ମୁଣ୍ଡ ଅଣ୍ଡାଳି ପକାଇଲା। ଧିରେଧିରେ ତା' ସ୍ପର୍ଶ ମତେ କଷ୍ଟ ଦେବା ଆରମ୍ଭ କଲା। ମୁଁ ଅଣନିଶ୍ୱାସୀ ହୋଇ ପଡିଲି। ଆଖି ବନ୍ଦ କରି କହିଲି ଅଙ୍କଲ୍ ଛାଡ ମତେ। ସେ ଛାଡିଲା ନାହିଁ। ମୁଁ ରଡି ଛାଡିଲି। ସେ ମୋ' ପାଟିକୁ ଭିଡ଼ି ଧରି ମୋ' ଚିତ୍କାରକୁ ବନ୍ଦ କରିଦେଲା।

ଶେଷରେ ଅସହ୍ୟ ଯନ୍ତ୍ରଣା ସହ ରକ୍ତାଭିଜା ପେଣ୍ଟକୁ ହାତରେ ଧରି କାନ୍ଦିକାନ୍ଦି ଦୌଡ଼ିଲି।

ସୀମାପାର ଯନ୍ତ୍ରଣା ହେଇ ନ'ଥିଲେ ନିହାତି ଭୁଲି ଯାଇଥାଆନ୍ତି ଅନ୍ୟ କଥାପରି। ଲାଜ ଛାଡି ଅଟୋ ଅଙ୍କଲଙ୍କୁ କହିଲି ସବୁ। ସେ ହସିଲେ। ଭାବିଲି ବିଶ୍ୱାସ କରୁ ନାହାଁନ୍ତି। ନିର୍ଲଜ ପରି ପଛକୁ ବୁଲି ଦେଖାଇ ଦେଲି ମଧ୍ୟ। ମୋ' ଘା' ଦେଖି ତାକୁ ସାମାନ୍ୟ ଦୟାବି ଲାଗିଲା ନାହିଁ। କହିଲା ବ୍ୟସ୍ତ ହ'ନା ବେ। ଧୀରେଧୀରେ ଅଭ୍ୟାସ ହେଇଯିବ। ଏସବୁ ତ' ଚାଲିବ ଏବେ। ଆଉ କ'ଣ ମାଗଣାରେ କିଏ ତତେ ଖାବାକୁ ଦେଇଥାଆନ୍ତା ନା'କଣ ?

ଖାଲି ମୋ' ସହ ନୁହେଁ, ମୋ' ବୟସର ଅନେକ ବେସାହାରା ଶିଶୁଙ୍କ ସହ ଏ ସବୁ ରୋଜ୍ ଘଟେ। ଆମ ସମାଜରେ ଶହଶହ ଶିଶୁ ଏମିତି ଅନାଥ ହେଇ ରାଜ ରାସ୍ତାରେ ବୁଲନ୍ତି। ବିକ୍ରି କରି ଦିଅନ୍ତି ଦଲାଲ ମାନେ।

ତୁମେ କ'ଣ ଆଜିଯାଏ ଜାଣି ପାରିଲ ନାହିଁ ଅହଲ୍ୟା ? ଖାଲି ଝିଅମାନେ ନୁହେଁ, ଛୋଟଛୋଟ ପୁଅ ମାନେ ବି ଯୌନ ଶୋଷଣର ଶୀକାର ହେଉଛନ୍ତି ପ୍ରତିଦିନ।

ଅଙ୍ଗତସ୍କରୀ। ମାନବଚାଲଣ। କାହିଁ କେଉଁ କାଳରୁ ଚାଲୁଥିବ, ତା'ଠିକଣା ନାହିଁ। ବିଦେଶ ଯାଏ କିଡ୍‌ନି, ଲିଭର୍ ଓ ଦେହର ବିଭିନ୍ନ ପାର୍ଟସ୍।

ଖେଳନା କଣ୍ଢେଇ ପରି ପେଟ'ରୁ ତୁଳା ଭିଣି ବାହାର କଲା ପରି, କରିଦିଆଯାଏ। ଯେ ବଞ୍ଚି ରହେ ତା'ଭାଗ୍ୟ।

ଭାବନି ପ୍ରଶାସନ ପାଖରେ ଯା' ର ଖବର ନ' ଥାଏ। କିନ୍ତୁ କେହି କିଛି ବିଶେଷ ପଦକ୍ଷେପ ନିଅନ୍ତି ନାହିଁ। ବହୁତ ବଡ଼ବଡ଼ ଲୋକଙ୍କର ହାତ ଥାଏ ଏଥିରେ। ଲକ୍ଷଲକ୍ଷ ଟଙ୍କାର ବେପାର ହୁଏ।

ଯାହାର ଚେର କେଉଁଠୁ ଯାଇ କେଉଁଠି ପହଞ୍ଚିଛି ତା' ଟେର୍ ପାଇବା ବି; ସହଜନୁହେଁ। ସେ ଭିତରେ କେତେ ଶିଶୁଙ୍କ ଜୀବନ ନଷ୍ଟ ହୋଇଯାଏ।

ଯେଉଁ ପିଲା ତାଙ୍କ ହାବୁଡ଼ରୁ ଖସି ଆସନ୍ତି, ଖାଇବାକୁ ନ'ପାଇ ଓ ବଡ଼ବଡିଆଙ୍କ ବ୍ୟବହାର ଦେଖି ପ୍ରତିଶୋଧ ପରାୟଣ ହୋଇ ଉଠନ୍ତି। ନିଜକୁ ବିଭିନ୍ନ ଅପରାଧୀକ ଓ ଅନୈତିକ କାମରେ ନିୟୋଜିତ କରନ୍ତି ବା ତାଙ୍କୁ ନେଇ ଏ ସବୁ କାମରେ ଲଗାଇ ଦିଆଯାଏ।

କିଏ ଚୋରି କରେ, କିଏ ପକେଟ୍‌ମାରେ, କିଏ ଚରସ୍, ହେରୋଇନ୍ ପ୍ୟାକେଟ୍ ନିଜ ଝୁଲା ବା ପକେଟରେ ପୁରାଇ ଗୋଟିଏ ପାନ ଦୋକାନରୁ ଅନ୍ୟ ଦୋକାନକୁ ନେବାଦେବା କରେ। କେବଳ ଦୁଇପଟ ରୁଟି ଛଡ଼ା କିଛି ମିଳେନା ତାଙ୍କୁ। ସବୁ ରଖେ ମୂଖ୍ୟ ଆସାମୀ। ଭିକାରୀ ଛୁଆ ପରି ଦିଶୁଥିବାରୁ ସନ୍ଦେହ ଘେରାକୁ ଆସିବା କଷ୍ଟ।

ଜାଣିଛ ଗୋଟେ କଥା, ତୁମେ ଭାବୁଥିବ ଖାଲି ମଦଦୋକାନ, ପାନଦୋକାନ ଲୁଚା ଚୋରାରେ ଏ ସବୁ ଧଳା ଜହରର ଆଡ୍ଡା ! ଠିକ୍ ସେୟା ନୁହେଁ। ମୁଁ ନିଜେ ବି ଏ କାମ କରିଛି ଅଜାଣତରେ। ମସଜିଦ୍, ଚର୍ଚ୍ଚ, ମନ୍ଦିର ସାମ୍ନାର ପୂଜାଫୁଲ, ଭୋଗ ଦୋକାନରେ ଦେଇ ଆସିଛି । ମୋ' ହାତରେ ପଠାଯାଏ। ବଡ଼ ହେବା ପରେ ଜାଣିଲି ସବୁ।

ଭାବିଲ ଧର୍ମ ଓ ଭକ୍ତିର ଆଢୁଆଳରେ କି କି ନାରକୀୟ କାଣ୍ଡ ଚାଲେ ! କେତେ ସାଙ୍ଘାତିକ ! ଦୁନିଆରେ ସେଇ କିଛି ଜଣ ସ୍ୱାର୍ଥପର, ଅମଣିଷଙ୍କ ପାଇଁ ସାରା ସମାଜ କଳଙ୍କିତ ହୁଏ, ବଦନାମ୍ ହୁଏ। କେତେ କୋମଳ ଜୀବନକୁ ନର୍କ କରିଦିଅନ୍ତି ସେମାନେ। କରାଳ କଷଣ ତଳେ ନିଷ୍ପେସିତ ହୋଇଯାଏ କେତେ ନିରୀହ ପ୍ରାଣ !

ପୁଲିସ୍ ହାବୁଡ଼ରେ ପଡିଲେ ଅସଲି ଆସାମୀ ଖସି ଯାଆନ୍ତି। ଆମକୁ ଥାନାକୁ ନେଇ ପଚରା ଉଚରା ବେଳେ ମାଡ଼ ମରାଯାଏ। ପୁଲିସ୍‌ର ପକେଟ୍ ଗରମ ନ'ହେବା ଯାଏ ଛାଡେନା। ଦଲାଲ୍ ନିଜ ପକେଟ୍ ହାଲୁକା କରି ଖସାଇ ଆଣେ ଶେଷରେ। ପୁଣି କାମରେ ଲଗାଏ।

କିଛିଜଣଙ୍କୁ ବାଳସୁଧାର ଗୃହକୁ ପଠାଯାଏ। ମୋ ସହ କାମ କରୁଥିବା ରାଜୁ ଥରେ ଯାଇଥିଲା। ଛ'ମାସ ପରେ ଛଡ଼ାଗଲା ତାକୁ। ସେ ଫେରିଆସି ମତେ ଯାହା ସବୁ ବଖାଣିଲା ତା'ଆଉ ଏକ କାହାଣୀ ହେବ। ସେ ପୁଣି ପୂର୍ବ କାମରେ ଲାଗିଗଲା।

ବାହାରକୁ ଯାହା ଦେଖାଯାଏ, ଆମ ଦୁନିଆ ତ' ସେମିତି ନୁହେଁ ତା' ତୁମେ ଜାଣିସାରିଛ ଏ ଭିତରେ।

ପେଟପାଇଁ ମଣିଷ ସବୁ କରେ ଅହଲ୍ୟା। ଶେଷରେ ଅତିଷ୍ଠ ହୋଇ ସେ ବସ୍ତି ଓ ଅଟୋବାଲା କବଜାରୁ ଖସି ଆସିଲି। ଛୋଟଛୋଟ ଦୋକାନ ବୁଲି କାମ ମାଗିଲି। ଖାଇବାକୁ ମାଗିଲି। କେହି ପାଖ ମଡାଇ ଦେଲେ ନାହିଁ। କହିଲେ କାହା ଘର ପିଲା ବେ ତୁ। ଏଡେ ସୁନ୍ଦର ଚେହେରା, ହୃଷ୍ଟପୁଷ୍ଟ ହେଇଛୁ, ଭିକାରୀ ପିଲାଙ୍କ ପରି ବାଳ ନୁଖୁରା କରି ଛିଣ୍ଡା ମଇଳା ଜାମା ପିନ୍ଧି ଭିକ ମାଗୁଛୁ? କେତେ ଦିନ ହେଲା ଘରୁ ଚୁଲିକି ଆସିଚୁ ବେ। ଚୋରେଇ ଥିବା ଟଙ୍କା କ'ଣ ସରିଗଲାଣି ? ଡାକିବୁ ପୁଲିସ୍‌କୁ.. ? ଚାଲ୍ ଭାଗ୍ ଏଠୁ..ପୁଲିସ୍ ନାଁ ଶୁଣି ଦୌଡେ ସେଠୁ।

ସେଉଠୁ ଜଣେ ପଞ୍ଜାବୀ ପାଜି ହାବୁଡ଼ରେ ପଡିଲି। ରାସ୍ତାକଡ଼ ଛୋଟ ଢାବାରେ ଛୋଟଛୋଟ ବୋଲହାକ କଲି। ବାସନ ଧୁଆ, ଗ୍ରାହକକୁ ପାଣି ଦିଆନିଆ। ସେଠି ବି କମ୍ ନିର୍ଯ୍ୟାତନା ମିଳେ ନି? କିନ୍ତୁ ସେ ଲୋକଟିର ଟିକେ ଦୟାମାୟା ଥିଲା।

ଦିନରେ ଦୁଇ ଘଣ୍ଟା ପାଖରେ ଥିବା ଖ୍ରୀଷ୍ଟିଆନ୍ ମିଶନାରୀ ସ୍କୁଲକୁ ଛାଡେ। ଅବଶ୍ୟ ମୋ' ନାଁରେ ଯେଉଁ ସବୁ ମାଗଣା ଜିନିଷ ସ୍କୁଲ ତରଫରୁ ମିଳୁଥିଲା; ସେ ସବୁ ସେ ରଖୁଥିଲା। ଲୁଗାପଟା, ଗହମ ପ୍ୟାକେଟ୍, ଛତୁଆ, କ୍ୟାଣ୍ଡେଲ୍, କମ୍ବଳ, ଶୀତପୋଷାକ ଇତ୍ୟାଦି।

ଯାହା ବି ହେଉ ମାଗଣାରେ କିଛିକିଛି ପାଠ ତ' ପଢିଲି! ପୁରା ଦୁଇ ବର୍ଷ ସେଇଠି ରହିଗଲି। ଅଧିକ ଜ୍ଞାନ ଅର୍ଜନ କରିବା ଆଗରୁ ସେ ବି ଗଲା। ହଠାତ୍ ଗୋଟେ ଦିନେ ସ୍କୁଲରୁ ଫେରି ଦେଖିଲା ବେଳକୁ ମ୍ୟୁନିସିପାଲଟିର ଲୋକ ଆସି ବୋଲଡୋଜର୍ ଲଗାଇ ରାସ୍ତା କଡ଼ର ସବୁ ଜବର ଦଖଲ ଦୋକାନକୁ ଦଳିଦେଇ ଯାଇଛି। ସେଥିରେ ଆମ ଢାବା ମଧ୍ୟ ସାମିଲ୍‌ଥିଲା। ମାଲିକ କୁଆଡେ ପଳାଇଥିଲା। ମୁଁ ଜାଣେନା କୁଆଡେ ଗଲା।

ତା' ପରେ ଅନେକ ଘଟଣା ଘଟିଗଲା ଜୀବନରେ। କହିଲେ ରାତି ପାହିଯିବ। ଛାଡ଼ ସେ କଥା।

କୌଣସି ନା କୌଣସି କାରଣ ଦେଇ ମୁଁ ଚାଲି ଆସିଲି ଏଇ ଜାଗାକୁ। ମୋ ଚେହେରା ଦେଖି ବେଗମ୍ ସବୁ ଶିଖାଇଲା। ବସିବା, ଖାଇବା, ପିନ୍ଧିବା ସବୁ ଟ୍ରେନିଂ ଦିଆଗଲା। ଅଭ୍ୟାସରେ ପଡିଗଲା। ପିଲାବେଳୁ ଯାହା କୁହାଗଲା, କଲି। ଯାହାକୁ କୁହାଯାଏ "ଦଲାଲି"।

ତାଙ୍କପାଖରେ ମୁଁ ଥିଲି ପରାଧୀନ। କିନ୍ତୁ ମୋ ପାଖରେ ମୋ ଆତ୍ମା ଥିଲା ସ୍ୱାଧୀନ। ଜୀବନରେ କେବେ ନିଶା କରିନାହିଁ, ମଦ, ସିଗାରେଟ୍ ଅଭ୍ୟାସ କିଛି ନାହିଁ। କୌଣସି ଝିଅ ପ୍ରତି କେବେ ଲାଳସା ଜାଗ୍ରତ ହେଇନାହିଁ।

ତୁମେ କହିପାର ଅସମ୍ଭବ ! ପାଖରେ ଥିବା ଲୋଭନୀୟ ବସ୍ତୁ ମଣିଷ କେମିତି ଭୋଗ ନ' କରି ରହିପାରିବ ? ଠିକ୍। କିନ୍ତୁ ଜାଣାନା ମୁଁ କାହିଁକି ଏମିତି। ପିଲାଦିନର ଅସହ୍ୟ ଯାତନା ମୋ ମନରେ ଗଭୀର ପ୍ରଭାବ ପକାଇଥିଲା। ଯାହା ପ୍ରତ୍ୟେକ ରାତି ମତେ ଭୟଭୀତ କରାଏ। ସେଇ ଦିନୁ ଏ ସବୁ ପ୍ରତି ମୋର ବିତୃଷ୍ଣା ଆସିଯାଇଛି। ତୁମେ ଏହାକୁ ବ୍ୟତିକ୍ରମ ବୋଲି କହିପାର ଅହଲ୍ୟା।

ବିଶ୍ୱାସ କର ଅହଲ୍ୟା ତୁମେ ମୋ ପାଇଁ ଦେବୀ। ପବିତ୍ର। ସେ ଦିନ ଷ୍ଟେସନ୍‌ରୁ ରିସିଭ୍ କଲାବେଳେ ଯେତିକି ପବିତ୍ର ଥିଲ, ଆଜି ବି ସେତିକି। ମୁଁ ବୁଝିପାରିବି ତୁମ କଥା। କାରଣ ସେ ରାସ୍ତା ଦେଇ ଦିନେ ମୁଁ ବି; ଅତିକ୍ରମ କରିଛି। ଯଦି; ମୋ ପାଇଁ କଷ୍ଟ ପାଇଛ, ତେବେ କ୍ଷମା ମାଗିନେଉଛି।

ଏତେ କଥା କହିଗଲା ରାଘବ !

ଏ ସବୁ ଶୁଣି ଶୀତଳ ଶିହରଣଟିଏ ଖେଳିଗଲା ମୋ ସମଗ୍ର ଶରୀରରେ। କୋହକୁ ସମ୍ଭାଳି ପାରିଲି ନାହିଁ। ମନଭରି କାନ୍ଦିଲି। ଧିକ୍କାର କଲି ନିଜକୁ। କେତେ କ'ଣ ନ' କହିଦେଲି ରାଘବକୁ। ଘୃଣା ବିଦ୍ରୋହ, ପ୍ରତିଶୋଧ। ଛିଃ..

...ନା' ରାଘବ, ମତେ ତୁମେ କ୍ଷମାକର। କେତେ ଭୁଲ୍ ଥିଲି ମୁଁ। ତୁମକୁ କ'ଣ କ'ଣ କହିଗଲି ! ହିତାହିତ ଜ୍ଞାନ ଲୋପ ପାଇଗଲା ମୋର। କ୍ଷମା ରାଘବ, କ୍ଷମା।

ଅନେକ ସମୟ ଧରି କେହି କାହାକୁ କିଛି କହି ପାରିଲୁନାହିଁ। ଆମ ଭିତରେ ଥିଲା ଗାଢ଼ ନୀରବତା। ଯାହାକୁ ଭାଙ୍ଗି ମୁଁ ଆରମ୍ଭ କଲି,

...ରାଘବ..

..ଉଁ..

...ମୁଁ ଭାବୁଛି ଏ ବୃତ୍ତି ଛାଡ଼ି ଦେବି।

...ଖୁସି ହେବି ଅହଲ୍ୟା। ମୁଁ ବି ମୁକ୍ତ ହେବାକୁ ଚାହେଁ। ତୁମେ ଏ ବୃତ୍ତିରେ ରହିଥିଲେ, ମୁଁ ଛାଡ଼ି ବାକୁ ବାଧ କରି ନ' ଥାନ୍ତି। କିନ୍ତୁ ମତେ ଆଉ ଏ ସବୁ କାମ କରିବା ପାଇଁ ଅତ୍ମା ଡାକୁନାହିଁ। ତୁମ ତୀକ୍ଷ୍ଣ କଥା ଆଜି ସଞ୍ଜିବନୀ ପରି କାମ କରିଛି। ମୋ ଆଖି ଖୋଲିଯାଇଛି ଅହଲ୍ୟା।

...ଗୋଟେ କଥା ପଚାରିବି ?

...ପଚାର।

....ତୁମେ ତ' ଏତେ କଥା ଜାଣିଥିଲ, ତେବେ ମତେ କେବେ ହେଲେ ଅବରୋଧ କଲ ନାହିଁ କାହିଁକି ? ମନେ ପକାଅ, ବେଗମ୍ ଫେରାର୍ ହେବାଦିନ ମୁଁ

ଯେବେ ତୁମକୁ ଡାକି ଏ ପ୍ରସ୍ତାବ ଦେଲି, ତୁମେ କିଛି କହିଲନାହିଁ। କାହିଁକି ସେଦିନ ବାରଣ କଲ ନାହିଁ ?

...ତୁମେ ମନେପକାଅ ଅହଲ୍ୟା, ତୁମେ ପ୍ରସ୍ତାବ ଦେଇ ନ'ଥିଲ। ଦେଇଥିଲ ଆଦେଶ। ଦେଇଥିଲ ଅନ୍ୟ ଝିଅ ମାନଙ୍କର ଦ୍ୱାହି। କେବଳ ଏଇ ବୃତ୍ତି ଛଡ଼ା ଆଉ କିଛି କରିପାରିବେ ନାହିଁ। ଯିବେ କୁଆଡେ ସେମାନେ ?

ମୁଁ ଦ୍ୱନ୍ଦ୍ୱରେ ଥିଲି। କହିଥିଲି ଭଲଭାବେ ଭାବି ଦେଖ; ତୁମ ନିଷ୍ପତ୍ତି ଠିକ୍ ଥିଲେ ଫୋନ୍ କରିବ। ତୁମେ ଲଗାତାର୍ ଦୁଇ ଦିନ ଯାଏ ଫୋନ୍ କରି ଡାକିଥିଲ।

ଆଉ ଏ ସବୁ ତ' ବୃତ୍ତି। ମତେ ସେତେବେଳେ ଏତେଟା ଅଡୁଆ ଲାଗି ନ'ଥିଲା।

ଅହଲ୍ୟା ସତରେ ମୁଁ ଦୁଃଖିତ। ତୁମକୁ ବୁଝାଇବାର ଥିଲା। କିନ୍ତୁ ଯା' ଠାରୁ ଅଧିକ ବା ଅନ୍ୟ କୌଣସି ଦିଗ କଥା କେବେ ନିଜେ ହିଁ ଭାବିନାହିଁ। ତୁମକୁ ବା; କେମିତି ବୁଝାଇ ଥାଆନ୍ତି ?

ମୁଁ ଅନୁତାପ କଲି। ସତରେ ମୋ ବାକ୍ୟରେ ଆଦେଶ ଥିଲା। ଯାହାକୁ ସେ ମୁଣ୍ଡପାତି ମାନିନେଲା।

କେହି କାହାକୁ କିଛି କହିଲୁ ନାହିଁ। ନିରବଚ୍ଛିନ୍ନ ଭାବେ ଗାଢ଼ ନୀରବତାର ଝଡ଼ ସୃଷ୍ଟି ହେଉଥିଲା ଦୁହିଁଙ୍କ ହୃଦୟ କମ୍ପାଇ। ଅନେକ ସମୟ ପରେ ସେ ଚୁପ୍‌ଚାପ୍ ବାହାରି ଚାଲିଗଲା ତା' ରୁମ୍‌କୁ।

ଛାତକୁ ଚାହିଁଚାହିଁ ମୁଁ ବହୁତ କଥା ଭାବିଗଲି। ବାପା ପିଲାଦିନେ କହୁଥିଲେ ସାରା ଆକାଶ ମୋ' ଅହଲ୍ୟାର। ଯେତେବେଳେ ସମଗ୍ର ଆକାଶ ମୋ'ର ହେଲା, ମୁଁ ନର୍କର ଠିକଣା କାହିଁକି ଖୋଜିଲି ?

ବାପାଙ୍କ ଆଦର୍ଶ, ତାଙ୍କ ନିତି କେମିତି ପାଶୋରିଗଲି ? ପଥଭ୍ରଷ୍ଟ ହେଲି।

ଠିକ୍ ସେଇ ପରିବେଶରେ ରହି ରାଘବ ତ' କେବେ ନିଶା ନେଇନାହିଁ। ନାରୀ ଲାଳସା କରିନାହିଁ! ତା' ଆତ୍ମାକୁ ବିକ୍ରି କରିନାହିଁ! ନିଜେ ଗଢ଼ିଥିବା ନିୟମକୁ କେବେ ଭାଙ୍ଗିନାହିଁ! ତେବେ ମୁଁ କାହିଁକି ପାରିଲିନାହିଁ ?

ବେଗମ୍ ଠାରୁ ମୁକ୍ତ ହେବା ପରେ ଅନ୍ୟ କିଛି ରାସ୍ତା ନ'ବାଛି ଏ ପଥ କାହିଁକି ଆପଣାଇ ନେଲି। କାହିଁକି ମୁଁ ଲକ୍ଷ୍ମଣରେଖା ପାରିକଲି! ରାଘବ ସହ ନିଜ ତୁଳନା କରି ଧିକ୍କାର କଲି ନିଜକୁ ନିଜେ।

ଗୁଡାଏ ଦିନଯାଏ ରାଘବ ଆସିଲା ନାହିଁ। ମୁଁ ଜାଣେ ତା'କୁ ଭୀଷଣ ବାଧିଛି। ଅନେକ ଚିନ୍ତା କରି ତା' ପାଖକୁ ନିଜେ ଗଲି।

ଆଶ୍ଚର୍ଯ୍ୟ ହେଲା ସେ। କହିଲି ମତେ କ୍ଷମା କର ରାଘବ। ମୁଁ ନିଷ୍ପତ୍ତି ନେଇଛି ଏ ବୃତ୍ତି ଛାଡ଼ି ଦେବିବୋଲି, ଏବେ ମତେ ତୁମ ସହାୟତା ଦର୍କାର।

..ଉଚିତ ନିଷ୍ପତ୍ତି ନେଇଛ ଅହଲ୍ୟା। ଏବେ ଆମର ଆଉ ବିବଶତା ନାହିଁ। ଆମେ କାହାର ଭୃତ୍ୟ ନୁହେଁ। ଛାଡ଼ି ପାରିବା ଆମେ।

ଜୀବନର ମୋଡ଼ ବଦଳିଲା। ଧିରେଧିରେ ନୂଆ ଖସଡ଼ା ତିଆରି କଲୁ।

ନିଜପାଇଁ ଗୋଟିଏ ବଖରା ଛାଡ଼ି ପୁରା ବଙ୍ଗଳାକୁ ଅନାଥ ପିଲାଙ୍କ ପାଇଁ ଛାଡିଦେଲି। ବିଶେଷକରି ବେଶ୍ୟା ବୃତ୍ତିରେ ଥିବା ଅସହାୟ ମହିଳାଙ୍କ ଛୁଆ, ଯାହାକୁ ସମାଜ ସହଜରେ ଗ୍ରହଣ କରେନାହିଁ। ସେମାନଙ୍କ ପାଖରୁ ଜନ୍ମ ନେଇଥିବା ସନ୍ତାନ, ଯାହାକୁ ଦୁନିଆ ଅବୈଧର ନାଁ ଦିଏ; ସେମାନଙ୍କପାଇଁ ସ୍କୁଲ କଲି। କୁନିକୁନି ଛୁଆମାନେ ପାଠ ପଢିଲେ। ତାଙ୍କ ରହିବା, ଖାଇବାର ବ୍ୟବସ୍ଥା ହେଲା।

ରାଘବ ପୂର୍ଣ୍ଣ ନିଷ୍ଠାର ସହକାରେ ସହଯୋଗ କଲା। କହିବା ଓ କରିବା ଭିତରେ ଆକାଶ ପାତାଳ ତଫାତ୍ ଥିଲା। ଏତେ ସହଜ ନ' ଥିଲା। ସେ ବହୁତ ଖଟିଲା। ଯେଉଁଠି ଏପରି ବେସାହାରା ପିଲାଙ୍କୁ ଦେଖିଲା ଉଦ୍ଧାର କଲା।

ମୋ ପାଖରେ ଥିବା ସବୁ ଝିଅଙ୍କୁ ଏ ଧନ୍ଦା ଛାଡି ଅନ୍ୟ କାମରେ ନିୟୋଜିତ କଲି। ନିଜନିଜ ଯୋଗ୍ୟତା ଅନୁଯାୟୀ କିଏ ସିଲେଇ ମେସିନ୍ ପକାଇ ସିଲେଇ କଲା, କିଏ ପାର୍ଲର, କିଏ ଦୋକାନ।

ମୋର ଦାମୀଗାଡ଼ି ବିକ୍ରି କରିଦେଲି। ସବୁ ଟଙ୍କା ସ୍କୁଲ ପାଇଁ ଖର୍ଚ୍ଚହେଲା।

ଅର୍ଜନ କରିଥିବା ସମସ୍ତ ସମ୍ପତ୍ତି ଏ କାମରେ ବିନିଯୋଗ କରିଦେଇ ମିଳିଲା ଆତ୍ମତୃପ୍ତି। ନିଜ ଜୀବନର ସାର୍ଥକତା ଉପଲବ୍ଧି ହେଉଥିଲା। ସତରେ ଜୀବନର ମାନେ ବଦଳି ଗଲା।

ମୁଁ ନିଜେ ସକାଳୁ ଉଠି ପିଲାଙ୍କୁ ପ୍ରାର୍ଥନା ଓ ଯୋଗ ଶିଖାଏ। ପାଠପଢାଏ। ପିଲାଙ୍କସହିତ ସମୟ କାଟେ। ଅପୂର୍ବ ଆନନ୍ଦ ମିଳେ। ନୂଆ ମୋଡ଼ରେ ଜୀବନ ଗଡ଼ି ଚାଲିଲା।

ଶେଷ ହୋଇନଥିଲା କାହାଣୀ। ଦିନେ ଅଚାନକ ଅଳ୍ପ ଜର ଆସିଲା। ଛାଡିଲା ନାହିଁ ଦୀର୍ଘଦିନ ଯାଏ। ରୋଗରେ ପଡ଼ିଲି।

ସାମାନ୍ୟ ଥଣ୍ଡା ଜର। ପ୍ରଥମେ ଧ୍ୟାନ ଦେଇ ନ'ଥିଲି। ପରେପରେ ବଢିଲା। ଯେତେ ଔଷଧ ଖାଇଲେ ମଧ୍ୟ ଛାଡିଲା ନାହିଁ। ଖୁବ୍ କଷ୍ଟ ପାଇଲି। ରାଘବର ମୋ ସହ କୌଣସି ସମ୍ପର୍କ ନ' ଥାଇ, ସେ ନିଜର ପରି ବ୍ୟସ୍ତହେଲା। ସହରର ଯେତେ ବଡବଡ଼ ଡାକ୍ତର ଥିଲେ, ସମସ୍ତଙ୍କ ସହ ଯୋଗାଯୋଗ କଲା। ସବୁଆଡେ ନେଲା।

ସବୁପ୍ରକାର ପରୀକ୍ଷା ପରେ ରିପୋର୍ଟ ଆସିଲା। ଡାକ୍ତର କହିଲେ ଏସ୍ ଟି ଡି। "ସେକ୍ସୁଆଲ ଟ୍ରାନ୍ସମିଟେଡ୍ ଡିଜିଜ୍"। ଅସୁରକ୍ଷିତ ଯୌନ ସଂକ୍ରମଣ। ବଢ଼ି ସାରିଛି। ଭଲହେବାକୁ ସମୟ ଲାଗିବ।

ରାଘବ ବହୁତ ମନ ଦୁଃଖ କଲା।

ମୁଁ ହସିଲି। ମଣିଷ ନୂଆ ଜୀବନକୁ ସିନା ଆପଣାଇ ନିଏ, ପୂର୍ବ କର୍ମଫଳକୁ ତ' ଭୋଗିବାକୁ ପଡିବ ହିଁ ପଡିବ।

କିଛି ନ' ମାନି ଯେଉଁ ଝୁଙ୍କ୍‌ରେ ମାତିଥିଲି, ଏ ସବୁ ତ' ହେବାର ଥିଲା ଦିନେ। ଏଥିପାଇଁ ମୋ ଅଜ୍ଞତା ଅନେକ ପରିମାଣରେ ଦାୟୀ।

ଆମ ସମାଜରେ ଏ କି ବିଡମ୍ବନା, ଯେଉଁ ବିଷୟରେ ପିଲାମାନଙ୍କୁ ମୂଳରୁ ସଚେତନତା କରାଇବା କଥା, ସେ ବିଷୟରେ କୌଣସି ସୁଚନା ଦିଆଯାଏ ନାହିଁ। ସଂକିର୍ଣ୍ଣ ମନୋଭାବ ହେଉ ବା ଲଜ୍ୟା, ପରିବାର ହେଉ ବା ବିଦ୍ୟାଳୟ ଯଥେଷ୍ଟ ସଚେତନତା ଓ ଶିକ୍ଷାର ଅଭାବରୁ ଏ ପରିଣାମର ସାମ୍ନା କରିବାକୁ ପଡେ। ଜାଣିଲା ବେଳକୁ ନେଡିଗୁଡ଼ କୋହୁଣୀରେ।

ମେଡ଼ିସିନ୍ ଖାଇଲା ପରେ କେବେକେବେ ସୁସ୍ଥ ଲାଗେ। ମୁଁ ପିଲାଙ୍କ କ୍ଲାସ ନିଏ। ପାଠ ସହ ତାଙ୍କ ବୟସ ଓ ବୁଝିବାର କ୍ଷମତାକୁ ଦେଖି, ବିଭିନ୍ନ ମାଧ୍ୟମରେ ଏ ବିଷୟ ଉପରେ ଆଲୋଚନା କରେ। ସେମାନଙ୍କ ସହ ସାଙ୍ଗପରି ମିଶେ। ଶିକ୍ଷା ଦ୍ୱାରା ସଚେତନ କରାଏ। ସେଇ ମାଧ୍ୟମରେ ନିଜର ପ୍ରାୟଶ୍ଚିତ କରେ।

କିଛିଦିନ ପରେ ପୁଣି ବିଗିଡ଼ିଗଲା ଦେହ। ଏଥର ବେଶୀ ଖରାପହେଲା। ରାଘବ ମତେ ଆଉ ଏକୁଟିଆ ରଖିଲାନାହିଁ। ଅନ୍ୟମାନଙ୍କୁ ଦାୟିତ୍ୱ ଦେଇ ମତେ ନିଜ ପାଖକୁ ନେଇଆସିଲା।

ତା' ଦୁଇ ବଖରା ଘରେ ମୋ ପାଇଁ ସବୁ ବ୍ୟବସ୍ଥା କରିଦେଲା।

ବହୁତ ସେବାକଲା। ବାପାପରି, ଭାଇପରି, ପୁଅପରି, ବନ୍ଧୁପରି। ମର୍ମେମର୍ମେ ଅନୁଭବ କରୁଥିଲି ମୁଁ।

ପୁରୁଷର ସଜ୍ଞା ! ଦିନେ ରାଘବ ପଚାରିଥିଲା। ମୋ ପାଖରେ ଉତ୍ତର ନ'ଥିଲା। ଆଜି ସ୍ୱଚକ୍ଷୁରେ ଦେଖୁଥିଲି।

ହତ୍‌ବାକ୍ ହେଉଥିଲି ପୁରୁଷର ଭିନ୍ନ ରୂପଟି ଦେଖି।

ତା' ସେବାରେ ସାମାନ୍ୟ ସୁସ୍ଥ ହେଇଯାଏ, କିନ୍ତୁ ସମୟ ବ୍ୟବଧାନରେ ରହିରହି ବାହାରେ ରୋଗ।

ବେଳେବେଳେ ଅସହ୍ୟ କଷ୍ଟ ହେଲେ ମୁଁ କାନ୍ଦି ପକାଏ ପିଲାଙ୍କ ପରି। ଯନ୍ତ୍ରଣାର

ପ୍ରତିଛବି ସ୍ପଷ୍ଟ ବାରି ହୋଇପଡେ ରାଘବର ଆଖି ଡୋଳାରେ। ମୁଣ୍ଡ ଆଉଁଶି ଦିଏ। ପାଖରେ ବସି ବୁଝାଏ। "ତୁମେ ଭଲ ହେଇଯିବ ଅହଲ୍ୟା। ଆଉ ଅଳ୍ପଦିନ। ଦର୍କାର ପଡିଲେ ଅନ୍ୟ ସହରକୁ ଚାଲିଯିବା। ଆମେ ଅନ୍ୟ ଡାକ୍ତର ଦେଖାଇବା। ତୁମେ ଟିକେ ଧୈର୍ଯ୍ୟଧର। ବାସ୍ ଆଉ କାନ୍ଦନା। ଅହଲ୍ୟା ତ'କେତେ ସାହସୀ, ସେ ତ'କେବେ ହାରିନି, ହାରେକି ?" ଓଃ ଛୁଆଙ୍କ ପରି ମତେ ସାହସ ଦେଉଦେଉ ନିଜ ଆଖି ଭିଜାଇ ଦେଉଥିବା ମଣିଷକୁ କ'ଣ କହିବି ?

କଷ୍ଟଲାଘବ କରିବାକୁ, ମନ ବୁଝାଇବାକୁ ମୋ' ସହ ଖେଳେ ଲୁଡୁ, ତାସ୍। ହସକଥା କୁହେ। ଗୀତ ଗାଏ।

ଢ଼ଳଢ଼ଳ ଯୌବନ, ନାରୀ ଶରୀରକୁ ଯିଏ ଦିନେ ମୁହଁବୁଲାଇ ଦେଇ ଛୁଇଁ ନଥିଲା, ସେ ଆଜି ନିଜହାତରେ ସାଗୁ ରାନ୍ଧି ପିଆଇ ଦିଏ। ପାଉଁରୁଟି ଭାଜି ନିଜହାତରେ ଖୁଆଇ ଦିଏ। ଔଷଧ ଖୁଆଇ କାନ୍ଧଗାମୁଛାରେ ମୁହଁ ପୋଛିଦିଏ।

ଯେଉଁଦିନ ମୁଁ ଜମାରୁ ଉଠିପାରେନା, ଶୌଚହେବାକୁ ବି ଯାଇପାରେନା, ସେଇ ବିଛଣାରେ ଝାଡ଼ାବାନ୍ତି ହୋଇଯାଏ। ଲାଜରେ ସଢିଯାଏ ମୁଁ। ସେ କେତେ ନୀର୍ବିକାର, କେତେ ନିର୍ଲିପ୍ତ ଭାବରେ ନିଜ ହାତରେ ସଫା କରିନିଏ, ମୁଁ ହତଚକିତ ହୋଇଉଠେ।

ପାଲଟାଇ ଦିଏ ବାନ୍ତି ଲୁଗା। ସାୟା, ବ୍ଲାଉଜ ସବୁ ଖୋଲି ଦିଏ। ଛିଡ଼ା ହୋଇ ପାରେନା ମୁଁ ଅଧିକ ସମୟ। ଢ଼ଳିପଡେ ମୋ' ଉଲଗ୍ନ ଶରୀର। ସାଉଁଟି ନିଏ ନିଜ ଛାତି ଉପରକୁ। ପ୍ରତ୍ୟେକ ଅଙ୍ଗ ଛୁଇଁଯାଏ ହାତ। କାମନା ନାହିଁ, ବାସନା ନାହିଁ ।

ପବିତ୍ର ସେ ସ୍ପର୍ଶ। ସ୍ୱର୍ଗୀୟ ସେ ଆନନ୍ଦ। ସଫା ଲୁଗା ପିନ୍ଧାଇ ବାହୁରେ ଟୋଳିଧରି ଶେଯରେ ଶୁଆଇଦିଏ। ଆହାଃ କେଉଁ ଜନ୍ମର ପୂଣ୍ୟଫଳ। ଏଇ ମୁହୂର୍ତ୍ତରେ ଏଇ ବାହୁରେ ଜୀବ ଚାଲି ଯାଆନ୍ତା ନାହିଁ! ମୁକ୍ତି ମିଳନ୍ତା। ମୋକ୍ଷ ମିଳିଯାଆନ୍ତା।

ଯେଉଁ ଶରୀରକୁ ଲୋକଆଜି ଛୁଇଁବା ପାଇଁ ବି ଭୟ କରୁଛନ୍ତି, ଘୃଣା କରୁଛନ୍ତି, ପାଖ ମାଡୁନାହାନ୍ତ, ସେ ଶରୀରକୁ କେମିତି ଆପଣାଇ ନେଇପାରେ ରାଘବ!

ଦିନେ ରାତିରେ ମେଡ଼ିସିନ୍ ଖୁଆଇ ନିଜରୁମ୍‌କୁ ଚାଲିଯାଇଛି ରାଘବ। ମୁଁ ନିଘୋଡ଼ ନିଦରେ ଶୋଇ ପଡିଥିଲି। ହଠାତ୍ ନିଦ ଭାଙ୍ଗିଗଲା। ପେଟରେ ଭୀଷଣ ଯନ୍ତ୍ରଣା ହେଲା। ଆଖିରୁ ଜୁଳୁଜୁଳିଆ ପୋକ ବାହିରିଗଲା। ଦେହମୁଣ୍ଡ ଥରିଲା। ଖୁବ୍ କଷ୍ଟ। ସହିବାର ସବୁ ସୀମା ଅତିକ୍ରମ କଲା। ଆଖି ବନ୍ଦ ହୋଇଆସୁଥାଏ। ଭାବିଲି ଆଉ ବଞ୍ଚିବି ନାହିଁ ଏଥର। ବନ୍ଦ ଆଖିରେ ଦିଶିଲା ଅତୀତ। ଆଖିଆଗରେ ନାଚିଯାଉଥିଲା ସବୁ ଦୃଶ୍ୟ।

କଲିକତାର ସେଇ ଦୁଇ ଯୁବତୀ, ଦୌଲଦିଆର ଅମୀସା ବିବି, ସଲିମ୍ ମିଁଆ।

ଗୁଲାବୀ ବେଗମ୍, ଦିନେଶ ଡିସୌଜା। ସମସ୍ତେ ଏକ ଧାଡ଼ିରେ ଛିଡ଼ା ହୋଇଥିଲେ। ମୋ ଉପସ୍ଥିତିକୁ ଉପହାସ କରୁଥିଲେ! ହସୁଥିଲେ!

ଆଉ ଦିଶିଲା ସୋଫିଆ, ନୁର୍, ରେଣୁକା, ମାଯଙ୍କ ଅସହାୟତା, କାନ୍ଦୁରା ମୁହଁ।

ଆହୁରି ଦିଶିଲା ମୋ' ବାପାର ଦରଦୀ ଝାଳୁଆଦେହ। ଅଛୁଆଁ ଦଳିତର ଆଖ୍ୟା ନେଇ ସାରା ଜୀବନ ଲାଞ୍ଛିତ ହେଇ ଥିବା ମୋ ପରିବାର।

ଚରିତ୍ରହୀନାର ମୋହର ମାରି ଭର୍ତ୍ସନା କରିଥିବା ଗାଁ ଲୋକେ! ବାପାଙ୍କର ଆତ୍ମହତ୍ୟା!

ଭାଲୁ ଚଟାରେ ଭଲ ହେଇ ନ' ପାରି କଷ୍ଟ ପାଇପାଇ ମରିଯାଇଥିବା ବୋଉ'ର ନିସ୍ତେଜ ଆଖି।

ଆଖିଆଗରେ ଦେଖାଦେଲେ ଗୁରୁଜୀ। ହଁ ଗୁରୁଜୀ। ଗୁରୁଜୀଙ୍କ ଅମୃତ ବାଣୀ। ଶରୀର ନଶ୍ୱର। କ୍ଷଣଭଙ୍ଗୁର ଶରୀର ପାଇଁ ଏତେ ମୋହ!

ଲାଗିଲା, ମତେ ବାପା ଡାକୁଛନ୍ତି। ଆ' ମୋ ସୁନା, ଆ' ମୋ ପାଖକୁ ଆ'। ବୋଉ ମମତାର ପଣତ ପାରି, କାହିଁ କେତେଯୁଗରୁ ଅନେଇ ବସିଚି ମୋ ଫେରିବା ବାଟକୁ। ଭାବୁଚି, ଆହାଃ ମୋ ଧନଟାକୁ କେତେ ଥକ୍କା ହେବଣି! ମାଆଟା ମୋର, ଆସନ୍ତା ନାହିଁ, ଖୁଆଇ ଦିଅନ୍ତି ଭାତ ମୁଠେ। ଶୋଇ ଯାଆନ୍ତା ମୋ କୋଳରେ! ଦୀର୍ଘଦିନର ଥକ୍କା ମେଣ୍ଟି ଯାଆନ୍ତା!

ଓଃ ..ଯିବି ଲୋ ବୋଉ। ତୋ ପାଖକୁ ଚାଲିଯିବି। ଆଉ ପାରୁନାହିଁ। ବହୁତ୍‌ବର୍ଷର ଥକ୍କା।

ତା'ପରେ ମନେ ପଡ଼ିଲା ସ୍ୱପ୍ନର ସୁଡ଼ଙ୍ଗ। ଗଭୀର ଅନ୍ଧକାର। ସୁଡ଼ଙ୍ଗର ଶେଷ ମୁଣ୍ଡରେ ଆଲୁଅର ଶିଖାଟିଏ! କାହା ମୁହଁ! କିଏ ମତେ ଏ ଅନ୍ଧକାରରୁ ଆଲୋକକୁ ବାଟ ଦେଖାଇବା ପାଇଁ ଜଗିରହିଥିଲା ସେଦିନ? ବେଗମ୍ ଚାଲିଯାଇଥିବା ରାତି ଅନ୍ଧାରରେ! ସବୁ ନାଚିଗଲା ଆଖି ସାମ୍ନାରେ।

ହାଲ୍‌କା ହସିଲି। ଈଶ୍ୱରଙ୍କୁ ଖୋଜୁଛ? କୋଉଁଠି ଖୋଜୁଛ ଦେବୀ? କହିଥିଲେ ଗୁରୁଜୀ।

ମନେ ପଡ଼ିଲା କସ୍ତୁରୀ ମୃଗ। ନିଜ ନାଭି ମଣ୍ଡଳରେଥାଇ ପାଗଳ ପ୍ରାୟ ଘୁରିବୁଲେ।

ହାହାହା ଈଶ୍ୱରଙ୍କ ଇସାରା ବୁଝୁବୁଝୁ ବିଳମ୍ବ ହୋଇଗଲା।

ମିଳିଗଲା ମୁକ୍ତିର ମାର୍ଗ। ପାଷାଣୀ ପ୍ରତିମାକୁ ଯିଏ ମୁକ୍ତ କରିପାରେ, ଅଭିଶପ୍ତ ଜୀବନରୁ ଯିଏ ମୋକ୍ଷର ବାଟ କଢାଇନିଏ, ସେ ହିଁ ଈଶ୍ୱର।

ହୁଏତ ବେଲଗାମ୍ ପାଦ ମୋର ଗୋଟିଏ ଜିଦ୍‌ରେ ଆହୁରି ଅନେକ ବାଟ ଆଗକୁ ଆଗକୁ ମାଡ଼ି ଯାଇ ଥା'ଆନ୍ତି। ମୋ ଛତ୍ରଛାୟା ତଳେ ଆଉ କେତେ ଅହଲ୍ୟା ଜନ୍ମ ନେଇ ଥା' ଆନ୍ତେ ତା'ର ଠିକଣା ନ' ଥିଲା। ବିଳମ୍ବରେ ହେଉ ବରଂ, ଯିଏ ମତେ ଏ ଅଭିଶପ୍ତ ଜୀବନରୁ ମୁକୁଳି ଆସିବାର ପରାମର୍ଶ ଦେଲା ଓ ସାହାଯ୍ୟ କଲା, ସେ ହିଁ ଈଶ୍ୱର।

ଏତେ ପାଖରେ ପାଇଁ ଅନ୍ୟତ୍ର ଖୋଜିଲି କିଆଁ!

ବହୁତ କଷ୍ଟରେ ଉଠିଲି। ମତେ ଆଭାସ ହୋଇସାରିଥିଲା। ମୋର ଆଉ ବେଶୀଦିନ ନାହିଁ। ରାଘବର ଅଗୋଚରରେ ଆଗରୁ ଓକିଲ ଡାକି ପ୍ରସ୍ତୁତ କରି ସାରିଥିଲି।

ସବୁ ସ୍ଥାବର, ଅସ୍ଥାବର ସମ୍ପତ୍ତି ଅନାଥ ଆଶ୍ରମ ଟ୍ରଷ୍ଟ ନାଁ ରେ ଉଇଲ୍ କରି ସାରିଥିଲି। ମୋର ସବୁ ସୁନା ଗହଣା ଓ ବାକି ଟଙ୍କାର ଦାୟିତ୍ୱ ରାଘବର।

ରାଘବ ସେଇଦିନ ମାନଙ୍କରେ ପ୍ରାୟ ସାଢ଼େ ତିନି ହଜାର ଶିଶୁଙ୍କୁ ଉଦ୍ଧାର କରି ସରକାରୀ ଓ ବେସରକାରୀ ଭାବେ ସାହାଯ୍ୟ ଯୋଗାଇ ଦେବାରେ ସକ୍ଷମ ହୋଇ ସାରିଥିଲା। ଲାଗୁଥିଲା ସେ ଯେମିତି ପ୍ରତିଜ୍ଞାବଦ୍ଧ। ବଞ୍ଚି ଥିବା ଭିତରେ ଦୁନିଆରେ ଗୋଟିଏ ବି ଶିଶୁ ବେଶ୍ୟାବୃତ୍ତି ଓ ନିର୍ଯ୍ୟାତନା ଭୋଗିବେ ନାହିଁ। ସଂସାରର ସବୁ ମଇଳାକୁ ମୂଳପୋଛ କଲା ପର୍ଯ୍ୟନ୍ତ ଏକ ଲକ୍ଷ୍ୟରେ ମାଡି ଚାଲିବା ପାଇଁ ବଦ୍ଧପରିକର।

ହଁ ରାଘବ ହିଁ କରି ପାରେ! ଯୁଗେଯୁଗେ ପାଷାଣୀ ଅହଲ୍ୟାମାନଙ୍କୁ ଉଦ୍ଧାର କରିବା ପାଇଁ ତ'ଏମିତି ରାଘବମାନଙ୍କର ଜନ୍ମ। ପ୍ରଭୁ ମୋର, ସତରେ ପୁରୁଷ ନୁହେଁ ତୁମେ, ପୁରୁଷୋତ୍ତମ। ଭୋଗ ନୁହେଁ ତୁମେ ପୂଜାର ଯୋଗ୍ୟ। ସଭକ୍ତି ବିନମ୍ର ପ୍ରଣାମ। ଗୋଟିଏ ବି ଅହଲ୍ୟା ଏ ଦୁନିଆରେ ରହିବେ ନାହିଁ ଯେମିତି। ମୁକ୍ତ କରି ଦିଅ। ପାଷାଣୀ ମାନଙ୍କୁ ମୁକ୍ତ କର ପ୍ରଭୁ।

ଧିରେଧିରେ ଯାଇ ଦେଖିଲି। ଅନ୍ୟ କୋଠରୀରେ ଶୋଇଥିଲେ ମୋ ପ୍ରଭୁ। କପାଳରେ ବିଶ୍ୱାସର ସରଳ ରେଖା। ଦୀର୍ଘଦିନ ସେବା କରିକରି କ୍ଳାନ୍ତ ଦିଶିବା କଥା। ଦିଶୁନ'ଥିଲେ ସେମିତି। ତାଙ୍କ ମୁଖ ମଣ୍ଡଳରେ ଅପୁର୍ବ ଆଭା। ପ୍ରଶାନ୍ତିର ଛାୟା।

ନାଁ ମୋ ପାଇଁ ଆଉ କଷ୍ଟ ନ'ହେଉ। ସମାଜ ପାଇଁ ଅନେକ କାମ କରିବାର ଅଛି ତାଙ୍କର। ମୋର ତ' ଜୀବନ ସରି ଆସିଲାଣି।

ଆଉ ଦୁଃଖ ଦେବିନାହିଁ। ଚାଲିଯିବି ଏଇ ମୁହୂର୍ତ୍ତରେ।

ଦୁଇ ଟୋପା ଲୁହ ନିଗିଡି ପଡିଲା ପ୍ରଭୁଙ୍କ ପାଦତଳେ। ମୁଣ୍ଡ ପାଖରେ ସବୁ କାଗଜପତ୍ର ରଖି ଦେଇ ପାଦ ଛୁଇଁ ପ୍ରଣାମ କଲି। ଚୁପ୍‌ଚାପ୍ ବାହାରି ଆସିଛି ରାତି ଅନ୍ଧାରରେ।

କିନ୍ତୁ ଏମିତି କ'ଣ ଏ ଦୁନିଆରୁ ଚାଲିଯିବି ! ସେଇ ଅପବାଦ ନେଇ କେମିତି ଯାଇପାରିବି ! ମୋର ଆରମ୍ଭ କେଉଁ ଠାରୁ ହୋଇଥିଲା ! ଯଦିଓ ଆଜି ମୋର ବାପା କି ବୋଉ ଆଉ ଏ ସଂସାରରେ ଜୀବିତ ନାହାନ୍ତି, କିନ୍ତୁ କେହି ଜଣେ ହେଲେ କ'ଣ ମୋ କଥା ମନେ ରଖି ନ' ଥିବ ! ଆଉ ସେ ? ସିଏ ତ' ମତେ ନିଶ୍ଚୟ ଖୋଜିଥିବେ । ମୋ ପରି ସେ ମଧ୍ୟ କେବେ ମୁହଁ ଖୋଲି ସ୍ୱୀକାର କରି ନ' ଥିଲେ । କିନ୍ତୁ ତାଙ୍କ ଆଖିରେ ତ' ଅନନ୍ତ ପ୍ରେମକୁ ମୁଁ ପଢି ପାରିଥିଲି । ସେଥିପାଇଁ ତ' ଦିନେ ତାଙ୍କୁ ନେଇ ସ୍ୱପ୍ନ ଦେଖିବାର ଦୁଃସାହସ କରିଥିଲି ।

ମୁଁ କେବେ ପ୍ରତାରଣା କରିନାହିଁ । ଅବଶ୍ୟ ପରିସ୍ଥିତିର ଦାସ ପାଲଟି ଯାଇଛି । ମୁଁ ନିର୍ଦୋଷ, ମୁଁ କଳଙ୍କିନି ନୁହେଁ । ତା'ର ପ୍ରମାଣ ନ' ଦେଇ ମରିଗଲେ ଆତ୍ମା ତ' ଶାନ୍ତି ପାଇବନାହିଁ ! ଏମିତି ବି ଦୀର୍ଘ ବର୍ଷଧରି ତାଙ୍କ ଅମାନତ ମୋ' ପାଖରେ । ସେଇ ସୁତା ଖିଅର ଆସ୍ଥା, ବିଶ୍ୱାସ ଟିକକ ପାଇଁ ତ; ଏ ବିଷଜୀବନକୁ ଆକଣ୍ଠ ପାନକରି ମଧ୍ୟ ଜୀବିତ ରହିଛି । ଏତେ ବର୍ଷ ପରେ ଫେରିବି ଯଦି ପୁଣି ମୋ ଆରମ୍ଭ ସ୍ଥଳକୁ ହିଁ ଫେରିଯିବି ।

..ଯଦି ଏ ଶରୀରର ମୃତ୍ୟୁ ହୁଏ ତେବେ ହେ଼ ଈଶ୍ୱର ସେହି ସ୍ଥାନରେ ହିଁ ମୃତ୍ୟୁ ହେଉ । ମୋ ହୃଦୟକୁ ପ୍ରେମ ଫଲ୍ଗୁରେ ମହକିତ କରିଥିବା ମଣିଷ, ଯାହାଙ୍କୁ ପ୍ରାଣଦେଇ ଭଲ ପାଇସାରିବା ପରେ ମଧ୍ୟ ପଦଟିଏ କହି ଦେବାର କେବେ ସାହସ ଜୁଟାଇ ପାରି ନ'ଥିଲି । ସେଇ ଆଦ୍ୟପ୍ରେମର ଶେଷଦର୍ଶନ, ମାତ୍ର ଥରଟିଏ । ବାସ୍ ସେତେ ପର୍ଯ୍ୟନ୍ତ । ମୋ ଜୀବନର ସେତିକି କ୍ଷଣ ଭିକ୍ଷା କରୁଛି ପ୍ରଭୁ ! ଏହା ହିଁ ମୋର ଶେଷଇଚ୍ଛା । ଏତିକି ମାଗୁଣି ମୋର ରକ୍ଷା କରିବ ନାହିଁ ଜଗତ ଠାକୁର ?

XXX

ଆଃ.. ତା' ପରେ ? ? ତା' ପରେ ଆଉ କଣ ଅହଲ୍ୟା ?

ପୃଷ୍ଠା ପରେ ପୃଷ୍ଠା । ସବୁ ଖାଲି । ତା' ପରେ ତ' ଅହଲ୍ୟା କିଛି ଲେଖିନାହିଁ । ଦେଢ ମାସ ତଳର ତାରିଖ ପରେ, ପ୍ରତିପୃଷ୍ଠା ଖାଲି ।

କଲ୍ଲୋଳ ବିବ୍ରତ ହୋଇ ଲେଉଟାଇ ଚାଲିଥାଏ ।

ବିବ୍ରତ ହେବାରେ କଣ ଅଛି ! ସେ ଯେ' ଦୁଇମାସ ତଳୁ ବାହାରି ଆସିଥିଲା । ଭୀଷଣ ରୋଗଗ୍ରସ୍ତ । ବୁଲିବୁଲି ଆଜିଆସି ଏଇଠି ।

ତଥାପି କଲ୍ଲୋଳ ବିଚଳିତ ହୋଇ ଲେଉଟାଇ ଚାଲିଥାଏ । ।

ଶେଷ ପୃଷ୍ଠାରେ ଲେଖାଟି ଉପରେ ଆଖି ପଡ଼ିଲା ।

ଗ୍ରାହକ....

ଆଚାର୍ଯ୍ୟ କଲ୍ଲୋଳ କେଶବ।

ରେଭେନ୍ସା କଲେଜ, ଅଠାଅଶି ବ୍ୟାଚ୍।

ବାସ୍ ଏତିକି ହିଁ ତ'ଜଣା ଥିଲା ଅହଲ୍ୟାକୁ।

ପୁଣି ବାରବାର ଝାଡି ପକାଇଲା ଡାଏରୀର ପୃଷ୍ଠା। ଭିତରୁ ଖସି ପଡ଼ିଲା ଚାରିଚଉତା କାଗଜଖଣ୍ଡେ ଓ ଫଟୋ। ଅହଲ୍ୟା ବୋଉର ବୋଧହୁଏ। ଘସରାହୋଇ, କଡ଼ ମୋଡିହୋଇ ରଶିଯାଇଥିବା କଳାଧଳା ଫଟୋଟିଏ। ଝାପ୍ସା ଅକ୍ଷରର ସତେଇଶ ବର୍ଷ ପୂର୍ବ ତାରିଖରେ ପ୍ରେମ କବିତାଟିଏ। ତା'ସହ ହାତରେ ବାନ୍ଧିବା ପାଇଁ ଠାକୁରଙ୍କ ନାଲି ସୁତା ଖଣ୍ଡେ।

ହେଃ ଭଗବାନ.. ସେଦିନ ସତରେ ସେ ମାଆ ସାରଳାଙ୍କ ପାଖରୁ ପୂଜା କରି ଆଣିଥିଲା ! ତା' ଆସ୍ଥା, ବିଶ୍ୱାସର ନାଲିଧାଗାଟିକୁ କେହି କେବେ ଦୋହଲାଇ ପାରିନାହାନ୍ତି !

ଓଃ ସବୁ ଅପେକ୍ଷାର ଅନ୍ତ ହୋଇଛି। ଦୀର୍ଘ ସତେଇଶ ବର୍ଷ ତଳୁ ସାଇତି ରଖିଥିବ ସୁତା। ଯାହା ମା'ସାରଳା ଙ୍କ ପାଖରୁ ପୂଜା ଚଢାଇ ଆଣିବା ପାଇଁ ହସିହସି କହିଥିଲା କଲ୍ଲୋଳ।

ଅହଲ୍ୟାର ଆଦ୍ୟ ପ୍ରେମର ଆରାଧ୍ୟ ଆଉ କିଏ, ବୁଝିବାକୁ କ'ଣ ବାକି ରହିଲା ! ସୁତାଟିକୁ ନିଜର ଥରିଉଠୁଥିବା ହାତକୁ ଶକ୍ତ କରି ନିଜେ ହିଁ ବାନ୍ଧି ପକାଇଲା କଲ୍ଲୋଳ।

ଆଖି ଛଳଛଳ କରି ନିଜ ହାତକୁ ଛାତିରେ ଚାପି ଧରିଲା, ଭାଷାଶୂନ୍ୟ । ମୋ ପାଖରୁ ତାକୁ ଆଉକେହି କେବେ ଛଡାଇ ନେବେ ନାହିଁ। ସେ ଫେରି ଆସିଛି ମୋରି ପାଖକୁ। ବ୍ୟସ୍ତ ହେବାର କିଛି କଥା ନାହିଁ। ସବୁବେଳେ ଡାକ୍ତରଙ୍କ କଥା ଯେ ସତ୍ୟ ପ୍ରମାଣିତ ହେବ; ତାର କିଛି ମାନେ ନାହିଁ। ମିରାକାଲ୍ ବୋଲି କିଛି ଗୋଟେ ଅଛି ନା' ନାହିଁ ? ଡାକ୍ତରଙ୍କ ଚରମବାଣୀ ପରେ ବି ଆଲୌକିକ ଘଟଣା ଘଟିବାର ଦୃଷ୍ଟାନ୍ତ ଅଛି। ଅହଲ୍ୟା ବଞ୍ଚିବ। ନିଶ୍ଚୟ ବଞ୍ଚିବ। ବାକିଥିବା ଶେଷ ଜୀବନକୁ ଆମେ ଏକାଠି କାଟିଦେବୁ। ଆଉ କେହି ଆମକୁ ଅଲଗା କରି ପାରିବେ ନାହିଁ। ଭଗବାନ ଏତେ ନିଷ୍ଠୁର ହୋଇପାରିବେ ନାହିଁ।

କଲ୍ଲୋଳର ଦେହ କ'ଣ ହୋଇଯାଉଛି। ଛାତିଭିତରେ ନୀରବ ହୃଦଘାତର କମ୍ପନ।

ବାହାରେ ସିନ୍ଦୁରା ଫାଟିବା ସମୟ। ସୂର୍ଯ୍ୟୋଦୟର ସମୟ। ଝର୍କା ବାହାରେ କିଏ ସେ ! ଆଶ୍ଚର୍ଯ୍ୟ ! ଅହଲ୍ୟା ! ବାହାରେ କେତେବେଳୁ ଛିଡ଼ା ହୋଇ ଭିଜୁଛି ! ଆସିଲା କେମିତି ସେ ! ବାଟ ପାଇଲା କେମିତି ! କ'ଣ ପଛେପଛେ ଚାଲି ଆସିଛି କି

ଆଉ ! ଭଲ ହେଇଗଲା ତା'ଦେହ ? ଜାଣିଥିଲି ପା' ଅହଲ୍ୟା କେବେ ମରି ପାରିବ ନାହିଁ। ଡାକ୍ତରଙ୍କ ବେକାର କଥାକୁ ବିଶ୍ୱାସ କରି ଅଯଥାରେ ମନ ଦୁଃଖ କରୁଥିଲି। ସେ ଯେ' ହସୁଛି। ସେଇ କଲେଜ ବେଳର ସତରବର୍ଷିୟା ଚପଳଛନ୍ଦା ଖିଲିଖିଲି ହୋଇ ହସୁଛି ! ହାତଠାରି ଡାକିଲାଣି....

....ମୋ ସଖୀ, ମୋ ପ୍ରାଣପ୍ରିୟା ଅହଲ୍ୟା..

ତୁ' ଫେରିଚୁ ମୋ' ପାଖକୁ ! ଏଥର ତୋ' ହାତ ଆଉ ଛାଡିବି ନାହିଁ ! ଆ' ଆମେ ଚାଲିଯିବା ଅନ୍ୟ ଏକ ଦୁନିଆକୁ। ଯେଉଁଠି କୌଣସି ବାଧାବିଘ୍ନ ନ' ଥିବ। ଛୁଆଁ ଅଛୁଆଁର ଭେଦଭାବ ନ' ଥିବ, ଛଳନା ନ' ଥିବ, ପ୍ରତାରଣା ନ' ଥିବ ! ସାମ୍ପ୍ରଦାୟିକ ଶତୃତା ନ' ଥିବ ! ଥିବ କେବଳ ପ୍ରେମ ଓ ଚିରଶାନ୍ତି !

ମୋବାଇଲ୍ ଭାଇବ୍ରେଟ୍ ହେଲା। କଲ୍ଲୋଳ ଚଟ୍‌କରି ଉଠି ପଡ଼ିଲା।

... ହେଲୋ...

.. ଆଚାର୍ଯ୍ୟ କଲ୍ଲୋଳ କେଶବ କହୁଛନ୍ତି..

....ହଁ କହୁଛି...

...ଆଜ୍ଞା ହସ୍ପିଟାଲରୁ କହୁଛି।

...ହଁ ହଁ କୁହନ୍ତୁ।

...ଆପଣ କେତେବେଳେ ଆସିବେ ? ଟିକେ କଥାଥିଲା ସାର୍। ଆପଣଙ୍କ ପେସେଣ୍ଟ ବିଷୟରେ।

...ମୁଁ ତ' ଏବେ ବାହାରିବି। ମୋର ବି କଥା ଥିଲା ଡାକ୍ତରଙ୍କ ସହ। ମୋ' ପେସେଣ୍ଟ ବିଷୟରେ। କ'ଣ କହୁଥିଲେ ସେ, ଅହଲ୍ୟା ଆଉ ବଞ୍ଚିବ ନାହିଁ ? କେତେ ବେକାର କଥା ! ରୁହ ମୁଁ ନିଜେ ଯାଇ ପଚାରିବା ଅଛି।

..ଆଜ୍ଞା ଆପଣଙ୍କ ପେସେଣ୍ଟ ଅହଲ୍ୟା ଭୋଇ ବିଷୟରେ ହିଁ କହିବାକୁ ଫୋନ୍ କରିଛି। ସାର୍ ଆପଣ ଗଲା ପରେ...

..ହଁ ମୁଁ ଆସିଲା ପରେ ସେ ମୋ ପଛେପଛେ ଚାଲିଆସିଲା, ଆଉ ଆପଣ ମାନେ ତାକୁ ଅଟକାଇ ପାରିଲେ ନାହିଁ, ଏୟା ତ ? ମୁଁ ଯାଇକି ବୁଝୁଛି ହସ୍ପିଟାଲର ଦାୟିତ୍ୱହୀନତା କଥା।

..ନା ସାର୍ ସେ କୁଆଡେ ଯାଇ ନାହାନ୍ତି। ଏବେ ବି ଏଇଠି ପଡିଛନ୍ତି। ଆପଣ ତ' ଜାଣନ୍ତି କଣ୍ଡିସନ୍ ତାଙ୍କର କେତେ ଖରାପ ଥିଲା। ଡକ୍ଟର କହିଲେ ଏମିତି କଣ୍ଡିସନ୍‌ରେ ଏମିତି ପେସେଣ୍ଟ ମାନଙ୍କର ହୃଦଘାତ, ନହେଲେ ବ୍ରେନ୍‌ଫ୍ୟାଲୁଅର୍ ସମ୍ଭାବନା ଅଧିକ ଥାଏ।

ରାତି ପାଖାପାଖି ସାଢେ ବାରଟା ହେବ ତାଙ୍କର ସେୟା ହେଲା ! ବ୍ରେନ୍

ଷ୍ଟ୍ରୋକ୍‌ରେ ସେ ଚାଲିଗଲେ। ଆମ ତରଫରୁ ସବୁ ଚେଷ୍ଟା କରିଥିଲୁ ସାର୍। ଆପଣ ଜଷ୍ଟ ଗଲା ପରେପରେ, ହୁଏତ ଘରେ ପହଞ୍ଚି ନ' ଥିବେ ତ' ଏ ସବୁ ଘଟିଗଲା।

ସେତେବେଳରୁ ମେଡିକାଲ୍‌ରୁ କେତେ ଯେ କଲ୍ ଗଲାଣି, ଆପଣ ରିସିଭ୍ କରୁ ନାହାନ୍ତି! କେତେ ଟ୍ରାଏ କଲୁଣି।

ଆପଣ କେତେବେଳେ ଆସି ପହଞ୍ଚିବେ ଆଜ୍ଞା? ଫର୍ମାଲିଟି ପୁରଣ କରି ବାକି ପେମେଣ୍ଟ ଟିକେ କରିଦେଲେ ବଡି ଡିସ୍‌ଚାର୍ଜ କରାଯିବ।

...ହ୍ୟାଲୋ...ହ୍ୟାଲୋ...ସାର୍ ଶୁଣୁଛନ୍ତି? ସାର୍......

XXX

ପୃଥିବୀ ପ୍ରଳୟ ହୋଇଗଲେ ବି; କଲ୍ଲୋଳ କେବେ ଏତେ ନିଦରେ ଶୋଇଥିବ, ଏତେ ବାଡେଇବା ପରେ କବାଟ ଖୋଲିବ ନାହିଁ, ତା' ଅସମ୍ଭବ! ଅନେକ ସମୟ କବାଟ ବାଡେଇବା ପରେ କବାଟକୁ ଭାଙ୍ଗିଦେଲା ଶଶାଙ୍କ।

କୁଆଡ଼େ ଗଲୁରେ ତୁ। ରାଗିଚୁ ନା' କଣ? ନା'ଶୋଇଯାଇଚୁ କିବେ? ପରମ ମିତ୍ର ପାଇଁ ମନ ଯେ' କେତେ ବ୍ୟାକୁଳ ହୁଏ ତୁ' କ'ଣଟା ବୁଝିବୁ କହିଲୁ? କାଲିଠୁ ଫୋନ୍ ଧରୁନୁ!

କଲ୍ଲୋଳ..ଏ କଲ୍ଲୋଳ..କ୍ଷମା କରିଦେବୁରେ ଭାଇ, ତୁ ଖୋଲିଲୁ ନାହିଁ, ମୁଁ ରାଗରେ ଦି ଧକ୍କା ପକେଇଲି, ଭାଙ୍ଗିଗଲା ତୋ' କବାଟ।

ବ୍ୟତିବ୍ୟସ୍ତ ଓ ଦୁମ୍‌ଦୁମ୍ ହୋଇ ଭିତରକୁ ପଶିଆସିଲା ଶଶାଙ୍କ। ଥମ୍‌କରି ପାଦ ଅଟକି ଗଲା। ଚଟାଣ ଉପରେ ଢ଼ଳି ପଡିଥିଲା ଏକ ନିଶ୍ଚଳ ଶରୀର। ପାଖରେ ପଡି ରହି ଧପ୍‌ଧପ୍ ହେଉଥିଲା ମୋବାଇଲ ଫୋନ୍। ପ୍ରକମ୍ପିତ ହାତରେ ଫୋନ୍ ଉଠାଇ ଲାଷ୍ଟ କଲ୍ ବ୍ୟାକ୍‌କଲା ଶଶାଙ୍କ। ସ୍ତମ୍ଭିଭୂତ ହୋଇଗଲା! ହେଃ ଭଗବାନ!! ଏହା କ'ଣ ବିଶ୍ୱାସ ଯୋଗ୍ୟ!

ଆମ୍ବୁଲାନ୍ସ ଆସି ପହଞ୍ଚିଗଲା। ଡାକ୍ତରଙ୍କ ଚରମ ନିଷ୍ଠୁର ଶେଷବାଣୀ। ସରି ହି ଇଜ୍ ନୋ ମୋର! ବୋଧହୁଏ ହାର୍ଟ ଷ୍ଟ୍ରୋକ! ପୋଷ୍ଟମୋର୍ଟମରୁ ଡିଟେଲ୍ ରିପୋର୍ଟ ଆସିଯିବ।

ଶବ ଉଠିଲା ବେଳକୁ ଆଖି ଲାଖିଯାଇଥିଲା, କାନ୍ଥ ଘଣ୍ଟାର ଅଟକି ଯାଇଥିବା କଣ୍ଟା ବାରଟା ପଚିଶ ଉପରେ। ହସ୍ପିଟାଲରୁ ଆସିଥିବା ଫୋନ୍ ମୁତାବକ ଏଇଟା ବୋଧହୁଏ ଅହଲ୍ୟା ଶେଷ ନିଶ୍ୱାସର ସମୟ। ବୁଝିବାକୁ କ'ଣ ଆଉ ବାକି ଥିଲା ଶଶାଙ୍କର! ଦୁଇଟି ହୃଦୟ ଓ ଗୋଟିଏ କାନ୍ଥ ଘଣ୍ଟାର କଣ୍ଟା ବୋଧହୁଏ ଅଟକି ଯାଇଥିଲା ଏକ ସମୟରେ!

BLACK EAGLE BOOKS

www.blackeaglebooks.org
info@blackeaglebooks.org

Black Eagle Books, an independent publisher, was founded as
a nonprofit organization in April, 2019. It is our mission to
connect and engage the Indian diaspora and the world at large
with the best of works of world literature published on a
collaborative platform, with special emphasis on
foregrounding Contemporary Classics and New Writing.